SOPHIE LARK

Kingmakers
Graduation

BLOOM

SOPHIE LARK

KING MAKERS

GRADUATION

ROMAN

Aus dem Englischen
von Martin Winkler

Der Verlag behält sich die Verwertung der urheberrechtlich
geschützten Inhalte dieses Werkes für Zwecke des Text- und
Data-Minings nach § 44 b UrhG ausdrücklich vor.
Jegliche unbefugte Nutzung ist hiermit ausgeschlossen.

Penguin Random House Verlagsgruppe FSC® N001967

Copyright © 2022, 2025 by Sophie Lark

Die Originalausgabe erschien 2022 in einer früheren Fassung unter dem Titel
The Savage auf Englisch und *Der Wilde* auf Deutsch.
Die überarbeitete Fassung, auf der diese Ausgabe basiert,
erschien 2025 unter dem Titel *Kingmakers – Graduation* bei Bloom Books,
an imprint of Sourcebooks, Naperville, Illinois.

Copyright © dieser deutschsprachigen Ausgabe 2025 by Bloom
in der Penguin Random House Verlagsgruppe GmbH,
Neumarkter Straße 28, 81673 München
produktsicherheit@penguinrandomhouse.de
(Vorstehende Angaben sind zugleich Pflichtinformationen nach GPSR)
Übersetzung: Martin Winkler
Redaktion: Anita Hirtreiter
Umschlaggestaltung: t.mutzenbach design, München
nach einer Originalvorlage von Sourcebooks
Umschlagdesign Serie: Emily Wittig
Umschlagdesign: Nicole Lecht / Sourcebooks
Umschlagmotive: © Shutterstock.com (Purple Raven Photography),
iStockphoto (ioanmasay, xcarrot_007, morita kenjiro)
Illustrationen im Innenteil: © Line Maria Eriksen
Satz: GGP Media GmbH, Pößneck
Druck und Bindung: CPI books GmbH, Leck
Printed in the EU
Alle Rechte vorbehalten
ISBN 978-3-453-29285-7

www.penguin.de/verlage/bloom

KINGMAKERS
GRADUATION

SOPHIE LARK

Für meine bösen Mädchen 😼

XOXO

Sophie Love

Soundtrack

When I'm Small – Phantogram
Girls – Zella Day
Goddess – Jaira Burns
All The Things She Said – Poppy
Company – Tinashe
La Vie En Rose – Emily Watts
American Money – BØRNS
Bad Girls – M.I.A.
Heartless – Kanye West
Don't Blame Me – Taylor Swift

Hinweis

Die Kingmakers-Serie ist eine Dark Mafia Romance in einem Universitäts-Setting. Sie handelt von jungen Menschen aus kriminellen Familien. Dieser Roman enthält potenziell triggernde Inhalte. Auf Seite 524 findet sich eine Triggerwarnung (Achtung Spoiler!).

WAS BISHER GESCHAH:

Was kostet die Loyalität zur Familie? Als die Liebe auf dem Spiel steht, trifft der Spion eine herzzerreißende Entscheidung. Ein riskanter Plan von Leo bringt Sabrina Gallo in den gefährlichen Strudel des berüchtigten Adrik Petrov.

Eine uralte Blutfehde entfaltet sich in Kingmakers. Als sich der Staub gelegt hat, stehen nicht mehr alle unversehrt da ...

DIESES JAHR:

Sabrina soll für ihr zweites Jahr nach Kingmakers zurückkehren. Doch ein unerwarteter Besuch von Adrik bringt eine verlockende Versuchung mit sich ...

KINGMAKERS
GRADUATION

ADRIK

SABRINA

JASPER

NIX

RAFE

ANDREI

HAKIM

VLAD

ILSA

CHIEF

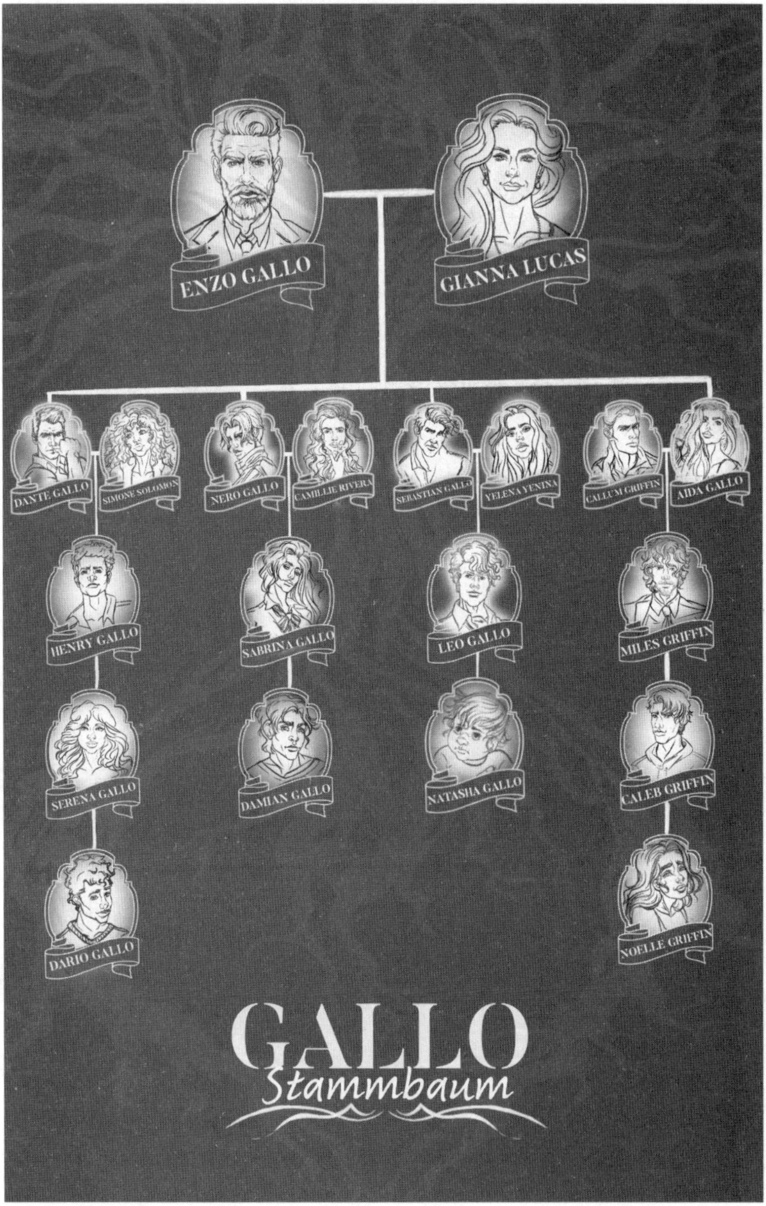
ENZO GALLO
GIANNA LUCAS
DANTE GALLO
SIMONE SOLOMON
NERO GALLO
CAMILLIE RIVERA
SEBASTIAN GALLO
YELENA YENINA
CALLUM GRIFFIN
AIDA GALLO
HENRY GALLO
SABRINA GALLO
LEO GALLO
MILES GRIFFIN
SERENA GALLO
DAMIAN GALLO
NATASHA GALLO
CALEB GRIFFIN
DARIO GALLO
NOELLE GRIFFIN
GALLO
Stammbaum

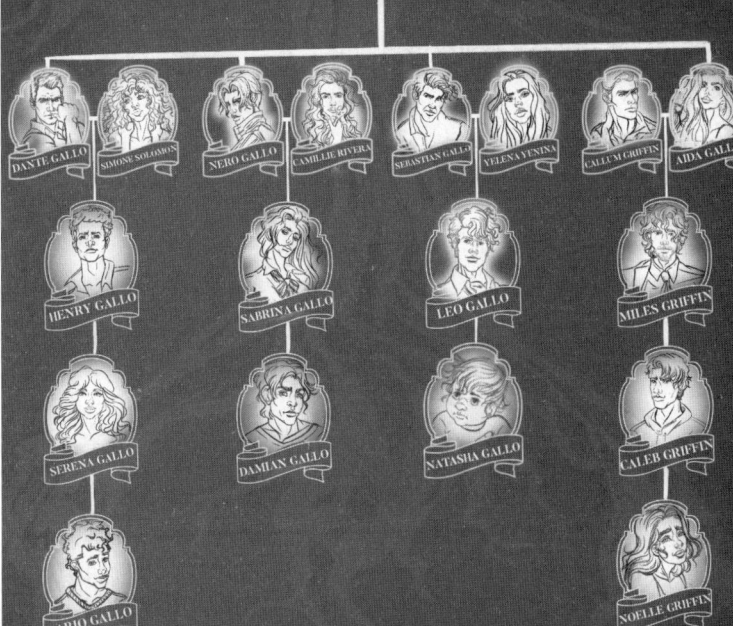

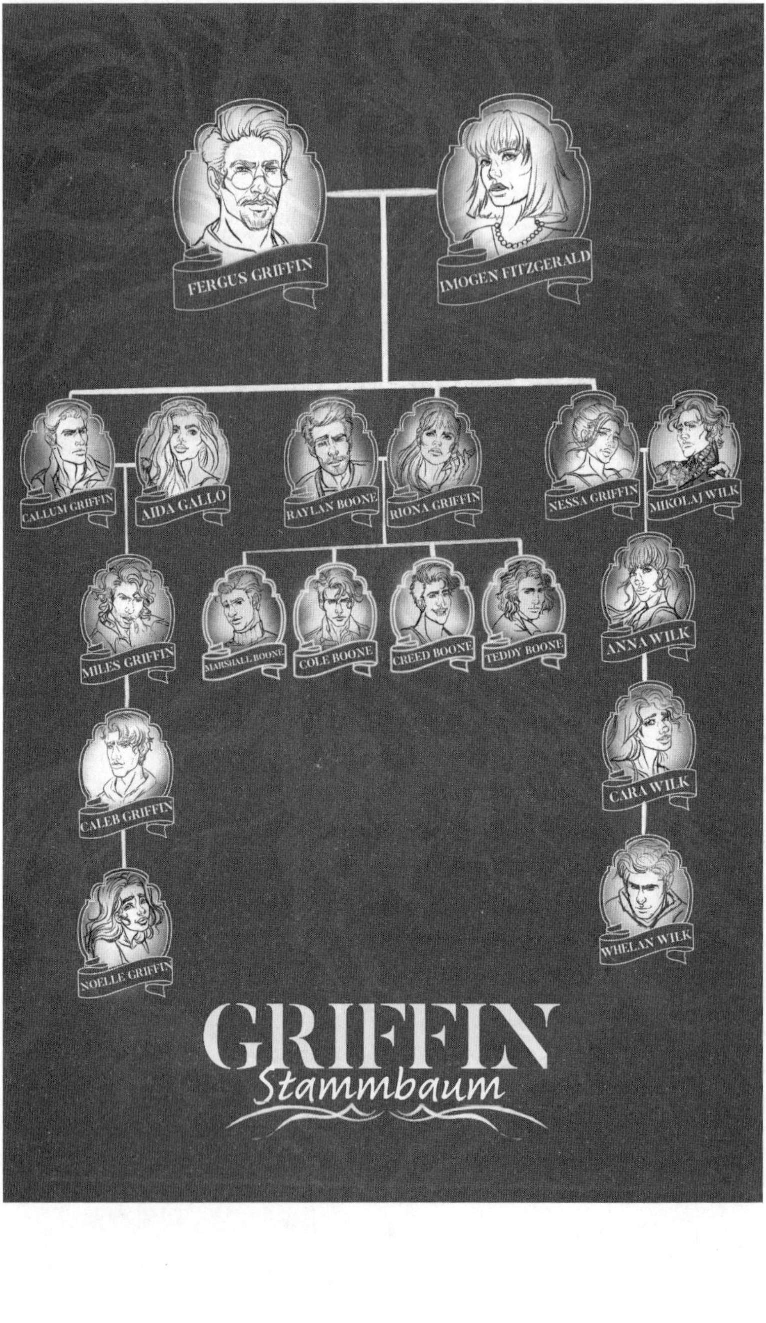
FERGUS GRIFFIN
IMOGEN FITZGERALD
CALLUM GRIFFIN
AIDA GALLO
RAYLAN BOONE
RIONA GRIFFIN
NESSA GRIFFIN
MIKOLAJ WILK
MILES GRIFFIN
MARSHALL BOONE
COLE BOONE
CREED BOONE
TEDDY BOONE
ANNA WILK
CALEB GRIFFIN
CARA WILK
NOELLE GRIFFIN
WHELAN WILK
GRIFFIN
Stammbaum

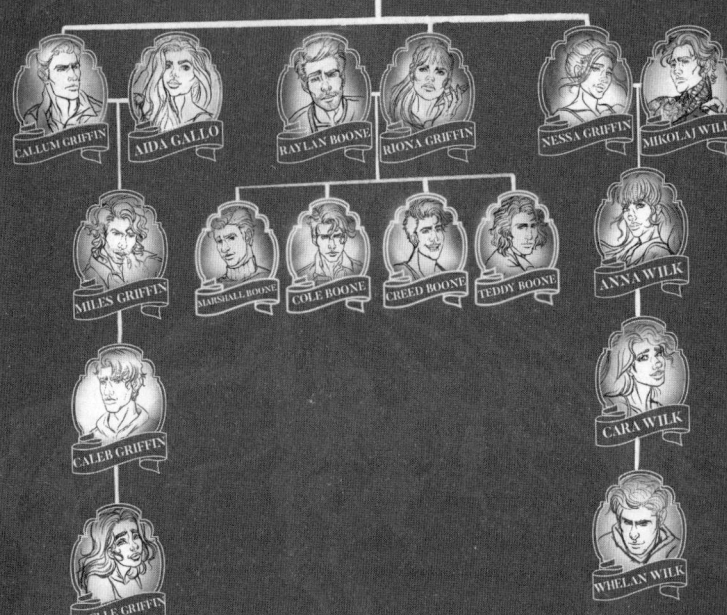

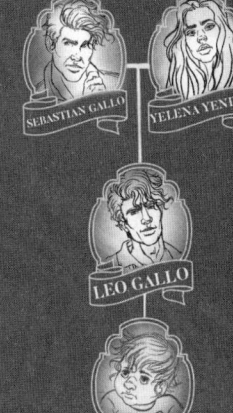

YENIN
Stammbaum

Kapitel 1

Sabrina Gallo

Ich lehne mich gegen die Reling des Schiffes und lasse mir die kalte Salzgischt ins Gesicht spritzen. Das Deck ist die einzige Möglichkeit, sich abzukühlen. Meine Haare werden zerzaust werden, aber das macht mir nichts aus.

Ich ignoriere Ilsa Markov, die mit einer Gruppe von Vollstreckern am Fuß des Mastes ein Würfelspiel macht, absichtlich. Auch sie tut so, als würde sie nicht bemerken, wie jedes Schaukeln des Schiffes meinen Rock ein wenig weiter nach oben wirft.

Gestern Abend haben wir uns getrennt.

Sie meinte, es sei, weil sie ihren Abschluss machen und danach zu ihrer Schwester Neve nach Moskau ziehen wird, während ich noch drei Jahre auf dem College bleiben muss.

Wir wissen beide, dass das nicht der wahre Grund ist.

Als wir uns das letzte Mal stritten, sagte sie: »Ich glaube nicht, dass du beziehungsfähig bist.«

Das tat weh. Genau genommen waren wir nie »in einer Beziehung«, aber wir hatten das ganze Jahr über immer mal wieder miteinander geschlafen – und außerdem mochte ich sie wirklich.

Ilsa ist eine der wenigen Vollstreckerinnen und die Einzige, die mich beim Sparring umhauen kann. Sie verpasste mir ein blaues Auge, das mein halbes Gesicht einnahm, sodass ich wie das Phantom der Oper aussah. Das betrachte ich gern als unser erstes Date.

Im Moment schröpft sie Archie Chan um jeden Dollar, den er noch in seinen Hosentaschen hat. Sie würfelt so gut, dass Archie etwas über manipulierte Würfel murmelt, doch sie wirft ihm einen Blick zu, der ihn zum Schweigen bringt.

Ilsa würde sich eher ihren eigenen kleinen Finger abschneiden, als zu betrügen. Ich nenne sie »Wonder Woman« – nicht nur, weil sie wie sie aussieht, sondern weil ihr Ehrenkodex so hart und unbeugsam ist wie die Rüstung einer Amazone.

Keine Ahnung, ob sie den Spitznamen mag. Ilsa gefallen meine Witze nicht immer, was wahrscheinlich ein weiterer Grund ist, warum wir uns getrennt haben.

Ich habe keine Kontrolle über das, was aus meinem Mund kommt. Je schlimmer die Situation, desto lustiger finde ich sie. Mein Vater sagt, das hätte ich von meiner Tante Aida.

Bisher hat noch niemand Aida erwürgt, auch wenn manche es bereits versucht haben. Allerdings bin ich mir nicht sicher, ob ich so viel Glück haben werde.

Ich bin nicht mit dem sonnigen Gemüt meiner Tante gesegnet. Tatsächlich habe ich im Moment verdammt schlechte Laune.

Die Hälfte meiner Cousins und Cousinen macht zusammen mit Ilsa ihren Abschluss oder hat ihn bereits gemacht. Miles ist längst weg, und Leo und Anna verlassen mich auch bald.

Ich hasse es, jünger zu sein.

Ich habe mich darauf gefreut, nach Kingmakers zu kommen, aber es ist unmöglich, die Cousins und Cousinen einzuholen, die schon wieder weiterziehen und ihr Leben in der realen Welt beginnen. Wie sehr ich sie beneide!

Die strengen Regeln auf der Insel gehen mir auf die Nerven, ganz zu schweigen von den demütigenden »Hausaufgaben« und den unerbittlichen Klausuren. Der beste Teil des Jahres war, als wir das Boot des Dekans für eine nicht genehmigte Exkursion nach Kasachstan gestohlen haben.

Bei der Erinnerung an die eine Nacht, die ich von ganzem Herzen genossen habe, muss ich lächeln.

Die Nacht, in der ich Adrik Petrov zum ersten Mal begegnete.

Ich kannte ihn bereits vom Hörensagen. Adrik ist eine Legende in Kingmakers. Noch bevor er seinen Abschluss machte, organisierte er sein Wolfsrudel – eine Clique von Studierenden, die so rücksichtslos war, dass sogar die Dozenten Angst vor ihnen hatten.

Bei diesem kleinen Abenteuer hat er mir den Rücken gestärkt. Was aber nicht heißt, dass ich ihm etwas schulde. Ich habe ihm geholfen, seinen Onkel aus einer Gefängnisfestung zu befreien, also sind wir mehr als quitt.

Adrik hat mir aufgetragen, mich mit ihm am letzten Unitag am Hafen von Dubrovnik zu treffen.

Ich kann mich nicht entscheiden, ob es mehr Spaß machen wird, mit Russlands bösem Buben eine Spritztour zu machen oder ihn zu enttäuschen.

Leider legt das Schiff nur an einer Stelle an, sodass ich keine andere Wahl habe, es sei denn, ich springe über die Reling und schwimme das letzte Stück zum Ufer.

Vielleicht wartet er nicht einmal.

Männer halten ihre Versprechen sogar dann nicht, wenn sie im selben Haus wie du wohnen. Ich bin nicht so arrogant zu glauben, dass er in den letzten vier Monaten von mir geschwärmt hat, während ich auf einer abgelegenen Insel gefangen war.

Vielleicht erinnert er sich nicht einmal mehr daran, dass er mein Handgelenk so fest gepackt hat, dass ein blauer Fleck in Form seines Daumens entstanden ist.

»*Wir werden uns auf alle Fälle wiedersehen. Ich wollte dir nur die Möglichkeit geben, auszusuchen, wo und wann.*«

Als ob ich zu seinem Wolfsrudel gehören würde.

Als ob ich gehorchen müsste.

Er kennt mich nicht sehr gut.

Ich mag Männer nicht einmal.

Ist Adrik ein Mann? Oder ein Tier?

Ich grinse und überlege, wie ich ihn testen kann.

Ich habe noch mindestens eine Stunde Zeit, bis ich sehe, ob er gekommen ist.

Der Weg zurück zum Festland scheint endlos zu sein. In der Hitze ziehen alle ihre College-Uniformen aus, sodass die Hemden und Kniestrümpfe überall auf dem Deck verstreut sind.

Meine eigene Uniform ist bereits etwas abgenutzt. Sie wird stark beansprucht, wenn unser Unterricht nicht im Hörsaal stattfindet: Schießübung, Kampftraining, Überwachung, Foltertechniken, Tarnung und Infiltration. Der Saum meines karierten Rocks ist besonders betroffen und mit etwas Dunklem befleckt wie Fett oder altem Blut. Meine Socken haben schon lange ihren Gummizug verloren und sind um meine Knöchel gerutscht. Am liebsten würde ich sie verbrennen – vielleicht sollte ich das tun, wenn ich nach Hause komme. Gott weiß, dass diese Uniform keine drei Jahre mehr halten wird.

»Was schaust du so finster?«, fragt Cara, die sich mit einem unter den Arm geklemmten Notizbuch an das Geländer lehnt.

Es ist keine Hausaufgabe. Cara schreibt sich ständig Sachen auf, da sie Schriftstellerin werden will. Ich vermute, sie ist bloß nach Kingmakers gekommen, um Material für ihren Roman zu sammeln. Sie hat keine kriminellen Ambitionen, was aber nichts macht, denn ihre Schwester Anna ist die Erbin.

Cara ist so düster, wie Anna schön ist. Mit ihren großen, traurigen Augen und dem blassen, spitzen Gesicht sieht sie aus wie ein viktorianisches Geisterkind. Das passt – in dem gotischen Herrenhaus, in dem sie aufgewachsen ist, spukt es mit Sicherheit.

»Ich habe diese Klamotten echt satt«, sage ich.

Cara ist die Einzige auf dem Deck, die nicht übermäßig schwitzt, und ihre Uniform ist immer noch perfekt gebügelt. Die irischen Studierenden sind sogar krebsrot am ganzen Körper.

»Ist dir nicht heiß?«, frage ich.

»Reine Willenssache.« Gelassen wendet sie ihr Gesicht in die Brise.

Selbst der Dekan scheint sich in seinem dunklen Anzug und mit dem dichten schwarzen Bart unbehaglich zu fühlen. Wahrscheinlich ist er verärgert, dass er das Schiff mit dem Rest von uns zurück zum Festland nehmen muss. Das mit seinem Privatkreuzer hat sich herumgesprochen. Alle seine Geheimnisse sickern durch. In der Welt der Mafia bleibt nichts verborgen – es sei denn, alle, die es wissen, sind tot.

Der große böse Luther Hugo hat einen Schlag auf die Finger bekommen. Jetzt muss er so tun, als ob er sich von seiner besten Seite zeigt. Wären die Hugos nicht stinkreich, wäre er mit einem Messer in der Wirbelsäule als Abschiedsgeschenk vom College geflogen.

Ich weiß, dass er sich nicht wirklich verändert hat. Er steht im Schatten des Hauptmastes und zieht mich förmlich mit den Augen aus.

Ich erwidere seinen Blick.

Männer sehen mich so an, seit ich elf bin. Es stört mich nicht. Ihre Lust ist ihre Schwäche – und meine Stärke.

»Ich verabscheue ihn«, murmelt Cara.

Harte Worte von meiner sanftmütigen Cousine. Ich kann nicht widerstehen, sie zu necken.

»Ich bin mir da nicht so sicher. Für einen alten Mann ist er ziemlich heiß.«

Das ist wahr. Das Alter hat Hugos Statur nichts anhaben können und den teuflischen Ausdruck seiner scharfen Gesichtszüge nicht abgeschwächt.

»Sabrina!« Cara dreht sich angewidert zu mir um. »Das ist der Vater von Hedeon!«

»Und? Er ist ja nicht *mein* Vater.«

»Er hat eine Studentin gefickt!«

»Ich wünschte, er würde es noch mal tun.«

Cara schüttelt den Kopf und weigert sich zu lächeln.

Ich wechsle die Taktik und nicke Hedeon Gray zu, wobei ich meine Stimme andeutungsweise erhebe. »Wenn du so besorgt um den armen, unehelichen Hedeon bist, warum sitzt du dann nicht bei ihm?«

Hedeon ist bereits von Anna, Leo und unserem Cousin Caleb umgeben. Der einzige Platz zum Sitzen wäre direkt auf seinem Schoß.

Cara hat mich durchschaut und wird knallrot. »Nenn ihn nicht ›unehelich‹.«

»Tut mir leid.« Ich neige den Kopf zur Entschuldigung. »Ich meinte ›Bastard‹.«

Jetzt ist sie echt wütend, und ihre Fingerknöchel werden auf dem Rücken ihres Notizbuchs weiß.

Wortgewandt, wie sie ist, formt ihre Erwiderung wie einen Pfeil und schleudert ihn direkt auf mein Herz. »Lass es nicht an mir aus, nur weil Ilsa dich abserviert hat.«

Manchmal willst du ins Gesicht geschlagen werden.

Manchmal stachelst du jeden an, es zu tun.

Ich lache über meinen eigenen Erfolg. »Du bist ja heute ein richtiges kleines Miststück, was? Du musst Hedeon wirklich mögen …«

»Ach, verpiss dich.« Cara geht weg.

Sie hat genug von mir. Genau wie Ilsa.

Alle glauben, dass sie mich wollen. Die Dosis macht das Gift.

Noch immer rot vor lauter Wut setzt sich Cara neben Anna, die mir einen scharfen Blick zuwirft, während Leo sie mit einem Arm umschlungen hält.

Ich zwinkere ihr zu.

Stark tätowiert, weißblond und launisch – Anna ist genau mein Typ. Leo hat Glück, dass ich jünger bin.

Keine Sorge, wir sind nur angeheiratete Cousinen und nicht bei *Game of Thrones*.

Andererseits: Wer weiß, was mich in Versuchung führen könnte? Je mehr ich etwas nicht haben soll, desto mehr will ich es.

Meine Stimmung hat sich durch die Neckerei von Cara etwas gehoben, und ich blicke über das dunkelblaue Wasser hinaus. Endlich entdecke ich die Möwen und die weißen Segel, die Dubrovnik ankündigen. In weiteren zehn Minuten kommen die charakteristischen rostfarbenen Dächer der Altstadt in Sicht.

Das überfüllte Dock gibt keinen Hinweis darauf, ob Adrik wartet.

Ich sage mir, dass es mir so oder so egal ist.

Trotzdem schlägt mein Herz ein wenig schneller, denn der scharfe Geruch von Diesel und Salz scheint zu versprechen, dass heute etwas Aufregendes passieren wird.

Ich schnappe meinen Rucksack und werfe ihn mir über die Schulter. Darin habe ich Kleidung zum Wechseln, nur für den Fall.

Als wir in der Schlange stehen, um den Steg hinunterzugehen, kommt Ilsa auf mich zu. Sie wirft ihre schwarze Mähne zurück und sagt auf ihre direkte Art: »Nichts für ungut. Komm mich doch besuchen, falls du mal in Moskau sein solltest.«

Sie streckt mir ihre Hand entgegen. Ihre Nägel sind kurz

geschnitten und nicht lackiert – etwas, das ich immer zu schätzen wusste, wenn sie ihre Finger in mich gleiten ließ.

»Schüttle mir nicht die Hand, du Arschloch«, antworte ich und ziehe sie in eine Umarmung.

Ich lege meine Wange in ihren Nacken und atme den sauberen Duft von Seife und Schießpulver ein. Bei der Abschlussprüfung in Treffsicherheit hat Ilsa den ersten Platz belegt.

Sie umarmt mich ebenfalls und lässt ihre Hand kurz auf meinem unteren Rücken ruhen, ehe sie mich loslässt.

»Man sieht sich, Kleine«, sagt sie, nur um mich zu ärgern.

Stattdessen lächle ich. Das kommt einem Kosenamen noch am nächsten.

»Viel Glück!«, sage ich.

Ilsa steht kurz davor, die Stelle als Lieutenant ihrer Schwester anzutreten. In der russischen Mafia ist das eine ungewöhnliche Vereinbarung. Die Markovs kontrollieren einen der reichsten Teile Moskaus, zumindest taten sie das, ehe der Hohe Rat zusammenbrach. Es herrscht Bürgerkrieg unter den Bratwa. Wer weiß, wer die Kontrolle übernehmen wird, wenn sich die Lage beruhigt hat.

Als ich zum Dock hinuntersteige, ist Adrik nirgends zu sehen.

Wahrscheinlich ist es so am besten. Ich bin mir sicher, dass meine Mutter darauf wartet, mich wieder in Chicago zu sehen.

Ich seufze und freue mich nicht auf den langen Heimflug und den noch längeren Sommer, der vor mir liegt. Mein Vater wird mich auf Trab halten, während er sein Imperium ausbaut.

Ich nehme an, es ist auch mein Imperium. Ich bin seine Erbin, aber manchmal denke ich, dass mein kleiner Bruder Damien für diese Rolle besser geeignet ist.

Die Gallos sind gesetzestreu geworden. Ich sollte meine

Lizenz als Bauunternehmerin machen, anstatt nach Kingmakers zu gehen. Das würde meine Mutter bestimmt glücklicher machen.

Sie macht sich Sorgen um mich. Das tut jeder.

Sie wollen mich zu Hause haben, wo ich sicher bin.

Sicher ist langweilig. Sicher fühlt sich an wie hundert Kilo Stahlketten, die sich um meine Glieder legen.

Geboren und aufgewachsen in Chicago, habe ich kaum etwas von der Welt gesehen. Urlaube zählen nicht – Resorts und Hotels sind Spielhöllen für Touristen.

Ich dachte, Kingmakers würde mein Bedürfnis befriedigen, aber es ist nur ein weiteres Gefängnis, das noch mehr von allem Interessanten abgeschnitten ist.

Anna ist nicht meiner Meinung.

»Ich werde Kingmakers vermissen«, seufzt sie, nachdem sie das Schiff zum letzten Mal verlassen hat.

»Ich nicht!«, antwortet Leo vergnügt.

»Doch, das wirst du«, sagt Anna – die sich sicher ist, dass sie Leo besser kennt als er sich selbst.

Ein Schiffsarbeiter wirft meinen Koffer so hart auf den Steg, dass er beinahe ins Wasser kippt.

»Hey!«, brülle ich zu ihm hoch. »Hat dich deine Mutter so auf den Kopf fallen lassen?«

Er schreit mir etwas auf Kroatisch entgegen.

»Warum explodierst du gleich immer?« Leo lacht mich an.

Ich ziehe den Koffer aufrecht, eines der Räder steht schief und lässt sich nicht drehen.

»Hurensohn«, murmle ich und schaue zurück, um zu sehen, ob der Deckshelfer noch in Sichtweite ist.

»Komm schon.« Anna packt mich am Arm und zieht mich mit sich. »Dafür ist keine Zeit.«

Cara und Caleb warten bereits am Ende der Anlegestelle auf uns. Ihre Koffer gehören zu den ersten, die ausgeladen werden.

Ich folge meinen Cousins und Cousinen zum Taxistand und bleibe etwas zurück, denn die Verheißung des Tages hat sich nicht erfüllt.

Ehe ich die gepflasterte Halle zwischen dem Hafen und den Schlangen verbeulter Taxis überqueren kann, kommt eine schwarze Ducati vor mir zum Stehen, und eine Auspuffwolke steigt um uns herum auf. Der verchromte Auspuff funkelt in der Sonne, das Motorrad strahlt Wärme aus wie ein Lebewesen.

Es ist die Superleggera V4, das schnellste Superbike in der Produktion. Ducati hat nur fünfhundert Stück davon gebaut, ich habe also noch nie eines in natura gesehen.

Mein Blick gleitet über den schlanken Kohlefaserrahmen. Der Motor gibt ein leises Brummen von sich, das mir in den Knochen kribbelt. Es ist verdammt schön.

Der Fahrer zieht seinen Helm ab und schüttelt seinen Kopf mit dem dichten Haar. Er ist dunkler gebräunt als beim letzten Mal, als ich ihn sah, fast so braun wie ich. Seine schmalen blauen Augen, blass wie ein Husky, blicken zu den meinen auf. Seine nackten Unterarme sind staubig von den Straßen, deutliche Schweißspuren sind zu sehen. Die Hand, die den Helm hält, ist zerschunden. An den Fingerknöcheln sind tiefe Schnitte erkennbar.

Adrik Petrov leibhaftig.

»Du bist spät dran«, sage ich.

»Ich würde sagen, ich komme genau zur rechten Zeit.«

Sein Englisch ist makellos, der männliche Biss des slawischen Akzents unterstreicht jedes Wort.

Adrik ruckt mit dem Kopf in Richtung Leo und Anna. »Schön, euch zu sehen.«

Man würde nie vermuten, dass Adrik jemals unsere Hilfe gebraucht hat. Ich bezweifle, dass er es zugeben würde.

Arrogant wie immer wirft er sein schwarzes Haar aus dem Gesicht und strahlt so viel Wärme aus wie das Motorrad. Er ist nicht ganz so groß wie Leo, aber breiter im Körperbau, mit einer straffen, geballten Energie, die die Adern auf seinen Handrücken hervortreten lässt.

Wie der Motor, der auf Hochtouren läuft, ist Adrik ungeduldig.

»Kommst du oder nicht?«

Ich würde gern Nein sagen, nur um ihm das Grinsen aus dem Gesicht zu wischen. Doch ich kann den Blick einfach nicht von seinem Motorrad abwenden. Wenn *Du sollst nicht begehren* ein echtes Gebot ist, komme ich direkt in die Hölle.

»Wenn sie nicht aufsteigt, komme ich mit«, sagt Caleb und schwärmt von der Ducati.

Mein Gehirn führt ein Dutzend schneller Berechnungen durch.

»Ich komme mit.« Ich schiebe meinen Koffer zu Cara, die ihn schnell auffangen muss, damit er nicht auf seinem wackeligen Rad umkippt. »Bring das für mich nach Hause, ja?«

Cara schaut zwischen Adrik und mir hin und her. Sie ist von dieser Idee nicht begeistert.

»Was soll ich deinem Vater sagen?«, verlangt Leo zu wissen.

»Sag ihm, dass ich morgen einen Flug nehme.«

Leo versperrt mir den Weg, die Arme vor der Brust verschränkt. »Wenn du dich in Schwierigkeiten bringst …«

»Ach, spar dir das«, schnauze ich ihn an. »Nach dem Jahr, das du hattest!«

Leo grinst, wohl wissend, dass er ein dreckiger Heuchler ist. »Na gut. Ich werde deinen verdammten Koffer tragen, für Cara ist der ja viel zu schwer!«

Cara reicht den Koffer an ihn weiter.

Meine Cousins und Cousinen gehen in Richtung Taxistand, Anna bleibt für einen letzten warnenden Blick zurück.

Ich drehe ihr den Rücken zu.

Ich hasse es, wenn sie mich wie ein Kind behandeln.

Mit Adrik allein fühlt sich die Luft dick wie Honig an.

»Wie lautet der Plan?«, frage ich.

Seine strahlend blauen Augen mustern mich von Kopf bis Fuß und nehmen die Uniform in Augenschein, an die er sich wahrscheinlich noch erinnert. Ein leises Lächeln spielt um seine Lippen.

»Hast du Hunger?«, knurrt er.

Seine Stimme ist tief und rau. Ich kann die Hitze seines Körpers riechen, vermischt mit Meersalz und dem Auspuff des Motorrads. Die Spitze seiner Zunge ruht auf der scharfen Kante seines Schneidezahns, während er auf meine Antwort wartet. Gegen das Blenden der Sonne auf dem Wasser hat er die Augen zusammengekniffen.

»Immer.«

»Ich habe für uns im Coco reserviert.«

Er versucht, mich zu beeindrucken. Das Coco ist das schickste Lokal in Südosteuropa – so schick, dass selbst die Mafia-Bälger Mühe haben, dort einen Tisch zu bekommen.

»Steig auf«, sagt Adrik und hält mir seinen Helm hin.

O Gott, am liebsten würde ich mein Bein über diesen Sitz werfen.

Aber selbst Querulanten haben Grenzen, die sie nicht überschreiten wollen.

»Ich fahre nicht auf dem Sozius.«

»Dann viel Spaß beim Laufen!«, spottet er.

Ich drehe mich auf dem Absatz meiner Turnschuhe um und marschiere in Richtung des Hotels Artemis los. Adrik starrt mir hinterher und denkt offensichtlich, dass er meinen Bluff durchschaut hat.

Ich bluffe nicht.

Eine Reihe von Mopeds und Motorrädern parken am Rande der Straße. Ich scanne die Reihe und suche nach der besten Option.

Eine bonbonrote Kawasaki sticht hervor. Sie ist nicht annähernd so stark wie Adriks Motorrad, aber sie ist schlanker und könnte in den engen mittelalterlichen Straßen der Altstadt schneller sein. Solange sie den richtigen Fahrer hat.

Ich hole mein Messer aus der Tasche und klappe die Klinge heraus. In Sekundenschnelle habe ich die Zündkappe aufgeschraubt und die Drähte daruntergeklemmt. Dann ziehe ich die Kupplung und lasse die Drähte zünden, bis der Motor aufheult.

Ohne einen Blick zurück auf Adrik zu werfen, brause ich die Straße hinunter.

Der Wind peitscht mein Haar zurück. Der pochende Motor zwischen meinen Beinen schickt lebhafte Vibrationen durch meinen ganzen Körper, hinauf zu meinen Fingerspitzen und hinunter zu meinen Zehen.

Ich liebe dieses Gefühl, verdammt noch mal!

Es ist acht lange Monate her, dass ich Motorrad gefahren bin – das ist schlimmer, als enthaltsam zu sein.

Das Motorrad erweckt mich zum Leben und lässt das Blut durch meine Adern rauschen. Es setzt jedes Neuron in Gang, bis sich die Kopfsteinpflaster in hoher Auflösung abheben, bis ich die Rufe der Fischhändler auf dem Freiluftmarkt von Gundulićeva poljana höre und den verlockenden Duft von selbst angebautem Trüffel und Olivenöl rieche, während ich am Wein- und Käseladen in Gligora vorbeifahre.

Im September habe ich bloß einen Tag in Dubrovnik verbracht, aber wenn mein Vater und ich eines gemeinsam haben, dann ist es der Blick fürs Detail. Außer meinem hübschen Gesicht habe ich auch ein fotografisches Gedächtnis. Daher kann ich mich an jede Straße erinnern, durch die ich gegangen bin, und an jedes Geschäft, an dem ich in der Nacht vor der Überfahrt nach Kingmakers vorbeikam.

Ich weiß genau, wo sich das Coco befindet und wie man dorthin kommt.

Vielleicht kenne ich sogar eine schnellere Route als Adrik.

Ich meide die überfüllte Durchgangsstraße Stradun, die von Touristen, Straßencafés und überladenen Kitschkarren verstopft ist, und biege rechts scharf in eine Gasse ein, um dann noch einige Male durch enge Wohnstraßen zu kurven.

Als Adrik hinter mir herfährt, heult sein Motorrad laut auf.

Er versucht, mich einzuholen.

Seine Maschine ist schneller, keine Frage. Wenn das hier eine Rennstrecke wäre, würde er mich in einer einzigen Runde überholen.

Aber wir sind nicht auf einer Rennstrecke. Je öfter wir anhalten und wieder losfahren müssen und je schärfer die Kurven sind, die wir nehmen, desto stärker kann ich den leichten Rahmen und den flinken 650er-Motor der Ninja nutzen.

Ich erwarte, dass ich ihn abhängen werde.

Als ich einen Blick über die Schulter werfe, sehe ich, dass Adrik tief auf dem Motorrad sitzt und den Abstand zwischen uns verringert.

Er beherrscht die Maschine wie ein Profi, schneidet mit chirurgischer Präzision durch die Kurven und gewinnt langsam an Boden gegenüber mir.

Adrik weiß nicht nur, wie man fährt, sondern auch, wie man Rennen fährt.

Im Rennsport geht es darum, die beste Linie zu finden. Es geht um Strategie. Deshalb gewinnt das beste Gehirn. Man muss in jeder Kurve Sekundenbruchteile einsparen, jede Runde perfekter nehmen als die letzte.

Ich fahre meine Kurven mit maximaler Geschwindigkeit, komme schnell hinein und drehe so eng wie möglich.

Adriks Motorrad ist größer, daher muss er in den Kurven

langsamer fahren. Aber er berechnet seine Winkel wie der verdammte Pythagoras, flacht die Kurve ab und bringt das Motorrad so schnell wie möglich wieder auf eine gerade Linie, damit die Ducati ihren monströsen 998-Motor voll ausnutzen kann.

Adrik macht die geringere Eintrittsgeschwindigkeit mit einer höheren Austrittsgeschwindigkeit wett.

Es ist eine mathematische Gleichung. Das weiß ich, und anscheinend weiß er es auch.

Ich rase durch einen engen Kreisverkehr und lehne mich so stark in die Kurve, dass mein nacktes Knie von der Straße fast aufgeschrammt wird und mein Haar im Staub flattert.

Ich habe dieses Rennen begonnen, und ich werde es ganz sicher gewinnen.

Im Vergleich zu dem gewaltigen Dröhnen der Ducati klingt mein Motorrad wie ein Rasenmäher. Ich erhebe mich vom Sitz, tue so, als wollte ich rechts aus dem Kreisverkehr fahren, biege dann aber links ab und schieße in die Lücke zwischen einem Lieferwagen und einem Fiat. Der Lieferwagenfahrer drückt auf die Hupe, und der Besitzer des Fiats schreit wütend aus seinem Fenster. Ich lache triumphierend und ziehe von Adrik weg.

Da ich mich in der Gegend nicht so gut auskenne, stoße ich auf eine Steintreppe, die so eng ist, dass der Lenker meines Motorrads beim Hinunterfahren auf beiden Seiten über den Putz schrammt. Schrecklich für die Stoßdämpfer, aber wen kümmert's, es gehört ja nicht mir.

Beinahe wäre ich mit einer alten Frau mit geblümtem Kopftuch zusammengestoßen, die erschrocken zurückweicht.

»*Oprosti!*«, rufe ich ihr fröhlich zu.

Sie schüttelt eine Faust nach mir und beginnt dann, die Treppe hinaufzugehen, einen Korb mit Brot, Marmelade und frischen Schnittblumen unter den Arm geklemmt.

Adrik ist gezwungen, am oberen Ende der Treppe zu warten und zuzusehen, wie sie mühsam die Stufen hinaufsteigt.

Verrückt lachend sause ich durch das Buza-Tor, während ein wütender uniformierter Wärter etwas auf Kroatisch ruft.

Adrik wird mich jetzt niemals einholen.

Ich fahre unter den leuchtend orangefarbenen Seilbahnen hindurch, die zum Gipfel des Srd Hill hinaufführen. Wir hätten eine Gondel nehmen können, aber ich fahre lieber mit dem Motorrad diese kurvenreiche Straße, die mich auf den mediterranen Hang bringt, während das Meer flach und glitzernd unter mir liegt.

Staubwolken wirbeln hinter mir auf wie Rauch. Ich rase immer schneller, rücksichtslos und übermütig. Dabei jage ich den Schwalben hinterher, die mir im Sturzflug über den Weg fliegen. Ich rase nicht mehr mit Adrik um die Wette. Stattdessen fordere ich die Stimme heraus, die mir sagt, ich solle langsamer fahren, bevor ich eine Kurve zu hart nehme und von der Klippe stürze oder mit einem Reisebus zusammenstoße, der aus der entgegengesetzten Richtung kommt.

Die Vernunft ist nie so stark wie der Drang nach mehr.

Ich habe keinen Engel auf meiner Schulter, nur einen Teufel, der mir zuflüstert: »*Schneller, schneller ... verdammt, flieg!*«

Ich erreiche den Gipfel.

Vor mir liegt keine Straße mehr, sondern bloß noch der überwältigende Blick auf den Hafen und die sich weit unten befindende Altstadt.

Meine absolute Filmlieblingsszene ist die, in der Thelma und Louise mit ihrem 66er Thunderbird über den Rand des Grand Canyon fahren. Noch nie habe ich etwas Schöneres gesehen als dieses babyblaue Auto, das über die Abbruchkante in die Tiefe rast.

Ich werde nie als alte Frau im Bett sterben. Meine letzte

Erinnerung wird etwas so Schönes sein, dass es in der Ewigkeit nachhallen wird.

Eines Tages ... nicht heute.

Ich biege mit dem Motorrad in einen schattigen Innenhof ein, an dessen Ende sich der Eingang zum Restaurant befindet. Die Doppeltüren werden von einer altmodischen Markise gekrönt, auf der in goldener Schrift der Name *Coco* zu sehen ist.

Kurz vor dem Parkwächter bleibe ich stehen.

»Ich parke selbst«, sage ich und hoffe, dass er das klaffende Loch, das eigentlich ein Zündschloss sein sollte, nicht bemerkt.

Als ich das Motorrad an seinen Platz bringe, zögere ich und betrachte einen Moment die verworrenen Drähte, deren Enden miteinander verbunden sind.

Ich nehme mein Messer aus der Tasche und schneide sie ab.

Dann marschiere ich, staubig und verschwitzt, zum Restaurant und plane bereits, wie ich einen Tisch bekomme.

Kapitel 2

Adrik Petrov

Wegen Sabrina Gallo habe ich den weiten Weg nach Kroatien auf mich genommen.
Das klingt vermutlich verrückt, da ich sie nur einmal getroffen habe. Man könnte wohl sagen, sie hat mich beeindruckt.
Sie hat mich verfolgt wie ein Ohrwurm, ein Lied, das nicht aufhören wollte, in meinen Gedanken zu spielen. Selbst wenn ich glaubte, an etwas anderes zu denken, hörte ich ihr heiseres Lachen, wild und spöttisch, in meinem Kopf widerhallen.
Ich bin es gewohnt, derjenige zu sein, der immer am weitesten geht und alle schockiert.
Ich war der Strom.
Bis Sabrina vor mir auftauchte wie ein hundert Millionen Volt starker Blitz direkt vor meinen Füßen.
Sie mischte sich in meine Rettungsmission, stur und unerbittlich. Ich wollte die Gallos nicht dabeihaben, es sollte eine Familienangelegenheit sein. Allerdings sah ich bald, dass sie mehr als fähig war – geradezu genial. Am Ende einer einzigen Nacht in ihrer Gesellschaft wusste ich, dass ich so etwas noch nie gesehen hatte und vielleicht nie wieder sehen würde.
Also bestand ich darauf, dass sie sich mit mir am letzten Unitag auf dem Steg trifft.

Ich wollte einen Tag mit ihr allein verbringen, sie wie eine Taschenuhr auseinandernehmen und herausfinden, wie sie tickt.

Ich bin gut darin, Menschen zu lesen. Wirklich verdammt gut.

Wenn man versteht, wie jemand denkt, weiß man, was er oder sie tun wird.

Ich habe nicht damit gerechnet, dass innerhalb von fünf Minuten dieses Collegemädchen, das mir kaum bis zum Kinn reicht, auf einem gestohlenen Motorrad vor mir davonbrausen würde.

Noch weniger habe ich erwartet, dass Sabrina vor mir im Restaurant sein würde und sich ihren eigenen Tisch direkt am Fenster sichert – ohne meine Reservierung zu benutzen.

»Wie bist du hier hereingekommen?«, frage ich und lasse mich auf den leeren Sitz neben ihr fallen.

Ich möchte ihr nicht die Genugtuung geben, zu sehen, wie verschwitzt und schmutzig ich geworden bin, als ich sie hier hochgejagt habe, aber da Sabrina keinen Helm hatte, sieht sie noch schlimmer aus. Ihr Gesicht ist staubverschmiert, und ihre Bluse hat die Farbe von schwachem Tee.

»Niemand weist mich an der Tür ab«, antwortet sie.

Das hört sich ganz schön eingebildet an, ist aber wahrscheinlich wahr. Ein so hübsches Mädchen wie sie habe ich noch nie gesehen, Sie hat die Art von überirdischer Schönheit, die fast schon verstörend ist. Man wartet auf etwas, das sie vermenschlicht – einen ungünstigen Blickwinkel oder einen hässlichen Gesichtsausdruck –, doch es kommt nie.

Selbst der Schmutz in ihrem Gesicht unterstreicht nur das strahlende Weiß ihrer Augen und das Aufblitzen ihrer Zähne, wenn sie grinst. Ihre Haut sieht geröstet aus, als wäre sie über einem Feuer versengt worden. Sie leckt sich den Staub von den Lippen, deren zartes Rosa die Farbe von Himalayasalz hat.

Sabrina knistert vor Energie, die Haare auf ihrem Kopf leuchten im Sonnenschein wie goldene Fäden. Wenn ich sie berühre, könnte sie mir einen Stromschlag verpassen. Und doch brenne ich darauf, sie in die Finger zu bekommen. Ich bin noch nie einer Frau nachgejagt.

Das Abendessen ist mir scheißegal – ich will sie wieder auf dem Motorrad haben. Dieses Mal werde ich sie erwischen.

Sabrina hat andere Pläne. Sie studiert die Speisekarte und erklärt: »Ich bin am Verhungern. Auf dem Schiff haben wir nichts zu essen bekommen. Was ist hier gut?«

»Alles«, sage ich und nehme ihr die Speisekarte aus der Hand. »Aber wir sitzen nicht hier.«

Wenn sie die Stirn runzelt, bildet sich eine feine Linie zwischen ihren Augenbrauen. Das macht sie bloß noch attraktiver, so wie ein Goldfaden in der Kintsugi-Keramik.

»Warum nicht?«

»Weil mein Tisch besser ist«, sage ich, nehme ihren Arm und ziehe sie auf die Beine.

Das ist ein Vorwand, sie zu berühren. Ihr Fleisch brennt auf meiner Handfläche, warm von der Sonne und der Anstrengung der Motorradfahrt.

Menschen, die noch nie Motorrad gefahren sind, haben keine Ahnung, wie viel Kraft es erfordert. Es überrascht mich nicht, dass ich unter der glatten Haut ihres Unterarms harte Muskeln spüre.

»Warum machst du dich nicht erst frisch?«, schlage ich ihr vor. »Das Bad ist da drüben.«

»Das werde ich, nachdem ich bestellt habe. Ich habe dir doch gesagt, dass ich Hunger habe«, erwidert sie hartnäckig, ungeachtet ihres derzeitigen Aussehens.

Sie widersetzt sich mir gern.

Sie wird noch früh genug lernen, dass ich bekomme, was ich will.

Es gibt hundert Möglichkeiten, einen Menschen seinem

Willen zu unterwerfen. Nicht nur mit roher Gewalt, die das gröbste Mittel ist. Ich bin unendlich anpassungsfähig und verdammt unerbittlich.

Also lächle ich Sabrina an und sage: »Ich liebe Frauen mit Appetit.«

Ihre dichten Wimpern zucken wie ein Fächer zu mir hoch und offenbaren den direkten Blick ihrer rauchigen Augen. Ein Lächeln spielt um ihre Lippen. »Ich wette, das tust du.«

Da sie nicht weiß, wo mein Tisch steht, und sie anscheinend wirklich Hunger hat, habe ich das Vergnügen, ihr dabei zuzusehen, wie sie mir sanftmütig wie ein Kätzchen die Treppe hinauffolgt – zumindest im Moment.

Ich habe die gesamte Dachterrasse reserviert. Eine dichte Pergola aus Zitronenbäumen schützt vor der Hitze, und die nach den Früchten duftende Luft ist kühl und frisch. Die Sonne beginnt gerade, ins Wasser einzutauchen. Der wolkenlose Himmel leuchtet flammend auf, kurz, aber gleißend.

Sabrina zieht eine rußgeschwärzte Augenbraue hoch und scheint beeindruckt. »Na gut, es ist ein besserer Tisch«, gibt sie zu.

Unser Kellner eilt herbei, ein frisches weißes Tuch über dem Unterarm gefaltet. Sein dunkles Haar hat er im Nacken zu einem Man-Bun zusammengebunden, und da er noch so jung ist, kann er es nicht lassen, Sabrina anzustarren – obwohl er weiß, dass ich das Trinkgeld gebe.

»Darf ich Ihnen zuerst einen Drink anbieten?«, stammelt er.

»Habt ihr Vietti?«, fragt Sabrina nach.

»Weiß oder rot?«

»Natürlich weiß«, erklärt sie. »Ich scheiß auf Rotwein.«

Der Kellner, der nicht weiß, wie er auf diesen vulgären Ton reagieren soll, lacht nervös und wendet sich dann an mich. »Und Sie, Sir?«

»Das Gleiche für mich.«

Ich teile Sabrinas Vorurteil gegen Rotwein nicht, doch ich möchte das trinken, was sie trinkt.

Die Stille, die auf den Abgang des Kellners folgt, könnte unangenehm sein. Allerdings nicht für mich, denn ich habe mich noch nie unangenehm gefühlt, aber vielleicht für Sabrina.

Sie lehnt sich in ihrem Stuhl zurück, die Arme über die hinteren Streben gestreckt. Ihre Beine sind gespreizt, jedoch nicht so weit, dass man ihre Unterwäsche sehen kann – absichtlich unanständig. Ich nehme an, sie hat ihre Uniform anbehalten, um mir zu zeigen, wie wenig Mühe sie sich für dieses Treffen gibt.

Wenn sie höflich wäre, würde sie sich nach meinem Onkel erkundigen.

Stattdessen fragt sie: »Was ist in Moskau los?«

»Du musst schon etwas genauer sein. Es ist eine große Stadt.«

Sabrina stößt ein ungeduldiges Schnauben aus. »Ivan Petrov hat seine Besitztümer nach Amerika verlegt. Dein Vater hat die Kontrolle über St. Petersburg übernommen. Ich frage mich, wer die Stelle in Moskau füllen wird. Besonders jetzt, da Danyl Kuznetsov tot ist.«

Meine Hand zuckt unter dem Tisch – vor Vergnügen, nicht vor Verärgerung.

»Das klingt, als wüsstest du mehr darüber als ich.«

»Einen Scheißdreck tue ich.« Sabrina kneift die Augen zusammen. Sie mag es nicht, wenn ich Spielchen spiele.

In den letzten zwanzig Jahren haben die Petrovs St. Petersburg zu unserer Hochburg gemacht. Dennoch ist es wichtig, in Moskau Fuß zu fassen, denn dort ist der Sitz des Hohen Rats. Mein Vater hat mich dorthin geschickt, um unseren Platz zu sichern. Ich habe vor, noch viel mehr als das zu tun.

»Vielleicht übernehme *ich* Moskau«, sage ich beiläufig.

»Wie viel davon?«

»Alles.«

Sabrina beißt sich auf die Lippen und grinst. »Was ist mit den Markovs?«

Jetzt bin ich es, der eine Augenbraue hochzieht. Den Markovs gehört das größte Gebiet in Moskau. Nikolai Markov hat bloß Töchter. Der Hohe Rat wird nicht ohne Weiteres eine weibliche Erbin akzeptieren, nur mit ihrer Schwester als Lieutenant. Auch die anderen *Pakhans* nicht. Neve Markov wird Glück haben, wenn sie ein Jahr durchhält.

Die Ankunft des Weins unterbricht uns.

Sabrina ergreift ihr Glas und nimmt eifrig einen Schluck, bevor ich einen Toast aussprechen kann.

»*Pa-yé-kha-lee*«, sage ich trocken und halte mein Weinglas hoch.

Sabrina lässt ihr Glas so kräftig gegen meines klirren, dass es fast zerspringt.

»*Pa-yé-kha-lee*«, imitiert sie mit erstaunlich guter Aussprache.

Ich nehme einen Schluck. »*B'lyad!*«, spotte ich. »Das ist reiner Zucker!«

»Ich mag es, wenn mein Wein nach Zuckerwatte schmeckt«, entgegnet Sabrina und lacht.

Er ist süß, aber auf den zweiten Geschmack nicht aufdringlich. Eigentlich ist er erfrischend, mit einem säuerlichen Hauch und leichter Kohlensäure.

Sabrina grinst, als ich ein wenig mehr trinke. »Er schmeckt dir.«

»Er ist nicht schrecklich«, gebe ich zu.

Süßes gehört nicht zu meinen Leidenschaften.

Salz hingegen …

Ich konzentriere mich auf das Mädchen, das mir gegenübersitzt. »Warum interessierst du dich für die Geschäfte der Bratwa?«

»Nur für eine bestimmte Bratwa.«

»Und wer ist das?«

»Ich habe früher mit Ilsa Markov gefickt«, sagt Sabrina schelmisch.

Sie versucht, mich eifersüchtig zu machen. Allerdings hätte sie sich ein weniger attraktives Objekt aussuchen sollen. Ich kenne Ilsa Markov – obwohl sie für meinen Geschmack zu bullig ist, treibt die Vorstellung, sie mit Sabrina im Bett zu haben, das Blut direkt in meinen Schwanz.

»Wann war das?«, erkundige ich mich.

»Oh, bis ungefähr … gestern Abend.« Sabrina lächelt verrucht.

Ich trinke den Rest des Weines in einem Schluck aus.

»Und gerade als ich dachte, ich wüsste alles über Ilsa …«

»Du wusstest nicht, dass sie lesbisch ist?«

»Ich wusste nicht, dass sie einen so guten Geschmack hat.«

Das bringt Sabrina zum Lachen, so leise und vergnügt, dass mein Penis auf unangenehme Proportionen anschwillt und nicht mehr in meine Jeans passt.

Dieses Mädchen ist noch viel berauschender als der Wein. Ich kann mich nicht erinnern, wann ich das letzte Mal allein durch ein Gespräch einen Ständer bekommen habe.

»Möchten Sie bestellen?«, fragt der Kellner, der mit irritierender Schnelligkeit wieder auftaucht.

Ich werfe ihm einen flammenden Blick zu, der ihn einen Schritt zurückweichen lässt. Am liebsten würde ich ihm sagen, dass er sich für die nächsten Stunden verpissen soll, aber Sabrina hat Hunger.

»Wir nehmen die Fritule«, beginne ich.

»Für mich danach das Filet«, wirft Sabrina ein, bevor ich auch noch ihre Hauptspeise bestellen kann.

»Für mich auch«, sage ich und reiche ihm unsere Speisekarten.

»Ich weiß nicht, ob ich Fritule mag«, sagt Sabrina mit einem Anflug von Verärgerung.

»Das wirst du.«

»Woher willst du das wissen?«

»Weil sie köstlich sind. Und genau wie Ilsa vertraue ich auf deinen Geschmack.«

Das besänftigt sie ein wenig. Als unsere Vorspeise kommt, taut sie völlig auf – die heißen, knusprigen kleinen Gebäckstücke sind mit Rosinen, frisch geriebener Orangenschale und einem Schuss Rum gefüllt. Sabrina verschlingt sie in jeweils zwei Bissen.

»Einfach köstlich«, sagt sie und gibt bereitwillig zu, dass ich recht habe.

Von allen Dingen, die ich an ihr mag, ist dies einer ihrer besten Charakterzüge.

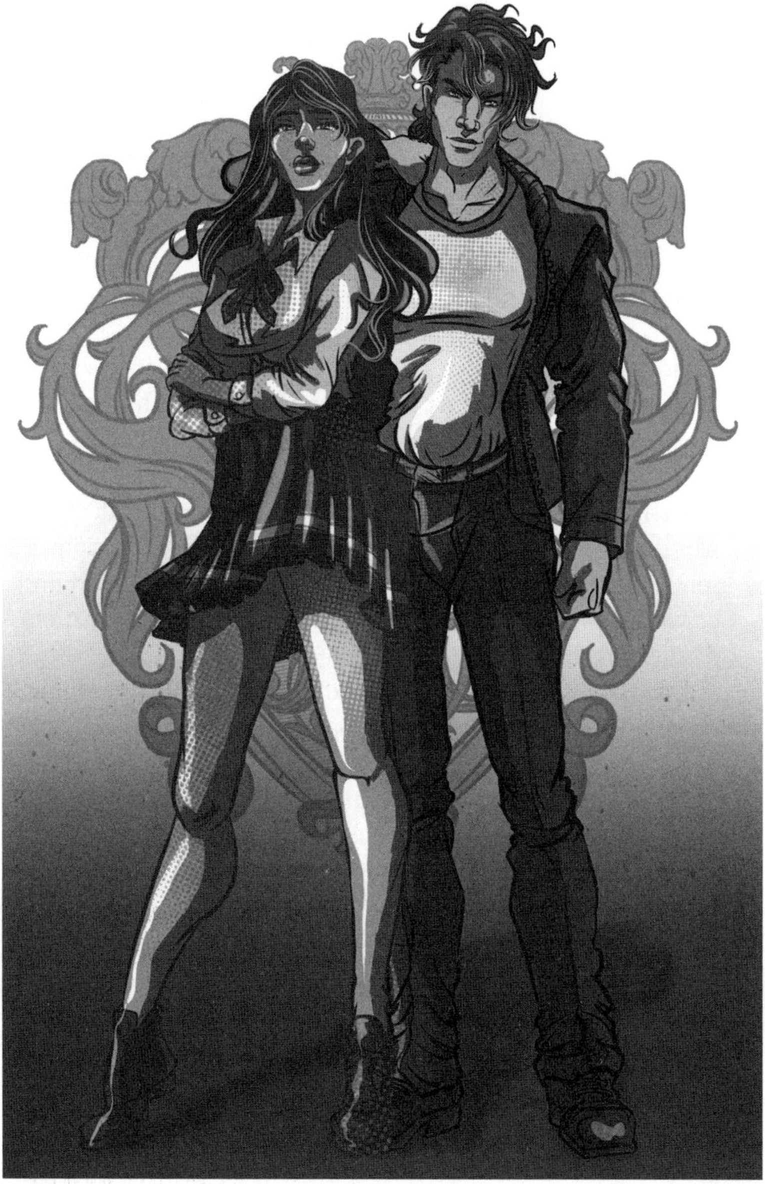

KAPITEL 3

SABRINA

Ausnahmsweise ist der Hype gerechtfertigt. Das Essen im Coco ist fantastisch, und Adrik ist genauso beeindruckend, wie alle sagen.

Ich suche ständig nach einer Schwachstelle in seiner Persönlichkeit – etwas, das er zu wissen glaubt, von dem ich weiß, dass es falsch ist. Einen lächerlichen Witz. Eine passende Gelegenheit, bei der ich sein Ego angreifen kann und er wie jeder andere Mann, dem ich je begegnet bin, nicht damit umgehen kann und aufbraust.

Das ist es, was ich erwarte – denn das ist es, was immer passiert ist, wenn ich versucht habe, mit Männern auszugehen.

Sie hassen es, wenn man ihnen nicht zustimmt – vor allem, wenn man selbst recht hat.

Sie hassen es, wenn man sie nicht anhimmelt.

Und vor allem hassen sie es, wenn du anders bist als das Bild, das sie von dir im Kopf haben.

Das passiert vor allem mir.

Männer schauen mich an und sehen in mir ein Sexsymbol. Sie wollen mich so sehr, dass sie sich nicht vorstellen können, dass das, was in dieser Verpackung steckt, ihnen nicht ganz so gut gefällt wie das Äußere.

Sie sagen, ich sei alles, was sie je wollten – und dann wollen sie alles an mir ändern.

Wie ich mich kleide, wie ich rede, was ich mag, wie ich mich verhalte.

Und das, bevor die Eifersucht einsetzt.

Je mehr sie dich wollen, desto weniger können sie es ertragen, dass dich jemand anderes ansieht.

Unser Kellner versucht, sich zurückzuhalten, aber selbst er kann einem verstohlenen Blick auf meine Bluse nicht widerstehen, als er die Hauptspeisen bringt.

Ich überprüfe, ob Adrik es bemerkt hat.

Er lehnt sich in seinem Stuhl zurück, sein Weinglas leicht zwischen Mittel- und Ringfinger balancierend. Sein Gesichtsausdruck ist so entspannt wie immer, keine Spur von Irritation zieht die dicken schwarzen Brauen zusammen.

In dem Moment, in dem der Kellner geht, sagt er: »Hat dir jemals jemand widerstehen können?«

Ich lächle. »Bis jetzt noch nicht.«

Adrik schenkt mir gekonnt noch etwas Vietti in mein Glas ein, wobei er mir in die Augen sieht, ohne aufzupassen, was er tut. »Dann bin ich wohl genau wie alle anderen.«

Von allen Dingen, die ich von Adrik Petrov erwartet hatte, gehörte Selbstabwertung nicht dazu.

Er bringt mich aus dem Gleichgewicht. Diese eisigen Augen, die mich anstarren, dieses raue Knurren, aber die Worte selbst sind flirtend und schmeichelhaft – der Mann hat viele Gesichter.

Er weckt meine Neugierde. Und meinen Hang zum Unfug.

Da ich meine Sinne schärfen will, ignoriere ich das frisch gefüllte Weinglas. Ungefähr in einer halben Stunde habe ich etwas vor. Ich darf nicht beschwipst werden.

Als Adrik sein Steakmesser in die Hand nimmt, treten die Sehnen an seinem nackten Unterarm hervor. Der Bizeps darüber ist so rund wie ein Baseball. Seine Hände sind groß, die Finger, mit denen er den Griff fasst, sind dick und haben eine kantige Spitze.

»Warst du schon einmal in Russland?«, fragt er.
»Nein.«
»Möchtest du es?«
Ich lasse mir Zeit, das perfekt gegrillte Filet anzuschneiden, damit ich abschätzen kann, wie ernst er seine Einladung meint.

Ich dachte, Adrik wäre wegen Sex hier.

Aber er hat sich schon mehr Mühe bei der Jagd auf mich gegeben, als ich erwartet hatte. Er hat das Motorrad nicht in Kroatien gekauft – er ist damit hierhergefahren oder hat es mit dem Schiff transportiert. Dass mich das beeindrucken würde, war ihm klar. Er weiß, wie alles mit zwei Rädern mich begeistert.

Und nicht, weil ich es ihm gesagt habe. Er hat Nachforschungen angestellt.

Ich weiß nicht, was ich davon halten soll.

Adrik will etwas. Nicht nur meinen Körper, sondern auch etwas anderes.

Ich schaue zu ihm auf.

Er wartet und beobachtet mich, sein eigenes Steak unberührt.

»Wie ist es in Moskau?«, frage ich.

»Nun ... weißt du noch, als tausend Arten von Menschen nach Amerika strömten, es chaotisch und gesetzlos war und man an einem Tag ein Vermögen machen und verlieren konnte?«

»Ja.«

»Genau so ist es. Es ist der wilde, wilde Osten.«

Ich nehme einen Bissen von dem Filet und lecke mir den Saft von den Lippen. »Das klingt ... verlockend.«

Adrik grinst mich an, seine Zähne sind weiß und kräftig. Er hat ein verruchtes Lächeln und einen Blick, bei dem man sich entblößt fühlt. Er hat nichts Liebreizendes an sich, nichts Sanftes. Ich könnte ihn mir in einem Pelzmantel und

Stiefeln in einem sibirischen Schloss vorstellen, mit rauschendem Schneegestöber ringsum.

Er ist für ein härteres Klima als dieses gemacht.

Die Lederjacke, die er über die Lehne seines Stuhls gehängt hat, ist schwer und zerschlissen.

Der Körper, den sie offenbarte, ist straff, trainiert und tadellos gepflegt. Ich bewundere es, wenn sich ein Mann um sich selbst kümmert. Die Art und Weise, wie er seinen Body und sein Motorrad behandelt, sagt viel über Adrik aus.

Er hat weniger Tattoos als der durchschnittliche Bratwa. Da er schon einige Jahre nicht mehr in Kingmakers ist, hätte ich erwartet, dass seine Arme und Hände bereits Zeugnisse seiner Leistungen tragen. Eine der einzigen Tätowierungen, die ich sehen kann, ist ein großer Fleck auf seinem rechten Arm: der Kopf eines schwarzen Wolfs. Ich habe gehört, dass sein gesamtes Wolfsrudel dieses Markenzeichen trägt, das mehr an eine militärische Gruppe als an die Bratwa erinnert.

Dennoch vermute ich, dass ich, wenn ich Adrik ohne sein Hemd sehen könnte, auf seinen Schultern die traditionellen Sterne seiner Organisation bemerken würde.

Ich habe gesehen, was Adrik zu tun bereit war, um seinen Onkel zu retten. Er ist loyal.

An Adrik Petrov gibt es viel zu bewundern. Er ist berechnend und intelligent. Ihm entgehen keine Dinge, er liegt nie falsch. So wird man zur Legende: durch Beständigkeit.

Fast bin ich ein wenig eingeschüchtert.

Und ich fühle mich verdammt stark zu ihm hingezogen.

Jedes Mal, wenn er sich in seinem Sitz bewegt, nehme ich einen Hauch seines Parfüms wahr, vermischt mit seinem eigenen wilden Duft. Mein Magen verkrampft sich.

Noch nie habe ich eine derartige Erregung gegenüber einem Mann verspürt.

Männer sind von Natur aus unvollkommen. Sie haben so

viele Schwächen – geprägt von Rücksichtslosigkeit und roher Gewalt.

Aber es gibt Ausnahmen. Mein Vater ist so eine. Genau wie mein Bruder und meine Cousins. Man sollte meinen, dass ich bei all diesen guten Beispielen ein positives Bild von Männern habe. Doch ich spreche von der Masse der Männer. Es ist eine einfache Gleichung: Männer haben die Macht. Wenn Männer gut wären, wäre die Welt gut.

»Was geht in deinem Kopf vor?«, fragt mich Adrik.

Er mustert mich wie eines dieser Puzzles, die man immer wieder umdrehen muss, um den richtigen Winkel zu finden.

»Ich habe mich gefragt, ob du einen Nachtisch möchtest.«

»Süßes ist für mich tabu.«

»Darauf hätte ich gewettet.«

Adrik zuckt mit den Schultern, zweifellos, um die Muskelpakete unter seinem engen schwarzen T-Shirt zu betonen.

»Ich will nicht zu viel essen. Für den Fall, dass ich mich später anstrengen muss.«

Anders als der Kellner bleiben seine Augen auf meine gerichtet – kein plumpes Auf und Ab über meinen Körper. Aber das Verlangen steht ihm ins Gesicht geschrieben. Er will mich.

Ich gebe zu – ich bin auch in Versuchung.

Adrik und die Ducati, die draußen steht, haben eine Menge gemeinsam. Beide sind exotisch und kraftvoll, mit genug Power, um mich ins Weltall zu befördern. Eine Fahrt wie keine andere.

»Lass uns von hier verschwinden«, sage ich, ohne mich weiter für mein Steak zu interessieren.

Genau wie Adrik möchte ich nicht, dass mich etwas einschränkt.

Als ich vom Tisch aufstehe, hebt die kühle Meeresbrise

den Saum meines Rocks und lässt ihn um meine Oberschenkel tanzen.

Diesmal kann Adrik nicht anders, als hinzuschauen.

Während er abgelenkt ist, werfe ich einen kurzen Blick auf den Umriss seiner Jeans. Ich sehe viel, was mein Interesse weckt, aber nicht das, wonach ich suche.

»Es wird kalt«, sage ich.

Die Sonne ist schon längst im Meer versunken und taucht die Altstadt in ein tiefviolettes Zwielicht. Die Lampen an der Ufermauer leuchten wie hundert goldene Kugeln, die an einem langen, dünnen Draht aufgereiht sind.

Adrik nimmt seine Jacke von der Lehne seines Stuhls und wirft sie mir über die Schultern. Ihr Gewicht überrascht mich. Ich werde von seinem reichen, wilden Duft eingehüllt, der mit den Benzindämpfen seines Motorrads vermischt ist. Wie das Benzin hat auch Adriks Duft etwas Verruchtes an sich: kopfverdrehend, berauschend, brandgefährlich.

Ich stecke meine Hände suchend in die Taschen seiner Jacke. Meine Fingerspitzen finden nur Luft.

»Wohin fahren wir jetzt?«, frage ich Adrik.

»Zum Culture Club. Warst du dort schon einmal?«

Ich nicke.

Bevor ich das Schiff nach Kingmakers genommen hatte, verbrachte ich meine letzte Nacht in Dubrovnik damit, im Culture Club bis vier Uhr morgens zu tanzen.

Adrik wirft das Geld auf den Tisch, ohne auf die Rückkehr des Kellners zu warten.

Ich schreite vor ihm her, die Treppe hinunter, hinaus in den Innenhof. Die Lichterketten glitzern auf den Windschutzscheiben der vielen teuren Autos, die von den Parkwächtern geparkt werden, und auf der langen Reihe von Motorrädern und Mopeds. Die Ducati krönt diese Reihe, sie überstrahlt sie alle.

An der Zündung baumelnd, entdecke ich, wonach ich gesucht habe.

Dieser Wichser hat die Schlüssel stecken lassen! Dadurch fordert er ja geradezu dazu auf, diese Maschine zu klauen.

Ich höre Adriks schweren Tritt hinter mir.

Ich drehe mich um und frage: »Du lässt die Schlüssel einfach stecken?«

Adrik grinst. »Ich würde gern mal sehen, wie jemand versucht, das Motorrad zu stehlen.«

Er hat nicht unrecht.

Es gibt ein Sprichwort für junge Leute, die glauben, dass sie auf die größte Maschine aufspringen können und dann kläglich scheitern: *too much bike.*

Du musst erst auf der alten Stute üben, bevor du den Bronco reiten kannst.

Wenn dieser spezielle Bronco dich abdrängt, bist du nichts weiter als ein Fleck auf dem Asphalt.

Ich schlendere zu der Maschine hinüber und fahre mit der Fingerspitze leicht über den Rahmen.

Adrik sieht mich an, die Hände in den Taschen, das Kinn hochgezogen.

Ich werfe ihm einen verruchten Blick zu. »Hast du keine Angst, dass jemand diese wunderschöne, im Mondlicht leuchtende Maschine sieht und einen unwiderstehlichen Drang verspürt, das Bein über den Sitz zu schwingen?«

Genau das tue ich, indem ich mich auf das weiche Leder des Motorrads lehne und den Rock bis zu den Oberschenkeln hochschiebe.

Ich werfe mein Haar über die Schultern zurück, lasse meine Hüften auf dem Sitz liegen, lehne mich vor, wölbe den Rücken und zeige ihm, wie sehr ich es genieße, dieses Ungetüm zu besteigen.

Adrik weiß genau, was ich tue. Er kann sich das Grinsen nicht verkneifen. Er liebt es, dass ich schamlos bin.

»Gefällt dir das?«, knurrt er.

»Fast«, sage ich, beuge mich vor und drehe den Schlüssel. Der Motor heult auf, ist sofort warm und fahrbereit.

»Ahhh«, seufze ich. »Viel besser.«

Die Vibration dröhnt durch meine Knochen. Ich drücke mich dagegen, bis jede Zelle in meinem Körper auf der gleichen Frequenz pulsiert. Ich bin perfekt gestimmt, eine Note, die in der Luft schwebt.

Ich setze mich auf, meine Silhouette hebt sich vom Himmel ab. Mir ist bewusst, wie umwerfend ich in diesem Moment für Adrik aussehe – ein Preis, für den er alles tun würde.

Ich drehe am Gas, lasse den Motor aufheulen und lächle ihn über meine Schulter an.

Er beginnt zu grinsen, so glücklich, dass er sterben könnte.

Bis das Grauen ihm das Grinsen aus dem Gesicht wischt.

Ich habe die Kupplung noch nicht gezogen – ich habe noch nicht einmal angefangen, mich zu bewegen. Aber Adrik weiß genau, was ich vorhabe.

Er macht einen Schritt nach vorne. Sein Blick ist so finster, dass einem Feigling das Herz in der Brust stehen bleiben würde.

Tief und wild flüstert er: »Sabrina … *tu's bloß nicht.*«

Ich zögere nicht einmal.

Ich ziehe die Kupplung durch und lege den Gang ein.

Die Abgase füllen meinen Mund und bedecken meine Zunge.

Ich schmecke es jetzt.

Ich will es.

Ich *brauche* es, verdammt noch mal!

Trotzdem weiß ich es besser, als ihn in einer Staubwolke hinter mir zu lassen. Ich habe gerade einen Strick um den Hals eines rasenden Stiers geworfen – dem muss man nicht auch noch das rote Tuch zeigen.

Vorsichtig lasse ich die Kupplung aus und drehe den Gasgriff nur halb so schnell wie gewöhnlich auf.

Der Motor reagiert, als hätte ich reines Oktan eingeblasen. Der Asphalt unter dem Hinterreifen scheint zu schwarzem Glas zu schmelzen, während das Rad zu schlingern beginnt. Ich bin nicht schwer genug, ich halte es nicht unten.

Als ich meinen Hintern so tief wie möglich fallen lasse, um das Gleichgewicht zu halten, schießt das Motorrad mit schockierender Geschwindigkeit vorwärts wie ein Tier, das aus seinem Pferch befreit wird. Ich habe gedacht, es würde lostraben, aber es ist bereits im Galopp.

Viel zu spät sprintet Adrik auf mich zu. Das Motorrad rast aus dem Parkplatz und rammt fast einen uniformierten Parkwächter, der ins Gebüsch springen muss, um seine Haut zu retten.

Adrik schreit mir etwas hinterher, doch seine Worte werden vom Wind weggepeitscht und gehen im Heulen des Motors unter.

Als ich mein Gewicht nach hinten verlagere, bäumt sich das Vorderrad wild auf und versucht, mich von seinem Rücken zu schleudern. Also werfe ich mich nach vorne, lege mich darauf und umklammere es mit aller Kraft. Ich achte darauf, dass ich – egal was passiert – nicht abgeworfen werde.

Deshalb muss ich tief sinken und das ganze Ding bedecken. Ich will nicht pervers sein, aber es ist wirklich so, als würde man jemanden ficken – jemanden, der einen mit aller Kraft abwerfen will. Dieser Jemand ist verdammt viel stärker als ich.

Ich halte mich kaum noch aufrecht, als ich mich der ersten Kurve des Berges nähere. Obwohl ich die Kurve auf der breitestmöglichen Linie nehme, fahre ich am Rande der Klippe, einem schwindelerregenden Abgrund nur wenige Zentimeter rechts von meinem Rad. Ich sehe das dunkle Glitzern des Ozeans weit unter mir, und mein Fuß baumelt in der Luft, bevor ich wieder auf die Straße zurückkomme.

Mein Herz schlägt so schnell, dass es sich unaufhörlich zusammenpresst. Ich bin betrunken vor Gefahr und der Kraft dieser Maschine.

Mein Leben schwebt auf Messers Schneide, und ich könnte auf tausend verschiedene Arten sterben.

Die Sterne funkeln einer nach dem anderen um mich herum. Keine Straßenlaternen, die sie ertränken könnten, nur der einzelne Scheinwerfer des Motorrads, der wie ein Auge in der Dunkelheit vor mir leuchtet.

Ich erinnere mich noch genau, wie Adrik mit dem Motorrad umging, als wäre es auf sein Kommando trainiert. Als wäre es ein Teil von ihm.

Er fuhr dieses Motorrad mit Anmut.

Ich bin nicht Adrik, noch nicht.

Die Ducati steht zwischen meinen Beinen in Flammen, der Motor brennt immer heißer, als würde er gleich explodieren. Jede Unebenheit auf der Straße schickt ein Zucken durch uns beide. Ich bin ein Surfer, der gerade noch das Gleichgewicht halten kann, während ich auf der Welle reite.

Ich zähme dieses Biest durch schiere Willenskraft. Eigentlich ist das nicht wahr – daran ist nichts Geheimnisvolles. Ich führe tausend Berechnungen pro Sekunde durch, um ein Mindestmaß an Kontrolle zu behalten. Mein Blut ist reines Adrenalin, dünn und fein wie Limonade, die durch meine Adern sprudelt.

Dieses Ding ist eine Rakete, und man kann es bloß fahren, wenn man sich gut festhält.

Auf halbem Weg den Berg hinunter komme ich zu einer Geraden, die lang genug ist, dass ich es wage, dem Gasgriff einen leichten Schub zu geben. Die Ducati röhrt und schießt vorwärts, als ob sie vorher stillgestanden hätte. Sie wirft mich zurück, und mein Magen rumort.

Ich stoße einen Schrei der puren Freude aus, der sofort aus meinem Mund gezogen wird.

Noch nie habe ich eine solche Beschleunigung erlebt.

Das macht süchtig. Selbst als ich langsamer auf die nächste Kurve zufahre, will ich bereits mehr.

Kurz denke ich an den armen Adrik, der im Innenhof des Restaurants steht.

Und frage mich, ob er schon eine Mitfahrgelegenheit gefunden hat.

KAPITEL 4

ADRIK

Ich muss meine Berechnungen, was diese Frau betrifft, anpassen. Ständig versuche ich zu testen, wie weit ich bei ihr gehen kann. Doch sie macht alles mit. Was bedeutet, dass die Möglichkeiten grenzenlos sind.

Ich grinse vor mich hin und bin froh, dass dieser kleine Ausflug nicht umsonst war. Sabrina ist genau das, was ich mir erhofft habe.

Sie ist klug und gerissen, außerdem schreckt sie vor nichts zurück. Kein Mann in Moskau würde es wagen, mir einen Stift zu klauen, geschweige denn mein verdammtes Motorrad.

Aber tot nützt sie mir nichts.

Sabrina scheint fest entschlossen zu sein, die Kluft zwischen wild und völlig verrückt zu überwinden. Ein Schubs, und sie könnte in den Abgrund stürzen. Ich weiß nicht, ob ich sie bändigen kann.

Ob ich es kann oder nicht, eines ist sicher: Ich habe sie durchschaut, sie wird mich nicht mehr überraschen.

Ich gehe zu ihrem Motorrad hinüber, ohne mich zu beeilen, denn ich werde sie leicht einholen, selbst auf dieser beschissenen Kawasaki.

So wie sie hier hinausgeschlingert ist, hat sie es auf keinen Fall weiter als zur ersten Kurve geschafft.

Ich muss dort hinfahren und sie vom Bürgersteig kratzen, wenn sie nicht schon über die Klippe geflogen ist.

Ich schwinge mein Bein über den Sitz der Ninja und will den von dieser kleinen Kleptomanin kurzgeschlossenen Motor wieder zünden. Aber als ich den Schalter umlege, passiert nichts. Ich ziehe die Drähte aus dem Zündschloss. Sie sind nicht mehr verbunden, sondern kurz abgeschnitten.

Sie kappte die Drähte direkt, als sie hier ankam.

Sie hatte das ganze verdammte Abendessen über vor, mein Motorrad zu stehlen.

Die ganze Zeit, in der wir lachten und redeten, diesen Zuckerwatte-Wein tranken und diese 80-Dollar-Steaks aßen, fantasierte sie davon, auf meiner Ducati den Berg hinunterzufliegen.

Noch nie bin ich von einer Frau hereingelegt worden, doch Sabrina hat es in einer Nacht dreimal geschafft.

Ich weiß nicht, ob ich ihr gratulieren oder sie fesseln und in meinen Kofferraum werfen soll.

***

Zweiundzwanzig Minuten später halte ich neben Sabrina an der roten Ampel am Fuß des Srd Hill.

Ihre Arme zittern, der Schweiß rinnt ihr über das Gesicht, ihre Haare sind zerzaust, und ihre zerfledderte College-Uniform ist grauer als je zuvor.

Ihr Körper sieht aus, als wäre er für diese Maschine gemacht. Ihr Gesichtsausdruck sagt mir, dass ihr das bewusst ist.

Ihre Augen glänzen wie Silber, ihre Brust hebt und senkt sich vor hektischer Freude.

»Ich gebe sie nie wieder her«, keucht sie.

In der kalten Nachtluft steigt Dampf von meinen Schultern auf. Einem Mann das Motorrad zu klauen, ist eine Sache – ihm die Jacke zu stehlen, ist richtig böse.

»Ich sollte dich übers Knie legen und dir den Hintern versohlen«, sage ich.

Sie grinst völlig reuelos, dreht ihr Handgelenk und lässt den Motor als bewusste Provokation hochdrehen. »Du musst mich erst kriegen.«

Die klapprige Honda, die ich fahre, hustet und stottert neben dem leisen Schnurren der Ducati.

Sabrina starrt auf mein Motorrad und kann ihre Schadenfreude nicht zurückhalten. »Woher hast du das Ding?«

Ich kann kaum meinen Drang unterdrücken, sie zu erdrosseln, und zische: »Ich musste es verdammt noch mal kaufen.«

Ihre Lippen verziehen sich zu einem so unwiderstehlichen Lächeln, dass ich nicht anders kann, als es zu genießen, selbst wenn es auf meine Kosten geht.

»Wie viel hast du dafür bezahlt?«

»Siebentausend Dollar, du verdammtes Arschloch.«

Sie kann nicht aufhören zu lachen. »Für dieses Stück Scheiße?«

»Ich habe nicht verhandelt, sondern versucht, dich einzuholen, bevor du dich selbst verbrennst.«

Sie zuckt mit den Schultern und meint: »Für siebentausend Dollar hätte ich die BMW gekauft. Oder zumindest die Yamaha.«

»Das war kein verdammter Basar!« Ich explodiere. »Ich musste nehmen, was ich kriegen konnte.«

Sabrina schaut mich mit hochgezogenen Augenbrauen an. »Wenn das bedeutet, dass du nur noch dreitausend in der Tasche hast, werden wir wohl nicht so eine Nacht haben, wie ich sie mir vorgestellt habe.«

Wie dreist!

Ich schüttle den Kopf und lasse sie denken, was sie denken will. Ich bin nicht die Art von Angeber, der mit seinem Geld prahlt.

Die Ampel wird gelb.

Wenige Augenblicke vor dem grünen Licht zucke ich mit

dem Kopf zu dem Mädchen, das immer noch stolz auf meinem Motorrad sitzt.

»In Ordnung. Dann zeig mal, was du kannst.«

Ich habe ihr die Erlaubnis gegeben, aber Sabrina wartet nicht darauf. Sie hockt bereits tief über dem Lenker und starrt fokussiert nach vorne.

Die Ampel wird grün, und sie braust los.

Diesmal ist sie bereit für die Kraft der Kupplung. Sie hält sie fest, damit sie nicht zurückspringen kann, und dreht ihr Handgelenk, um die Geschwindigkeit sanft und gleichmäßig zu erhöhen.

Sie schafft es gerade, das hintere Ende des Motorrads ruhig zu halten, während sie mit siebzig Prozent Geschwindigkeit losfährt und der Hinterreifen nur ein wenig wackelt.

Nicht perfekt, aber verdammt beeindruckend. Sie lernt schnell.

Ich halte mich zurück, damit ich sie beim Fahren beobachten kann. Ich fahre nicht mehr um die Wette mit ihr ... ich bewundere sie bloß noch.

***

Eine Minute nach Sabrina komme ich beim Culture Club an. Die Ducati glüht immer noch, als sie auf dem Ständer steht und der Motor sich langsam beruhigt. Die Schlüssel baumeln im Zündschloss.

Sabrina ist bereits im Club verschwunden und hat die Schlange, die sich die massive Steintreppe hinunterschlängelt, gekonnt umgangen. Ich reiche dem Türsteher einen gefalteten Hundert-Dollar-Schein, um es ihr nachzutun.

Ich nehme an, sie ist auf dem Weg zu den Toiletten, um sich frisch zu machen. Ich wasche mir selbst Gesicht und Hände und tauche dann meinen Kopf unter den Wasserhahn, um den Staub aus meinen Haaren zu bekommen.

Mein Haar sieht nass oder trocken fast gleich aus – dick und schwarz wie ein Pelz, der widerspenstig in alle Richtungen absteht. Ich schüttle es aus und bespritze den Spiegel mit Wassertropfen.

Sabrina braucht länger, bis sie wieder auftaucht. Ich warte unter dem steinernen Torbogen, der zur Tanzfläche führt. Die Show vom DJ-Pult lässt Schatten- und Lichtmuster über die gegenüberliegende Wand schießen und färbt den weißen Stein violett.

Sabrina kommt aus dem Bad wie die Venus aus dem Meer: die Haare auf Hochglanz gebürstet, das Gesicht gewaschen und leuchtend wie Bernstein und in einem hautengen Kleid, das sich an Kurven schmiegt, von denen ein plastischer Chirurg nicht einmal zu träumen wagt. Sie hat ihre Turnschuhe gegen zehn Zentimeter hohe Absätze getauscht und ihre Augen mit rauchigem Kajal umrandet.

Was auch immer sie in diesem kleinen Rucksack mitgebracht hat, es ist nichts weniger als eine Verwandlung – sie sieht aus, als wäre sie mit einem Privatjet hierhergeflogen und nicht mit einem Motorrad.

Ich schätze, ihr ist doch nicht alles egal.

Alle wenden den Kopf in ihre Richtung, Männer wie Frauen starren sie mit offenem Mund an.

Ich habe das große Vergnügen, ihre Enttäuschung mitzuerleben, als Sabrina stattdessen auf mich zugeht.

»Bist du bereit für die Party?«, fragt sie.

»Mit wem feiere ich hier eigentlich? Das kann nicht das Mädchen sein, das gerade mein Motorrad gestohlen hat.«

Sabrina zuckt mit den Schultern. »Man kann alles sein.«

Wenn man die Realität manipulieren kann, ist das Leben ein Spiel.

Dieses Spiel kenne ich, denn ich spiele es die ganze Zeit. Ich habe es nur noch nie mit jemand anderem gespielt.

»Ich kann mich nicht an dich gewöhnen«, sage ich. »Jedes Mal, wenn ich dich sehe, ist es wie ein Schlag ins Gesicht.«

Sabrina lächelt. »Du magst es, geschlagen zu werden?«

Ich gebe ihr einen harten Klaps auf den Hintern, der sie erzittern lässt. Ihr Po ist prall und fest unter meiner Handfläche. »Nicht so sehr, wie wenn ich andere schlage.«

Sabrina weicht nicht zurück. Sie blickt mir ins Gesicht und sagt leise: »Dann werden wir wohl sehen, wer am härtesten zuschlägt.«

Ich ziehe sie auf die Tanzfläche.

Der hämmernde Bass prallt an den dicken Steinwänden ab, sodass der Club selbst bei der Dichte der von allen Seiten hereindrängenden Menschen kühl wie ein Kühlschrank bleibt.

Lichtstrahlen schießen vom DJ-Pult in alle Richtungen, durchschneiden die Tanzfläche und lassen Sabrina in leuchtenden Violett- und Blautönen erstrahlen.

Sabrina hebt die Hände über den Kopf und zeigt ihre kurvenreiche Körperlänge. Sie windet sich wie eine Kobra unter dem Zauber des Hypnotiseurs und wiegt sich im Takt der Musik.

Ich drücke mich an sie, ihr Rücken gegen meine Brust, unsere Hüften bewegen sich zusammen. Dann fahre ich mit beiden Händen an ihren Seiten entlang, spüre diese unverschämten Kurven, spüre die Hitze, die von ihrem Körper auf meinen ausstrahlt.

Die Musik dröhnt immer stärker. Sabrina tanzt schneller, voller wilder Energie, ein Stern, der hell am Himmel leuchtet und glaubt, dass er nie verglühen wird. Sie hält nichts zurück, spart keine Energie für später.

Wir tanzen, bis wir am ganzen Körper schwitzen und uns fest aneinandergedrückt wie eine Einheit bewegen.

Die Barkeeper stellen hundert Schnapsgläser entlang der Bar auf und setzen sie mit einem Feuerwerk in Brand.

»Willst du etwas trinken?«, frage ich.
»Ich möchte mehrere Drinks.«
Wir drängen uns an die Bar. Sabrina nimmt zwei Schnapsgläser. Anstatt mir eines zu reichen, kippt sie das erste in den Rachen, dann das zweite und wischt sich mit dem Handrücken den Mund ab.
Ich nehme mein eigenes Getränk und schlucke den Schnaps, der in meiner Kehle brennt, als ob er noch in Flammen stehen würde.
Dann packe ich Sabrina an den Haaren und ziehe sie zu mir, küsse sie heftig und schmecke den Alkohol in ihrem Mund. Ihre Lippen sind voll und üppig unter den meinen. Sie schreckt nicht vor dem Kuss zurück, sondern öffnet ihren Mund und nimmt meine Zunge ganz in sich auf.
Ich liebe die Art, wie sie sich an mich lehnt. Ich will sie, und sie will mehr.
Als wir uns trennen, sagt sie: »Gib mir noch einen Shot.«
Ich wende mich an den Barkeeper.
Sabrina schaut in die entgegengesetzte Richtung, zu den beiden Mädchen, die auf einem erhöhten Podest an der Ecke der Bar stehen, gekleidet in Cowboystiefel und Fransen-BHs, die Schnapsflaschen im Halfter an den Hüften.
Die größere der beiden, eine Rothaarige mit einem Nasenpiercing und einem tätowierten Bison-Totenkopf auf dem Oberschenkel, bedeutet Sabrina mit einem Finger, näher zu kommen.
Sie geht in die Hocke. Sabrina beugt sich rückwärts über das Knie des Mädchens, wobei ihr Nacken an der Tätowierung lehnt. Das Mädchen schüttet den Shot direkt in Sabrinas Mund, dann reicht sie eine Limettenscheibe von ihren Lippen zu Sabrinas.
Sabrina flüstert der Rothaarigen etwas ins Ohr, während sie einen gefalteten Geldschein in den BH des Mädchens schiebt.

Als Sabrina zurückkommt, ist sie errötet und ausgelassen. Mit geschwollenen Lippen lutscht sie an der Limette.

»Gefällt dir das?«, frage ich sie.

»Wem würde das nicht?« Sabrina wirft dem Rotschopf einen anerkennenden Blick zu.

»Warst du schon in den Privaträumen im Obergeschoss?«

»Nein.« Sie wirft einen Blick auf die Hintertreppe, die von zwei Türstehern und einer dicken Schnur aus Samt versperrt wird. »Was ist da oben?«

»Der beste Teil des Clubs.«

Ich nehme ihre Hand und ziehe sie zur Treppe.

Dann ziehe ich ein dickes Bündel Scheine aus meinem Geldbeutel, reiche dem Türsteher ein paar Tausender und sage: »Wir brauchen einen Tisch und Getränke.«

Der Türsteher macht das Seil los und lässt uns passieren.

»Oben rechts«, grunzt er.

Sabrina folgt mir mit großen Augen und schaut überall gleichzeitig hin.

Türkisfarbenes Licht schimmert durch die Kuppeldecke über uns, als wären wir unter Wasser getaucht.

Hier oben sind die privaten Tische kabinenartig abgeschirmt. Jede Kabine liegt gegenüber einer gläsernen Dusche, in der sich die Tänzerinnen und Tänzer unter dem pulsierenden Wasser bewegen.

»Welchen Tisch?«, frage ich Sabrina.

Was ich wirklich meine, ist: *Welches Mädchen?*

Sabrina schaut sich ihre Auswahl an und zeigt dann auf eine. »Hier.«

Wir sitzen am Tisch und blicken auf ein blondes Mädchen in einem weißen Bikini, dessen Riemen um ihre Taille geschlungen sind und ihren Körper überkreuzen. Das Haar des Mädchens ist zu einem hohen Pferdeschwanz hochgesteckt, ihre scharfen Wangenknochen und schmalen grünen Augen verleihen ihr ein fast außerirdisches Aussehen.

Ich lege meinen Arm um Sabrinas Schultern und beobachte sie, wie sie dem Mädchen beim Tanzen zusieht.

Die Scheibe, die uns trennt, ist rauchgrau gefärbt, die durchsichtige Dusche mit Wasserdampf gefüllt, aber das Mädchen kann uns sehen, genauso wie wir sie sehen können. Sie lehnt sich gegen die Glaswand und lässt das Wasser der Dusche auf ihre Brüste prasseln, wobei der weiße Stoff ihres Bikinioberteils durchscheinend wird. Sie sieht zu Sabrina hinüber und beißt sich auf die Lippen.

Sabrina wird rot. Ihre Hand auf meinem Oberschenkel wird fester.

»Ist sie dein Typ?«, murmle ich in Sabrinas Ohr.

»Mein Typ ist, was heiß ist.«

»Und ist das heiß für dich?«

Sabrina lacht. »Was denkst du denn?«

Ich beuge mich vor, sodass meine Lippen direkt an ihrem Ohr sind, und knurre: »Ich glaube, ich würde gern zusehen, wie du ihr den Bikini vom Leib reißt.«

Verborgen durch den Tisch gleite ich mit meiner Hand an Sabrinas Oberschenkel hinauf. Ich stoße auf den Saum ihres Kleides und fahre weiter, bis ich die Hitze und Wärme ihrer Mitte zwischen ihren Schenkeln erreiche. Meine Fingerspitzen treffen auf ihre Vulvalippen. Sabrina trägt keine Unterwäsche.

Sie zittert, als ich sie berühre. Ihre Augen treffen die meinen, und sie leckt sich die Lippen. Dann wendet sie sich wieder dem Mädchen zu und spreizt ihre Schenkel einen Zentimeter weiter, um mir mehr Platz zu geben.

Sabrinas Blick fixierend, greift die Blondine nach oben und löst den Knoten hinter ihrem Hals. Langsam und spielerisch lässt sie das Bikinioberteil herunter und enthüllt ein Paar prächtiger Brüste mit blassrosa Brustwarzen. Sie schüttelt ihre Titten leicht, lässt sie schwanken und dann wieder in ihre Ursprungsstellung zurückkehren.

Sabrina ist hypnotisiert.

Ich gleite mit meinen Fingern die Spalte ihrer Vulvalippen auf und ab. Sie ist völlig durchnässt.

Als Nächstes schiebe ich einen Finger in sie hinein. Sabrina stöhnt, ihre Augen sind auf das Mädchen gerichtet. Die Blondine presst ihre Handflächen gegen das Glas und fährt mit ihrer Zunge in einem sinnlichen Lecken durch das Kondenswasser.

Mein Arm liegt um Sabrinas Schultern, meine rechte Hand hängt über ihrer Brust. Ich lasse meine Fingerspitzen über den Stoff ihres Kleides streichen. Sabrinas Brustwarze versteift sich, ihre Brust hebt und senkt sich, als würde sie rennen.

Mit meinem Mittelfinger fahre ich die Konturen ihrer Brustwarze nach und beobachte, wie sie sich aufrecht und hart gegen das enge schwarze Kleid abzeichnet. Sabrina atmet immer schneller, fast keuchend.

Dann streichle ich ihre Brust, ziehe und drücke durch das Kleid hindurch auf ihre Brustwarze, woraufhin Sabrina den Rücken wölbt und leise stöhnt.

Die Blondine tanzt direkt gegen das Glas, wippt mit den Hüften und beobachtet uns. Sie fährt sich mit den Händen über die Brüste, hebt und senkt sie, zwickt sich in die Brustwarzen und ahmt damit nach, was ich mit Sabrina mache.

Sabrina kann die Augen nicht von dem Mädchen abwenden. Sie wirft ein paar kurze Blicke in meine Richtung. Ihre Wangen glühen – anscheinend ist es ihr peinlich, dass ich sie in diesem Zustand erwische. Sie kann ihre Erregung nicht verbergen und weiß, dass ich sie sehen kann. Ihr ist klar, wie verletzlich sie das macht.

Sie zuckt nicht einmal zusammen, als ich ihr das Kleid herunterziehe und ihre Brüste für die Blondine entblöße. Alles, was sie tun kann, ist, ein sehnsüchtiges Seufzen auszustoßen, während sich ihre Finger in meinen Oberschenkel graben.

Ich fühle mich, als hätte ich gerade den Jackpot geknackt. Sabrinas Brüste sind verdammt spektakulär. Sie ist von Natur aus gebräunt, so braun, wie das andere Mädchen blass ist, ihre Brustwarzen dunkel wie Schokolade. Ich möchte über sie herfallen wie ein wildes Tier, ich möchte an jedem Teil von ihr lecken und saugen. Aber ich halte mich zurück, fahre mit den Fingerspitzen leicht über ihre Brustwarzen und reize sie, ohne ihr die Erleichterung zu geben, nach der sie sich sehnt.

Sabrina krümmt sich auf dem Plüschsitz, beißt sich auf die Lippen und schaut zwischen mir und der Blondine hin und her.

»Willst du mit ihr ins Bett gehen?«, flüstere ich ihr ins Ohr und schiebe zwei Finger in sie hinein.

»*Ughhh*«, stöhnt Sabrina.

»Antworte mir.«

»Vielleicht«, zischt sie stur wie immer.

»Dann bring sie nach Hause.«

Sabrina hebt das Kinn und wirft mir einen hochmütigen Blick zu. »Wenn ich das Mädchen mit nach Hause nehme, dann nur, um sie so zu ficken, wie ich es will. Nicht, um eine Show für dich abzuziehen.«

Ich zwicke Sabrina in die Brustwarze, was sie zum Keuchen bringt. »Eines musst du über mich lernen ... ich mache alles besser. Wenn du es mit dem Mädchen treiben willst und mich mitnimmst, wirst du die beste Nacht deines Lebens haben.«

Ich lasse meinen Daumen über ihren Kitzler gleiten, auf und ab, mit genau dem richtigen Druck, um sie an den Rand zu bringen, damit sie ihre Schenkel um meine Hand spannt und sich verzweifelt gegen mich presst.

Ihr Atem kommt in raschen Zügen. Sie sehnt sich nach mehr.

Sabrina zögert immer noch und blickt zwischen mir und

der Blondine hin und her. Ich weiß, dass sie das Mädchen will, und ich weiß, dass sie mich genauso will. Aber sie ist hin- und hergerissen.

»Du hattest noch nie einen Dreier?«, frage ich sie.

Sabrina wirft mir verärgert einen Blick zu, weil ich richtig geraten habe. »Ich wollte das nie.«

»Magst du Frauen?«

»Ja.«

»Und magst du Männer?«

»Gelegentlich.«

»Worauf wartest du dann noch?«

Sabrina schluckt, und ihre Kehle schnürt sich zu.

Ich ziehe sie an meine Seite und flüstere ihr ins Ohr: »Ich möchte dir nur das geben, was du willst.«

Sie sieht zu mir auf, unsere Gesichter sind bloß Zentimeter voneinander entfernt. »Ich will alles.«

Mein Arm legt sich fest um sie. »Dann geh und hol es dir.«

Ich sehe die Entscheidung bereits in ihrem Gesicht, bevor sie spricht. »In Ordnung. Ich werde sie fragen.«

Ich lache und beobachte, wie sich die Blondine gegen die Scheibe drückt wie ein Welpe im Tierheim. »Ich glaube, sie hat bereits Ja gesagt.«

***

Eine Stunde später, als die Blondine ihre Schicht beendet hat und ich ihr über den Türsteher ein großzügiges Trinkgeld zukommen lasse, kommt sie aus dem Personalraum. Sie trägt ein blassblaues Kleid und extrem hohe Absätze, die Haare fallen ihr locker über den Rücken, und große Diamantringe baumeln an ihren Ohren.

Sie setzt sich auf einen Hocker an der Bar, schlägt die Beine übereinander und wirft einen verstohlenen Blick in unsere Richtung, während sie ihren Drink bestellt.

»Soll ich sie für dich abholen?«, ziehe ich Sabrina auf.
»Der Tag, an dem ich Hilfe beim Flirten brauche, ist der Tag, an dem ich mich von einer Klippe stürze«, knurrt sie.
»Perfekt. Wir treffen uns draußen beim Auto.«
Sabrina hält inne und wirft einen misstrauischen Blick über ihre Schulter zurück. »Bei welchem Auto? Wir sind mit dem Motorrad gekommen.«
Ich schüttle den Kopf. »Wann wirst du aufhören, mich zu unterschätzen? Ich hatte vier Monate Zeit, dieses Date zu planen. Natürlich habe ich ein Auto.«
Ein Lächeln spielt um ihre Lippen. Sie mag Überraschungen.
»Also gut. Wir treffen uns in einer Minute.«
Ich gehe zur Treppe und bleibe auf halbem Weg stehen, um Sabrina bei der Arbeit zuzusehen.
Sie lässt sich auf den Hocker neben der Blondine gleiten und hebt einen Finger zum Barkeeper, um selbst einen Drink zu bestellen.
Dann stützt sie sich auf den Ellbogen, schaut die Blondine von oben bis unten an und macht ihr ein Kompliment, das sie zum Lachen bringt und ihre Wangen rosig werden lässt.
Mir wird ganz heiß, wenn ich sehe, wie Sabrina ihre rohe sexuelle Energie mit voller Wucht einsetzt.
Alles, was Sabrina tut, ist sexy – jedes Heben ihrer Augenbraue, jedes Aufblitzen ihrer Zähne, die Art, wie sie sitzt, wie sie steht, wie sie die Beine kreuzt. Alles an ihr ist heiß wie die Hölle, und das, obwohl sie es nicht einmal versucht.
Jetzt beobachte ich, wie sie sich anstrengt und ihre ganzen Kräfte ins Spiel bringt. Es ist verdammt hypnotisierend.
Sie nimmt ihren Drink vom Barkeeper, zupft den Olivenstab aus ihrem Martini und steckt sich eine in den Mund. Sie kaut langsam, dann taucht sie die Oliven wieder in den Gin, bevor sie eine weitere mit den Zähnen herunterzieht.
Sabrina hat eine Eigenschaft, die manche Schauspieler

besitzen: Sie zwingt dich, jede ihrer Bewegungen zu beobachten. Selbst die einfachsten Handlungen kann sie sexualisieren.

Die Blondine kann ihr kaum in die Augen sehen. Jetzt, da sich keine Glaswand mehr zwischen ihnen befindet, ist sie nervös. Sie hat rosige Wangen und zappelt auf ihrem Stuhl herum.

Sabrina murmelt etwas und hält dem Mädchen ihr Getränk hin, damit es einen Schluck nimmt. Gehorsam beugt die Blondine ihren Kopf und trinkt aus Sabrinas Glas. Als ein wenig Wodka an ihrer Unterlippe klebt, fängt Sabrina ihn mit ihrem Daumenballen auf. Ihre Gesichter sind nah beieinander, ihre Münder nur wenige Zentimeter voneinander entfernt.

Langsam und sinnlich leckt Sabrina den Wodka von ihrem Daumen und hält dabei dem Blick des Mädchens stand. Sie senkt ihre Hand und lässt sie auf dem nackten Oberschenkel der Blondine liegen.

Die Frauen sind eng aneinandergelehnt und schauen sich in die Augen. Ich kann nicht hören, was sie sagen, aber dem Ausdruck auf Sabrinas Gesicht nach zu urteilen, ist es etwas Unanständiges.

Die Blondine errötet noch mehr als vorher und kichert. Sie nickt.

Ich gehe die Treppe hinunter und lächle vor mich hin.

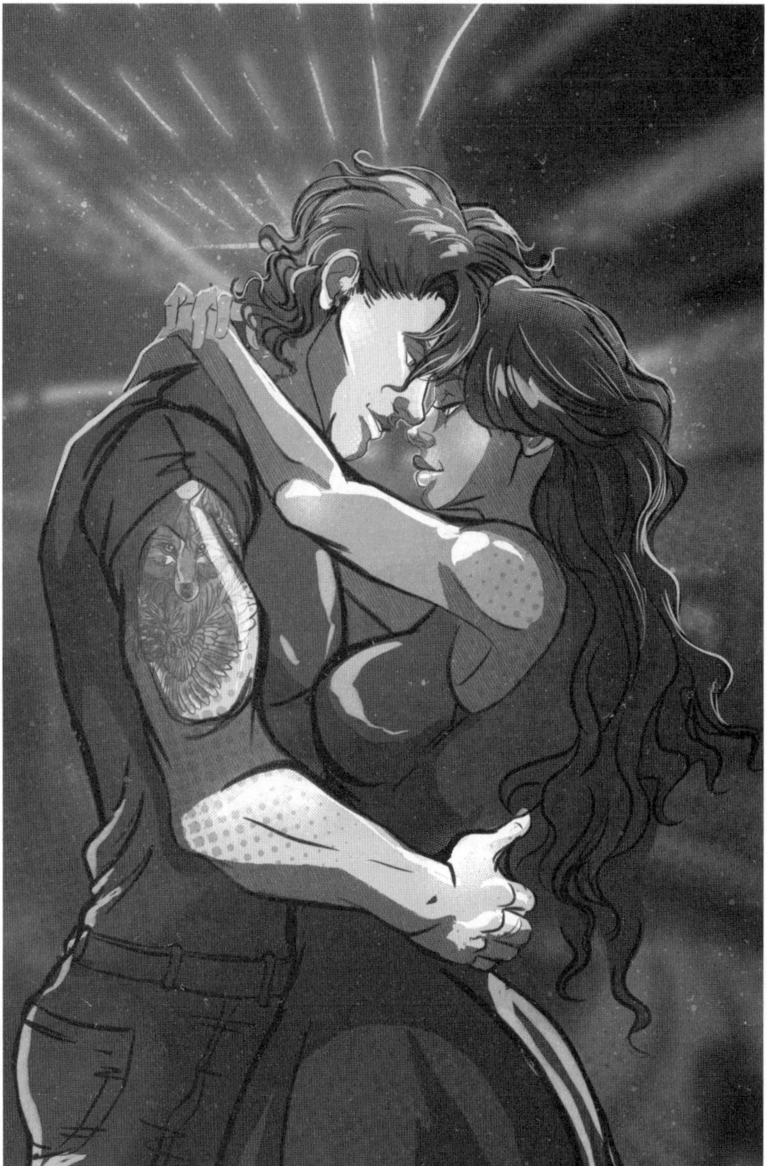

KAPITEL 5

SABRINA

Der Name der Tänzerin ist Kylie, und sie kommt aus Australien. Sie hat in Clubs in ganz Europa gearbeitet, zuerst auf Ibiza, dann in Cannes und jetzt in Dubrovnik.

»Ich werde den Sommer über arbeiten und im Herbst nach Hause fahren.« Sie kippt den letzten Schluck ihres Drinks hinunter. »Nun, in Melbourne wird es nicht Herbst sein. Ich schätze, ich werde zwei Sommer hintereinander haben.«

Ich bestelle uns noch eine Runde für unterwegs, denn Adrik wird derjenige sein, der fährt.

»Das geht auf mich«, sage ich zu Kylie, während sie nach ihrer Handtasche greift.

»Mein Gott, bist du schön«, sagt Kylie. »Du solltest Model werden. Ich habe es versucht, als ich nach Spanien kam, aber ich war nicht groß genug.«

»Für mich siehst du verdammt perfekt aus.«

Kylie errötet, freut sich und ist schon ein bisschen beschwipst. Ich glaube nicht, dass ich die Erste war, die ihr heute Abend einen Drink spendiert hat.

»Der Typ, mit dem du zusammen warst …«
»Adrik.«
»Ist er dein Freund?«
»Es ist unser erstes Date.«

Kylie lacht. »Du bist eine Wilde.«

»Du hast ja keine Ahnung!«

Die Musik dröhnt um uns herum. Ich werde von ihrem süßen Blumenduft eingehüllt.

»Was ist das für ein Parfüm?«

»Very Irresistible.«

»Passender Name.«

Sie kichert und hält sich den Mund mit der Hand zu. Ihre Zähne haben nicht genug Platz im Kiefer, die Schneidezähne überlappen sich ein wenig. Das finde ich bezaubernd.

Ich beuge mich vor. »Komm doch mit mir nach Hause, damit ich sehen kann, ob du so gut schmeckst, wie du riechst.«

Kylie wird noch röter als zuvor. »Ist dein Hotel in der Nähe?«, murmelt sie.

»Wenn ich das nur wüsste …«

Ich nehme sie bei der Hand und ziehe sie auf die Beine. Ihre Absätze sind noch höher als meine, sodass wir fast gleich groß sind. Das blaue Kleid schmiegt sich an ihren Körper. Ich kann bloß daran denken, wie sehr ich diese weichen Brüste wieder freilegen und an meine drücken möchte.

»Komm schon«, sage ich und ziehe sie zur Treppe.

Als wir aus dem Club kommen, wartet Adrik bereits in einem alten schwarzen Alfa Romeo mit cremefarbener Innenausstattung.

Ich starre den Wagen an, mehr erschrocken als beeindruckt. Der 65er Alfa Romeo Giulia Spider ist eines meiner absoluten Lieblingsautos. Mein Vater hatte früher einen.

Ich glaube nicht eine Sekunde, dass das ein Zufall ist. Adrik hat seine Hausaufgaben gemacht.

Der Mann hat sich für unser Date richtig ins Zeug gelegt. Ich habe ein Outfit in einem Rucksack mitgebracht, und er hat zwei Fahrzeuge um die halbe Welt verschifft. Ich habe über die Petrovs recherchiert, und Adrik hat sich über *mich* schlaugemacht.

Langsam wird mir klar, dass mir das alles über den Kopf wächst.

Adrik stützt sich mit dem Ellbogen auf den Türrahmen, das Fenster ist heruntergekurbelt. »Steigt ein«, befiehlt er.

Kylie springt auf, als hätte man ihr den Hintern versohlt, eilt zum Auto und rutscht auf den Rücksitz. Ich folge in langsamerem Tempo und lasse meinen Blick über die schlanken Linien des Autos schweifen.

»Ich dachte, es würde dir gefallen«, sagt Adrik, zu Recht selbstgefällig.

Er lässt ein Spielzeug nach dem anderen vor mir baumeln. Wenn das der Köder ist, wo ist dann die Falle?

Ich könnte mich jetzt umdrehen und weggehen. Vielleicht sollte ich das tun.

Aber Kylie sitzt schon auf dem Rücksitz und sieht zu mir. Ihr blaues Kleid ist bis zu den Oberschenkeln hochgerutscht, und die wunderschönen Brüste sprengen die Grenzen der modernen Textilien.

Adrik füllt den ganzen Vordersitz aus und trommelt ungeduldig mit den Fingern auf dem Lenkrad. Sein männlicher Duft übertönt Kylies Parfüm.

In diesem Moment will ich ein Dutzend verschiedener Dinge, und ich will sie unbedingt. Mein Herz rast, meine Brust ist eng, ein ängstliches Pochen in meinen Eingeweiden.

Meine eigenen Worte hallen in meinem Kopf nach: *Ich will alles.*

Ich klettere auf den Rücksitz neben Kylie und sage: »Los geht's!«

Kapitel 6

Adrik

Ich fahre die Iza Grada zum Kazbek hinunter, wo ich das teuerste der dreizehn einzigartigen Zimmer des Boutiquehotels gebucht habe.

Ursprünglich hatte ich vor, mit Sabrina allein hierher zurückzukommen, aber ich kann nicht sagen, dass ich enttäuscht bin, wie sich der Abend entwickelt hat.

Ich will, dass Sabrina maximal erregt ist, und es ist mir scheißegal, was sie scharfmacht: Es könnte ich sein, das Auto oder das Mädchen. Es ist mir scheißegal, solange ich sie auf der höchsten Stufe habe.

Ich beobachte im Rückspiegel, wie sie beginnt, die australische Tänzerin zu küssen. Sabrina hat die vollsten Lippen, die ich je berührt habe. Zu sehen, wie sie sich mit fast ebenso vollen, fast ebenso weichen Lippen umschlingen ... Zu sehen, wie zarte rosa Zungen aneinander lecken ... Und wie schlanke weibliche Hände über butterweiche Haut gleiten, Kurven wie ein Botticelli-Gemälde ... Ich habe noch nie so was Schönes gesehen.

Sie küssen sich lange, länger, als ein Mann Geduld haben würde. Ihr leises Stöhnen und Kichern klingt wie in jeder Cheerleader-Umkleidekabine, wie auf einer Pyjamaparty aus der Fantasie eines Mannes entsprungen.

Sabrina zieht den vorderen Teil von Kylies Kleid herunter und nimmt ihre Brust in den Mund. Kylie lehnt sich gegen die Autotür, den Kopf zurückgeworfen, stöhnend, während sie die Hände in Sabrinas dichtes dunkles Haar schiebt und Sabrinas Gesicht gegen ihre Brust drückt.

Keines der Mädchen ist angeschnallt. Ich auch nicht. Wenn wir verunglücken, gehen wir alle zusammen in Flammen unter.

Was für eine Art zu sterben: in kleinen Ausschnitten durch den Spiegel mit anzusehen, wie sich das Geilste, was ich je erlebt habe, hinter mir abspielt.

Sabrina ist aggressiv und weiß, was sie tut. Sie ist eine Meisterin darin, abwechselnd an Kylies Hals zu lecken und zu saugen und mit ihren Brüsten zu spielen, während sie ihren glatten Schenkel zwischen Kylies Beine schiebt, damit sie ihre Vagina an Sabrinas Knie reiben kann.

Als die Blondine keucht und stöhnt, rutscht Sabrina auf dem Ledersitz nach unten. Sie steckt den Kopf unter Kylies Rock, zieht ihre Unterwäsche zur Seite und leckt die klatschnasse Scheide, bis Kylie verzweifelt wimmernde Laute von sich gibt, ein ständiges »*Huh, huh, huh, huh, huh, huh*«, das in ein lang gezogenes »*Uhhhhhhhhhh!*« übergeht, als sie zu kommen beginnt.

Sie reagiert schnell – oder Sabrina hat eine begabte Zunge.

Das Stöhnen der beiden Mädchen ist eine Sinfonie auf dem Rücksitz. Es zieht mich unwiderstehlich in ihren Bann, bis ich kaum noch einen Blick für die Straße habe.

Der lange, kurvenreiche Highway ist schwach beleuchtet. Ich sollte wirklich auf die Autos achten, die ohne Rücksicht auf die Geschwindigkeitsbegrenzung vorbeifahren, aber ich kann den Blick nicht von dem abwenden, was direkt hinter mir passiert.

Der süße Duft des Parfüms der Mädchen und der noch süßere Duft ihrer Erregung erfüllen das Auto.

Sabrinas Augen blitzen auf und treffen die meinen im

Spiegel. Sie schenkt mir ein verruchtes Lächeln, ihre Lippen sind geschwollen, ihr Mund glänzt von Kylies Nässe. Dann lehnt sie sich zwischen die beiden Vordersitze, packt mein Gesicht und küsst mich, damit ich Kylies Vagina in ihrem Mund schmecken kann. Sie hält mich fest und küsst mich wild, während das Auto durch die Nacht peitscht.

Ich packe sie mit meiner rechten Hand und knurre ihr ins Ohr: »Du schmeckst wie eine Schlampe.«

»Und du liebst es, verdammt noch mal!« Sabrina leckt mit ihrer Zunge über meinen Hals, nimmt mein Ohrläppchen zwischen die Zähne und beißt fest zu.

Ich trete das Gaspedal durch und bin so in Eile, dieses verdammte Hotel zu erreichen, wie ich es noch nie zuvor war. Sobald wir da sind, werde ich Sabrina das Kleid vom Leib reißen und sie so hart auf das Bett werfen, dass eine Delle in der Matratze bleibt.

Sabrina knabbert immer noch an meinem Hals, wie sie es bei Kylie getan hat. Sie fährt mit ihrer Zunge um den Rand meines Ohrs herum und taucht sie dann ins Innere. Sie ist ein Tier, eine läufige Katze, die von Minute zu Minute wilder wird.

Kylie kniet sich hinter Sabrina und zieht ihr das Kleid um die Taille hoch. Ich weiß bereits, dass Sabrina keine Unterwäsche trägt. Kylie packt Sabrina an den Hüften und beginnt, ihre Vagina von hinten zu lecken.

Sabrina stöhnt direkt in mein Ohr, so sinnlich und berauschend, dass mir eine Gänsehaut über den ganzen Körper läuft.

Mein Schwanz ist hart genug, um Zement zu durchbohren. Ich bin kurz davor, jetzt anzuhalten und über den Sitz zu springen, was ich auch tun würde, wenn das Hotel auch nur einen Kilometer weiter weg wäre.

Aber ich brauche ein privates Zimmer, ein Bett und einen Haufen Drinks, um meine Pläne in die Tat umzusetzen. Sabrina wird meinen Namen schreien, immer und immer wieder, bis sie vergisst, wie man ein anderes Wort sagt.

Heute Abend hat sie mich zur Weißglut gebracht, weil ich sie durch die ganze verdammte Stadt gejagt habe. Jetzt wird sie für jeden arroganten Blick, jede unverschämte Bemerkung und jede Minute, in der sie versucht hat, mir zu trotzen, bezahlen.

Sie wird den Unterschied zwischen dem, was sie will, und dem, was sie braucht, lernen.

Die Blondine ist mir scheißegal, sie dient nur als Accessoire. Ich werde sie benutzen, um Sabrina eine Erfahrung zu ermöglichen, wie sie sie noch nie gehabt hat. Sabrina denkt, sie kann alles bekommen, was sie will, doch ich werde ihr zeigen, dass ich ihr mehr geben kann.

Nach einer gefühlten Ewigkeit halten wir vor den schmiedeeisernen Toren des weitläufigen Barockhotels.

Das Kazbek wurde 1573 als Sommerresidenz für den Adel erbaut. Die alten Steinmauern sind mit Efeu bewachsen und die Fensterreihen so angeordnet, dass man den Privatstrand überblicken kann. Der Duft von Zitrusbäumen liegt in der Luft, und Kaskaden von rosa Drillingsblumen legen ihre Blütenblätter wie einen Teppich auf das Kopfsteinpflaster.

Ich werfe die Schlüssel dem Parkwächter zu, der nur mit offenem Mund zuschauen kann, wie Sabrina und Kylie aus dem Rücksitz stolpern, errötet und zerzaust, die Arme um die Hüften der jeweils anderen.

Um Zeit zu sparen, habe ich bereits heute Morgen eingecheckt und den Messingschlüssel zu unserer Suite sicher in der Hosentasche verstaut.

Ich führe die Mädchen die große Treppe in die obere Etage hinauf und dann den langen Flur entlang zu unserem Zimmer.

Kylie sieht sich erstaunt um. »Das ist ein Hotel? Es sieht aus wie ein Schloss.«

»In dieser Stadt sieht alles aus wie ein Schloss«, entgegnet Sabrina und lacht. »Ich glaube nicht, dass sie in den letzten fünfhundert Jahren etwas Neues gebaut haben.«

»Aber sie wissen, wie man etwas dekoriert«, sage ich und stoße die Flügeltüren auf.

Die prächtige Suite ist in dunklem Holz, Burgunderrot und hellem Gold gehalten, die Vorhänge reichen von den freiliegenden Balken der Decke bis zum Boden. Ein massiver Kamin nimmt den größten Teil der hinteren Wand ein, und zwischen dem Eingang und der Master-Suite befinden sich ein Wohnzimmer und eine voll ausgestattete Bar. Vom Schlafzimmer aus gelangt man auf eine private Terrasse mit einem Infinity-Pool, der mit der endlosen Weite des Ozeans verbunden zu sein scheint.

Es ist alles wunderschön, aber in diesem Moment habe ich nur Augen für Sabrina.

»Zieh deine verdammten Klamotten aus«, befehle ich, bereit, ihr Kleid in Fetzen zu reißen, falls sie zögert.

»Willst du zusehen, wie ich mich ausziehe?«, neckt mich Sabrina und zieht fragend eine Augenbraue hoch.

»Also *ich* schon«, versichert Kylie ihr.

Sabrina schnappt sich einen Stuhl und zieht ihn in die Mitte des Raums. »Du sitzt hier«, sagt sie zu Kylie. Dann zu mir: »Schenk uns einen Drink ein, und ich mache Musik an.«

Sie schlendert zur Stereoanlage und sucht auf ihrem Handy nach einer Playlist. Dabei bewegt sie sich absichtlich langsam und wirft mir einen frechen Blick über ihre Schulter zu.

Für sie ist alles ein Spiel. Ein Test, um zu sehen, wie weit sie mich treiben kann, bevor ich ausraste.

Ungeduldig gieße ich die Drinks ein und schaufle Eis in die Gläser, ein doppelter Schuss Belvedere für jeden von uns, ein Spritzer Soda und Limette für die Mädchen, für mich pur. Wodka braucht keine Zugabe – er geht leicht herunter wie Wasser, solange er gekühlt ist.

Ich drücke Sabrina den Drink in die Hand, umfasse ihre Hüfte und lasse meine Finger in ihr Fleisch sinken, um ihr mein Missfallen zu zeigen, dass sie mich warten lässt.

Sabrina leert ihr Glas in drei Schlucken und stellt es hart auf der Fensterbank ab.

Dann startet sie die Musik.

Sie wendet ihre Aufmerksamkeit Kylie zu, die wie erstarrt auf dem Stuhl sitzt, gefangen in Sabrinas Blicken.

Wenn Sabrina dich mit diesem stählernen Blick fixiert, verdreifacht sich dein Herzschlag. Sie sieht mich nicht einmal an, und ich verbrenne immer noch in der reflektierten Hitze.

Ich lehne mich an die Wand, nippe an meinem Wodka und beobachte Sabrina, die sich zur Musik wiegt.

Sie schleicht um den Stuhl herum, ohne Kylie aus den Augen zu lassen, und lässt ihre Fingerspitzen über die Lehne gleiten. Als sie wieder nach vorne kommt, wirbelt sie ihr Haar herum, sodass die wilden, dunklen Wellen wie ein Wasserfall über ihren Rücken fließen. Sie lässt sich auf den Teppich fallen und kriecht auf Händen und Knien.

Es gibt nichts Unterwürfiges an dieser Bewegung. Sabrina pirscht sich an wie ein Tiger. Kylie lehnt sich schwer atmend auf dem Stuhl zurück, ihre Augen sind auf Sabrinas Gesicht gerichtet.

Ich kann Sabrinas Pobacken sehen, die unter dem kurzen Rock zum Vorschein kommen, und dann die markante Form ihrer hübschen kleinen Vagina, die im Lampenlicht glitzert. Wie ihre Brustwarzen ist auch sie dunkler als ihre Haut, was ich als unbestreitbar weiblich und erotisch empfinde, vor allem im Kontrast zu der rosafarbenen Blässe der Blondine auf dem Stuhl.

Sabrina erreicht Kylie. Sie kniet sich vor sie und schiebt

Kylies Rock hoch. Als Nächstes packt sie das Band von Kylies Tanga mit ihren Zähnen, zieht ihn an ihren Beinen hinunter und schleudert ihn zur Seite.

Dann steht sie wieder auf, zieht ihr eigenes Kleid nach oben und entblößt ihren nackten Körper.

Mir fällt die Kinnlade herunter.

Ich habe mir Sabrina schon tausendmal nackt vorgestellt. Aber kein einziges Mal lag ich richtig.

Einen Körper wie ihren könnte ich mir nie erträumen. Kurven wie eine Stradivari, eine Haut, die wie Bronze glüht, jede Stelle ihres Körpers wurde mit dem Ziel der Lust entworfen.

Dies ist kein vom Himmel gefallener Engel. Der Teufel hat Sabrina erschaffen, und er wusste, was er tat.

Sabrina setzt sich auf Kylies Schoß und reibt ihren Hintern an dem Mädchen. Dann hebt sie Kylies Hände und legt sie auf ihre Brüste, als wäre sie eine Stripperin in einem Club, die einem Freier die Erlaubnis gibt.

Kylie berührt sie mit Ehrfurcht. Sie fährt über die glatte braune Haut, die wie Seide schimmert, zu Sabrinas enger Taille hinunter und anschließend zu ihren übertriebenen Hüften, die mich dazu bringen, Sabrina über das Bett zu werfen und sie wie ein Tier zu besteigen.

Ich speichere jede Sekunde davon ab, weil ich weiß, dass ich es mir immer und immer wieder durch den Kopf gehen lassen werde.

Mir läuft das Wasser im Mund zusammen, meine Eier kochen.

Sabrina greift zwischen Kylies Beine und findet ihre Vagina. Sie reibt die muschelrosa Spalte, als wäre es ihre eigene, ihre zarten Fingerspitzen entlocken dem anderen Mädchen exquisite Keuch- und Stöhngeräusche.

Ich beobachte genau, wie sie das andere Mädchen berührt, damit ich es später nachmachen kann. Ich beobachte, wie leicht sie mit ihren Fingerspitzen über die entblößte Klitoris tanzt, wie langsam und sinnlich sie die Wellen der Lust aufbaut, wie sie ihre Berührungen variiert und nie zu lange an einer Stelle verweilt.

Die Laute, die sie Kylie entlockt, sind wahnsinnig erotisch. Sie hat die vollständige Kontrolle über das andere Mädchen. Kylie hat den Kopf zurückgeworfen, ihre Augen sind halb geschlossen, die Lider flattern. Das Stöhnen, das sie von sich gibt, ist tief und kehlig und steigert sich zu einem hohen Wimmern und Flehen.

»*O ja, Baby ... bitte ... ohhh, genau so.*«

Kylie umschließt Sabrinas Busen mit ihren Händen und zieht an ihren Brustwarzen. Sabrina lehnt den Kopf an Kylies Schulter, die Augen in Ekstase geschlossen, und reibt sich mit graziöser Anmut.

Der Verdopplungseffekt von zwei schönen Frauen verdreht mir den Kopf. Sabrina sieht aus wie ein geheimnisvolles göttliches Wesen mit vier Armen und vier Beinen. Am liebsten würde ich vor ihr auf die Knie fallen und sie anbeten.

Ich durchquere den Raum mit zwei großen Schritten, lasse mich fallen und vergrabe mein Gesicht in dieser perfekten Vagina. Ihr Geschmack und ihr Duft erfüllen meinen Mund, reichhaltig und berauschend.

Sabrina stößt ein langes Stöhnen aus und wölbt den Rücken, sodass ihre Brüste noch stärker gegen Kylies Handflächen drücken.

Dann schiebe ich meine Finger in Kylie hinein und benutze meine Hand für das eine Mädchen und meinen Mund für das andere. Ich höre sie gemeinsam stöhnen, Kylie sanft und leicht, Sabrina tief und heiser.

Schließlich lecke ich Sabrinas Vagina in langsamen, gemessenen Zügen, umspiele sanft ihre Klitoris. Ich baue ihr Vergnügen in Schichten auf wie eine Perle. Dabei lausche ich auf jedes Keuchen und Stöhnen, finde genau heraus, was ihr gefällt, und schlage dann immer wieder zu.

»*Ahhh!*« Sabrina keucht. »Hör nicht auf!«

Ich würde nicht aufhören, selbst wenn das ganze Hotel um uns herum abbrennen würde. Ich höre nicht auf, bis sie verdammt noch mal kommt.

Sabrina fängt an zu zittern, als ob sie an einen Generator angeschlossen wäre. Sie greift mit beiden Händen in meine Haare und presst mein Gesicht gegen ihre Vagina, reibt sich an meiner Zunge und schreit: »O *mein Gott!*«

Ich lecke weiter, bis sie mich loslässt, bis sie schlaff und schwach gegen Kylie zurücksackt.

Dann hebe ich sie hoch, trage sie zum Bett hinüber und werfe sie auf die Matratze.

Anschließend schnappe ich mir Kylie, hebe sie aus dem Stuhl und setze sie direkt auf Sabrina ab.

Kylie zieht sich ihr Kleid über den Kopf, sodass auch sie nackt ist. Ich habe sie mit meinen Fingern an den Rand der Ekstase gebracht, aber ich war auf Sabrina konzentriert. Jetzt ist sie außer sich, reibt sich an Sabrina und schiebt ihre Vagina zwischen Sabrinas Schenkel.

Auf dem Rücken liegend, spreizt Sabrina ihre Beine weiter, damit Kylie ihre Vaginas enger zusammenbringen kann. Kylie kniet auf ihr, mit dem Gesicht zur Seite, rollt ihre Hüften in einer schaukelnden Bewegung, reitet Sabrina wie einen Sattel.

Die Mädchen sind so erregt, dass sie bei jeder Bewegung keuchen. Sie verlagern den Winkel ihrer Hüften, finden genau die richtige Stelle und gleiten aneinander, genießen sichtlich die zarte Reibung von Seide auf Seide.

Sabrina ist unersättlich. Obwohl sie gerade erst einen Orgasmus hatte, versucht sie bereits, noch mal zu kommen. Mit konzentrierter Miene presst sie die Hüften gegen Kylie und beißt sich auf die Lippen.

Ich will, dass sie sich auf *mich* konzentriert.

Ich gehe zum oberen Bettende, stelle mich zu ihrem Kopf, öffne den Reißverschluss meiner Jeans und lasse meinen Schwanz herausspringen. Er steht gerade von meinem Körper ab, dunkel und voller Blut, mit geschwollenen Venen und pochender Spitze.

Ich bin so hart, dass ich vielleicht ärztliche Hilfe brauche. Es sieht aus, als hätte ich eine Handvoll Viagra genommen.

Sabrina ist das Viagra. Ich habe noch nie etwas so Wunderschönes und so Erotisches gesehen. Kylie will sie ficken, ich will sie ficken – es ist ein Wettbewerb, wer sie schneller in die Finger bekommt.

Aber ich habe schon zu lange gewartet.

Ich schlage meinen Penis gegen Sabrinas Wange, um ihre Aufmerksamkeit zu erregen.

»An die Arbeit!«, befehle ich.

Sabrinas Augen blitzen zu mir auf. Ihre Lippen spitzen sich und zeigen ein Glitzern der Zähne.

Eine warnende Stimme sagt mir, dass ich vorsichtig sein soll, denn diese kleine Psychopathin könnte einfach ein Stück abbeißen.

Aber der Drang, diese weichen Lippen um meinem Schwanz zu spüren, ist unwiderstehlich. Als ich ihn in ihren Mund schiebe, versinke ich im reinen, flüssigen Himmel. Meine Knie knicken unter mir ein.

Sabrinas Lippen sind warm und geschwollen. Sie saugt an meinem Glied so, wie sie küsst – als wäre sie am Verhungern. Es ist, als würde sie versuchen, das Sperma aus mir herauszusaugen, sobald sich ihre Lippen um den Kopf schließen.

Es fühlt sich viel zu gut an.

Meine Eier ziehen sich zusammen, und viel zu früh spüre ich einen Ansturm der Lust. Ich muss meinen Schwanz aus ihrem Mund reißen und den Kopf in meiner Hand fest zusammenpressen, um nicht zu kommen.

Sabrina lacht verrucht und stöhnt auf, als Kylie sich gegen sie presst.

Ich schiebe meinen Penis in ihren Mund zurück. Ihr Stöhnen vibriert um ihn und jagt mir Schauer über den Rücken.

Kylie reibt sich an Sabrina. Mit jeder Bewegung ihrer Hüften stoße ich meinen Schwanz tiefer in Sabrinas Mund. Wir besorgen es ihr von beiden Seiten, teilen sie, aber nicht großzügig. Wir wollen beide so viel, wie wir bekommen können.

Kylie drückt sich so stark gegen Sabrinas Vagina, dass sie Sabrina an den Rand des Bettes schiebt und ihr Kopf herunterhängt. Ihr Kinn hebt sich nach oben, sodass ich meinen Penis ganz in ihre Kehle schieben kann. Jedes Mal, wenn ich stoße, kann ich die Wölbung über ihrem Adamsapfel sehen.

Kylie erreicht einen fiebrigen Höhepunkt, ihre durchnässte Vagina gleitet in kurzen, hektischen Stößen gegen Sabrinas. Ihre Brüste hüpfen, ihr Kopf ist nach hinten geworfen, und ihre blonden Haare – noch feucht von der Dusche – fallen ihr über den Rücken. Mit einem lang gezogenen Stöhnen, das fast schmerzhaft klingt, beginnt sie zu kommen, stärker als im Auto.

Ich schiebe meinen Schwanz ganz in Sabrinas Mund und halte ihn dort, während er vor Lust zuckt. Dann ziehe ich ihn wieder heraus, glitzernd und feucht.

Kylie setzt sich keuchend auf und wirft ihm einen hungrigen Blick zu. Anschließend beugt sie sich mit offenem Mund vor.

Ich werfe einen Blick auf Sabrina.

Sie setzt sich ebenfalls auf, kniet neben Kylie auf dem Bett und reicht meinen Penis an das andere Mädchen weiter, als würde sie ihren Lieblingslutscher teilen.

Kylie fährt mit ihrer Zunge eine Seite meines Schwanzes hinauf, während Sabrinas Zunge auf der anderen Seite hinuntergleitet. Sie bewegen ihre Münder auf und ab, hin und her, ihre Zungen lecken und gleiten aus allen Winkeln. Er steht zwischen ihnen in Flammen. Noch nie habe ich einen so schönen Anblick gesehen.

Die Mädchen treffen sich an der Spitze, küssen und saugen an meinem Kopf, ihre Zungen umschlingen mich, ihre Münder schließen sich von beiden Seiten. Sie knutschen um meinen Schwanz herum und behandeln ihn wie eine Mahlzeit, die sie verzehren müssen, um zueinanderzukommen. Spielerisch wechseln sie sich damit ab und zeigen sich gegenseitig, was sie können.

Kylie schließt den Mund über meinen gesamten Penis und bewegt ihren Kopf aggressiv auf und ab, um Sabrina zu zeigen, wie tief sie ihn nehmen kann. Als Sabrina an der Reihe ist, tanzt sie mit ihrer Zunge um den Kopf, wirbelt herum und leckt dann die Unterseite mit der flachen Zunge, immer und immer wieder, bis ich nicht anders kann, als zu stöhnen, und meine Knie unter mir zittern.

Die Mädchen lachen – entschlossen, mich zu quälen, und entschlossen, mich gewaltig kommen zu lassen. Sabrina saugt an meinem Kopf, während Kylie den Schaft leckt und meine Hoden streichelt. Sie arbeiten zusammen, energisch und zielstrebig.

Ich schließe die Augen und lasse die Empfindungen ihrer Hände und Münder zu einer Einheit verschmelzen.

Mehrmals tauschen die Mädchen die Positionen.

Selbst blind wüsste ich, wenn Sabrinas Mund meine Eichel umschließt. Ihre Lippen sind so warm und üppig, dass man sie nicht verwechseln kann.

Mein Schwanz schmerzt, pocht und will direkt in ihrem Mund explodieren. Ich lasse jede Welle der Lust auf mich einprasseln und versuche, noch nicht zu kommen. Verzweifelt klammere mich an den letzten Rest von Kontrolle.

Kapitel 7

SABRINA

Adrik schiebt Kylie auf das Bett und zieht mich auf sie. Er ist stärker als wir beide zusammen und kann uns mühelos anheben und bewegen.

Kylie liegt schlank und weich unter mir, ihr blondes Haar riecht noch leicht nach Chlor, ihre Haut ist frisch und süß.

Im Gegensatz dazu ist Adrik hart wie Mahagoni, aggressiv und fordernd, salzig vor Schweiß.

Die Kombination aus männlich und weiblich, dominant und zart, ist fast mehr, als ich ertragen kann. Es ist ein All-you-can-eat-Buffet, und ich überfresse mich daran.

Ich küsse Kylie, deren Mund nach Adriks Schwanz schmeckt, und drücke ihre Brüste gegen meine. Ihre Hände liegen leicht und weich auf beiden Seiten meines Gesichts.

Adrik packt mich von hinten an der Kehle, zieht mich hoch und knurrt mir ins Ohr: »Ich weiß, dass du Vaginas magst. Aber versuch gar nicht erst zu lügen und mir zu erzählen, dass du nicht auf Schwänze stehst.«

Ich spüre seine Erektion an meinem Rücken, sie ist brennend heiß und pulsiert hart.

Er packt seinen Penis am Schaft, beugt ihn nach unten und stößt ihn von hinten in mich hinein.

Das Geräusch, das aus mir herauskommt, habe ich noch nie zuvor gemacht. Ich werde aufgespießt, mit einem einzigen Stoß bis zum Ansatz gefüllt.

Adrik löst seinen Griff um meine Kehle und lässt mich auf Kylie fallen, doch das hilft kaum. Ich drehe mein Gesicht gegen sie, knabbere und sauge an ihrem Hals und stöhne jedes Mal hilflos auf, wenn Adrik in mich stößt. So einen Schwanz wie seinen habe ich noch nie gesehen, geschweige denn in mir gehabt. Er dehnt und füllt und zerreißt mich, viel zu viel, um damit klarzukommen – wenn ich an das Konzept von »zu viel« glauben würde.

Die Kombination von Kylies Duft und Adriks Penis ist einfach unglaublich. Ich küsse sie und ficke ihn, die Lippen einer Frau und der Schwanz eines Mannes, das Beste aus beiden Welten.

Kylie hat ihre Beine um meine Taille geschlungen. Jeder von Adriks Stößen drückt mich gegen sie und reibt mich an ihrer Klitoris.

Ich stelle mir vor, dass es ihr Penis ist, den ich reite. Ich stelle mir vor, wie sie und Adrik zu einer Person verschmelzen, alles, was ich mag, und alles, was ich will, in einem Paket.

Dann stelle ich mir vor, dass ich einen Schwanz wie Adrik habe, dass ich ein hübsches Mädchen so hart und so lange ficken kann, wie ich will. Ich liebe es, Mädchen Lust zu bereiten. Ich würde es lieben, ein anderes Werkzeug zu haben, um das zu tun.

Ich stelle mir vor, einen Höhepunkt wie ein Mann zu haben, überall zu explodieren, Sperma aus mir herauszuschießen.

Ich beginne zu kommen, wie ich es noch nie zuvor erlebt habe, jeder Stoß von Adriks Penis ist ein kleiner Orgasmus, einer nach dem anderen. Jedes Mal, wenn er sich in mich schiebt, stöhne ich auf, liege hilflos auf dem anderen Mädchen, klammere mich an sie und stöhne gegen ihren Hals.

Kylie ist am ganzen Körper gerötet, auf der Brust und an den Oberschenkeln. Ihre Augen sind glasig, ihre Lider schwer.

»Das klingt nach Spaß«, flüstert sie mir ins Ohr. »Darf ich mitmachen?«

»Bedien dich.«

Ich bin kein eifersüchtiger Mensch. Sex ist für mich Erholung, und ich teile gern.

Außerdem ist Kylie umwerfend – der Gedanke, dass sie auf Adrik sitzt, macht mich verdammt an.

Und schon legt sich Adrik mit dem Rücken auf das Bett. Kylie spreizt sich auf ihm und lässt sich auf seinen Schwanz fallen.

»Ach du Scheiße«, stöhnt sie, als er in sie gleitet. »O Gott, bist du dick!«

Adrik ist ein Prachtexemplar, keine Frage. Sein Körper ist ungewöhnlich hart, mit Muskelpaketen an Brust, Rücken und Oberschenkeln. Seine Beine sind kräftig, doppelt so dick wie meine. Und doch haben seine Proportionen etwas Schönes, eine klare Linie wie bei einem Tänzer.

Kylie sieht auf ihm gertenschlank aus, blass neben seiner Bräune.

Sie beginnt, auf ihm zu reiten. Ihr Körper rollt auf seinem, ihre Lippen sind gespreizt, ihr Mund ist geöffnet. Ihre Taille sieht mit seinen großen Händen, die sie umklammern, unglaublich schmal aus.

Ich könnte mir das ewig anschauen, aber Adrik sieht nicht Kylie, sondern mich an.

»Komm her«, befiehlt er, packt mich am Handgelenk und zieht mich zu sich. Er bringt mich dazu, mich über sein Gesicht zu spreizen.

Ich bin jetzt Kylie gegenüber, sie auf Adriks Schwanz und ich auf seinen Lippen.

Sie beugt sich vor, um mich zu küssen, und stöhnt in meinen Mund.

Es kann unangenehm sein, auf dem Gesicht von jemandem zu sitzen, wenn man Angst hat, ihn zu erdrücken. Adrik ist zu groß, um sich darüber Gedanken zu machen. Und zu unverwüstlich. Er schlingt seine Hände um meine Taille, zieht mich fester an seinen Mund und schiebt seine Zunge in mich hinein.

Sein Mund ist aggressiv, die leichten Bartstoppeln in seinem Gesicht sorgen für eine Reibung, die die Grenze zwischen Lust und Schmerz markiert. Sein Mund an meiner Vagina und Kylies Mund an meinem bringen mich dazu, mich gegen beide zu stemmen – in einem Dreieck der Gegensätze, mit mir als Mittelpunkt.

Ich genieße die Völlerei, die schamlose Ungezogenheit. Ich bekomme alles, was ich mag und was ich will. Kylies Süße und Sanftheit, gemischt mit Adriks Aggression und Hitze. Ihre schönen Brüste und sein dicker Schwanz. Ich küsse sie immer wieder und will nicht, dass es vorbei ist. Ich will niemals aufhören.

Ich beginne zu kommen, ohne es zu wollen und ohne es überhaupt zu merken. Es ist schwer für mich, durch Oralverkehr einen Orgasmus zu haben, aber ich kann mich so fest gegen Adriks Zunge drücken, wie ich will, ich mache mir keine Sorgen, ihn zu verletzen. Ich reite auf seinem Gesicht, so wie ich es mag, mit gespreizten Beinen. Jedes Reiben meiner Vulvalippen lässt mich in einen endlosen Brunnen der Lust eintauchen.

Der Orgasmus geht immer weiter, als ob er nie aufhören würde. Er ist so lang, dass ich tatsächlich denke: *Verdammte Scheiße, wird er jemals enden?*

Als ich wieder zu mir komme, blicke ich zu den Fenstern und erwarte fast, den Morgen zu sehen.

An Kylies Wimmern höre ich, dass auch sie kurz vor dem Orgasmus steht.

Ich bin wohl doch eifersüchtig, denn ich liebe es, sie kommen zu lassen, und bin zu gierig, um Adrik den ganzen Spaß zu überlassen.

Schließlich rolle ich mich von Adrik herunter, stelle mich hinter Kylie und drücke meine Brüste gegen ihren Rücken.

Ich umfasse ihre Titten mit beiden Händen und massiere sie bei jedem Stoß, während sie Adriks Penis reitet.

»Ja, ja, ja!«, schreit sie. Ihr Körper wiegt sich wie eine Welle, meine Finger ziehen und zerren an ihren Brustwarzen und entfachen mit jedem Mal mehr Lust.

Ich küsse ihren Nacken, murmle ihr schmutzige Dinge ins Ohr.

Adrik hat seine Hände auf ihre Hüften gelegt. Er drückt sie hart auf seinen Schwanz, jeder Muskel in seinem Bauch, seiner Brust, seinen Armen ist angespannt. Unsere Blicke treffen sich über Kylies Schulter. Wir können uns ein Grinsen nicht verkneifen, denn Kylie ist nicht mehr zu bremsen. Wir bringen sie gemeinsam zum Höhepunkt, härter als alles, was sie bisher erlebt hat.

Sie stößt einen langen Schrei aus, ihr Kopf fällt gegen meine Schulter, ihr Körper krümmt sich. Dann bricht sie seitlich auf der Matratze zusammen, keuchend und schwitzend, ihr blondes Haar klebt ihr im Gesicht.

Adrik packt mich und zieht mich auf sich. Sein Penis gleitet direkt in mich hinein, durchnässt von Kylies Vagina.

Ich bin alles andere als eine Jungfrau und habe eine ganze Sammlung von Spielzeugen zu Hause, aber ich habe noch nie so etwas wie diesen Schwanz gespürt. Er pocht und pulsiert in mir, warm und dick und lebendig, und dringt unaufhaltsam in mich hinein und gleitet wieder aus mir heraus.

Wenn ich rund um die Uhr Zugang zu ihm hätte, könnte ich nicht die Finger davon lassen. Wie bei Adriks Motorrad würde ich alles für eine Fahrt tun.

Ich experimentiere mit verschiedenen Geschwindigkeiten, unterschiedlichen Winkeln, lehne mich nach vorne mit meinen Händen auf seiner Brust, lehne mich zurück, damit sein Penis die Stelle in mir an der Innenwand reibt. Jeder Stoß ist himmlisch. Ich schwebe auf der Lust, ein Fluss, der mich an einen unbekannten Ort trägt. Helle

Funken springen vor meinen Augen auf, blau, grün und lila.

Manche Männer liegen einfach nur da, wenn du oben bist. Adrik hält mich fest und fickt mich von unten nach oben, folgt meinen Bewegungen und steigert die Intensität bei jedem Stoß.

Ich reite ihn immer härter, der Schweiß rinnt mir über den Körper, meine Titten hüpfen auf und ab.

Jede Woge der Lust ist stärker als die vorherige, Wellen, die höher und höher rollen, bis ich weiß, dass die nächste brechen wird.

Ich beuge mich vor, reibe mich an ihm und schaue ihm ins Gesicht.

Adrik schaut zu mir auf, die Hände um meine Hüften fixiert, die Zähne gefletscht. Sein Haar ist nass und schwarz wie Tinte, sein Körper glänzt. Als er mich ansieht, liegt eine Art Wahnsinn in seinen Augen: Er wird es mir so lange besorgen, bis ich komme, oder bei dem Versuch sterben.

Ein Teil von mir möchte sich zurückhalten, sich weigern, ihm das zu geben, was er so verzweifelt will.

Als ob er meine Gedanken lesen könnte, zischt er: »Gib's mir! Du kommst auf diesem Schwanz, und zwar sofort!«

Ich habe keine andere Wahl. Der Orgasmus explodiert in mir, als ob Adrik den Finger am Abzug hätte. Er schießt aus meinem Bauch heraus, explodiert durch jeden Zentimeter von mir und vernichtet alles in seinem Weg. Ich verliere mein Augenlicht, mein Gehör und mein Gleichgewicht. Ich breche neben Kylie zusammen und falle so tief, dass es sich anfühlt, als wäre ich durch die Matratze bis auf den Boden gesunken.

Die Zeit vergeht, und ich habe keine Ahnung, wie lange ich so daliege.

Dann sagt Kylie mit verträumter Stimme: »Verdammt, das hat Spaß gemacht.«

Kapitel 8

Adrik

Ich wache auf dem Bett auf, ohne Decken über mir, denn die liegen alle durcheinander auf dem Boden. Vom Balkon fällt Licht auf die leere Matratze, weder Sabrina noch die blonde Australierin sind hier.

Langsam setze ich mich auf und schaue mich in der leeren Suite um. Ich sehe den Stapel nasser Handtücher, der davon stammt, dass wir alle irgendwann nach Mitternacht in den Infinity-Pool gesprungen sind. Im Wohnzimmer stehen Dutzende von leeren Tellern auf dem Tisch, die wir um drei Uhr morgens vom Zimmerservice geordert haben. Wir verschlangen frisches Obst, Pommes frites, Bacon-Sandwiches und Schokoladenkuchen und begaben uns dann für eine weitere Runde Sex ins Bett. Irgendwann gegen Sonnenaufgang schliefen wir alle ein, zusammengerollt wie Welpen, die zu lange gespielt haben.

Es ist mir egal, dass Kylie gegangen ist. Es schmerzt, dass Sabrina es getan hat.

Ich dachte … ich dachte wohl, wir hätten letzte Nacht eine Verbindung gehabt. Zumindest genug, dass sie am Morgen noch hier sein würde.

Ich schwinge meine Beine über die Bettkante und spüre ein schmerzhaftes Pochen in meinen Schläfen. Die Wasserflaschen neben dem Bett sind alle leer.

Scheiße.

Die Enttäuschung, die sich auf meine Schultern legt, ist schwer und dumpf. Ich versuche, sie zu verdrängen, aber es ist unmöglich. Meine Nacht mit Sabrina ging weit über das hinaus, was ich erwartet hatte. Ich war nicht bereit, sie zu Ende gehen zu lassen.

Am meisten ärgere ich mich über mich selbst, weil ich so tief eingeschlafen bin. Ich hätte hören müssen, wie sie aufsteht. Ich wollte mit ihr reden.

Unsere gemeinsame Nacht ist bereits verblasst, zu intensiv, um wahr zu sein. Der Tag, der vor mir liegt, ist eintönig und trist, der Zauber verschwindet zusammen mit Sabrina.

Ich will nicht aufstehen, aber was soll ich sonst tun?

Die Logistik, mein Auto und mein Motorrad nach Hause zu transportieren, das Zimmer zu bezahlen und einen Flug für mich zu buchen, erscheint mir äußerst mühsam. Ich seufze, stütze meinen Kopf in die Hände und versuche, nicht daran zu denken.

Bevor ich mich von der Matratze hochstemmen kann, höre ich das Kratzen eines Schlüssels im Schloss.

Die Tür schwingt auf. Sabrina kommt herein, in jeder Hand einen Kaffee, eine braune Papiertüte zwischen den Zähnen. Sie stellt den einen Kaffee ab und reicht mir den anderen, wobei sie die Tüte aus dem Mund nimmt, damit sie sprechen kann.

»Ich habe dir einen mit Milch, aber ohne Zucker besorgt«, sagt sie. »Habe ich richtig geraten?«

Ich nicke. »Ja, hast du.«

»Dafür habe ich ein Talent.« Sabrina grinst.

Die Welle der Wärme, die mich bei ihrem Anblick überschwemmt, ist fast peinlich. Ich habe gar nicht bemerkt, wie niedergeschlagen ich war, bis sie meine Stimmung wieder nach oben zieht.

Sie trägt dasselbe schwarze Kleid wie am Abend zuvor und hat meine Lederjacke darübergeworfen. Die Art und

Weise, wie die Jacke auf halber Höhe ihrer Knie herunterhängt und die Ärmel teilweise ihre Hände bedecken, ist unglaublich süß. Es erinnert mich daran, wie viel kleiner Sabrina ist. Sie ist verletzlich – mehr, als sie möchte, dass es jemand merkt.

Ich mag es, wie meine Jacke an ihr aussieht. Ich mag es, dass sie sich entschieden hat, sie wieder zu tragen.

»Ich dachte, du wärst gegangen«, gebe ich zu.

Sabrina hält inne, während sie die braune Papiertüte öffnet. Sie sieht mich mit ernstem Blick an. »Wärst du enttäuscht gewesen, wenn ich es getan hätte?«

Ich könnte auf cool machen. Mit den Schultern zucken oder etwas Gleichgültiges wie »Ist deine Sache« sagen. Stattdessen antworte ich aufrichtig: »Zum ersten Mal überhaupt ... ja. Das wäre ich.«

Sie fummelt an der Tüte herum, nimmt ein paar Backwaren heraus und legt sie mit einer sauberen Serviette auf das Bett. Ihre Wangen verfärben sich und haben nun das gleiche staubige Rosa ihrer Lippen. »Ich wollte Kylie nur zu ihrem Taxi bringen – ich wollte nicht, dass sie den Walk of Shame allein machen muss.«

Ich ergreife ihr Handgelenk und ziehe sie zu mir. »Es gibt keinen Walk of Shame, wenn man schamlos ist.«

Sabrina lacht. »Nicht jeder ist so fortgeschritten wie ich.«

Ich nehme ihr Gesicht zwischen meine Hände und küsse sie. Ihre Haut ist warm von der Morgensonne, ihr Mund schmeckt nach Kaffee und Vanille.

Wir stehen in dem Lichtkegel, der durch die Glastüren hereinfällt. Er beleuchtet Sabrinas Haut, als ob sie mit Gold überzogen wäre.

Als wir uns lösen, streift ihr Blick über meinen nackten Körper. Sie lacht amüsiert. »Das hat ja nicht viel gebraucht, oder?«

Die Wirkung, die ihr Kuss auf mich hat, lässt sich nicht

verbergen. Mein Penis ragt gerade zwischen uns hervor, er ist hart und verlangt nach Aufmerksamkeit.

Sabrina lässt ihre Hand sanft an ihm auf- und abgleiten. Ihre Finger sind leicht und kühl, mein Schwanz pocht gegen ihre Handfläche.

»Hm«, knurre ich. »Das fühlt sich gut an.«

Sabrina bekommt diesen schelmischen Blick, den ich schon so gut kenne. Sie fährt mit ihrer Hand immer wieder an meinem Glied auf und ab, leicht und neckisch, sodass der Kopf jedes Mal zuckt, wenn ihre Fingerspitzen darübertanzen.

»Was fühlt sich besser an ...«, fragt sie. »Das ... oder das?«

Sie lässt sich auf die Knie fallen und fährt mit ihrer Zunge den ganzen Weg vom Ansatz bis zur Spitze. Dann nimmt sie den Kopf leicht in den Mund und umschließt ihn mit ihren weichen Lippen, während sie ihn mit ihrer feuchten, weichen Zunge umspielt.

Das Stöhnen, das mir entlockt wird, ist die einzige Antwort, die sie braucht.

Am liebsten würde ich die nächsten Stunden genau damit verbringen, doch in Anbetracht der Aktivitäten des Vorabends halte ich Sabrina auf und sage: »Lass uns duschen gehen. Ich muss mich frisch machen.«

»Ich würde lieber schwimmen«, sagt Sabrina. »Es ist ein wunderschöner Tag, ich möchte nicht drinnen sein.«

»Du hast keinen Badeanzug.«

Gestern Abend sind wir nackt geschwommen, aber jetzt ist es hell, und die Terrasse ist vom Strand aus zu sehen.

»Wen kümmert das schon?«, entgegnet sie und lacht.

Sabrina schlüpft aus meiner Jacke und legt sie vorsichtig über die Rückenlehne eines Stuhls. Danach schlüpft sie ebenso schnell aus ihrem Kleid und lässt es auf den Boden fallen.

Ich weiß nicht, ob ich mich jemals an ihren nackten Anblick gewöhnen werde. Sie hat einen Körper wie ein Maserati, schnittig, exotisch und teuer.

Ich beobachte, wie sie die Flügeltüren aufreißt, zum Infinity-Pool schreitet und ohne Scheu ins kühle blaue Wasser gleitet.

Ich folge ihr und bemerke, wie viel lauter es jetzt ist, da die Stadt um uns herum erwacht ist. Das Rumpeln der Lastwagen in den engen Straßen, das Kreischen der Möwen und ferne Rufe vom Markt. Darunter das stetige Rauschen des Meeres.

Das Sonnenlicht funkelt in tausend diamantförmigen Lichtern über den Infinity-Pool. Sabrina taucht unter die Wasseroberfläche, ihr Haar schwebt in einer dunklen Wolke um sie herum. Als sie wieder auftaucht, glänzt ihr Haar wie ein Ölfleck auf ihrem Rücken, die Brustwarzen sind hart und violett vom kalten Wasser.

Ich lasse mich neben ihr ins Wasser gleiten und tauche unter. Meine Augen lasse ich offen, um zu sehen, wie Sabrina unter Wasser aussieht, wie ihr phänomenaler Körper im Raum schwebt und sich dreht.

Sie ist eine in Bronze gegossene Meerjungfrau, über deren Haut silbrige Spinnweben aus Licht flimmern.

Sabrina sinkt neben mich unter Wasser, ihr Haar schwebt wieder nach oben und windet sich wie Tentakel um sie herum.

Sie küsst mich unter Wasser, Luftblasen steigen zwischen unseren Lippen auf und kitzeln mein Gesicht.

Wir sind von der Altstadt abgeschnitten, hier unten gibt es kein Geräusch. Nur das Pochen meines Herzschlags in meinen Ohren. Die Sonne scheint hell, das Wasser ist kühl. Sabrinas Fleisch gleitet unter meinen Händen, glitschig, aber fest.

Als wir auftauchen, küssen wir uns immer noch – so hungrig, als wäre es unser erstes Mal.

Ich will sie so sehr ficken, als ob ich es noch nie getan hätte. Vielleicht habe ich es auch nicht getan, weil meine Aufmerksamkeit vorher geteilt war – ich will mich ganz auf Sabrina konzentrieren.

Ich ziehe sie auf meinen Schwanz, gleite unter Wasser in sie hinein, ihre Beine um meine Taille geschlungen, ihre Arme um meinen Hals. Das Wasser verlangsamt mein Tempo, es bringt mich dazu, gleichmäßig und tief mit ihr Sex zu haben, wobei jeder Stoß sie ein wenig ins und aus dem Wasser wippen lässt, ihre Brüste schwimmen an der Oberfläche.

Schwerelos drehen wir uns gemeinsam im Wasser, der endlose Blick auf das Meer wechselt mit der verzierten Hotelfassade die Position. Es gibt keine Reibung zwischen uns, wir sind beide ganz glitschig. Es fühlt sich gut an, aber es wird nicht genug sein, um Sabrina zum Orgasmus zu bringen.

Ich trage sie zur Treppe, die aus dem Pool führt, setze mich auf die unterste Stufe und drehe Sabrina um, sodass sie auf meinem Schoß sitzt und ihren Rücken an meine Brust lehnt. Dann nehme ich meinen Penis in die Hand und schiebe ihn wieder in sie hinein, wobei ich ihre Beine spreize, damit ihre Waden an den Außenseiten meiner Oberschenkel hängen.

Ihre Schenkel sind weit gespreizt, und ihre Klitoris liegt frei. Ich greife um sie herum, reibe ihre Klitoris mit der flachen Seite meiner Finger und stoße in sie hinein. Die Spitze meines Schwanzes reibt von innen an ihr, während meine Hand außen ist. Mit meiner anderen Hand streichle ich ihre Brüste und ziehe an ihren Brustwarzen.

Sabrina ist auf mir gefangen, die Beine gespreizt, die Brust entblößt. Sie ist wie ein Schmetterling im Schaukasten, ihre ganze Schönheit ist für jeden sichtbar. Ich wünschte, ich hätte eine Kamera vor ihr aufgestellt.

Ihr Kitzler ist völlig entblößt, fast zu empfindlich, um ihn zu berühren. Sie keucht und windet sich, aber ich halte ihre Beine weit über meine gespreizt. Unermüdlich streicheln meine Finger diesen kleinen Hügel, während er fester und wärmer wird und sich mit Blut vollsaugt, ganz so wie mein Penis in ihr.

Sabrina keucht und wiegt ihre Hüften in dem begrenzten Bewegungsspielraum, den sie hat.

Sie greift mit beiden Händen nach hinten, umschließt meinen Hinterkopf, schiebt ihre Finger in mein Haar und kratzt mit ihren Nägeln an meiner Kopfhaut. Ich drehe meinen Mund zu ihr, sauge an der Seite ihres Halses, hart und rau, ohne Rücksicht darauf, ob ich sie markiere. Ich will sie markieren. Ich will einen blauen Fleck hinterlassen, der einen Monat lang zu sehen ist.

Bei jedem Stoß streichle ich ihre Klitoris – kurze, gleichmäßige Stöße, die das Gefühl imitieren, als würde sie auf mir reiten und ihre Klitoris an meinem Unterbauch reiben. Das war es, was sie letzte Nacht am intensivsten zum Kommen gebracht hat.

Ich stelle mir vor, wie gut das vor der Kamera aussehen würde, Sabrina in diese Position zu bringen und sie so zu ficken, weit gespreizt, zur Schau gestellt.

Der Gedanke ist so erotisch, dass ich spüre, wie meine Eier anschwellen, selbst im kalten Wasser.

Ich drücke sie fester auf meinen Schwanz, drücke mit meiner Hand gegen ihren Kitzler und höre ihr Keuchen und Stöhnen, das immer tiefer und verzweifelter wird.

»Genau da«, stöhnt sie, »das ist der Punkt ... hör ... nicht ... auf ... ahhhhhhhhhhh!«

Das Geräusch, als sie kommt, lässt mich explodieren. Meine Eier pressen sich wie eine Faust zusammen, und ich breche in ihr aus, ein Schwall nach dem anderen, der sich heißer anfühlt als Lava.

Sie ist schwerelos und schwebt in meinen Armen. Es ist leicht, sie zu mir umzudrehen, sie wieder zu küssen und den Geschmack der Erregung in ihrem Mund zu spüren. Während sie sich an mich schmiegt und den Kopf an meine Schulter lehnt, ist ihr Körper ganz schlaff und warm.

Die Sonne wärmt uns beide, das Wasser plätschert um uns herum, und die Wellen rauschen weit unter uns.

Alles, woran ich denken kann, ist, wie froh ich bin, dass sie zurückgekommen ist.

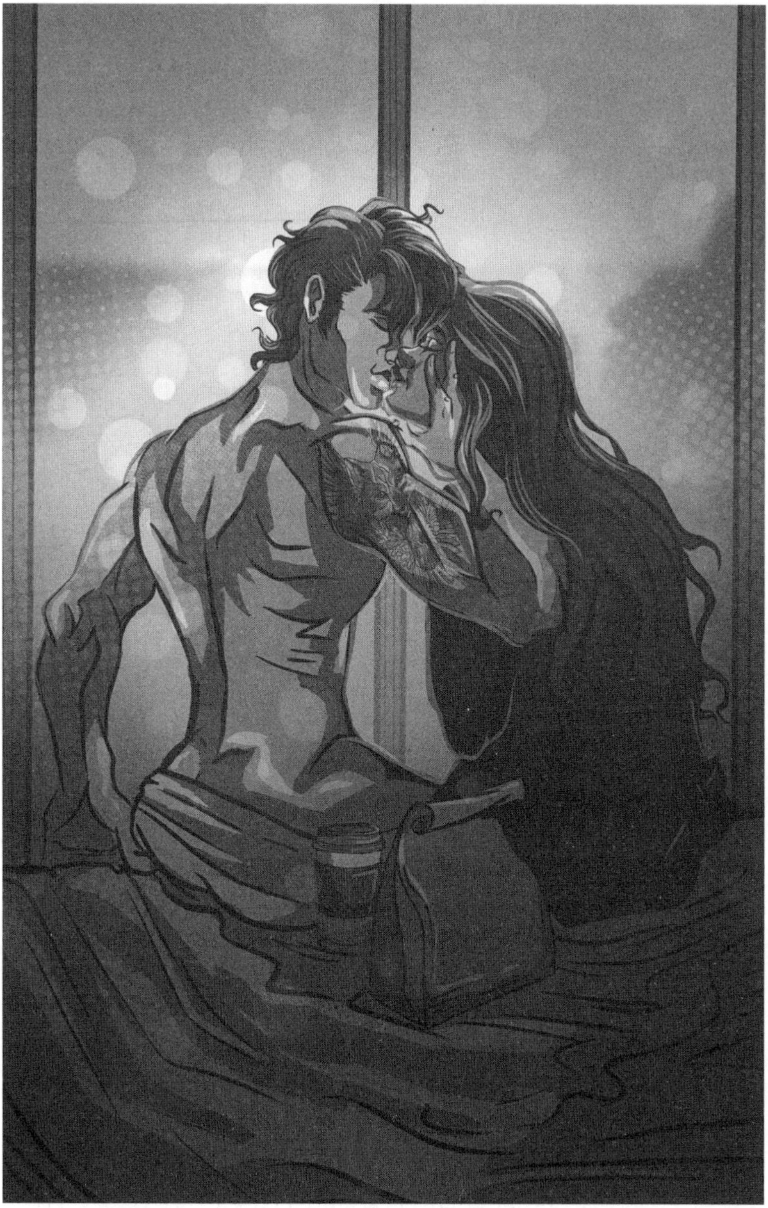

Kapitel 9

SABRINA

Es braucht mehrere Versuche, bis Adrik und ich uns tatsächlich fertig machen können. Wir treiben es noch einmal unter der Dusche und noch einmal auf dem Bett. Wir sind so erfolglos darin, die Hände voneinander zu lassen, dass es fast Zeit zum Abendessen ist, bevor wir das Hotel verlassen können.

In den Geschäften entlang der Stradun, der Hauptstraße der Altstadt, kauft jeder von uns ein neues Outfit. Adrik trägt jetzt ein lockeres Leinenhemd, das an den Ärmeln hochgekrempelt ist, und dieselbe abgewetzte Jeans. Das Hemd sollte ihn lässig und sommerlich aussehen lassen, aber das tut es nicht.

Adriks Gesichtszüge scheinen – wie die Merkmale bestimmter Huskies – immer finster zu sein. Seine schmalen blauen Augen und die dicken schwarzen Brauen sind grimmig, und seine Körpersprache ist so mörderisch, dass er niemals wie ein harmloser Tourist aussehen könnte.

Sein Charme kann entwaffnend sein, aber in dem Moment, in dem er mich nicht anlächelt oder mich mit seinen gefährlich talentierten Händen erregt wie niemand sonst, erinnere ich mich daran, dass er ein Bratwa ist und schon lange vor meinen Cousins in Kingmakers den Ton angegeben hat. Er hat etwas Wildes an sich, einen Hauch von Bösartigkeit, der mir gefällt.

Ich trage eine Art Cosplay-Outfit – ein zwölf Dollar teures Sommerkleid, das ich an einem Kiosk gekauft habe, der von einer kleinen alten Dame betrieben wurde. Ihr Gesicht war ganz runzlig, weil sie jahrelang in die mediterrane Sonne geblinzelt hatte. Das Kleid ist aus weißer Spitze, mit Rüschen an Rock und Schultern, die mich total süß und harmlos wie ein Gänseblümchen aussehen lassen. Darunter bin ich immer noch giftiger Efeu.

Ich sitze Adrik gegenüber an einem kleinen Tisch mit Blick auf die St. Saviours Church. Der Kellner hat jedem von uns ein Glas Sliwowitz gebracht, und ich bin kurz davor, einen Haufen Essen zu bestellen, denn durch den ganzen Fickmarathon habe ich eine Menge Kalorien verbrannt.

»Also«, sage ich und schaue Adrik mit einem kühlen Blick an, »wann wirst du mir sagen, warum du wirklich hier bist?«

Falls ich Adrik überrascht habe, zeigt er es nicht. Er lächelt einfach, hebt seinen Sliwowitz und schwenkt ihn vorsichtig, sodass die klare Flüssigkeit träge im Glas rotiert.

»Warum wohl?«, fragt er.

Ich erwäge die Optionen.

Zuerst dachte ich, er sei hier, um Sex mit mir zu haben, aber er hat sich zu viel Mühe gegeben. Ich bin nicht so naiv, an Liebe auf den ersten Blick zu glauben, und selbst wenn ich es täte, die Bratwa sind nicht romantisch.

Damit bleibt nur eine Möglichkeit, so überraschend sie auch sein mag.

»Du willst, dass ich dich nach Moskau begleite«, sage ich.

Adrik lächelt. Er scheint erfreut, dass ich so schnell verstanden habe. »Genau.«

»Warum?«

»Ich sehe etwas in dir.«

»Was?«

»Talent«, sagt er knapp. »Ich will dich bei mir haben. Ich will die Besten an meiner Seite haben.«

Mein Gesicht fühlt sich heiß an, der Schnaps steigt mir bereits zu Kopf. Es ist schon lange her, seit ich heute Morgen dieses Gebäck verschlungen habe. Mein Magen ist leer, mein Körper ausgelaugt.

»Das ist also ein Vorstellungsgespräch.«

Adrik zuckt mit den Schultern, sie heben und senken sich schwer. »Wenn du es so sehen willst.«

Ich stecke meine Fingerspitze durch die Löcher in meinem Spitzenrock. »Ich brauche keinen Job.«

»Jeder braucht einen Job.«

»Ich studiere noch. Ich habe noch drei Jahre in Kingmakers.«

Wir werden vom Kellner unterbrochen, der einen Korb mit frisch gebackenem Fladenbrot zwischen uns auf dem Tisch abstellt.

Adrik und ich greifen gleichzeitig nach dem Brot, wobei sich unsere Fingerknöchel mit einem statischen Funken berühren.

Jedes Mal, wenn er mich anfasst – und sei es nur ganz beiläufig –, gerät mein Herzschlag aus dem Takt.

Ich nehme einen großen Bissen von dem Brot und kaue kräftig. Adrik hält seines in der Hand, die Augen auf mein Gesicht gerichtet.

»In drei Jahren wird mir die Hälfte von Moskau gehören. Wer einsteigen will, muss im Erdgeschoss beginnen. Wie bei einem Start-up.« Er lächelt und genießt seinen Vergleich. »Das ist der amerikanische Traum, nicht wahr? Es bringt nichts, jetzt Apple-Aktien zu kaufen – du willst Jobs und Wozniak sein und in einer Garage Platinen bauen.«

Ich schlucke meinen Bissen hinunter, nur halb gekaut. »Falsch gedacht. Ich brauche nicht in einer Werkstatt zu arbeiten. Ich bin eine Erbin, falls du das vergessen hast. Ich habe ein Imperium, das auf mich wartet und bereits aufgebaut ist.«

»Klar«, sagt Adrik leichtfertig. »Wenn du Immobilienmaklerin werden willst.«

Am liebsten würde ich ihm mein Getränk ins Gesicht schütten. Er ist absichtlich beleidigend und versucht, mich zu provozieren.

Das ist es, was er will – dass ich die Beherrschung verliere. Deshalb halte ich eisern an meiner Gelassenheit fest.

»Ich denke, das weißt du besser.«

Adrik legt sein Brot auf den Teller und beugt sich vor, seine Augen brennen in meine. »Ich weiß genau, was dein Vater vorhat. Nach der Pandemie hat er Dutzende von leer stehenden Einzelhandelsflächen in der sogenannten Magnificent Mile gekauft. Jetzt kauft er Grundstücke entlang der 1–80 und 1–55, baut Lagerhäuser und deckt den Bedarf für die Lieferkette. In weiteren fünf Jahren wird er der bedeutendste Besitzer von Gewerbeimmobilien in ganz Chicago sein.«

Mir bleibt der Mund offen stehen, und ich kann kein Wort herausbringen. Adrik beschreibt die Operationen meines Vaters so genau, wie ich es selbst könnte.

»Dein Onkel Callum bereitet sich auf eine weitere Kandidatur für das Gouverneursamt vor, Dante lebt mit seiner Frau und seinen Kindern in Paris, und dein Onkel Sebastian kümmert sich um die weniger legale Seite des Gallo-Imperiums.« Adrik zählt meine Verwandten an seinen Fingern ab. »Dein jüngerer Bruder ist erst sechzehn und genau genommen nicht der Erbe deines Vaters, aber allem Anschein nach ist er stärker in das Familiengeschäft involviert, als du es je gewesen bist.«

Jetzt steht mein Gesicht in Flammen, denn auch das ist wahr: Damien mag auf andere ruhig und zurückhaltend wirken, aber er hat einen scharfen kriminellen Verstand. Seit seinem zwölften Geburtstag führt er die Bücher meines Vaters. Gemeinsam verbringen sie Stunden damit, potenzielle Unternehmen zu analysieren und die Zahlen für die Immobilien durchzugehen, um die mein Vater mit rücksichtsloser Aggressivität verhandelt.

Ich werde immer zu diesen Treffen eingeladen, aber sie interessieren mich nicht so sehr wie Damien.

Ehrlich gesagt würde ich lieber mit Onkel Seb zusammenarbeiten. Aber selbst dort haben die Gallos unsere schlimmsten illegalen Aktivitäten eingestellt. Mit jedem Jahr, das vergeht, bereinigen wir unsere Bücher, und ein zunehmend größerer Prozentsatz unserer Einnahmen stammt aus legalen Quellen.

»Worauf willst du hinaus?«, schnauze ich.

»Damit will ich Folgendes sagen«, meint Adrik geduldig. »Ich glaube nicht, dass du Neros Erbe sein willst, sondern ein verdammter Gangster. Du willst kein Imperium erben – du willst eines aufbauen.«

Ich hebe meinen Sliwowitz und nehme mehrere schnelle Schlucke.

Obwohl die Sonne bereits untergeht, spiegeln die Steinmauern der Altstadt noch immer die Hitze des Tages wider. Die Luft ist ruhig und schwül, kein Lüftchen weht vom Meer her.

Mir ist heiß, und ich bin aufgeregt. Ich fühle mich von Adrik in die Enge getrieben, von ihm angegriffen.

Aber auch … geschmeichelt.

Er hat einen langen Weg zurückgelegt, um dieses Angebot zu machen. Er hat alle Register gezogen. Es ist ein gutes Gefühl, umworben zu werden – nicht nur sexuell, sondern auch beruflich.

Ich setze mein Glas ab. »Wenn ich ein Imperium aufbauen würde, dann für mich, nicht für dich.«

»Niemand baut ein Imperium allein auf«, erwidert Adrik. »Nicht einmal du oder ich.«

Ich bin nicht gerade ein Teamplayer – ich komme kaum mit meiner eigenen Familie aus.

Sie denken, sie kennen meine Stärken und Schwächen besser als ich. Sie denken, ich brauche ihre Erfahrung und ihren Rat.

Ich brauche nichts davon.

Ich bin die Klügste von allen – nicht bloß ein hübsches Gesicht oder ein verdammtes Kind.

Adrik hat mich nur einmal getroffen, und er hat mich als das gesehen, was ich bin: wertvoll.

Er kam, um mich zu umwerben, wie ein Vizepräsident der Cubs, der gerade einen neuen Stern am Baseballhimmel entdeckt hat.

»Ich weiß nichts über Russland«, sage ich. »Ich war noch nie dort.«

»Dann komm uns besuchen.«

Ich nehme mein Glas in die Hand und trinke einen langen, langsamen Schluck. »Ich werde darüber nachdenken.«

***

Adrik fährt mich zum Flughafen in Barcelona – eine Reise, die drei Tage im offenen Alfa Romeo dauert, mit Zwischenstopps in Piran, um auf der Strandpromenade spazieren zu gehen, in Mailand, um auf der Piazza del Duomo einzukaufen, und in Monaco, um unser letztes Geld auf Schwarz zu setzen.

Ich habe noch nie so viel Zeit ununterbrochen mit jemandem verbracht. Normalerweise stoße ich am Ende eines Dates, egal wie gut es gelaufen ist, einen Seufzer der Erleichterung aus – wenn ich wieder allein bin. Frei, zu essen, was ich will, zu lesen, was ich will, und ohne Unterbrechung meinen eigenen Gedanken nachzuhängen.

Sogar mit Ilsa endete zu viel gemeinsame Zeit jedes Mal in einem Streit. Jeder unserer Streits entstand, weil ich mich aus Langeweile wie ein Idiot benahm, sie über Dinge neckte, die sie zu ernst nahm, oder sie auf eine Art herausforderte, von der ich wusste, dass sie sich darüber aufregen würde. Oder ich habe einfach vor ihren Augen mit jemand anderem geflirtet.

Adrik hat ein dickes Fell. Es ist schwer, ihn zu kränken. Er ist so selbstbewusst, dass ihn kleine Frechheiten nicht stören, wie zum Beispiel, wenn ich meinen Kopf drehe, um einen Blick auf eine schöne Rothaarige zu erhaschen.

»Willst du mit ihr reden?«, fragt er ohne einen Hauch von Eifersucht.

»Vielleicht«, sage ich. »Ich liebe Rotschöpfe.«

»Ich weiß«, entgegnet er und lacht. »Ich habe Nix kennengelernt. Ich glaube nicht, dass du ihr aus lauter Herzensgüte angeboten hast, euch gemeinsam ein Zimmer zu teilen.«

»Ich spanne nicht bei meinen Zimmergenossinnen«, informiere ich ihn. »Ich habe sie höchstens drei oder vier Mal beim Umziehen beobachtet. Vielleicht fünf Mal. Aber nicht öfter als sechs Mal.«

Adrik lacht. »Wenn wir nicht von der Schönheit angezogen werden, warum haben wir dann Augen?«

»Finde ich auch. Gutes Essen ist zum Essen da, schnelle Autos sind zum Fahren da, und schöne Frauen verdienen es, verführt zu werden.«

»Das Leben ist zum Leben da«, stimmt mir Adrik zu. »Nimm alles, was du kriegen kannst, solange du noch Luft in der Lunge hast.«

Bei diesem Thema sind wir uns genauso wie bei vielen anderen einig.

Der einzige Punkt, in dem unsere Meinungen auseinandergehen, ist die Frage, ob ich mein Schicksal in absehbarer Zeit mit dem von Adrik verbinden soll.

Seit unserem letzten Abendessen in Dubrovnik hat er es nicht mehr erwähnt. Doch ich weiß, dass sein Angebot uns beiden ständig im Kopf schwirrt.

Nix ist nicht mehr meine Zimmergenossin. Sie hat Kingmakers verlassen, um nach Oregon zu ziehen, zu Adriks Cousin Rafe.

Adrik will, dass ich dasselbe tue: meine Ausbildung und meine Ambitionen zugunsten seiner aufgeben.

Alles in mir rebelliert gegen diese Idee.

Und doch: Als er mich am Flughafen von Barcelona absetzt, ich mich umdrehe und ihn neben dem Alfa Romeo stehen sehe, die Arme vor der Brust verschränkt, das dunkle Haar im Wind wehend, bin ich zum ersten nicht erleichtert, wieder allein zu sein.

Kapitel 10

ADRIK

Drei Monate später

Ich bin nach Cannon Beach gereist – angeblich, um meinen Onkel und meine Cousins zu besuchen, aber in Wirklichkeit, um Sabrina zu sehen.

Wir sind den Sommer über in Kontakt geblieben.

Tagsüber arbeitet sie mit ihrem Vater und ihrem Bruder, nachts baut sie mit ihrer Mutter ein altes indisches Motorrad um.

Sie hat mir Fotos von der Maschine und ein oder zwei von sich selbst geschickt, allerdings nicht die Art von Bildern, die ich verlangen würde, wenn es nach mir ginge.

Ich ärgere mich, dass ich nichts von unseren drei gemeinsamen Tagen gefilmt habe. Ich würde eine Niere dafür geben, um Sabrinas atemberaubenden Körper bei den Aktivitäten zu sehen, in denen sie so phänomenal talentiert ist. Mittlerweile habe ich meine eigenen Erinnerungen so oft durchgespielt, dass ich kaum noch weiß, ob ich sie glauben kann. Sie erscheinen mir wie ein Traum und zu fantastisch, um wirklich zu sein.

Nach unserer Reise fühlte ich mich wie auf Entzug.

Meine ersten zwei Wochen zurück in Moskau waren miserabel. Ich schnauzte Jasper und Vlad an, trank zu viel und war gelangweilt von meinen eigenen Plänen, die ich schon vor meiner Reise nach Dubrovnik geschmiedet hatte.

Dann schickte mir Sabrina das erste Bild von sich. Es war weder sexy noch gestellt: Sie trug einen stahlblauen Overall und Arbeitsstiefel, hatte Schmierfett bis zu den Ellbogen und einen Ölfleck auf einer Wange. Sie kniete neben dem Motorradreifen und hatte einen Schraubenschlüssel in der Hand. Ihr Unterarm war angespannt, und auf ihrem Handrücken zeichneten sich Sehnen ab. Sie warf einen Blick über die Schulter zurück, wahrscheinlich, als jemand ihren Namen rief – da wurde das Foto gemacht.

Die Tatsache, dass sie mir dieses Bild anstatt eines anderen schickte, freute mich auf eine Weise, die ich kaum erklären kann. Es war ein Foto von ihr an ihrem Lieblingsort, bei der Beschäftigung, die sie liebt. Sie hat mir ein Bild der echten Sabrina geschickt – und das ist die, die ich am liebsten kennenlernen möchte.

Und ja, ich habe mir bei diesem Bild einen heruntergeholt, obwohl es kein Aktfoto ist. So sehr fühle ich mich zu diesem Mädchen hingezogen. So sehr will ich sie. Ein Schnappschuss von ihr erregt mich mehr als der schärfste Porno.

Der Flug nach Amerika fühlte sich an, als würde er Jahre dauern. Obwohl wir in der First Class diese Sitze hatten, in denen man sich komplett in eine geschlossene Kapsel legen kann, habe ich kein Auge zugetan. Das Verlangen nach Sabrina hat mich die ganze Nacht über wachgehalten.

Wir schrieben uns immer häufiger SMS.

Sie hielt mich über ihre Aktivitäten auf dem Laufenden, und ich erzählte ihr, wie ich ein Gebäude für mich und das Wolfsrudel gefunden hatte – einen Stützpunkt, von dem aus wir unsere Geschäfte in Moskau beginnen konnten.

Sabrina hat nur ein beiläufiges Interesse gezeigt, aber ihre Fragen waren so zielgerichtet, dass ich davon ausgehe, dass sie mein Angebot weder vergessen noch völlig abgelehnt hat.

Jeder von uns hat seine Entschuldigung für diesen Besuch.

Sie ist hier, um Nix zu besuchen, ihre alte Zimmergenossin. Nix wohnt in einer Villa auf den Klippen über einem kalten Nordstrand – der Villa, in der jetzt mein Onkel Ivan und seine Frau, meine Cousins Rafe und Freya und einige Männer meines Onkels wohnen.

Neben meinen Eltern ist auch mein Bruder Kade mit mir gekommen. Die Familie Petrov wieder komplett zu sehen, ist so erfreulich, dass wir jede Gelegenheit für einen Besuch genutzt haben.

Ich bin erleichtert, dass Ivan und Sloane wieder einigermaßen wie sie selbst aussehen. Obwohl Ivan derjenige war, der in einer fensterlosen Zelle auf dem Grund einer Mine gefangen war, war der körperliche Tribut für seine Frau fast genauso groß. Mit jedem Tag, der verging, wurde sie dünner und müder, bis sie nur noch ein Schatten ihrer selbst war. Wäre Ivan nicht mehr am Leben gewesen, bevor wir ihn gefunden hätten, wäre sie vielleicht auch gestorben – durch ihre eigene Hand oder aufgrund ihres gebrochenen Herzens.

Rafe ist auch wieder er selbst – in dem Sinne, dass ich ihn bei seinem Namen nennen und ihn als meinen Cousin bezeichnen kann.

Die Lügen, die wir erzählen mussten, um unsere Familie zu schützen, haben ihre Spuren hinterlassen.

Der Hohe Rat hat nicht vergessen, dass wir die Gefangennahme meines Onkels vor der Bratwa verheimlicht haben. Sie behaupten, dass sie uns geholfen hätten, aber wir wissen, welche Form ihre »Hilfe« angenommen hätte – sie wären wie Hyänen über uns hergefallen, hätten den Kadaver unseres Reiches auseinandergerissen und unter sich aufgeteilt. Sie hätten Sloane zu ihrem eigenen »Schutz« unter Hausarrest gestellt und meinen Vater daran gehindert, das monatliche Lösegeld zu zahlen, damit Ivan am Leben bleibt.

Die Bratwa sind eine Zweckgemeinschaft. Wie in jedem Tierrudel wird das dominante Männchen, wenn es seine Widersacher nicht abwehren kann, entmachtet. Es kann nicht in Abwesenheit regieren.

Ivans Imperium war bereits am Zerbröckeln, als er seinen Schwerpunkt auf seine Besitztümer in Amerika verlagerte. Sloane war die Erste, die das enorme Potenzial der Legalisierung von Marihuana in Washington und Colorado erkannte. Noch vor der Verabschiedung der Gesetze kauften sie und Ivan Land für die Landwirtschaft und erstklassige Immobilien für Apotheken. Das Geld, das in Strömen floss, war Segen und Fluch zugleich, denn es machte sie unermesslich reich, zog aber auch die Aufmerksamkeit alter Feinde auf sich.

Mein Onkel, der drei Jahre lang nicht mehr in Russland war, hat anscheinend nicht den Wunsch, zurückzukehren. Er hat sich hier an der Westküste niedergelassen und das Kloster in St. Petersburg meinem Vater geschenkt. Jetzt ist mein Vater *Pakhan* von St. Petersburg, kein Untergebener mehr.

Ich könnte mit ihm im Kloster bleiben. Aber meiner Meinung nach ist St. Petersburg etwas für meinen jüngeren Bruder. Kade kann erben, wenn mein Vater in Rente geht. Moskau ist der Preis.

Moskau wurde noch nie von nur einem einzigen Mann kontrolliert. Bestenfalls wurde es in vier Teile aufgeteilt, wobei die Markovs den größten Anteil hatten. Um die Stelle, die durch die Abwesenheit meines Vaters und den Tod mehrerer bedeutender Personen entstanden ist, wetteifern derzeit ein Dutzend Bosse um die Macht.

Es ist alles zu haben. Und ich will jedes bisschen davon.

Ich bin nicht so arrogant zu glauben, dass ich es allein schaffen kann.

Ich habe mein Wolfsrudel bereits zusammengestellt, handverlesen und von mir allein ausgebildet. Sabrina ist das letzte Puzzleteil.

Vielleicht klingt es verrückt, eine Frau ins Spiel zu bringen, doch ich sehe das Gesamtbild, die Menge dessen, was wir für den Erfolg brauchen. Sabrina ist entscheidend. Sie ist die Würze auf dem Steak. Die Zutat, die sonst niemand hat. Ich brauche nicht noch mehr Männer, die nach meiner Vorstellung geschaffen werden.

Ich brauche etwas anderes.

Jemand, der mich herausfordert. Jemand, der seinen eigenen Kopf und seine eigenen Ideen hat. Jemand, der in einer völlig anderen Welt lebt.

Dies ist meine Vision, und ich bin hier, um sie Wirklichkeit werden zu lassen.

Als ich sie in natura sehe, ist alles, was ich sagen wollte, wie weggeblasen und ich bin sprachlos.

Sie steht neben Nix und Rafe, trägt eine alte Jeans und ein Flanellhemd und ist barfuß. Sie erstrahlt so sehr in der Sommersonne, dass sie mich fast blenden könnte.

Ich spüre, wie meine Mutter von Sabrina zu mir blickt – entweder weil sie die Verbindung zwischen uns spürt oder weil sie von meinem Bruder gewarnt wurde.

Sabrina lässt den Blick ebenfalls über meine Familie schweifen. Es freut mich zu sehen, dass sie einen Hauch ihrer üblichen Frechheit zurückhält, sodass sie sich meinen Eltern höflich vorstellt und Kade ein überraschend höfliches »Schön, dich wiederzusehen« zukommen lässt.

Als ihre Augen die meinen treffen, sagt sie gar nichts. Ihr Gesicht rötet sich, und ihre Brust hebt und senkt sich ein wenig zu schnell unter dem Flanellhemd.

Ich frage mich, ob sie von der gleichen Enge in ihrer Kehle und demselben Herzklopfen geplagt wird, das mich ohne Vorwarnung überfallen zu haben scheint. Nach außen hin ist alles ruhig, während im Inneren Chaos und Verwirrung herrschen.

»Hallo, Sabrina.«

»Hallo, Adrik.«

Diese tiefe Stimme wirkt auf mich wie die pawlowsche Glocke. Ich schwitze, mir läuft das Wasser im Mund zusammen, und ich habe eine Menge anderer Reaktionen, die ich lieber nicht erleben möchte, wenn meine Mutter nur einen Meter von mir entfernt ist.

Was zum Teufel ist hier los?

Man könnte meinen, ich wäre wieder sechzehn.

Man könnte meinen, ich hätte noch nie eine Frau gesehen.

»Hattet ihr einen guten Flug?«, meldet sich Nix mit hoher, angestrengter Stimme zu Wort.

Wenn sich jemand in diesem Moment unbehaglicher fühlt als ich, dann ist es bestimmt Nix Moroz. Ihr Vater war derjenige, der Ivan inhaftiert hatte. Während Ivan und Sloane ihr offensichtlich verziehen haben, ist sie sich bei uns anderen nicht so sicher.

Es ist mir scheißegal, mit wem sie verwandt ist.

Wenn es Ivan nichts ausmacht, dass sein Sohn mit dem Feind schläft, dann liegt es mir fern, mich darüber aufzuregen. Gibt es eine bessere Rache für Rafe, als Marko die Kehle durchzuschneiden und seine Tochter zu stehlen? Klingt für mich nach Gerechtigkeit.

Offenbar empfindet meine Mutter das Gleiche, denn sie antwortet sofort: »Es war sehr angenehm, danke. Ich bin übrigens Lara. Bist du Nix? Ich habe von Kade schon so viel über dich gehört!«

Meine Mutter ist gutmütig. In diesem Fall ist sie wahrscheinlich besonders mitfühlend, denn ihr eigener Vater war ein sadistisches Stück Scheiße, der ihre Mutter aus dem Fenster gestoßen hat. Sie weiß also ein bisschen was über Familiendramen.

»Sie hat nicht ›so viel‹ über dich gehört«, versichert Kade Nix. »Nur was man eben so erzählt. Über Sabrina dagegen …«

»Was soll das denn heißen?«, keucht Sabrina und wird rot.

»Er macht sich nur lustig«, erwidert meine Mutter und legt ihre Arme kameradschaftlich um die Hüften der beiden Mädchen. »Wir sind euch beiden zu Dank verpflichtet für die Unterstützung, die ihr unserer Familie gegeben habt.«

»Da bin ich mir nicht so sicher.« Nix zuckt zusammen.

»Wir sind jetzt alle hier«, sagt meine Mutter bestimmt. »Das ist das Wichtigste.«

Sie geht mit Nix und Sabrina ins Haus, und mein Vater, der mit mehreren Koffern beladen ist, folgt ihr in langsamerem Tempo.

»Die nehme ich.« Ich hebe die beiden größten. »Du hilfst auch, du fauler Sack!«, sage ich zu Kade.

»Schon dabei«, sagt Rafe und nimmt die beiden anderen Koffer.

Er lässt sich absichtlich Zeit.

Kaum sind mein Vater und Kade ein paar Schritte voraus, wirft er mir einen verschmitzten Blick zu und murmelt: »Wie war es in Dubrovnik?«

Da ich nicht weiß, was Sabrina ihnen erzählt hat, antworte ich nur: »Sonnig.«

Rafe lacht. »Also gut. Behalt deine Geheimnisse für dich.«

»Zitier bloß nicht aus *Der Herr der Ringe*.«

Seit wir Kinder waren, hat Rafe mit unfehlbarer Präzision die irritierendsten Sätze aus jedem Film, den wir zusammen gesehen haben, herausgesucht und sie dann unerbittlich eingesetzt.

»Ich weiß nicht, wovon du sprichst«, sagt er unschuldig.

»Ich mochte dich lieber, als du deprimiert warst«, entgegne ich.

»Dann hättest du Papa nicht nach Hause bringen sollen, oder? Nächstes Mal denkst du besser nach.«

»Glaub ja nicht, dass ich dich nicht verprügeln werde, nur weil wir jetzt gleich groß sind.«

Rafe zieht eine Augenbraue hoch. »Gleich groß? Ich bin mindestens einen Zentimeter größer als du.«

»Leg dich ruhig mit mir an«, knurre ich. »Es war ein langer Flug. Ich brenne auf ein bisschen Bewegung.«

»Nein danke. Davon habe ich in Kingmakers genug.«

Ich seufze. »Das waren noch Zeiten ... Man konnte immer davon ausgehen, dass man jemanden im Laufe einer Woche eine runterhauen konnte.«

»Manchmal sogar gleich mehreren.«

»Ich vermisse es fast.«

»Keine Sorge – in Moskau wird es sicher dafür auch viele Gelegenheiten geben.«

»Er geht nicht dorthin, um Unruhe zu stiften«, ruft mein Vater über seine Schulter zurück. Er hat die Ohren einer Fledermaus – das war schon immer so.

»*Konechno net, otets*«, sage ich. *Natürlich nicht, Vater.* »Ich werde alle deine Befehle buchstabengetreu befolgen. So wie du es in meinem Alter getan hast.«

Mein Vater, der sich seines damaligen schlechten Benehmens bewusst ist, dreht sich um und starrt mich mit einem stählernen Blick an.

»Jetzt ist nicht die Zeit für Leichtsinn, Jungs. Wir haben viel mehr Feinde als Freunde. Besonders in Moskau.«

»Ich weiß. Es gibt viele Leute, die uns umbringen wollen«, sage ich. Und dann so leise, dass nicht einmal mein Vater es hören kann, murmle ich zu Rafe: »Und einige von uns ficken diese Leute immer noch.«

Bemüht, einen klaren Kopf zu bewahren, flüstert Rafe zurück: »*Nix* hat nie versucht, uns zu töten. Nur ihr Vater.«

»Nun, gib ihr Zeit. Sie kennt dich nicht so gut wie ich.«

Rafe grinst. »Wann hat ein Petrov schon mal eine harmlose Frau geheiratet?«

Mein Blick richtet sich auf Sabrina, die durch die Eingangstür des Hauses tritt.

Sie hält inne und blickt über ihre Schulter zurück. In der Dunkelheit des Hauses liegt ihr Gesicht im Schatten, ihre Augen glitzern wie die einer Raubkatze.

»Wer zum Teufel will schon sicher sein?«, sage ich.

***

Es dauert quälende vierzehn Minuten, bis ich jede verdammte Person begrüßt habe, bevor ich Sabrina von der Gruppe isolieren kann.

»Wir haben nicht genug Zimmer«, sagt Sloane zu mir. »Du wirst bei Rafe schlafen müssen.«

»Schon gut«, erwidere ich und hebe meine Tasche wieder hoch. »Sabrina kann mir den Weg zeigen.«

Fast niemandem fällt auf, wen ich als Begleitung dabeihabe. Ich bemerke nur das Zucken der Lippen meiner Tante, das mir sagt, dass sie sehr wohl versteht, was ich vorhabe.

Man muss echt verdammt schlau sein, um Sloane etwas zu verheimlichen.

Meine Tante war schon immer meine Lieblingsverwandte, denn sie ist schonungslos und frei von jeglicher Empathie, rücksichtslos wie ein Mann und so kalkuliert wie ich. Sie hat mir im Wald hinter dem Kloster das Schießen beigebracht.

»Treffsicherheit ist Meditation«, predigte sie mir. »Du musst deinen Geist von allem befreien, außer vom Schuss. Ein Scharfschütze ist ein Mönch. Er trennt seinen Geist von seinem Körper. Kälte kann ihm nichts anhaben, Wind und Zeit auch nicht. Er wartet drei Tage ohne Essen und Trinken, wenn es so lange dauert, bis das Ziel in die Schusslinie kommt. Wenn du den Abzug drückst, bewegt sich dein Geist, nicht dein Finger.«

»Ivan hatte Glück, dass du Gift genommen hattest und kein Gewehr, als du ihn töten wolltest.«

Schon mit zehn Jahren kannte ich die Geschichte, wie sich mein Onkel und meine Tante kennengelernt haben.

Sloane sah mich an ohne eine Spur von Belustigung auf ihrem Gesicht.

»Ich hätte mein ganzes Glück in einem Moment zerstört, ohne jemals zu wissen, was ich getan habe.«

»Vielleicht wärst du so oder so glücklich gewesen.«

»Nein«, erwiderte sie, immer noch, ohne zu lächeln. »Ich wäre überhaupt nichts gewesen.«

Ich hatte sie nicht ganz verstanden. Damals wusste ich nicht, was »nichts« bedeutet.

Sabrina führt mich die Treppe zu Rafes Zimmer hinauf.

Obwohl ich nah genug dran bin, um sie zu berühren, habe ich es noch nicht getan. Ich bewundere nur die Art und Weise, wie sich ihre nackten Waden biegen, während sie die Treppe hinaufsteigt. Sie hüpft hinauf, als wäre sie aus Federn gemacht, voller rastloser Energie.

Ich folge ihr, den Koffer schwerelos in der Hand.

In dem Moment, in dem wir in Rafes Zimmer sind, werfe ich ihn beiseite und schiebe die Tür zu.

Mit glühenden Wangen und geöffneten Lippen dreht sich Sabrina zu mir um.

Bevor sie sprechen kann – bevor sie überhaupt Luft holen kann –, nehme ich ihr Gesicht in beide Hände und küsse sie, als hätte ich sie seit hundert Jahren nicht mehr gesehen. Meine Hände sind überall auf ihrem Körper, reißen ihre Bluse auf, ziehen ihr die Shorts herunter, heben sie hoch und drücken sie gegen die Wand, ohne einen Gedanken an den Lärm zu verschwenden, den die Leute unten hören könnten.

Sie krallt sich genauso begierig an mich, zieht mein Hemd nach oben, um ihre nackte Brust an meine zu pressen, schiebt ihre Hand vorne in meine Shorts und greift nach meinem Glied. Sie stöhnt auf, als sie ihn berührt, weil sie ihn unbedingt in sich haben will.

»Beeil dich«, keucht sie in mein Ohr, »ich sterbe vor Sehnsucht nach dir.«

Noch halb angezogen stoße ich in sie hinein und vergrabe meinen Schwanz zwanzig Zentimeter tief in ihrer klatschnassen Vagina, die bereits warm ist und nach mir pocht.

Ich besorge es ihr hart, aber es ist immer noch nicht genug. Sie schlingt ihre Arme um meinen Hals, drückt sich auf meinen Penis, beißt mir in den Nacken, keucht in meinen Mund, küsst mich so grob, dass ich Blut schmecke – meines oder ihres, das ist mir scheißegal.

Es gibt keinen Gedanken an ein Vorspiel oder daran, es so lange wie möglich hinauszuzögern. Wir rasen kopfüber auf den Höhepunkt zu, jeder von uns sehnt sich nach Erleichterung.

Es ist kein Rennen, sondern eher ein freier Fall. Wir stürzen auf ein unausweichliches Ende zu, das wir genauso wenig aufhalten können, wie wir uns Flügel wachsen lassen und fliegen können.

Ob sie zuerst kommt oder ich, kann ich nicht sagen. Ich weiß nur, dass ich in ihr zerspringe wie eine Bestie, deren Haut aufreißt. Was aus der Hülle hervorgehen wird, weiß ich nicht – ich kann unmöglich vorher und nachher dieselbe Person sein.

Die Lust ist überwältigend, der Raum um mich nicht existent. Alles, was ich wahrnehme, ist Sabrina und das, was ich werde, wenn ich mit ihr zusammen bin.

In wenigen Minuten ist alles vorbei. Sie bricht gegen mich zusammen, kann sich nicht mehr aufrecht halten. Ich muss sie absetzen, weil ich zittere, aber ich lasse sie nicht los – nicht eine Sekunde lang.

Wir sehen uns an, verängstigt von dieser Sache zwischen uns, über die keiner von uns die Kontrolle hat.

Als sie wieder sprechen kann, sagt Sabrina: »Das habe ich gebraucht«.

»Ich auch. Ich dachte, ich wüsste, wie sehr ich es wollte. Aber ich wollte es ... noch mehr.«

Wir starren uns an, immer noch schwer atmend.

Es sind nur Minuten vergangen, doch alles fühlt sich anders an zwischen uns. Was auch immer an Zeit und Distanz zwischen uns war, wir haben es weggesprengt. Sex verbindet uns auf eine Art und Weise, die ich noch nie zuvor gespürt habe.

»Wie findest du es hier?«, frage ich.

Sie ist schon seit drei Tagen bei meiner Tante und meinem Onkel.

Was ich wirklich meine, ist: *Wie findest du meine Familie?*

»Sloane ist intensiv«, meint Sabrina. »Ivan auch, aber das habe ich erwartet. Ich kannte Sloane als Miss Robin in Kingmakers – sie war unsere Bibliothekarin. Ich kenne sie, aber auch wieder nicht – das Gleiche gilt für Rafe. Es ist ein wenig verwirrend. Für Nix ist es sicher noch schlimmer.«

»Sloane ist sowieso schwer zu durchschauen. Ihr Vater war wahnsinnig. Er hat sie wie eine Kindersoldatin aufgezogen.«

»Nix hat es mir erzählt.« Sabrina nickt. »Sie war eine Auftragskillerin?«

»Eine der besten. Zweihundert Aufträge – nur einmal verfehlt.«

»Ivan.«

»Das stimmt.«

Sabrina blinzelt mich an und knöpft langsam ihre Bluse zu. »Die Petrovs sind gnädig.«

»Sie wissen, wie es in unserer Welt zugeht. Jeder ist ein Rivale, ob Verbündeter oder nicht. Deine einzigen wahren Freunde sind deine Familie. Und auch andersherum ist es der Fall – ein Freund kann zur Familie werden, was auch immer derjenige vorher gewesen sein mag.«

Die letzten beiden Knöpfe sind abgerissen und irgendwo unter dem Bett gelandet. Stattdessen bindet Sabrina das untere Ende ihrer Bluse zu einem Knoten zusammen.

»Die Familie kann einen verletzen. Mein Vater wurde bei der Hochzeit meines Onkels sechs Mal angeschossen.«

»Aber nicht von deinem Onkel.«

»Nein.« Sie lächelt. »Aber ich bin sicher, dass er ein oder zwei Mal darüber nachgedacht hat.«

»Keiner von uns weiß, wie lange er lebt. Man muss jemandem vertrauen. Lieber rammt mir ein Freund das Messer in den Rücken, als dass ich gar keine Freunde habe.«

Sabrina ist einen Moment lang still. »Ich bin mir nicht sicher, ob ich damit übereinstimme.«

Ich halte ihrem Blick stand. »Dann hattest du noch nie einen Freund wie mich.«

»Ist es das, was wir sind, Freunde?«, fragt sie leise.

»Aus uns wird sogar mehr werden. Das kann ich dir versprechen.«

Ihr Mundwinkel kräuselt sich nach oben. »Ob ich es will oder nicht?«

»Du hast keine Wahl. Von dem Moment an, als ich dich sah, wusste ich, dass sich unsere Wege kreuzen würden.«

Sabrina streicht sich mit beiden Händen die Haare glatt, was wenig bringt, denn ihr Haar scheint genauso widerspenstig zu sein wie mein eigenes, vor allem so nah am Meer.

»Du hast mich schon fasziniert, bevor wir uns kennengelernt haben«, gibt sie zu.

»Ich habe auch von dir gehört.«

»Von wem?«

»Von Kade. In der ersten Uniwoche hat er zu mir gesagt, er hätte noch nie ein so schönes Mädchen gesehen.«

»Hm«, sagt Sabrina.

»Er ist nicht sehr aufmerksam.«

Sie lacht. »Was meinst du damit?«

»Dein Aussehen ist das Uninteressanteste an dir.«

Ihre Wangen werden rosig. Ich weiß, dass dies das Kompliment ist, das Sabrina am liebsten hören möchte. Man hat ihr ihr ganzes Leben lang gesagt, dass sie schön ist – man könnte genauso gut feststellen, dass der Himmel blau oder das Wasser nass ist.

Ich greife ihren Oberarm und ziehe sie an mich.

»Wenn er sich fünf Minuten Zeit genommen hätte, um genauer hinzusehen, hätte er mir gesagt, dass du brillant und kühn und in jeder Hinsicht für mich gemacht bist.«

Sie neigt ihr Gesicht zu mir, aber sie küsst mich nicht, sondern schaut mir nur in die Augen.

»Du wirst nicht alles an mir mögen«, warnt sie mich.

Ich küsse sie lange und tief.

»Doch, das werde ich. Ich will alles von dir, Sabrina – alles, was du bist.«

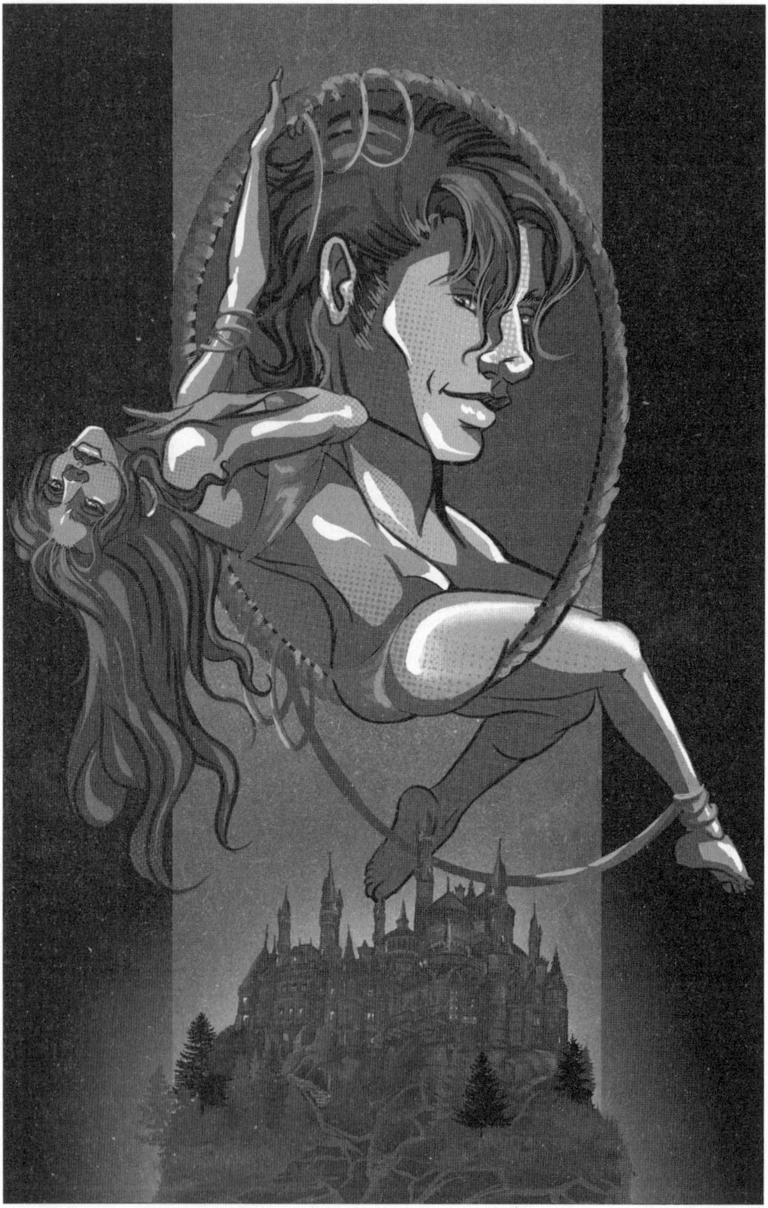

Kapitel II

SABRINA

Ich habe ein ernstes Problem.

Ich sollte nur eine Woche in Oregon bleiben, dann geht es zurück nach Kingmakers, wo ich am 1. September in Dubrovnik das Schiff besteige und bis zum 15. Mai auf der Insel Visine Dvorca festsitze. Keine Laptops, keine Handys und keine Besucher.

Ich bin nach Cannon Beach gekommen, um mir vor einem achtmonatigen Entzug einen letzten Schuss von Adrik zu holen.

Doch nun merke ich, dass ich wirklich süchtig bin.

Mit jedem Tag, der vergeht, wird es bloß noch schlimmer.

Er ist in Rafes Zimmer und ich in Nix'. Da keiner von uns beiden zugibt, dass wir tatsächlich zusammen sind, müssen wir uns davonschleichen, um unseren Schuss zu bekommen.

Wir haben am Strand gefickt, in Rafes Auto, unter der Dusche, in der Turnhalle im Keller und sogar in der Küche um zwei Uhr morgens.

Es ist nie genug.

Jedes Mal sage ich mir, dass es das letzte Mal ist. Anschließend ficke ich ihn noch schneller. Die Abstände, in denen wir getrennt sind, werden immer kürzer, und ich brauche immer mehr von ihm, um mich zu befriedigen. In der Sekunde, in der wir mit dem Sex fertig sind, will ich ihn schon wieder – noch bevor ich meine Sachen angezogen habe.

So ein Verhalten ist typisch für einen Süchtigen. Ich schleiche herum, lüge Nix an, und Gott weiß, ich würde betrügen und stehlen, um mehr von ihm zu bekommen.

Wenn ich es nicht kriege, bin ich zappelig und reizbar. Ich will kein Essen oder Unterhaltung. Ich will nur Adrik.

Noch nie hat jemand diese Art von Macht über mich gehabt. Das macht mir Angst. Ich hasse es fast.

Wie ich mich fühle, ist irrelevant, denn ich habe keine Kontrolle darüber. Ich gebe mir selbst Versprechen und halte sie in der nächsten Minute schon nicht mehr. Widerstand ist Schmerz, und Nachgeben ist das größte Vergnügen.

Es gibt keine Droge auf der Welt, die sich so gut angefühlt hat wie diese. Je mehr ich meine eigenen Grenzen überschreite, desto besser fühlt es sich an.

Ich lutsche seinen Schwanz, als ob ich sein Sperma zum Leben bräuchte.

Ich lasse mich von ihm versohlen, bis mein Hintern rot ist, und er würgt mich, bis ich bloß noch das Wort »mehr« mit meinen Lippen bilden kann.

Je härter der Sex, desto besser gefällt er mir. Ich habe noch nie zugelassen, dass ein Mann Spuren an mir hinterlässt, und jetzt trage ich im Sommer Kapuzenpullis, um die Knutschflecken an meinem Hals und die blauen Flecken an meinen Handgelenken zu verdecken.

Ich war noch nie mit jemandem zusammen, der wilder war als ich – oder aggressiver. Es ist ein eskalierendes Wetteifern, bei dem kein Ende in Sicht ist. Sogar Adrik scheint über sich selbst schockiert zu sein, als ich ihm eine Ohrfeige gebe und er sofort zurückschlägt. Wir starren uns mit großen Augen und keuchend an, ehe ich mich wieder auf ihn stürze. Er wirft sich auf mich, drückt mich mit dem Gesicht nach unten in den Sand, fickt mich, bis meine ganze Brust aufgeschürft und mein Bikinioberteil von der Flut weggespült ist.

Als die Sonne aufgeht, schleiche ich zum Haus zurück, rot und wund, über und über mit nassem Sand bedeckt. Ich spüle mich unter der Außendusche ab und bereue bereits, dass ich Nix versprochen habe, in der Stadt einkaufen zu gehen.

Natürlich möchte ich Zeit mit ihr verbringen, aber ich würde eine Aktivität bevorzugen, an der Rafe und Adrik teilnehmen könnten. Oder zumindest etwas im Haus, wo ich einen Blick auf Adrik erhaschen könnte, der in der Hängematte ein Buch liest, oder sein Parfüm rieche, wenn ich an Rafes Zimmer vorbeigehe.

Mir bleiben nur noch zwei Tage, bevor ich nach Dubrovnik fliegen soll. Ich bin ein Kind, das verzweifelt versucht, alle Achterbahnen noch ein letztes Mal zu fahren, ehe Disneyland schließt.

Es ist Wahnsinn. Ich bin ausgelaugt, armselig, eine gottverdammte Peinlichkeit. Was würde mein Vater sagen, wenn er mich sehen könnte?

Er wusste, dass etwas im Busch war, weil ich so viele SMS schrieb und mein Telefon ständig versteckte. Er ist ein verdammter Detektiv. Ich wusste, wenn er auch nur Adriks Namen auf dem Bildschirm entdecken würde, würde er nie aufhören, mich deswegen zu nerven.

Er hat mir meine bescheuerte Geschichte nicht geglaubt, warum ich drei Tage zu spät aus Dubrovnik zurückgekommen bin. Zur Verteidigung meiner Cousins und Cousinen sei gesagt, dass sie den Mund gehalten haben, obwohl es sicher ein intensives Verhör war – sogar Cara, die so allergisch auf Lügen reagiert, dass sie buchstäblich einen Hautausschlag bekommt.

Ich habe meinem Bruder die Wahrheit gesagt. Damien hält mir stets den Rücken frei. Alles, was er sagte, war: »Du weißt, was Dad über die Russen denkt.«

Glücklicherweise scheinen die Petrovs nicht die gleichen Vorurteile gegenüber Amerikanern zu haben.

Adriks Mutter, Lara, war immer sehr herzlich zu mir. Sie hat den stärksten Akzent von allen Petrovs, und im Gegensatz zu Sloane scheint sie sich nicht am Familiengeschäft zu beteiligen. Sie hat die gleiche olivenfarbene Haut wie Adrik und blauschwarzes Haar, aber ihre Gesichtszüge sind weicher und ihre Stimme sanfter. Außerdem sind ihre Bewegungen langsam und fast traumartig.

Morgens unternimmt sie lange Spaziergänge am Strand und hat stets ein kleines Skizzenbuch mit einem Bleistiftstummel dabei. Die Seiten füllen sich bereits mit Zeichnungen von der Aussicht auf die Klippen, der schwarz-weißen Austernfischer, die sich ihren Weg am Strand entlangbahnen, und der Robben, die sich aus den Wellen wälzen, um sich auf den Felsen zu sonnen.

Sie geht selten an Kade oder Adrik vorbei, ohne ihnen durch die Haare zu streichen, lässt sich auf dem Sofa auf den Schoß ihres Mannes fallen, anstatt neben ihm zu sitzen, und rollt sich neben ihm zusammen, als wäre sie selbst noch ein Kind.

Sie erinnert mich an meine eigene Mutter – beständig und ruhig.

Dominik Petrov ist nicht wie mein Vater. Er kommt mir vor wie jemand, der dieses Leben nie gewählt hätte, wenn er nicht als Petrov geboren worden wäre.

Sein Respekt für Ivan ist offensichtlich. Ich nehme an, die Loyalität zu seinem Bruder war die ganze Zeit über seine Motivation. Die gezackte Narbe auf seiner Wange ist einer der vielen Beweise für den Preis dieses Dienstes. Die Spuren der Erschöpfung auf seinem Gesicht in Momenten der Ruhe lassen mich vermuten, dass er sich lieber ausruhen würde, als zu regieren. Aber vielleicht sind die Menschen, die am meisten zögern, am besten für dieses Amt geeignet.

Keiner von ihnen hat die Grausamkeit von Adrik. Adrik hat einen Extremismus, der mich anzieht – wir haben die gleiche Abscheu vor Regeln oder sogar vor vernünftigen Beschränkungen. Ich will die Grenze finden, auch wenn ich riskiere, darüberzufliegen. Ich werde nie wissen, was möglich ist und was nicht, bis ich es selbst ausprobiert habe.

Ich gehe nach oben, um zu duschen, dann ziehe ich mir Shorts und ein altes Cubbies-Trikot an, das die Schrammen auf meiner Brust und meinen Armen nur teilweise verdeckt. Nix sieht sie, als sie von ihrer eigenen Dusche kommt, sagt aber nichts, sondern trocknet sich die kastanienbraunen Haare grob mit einem der verblichenen Strandtücher aus dem Wäscheschrank.

Sie schlüpft in ein Paar zerlumpte Shorts, und die langen Muskeln ihrer Oberschenkel spannen sich. Nix ist gebaut wie eine Olympionikin. Ich bin neidisch auf ihre Athletik – körperliche Unterlegenheit ist der einzige Aspekt der Weiblichkeit, den ich verabscheue. Nix ist die einzige Frau, die ich kenne, die so stark ist wie die meisten Männer.

Nun, vielleicht auch Ilsa. Sie hat sich auf jeden Fall unter den Vollstreckern in Kingmakers behauptet. Keine Ahnung, wie sie es im Turm mit den ganzen übergroßen Jungs ausgehalten hat. Ich wäre allein an dem Geruch zugrunde gegangen.

»Die Einkaufsmöglichkeiten in der Hemlock Street werden dir gefallen«, sagt Nix. »Da gibt es ein paar coole kleine Boutiquen. Jede Menge Küstenscheiß – gestrickte Bikinis und Strohschirme und Schmuck aus Haifischzähnen.«

»Klingt gut.«

Nix bemerkt den Mangel an Begeisterung und blickt vom Boden auf, wo sie sich hingesetzt hat, um ihre Turnschuhe anzuziehen. »Was ist los? Ich dachte, du gehst gern einkaufen?«

»Tue ich auch.«

»Nun, das mache ich wahrlich nicht für mich. Wir können auch woanders hingehen, mir passen diese Standardgrößen sowieso nicht.«

Ich zucke mit den Schultern. »Ich will nur mit dir abhängen. Es ist mir egal, was wir machen.«

»Ja?« Nix schaut zu mir hoch, unter der Wolke ihrer bereits krausen Haare hervor. Nix' Haar hat die Textur von Seemannsgarn, wobei sich jede Strähne in eine andere Richtung kräuselt. So nah am Meer bekommt es das Volumen wie bei Diana Ross in einem Farbton, der irgendwo zwischen Fanta und einer frischen Mandarine liegt. »Willst du die Jungs nicht fragen, ob sie mit uns kommen wollen?«

Mein Gesicht bleibt ausdruckslos und meine Stimme lässig. »Ich weiß nicht. Wenn du willst.«

»*Nur wenn du willst*«, imitiert Nix meine gleichgültige Haltung. »*Mir ist es egal, ob ich den ganzen Nachmittag Adrik anstarre.*«

Ich lache. »Dann lade sie ein. Ist es das, was du hören willst?«

»Nein«, meint Nix und grinst mich schelmisch an. »Ich will wissen, welche Tricks Adrik anwendet, dass du vor sieben Uhr morgens aufstehst, um dich aus unserem Zimmer zu schleichen.«

»Wer sagt, dass wir ficken?«

»Wenn du nicht mit dem Rollschuhlaufen angefangen hast, ist das ziemlich offensichtlich«, sagt Nix und wirft einen spitzen Blick auf meine aufgeschürften Knie. »Das und dein verdammtes schuldbewusstes Gesicht.«

»Was ist Schuld?«, sage ich salopp. »Noch nie davon gehört.«

»Ich schreibe dir ein paar Definitionen auf«, erwidert Nix. »Ein paar Wörter solltest du lernen: ›Zurückhaltung‹, ›Sicherheitsregeln‹ und ›Es tut mir leid‹.«

»Klingt nach reinem Chinesisch.«

»Chinesisch ist keine Sprache.«

»Und ›Es tut mir leid‹ ist kein Wort, sondern eine Phrase«, sage ich freundlich.

»Gerade als ich dachte, ich hätte dich vermisst ...« Nix richtet sich zu ihrer vollen Größe auf.

»Vermiss mich nicht. Komm mit mir zurück an die Uni. Ohne dich ist es dort beschissen.«

»Ich bin hier glücklich«, meint Nix schlicht.

Davon bin ich überzeugt. Sie scheint sich bei Rafes Familie sehr wohlzufühlen und in Amerika glücklich zu sein, obwohl es sechstausend Meilen von dem entfernt ist, was sie bisher kannte.

Der Petrov-Ring funkelt an ihrer linken Hand. Ivan hat ihn ihr geschenkt als Platzhalter, bis Rafe ihr einen Verlobungsring kaufen kann. Aber Nix will keinen Diamanten. Sie mag den Familienring. Sie will als Petrov akzeptiert werden, als eine von ihnen.

Sie hat keine Angst, ihr Leben umzukrempeln und ihre Pläne zu ändern, wenn es darauf ankommt.

Ist sie mutiger als ich? Oder ist sie sich nur sicherer, was sie will?

»Willst du nach Seaside fahren?«, fragt mich Nix. »Da gibt es eine Spielhalle am Pier.«

»Klar.« Ich zucke mit den Schultern. »Ich mag Spiele.«

»Ich auch.« Nix grinst und ist bereits Feuer und Flamme für den Wettbewerb. »Ich will mit dir Skee-Ball spielen.«

***

Rafe ergreift die Chance, mit Nix in die Spielhalle zu fahren. Adrik stimmt mit der gleichen Gleichgültigkeit zu, die ich versucht habe, an den Tag zu legen, aber er wirft mir einen Blick zu, der so heiß ist, dass die Morgensonne im Vergleich dazu schwach und wässrig wirkt.

Als wir auf den Rücksitz des Mustangs klettern, entdecke ich auf dem Boden eines meiner Höschen. Wir hatten uns Rafes Wagen am Abend zuvor ausgeliehen, um »Eis essen zu gehen«. Ich kicke den schwarzen Spitzentanga unter Nix' Sitz und höre Adriks leises, amüsiertes Brummen, als er mich dabei erwischt, wie ich den Beweis verstecke.

»Weißt du noch, wie wir früher *Super Smash Bros* gespielt haben?«, sagt Rafe zu Adrik und legt seinen Arm auf die Rückenlehne von Nix' Sitz, damit er sich umdrehen und rückwärts die lange, kurvenreiche Einfahrt durch das Fichtendickicht hinunterfahren kann, das die Petrov-Villa von der Straße abschirmt.

»Ich spiele immer noch mit Andrei und Hakim«, sagt Adrik. »Es ist ein einfacher Weg, sie daran zu erinnern, wer der Boss ist.«

Andrei und Hakim sind zwei Mitglieder von Adriks Wolfsrudel – er hat insgesamt fünf, die in seinem gemieteten Haus in Moskau leben. Der einzige, den ich kenne, ist Jasper Webb, und das nur vom Hörensagen.

»Du solltest mal versuchen, *Halo* gegen Zima zu spielen«, meint Rafe und meint damit den jüngsten von Ivans Männern. Er ist ein dünner Kerl, der sein eigenes Kauderwelsch aus englischem Slang und schnellem Russisch spricht, nie vor Mittag aufwacht und dann bis spät in die Nacht an den Sicherheitssystemen der Petrovs arbeitet.

»Ich liebe *Halo*«, sage ich.

Adrik sieht mich interessiert an. »Wir sollten in der Spielhalle spielen.«

»Klar.« Ich zucke mit den Schultern.

Ich spiele mit Leo und Miles Videospiele, seit ich alt genug bin, um einen Controller zu halten. Man muss sein Bestes geben, um mit Leos Reflexen oder Miles' Strategie mithalten zu können. Ich schätze, das ist der einzige Vorteil, wenn man jünger ist – ich bin mein ganzes Leben lang gesprintet, um aufzuholen.

Adriks Hand liegt auf der Sitzbank, seine Finger sind nur wenige Zentimeter von meinem nackten Oberschenkel entfernt. Die Sonne brennt auf uns auf dem offenen Rücksitz des Cabrios, und die frische Salzluft peitscht uns ins Gesicht, als Rafe auf die Hauptstraße nach Seaside fährt.

Adriks schwarzes Haar kräuselt sich im Wind, lang und zottelig, so dicht, dass, wenn ich meine Hände darin versenke, alle meine Finger verschwinden.

Ich möchte ihn jetzt berühren. So nah bei ihm zu sitzen, ist, als würde man in der Küche herumschleichen, wenn man Hunger hat. Jedes Mal, wenn ich seinen Duft wahrnehme, läuft mir das Wasser im Mund zusammen.

Die Spitze seines kleinen Fingers streift meinen Oberschenkel.

Die Sonne ist heiß, und seine Hand ist noch heißer.

Ich lasse meine Schenkel auseinanderfallen, sodass mein Bein auf seinem Handrücken liegt. Bei jeder Erschütterung des Wagens reibt unsere Haut aneinander, Stein für Stein.

Der Mustang fliegt über die offene Straße, Rafe hat eine Hand am Lenkrad. Seine andere Handfläche liegt auf Nix' Bein, sein Daumen knetet sanft ihren Oberschenkel.

Sie brauchen nichts zu verbergen, nicht mehr.

Warum sollten Adrik und ich uns verstecken? Wen versuchen wir zu täuschen?

Ich betrachte sein Profil: die markante Nase, das strenge Kinn, die schmalen, schräg gestellten Augen mit dem wilden Blick, der in ihnen lauert. Egal wie diszipliniert Adrik vorgibt zu sein, er kann mich nicht täuschen. Gleich und Gleich gesellt sich gern. Er hat einen Dämon in sich, der genauso böse ist wie meiner.

Adrik spürt meinen Blick und dreht sich zu mir. Der Wind wirbelt unsere Haare um unsere Gesichter, als wären wir in einem Taifun in Kleinversion gefangen, abgeschottet von allem um uns herum, sogar von unseren Freunden auf dem Vordersitz.

Die Zeit scheint sich zwischen uns zu verlängern, das Lied

im Radio läuft langsamer, der Motor des Wagens brummt mir den Rücken hinauf und hinunter.

Adrik formuliert mit den Lippen: »*Ich will dich.*«

Ich erwidere genauso lautlos: »*Dann nimm mich.*«

Adriks Eltern wissen, wieso er wirklich hier ist. Nix weiß es auch. Wen lüge ich an?

Nur mich selbst.

Ich weiß genau, was ich will. Ich kann es bloß nicht zugeben.

Es ist verrückt. Das ist mir schon klar.

Aber warum sollte ich keine verrückten Dinge wollen? Warum sollte ich nicht ein Risiko eingehen?

Ich habe mich noch nie um Sicherheit oder gar Glück gekümmert.

Ich will es eben, auch wenn es für mich das Falsche ist.

Kapitel 12

Adrik

Die Spielhalle ist eine ausgelassene Mischung aus Licht und Farbe, denn die 8-Bit-Grafik von *Pac-Man* und *Centipede* ertönt neben dem donnernden Sound eines brandneuen *Transformers*-Spiels.

Rafe lädt ein paar Karten mit Guthaben auf und gibt eine an Sabrina und eine an Nix weiter, damit sie nach Belieben spielen können. Nix rennt direkt zu *Tomb Raider* und zieht viermal die Karte durch. Somit ist unser erstes Spiel entschieden.

Sabrina hebt ihre Plastikpistole, die mit einem langen, dünnen Kabel an der Konsole befestigt ist. Sie zieht den Schlitten zurück, als würde sie eine Patrone aus einer Glock auswerfen, und blickt mit geübtem Blick auf das Visier.

»Immer mit der Ruhe, Lara Croft«, necke ich sie. »Das Spiel hat noch nicht einmal angefangen.«

»Nimm es lieber ernst«, erwidert Sabrina. »Ich werde dich bewerten.«

Ich kenne sie bereits gut genug, um zu wissen: Die meisten Dinge, die aus ihrem Mund wie Witze klingen, sind die reine Wahrheit. Sie beobachtet jeden meiner Schritte. In ihrem Kopf gibt es eine Liste, auf der sie notiert, was sie von mir hält.

Ich habe keine Angst, unter Druck zu stehen.

Ich zähle die Sekunden bis zum Beginn des Spiels und richte die Waffe auf den Bildschirm.

Vom ersten Moment an ist es ein Getümmel. Rafe, Nix und Sabrina kommen frisch aus dem Schießkurs, und ich gehe dreimal pro Woche auf den Schießstand. Wir vernichten die Bösewichte, bevor auch nur ihre Köpfe auf dem Bildschirm auftauchen, und die Punkte werden so schnell gezählt, dass die Zahlen wie eine Laufschrift vorbeiziehen.

Rafe ist beständig und unerbittlich, Nix aggressiv und absolut zielstrebig. Aber meine Aufmerksamkeit gilt Sabrina, die ihre Waffe so schnell über den Bildschirm zieht, dass ich ihr kaum folgen kann. Sie sieht die Bewegungsmuster der Figuren voraus und konzentriert sich auf Kopfschüsse, um die höchste Punktzahl zu erzielen.

Sie kennt sich mit diesem Spiel nicht so gut aus wie ich. Die kleinen goldenen Relikte sind der Schlüssel zu den Bonuspunkten. Sabrina trifft drei, aber ich schaffe insgesamt sechs und übertreffe ihre Punktzahl um zweihundert.

Das macht sie wütend. So verspielt Sabrina auch sein kann, im Wettkampf ist sie todernst.

»Lass uns noch einmal spielen«, faucht sie.

»Es gibt tausend andere Spiele«, sagt Nix und zieht Sabrina mit sich, sodass sie gezwungen ist, ihre Plastikpistole fallen zu lassen. »Komm, ich will in *Mario* um die Wette fahren.«

Sabrina gewinnt die erste Runde *Mario Kart*, indem sie Nix wenige Zentimeter vor der Ziellinie mit einem explodierenden blauen Schildkrötenpanzer erwischt. Ihr Gackern zeigt, dass sie keine Gewissensbisse hat, als sie an ihr vorbeizieht. Durch irgendeinen Trick mit einem POW-Block gewinnt Rafe die nächste Runde.

Dann nimmt Nix uns zu einem Spiel in einer Art Zirkus mit, bei dem man Plastikbälle auf hässliche, grinsende Clowns wirft, die aus allen Ecken des Zeltes auftauchen.

Als wir zu *Walking Dead* wechseln, ist meine Zeit gekommen, um zu glänzen. Es ist ein Spiel für zwei, also gehen Rafe und Nix zu *Jurassic World*, um dort auf Dinosaurier zu schießen, während Sabrina und ich Kopf an Kopf Zombies abschlachten.

Sabrina ist gut in Killerspielen, aber mit der Armbrust-Konsole ist sie nicht so vertraut. Als ich in der ersten Runde 128 Zombies auslösche, während es bei ihr nur 96 sind, schäumt sie vor Wut.

»Noch eine Runde«, befiehlt sie und zieht unsere Karten erneut durch.

Diesmal hat sie den Finger am Abzug und trifft die Zombies genau zwischen die Augen, sobald sie auf dem Bildschirm erscheinen. Sie ist so aggressiv, dass jeder Zombie ein Wettrennen darum ist, wer von uns zuerst zuschlagen kann. Die watschelnden Gestalten leuchten blau oder grün auf, je nachdem, wessen Pfeil zuerst einschlägt.

Zu Beginn habe ich die Nase vorn. Im weiteren Verlauf des Levels holt sie mich ein – erst 28:21. Dann 44:39. Und schließlich 60:58.

»Ich kriege dich, du Mistkerl!«, murmelt Sabrina, ohne den Blick vom Bildschirm abzuwenden.

Sie will gerade an mir vorbeiziehen, als eine menschliche Spielfigur direkt in den Weg springt und einen Pfeil in den Kopf bekommt, den Sabrina für einen Zombie in Kampfmontur bestimmt hatte.

»Du blöde Schlampe!«, schreit Sabrina den unglücklichen Avatar an.

Das Spiel zieht Punkte ab, wenn man einen Menschen tötet, und ich erhalte stattdessen die Punkte für den Zombie.

»So knapp«, sage ich, als unsere Runde 132:131 endet.

Sabrina ist stinksauer. Sie will jede Minute gewinnen, die ganze Zeit. Und sie will vor allem *mich* schlagen.

Ich liebe es, verdammt noch mal. Auch in meinem Kopf gibt es keinen An- und Ausschalter – ich gebe Vollgas. Ich würde es ihr nie leicht machen. Ich würde sie nie gewinnen lassen. Ich könnte nicht mit jemandem zusammen sein, der das von mir erwarten würde.

»*Halo?*«, frage ich.

Sabrina antwortet nicht, sondern schnappt sich einfach unsere Karten und marschiert direkt zu den *Halo*-Konsolen.

Es gibt zwei Arten von Spielen: das klassische Arcade-Spiel und das Team-Battle-Spiel, bei dem man auf die Online-Datenbank zugreifen und mit Spielern aus der ganzen Welt spielen kann.

Ich freue mich, dass Sabrina sich für Letzteres entschieden hat. Der Teamkampf ist komplexer und anspruchsvoller. Man schießt nicht nur auf Aliens – es geht um eine echte Strategie.

»Sollen wir zusammen spielen?«, frage ich Sabrina.

»Das hättest du wohl gern«, antworte sie und zieht unsere Karte durch.

Während das Spiel geladen wird, werfe ich einen kurzen Blick auf Sabrina, die durch eine kleine Absperrung von mir getrennt ist, welche mich daran hindert, auf ihren Bildschirm zu schauen. Ich kann immer noch die Rundung ihres Rückens und ihre langen Haare sehen, dicht und schwarz wie Kohle.

Sie ist kein bisschen wie ein russisches Mädchen. Im Geiste ist sie ganz amerikanisch – ungestüm, übermütig, ehrgeizig. Vom Aussehen her ist sie nirgendwo einzuordnen. Ich habe noch nie so jemanden wie sie gesehen, nicht einmal in Kingmakers, wo Studierende aus der ganzen Welt zusammenkommen.

Sabrina hat meine Reflexe bewertet – jetzt führe ich selbst eine Bewertung durch.

Videospiele sind nützlicher als ein IQ-Test. Angenommen, dass jeder weiß, wie man spielt, gewinnt die klügste Person. So habe ich Chief zum ersten Mal kennengelernt –

ich habe ihn in *Halo* gegen Andrei und Hakim antreten sehen. Trotz seiner Schüchternheit und der buchstäblich von seiner Mutter ausgesuchten Garderobe konnte ich erkennen, wie brillant er ist. Ich nannte ihn Master Chief, nach der Hauptfigur des Spiels. Er liebt diesen Spitznamen – Jungs wie er bekommen nicht immer den Respekt, den sie verdienen.

»Wer zuerst fünfzig Treffer erreicht, gewinnt«, rufe ich Sabrina zu, um sie zu ärgern.

»Ich weiß«, zischt sie.

Wir spielen zu viert gegeneinander, wobei jeder von uns mit drei zufälligen Mitspielern gepaart wird.

Von dem Moment an, in dem wir loslegen, bin ich auf der Jagd nach Sabrina.

In *Halo* liegt der Schlüssel zum Sieg in einer hohen Tötungsrate. Das Ziel ist es, so viele Mitglieder des gegnerischen Teams wie möglich zu töten, bevor man selbst eine Kugel abbekommt.

Ich bleibe in der Nähe meiner Mannschaftskameraden, denn kluge Teams halten zusammen.

Sobald wir das gegnerische Team sehen, fange ich an, Granaten zu werfen. Man kann sie werfen, ehe man nahe genug ist, um zu schießen. Wenn man präzise genug ist, kann man Granaten von Objekten abprallen lassen und sogar um Ecken werfen.

Ich höre Sabrina fluchen und weiß, dass ich ihren Schild getroffen haben muss. Aber sie ist nicht tot. Bevor ich näher kommen und sie mit meiner Pistole erschießen kann, flüchtet sie und verschwindet.

Sie ist ein gerissenes kleines Stück – und weiß, dass es ein Kampf ist, den sie nicht gewinnen kann, zwei gegen einen mit meinem Teamkollegen in der Nähe.

Sie ist ein verdammter Schatten, der sich nicht an sein Team anschließt, sondern allein über die Landkarte rennt, ständig die Position wechselt, Einzelgänger ausschaltet und dann wieder verschwindet.

Mein Team gewinnt immer noch. Wir liegen 24:20 vorne, weil ich die Gruppe wie eine Phalanx anführe. Ich hole mir den Gravitationshammer und schaffe sechs Treffer in Folge, aber keiner davon ist die Person, die ich am liebsten abknallen würde.

»Wo versteckst du dich?«, murmle ich.

Sabrina kann mich hören, denn wir sind bloß zwei Meter voneinander entfernt. Aber sie schweigt, nur das Klicken ihres Kontrollers verrät mir, dass sie in Bewegung ist und sich nicht irgendwo versteckt.

Aus den Augenwinkeln sehe ich einen roten Schimmer. Sabrina stürmt aus der Deckung und überfällt mich im Schutz eines Überschildes. Unempfindlich gegen meinen Hammerschlag, schießt sie mir zweimal ins Gesicht.

Für zehn Sekunden bin ich bewusstlos. Das sind die längsten zehn Sekunden meines Lebens. Sabrina nutzt meine Abwesenheit, um auf einen verdammten Amoklauf zu gehen. Sie tötet zwei meiner Teamkollegen in den ersten drei Sekunden, eine Leistung, die das Spiel mit dem Ausruf »Double kill!« in höchster Lautstärke würdigt.

»Hast du das gehört?«, ruft Sabrina.

Ich beiße die Zähne zusammen und beobachte, wie die Sekunden herunterzählen, bis ich wieder im Spiel bin.

»Triple kill!«, verkündet das Spiel, als Sabrina meinen letzten verbliebenen Teamkollegen ermordet.

»Ich glaube, das war dein ganzes Team«, sagt Sabrina so selbstgefällig, dass ich mich zurückhalten muss, die Barriere zwischen uns nicht mit einem Karatetritt zu überwinden.

Kaum bin ich wieder im Spiel, sprinte ich zu Sabrina. Ich bin fest entschlossen, ihr den Schild wegzusprengen und sie aus Rache ins Fegefeuer zu schicken. Als ich sie erblicke, werfe ich ihr die schönste Granate direkt vor die Füße, die direkt auf ihren Schild prallt und ihn wie eine Melone zerbricht.

Jetzt ist sie wieder ungeschützt, nur noch ich gegen sie. Ich hatte geplant, der Granate einen Pistolenschuss ins Gesicht folgen zu lassen, aber Sabrina ist immer in Bewegung. Sie bleibt keinen Augenblick still, stürzt und springt durch den 3-D-Raum, hoch und rückwärts und überall herum. Sie benutzt ihren Enterhaken, um sich wie Spider-Man herumzuziehen.

»Was zum Teufel machst du da?« Ich lache und versuche, sie zu treffen.

Sabrina antwortet, indem sie direkt über mir auftaucht und mir in den Rücken schießt.

Ich kann es einfach nicht glauben.

Meine Spielfigur ist erneut bewusstlos. Sabrina feiert das, indem sie mein unglückliches Team zehn quälende Sekunden lang mit Terror überzieht.

Als ich wieder auftauche, bin ich diesmal fest entschlossen, den Überschild selbst zu holen. In zwanzig Sekunden wird er erneut erscheinen, und ich weiß genau, wo ich ihn finden kann. Ich jogge zu der Stelle und komme genau in dem Moment an, als das Spiel »Überschild wird geladen ...« ankündigt.

Ich kauere in der Deckung, weil ich weiß, dass ich nicht ins Freie rennen sollte, ehe er auftaucht. Leise zähle ich in meinem Kopf rückwärts.

Zwei Sekunden vor seinem Erscheinen breche ich aus der Deckung.

Doch dann katapultiert sich Sabrina von den Wänden herunter, landet direkt auf mir und schlägt mir mit ihrem Gewehr auf den Hinterkopf.

Sofortiger Tod.

Hinter der Absperrung höre ich ihr leises Glucksen.

»Ich wusste, dass du auf das Schild anspringen würdest.«

Ich könnte sie auf der Stelle töten. Nicht in *Halo* – im echten Leben.

Als ich wieder auf dem Bildschirm erscheine, jage ich Sabrina mit einer Wut, wie ich sie noch nie erlebt habe. Ich überlasse meine Teamkameraden ihrem Schicksal und suche die Karte nach der einzigen Person ab, die ich finden will. Schließlich entdecke ich sie in meinem Umkreis, aber ich drehe meine Figur nicht in ihre Richtung. Ich laufe weiter geradeaus, als hätte ich keine Ahnung, dass sie da ist.

Sobald wir eine Kreuzung erreichen, mache ich kehrt. Sabrina wirft ihre Granaten dorthin, wo ich hätte sein sollen.

Als ich hinter ihr erscheine, hat sie bereits ihre Waffe im Anschlag und wartet darauf, dass ich um die Ecke biege, weil sie mir ins Gesicht schießen will.

»Suchst du jemanden?« Ich glucke, treffe sie in den Rücken und töte sie auf der Stelle.

Bevor sie wieder im Spiel auftauchen kann, endet es mit 50:46. Sabrinas Team gewinnt.

Sie schaut hinter der Absperrung hervor, ihre Augen glühen vor Wut, und ihr Gesicht zeigt keine Spur von Freude.

»Noch einmal«, fordert sie.

»Nur wenn wir zusammen spielen.«

Sie hält inne und überlegt. »In Ordnung.«

Das anschließende Spiel ist die unterhaltsamste Runde *Halo*, die ich je gespielt habe. Jetzt, da ich mir keine Sorgen mehr machen muss, dass Sabrina mich umbringt, ist es wie Weihnachten. Wir schnappen uns jede Superwaffe, lassen Schrecken auf das gegnerische Team regnen und töten jeden in Sichtweite, als wären wir unbesiegbar und sie stünden still.

Ihr Spiel ist so elegant, dass ich einen Moment innehalten muss, um es zu beobachten. Ich sehe eine Sinfonie, die auf dem Bildschirm vor mir komponiert wird. Sabrina verfolgt das andere Team, koordiniert sich mit mir, rennt dorthin, wo sie glaubt, dass die anderen Spieler wieder auftauchen werden, bevor sie überhaupt auftauchen, und tötet sie, ehe diese wissen, was geschieht.

Um maximale Effizienz und Geschwindigkeit zu erreichen, setzt sie ihre Waffen nacheinander ein. Sie prägt sich die Karte ein, nimmt Abkürzungen und taucht dort auf, wo man sie am wenigsten erwartet.

Vor allem aber ist es eine verdammte Demonstration von Kopfschüssen. Wenn du einen Kopfschuss verpasst, bekommst du keinerlei Punkte. Daher fängt ein kluger Spieler bei der Brust an und arbeitet sich zum Kopf vor. Doch bei Sabrina gibt es *nur* Kopfschüsse. Sie verfehlt zwar gelegentlich, aber ihre Treffsicherheit ist so hoch, dass ihre Gesamtpunktzahl doppelt so hoch ist wie die des gegnerischen Teams.

Sie ist besser als ich.

Ich gebe das nicht gern zu, und ich sage es verdammt noch mal nicht leichtfertig. Aber sie ist ein bisschen talentierter in *Halo* und vielleicht sogar ein bisschen klüger als ich.

Als wir unsere Kontroller absetzen, dreht sich Sabrina mit triumphierender Miene um.

»Und?«, sagt sie. »Was denkst du?«

»Ich glaube, ich will dich immer in meinem Team haben.«

Kapitel 13

Sabrina

Wir essen auf der Terrasse der Petrovs zu Abend. Es ist das einzige Abendessen, das wir alle zusammen verbringen, weil irgendjemand beim Essen immer abwesend ist, und bald gehe ich.

Adrik sucht sich in der Regel den Platz neben mir aus. Heute Abend bin ich neben Ivan gelandet, weil Freya darauf beharrt hat, am Rand zu sitzen, um das Eis gleich nachfüllen zu können. Adrik hat auf der anderen Seite des Tisches Platz genommen.

Der Tisch ächzt unter dem Gewicht eines Festmahls, das Timo gekocht hat. Früher war er einer von Ivans *Bratki*, aber dank einer umfassenden Ausbildung, die er bei *Pitmasters* und *The Great British Bake-off* genossen hat, ist er zum Chefkoch aufgestiegen.

Heute Abend verwöhnt er uns mit geräuchertem Steak und einem Salat aus reifen Pfirsichen und kandierten Haselnüssen. Dominik füllt unsere Gläser mit Shiraz. Freya trägt einen gebräunten, geflochtenen Challah-Laib herein, den sich Zima schnappt, noch bevor sie den Teller abgestellt hat.

»Hast du das gemacht?«, fragt er Freya und bricht ein Stück ab.

»Kade hat geholfen.«

»Oh«, sagt er mit deutlich weniger Begeisterung.

»Du lebst von Instantnudeln«, spottet Kade. »Ich könnte dir ein Ei in den Mund schieben und es wäre gehobene Küche im Vergleich zu der Scheiße, die du isst.«

»Ein Ei in den Mund schieben?« Zima macht ein angewidertes Gesicht. »Was für Pornos schaust du denn? Vergiss es, ich überprüfe deinen Browserverlauf.«

Kade lacht, obwohl er etwas besorgt aussieht, dass Zima diese Drohung wahr machen könnte.

Ivan räuspert sich und wirft einen mahnenden Blick in die Runde. »Ihr habt echt überhaupt keine Manieren«, sagt er.

»Dad hat recht«, stimmt ihm Rafe zu. »Wir essen erst seit zehn Minuten und diskutieren bereits über Kades Geschmack bei Pornos. Habt etwas Klasse und hebt euch das für den Nachtisch auf.«

Ich kann mir ein Lachen nicht verkneifen und bin erleichtert, dass auch Sloane lächelt. Sie sitzt am anderen Ende des Tisches, trägt eine schwarze Bluse und eine Zigarettenhose, ihr Haar ist zu einem lockeren Dutt hochgesteckt. Es ist seltsam, sie mit ihrer natürlichen dunklen Haarfarbe zu sehen, und noch seltsamer, ihren echten Gesichtsausdruck zu beobachten, der ziemlich gerissen und clever ist. Ich bin überrascht, wie gut sie die Rolle der Miss Robin gespielt hat. Die echte Sloane ist scharfsinnig und sarkastisch und offen gestanden furchterregend.

Ich bin aufgeregt, rede hektisch mit Nix, lache zu laut. Ich bin voller nervöser Energie, die sich in mir aufstaut wie ein Druckkochtopf, der nicht abgelassen werden kann.

Auf der anderen Seite des Tisches sitzt Adrik schweigend und nimmt nicht an der Unterhaltung teil. Ich habe mehrmals versucht, seinen Blick zu erhaschen, jedoch ohne Erfolg. Sobald ich mit jemand anderem spreche, spüre ich, wie sich sein Blick in mich bohrt.

Auf meiner anderen Seite sitzt Ivan, der ziemlich einschüchternd wirkt. Er ist eine Bestie von einem Mann mit einem brutal aussehenden Gesicht, einer rauen, raspelnden Stimme und einer Ernsthaftigkeit, die nur gelegentlich von seiner Frau durchbrochen wird. Selbst wenn er mich höflich anspricht, läuft es mir kalt den Rücken hinunter.

»Du hast bloß noch zwei Tage bei uns?«

Ich wünschte, ich hätte nicht gerade einen riesigen Bissen genommen. Ich kaue und schlucke so schnell wie möglich und verschlucke mich dabei fast.

»Ja«, japse ich. »Mein Flug geht Freitagmorgen.«

»Wir werden dich vermissen«, sagt er mit einem Nicken.

Seine Umgangsformen haben etwas Höfliches an sich. Ich weiß, dass er unglaublich barbarisch gewesen sein muss, um sich in St. Petersburg an die Spitze zu kämpfen, aber Ivan Petrov hat eine Höflichkeit und eine Würde, die mich eher an einen König als an einen Mafiaboss erinnern.

Es gibt einen Grund, warum diese Familie ihm folgt. Es gibt einen Grund, warum sie bereit waren, alles zu riskieren, um ihn nach Hause zu bringen.

»Ich hoffe, du hast ein ausgezeichnetes zweites Jahr ohne Unterbrechungen«, sagt Ivan.

Er meint das als eine Art Entschuldigung oder als Dankeschön.

Ich antworte ganz ehrlich: »Die Unterbrechung war der beste Teil des Jahres.«

»Wenn wir Sabrina keinen Ärger machen, wird sie sich ihren eigenen machen«, sagt Rafe auf der anderen Seite von Nix. »Wahrscheinlich überlegt sie schon, wie sie am ersten Unitag wieder im Büro des Dekans landet. Deshalb ist sie heute Abend auch so aufgedreht.«

Diese Anspielung auf meine erste Schiffsreise zur Insel ist nicht so aufmunternd, wie Rafe es beabsichtigt hat. Er erinnert mich nur daran, dass Nix diesmal nicht bei mir sein wird.

»Ja«, sage ich. »Aus diesem Grund bin ich wohl auch so lebhaft.«

»Du bist glücklich, dass du wieder zurückgehen kannst«, sagt Adrik. Seine Stimme schallt über den Tisch.

»Ich habe nicht glücklich gesagt.«

»Lebhaft, glücklich, wo ist da der Unterschied?«

»Nun, lebhaft ist nicht dasselbe wie glücklich, oder?«, meint Sloane. Sie sieht mich an, nicht Adrik. Und obwohl sie lächelt, ist da eine Stille in ihren Augen, die mich glauben lässt, dass sie genau versteht, was ich meine.

»Glücklich zu sein, ist schwerer zu erreichen«, sage ich.

»Für manche ist das sogar unmöglich«, bemerkt Sloane.

Ich habe nicht das Gefühl, dass dies an mich gerichtet ist, nicht wirklich. Aber vielleicht ist es zu meinem Wohle. Ich wünschte, sie säße nicht so weit weg, denn ich würde gern nachhaken, wie sie das meint.

Stattdessen frage ich, was ich schon immer wissen wollte.

»Unmöglich scheint in diesem Haus kaum ein Hindernis zu sein. Darf ich euch alle etwas fragen?«

»Natürlich.« Ivan neigt den Kopf und hört zu.

»Wie lautete der Code, den du am Telefon benutzt hast, um Dominik und den anderen zu sagen, wo sie dich finden können?«

Ivan lächelt. »Eine einfache Chiffre, die Dom und ich benutzt haben, als wir als Kinder Ärger mit unserem Vater vermeiden wollten. Der erste Buchstabe eines jeden Wortes bildet die Botschaft.«

»Lieber in Salz trotz Ihres Geschmacks?«, sage ich und denke mir spontan ein eigenes Beispiel aus.

Ich gebe vor Adrik an. Er belohnt mich mit einem kleinen Lächeln, dem ersten an diesem Abend.

Die eigentliche Botschaft lautet:

Lieber
In
Salz
Trotz
Ihres
Geschmacks

Sloane hat den Code ebenso schnell erfasst wie Zima, der am anderen Ende des Tisches sitzt. Mit dem Mund voller Brot lässt er ein Schnauben los, woraufhin Krümel auf Freyas Teller landen.

»Ich habe viel länger gebraucht, um sie mir auszudenken«, sagt Ivan ernst.

Sloane neckt ihn: »*Ich habe Schnee gesehen* war nicht deine beste Arbeit. Wie wäre es das nächste Mal mit ein paar Koordinaten?«

Ivan ist zu sehr an die Sticheleien seiner Frau gewöhnt, um darauf einzugehen. »Ich wollte nur sichergehen, dass du mich nicht in der Wüste suchst, mein Schatz. Ich weiß, wie sehr du Sand hasst.«

»Ja, das war superhilfreich, wir haben Fidschi von der Landkarte gestrichen«, spottet Dom.

Ivan ist unbeirrt. »Letzten Endes habt ihr mich ja gefunden.«

»Es war eine finstere Zeit«, sagt Adriks Mutter leise. »Aber nun wollen wir nach vorne schauen.« Sie wirft Nix ein kurzes Lächeln zu, um sie wissen zu lassen, dass sie nicht für das verantwortlich gemacht wird, was vorher geschah.

Nix neben mir ist ganz still geworden. Ich möchte mich dafür ohrfeigen, dass ich das Thema angesprochen habe. Ich war neugierig und habe nicht bedacht, wie sie sich dabei fühlen würde.

»Tut mir leid«, flüstere ich und drücke ihr Bein unter dem Tisch.

Nix atmet langsam ein. Ihre Lippen sind blass, aber ihr Gesicht ist ruhig. »Die Sonne geht in einem Leben unter und in einem anderen auf.«

»Für uns alle«, stimmt ihr Freya zu.

Ivans Rückkehr ist für alle ein Wendepunkt. Freya muss sich nicht mehr um die Apotheken der Petrovs kümmern und geht jetzt nach Cambridge, um ihr lange aufgeschobenes Wirtschaftsstudium abzuschließen. Dominik ist *Pakhan* in St. Petersburg. Adrik ist frei, seine eigenen Ziele mit dem Wolfsrudel zu verfolgen. Rafe kann wieder er selbst sein: Im Frühjahr wird er Nix heiraten und hat mir bereits anvertraut, dass er Häuser auskundschaftet, um sie zu überraschen.

Man muss einen Petrov buchstäblich in eine Zelle sperren, um ihn davon abzuhalten, das zu tun, was er will.

Ich beneide sie alle.

Kapitel 14

Adrik

Nach dem Essen helfen alle mit, das Geschirr in die Küche zurückzubringen.

Sloane und ich verweilen am längsten am Tisch. Ich sammle die leeren Weingläser ein, und sie legt die Tischdecke mit den ganzen Krümeln zusammen, damit sie sie über das Geländer der Terrasse ausschütteln kann.

Die Sonne geht unter. Blasse Motten flattern um die Leuchten, die über den Hängematten hängen. Das Geißblatt im Garten duftet jetzt süßer als am Tag.

»Sie ist sehr clever«, sagt Sloane.

Ich lächle und freue mich, dass Sloane bemerkt hat, wie schnell Sabrina diesen Spruch in Ivans Code heruntergerasselt hat.

Es hat keinen Sinn, es abzustreiten. Ich bin mir sicher, dass Sloane bereits doppelt so viel weiß, wie ich zu glauben wage.

»Ich bin froh, dass du sie kennenlernen konntest«, sage ich.

Sloane ist nicht mütterlich, nicht auf die übliche Weise. Sie ist meine Tante, aber sie ist für mich eher wie eine ältere Schwester oder eine Freundin. Ich will ihre Anerkennung, ihre und Ivans. Das wollte ich schon immer.

Zur Freude der Rotkehlchen und Spatzen am Morgen schüttelt Sloane die Tischdecke aus und verteilt die Krümel über den Rasen.

»Ich wusste, dass du dir nie ein hübsches kleines Dummchen aussuchen würdest«, erwidert sie.

Ich schüttle den Kopf. »Das würde mich langweilen.«

Sloane faltet die Tischdecke wieder zusammen, akkurat und aufwendig wie eine Fahne, obwohl sie sie nur zum Waschen bringt.

»Sie wird eine Bereicherung für dich sein«, bestätigt sie.

Ich bin mir nicht sicher, ob mir der Begriff »Bereicherung« gefällt. Das ist ein Wort, das Sloanes Vater benutzt hätte. Sabrina ist wertvoll für mich und potenziell nützlich. Aber sie ist viel mehr als ein Werkzeug oder ein Mittel zum Zweck.

Sloane fährt fort: »Und auch eine Belastung.«

Ich halte inne. In jeder Hand halte ich ein Bouquet von Weingläsern, der Bodensatz des Shiraz schlierig und dunkel.

»Was meinst du damit?«

»Sie ist unbeständig.«

»Woher willst du das wissen?«

»Weil man es selbst sein muss, um es zu verstehen.«

Ich runzle die Stirn, irritiert darüber, dass Sloane über Sabrina urteilt, obwohl sie sie kaum kennt.

»Sie ist jung, das ist alles.«

»Manche Menschen formen sich schon in jungen Jahren. So wie du, Adrik. Du bist praktisch seit deiner Kindheit derselbe geblieben. Ich habe dich gelehrt, aber ich habe dich nie verändert. Du bist, wie du bist. Andere Menschen kann man besser prägen. Man kann sie formen und schärfen wie ein Schwert. Du kannst sie für deine eigenen Zwecke einsetzen. Und manche Menschen … manche Menschen sind Bomben. Wenn sie explodieren, zerreißen sie alles, auch sich selbst.«

»Welcher Typ bist du?«, frage ich.

»Ich war ein Schwert und eine Bombe.«

»Dann bist du erwachsen geworden.«

»*Nein*«, erwidert Sloane scharf. »Ich habe mich verändert. Das ist nicht dasselbe.«

»Magst du sie oder nicht?«, meine ich kühl. »Ich kann es nicht wirklich sagen.«

»Natürlich mag ich sie. Aber du bist mein Neffe. Ich habe eine Verantwortung für dich.«

»Und du glaubst, du müsstest mich warnen.«

»Ja, das tue ich.«

»Wovor genau?«

»Du denkst, du bist unbesiegbar. Du glaubst, du hättest die Kontrolle. Aber du warst noch nie verliebt – die Liebe macht uns alle zu Narren.«

»Ich dachte, die Liebe hätte dich gerettet!« Mein Gesicht wird heiß. »Hast du das nicht gesagt? Dass du dein ganzes Glück Ivan zu verdanken hast?«

»Das war so«, stimmt mir Sloane zu. »Und ist auch immer noch so. Aber glaube nicht, dass das der einzige Weg ist, den Liebe gehen kann.«

»Ich weiß deine Sorge zu schätzen«, sage ich und greife das letzte Glas. »Aber ich kann auf mich selbst aufpassen. Und ich kann definitiv mit Sabrina umgehen.«

Sloane schenkt mir ein irritierendes Lächeln und glättet die letzte Falte in der zusammengelegten Tischdecke.

»Natürlich, Adrik«, sagt sie ruhig und gelassen. »Denk nur daran: Wenn eine Bombe explodiert, zerstört sie denjenigen, der ihr am nächsten steht.«

Kapitel 15

Sabrina

Morgen soll ich nach Dubrovnik fliegen. Ich habe meinen Koffer dabei, voll mit einem neuen Stapel Uniformen, und mich bereits von meinen Eltern und Damien in Chicago verabschiedet.

Nix spürt meine Trauer darüber, dass ich gehen muss. Sie ist so aufrichtig, dass sie soziale Nettigkeiten und den Blödsinn, den die Leute sagen, ignoriert und direkt auf den Punkt bringt, was sie sieht: »Du willst nicht wieder nach Kingmakers.«

Wir liegen auf der hinteren Terrasse des Hauses der Petrovs. Die Holzbalken sind verzogen und vergraut vom ständigen Salznebel, der vom Strand heraufgespült wird. In der großen Hängematte können wir Seite an Seite liegen. Nix' rotes Haar verteilt sich auf meinem gebräunten Arm, mein dunkles Haar auf ihrem blassen. Von oben müssen wir wie ein Yin-Yang-Symbol aussehen.

Die Brise ist stark genug, um uns zu schaukeln, obwohl keiner von uns schiebt.

Adrik hat mit Kade, Rafe und dessen Schwester Freya etwas zu erledigen – irgendetwas, das mit den Apotheken zu tun hat. Ich habe nicht genauer nachgefragt, denn heute waren überall Leute um uns herum, und die Dinge, über die wir eigentlich reden wollen, sind nicht für fremde Ohren bestimmt.

»Ich mag das College«, sage ich zu Nix.

Das ist größtenteils wahr. Jahrelang habe ich mich danach gesehnt, nach Kingmakers zu gehen. Als ich dort ankam, waren der Unterricht, das Training und der erbitterte Wettbewerb genau das, wovon ich geträumt hatte.

Es war ein Strom voller Informationen direkt in mein Gehirn. Ich verschlang sie, immer mehr und mehr, ohne vom Lernen genug zu haben.

Aber die Regeln, die Strenge, die Monotonie ...

Ich will nicht nach dem Zeitplan von jemand anderem arbeiten. Ich will nicht gemaßregelt werden. Ich will keine Studentin sein.

Ich habe mich immer älter gefühlt, als ich war. Ich mag Kade, Cara und die meisten meiner Kommilitonen. Doch derjenige, der sich mir ebenbürtig fühlt, ist Adrik. Ich möchte acht Jahre voraus sein. Mein Geist ist schon da, ich bin bereit.

»Das habe ich nicht bestritten.« Nix stößt sich mit dem nackten Fuß vom nächstliegenden Pfosten ab, wodurch die Hängematte einen gewaltigen Schwung bekommt. »Ich sagte, du willst nicht zurück.«

»Das stimmt«, gebe ich nach einem Moment zu. »Ich will nicht zurück.«

»Wegen Adrik?«

Es ist das erste Mal, dass sie es laut ausspricht.

Sie weiß, dass wir etwas miteinander haben. Aber Nix ist nicht jemand, der neugierig ist. Sie fließt wie Wasser und gönnt allen anderen den gleichen Luxus. Sie akzeptiert uns alle, wie wir sind.

Wahrscheinlich ist das der einzige Weg, wie mir jemand nahe sein kann.

Ilsa wollte, dass ich besser werde, als ich bin, was zu endlosen Enttäuschungen führte.

»Ich weiß nicht, ob es wegen Adrik ist oder wegen dem, was er in mir auslöst.«

»Was löst er denn in dir aus?«

»Er macht mir Lust, meinen Impulsen zu folgen.«

»Und das ist etwas Schlechtes?«

Ich blicke auf den langen Sandstreifen unter uns, der teils von unzähligen Fußabdrücken übersät ist und dort ganz glatt ist, wo die Wellen sie weggespült haben.

»Historisch gesehen, ja.«

Nix lacht leise. »Manchmal bringen uns schlechte Entscheidungen an die besten Orte.«

Ich richte mich ein wenig auf, damit ich ihr Gesicht sehen kann. Ihre Augen sind geschlossen, ihre rotgoldenen Wimpern liegen auf den Wangen, die mit Sommersprossen übersät sind, feiner als Sand.

»Nicht jede Geschichte endet so gut wie deine.«

Ohne die Augen zu öffnen, antwortet Nix: »Meine Geschichte ist noch nicht zu Ende. Es war schmerzhaft auf dem Weg, aber ich kann alles akzeptieren, solange es meine Wahl ist. Bedauern kommt von dem, was man gern getan hätte. Du kannst nicht etwas bereuen, von dem du weißt, dass es richtig war.«

Sie denkt an ihren Vater, da bin ich mir sicher. Sie liebte ihren Vater mehr als alles andere. Er war ihre ganze Welt – bis sie Rafe traf.

Nix wählte die Petrovs. Weil Rafe das war, was sie wollte.

»Ich dachte, ich wollte nach Kingmakers gehen. Vielleicht gehöre ich zu den Leuten, die einfach nie zufrieden sind.«

Nix reckt ihr Gesicht nach oben, um mehr von der Sonne einzufangen. Sie nimmt einen tiefen Atemzug und bläst ihn aus. Ich spüre den Seufzer mehr, als dass ich ihn höre, denn unsere Körper sind an den Seiten aneinandergepresst.

»Ich glaube nicht, dass Rafe und ich für immer hierbleiben werden«, sagt sie. »Aber im Moment wollen wir hier sein.«

»Du meinst, ich muss nicht so weit vorausplanen.«

Jetzt öffnet Nix die Augen, und ich sehe die Sympathie in ihnen, ihren Wunsch, mir zu helfen, ohne mich in irgendeine Richtung zu drängen. Sie nimmt meine Hand und drückt sie.

»Ich meine gar nichts – außer dass ich dich vermissen werde, egal wohin du gehst.«

Mein Gesicht ist heiß von dem Unbehagen, das aufkommt, wenn jemand freundlich zu mir ist. Aggression ist leichter zu ertragen.

»Mein Vater sagt immer, dass man in unserer Welt tot ist, wenn man nicht acht Schritte vorausdenken kann.«

»Nun ... ich will mich nicht mit deinem Vater streiten«, sagt Nix und schwingt wieder träge die Hängematte. »Aber das Leben ist kein Schach. Du schaust nicht auf ein offenes Brett. Niemand kann wirklich in die Zukunft sehen. Manchmal muss man einfach ... springen.«

Sie kramt unter ihrem Oberschenkel und holt ihr Handy hervor.

»Sieh mal«, sagt sie und scrollt darauf. »Du siehst ziemlich glücklich aus.«

Sie hält den Bildschirm hoch, damit ich ihn sehen kann. Es ist ein Bild von uns vier in der Spielhalle. Nix isst Zuckerwatte, Rafe hat seine Arme von hinten um ihre Taille geschlungen, und ich halte einen riesigen Teddybären, den Adrik an der Schießbude gewonnen hat. Wir hätten alle Kuscheltiere gewinnen können, wenn der Verkäufer uns nicht vom Spiel ausgeschlossen hätte, nachdem Adrik die Hälfte seiner Ziele abgeschossen hatte.

Der Teddybär befindet sich gerade in Nix' Zimmer. Wie ein Idiot wünsche ich mir, er würde in meinen Koffer passen.

»Hast du das Bild gepostet?«, frage ich Nix.

Adrik steht direkt neben mir. Er berührt mich nicht, doch er ist so nah, dass es ziemlich klar ist, dass wir ein Doppel-Date haben.

»Ja«, antwortet Nix, »aber keine Sorge, mein Account ist privat. Ich habe nur etwa achtundzwanzig Follower, dich eingeschlossen.«

Nix war in Kingmakers nicht gerade beliebt. Das war es wahrscheinlich, was mich überhaupt zu ihr hingezogen hat. Wenn ich Gärtner wäre, würde ich ausschließlich Kakteen züchten.

Ich höre Geräusche im Haus, was nur bedeuten kann, dass Adrik und die anderen zurückgekehrt sind. Die Hunde bellen vor freudiger Erregung. Rafe befiehlt ihnen viel zu freundlich, dass sie die Klappe halten sollen, als dass sie wirklich gehorchen würden.

Rafe kommt auf die Veranda, auf der Suche nach Nix. Sie springt aus der Hängematte und schleudert mich fast hinaus, damit sie ihre Arme um seinen Hals werfen und ihn küssen kann.

Adrik steht in der Tür, düster und ohne Lächeln.

Der Drang, wie Nix aufzuspringen und meine Arme um ihn zu legen, ist geradezu überwältigend. Ich kann ihn nicht aus den Augen lassen, wenn er in der Nähe ist. Ich kann dieses Brennen auf meiner Haut nicht stoppen, dieses ängstliche Kribbeln in meinen Eingeweiden. Es ist Lust und es ist Bedürfnis und es ist etwas anderes, das ich nicht in Worte fassen kann, weil ich es nicht verstehe – ich verstehe nicht, warum es so stark sein kann, wenn wir nur ein paar Tage miteinander verbracht haben, verteilt über Monate.

Wie ist er so wichtig für mich geworden?

Das gefällt mir ganz und gar nicht.

Ich bin verletzlich. Aufgebrochen wie eine dieser Krabben unten am Strand, ausgesetzt jeder Möwe, die ihren Schnabel durch mein Herz treiben will.

»Willst du eine Runde drehen?«

Ich sollte Nein sagen, denn damit mache ich es mir nur noch schwerer.

Stattdessen bin ich bereits auf den Beinen.

Wir nehmen Rafes Auto, das er uns immer wieder, ohne nachzufragen, geliehen hat. Rafe weiß, wie es ist, Geheimnisse zu haben. Etwas zu wollen, das man nicht haben darf. Sich immer wieder davonzuschleichen, um einen Hauch davon zu bekommen, und sich jedes Mal zu versprechen, dass dies das Ende und man endlich zufrieden sein wird.

Ich lasse Adrik fahren, weil es der Wagen seines Cousins ist.

Meine Regeln für Autos sind nicht so streng wie für Motorräder. Trotzdem setze ich mich nur auf den Beifahrersitz, wenn ich Vertrauen in den Fahrer habe.

Adrik steuert den Mustang reibungslos und effizient. Er weiß, dass Kompetenz beeindruckender ist als Geschwindigkeit.

Die Straße breitet sich vor uns aus, sein Arm liegt leicht auf der Rückenlehne der Sitzbank.

»Du reist morgen ab«, beginnt er.

Das ist keine Frage, das wissen wir beide schon. Den stillen Countdown hat er in seinem Kopf genauso heruntergezählt wie ich in meinem.

»Um sieben Uhr morgens.«

»Ich fahre dich zum Flughafen.«

Ich möchte Danke sagen, aber ich traue meiner Stimme nicht. Sie könnte brechen oder in einem peinlichen Quietschen enden. Es ist besser, nichts zu sagen.

Warum fühlt es sich so an, als ob wir uns für immer trennen würden? Wieso bin ich so traurig?

Die Sonne sinkt schwer vor uns herab und wirft lange Schatten auf jeden Baum und jeden Pfosten.

Denn niemand weiß, wie viele Tage oder wie viele Chancen er hat. Alles ändert sich. Niemand bleibt, wie er ist.

Adrik hält an einem Aussichtspunkt, hoch über dem Pazifik. Das Ufer unter uns ist ein dunkler Felsen. Es gibt keinen Sand und keine Leute, die sich sonnen. Wir sind auf zwei Seiten von hoch aufragenden Tannen und Ponderosa-Kiefern umgeben. Der Sonnenuntergang ist blutrot – lebendig und wütend.

Adrik stellt den Motor ab und dreht sich zu mir um. Ausnahmsweise ergreift er mich nicht und küsst mich nicht, sondern schaut mir nur mit zusammengekniffenen Augen und steifem Kiefer ins Gesicht. Er fährt sich mit einer Hand durch seinen dichten Haarschopf. Seine Finger sind wie Klauen, seine Schultern sind gekrümmt.

»Ich will nicht, dass du gehst.«

»Das ist Wahnsinn.«

»Ja, ich bin wahnsinnig. Ich bin verrückt nach dir, ich habe keine Angst, es zu sagen.«

Seine Wärme und seine Offenheit sind mit nichts zu vergleichen, was ich von einem Mann kenne. Kein Getue – bloß die Wahrheit, freiheraus gesagt.

Mein Herz hämmert, und meine Hände verschränken sich in meinem Schoß.

»Du denkst, ich habe Angst?«

»Ja.« Seine Augen brennen wie eine blaue Gasflamme, er lächelt nicht einmal ein bisschen. »Du hast Angst, nach Russland zu kommen. Du hast Angst, mit mir allein zu sein. Du willst den Schutz deiner Familie oder deiner Uni, auch wenn du es hasst, wie sie dich anketten.«

»Ich weiß nichts über Russland, und wir treffen uns erst seit einer Woche! Ich wäre verrückt, wenn ich mit deinem Wolfsrudel in deinem Haus wohnen würde. Ein Haufen Jungs zusammen und dann noch ich – wie zum Teufel soll das funktionieren?«

»Es funktioniert so, wie ich es sage.«

»Weil du der Boss bist.«

»Das stimmt.«

»Ich will nicht dein Soldat sein. Ich will Freiheit, keinen neuen Gebieter.«

»Du wirst meine Partnerin sein.«

Ich gebe ein ungeduldiges, zischendes Geräusch von mir. Jeder weiß, wenn es einen König und eine Königin gibt, hat der König das letzte Wort.

»Ich zeig es dir«, sagt Adrik und nimmt meine Hand in seine viel größere. »Komm mit nach Moskau. Sieh dir an, wie es ist.«

Ich versuche, meine Hand zurückzuziehen, aber er lässt mich nicht. Ohne es auch nur zu versuchen, hält er mich gefangen.

»Ich kann nicht einfach eine Woche zu spät nach Kingmakers kommen. Wenn ich das Schiff verpasse, verpasse ich das ganze Jahr.«

Er wendet seinen Blick nicht ab, lässt mir keinen Zentimeter Raum.

»Komm mit mir. Du wirst es nicht bereuen.«

Doch ich könnte es bereuen. Wie kann ich das wissen?

»Komm mit mir.«

Er überwältigt mich wie eine Welle. Er will mich in sich verschlingen, uns zu einem Ganzen machen.

Gegen seine Anziehungskraft anzukämpfen, ist schrecklich. Ich habe körperliche Schmerzen.

Am liebsten würde ich weinen vor lauter Enttäuschung und Verwirrung, aber das werde ich nicht zulassen – niemals.

Stattdessen stürze ich mich auf ihn. Ich bringe ihn mit meinem Mund zum Schweigen. Ich zeige ihm mit meinem Körper, wie sehr ich ihn will, wie wild er mich macht. Ich sitze auf seinem Schoß, reiße mir und ihm die Kleider vom Leib und kümmere mich nicht darum, wer hier vorbeifahren oder uns sehen könnte.

Adrik reagiert so, wie ich es erwartet habe – er zieht meinen Rock hoch, reißt meine Unterwäsche zur Seite und schiebt seinen Schwanz in mich hinein. Er lässt mich wissen, dass er versteht, dass unsere reinste, wahrhaftigste Kommunikation immer unsere Körper zusammen sind, die sich dem hingeben, was wir beide mit gleicher Leidenschaft und gleichem Bedürfnis wollen.

Wenn wir uns in den Armen liegen, können wir uns nie missverstehen. Unsere Worte könnten niemals mit unseren Körpern mithalten. Das ist die Realität, das ist es, was zählt.

Ich ficke ihn im Geruch von Leder und Benzin, die blutrote Sonne scheint auf das Armaturenbrett, glitzert auf den Chromzifferblättern und dem funkelnden Glas.

Das ist es, wo ich sein möchte. Ich würde mein ganzes Leben für diesen Moment eintauschen, und ich würde ihn gegen nichts hergeben – gegen nichts, was existiert.

In diesem Moment sind wir eine Person, wir sind ein Gedanke. Und der Gedanke ist folgender:

Das hier ist richtig, ich soll mit dir zusammen sein. Alles andere ist mir egal. Es ist mir egal, was ich glaubte, bevor ich dich traf, oder was ich plante. Du hast zertrümmert, was ich war, und mich zu etwas Neuem gemacht.

Ist das Liebe oder ist es Wahnsinn?

Ich akzeptiere beide Varianten.

Mein Höhepunkt ist ein Rausch von Chemikalien und Licht, mein Körper ein Motor und Adrik der Treibstoff. Wir brennen und brennen und brennen zusammen.

Als es vorbei ist, klammere ich mich noch lange an ihn, bis die Sonne ganz untergegangen ist, die Luft kalt wird und meine Finger an seinem warmen Hals frieren. Ich kuschle mich an ihn wie ein Kind. Alles, was ich will, sind seine Arme um mich, für immer.

***

Wir fahren langsam nach Hause und versuchen, jeden Moment zu verlängern. Ich habe ihm mein Versprechen noch nicht gegeben, aber ich möchte es. Die Worte stecken in meiner Kehle und warten darauf, laut ausgesprochen zu werden.

Als wir uns der Einfahrt zu der langen, gewundenen Auffahrt zum Petrov-Haus nähern, sehe ich ein Auto am Straßenrand parken. Genau dort, wo der Briefkasten stehen würde, wenn er nicht durch den vorderen Kotflügel verdeckt wäre.

Mein Herz setzt einen Schlag aus.

Auf dieser einsamen Strecke gibt es bloß wenige Straßenlaternen. Der Mann steht im Schatten, sein Gesicht ist nicht zu erkennen. Dennoch ist mir der schlanke Körper nur allzu vertraut. Selbst wenn ich nichts von ihm sehen könnte, ist das Fahrzeug selbst zu deutlich, um es zu verwechseln.

Mein Vater wartet auf mich.

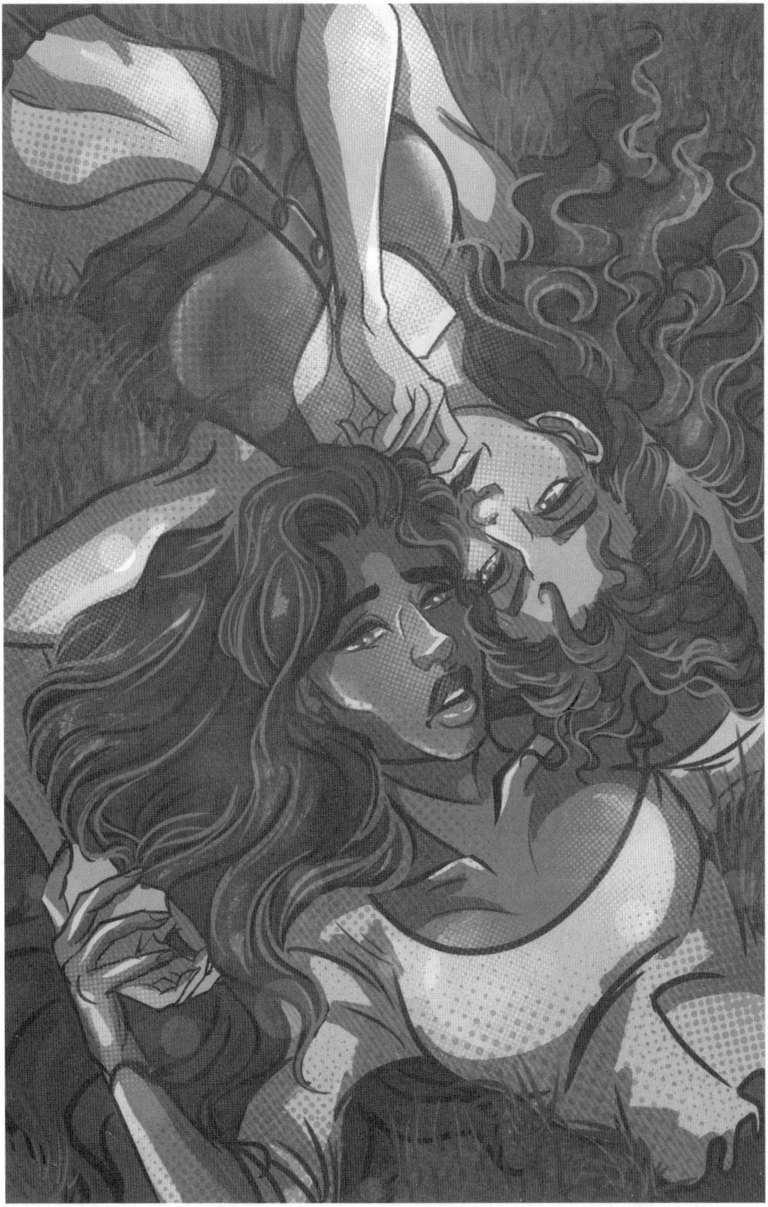

KAPITEL 16

ADRIK

Sabrinas Stimme ist angespannt, als sie befiehlt: »Halt hier an.«

Ich brauche nur einen kurzen Blick, um zu verstehen, was los ist. Im Scheinwerferlicht sehe ich eine schwarz gekleidete Gestalt, die sich mit verschränkten Armen an den Kofferraum einer Hellcat lehnt.

Wir bleiben hinter ihm stehen. Er richtet sich auf und schlendert auf uns zu, bewegt sich langsam und behutsam – alte Narben, alte Verletzungen. Sein Körper ist so zerschunden wie die Stiefel an seinen Füßen, sein Gesicht sieht genauso aus. Dennoch kann man die Zeichen einer kraftvollen Schönheit erkennen. Wie ein gealterter Rockstar bewahrt er sich einen dunklen Charme, den die Zeit nicht auslöschen kann.

Sabrina steigt aus dem Auto, und ihre Turnschuhe knirschen über den Schotter. Da ich nicht auf dem Fahrersitz warten möchte, steige ich ebenfalls aus.

»Hi, Dad.«

»Hallo, Sabrina.«

Was würde ich nicht alles dafür geben, Sabrinas Haare zu glätten oder ihre Bluse wieder richtig zuzuknöpfen, ohne dass er es merkt.

Sein Blick schweift über die Beweise für das, was ich mit seiner Tochter getan habe, und richtet sich dann auf mein Gesicht.

Es scheint unnötig zu sein, mich vorzustellen – wenn Nero hier ist, weiß er bereits, wer ich bin.

Stattdessen nicke ich in Richtung der Hellcat, deren Motor längst abgekühlt ist und deren schwarze Karosserie in der Nacht schimmert.

»Schönes Auto.«

Nero sagt: »Willst du damit eine Runde drehen?«

Ich kann Sabrinas Anspannung spüren. Wenn ich sie ansehe, schüttelt sie wahrscheinlich den Kopf.

Nichts wird mich daran hindern, die Einladung anzunehmen. Ich bin kein Feigling.

»Klar.«

»Du wartest im Mustang«, befiehlt Nero seiner Tochter.

Er möchte diese Konfrontation dort auf der Straße und nicht auf Ivans Grundstück austragen.

Sabrina öffnet den Mund zu einer feurigen Widerrede. Ich werfe ihr einen Blick zu und bitte sie, einmal im Leben nicht zu streiten.

»Wir sind gleich wieder da«, sage ich.

Hoffentlich ist das wahr.

Ich schlüpfe auf den Beifahrersitz von Neros Auto und lasse den Sicherheitsgurt gelöst. Ich will nicht angeschnallt sein, nicht auf dieser Fahrt.

Nero senkt sich hinter das Lenkrad – langsamer, steifer. Sein Gesicht lässt keinen Schmerz erkennen, aber er muss ihn spüren, jeden Tag.

Mit einer Hand am Lenkrad fährt er sanft vom Bordstein weg. Er fährt wie ein Profi, mit einer Präzision, die man nur durch jahrelanges konzentriertes Üben erreichen kann.

Im dunklen und stillen Auto überlege ich, wie ich dieses Gespräch beginnen soll. Neros Anwesenheit bedeutet, dass er bereits einiges von dem weiß, was zwischen mir und Sabrina vorgeht. Vielleicht sogar alles. Ich weiß nicht, was sie ihm erzählt hat oder was er herausgefunden hat.

Nero kennt kein solches Zögern. Er ist so schlagfertig wie seine Tochter.

Er fragt: »Warum hält man dich für eine Legende?«

Sabrina hat mir erzählt, dass die Gallos gern Schach spielen. Ich nehme an, wir könnten dies als Königsgambit bezeichnen – Nero bietet eine wohlwollende, sogar großzügige Eröffnung an. Wenn ich sie annehme, wird er mir sicher eine Falle stellen.

Ich versuche, abzulenken. »Das war auf dem College. Wir waren der erste Jahrgang, der drei Jahre in Folge lang das *Quartum bellum* gewonnen hat. Ich bezweifle, dass mich noch jemand so bezeichnet – nicht, seit dein Neffe alle vier Jahre gewonnen hat.«

Bestimmt gelte ich immer noch als Legende, aber ich spiele herunter, was in dem kleinen Raum des Autos lächerlich und unreif klingt, wenn es aus dem Mund des Mannes kommt, der als der Moriarty von Chicago bekannt ist.

In der Hoffnung, ihn zu entwaffnen, beende ich das Gespräch mit einer Feststellung, nicht mit einer Frage.

Nero ist noch lange nicht fertig.

In einem sanften Ton der Höflichkeit sagt er: »Stimmt, ich hatte vergessen, dass du Leo kennst. Gut genug, dass du ihn und meine Tochter überzeugt hast, mitten in der Nacht den Campus zu verlassen und eine bewaffnete Festung der Malina anzugreifen.«

Verdammt!

Nero weiß alles. Und er ist nicht erfreut.

Ich berufe mich auf etwas, das Nero wahrscheinlich auch verstehen wird. »Leo und Sabrina sollten nie ein Teil davon sein. Ich bin sicher, du verstehst, wie weit ich gehen würde, um ein Familienmitglied nach Hause zu holen – und wie unmöglich es ist, deine Tochter daran zu hindern, etwas zu tun, was sie sich vorgenommen hat.«

Die Familientreue ist für die Gallos genauso stark wie für

die Petrovs. Und Nero kennt Sabrina besser als ich, im Guten wie im Schlechten.

Nero biegt in die Schlucht ein, eine Fahrt, die ich nachts nur ungern machen würde – vor allem, wenn die Geschwindigkeit nicht reduziert wird. Er beschleunigt, und das Auto fliegt die dunkle und kurvenreiche Straße hinunter, die tief in die Berggipfel eingeschnitten ist.

»Verstehe«, sagt er mit kühler und rationaler Stimme. »Aber du musst auch mich verstehen: Du ziehst Gefahr und Chaos an, genau wie meine Tochter. Angefangen mit der Nacht, in der sie dich kennengelernt hat. Ich würde sogar wetten, dass du sie bereits auf die Idee gebracht hast, nach Russland zu kommen, sobald sie mit dem Studium fertig ist.«

Nero kann in mich hineinschauen. Er hat die richtige Vermutung, aber den falschen Zeitplan. Ich habe keinen Samen gepflanzt, ich habe einen Baum wachsen lassen. Sabrina will mitkommen, das weiß ich. Doch Neros Einfluss ist nicht zu unterschätzen. Er ist hier, um den Baum zu fällen.

Während ich schweige, schraubt sich der Tacho hoch – fünfundachtzig, dann neunzig. Unter Neros ruhiger Hand ruckeln die Reifen nicht, und auf seinem Gesicht ist keine Gefühlsregung zu erkennen.

In Russland haben wir ein Sprichwort: *Im stillen Wasser wohnt der Teufel.* Ich habe noch nie einen Mann getroffen, dessen Wasser stiller war als dieses. Nero ist eiskalt und fährt mit hundert Meilen pro Stunde durch einen Canyon. Sein Atem ist unveränderlich. Sein Puls scheint reglos. Er hat keine Angst, weder vor mir noch vor dem Auto noch vor dem Sensenmann, der auf dem Rücksitz sitzt und seine Sense über unsere Köpfe hält.

Ich möchte unbedingt so ruhig bleiben wie er, aber die Hitze steigt mir in den Nacken, und der Schweiß perlt an meinen Handflächen ab.

»Russland ist nicht anders als Chicago, wenn man so lebt wie wir«, platze ich heraus.

Zum ersten Mal sehe ich den Zorn in seinem Gesicht. Eine Dunkelheit, die seine Züge durchdringt wie Tinte im Wasser und alles bis auf die Worte verdunkelt, die er wie vergiftete Pfeile nach mir schießt.

»Du trägst bei mir keinen Schafspelz. Denkst du, ich kenne die Bratwa nicht? Ich kenne dich sehr gut.«

Die Machenschaften der Gallos mit meinen Landsleuten waren mir bekannt, bevor Sabrina etwas davon erwähnte. Nero stahl den Winterdiamanten, die Trophäe der Bratwa, und löste damit einen Feuersturm aus, der die Gallos fast bis auf den Grund niederbrannte.

»Ihr habt uns euer Wort gegeben«, zischt er. »Und einen Vertrag mit meinem Vater unterschrieben. Dann habt ihr ihm ins Gesicht geschossen und mir sechs Kugeln in den Rücken gejagt, die auf meine Frau gerichtet waren. Wenn es nach deinen Leuten ginge, gäbe es Sabrina nicht.«

Ich kann den Verrat am Blutschwur nicht leugnen – ein Verbrechen, das selbst bei den Bratwa verpönt ist. Alexei Yenin unterschrieb seinen Eid mit Blut und richtete dann ein Massaker auf der Hochzeit seiner eigenen Tochter und Sebastian Gallo an.

Zu meiner Verteidigung kann ich nur sagen: »Das war nicht ich, und das war nicht meine Familie.«

»Nein?«, spottet Nero. »Dann zeig mir deine Schultern.«

Ich zögere nicht. Ich ziehe die Ärmel meines Hemdes herunter und entblöße nichts als unbefleckte Haut.

Stattdessen zeige ich auf den Wolf auf meinem Arm. »Ich trage mein eigenes Zeichen. Meines und kein anderes. Ich habe keinen Streit mit den Gallos.« Mit zusammengebissenen Zähnen füge ich hinzu: »Und das soll auch so bleiben.«

Ich werde mich nicht von Nero einschüchtern lassen.

Er sieht den Wolf an, und hinter seinen dunklen Augen

flackern schnelle Gedanken auf. Er ähnelt seiner Tochter so sehr, dass ich die seltsamste Mischung aus Verbundenheit und Verwirrung spüre. Nero hat den Diamanten gestohlen – ich will ihm das Wertvollste stehlen, was er hat.

»Ich würde Sabrina nie etwas antun«, sage ich. »Ich würde alles tun, um sie zu beschützen.«

»Alles? Ich bin sicher, dass du das denkst.«

Der Tacho steigt auf hundertzwanzig. Wir rasen eine dunkle Straße hinunter, die für weniger als die Hälfte der Geschwindigkeit ausgelegt ist. In jeder Kurve erscheint eine steile Felswand, die in rasendem Tempo auf uns zukommt.

Mit Augen so schwarz wie dieser Fels sagt Nero: »Ich würde uns eher jetzt gegen eine Wand fahren, als zu riskieren, dass du ihr wehtust.«

Ich glaube nicht, dass er blufft. Wie der Vater, so die Tochter – Nero wird die Grenzen weit überschreiten. Er wird alles riskieren, um ein Versprechen von mir zu erzwingen.

Ich lasse mich nicht berauben, weder was Sabrina noch was mein Wort betrifft. Er wird sie mir aus meinen kalten, toten Händen entreißen müssen.

Meine Stimme ist so bestimmt wie seine. »Ich bin nicht derjenige, der dir deine Tochter wegnimmt. Sabrina lässt sich nicht einsperren. Sie würde sich eher einen Arm abhacken lassen, als sich von einem von uns sagen zu lassen, was sie tun soll.«

Ich sehe, wie er zusammenzuckt – nur ein kurzer Ruck seines Daumens auf dem Lenkrad, jedoch ein klares Zeichen, dass mein Pfeil ins Schwarze getroffen hat.

Langsam, ganz allmählich, sinkt der Tacho. Wir fliegen immer noch die Straße hinunter, rasen aber nicht mehr in unseren Tod.

Neros Augen bleiben auf die Straße gerichtet. Seine letzte Drohung richtet sich eher an ihn selbst als an mich: »Das werden wir ja noch sehen.«

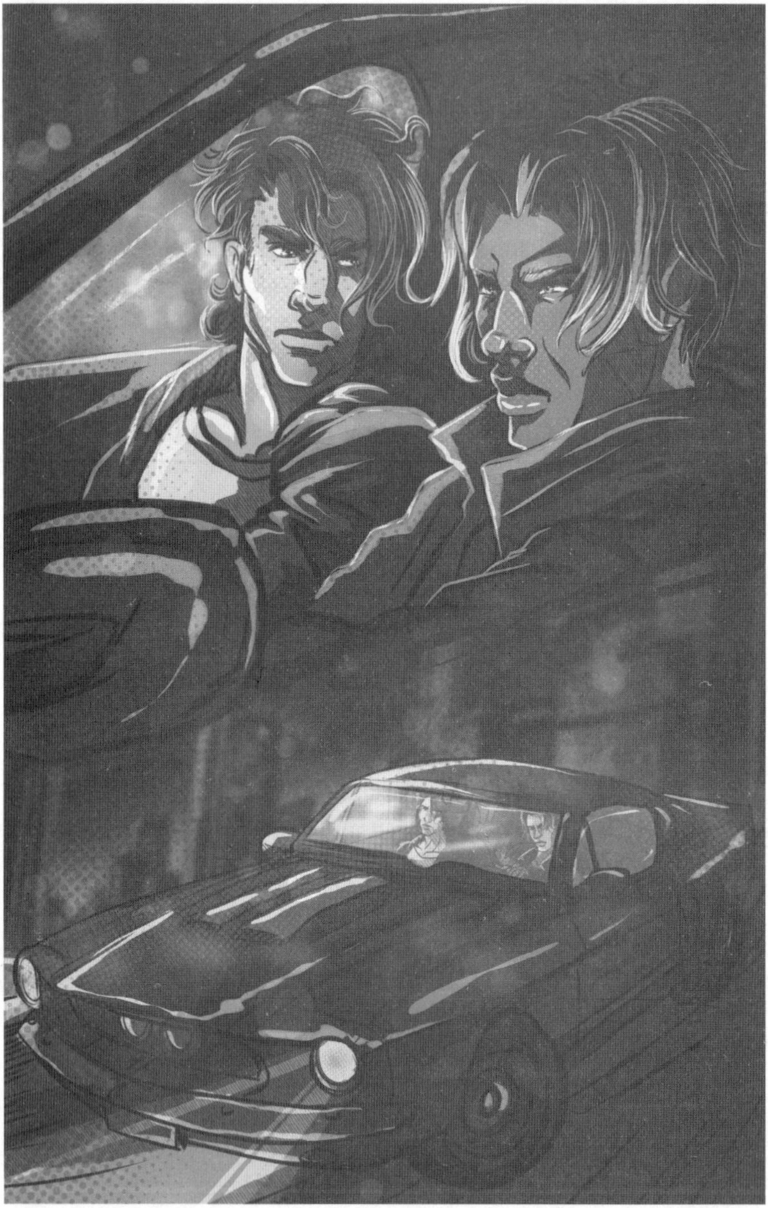

KAPITEL 17

SABRINA

Die Stunde, in der mein Vater Adrik in seinem Auto gefangen hält, ist eine der stressigsten meines Lebens. Ich hasse es, dass ich sie zusammen wegfahren ließ. Wenn ich keine Scheu gehabt hätte, hundert Meter vor dem Haus der Petrovs eine Szene zu machen, hätte ich es nie zugelassen.

Als die Scheinwerfer der Hellcat schließlich über den Mustang hinwegfegen, bin ich erleichtert, dass sowohl Adrik als auch mein Vater noch auf den Vordersitzen sind, lebendig und unversehrt.

Adrik wirkt ein bisschen blasser und bedrückter als vorher. Mein Vater sieht so aus wie immer.

Ich springe aus dem Mustang, halb vor Wut, halb vor Erleichterung.

»Wieso hast du mich nicht einfach angerufen?«, verlange ich von meinem Vater zu wissen.

»Ich finde Gespräche von Angesicht zu Angesicht ehrlicher.«

Diese kleine Ohrfeige habe ich verdient. Er weiß, dass ich ihn seit Monaten belogen habe.

Ich weiß auch, dass es keinen Sinn hat, der Unterredung auszuweichen, für die er den ganzen Weg hierhergefahren ist. Er hat sich Adrik vorgenommen – jetzt bin ich dran.

»Wir treffen uns im Haus«, sage ich zu Adrik.

Er wirft mir einen Blick zu, den ich nicht deuten kann,

und wir tauschen die Plätze, sodass er wieder im Mustang und ich in der Hellcat sitze.

Obwohl es erst eine Woche her ist, dass ich meinen Vater gesehen habe, verursachen mir der Geruch seines Autos und sein mürrischer Gesichtsausdruck Schmerzen in der Brust. Warum zieht es mich nach Hause und stößt es mich gleichzeitig ab? Warum ist alles ein Kampf? Ich wünschte, ich könnte mich wie alle anderen entscheiden und mit meiner Wahl glücklich sein.

Mein Vater fährt noch einmal vom Haus weg, aber nicht weit. Wir halten auf dem Parkplatz eines Cafés am Meer. Der Laden ist längst geschlossen, nur ein paar verstreute Servietten wehen wie geisterhafte Steppenläufer über den Bürgersteig.

Papa lässt den Motor laufen, damit das Auto warm bleibt. Er kann sehen, dass ich starr vor Nervosität bin. Meine Arme sind vor der Brust verschränkt, wütend und abwehrend.

Ich dachte, er würde selbst mit Wut reagieren – oder zumindest mit Verärgerung.

Als er sich zu mir umdreht, sehe ich stattdessen Angst in seinen Augen.

»Sabrina, du bist mir so ähnlich. Ich mache mir Sorgen, was das für dich bedeuten wird.«

Das tut weh und erinnert mich auch daran, dass ich von diesem Mann abstamme, sein Fleisch und Blut bin. Du kannst deine Eltern nicht vergessen, genauso wenig wie sie dich vergessen können.

Ich tue so, als würde ich ihn nicht verstehen.

»Wieso? Du bist doch glücklich.«

Im schummrigen Licht des Wagens sieht er älter und jünger zugleich aus – sein Gesicht ist glatt, seine Augen uralt.

»Du kannst dir nicht vorstellen, in welcher Dunkelheit ich lebte, bevor ich deine Mutter kennenlernte. Ich war grausam und gewalttätig. Ich habe jeden um mich herum verletzt. Ich hatte keine Kontrolle. Ich hätte mich selbst in Stücke gerissen, bis nichts mehr übrig gewesen wäre.«

Mein Vater war immer mein Spiegel und ich seiner. Wenn wir uns gegenseitig anschauen, gefällt uns nicht, was wir sehen.

Hartnäckig erwidere ich: »Vielleicht ist Adrik meine Camille.«

»Beleidige deine Mutter nicht. Adrik ist ein anderer Nero, keine Camille.«

Hier geht es nicht um Adrik. Mein Vater wünschte, *ich* wäre mehr wie meine Mutter. Doch das bin ich nicht, kein bisschen.

»Ich mag mich so, wie ich bin«, sage ich kämpferisch. »Ich habe keine Angst, mehr zu sein.«

»Das solltest du aber. Du hältst Zurückhaltung für das größte Übel – während du alle Stricke durchschneidest, die dich ans Leben binden.«

Ich hasse es, belehrt zu werden. Besonders von ihm.

»In meinem Alter hättest du nie einen Rat angenommen! Du hast dir immer genommen, was du wolltest.«

»Ich möchte, dass du besser bist als ich.«

»Vielleicht bin ich das bereits.«

Er schüttelt den Kopf. »Das ist genau das, was ich gesagt hätte, als ich am arrogantesten und dümmsten war. Deine Mutter hat mich verändert. Durch sie bin ich zu einem besseren Menschen geworden. Was wird Adrik aus dir machen?«

Darauf habe ich keine Antwort. Mein Vater ist der Einzige, der mich zum Schweigen bringen kann. Seine Argumente sind noch schneller als meine.

Alles, was ich ihm sagen kann, ist die Wahrheit. »Lass es mich herausfinden.«

Ich war wütend, ich war frustriert – er bleibt so ruhig wie

die Nacht um uns herum. Er sieht mir in die Augen, ruhig und traurig. »Du wirst nicht jede Lektion überleben.«

Er ist nicht aus Stolz oder Hass auf die Russen hier, das weiß ich. Sondern meinetwegen. Er droht mir nicht, sondern versucht, mit mir zu reden.

Ich versuche, ihm auf Augenhöhe zu begegnen.

»Papa, ich bin nicht genau wie du. Wir sind uns ähnlich, das ist wahr – ich kämpfe damit, glücklich zu sein, wirklich glücklich. Du wirst das verstehen. Du brauchtest eine Camille, aber vielleicht brauche ich ja jemanden, der mir ähnlicher ist. Adrik sieht mich so, wie ich mich sehe. Er ist kein anderer Nero. Er ist auch nicht meine Mutter, aber er ist nicht düster oder verschlossen. Er verlangt Freundschaft und Loyalität. Er erdet mich mehr, als du denkst.«

Das ist das erste Mal, dass ich jemandem sage, was ich für Adrik empfinde. Ich habe es weder Adrik gesagt noch mir selbst eingestanden.

Mein Vater ist davon nicht überzeugt.

»Du redest von Dingen, von denen du dir wünschst, dass sie wahr sind – und nicht, von denen du es tatsächlich weißt. Du träumst davon, wie du dir das Leben mit ihm vorstellst ... so wie Sebastian mit Yelena. Die Wirklichkeit ist viel grausamer.«

Ich hasse es, wenn er das als Waffe gegen mich einsetzt. Sein eigener größter Fehler und der unserer Familie – ein Amboss um meinen Hals, der geschmiedet wurde, bevor ich überhaupt geboren wurde.

Mein Vater drängt weiter. »*Ich* sehe dich so, wie du bist, Sabrina. Ich kenne deine Intelligenz, deine Leidenschaft, dein Potenzial. Es wird nicht wie eine Kerze verlöschen, sondern dein ganzes Leben lang brennen. Du hast Zeit, du musst dich nicht beeilen. Mach deine Ausbildung. Werde ein bisschen erwachsener. Dann werde ich nichts dagegen haben, dass du dich mit Adrik triffst.«

Dies ist ein großer Kompromiss von ihm – mehr, als ich erwartet habe. Das hat eine gewisse Wirkung auf mich.

Ich umarme ihn, was wir nicht oft tun. Seine Arme sind wärmer, als man denkt – nicht anders als die meiner Mutter.

Bei ihm fühle ich mich geborgen und geliebt. Ich weiß, wie sehr er mich beschützen muss, und ausnahmsweise engt mich das nicht ein.

»Danke, dass du hergekommen bist, Papa. Ich bin froh, dass ich dich vor meiner Abreise noch einmal sehen kann.«

Er küsst mich auf die Stirn und streicht mit seiner Handfläche sanft über meinen Rücken.

»Eines Tages wirst du verstehen, wie sehr ich dich liebe.«

Ich bin hin- und hergerissen zwischen der Familie, die ich liebe, und dem Mann, den ich mehr als alles andere will.

Ich drücke mein Gesicht an seine Schulter, um die Tränen zurückzuhalten, denn selbst bei meinem Vater erlaube ich mir nicht zu weinen.

Vater Nero und Sabrina Tochter

Zwei Wilde Herzen Auf ewig Ungezähmt

Kapitel 18

Adrik

Da Sabrina so früh am Morgen abreisen muss, ist nur Nix wach, um sich von ihr zu verabschieden.

Sabrina schleppt ihren Koffer die Treppe hinunter und sieht in dem gedämpften Licht aschfahl aus.

Ich nehme ihr das Gepäck ab und hieve es auf den Rücksitz von Rafes Auto.

Sabrina folgt in ungewohntem Schweigen.

Seit der Fahrt mit ihrem Vater hat sie kaum noch mit mir gesprochen. Nero ist direkt nach getaner Arbeit zurückgefahren. Sie geht wieder aufs College, und ich werde sie frühestens in acht Monaten wiedersehen.

Während ich sie zu dem letzten Ort fahre, an den ich sie bringen will, möchte ich noch einmal mit ihr diskutieren. Am liebsten würde ich den Wagen in die entgegengesetzte Richtung lenken und sie entführen. Aber das wäre sinnlos – ich will Sabrina frei und willig oder gar nicht.

Sie lehnt sich gegen die Autotür, als wäre sie erschöpft. Ich habe sie noch nie so gesehen. Normalerweise sprüht sie vor Energie, die so elektrisch ist, dass es einem fast die Netzhaut versengt, wenn man sie ansieht.

Ich verstehe die Macht eines Vaters. Ich hatte meine Konflikte mit meinem eigenen Vater – Zeiten, in denen ich mich über seinen Konservatismus aufgeregt habe, seine Vorsicht, die sich wie nasser Schlamm anfühlen kann, durch den ich auf dem Weg zu etwas Neuem waten muss. Er ist ein guter Anführer, ein guter Lehrer. Seine Methoden ahme ich bei meinen eigenen Männern nach. Doch er war immer bereit, Ivan zu folgen, während ich mich weigere, jemandem untergeordnet zu sein.

Sabrina teilt mein Verlangen nach Unabhängigkeit, das weiß ich. Deshalb ist sie so gequält, als sie nach Kingmakers zurückkehrt.

Aber sie ist jünger als ich. Sie ist noch nicht bereit, das Gewicht der Erwartungen und Ratschläge aller anderen abzuschütteln. Es hat keinen Sinn zu versuchen, meine eigenen Wünsche auf die Last zu stapeln, die ihr das Genick zu brechen droht.

Oder vielleicht empfindet sie einfach nicht so, wie ich es tue.

Sie ist unglücklich, das kann ich sehen, doch Handlungen sprechen Bände. Sie geht weg. Was muss ich noch wissen?

Wir fahren vor dem Flughafen in Portland vor.

Ich hebe ihren Koffer aus dem Auto und hasse jeden Teil dieser Bewegung. Zum Abschied möchte ich etwas zu ihr sagen und überlege mehrere Möglichkeiten, die ich aber alle wieder verwerfe.

Ich werde dich vermissen ... nicht genug.

Ich will nicht, dass du gehst ... wurde schon gesagt.

Das war die beste Woche meines Lebens ... stimmt, aber das reicht trotzdem nicht.

Ich würde alles für mehr Zeit geben ... verdammt erbärmlich.

Ich schlinge meine Arme um sie und drücke sie an meine Brust, wütend auf sie und auf mich selbst. Ich war noch nie so hilflos. Sonst habe ich immer gewusst, was zu tun ist.

Der Drang, sie zu packen und wieder ins Auto zu verfrachten, ist überwältigend.

Stattdessen lasse ich los und bereue es in dem Moment, in dem ich die kalte Leere zwischen meinen Armen spüre.

Sabrina wirft mir einen letzten Blick zu. Ihre Augen sind groß und dunkel in ihrem starren Gesicht.

Sie zieht ihren Koffer weg, ohne dass einer von uns etwas sagt.

Ich stehe wie ein verdammter Idiot neben dem Wagen und frage mich, wie ich so anhänglich werden konnte.

Ich bin kein willensschwacher Romantiker. Bevor ich Sabrina kennenlernte, waren mir Frauen scheißegal. Mir ging es nur darum, mein Geschäft aufzubauen. Alles, was ich brauchte, waren meine Brüder.

Dann sah ich sie, und alles änderte sich.

Ich kam nach Kroatien, um sie für mich zu gewinnen, weil ich mir sagte, dass sie eine Bereicherung sein könnte – genau wie Sloane sagte. Und ich glaube immer noch, dass ich damit richtiglag. Aber das ist nicht der Grund, wieso ich hier bin. Nicht deswegen will ich, dass sie mit mir kommt.

Alles, was ich will, ist, Sabrina an meiner Seite zu haben.

Ich will diesen wilden Blick in ihren Augen, diese Schlagfertigkeit, dieses verdammte Feuer, die einzige Flamme, die ich kenne, die heißer brennt als meine.

Ohne sie bin ich stumpfsinnig und unmotiviert, unfähig, auch nur das geringste Interesse an meiner Heimreise zu wecken oder daran, was ich tun werde, wenn ich erst einmal dort bin.

Ich stehe so lange am Auto, dass der Parkwächter zweimal vorbeikommt, um mich zurechtzuweisen. Trotzdem bleibe ich, ein Narr bis zum Schluss.

Ein Jumbojet erhebt sich in die Luft – Sabrinas Fluggesellschaft, wahrscheinlich ihr Flugzeug. Er steigt auf wie ein Vogel, glitzert in der Sonne und ist in jeder Hinsicht von mir verhasst.

Zu sehen, wie der Jet schrumpft und von mir wegfliegt,

gehört zu den schmerzhaftesten Dingen, die ich je erlebt habe.

Ich hätte nicht gedacht, dass es so wehtun würde. Ich dachte, ich wäre bereit.

Schließlich atme ich mehrmals tief durch, denn ich weiß, dass ich ins Haus zurückkehren muss. Ich muss das krankhafte Gefühl in meinen Eingeweiden verbergen, während Rafe versucht, mich aufzuziehen, und meine Mutter mein Gesicht nach Beweisen für das absucht, was sie spürt, aber zu freundlich ist, es laut auszusprechen.

Ich hätte es die ganze Zeit besser verstecken sollen. Ich hätte mich nicht so entblößen dürfen.

Es war unmöglich. Ich verliebte mich unsterblich in Sabrina, und es tut schrecklich weh, dass wir jetzt getrennt werden.

Als das Flugzeug in den Wolken verschwindet, öffne ich die Autotür und will einsteigen.

Nur um zu hören, wie mein Name in höchster Lautstärke geschrien wird: »Adrik!!!«

Wenn ich diese Freude, die in mir brodelt wie reiner, flüssiger Sonnenschein, in Flaschen füllen könnte, wäre ich der reichste Mann der Welt.

Noch bevor ich mich umdrehen kann, springt sie mir in die Arme. Sie ist atemberaubend, raubt mir buchstäblich den Atem. Ihr Haar weht wie ein Banner hinter ihr her, ihr Gesicht ist von strahlendem Licht erhellt, sie streckt die Hände nach mir aus, ihre Haut ist vom Sprinten gerötet. Ihr Duft trifft mich – berauschend und warm, Mokka und Mandel. Ich atme ihn ein, mein ganzer Kopf schwebt, hoch wie ein Drachen.

Nichts hat sich jemals besser angefühlt als ihr bebender Körper, der sich fest in meine Arme schmiegt.

Sie zittert und klammert sich mit aller Kraft an mich, ihre Arme um meinen Hals, ihre Beine um meine Taille. Sie küsst mich immer wieder, auf den Mund, auf die Wangen, auf die Stirn, wieder auf die Lippen.

Ich drücke sie zu fest, es muss ihr wehtun, aber ich kann nicht aufhören.

Sie kam zurück. Sie kam zu mir zurück.

Sabrina drückt ihre Wange an die meine und sagt leidenschaftlich: »Es ist verrückt, und es ist mir egal. Ich will mit dir verrückt sein.«

Ich halte sie fest und gebe ihr ein Versprechen, von dem ich weiß, dass ich es auch halten werde: »Ich lasse dich nie wieder gehen.«

KAPITEL 19

SABRINA

Am 1. September gehe ich nicht in Dubrovnik an Bord des Schiffes, sondern fliege mit Adrik nach Moskau.
Meinen Eltern schicke ich eine einzige SMS:

Ich gehe nach Russland.

Dann schalte ich mein Handy aus, damit ich mich nicht mit den Folgen dieser Bombe auseinandersetzen muss.
Während des gesamten Fluges fühle ich mich seltsam ruhig. Jetzt, da meine Entscheidung gefallen ist, bin ich nicht mehr so hin- und hergerissen. Meine Selbstsicherheit kehrt zurück, und ich spüre eine große Aufregung.
Adrik scheint ebenfalls verändert zu sein.
Wie immer trägt er T-Shirt, Jeans, Stiefel und dieselbe abgewetzte Lederjacke, die er an dem Tag anhatte, als er mich in Dubrovnik abholte. Und doch ist er anders hier auf dem Moskauer Flughafen, inmitten der Menschenmassen, die ein wenig wie Amerikaner aussehen, aber nicht ganz genauso.
Die Leute tragen teils Businesskleidung und sind teils leger gekleidet, und die unverständlichen Durchsagen über die Lautsprecher und die kyrillischen Zeichen erinnern mich zusätzlich daran, dass ich mich in einem fremden Land befinde.

Osteuropäer haben ihre eigenen Merkmale – hohe Wangenknochen, schmale Augen, ausgeprägte Kieferpartie, breite Nase. Wenn man Adrik neben seinen Landsleuten sieht, scheint das die dunkle Exotik seines Äußeren noch zu betonen. Er hat noch nie so brutal gewirkt – oder so russisch.

Ich bin nervös und voller Vorfreude. Ich wünschte, ich könnte die Schilder lesen – das werde ich lernen müssen. Ich lerne gern neue Dinge.

»Wohin gehen wir zuerst?«, frage ich Adrik, nachdem wir unser Gepäck geholt haben.

»Nach Hause. Ich möchte dir meine Brüder vorstellen.«

Das ist der Teil des Abenteuers, der mich am meisten beunruhigt. Adrik lebt mit fünf anderen Männern zusammen. Ich kenne seinen eigentlichen Bruder Kade, und wir verstehen uns gut. Aber Kade ist heute auf dem Weg zurück nach Kingmakers. Die fünf, die ich treffen werde, sind für mich Fremde. Ich werde lernen müssen, mit ihnen zusammenzuarbeiten und mich in eine bereits eng zusammengeschweißte Gruppe zu integrieren.

Ich verstehe die Gruppendynamik gut genug, um anzunehmen, dass es bereits einen starken Wettbewerb um Adriks Gunst gibt. Als einzige Frau – und vermutlich die einzige, die ihn fickt – kann ich mit einem gewissen Maß an Feindseligkeit rechnen.

Ich mag den Eifer der Bruderschaften nicht. Ilsa musste sich das in Kingmakers ständig antun. Es schien sie nicht so sehr zu stören, wie es mich stören würde. Sie ist nicht so pingelig, was Hygiene angeht, und ist schlagfertig, was ihr zugutegekommen ist. Sie ist genauso bereit, einen Streich zu spielen oder eine Schlägerei anzufangen wie jeder andere.

Außerdem ist sie eine echte Vollblut-Lesbe, die noch nie einen Mann geküsst hat. Die ständigen Flirts, mit denen sie in ihrem ersten Jahr konfrontiert wurde, haben sich gelegt, als die Jungs endlich ihr hartnäckiges Desinteresse akzeptierten.

Meine Situation ist ein wenig komplizierter.

Ich muss nicht warten, bis wir an dem Haus ankommen, das Adrik scherzhaft »die Höhle« nennt. Einer aus seinem Wolfsrudel wartet schon am Straßenrand auf uns und lehnt sich aus dem offenen Fenster eines schwarzen Geländewagens. Ich erkenne ihn aufgrund der Tattoos auf seinem Unterarm und der Faust, auf die er sein Kinn stützt. Es sind Tätowierungen von Skelettknochen, die sich auf dem Fleisch abzeichnen – es ist Jasper Webb.

Er hat seinen Abschluss gemacht, bevor ich nach Kingmakers kam, aber meine Cousins haben ihn ausführlich beschrieben. Für Miles war er ein Feind, für Leo so etwas wie ein Freund. Ich weiß nicht, was das für uns beide bedeutet.

»Nimm den Vordersitz«, sagt Adrik und wirft unser Gepäck in den Kofferraum.

Er will nicht, dass wir beide hinten sitzen, mit Jasper als Chauffeur. Und er will auch nicht, dass ich allein auf dem Rücksitz sitze.

Adrik hat ein Gespür für kleine soziale Signale. Ohne offensichtliche Anstrengung ist er das Öl, das die Zahnräder am Laufen hält, wenn Menschen zusammenkommen.

Jasper richtet seinen kühlen Blick auf mich. Seine fokussierten Augen, blass und reptilienhaft, heißen mich nicht willkommen. Grimmige Skelett-Tätowierungen verlaufen von seinen Fingernägeln über seine Handrücken, seine Arme und seine Schultern, über seine Brust und seinen Hals hinauf bis zu seinem Kinn, sichtbar durch den dünnen Stoff seines weißen Hemdes. Wenn ich durch seine Jeans sehen könnte, würde ich vermuten, dass sie auch an seinen Beinen herunterlaufen. Jasper sieht nicht wie ein Mann aus, der nur halbe Sachen macht.

Die Seiten seines Kopfes sind rasiert, sein dunkelroter

Haarschopf fällt auf der rechten Seite herab. Sein Fleisch ist knochenweiß, sein Mund ist schmal, und er lächelt nicht.

»Sabrina«, sage ich und halte ihm meine Hand hin. Wenn Adrik hinsieht, muss er mir die Hand schütteln. Er drückt fest zu. Ich drücke noch fester zurück und halte seinem Blick stand, ohne das beschwichtigende Lächeln, das man Frauen beibringt.

»Jasper«, sagt er.

Ich könnte sagen, *ich weiß*, aber ich tue es nicht. Es ist mir egal, was er von meinen Cousins und Cousinen oder von mir denkt. Ich werde hier meine eigenen Beziehungen aufbauen, zu meinen eigenen Bedingungen. Keiner von uns ist mehr in Kingmakers.

»Schön, dass du wieder da bist«, sagt Jasper zu Adrik und schaut ihm im Rückspiegel in die Augen, ehe er sich wieder der Straße zuwendet.

Mir fällt auf, dass Jasper keine Anrede für Adrik verwendet – weder *Pakhan* noch Boss noch *Krestniy Otets*.

»Es ist schön, wieder da zu sein, Bruder«, erwidert Adrik und beugt sich vor, um Jasper auf die Schulter zu klopfen. »Wir werden heute Abend reden. Während meiner Abwesenheit habe ich Pläne gemacht.«

Ich spüre den Schauer der Aufregung auf Jaspers nackter Haut, aber er nickt nur.

Ich bin selbst von der gleichen Aufregung ergriffen. Es ist unmöglich, nicht von Adriks tieferer, klarer und selbstbewusster Stimme mitgerissen zu werden. Die Churchills und die Washingtons dieser Welt hatten schon immer diese Eigenschaft – die Herzen der Menschen zu bewegen, wenn sie sprechen.

Als wir auf die Hauptstraßen Moskaus auffahren, fällt mir die Breite der Alleen auf. Der Kutusow-Prospekt ist zehnspurig. Trotzdem sind die Straßen mit Autos verstopft, an jeder roten Ampel halten wir unendlich lange. Inmitten dieses Staus rast ein schwarzes Fahrzeug mit heulender Sirene auf der Autobahn in die entgegengesetzte Richtung und zwingt die Pkws zum Ausweichen.

»War das ein Polizist?«, frage ich.

Adrik lacht. »Ein Politiker – hohe Beamte müssen sich nicht an die Verkehrsregeln halten. Sie können so schnell fahren, wie sie wollen, auf der falschen Straßenseite, einen Krankenwagen oder ein Feuerwehrauto schneiden. Du solltest besser für ein Amt kandidieren, Jasper, oder wir werden niemals ankommen.«

Jasper spuckt aus dem offenen Fenster. »Verdammte Parasiten.«

Ich lächle vor mich hin. Die Antipathie zwischen Kriminellen und Politikern hat mich schon immer amüsiert, jeder von uns ist angewidert von der Korruption des anderen. Wenigstens sind Kriminelle ehrlich – wir geben zu, was wir sind.

»Früher war das nicht so«, meint Adrik. »Die Zahl der Autos in Moskau hat sich in den letzten zehn Jahren verdoppelt.«

Je weiter wir ins Zentrum fahren, desto mehr bin ich über die Ausmaße der Stadt erstaunt. Zwölf Millionen Menschen leben hier, das habe ich vor meiner Ankunft nachgeschlagen. Die Zahl vermittelte mir keine Vorstellung von der tatsächlichen Dichte – viermal so groß wie Chicago und an manchen Stellen genauso modern. Im Westen sehe ich einen Wald von Wolkenkratzern, glänzende Glastürme, die es mit denen in meiner Heimat aufnehmen können.

Aber ich bin nicht zu Hause. Daran erinnern mich die schwere brutalistische Architektur, die vielen Betonmietshäuser und in der Ferne der unverwechselbare rote Backstein-Kreml und die bunten Zwiebeltürme der Basilika.

Die Autos selbst sind eine bizarre Mischung aus ultraluxuriösen Ferraris und BMWs, Stoßstange an Stoßstange mit Ladas und Kias, die beinahe auseinanderfallen.

Im Flugzeug habe ich gelesen, dass das Durchschnittsgehalt in Moskau bei 1100 Dollar im Monat liegt. Umgekehrt gibt es mehr Milliardäre als in London oder San Francisco. Überall, wo ich hinschaue, sehe ich den Zwiespalt: Die bewachten Wohnanlagen der Privilegierten stehen den beengten sowjetischen Wohnungen der Arbeiterklasse gegenüber.

»Wo ist die Höhle?«, frage ich Adrik.

»In Ljublino«, sagt er. »Wir sind fast da.«

Jasper navigiert durch eine Reihe immer enger werdender Straßen, durch Betonbauten, die sich auf beiden Seiten klaustrophobisch dicht auftürmen. Alles in Moskau ist im großen Stil gebaut, hoch und massiv und wuchtig. Jeder Blick auf einen Park ist eine Wohltat, ein Hauch von Grün in all dem Grau.

Wir sind durch unzählige unterschiedliche Stadtviertel gefahren. Ljublino liegt auf der schäbigeren Seite – Metallgitter an den Fenstern, Graffiti in den Gassen. Ich sehe ein Wandgemälde einer Frau mit Krähenflügeln, die aus ihren Augen wachsen, und ein anderes mit einer bunten Matrjoschka-Puppe.

Schließlich erreichen wir das Ende der Straße, wo sich Adriks Haus befindet. Wir passieren ein eisernes Tor unter einem spitzen Torbogen, welcher von mehreren Türmen gekrönt wird. Ihr bröckelnder Stein ist von Ruß und Schmutz geschwärzt. Adriks Eltern leben in einem Kloster in St. Petersburg – vielleicht hat sein Elternhaus seine Wahl beeinflusst. Die Höhle ähnelt einer gotischen Kirche, dunkel und verschnörkelt, mit wucherndem Efeu, das versucht, die verfallenen Steine niederzureißen.

Jasper lenkt den SUV in eine Nische mit Fahrzeugen, unter denen ich Adriks Motorrad und einige andere ähnliche Modelle sehe. Ich muss mir selbst ein Motorrad besorgen, denn auf keinen Fall werde ich im Auto im Moskauer Verkehr festsitzen.

»Komm und lern alle kennen«, sagt Adrik und nimmt meine Hand.

Er lässt los, bevor wir das Haus betreten, was mir gelegen kommt. Ich möchte nicht als seine Geliebte dargestellt werden, schließlich bin ich zum Arbeiten hier.

Das Innere der Höhle ist schummrig und kühl. Zum Glück riecht es nur nach Feuchtigkeit und Staub, nicht nach schwitzenden Männern. Winzige Motten schweben in den dünnen Lichtstreifen, die die Halle durchfluten.

Der Fußboden besteht aus kahlem Stein, der durch ein paar verblichene Teppiche abgelöst wird. An den Wänden hängt keine Kunst, und die Möbel, die ich sehen kann, sind spärlich und schäbig. Ich stelle meinen Koffer neben der Tür ab, Adrik tut dasselbe.

Er führt mich durch ein Gewirr von engen Gängen, vorbei an einer Küche mit zwei ungleichen Kühlschränken und einem riesigen Esstisch, dann eine kurze Treppe hinunter in einen großen Gemeinschaftsraum.

Hier finden wir den Rest des Wolfsrudels.

Ich höre das schroffe Lachen und Rufen, als wir näher kommen. Zwei spielen *Call of Duty*, ausgestreckt auf Sitzsäcken auf dem Boden. Ein breitschultriger Riese sitzt in einem Sessel, der unter seinem Gewicht ächzt, und spielt an seinem Telefon herum. Der letzte Wolf liegt quer auf der Couch und liest ein Taschenbuch.

Sie sind alle viel größer als ich, muskulös und voller unruhiger Energie. Sobald wir den Raum betreten, ändert sich ihre Aufmerksamkeit und es wird still.

Die beiden Videospieler setzen ihre Kontroller ab und schalten schnell den Fernseher aus. Niemand springt auf, aber das Gefühl der Wachsamkeit ist spürbar. Der lesende Mann lässt sein Buch in den Schoß fallen, setzt sich auf und grinst Adrik an. »Willkommen zurück, Chef. Und du hast ... jemanden mitgebracht.«

Fünf Augenpaare sind auf mich gerichtet – sechs, wenn man Jasper mitzählt, der uns ins Haus gefolgt ist. Ich kann seine Blicke auf meinem Rücken spüren.

»Das ist Sabrina Gallo«, sagt Adrik ruhig und freundlich, ohne daran zu denken, dass dies schlecht aufgenommen werden könnte. »Sie hat zugestimmt, sich uns anzuschließen.«

Er zeigt nacheinander auf die einzelnen Mitglieder des Wolfsrudels und nennt sie beim Namen: »Das sind Andrei, Hakim, Chief und Vlad.«

Andrei und Hakim sind die beiden Videospieler. Andrei ist so blond und slawisch, wie man es erwarten würde, Hakim sein direktes Gegenteil. Hakim könnte Araber sein, sein kurz geschnittenes Haar ist dunkel und lockig, seine Bartstoppeln schwarz wie Lackfarbe.

Chief sieht mich interessiert an, als ob wir uns bereits kennen würden, obwohl ich mir ziemlich sicher bin, dass dem nicht so ist. Er ist auch kein Russe, soweit ich das beurteilen kann – mit seinem hellbraunen Haar und dem goldenen Schimmer auf seiner Haut könnte er aus Südostasien sein. Es überrascht mich nicht, ihn lesen zu sehen, da er derjenige ist, den Adrik als besonders intelligent beschrieben hat.

Vlad hingegen ist der größte, der bulligste und mit Sicherheit der mürrischste. Sein glatt rasierter Kopf mit den gräulichen Stoppeln gleicht einem Felsen, der direkt auf seinen massigen Schultern sitzt, und seine kleinen, dunklen Augen glitzern, als er mich mit sofortiger Abneigung anstarrt. Er testet die strukturelle Integrität des Affliction-Shirts, das über Brustmuskeln von der Größe eines Esstellers gespannt ist. Ich frage mich, ob das Shirt ironisch gemeint ist oder ob Affliction gerade erst seinen Weg nach Russland gefunden hat.

Obwohl die Gruppe locker wirkt, ist mir bewusst, dass sie

einer Militäreinheit ähnelt. Es sind nicht nur die übereinstimmenden Tätowierungen auf jedem ihrer Arme – es ist ihre Ehrerbietung gegenüber Adrik und die Art und Weise, wie die Kommunikation zwischen ihnen in Form von Blicken und Gesten verläuft. Ich kann mir vorstellen, dass sie ein Gebäude stürmen und nichts weiter als ein paar Gesten brauchen, um einen Angriff zu koordinieren.

Das sind Männer, die sich bereits zusammengeschlossen haben. Zusammengearbeitet haben. Sie haben gelernt, einander zu vertrauen.

Ich bin eine Fremde. Ein Eindringling.

Schweigend betrachten sie mich.

»Adrik meinte, ihr braucht Hilfe beim Öffnen von Gläsern«, sage ich.

Das ist nicht der beste Spruch, um das Eis zu brechen, aber es reicht, um Chief zum Schmunzeln zu bringen.

Nicht jedoch Vlad. »Warum hilfst du uns nicht beim Dekorieren?«, spottet er.

Ich spüre, wie Adrik sich versteift, doch ich kontere schnell.

»Klar«, sage ich lässig. »Fangen wir mit dem Hemd hier an.«

Das bringt die beiden Videospieler, Andrei und Hakim, zum Lachen.

Andrei meldet sich zu Wort. »Eine Gallo, hm? War Leo beschäftigt?«

Es ist immer noch beleidigend, aber kein schlechtes Zeichen. Sticheleien sind besser als kaltes Schweigen. Wenn du nicht ein paar Schläge einstecken kannst, wirst du nie zu den Männern passen. Sie sind wirklich Rudeltiere, die ihre Aggressionen öffentlich vor der Gruppe ausleben, damit die Gruppe das richtige Verhalten bestimmt. Sie halten sich nicht zurück und meckern hinter deinem Rücken – oder zumindest nicht oft.

Andrei kennt Leo offensichtlich, aber er ist zu alt, um im selben Jahrgang gewesen zu sein. Ich weiß also genau, wie ich reagieren muss.

»Ja.« Ich grinse. »Er ist ganz erschöpft, weil er dich am College überholen wollte.«

Das bringt die Videospieler und Chief zum Lachen.

Die kalte Atmosphäre im Raum wird wärmer, zumindest ein paar Grad.

Vlad beißt nicht an, mit verschränkten Armen und einem finsteren Blick steht er da. »Ich dachte, dieses Haus wäre ausschließlich für Wölfe.«

Er meint die Tattoos. Das muss ein Aufnahmeritual sein, bevor man dem Wolfsrudel beitritt.

Adrik sagt: »Dieses Haus sollte eigentlich nur für Leute mit Hirn sein, aber wir haben dich hereingelassen.«

Jetzt lachen sie alle, und Vlad sieht entsprechend dumm aus.

Die Spannung ist gebrochen, so weit, wie es im Moment möglich ist. Die eigentliche Arbeit wird unter vier Augen stattfinden, wenn ich die einzelnen Personen kennengelernt habe.

Niemand begrüßt Veränderungen, aber wenn ich will, dass du mich magst, wirst du mich verdammt noch mal auch mögen. Auf meine Art bin ich genauso unerbittlich wie Adrik.

»Müssen wir ein Zimmer frei machen?«, fragt Chief.

»Nein«, erwidert Adrik. »Sie wird bei mir wohnen.«

Andrei und Hakim tauschen einen Blick zwischen ihren Sitzsäcken aus, doch das ist auch schon alles. Die Ruhe hält an.

»Komm, ich zeige dir das Zimmer«, sagt Arik.

Wir holen unsere Koffer und tragen sie die schmale Treppe in den obersten Stock hinauf.

Ich bin erleichtert, dass hier alle Englisch sprechen. Es ist die offizielle Sprache in Kingmakers und wahrscheinlich auch in diesem Haus, da Adrik sein Wolfsrudel aus mehreren Ländern zusammengestellt hat.

Ich hatte erwartet, dass Adriks Zimmer das größte und luxuriöseste sein würde. In Wirklichkeit sieht es so aus wie die anderen, an denen wir auf unserem Weg vorbeigekommen sind. Ein breites, niedriges Bett nimmt den größten Teil des Raums ein, bedeckt mit einer roten Baumwolldecke mit traditionellen Motiven. Das Bett ist ordentlich gemacht, der Raum sauberer als jeder andere Teil des Hauses. Ich bezweifle, dass dies meinetwegen war – Adrik ist disziplinierter, als er aussieht, und viel organisierter.

Auf der einen Seite des Raums steht ein Kleiderschrank, auf der anderen ein dickes Bücherregal, dessen Fächer mit zerfledderten Taschenbüchern gefüllt sind.

»Hast du die von zu Hause mitgebracht?«, frage ich Adrik.

Er schüttelt den Kopf. »Ich habe eine Kiste mit Büchern auf dem Danilovsky-Markt gekauft. Ich lese gern, um abzuschalten. Ich weiß nicht genau, welche Bücher es sind, denn ich hatte noch keine Gelegenheit, sie alle durchzusehen.«

Das einzelne Fenster blickt auf den kleinen Garten hinunter. Ich schaue durch das gewölbte Glas, das durch schlanke, geformte Sprossen halbiert wird und oben ein hübsches Muster aus dekorativem Maßwerk aufweist.

»Garten« ist vielleicht zu viel gesagt – niemand pflegt den Dschungel von Reben und Sträuchern, der die Bäume erstickt. Die Hälfte der Zierpflanzen ist tot, während das wildeste Unkraut wuchert. Man kann kaum bis zu der hohen Steinmauer dahinter durchgehen. In der Ferne befindet sich ein Durcheinander aus ungleichen Mietshäusern, rechteckig und hässlich, mit metallenen Feuerleitern, die sich an den Seiten entlangschlängeln.

»Nicht die beste Aussicht«, räumt Adrik ein.

»Ich bin nicht wegen der Landschaft hier.« Ich stelle meinen Koffer in der Ecke ab und drehe mich zu Adrik um.

»Warum bist du dann hier?«, fragt er und fährt sich mit der Hand durch die Haare. Es scheint sie nicht zu glätten, vielmehr stehen sie in noch mehr Richtungen ab als zuvor.

»Warum sagst du es mir nicht? Bei unserer ersten Verabredung meintest du, du willst mich anwerben. Was hast du dir vorgestellt, was ich hier machen würde? Wie gehöre ich zu den anderen?«

Adrik zuckt mit den Schultern, seine schweren Schultern heben und senken sich mit fast hörbarem Gewicht.

»Ich habe dir gesagt, Sabrina, dass ich nicht vorhabe, dein Chef zu sein. Ich möchte, dass du frei bist. Wir werden sehen, was du dir einfallen lässt.«

Eine leichte Hitze breitet sich in meiner Brust aus, und ich lasse ihn mein Lächeln sehen. Ich hatte befürchtet, dass er, sobald ich hier bin, zu einem frauenfeindlichen Bratwa wird und mir Befehle erteilt. Aber anscheinend hat er wirklich vor, sein Wort zu halten.

»Gehst du heute Abend mit mir aus?«, frage ich. »Mir die Stadt zeigen?«

»Natürlich.« Adrik deutet auf den Raum. »Passt dir das so? Oder möchtest du lieber dein eigenes Zimmer?«

Ich überlege. Ich möchte zwar meinen eigenen Raum, doch ich weiß auch, dass ich jede Nacht wie ein Magnet in dieses Bett gezogen werde.

»Ist schon in Ordnung.«

Adrik lächelt. »Das war kein echtes Angebot. Ich habe dich nicht um die ganze Welt geflogen, um weit weg von dir zu schlafen.« Er öffnet den Kleiderschrank. »Du kannst deine Sachen hier reintun, es sollte genug Platz sein. Ich muss mit den anderen sprechen. Wenn du dich ausruhen willst, hast du noch mindestens eine Stunde Zeit bis zum Abendessen.«

Er lässt mich auspacken, was nicht viel Zeit in Anspruch nimmt, da ich nur einen einzigen Koffer mitgebracht habe.

Dieser enthält hauptsächlich College-Uniformen, die ich direkt in den Müll werfe.

Adrik hat nicht gescherzt, als er sagte, es sei Platz für meine Sachen, denn er hat etwa sechs Hemden im Schrank und sonst nicht viel. Er ist Minimalist, so viel ist klar.

An diese Ordnung werde ich mich wohl gewöhnen müssen. Als ich bei Nix gewohnt habe, habe ich meine Klamotten auf den Boden geworfen, aber hier werde ich das nicht tun. Es ist Zeit, erwachsen zu werden, wie mein Vater sagte – in mehr als einer Hinsicht.

Gott sei Dank haben wir unser eigenes Bad. Ich glaube nicht, dass ich es ertragen könnte, es mit Vlad zu teilen.

Ich lege meine Toilettenartikel hinein, meine Zahnbürste neben die von Adrik und mein Shampoo in den kleinen Kasten der Dusche. Das Badezimmer ist etwas besser renoviert worden als der Rest des Hauses, aber es sieht immer noch dreißig Jahre zu alt aus. Das Waschbecken ist auf einer Seite gesprungen, die Messinghähne sind verrostet. Die Wanne ist aus oxidiertem Kupfer und so schwer, dass die Dielen unter ihr durchhängen.

Nach dem Auspacken schiebe ich den leeren Koffer unter das Bett, dann stehe ich auf, warte und frage mich, ob ich Reue empfinden werde – jetzt, da ich mich mit der Realität meiner Situation abgefunden habe.

Reue kommt nicht auf. Nur ein starkes Gefühl der Erschöpfung.

Ich hatte vor, die beengte Dusche zu nutzen. Stattdessen lasse ich mich auf das Bett sinken und vergrabe mein Gesicht in Adriks Kopfkissen. Es riecht nach ihm – ein Duft, den ich schon hundertmal versucht habe, zu identifizieren, ohne ihn je benennen zu können. Er kommt zu mir in Wellen wie Farben – dunkel wie ein durchgezogener Tee, mit Noten von berauschender Süße, Burgunderwein oder schwarzer Kirsche. Und dann ist da noch diese chemische

Wirkung, die mir den Kopf verdreht und mich zwingt, sie immer wieder einzuatmen, auch wenn ich weiß, dass sie schlecht für mich ist oder sogar giftig – Testosteron wie pures Benzin.

Es ist dieser Duft, der dafür sorgt, dass ich mich in diesem Raum wie zu Hause fühle. Er fesselt mich an dieses Bett, ohne dass ich es jemals verlassen möchte.

Ich schlafe ein und atme ihn ein, immer und immer wieder.

***

Ich wache durch das Klingen einer Kuhglocke auf. Es hallt durch das Haus und verursacht schlurfende Füße, schleifende Stühle und wirre Gesprächsfetzen in der Küche darunter.

Wäre ich nicht durch den Lärm geweckt worden, hätte es vielleicht der Geruch von Rindergulasch getan. Mein knurrender Magen treibt mich aus dem Bett.

Ein Blick in den Spiegel zeigt, dass ich unter beiden Augen Wimperntusche verschmiert habe und meine Haare durcheinander sind. Ich stecke mein Haar zu einem Zopf zusammen und wische mir halbherzig mit einem feuchten Tuch über das Gesicht, weil ich zu hungrig für alles andere bin.

Als ich in der Küche ankomme, sitzen bereits alle auf den beiden Sitzbänken des großen Esstisches, auch Adrik. Er wirft Hakim einen Blick zu, der ihm vermittelt, er solle Platz für mich machen. Stattdessen lasse ich mich zwischen Andrei und Chief nieder. Ich brauche Adriks Schutz nicht, nicht in diesem Haus.

Chief schiebt mir einen Korb mit knusprigem Brot zu, so knusprig, dass es ein scharfes Knacken gibt, als ich ein Stück davon abreiße. Ich schöpfe den Eintopf aus der Terrine in der Mitte des Tisches und fülle ihn in eine Tonschüssel, die so schwer ist, dass ich sie kaum in einer Hand halten kann. Der Eintopf besteht aus Rindfleisch und Gemüse, die Brühe ist dick wie Soße.

»Wir wechseln uns beim Kochen ab«, sagt Adrik.

»Ich kann nicht kochen.«

»Vlad und Hakim auch nicht, aber wir essen die Scheiße, die sie machen, und beschweren uns nicht.«

»Nicht einmal, wenn Hakim zum siebenundzwanzigsten Mal Gulasch macht«, neckt Andrei und grinst Hakim über den Tisch hinweg an.

»Halt die Klappe«, schimpft Hakim. »Ich habe lange genug gebraucht, um zu lernen, wie man das macht. Ich bin doch nicht Gordon Ramsay, oder?«

»Du bist kaum Sweeney Todd«, kontert Andrei und lacht.

»Das werde ich sein, wenn du so weitermachst«, erwidert Hakim düster. »Du bist bald fett genug, um eine gute Pastete aus dir zu machen.«

Andrei sieht nun wirklich beleidigt aus. »Ich bin nicht annähernd so fett wie Vlad. Stimmt's, Vlad?« Er stößt seinen Sitznachbarn mit dem Ellbogen in dessen Flanke.

Vlad wirft Andrei einen so bösartigen Blick zu, dass Andreis Grinsen sofort verschwindet und er ganz erschrocken dreinblickt. Andrei rutscht einige Zentimeter nach links, stößt dabei meinen Ellbogen an und lässt das köstliche Stück Rindfleisch, das ich bis auf wenige Zentimeter an meinen Mund herangeführt hatte, auf den Boden fallen. Als Vergeltung klaue ich den Rest von Andreis Brot.

Obwohl ich die Vorstellung verabscheue, für dieses Rudel Hyänen zu kochen, muss ich Adriks Forderung nach einem Familienessen respektieren. Essen schweißt zusammen, und wenn wir nicht gezwungen wären, richtiges Essen zu kochen, wäre das Haus bald eine Einöde mit leeren Fastfood-Tüten und Andrei und Vlad wären so fett, wie Hakim behauptet.

In Wahrheit sind alle am Tisch bewundernswert fit, von Jaspers schlanken und kräftigen Muskeln bis hin zu Vlads Masse. Es muss ein Fitnessstudio in der Nähe geben, vielleicht im Haus. Ich frage mich, ob Adrik alle zusammen trainieren lässt.

Es kann nicht schlimmer sein als das Training, das Ilsa mir auferlegt hat.

Ich beobachte Adrik, als er eine zweite Portion Eintopf nimmt. Er grinst, seine Zähne blitzen weiß in seinem gebräunten Gesicht auf. An diesem Tisch gibt es keine Rangordnung – auch das ist sicher Absicht. Adrik nennt seine Männer »Brüder«. Er vermeidet den Anschein von Autorität. Dennoch tragen sie alle sein Zeichen auf dem Arm. Sie hören zu, wenn er spricht, und ich nehme an, dass sie gehorchen. Wird er das auch von mir verlangen?

Die Gespräche wechseln am Tisch hin und her. Alle hier sind jünger als dreißig, voller Energie und Ungeschliffenheit. Sogar Jasper lächelt ein- oder zweimal, obwohl sein Ausdruck viel kälter ist als der von Vlad und auf alle gerichtet ist, nicht nur auf mich.

Adrik verteilt eisgekühlte Baltika-Flaschen aus dem Kühlschrank und löst ihre Deckel an der vernarbten Tischkante.

»Braucht die Dame einen Cosmo?« Andrei grinst mich an.

»Ist es das, was du benutzt, um Hakim ins Bett zu kriegen?«, erwidere ich und nippe genüsslich an meinem Bier.

»Er ist vielleicht schon verzweifelt genug«, schnaubt Hakim. »Du hast eine Durststrecke, nicht wahr, Andrei?«

»Ich könnte jede Nacht Sex haben, wenn ich bereit wäre, die Hunde, die du fickst, mit nach Hause zu nehmen«, erwidert Andrei.

»Können wir über das Geschäftliche reden?«, fleht Chief Adrik an. »Bevor ich mir wieder eine Aufzählung von Hakims Eroberungen anhören muss, ebenso wie die Lügen, die er erzählen muss, um sie ins Bett zu kriegen.«

»Welche Lügen?«, protestiert Hakim.

»Hast du einer armen College-Studentin erzählt, dass du Zayne Maliks Cousin bist oder nicht?«

Hakim zuckt mit den Schultern. »Möglich wäre es ja. Schließlich habe ich eine Menge Cousins.«

»Wir können reden«, sagt Adrik und bringt sie alle zum Schweigen. »Wer will mir erzählen, was ihr gemacht habt, während ich weg war?«

»Ich tue es«, meint Jasper gelassen und vorbereitet. »Wir haben diese Ladung Sturmgewehre an die Slawen verkauft. Sie haben uns zehn Kilo Kokain angeboten, das frisch aus Bolivien kommt. Aber sie verlangen fünfzig Prozent, und ich glaube, wir können bei Baldoski ein besseres Angebot bekommen. Wir müssen erst eine Probe nehmen und es testen – es gibt Gerüchte, dass er unter vierzig Prozent nimmt.«

Adrik nickt und wiederholt im Geiste jeden Punkt. Ich habe keinen Zweifel daran, dass er alles wortwörtlich wiederholen könnte, wenn er wollte. Ich weiß, dass ich es könnte.

»Und die Bücher?«

»Tagesaktuell«, antwortet Chief. »Wir haben mit den Waffen achtundzwanzigtausend eingenommen, aber ich musste zwölf an den *Musor* auszahlen.«

»Gut«, meint Adrik. »Ich lade Sabrina auf einen Drink ein.«

Das ist alles. Er gibt keine Anweisungen. Das Abendessen neigt sich dem Ende zu. Andrei wäscht das Geschirr ab, weil er an der Reihe ist.

Als wir die Küche verlassen, frage ich Adrik: »Gibst du keine Befehle?«

»Sie wissen, was sie tun müssen. Sie werden zu mir kommen, wenn sie Hilfe brauchen.«

Interessant. Das ist anders als das, was ich gewohnt bin, selbst in relativ flexiblen Mafiaorganisationen. Adrik bietet seinen Männern ein ungewöhnliches Maß an Autonomie.

»Was ist der *Musor*?«, will ich wissen.

»Die Bullen. Aber sag ihnen das nicht ins Gesicht – es bedeutet *Müll*. Sie haben uns mit den Bestechungsgeldern über den Tisch gezogen. Ich muss mir einen anderen Anreiz als Geld einfallen lassen, sonst machen wir keinen Gewinn.«

»Wo bringst du mich hin?«, frage ich und überlege, was ich anziehen soll.

Er lächelt. »Ich werde dir zeigen, wie wir in Moskau feiern.«

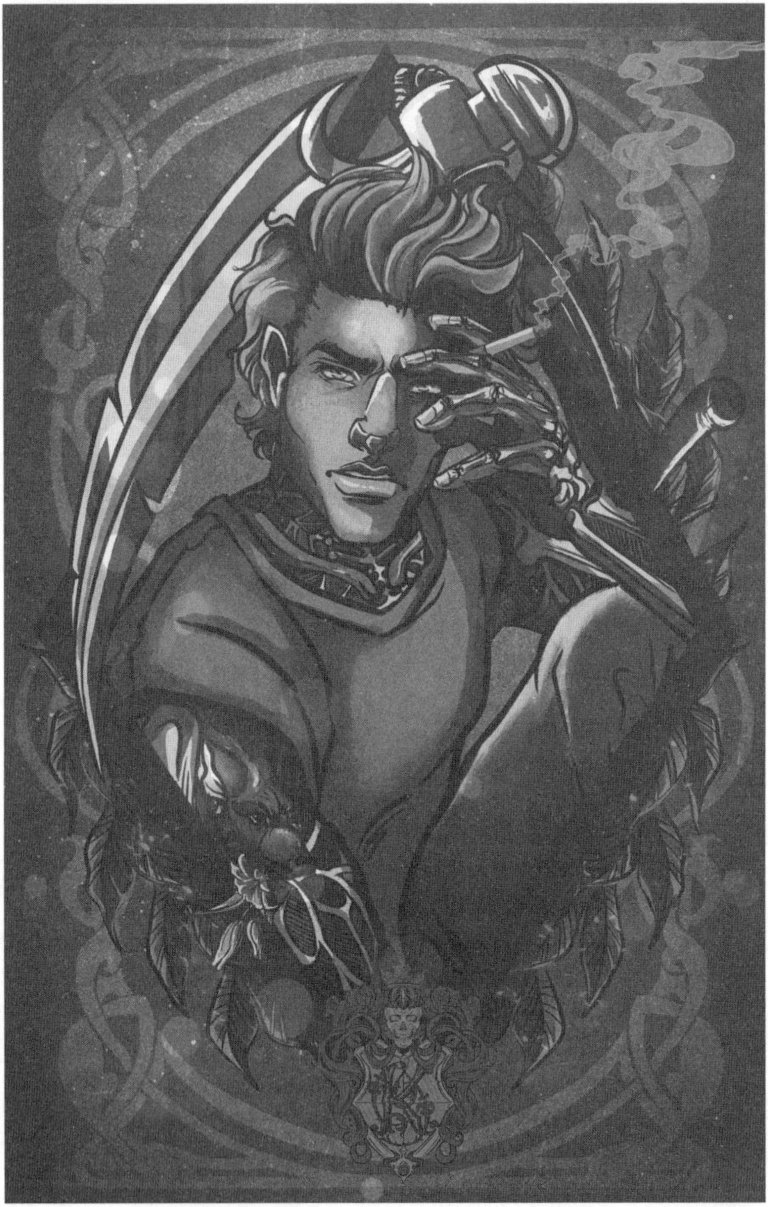

Kapitel 20

Adrik

Eine Stunde später kommt Sabrina aus unserem Zimmer. Sie trägt eine enge Lederhose und ein Seidentop, das ich mit einer Hand zerknüllen könnte. Ihr frisch gewaschenes gewelltes Haar schwebt um sie herum wie Rauch. Sie hat ihre Augen mit so viel Kajal umrandet, dass sie wie eine ägyptische Prinzessin aussieht oder vielleicht sogar noch finsterer – wie eine rachsüchtige Göttin, die ein Opfer verlangt.

Sabrina hier in meinem Haus zu haben, ist so verdammt befriedigend, dass ich nicht aufhören kann zu grinsen.

Ich sah sie und wusste, dass ich sie brauche wie einen Talisman oder den Aquila, den Adler, den römische Legionen bei sich tragen. Nicht weil Sabrina ein Glücksbringer ist, sondern weil sie mich mit Energie füllt und mir Kraft gibt. Ich bin stärker, wenn sie hier ist.

Ich bin entschlossen, ihr Moskau schmackhaft zu machen. Ich will ihr seine Schönheit und sein Potenzial zeigen.

Ich habe mir nie Sorgen gemacht, dass sie sich im Haus nicht eingliedern könnte. Ihre Vorstellung war genau das, was ich erwartet hatte – Sabrina kann auf sich selbst aufpassen.

Mit der Zeit wird sie alle meine Jungs kennenlernen und sie so respektieren wie ich. Ich habe niemanden ohne guten Grund in das Wolfsrudel aufgenommen – auch nicht Sabrina selbst. Sie werden ihr Talent sehen, und sie wird das ihre sehen.

Meine größere Sorge ist, sie an Russland im Allgemeinen zu gewöhnen. Moskau ist ein Dschungel mit ebenso vielen versteckten Gefahren wie der Amazonas.

»Werden wir mit den Motorrädern fahren?«, fragt Sabrina und blickt gespannt in den Garten hinaus.

»Klar«, sage ich. »Du kannst Jaspers altes Bike nehmen. Bis wir dir dein eigenes besorgen.«

Sabrina hat keine Einwände, die kleinere, ältere Gold Wing zu nehmen. Sie weiß, dass wir nicht durch die verstopften Straßen Moskaus rasen werden.

Wir steigen auf die Motorräder unter dem steinernen Torbogen, der den Parkplatz teilweise verdeckt.

Ich werfe ihr einen Helm zu.

»Den brauche ich nicht«, sagt sie und legt ihn auf den Sitz von Chiefs Maschine.

»Du trägst keinen Helm?«

»Der Sinn des Motorradfahrens ist es, in der freien Natur zu sein. Die Luft zu spüren. Zu sehen, was um einen herum ist.«

»Bis du dir den Schädel an einem Bordstein aufschlägst. Hältst du das nicht für ein ziemlich dummes Risiko?«

Sabrina zuckt mit den Schultern. »Alles, was wir tun, ist rücksichtslos. Alles ist ein Risiko.«

Sabrina erinnert mich an einen Glücksspieler, der aus Spaß an der Freude seinen gesamten Einsatz aufs Spiel setzt.

Trotzdem nehme ich meinen eigenen Helm ab. Es scheint unhöflich, mich mehr zu schützen als sie sich selbst.

Die Ducati springt mit einem leisen Schnurren an. Ich sehe Sabrinas Augen glänzen. Sie weiß noch, wie sich der Motor anfühlt, wenn er gegen sie vibriert.

»Lass deine Pfoten bei dir«, warne ich sie.

Sie grinst. »Das werde ich, wenn du deine Schlüssel diesmal in die Tasche steckst.«

Ich fahre durch die Tore und lehne mich stark in die Kurve zur Straße. Sabrina folgt mir, leicht, locker, entspannt. Im

Tandem sausen wir durch die dunklen Straßen wie zwei Fledermäuse, die in die Nacht aufbrechen. Ich mag es, mit Sabrina dicht hinter mir zu fahren, die mit jeder Kurve in mein Blickfeld kommt und wieder verschwindet.

Die Nachtluft fühlt sich kühl und flüssig an und streicht wie Finger durch mein Haar. Sabrina hat recht – es fühlt sich gut an, so zu fahren, ungeschützt und unbeschwert. Es ist ein Leichtes, ihr an der Ampel zuzurufen und sie auf den Tagansky-Park und das Novospassky-Kloster hinzuweisen, während wir vorbeifahren.

Ich bringe sie zu Soho Rooms, einen der exklusivsten Nachtclubs Moskaus, der direkt an der Moskwa liegt. Das violette Licht, das aus den Fenstern dringt, flimmert über das dunkle Wasser darunter.

Eine lange Schlange von Gästen wartet vor der Tür. Ich muss dem Türsteher kein Bestechungsgeld geben, damit er uns durchlässt. Er wirft einen Blick auf die Vacheron an meinem Handgelenk und lässt mich zusammen mit Sabrina eintreten.

»Kanntest du ihn?«, fragt mich Sabrina.

»Es ist *feyskontrol* – Gesichtskontrolle«, sage ich. »Schönheit ist hier alles. Wenn du wohlhabend, kultiviert und wunderschön aussiehst, kommst du in den Club. Wenn nicht, lassen sie dich nicht rein.«

Um uns herum wimmelt es von Beweisen – eine Masse von atemberaubenden Clubbesuchern in glitzernden Minikleidern und gut sitzenden Hemden und Hosen. Diejenigen, die nicht jung und schön sind, sind eindeutig wohlhabend. Die älteren Männer tragen maßgeschneiderte Anzüge und genügend Goldketten, Uhren und Ringe, um sich die atemberaubenden jungen Frauen, die sich um sie scharen, auszusuchen.

Ich habe Sabrina hierhergebracht, weil hier die Models und Prominenten hingehen. Ich dachte, sie würde den Glamour genießen.

Dutzende von Discokugeln werfen lila Sprenkel auf die Schar der betrunkenen Tänzer. Nachdem wir unsere Drinks bestellt haben, nehme ich sie mit auf die Außenterrasse, wo ein Mädchen in einem durchsichtigen Body eine Luftakrobatik vorführt. Sie schwebt an einem langen weißen Tuch durch die Luft, ohne Rücksicht auf den fünfzehn Meter tiefen Fall auf die Tanzfläche darunter.

Wir nehmen an einem kleinen Tisch Platz, von dem aus wir den Raum gut überblicken können. Sabrina schaut sich in der stilvollen Runde um, ohne zu lächeln.

»Was ist los?«, frage ich.

»Es ist ein Touristenort.«

»Es ist nicht nur für Touristen.«

Sie runzelt die Stirn. »Du würdest nicht hierherkommen, wenn bloß du oder du mit dem Wolfsrudel unterwegs wärst.«

»Gefällt es dir nicht?«

»Ich möchte, dass du mir zeigst, was du tust, wie du lebst. Ich möchte das wahre Russland sehen.«

»Es ist nicht so schick.«

Sie starrt mich mit diesem glühenden Blick an, stur und fordernd. »Bring mich dahin, wo die Bratwa hingehen.«

Ich lächle. »Na gut, dann komm.«

Wir verlassen den Club und schlängeln uns durch die dunkleren, schmutzigeren Straßen, die nach Danilovsky führen.

Die Luxusautos dort am Straßenrand sehen noch viel deplatzierter aus, aber niemand würde es wagen, sie anzufassen – selbst wenn sie unverschlossen wären.

Ich bringe sie in das Apothecary. Es gibt keine Schlange, außerdem befindet sich kein Schild über dem schlichten Backstein-Eingang, sondern lediglich eine bemalte Holztafel, wie sie in einem englischen Pub hängen könnte, auf der ein Schnapsglas mit einem unheimlichen grünen Gebräu abgebildet ist.

»Es ist eine Art neutraler Boden. Hier geht es nicht ums Geschäft, sondern nur ums Networking«, erkläre ich.
Sabrina nickt verständnisvoll.
Wir gehen hinein, durch einen dunklen, nicht dekorierten Flur, der ebenso wie die Außenfassade aus rohem Backstein besteht.
Das Apothecary ist kleiner als Soho Rooms und weniger überlaufen. Sie ähnelt einer alten Kneipe mit altem, von Zigarrenrauch verfärbtem Putz an den Wänden und einer Bar aus dunklem Holz mit Schnitzereien und Schnörkeln, in der staubige, unbeschriftete Flaschen die Regale säumen. Die schmiedeeisernen Lampen verbreiten einen schwachen goldenen Schein, der sich von der schummrigen Dunkelheit abhebt.
Die Tische stehen weit genug auseinander, sodass Gespräche kaum zu hören sind, vor allem nicht bei der dröhnenden Musik, die in den Raum gepumpt wird.
Die zumeist männlichen Gäste werden von Frauen begleitet, die so aufgetakelt sind, dass kein Zweifel an ihrem Beruf besteht. Sabrina – die einzige Frau in Hose und eindeutig eine Ausländerin – zieht viele Blicke auf sich.
Während in Soho Rooms nach Schönheit und Wohlstand unterschieden wird, gilt hier ein ganz anderes Prinzip. Alter und ethnische Zugehörigkeit sind unterschiedlich, ebenso wie die Kleidung: Während einige Anzüge tragen, sind Jeans, Turnschuhe und Trainingsanzüge ebenso üblich. Das wirklich verbindende Merkmal ist die Tatsache, dass jeder Mensch hier von der Zeit und den Umständen gezeichnet ist. Narben und Verletzungen sind weit verbreitet, die unauslöschlichen Spuren der Lebenserfahrung noch viel mehr. Selbst die jüngsten Nutten sehen vor ihrer Zeit alt aus, mit dem leeren Gesichtsausdruck derer, die zu viel gesehen haben.
Wir bestellen unsere Getränke an der Bar.

»Mykah«, sage ich zum Barkeeper, »das ist Sabrina.«

Mykah hat die Statur eines Vollstreckers – einen Körper wie ein Kühlschrank, Hände wie ein Amboss –, aber seine Stimme ist sanft und freundlich. Wenn er arbeitet, trägt er eine Stoffmütze und eine lederne Schürze, die Brille sitzt tief auf seiner Nase wie eine Babuschka.

»*Zdravstvuyte*«, sagt er und bringt den Wodka für unsere Getränke.

»*Dobryy vecher*«, antwortet Sabrina und probiert eine ihrer neu erlernten Begrüßungen aus.

»Sehr gut.« Mykah nickt zustimmend.

»Es ist scheiße«, seufzt Sabrina, »aber ich werde es lernen.«

»Russisch ist eine sehr einfache Sprache«, stimmt ihr Mykah zu. »Ich habe nur drei Jahre gebraucht, um sie zu lernen, und ich war damals noch ein Baby.«

Er brüllt vor Lachen, und auch Sabrina lacht, allerdings mehr über Mykah selbst als über seinen Witz.

»Was machst du mit dem hier?« Mykah zeigt mit seinem Putzlappen auf mich. »Du weißt doch, dass er ein ganz übler Kerl ist.«

»Adrik?«, meint Sabrina mit hochgezogenen Augenbrauen und spöttischer Überraschung. »Er sagte mir, er sei ein Elvis-Imitator.«

»Elvis!« Mykah gluckst und bespritzt meinen Arm mit ein wenig Spucke. »Hol mir einen Kamm. Ich sehe, was du meinst.«

Er hält seine Hände hoch und umrahmt mein Haar – damit sollte ich wie mit einer Pompadour-Frisur aussehen. Aufgrund seiner gespreizten Finger kann ich leicht die fehlenden Fingerglieder seiner rechten Hand sehen.

»Kauf dir deinen eigenen Kamm«, sage ich, werfe etwas Geld hin und nehme unsere Getränke.

»*Privet*«, sagt Mykah und beugt sich vor, bevor ich gehe.

»Krystiyan *zdes'*.« *Krystiyan ist hier.* Er ruckt mit dem Kopf in die entsprechende Richtung, ohne zu schauen oder zu zeigen.

Ich schaue in dieselbe Richtung, ohne meinen Blick auf der Gruppe ruhen zu lassen, die an dem Tisch in der hinteren Ecke zusammengepfercht ist.

»*Blagodaryu*«, murmle ich, wende mich ab und führe Sabrina zu unserem eigenen Tisch.

»Was hat er zu dir gesagt?«, fragt sie, sobald wir sitzen.

»Er hat mich wissen lassen, dass wir einen alten Freund im Haus haben.«

»Am Tisch in der Ecke?«

Ihr entgeht nichts.

»Ja. Der hübsche Junge in dem zu engen Anzug.«

Sabrina lacht leise. »Woher kennst du ihn?«

»Aus der Schule. ›Freund‹ ist zu viel gesagt – ich hasse ihn, verdammt noch mal!«

Sabrina sieht mich neugierig an. »Was braucht es, um dich zu verärgern?«

»Ich habe ihm etwas im Vertrauen erzählt. Als es allgemein bekannt wurde, wusste ich, dass man ihm nicht trauen konnte. Das war der erste Grund … seitdem hatte ich viele.«

»Keine Sorge«, erwidert Sabrina und schenkt mir ein verschmitztes Lächeln. »Deine Geheimnisse sind bei mir sicher.«

»Welche Geheimnisse kennst du?«

»Eine Menge. Du redest im Schlaf.«

»Was habe ich gesagt?«

»Ich habe gerade versprochen, deine Geheimnisse niemandem zu verraten.«

Ich nehme einen Schluck von meinem Getränk. »Das ist wahrscheinlich am besten so.«

»Sind alle hier von der Bratwa?«, fragt Sabrina und lässt ihren Blick durch den Raum schweifen. Die Tische sind vom Zigarren- und Wasserpfeifenrauch und dem schwachen Licht verschleiert.

»Die meisten von ihnen.«

Sie begutachtet einen Tisch nach dem anderen unter ihren langen Wimpern, ehe sie sagt: »Sie sehen nicht so aus, wie ich erwartet habe.«

»Was hast du denn erwartet?«

Sie zuckt mit den Schultern. »Mehr Tattoos.«

»Die alten Methoden sterben aus. Heutzutage muss man sich unauffällig verhalten, das ist besser fürs Geschäft. Wenn sie Tattoos haben, wählen sie Stellen, wo ein Anzug sie verdecken kann.«

»Nicht alle«, meint Sabrina und sieht den Mann am Nebentisch an, der ein Bier trinkt, eine schwarze Witwenspinne ziert seinen rasierten Schädel.

»Die ersten *Vory v zakone* ließen sich tätowieren, um sich von der Gesellschaft abzuwenden. Kennst du die Geschichte der *Vory*?«, frage ich Sabrina.

Sie schüttelt den Kopf. »Wir lernen über die Bratwa erst im dritten Jahr. Im ersten Jahr haben wir nur die 'Ndrangheta und die Cosa Nostra behandelt.«

Ich trinke meinen Wodka aus und schiebe ihn zur Seite, damit ich beide Hände frei habe, während ich erkläre.

»Im kaiserlichen Russland gehörte praktisch alles dem Zaren. Die erste Gruppe, die die *Vorovskoy Mir*, die *Welt der Diebe*, gründete, waren eine Art Revolutionäre. Sie hatten einen Ehrenkodex, demzufolge sie ihre Beute gleichmäßig teilten und wie Robin Hood auch etwas an das Volk abgaben.«

»Wie nobel«, sagt Sabrina mit einem frechen Grinsen.

Sie weiß so gut wie ich, dass die Verteilung von Vermögen eher eine Strategie als Nächstenliebe ist, um sich die Loyalität derer zu erkaufen, die einen umgeben. Ich tue dasselbe in meiner eigenen Nachbarschaft. Es sorgt dafür, dass diejenigen schweigen, die mich anzeigen könnten – wenn die Angst nicht ausreicht, um sie zum Schweigen zu bringen.

»Als sich die Bolschewiken erhoben, halfen die *Vory v zakone*, die *Diebe im Gesetz*, die Straßen Moskaus zu kontrollieren«, fahre ich fort. »Damals wurden Mafia und Regierung in Russland zum ersten Mal miteinander verwoben. Unter Lenin funktionierte das, aber als Stalin die Macht übernahm, warf er die *Vory* in die Gulags, die Straf- und Arbeitslager der Sowjetunion. Dort nahm die Unterwelt erst richtig Gestalt an.«

»Das Gefängnis ist das beste Rekrutierungsgebiet«, ergänzt Sabrina.

»Stimmt. Die Sprache und Kultur der *Vory* florierte in den Gulags, bis die Deutschen auf Moskau vorrückten und Stalin gezwungen war, die Gefangenen zur Verstärkung der russischen Armee einzusetzen. Er versprach ihnen die Freiheit, wenn sie für ihr Land kämpfen würden. Viele stimmten zu, obwohl es gegen den Kodex der Diebe verstieß, für diejenigen zu arbeiten, die sie gefangen hielten. Sie kämpften und starben für Russland. Als der Krieg zu Ende war, hielt Stalin sein Versprechen nicht ein und brachte sie direkt in den Gulag zurück.«

Sabrina gibt mit zusammengekniffenen Augen ein leises Zischen des Widerwillens von sich. In unserer Welt, in der es keine Gerichte gibt, ist das Wort Gesetz und ein Versprechen ein Vertrag.

»Die *Vory* wendeten sich gegeneinander. Sie nannten diejenigen, die gegen *Suki* gekämpft hatten, Verräter und schlachteten jeden ab, den sie finden konnten. Die Gefängniswärter taten nichts dagegen – es bedeutete weniger Kriminelle, die untergebracht und ernährt werden mussten. Im Jahr 1953 wurden die Gefängnisse schließlich geleert, acht Millionen Männer kamen auf die Straße. Die Bratwa überlebte, aber der alte Kodex wurde zerstört.«

Ich deute auf den Mann am Nebentisch, bei dem jeder Zentimeter der sichtbaren Haut mit Tätowierungen verziert ist.

»Siehst du die Kreuze auf seinen Knöcheln? Den Dolch auf seinem Handrücken?«

Sabrina nickt.

»Es gab eine Zeit, in der jede Tätowierung eine Bedeutung hatte. Wenn du dir ein Zeichen auf den Körper gestochen hast, das du nicht verdient hast, haben die Bratwa es dir mit einer Rasierklinge herausgeschnitten. Jetzt dient es nur noch zur Zierde.«

Sabrinas Augen glänzen vor Interesse. Sie nimmt einen hastigen Schluck von ihrem Getränk und sagt: »Erzähl mir mehr darüber.«

Ihr Gesicht ist strahlend und aufgeschlossen, ihre Aufmerksamkeit berauschend. Ich würde die ganze Nacht reden, um sie zu unterhalten.

»Dann kam die Sowjetära. Das war die Zeit der korrupten kommunistischen Parteibosse und Schwarzmarktmillionäre. Als die Partei fiel, stieg das organisierte Verbrechen auf. Die Bratwa rekrutierte sich aus Kriegsveteranen, den dezimierten Polizeikräften und sogar aus verzweifelten Sportlern und Bodybuildern. Siehst du die Gruppe da drüben?«

Ich richte meinen Kopf auf einen Tisch mit *Kachki*.

»Die waren Bodybuilder?«, sagt Sabrina.

Es ist eine rhetorische Frage. Selbst die ältesten und kaputtesten in der Gruppe sind immer noch korpulent genug, um zu zeigen, dass sie kräftig gebaute Männer waren, die ihre übergroßen Pullover ausfüllten. Außerdem haben sie Aknenarben auf den Wangen und dünnes Haar an den Schläfen vom zügellosen Steroidkonsum.

»Stimmt – alles Teil der sowjetischen Sportmannschaften. Der auf der linken Seite, das ist Boris Kominsky. Er war ein Judo-Champion. Der nächste, Nikolai Breznik, war ein

Ringer, und Vladislav Aulov hatte den Titel eines *Master of Sports*. Dann versiegte die Finanzierung, und sie schlugen nicht mehr auf schwere Säcke ein, sondern prügelten die Zahlungen aus den Schuldnern heraus. Siehst du den da am Ende, den Riesen mit dem Martini?«

Der größte von einem Dutzend großer Männer trägt eine grüne Adidas-Reißverschlussjacke und hält einen Wodka-Martini in seiner monströsen Hand.

»Er ist kaum zu übersehen.«

»Das ist Ira Angeloff, besser bekannt als Cujo. Die meisten der *Kachki* haben jetzt ihre eigenen Schläger, aber man kann Cujo immer noch als seinen persönlichen Kampfhund mieten, wenn man das Geld hat. Man sagt, er schlägt härter zu als Mike Tyson.«

Sabrina wirft einen kühlen Blick auf Angeloffs Knöchel, die geschwollen und verformt sind, eine Landkarte aus Narben.

»Er sieht aus, als wäre er gut in seinem Job.«

»Der Beste. Sein alter Chef wurde reich, indem er Bestechungsgelder für Oligarchen aushandelte, die die neu privatisierten Staatsunternehmen kaufen wollten. Die gesamte russische Wirtschaft stand zum Verkauf, und all die neuen Unternehmen, die auftauchten, waren wie geschaffen für Erpressung. Cujo hat vielen Leuten eine Menge Geld eingebracht, aber ich glaube, das meiste davon ist in seiner Nase verschwunden. Das Haus, in dem er jetzt lebt, ist nichts Besonderes.«

»Wer betreibt jetzt die Schutzgelderpressung?«

»Jeder. *Krysha* ist die halbe Wirtschaft Russlands. Jeder zahlt Schutzgeld, das ist Teil des Geschäfts.«

»Nimmst du *Krysha*?«

»Noch nicht. Der größte Teil des Gebiets ist bereits aufgeteilt. Wir müssen jemand anderen verdrängen, um Boden zu gewinnen.«

Sabrina sieht nachdenklich aus und versucht, das derzeitige System zu verstehen.

»Es gibt einen Hohen Rat«, sagt sie, »aber die Bratwa sind keine Einheit.«

Ich schüttle den Kopf. »Das waren sie noch nie. Es gibt keine zentrale Autorität, keinen Kopf der Schlange, den man abschlagen könnte. Der Hohe Rat repräsentiert ein halbes Dutzend der größten Bosse in Moskau, aber es ist ein loses Bündnis und die Loyalitäten wechseln ständig. Das soll den offenen Krieg verhindern, den wir in den Neunzigerjahren hatten.«

»Chaos ist schlecht fürs Geschäft«, sagt Sabrina.

»Stimmt. Moskau war damals der Wahnsinn – jeden Tag Autobomben, Schießereien im normalen Straßenverkehr, ein Boss nach dem anderen wurde zur Strecke gebracht und dann in imposanten Gräbern beigesetzt, die einen normalen Russen hundert Jahresgehälter kosten würden.«

»Ich will sie sehen«, sagt Sabrina.

»Die Gräber?«

»Ja.«

Ich lache. »Wenn du dir weißen Marmor vorstellst, denk lieber noch mal nach.«

»Was meinst du?«

»Russische Gangster sind nicht gerade für ihre Zurückhaltung bekannt. Die Grabsteine sind massiv, schwarz glänzend, mit lebensgroßen Porträts der Dons. Manchmal mit ihren Lieblingsautos oder ihren Lieblingsfrauen. In Goldketten gehüllt, Wein trinkend und Hummer essend.«

»Du lügst.«

»Ich übertreibe nicht einmal. Was auch immer du dir ausmalst, stell es dir größer, hässlicher und schäbiger vor.«

Sabrina lacht, begeistert über das Bild in ihrem Kopf.

»Was hat die Kriege gestoppt?«, fragt sie. »Hat die Polizei hart durchgegriffen?«

»Sie haben es unter Jelzin versucht, ohne großen Erfolg. Putin ist schlauer.«

»Wie das?«

»Bei der Bratwa drückt er ein Auge zu, solange wir uns daran erinnern, dass der Kreml die größte Bande der Stadt ist. Von Zeit zu Zeit nimmt er uns sogar unter Vertrag.«

»Ihr arbeitet für die Regierung?« Sabrina runzelt die Stirn.

»Wir haben keine Wahl. Um eine Formulierung zu verwenden, die ihr Gallos kennen würdet: Sie machen dir ein Angebot, das du nicht ablehnen kannst.«

Sabrina denkt darüber nach und fummelt an dem Strohhalm in ihrem Getränk herum.

»Du sagst also, dass von allen Leuten, mit denen man sich in Russland nicht anlegen sollte, die Politiker ganz oben auf der Liste stehen.«

»Es ist die Unterwelt und die Oberwelt. Und all die normalen Menschen, die in der Mitte gefangen sind.«

»Was hast du vor?«, fragt sie, die Augen fest auf mein Gesicht gerichtet. »Wo willst du deinen Anspruch geltend machen?«

Ich zucke mit den Schultern. »Das ist die Frage, nicht wahr? Konkurrenz gibt es überall. Wer in einem bestimmten Bereich expandiert, riskiert einen Konflikt mit denjenigen, die schon da sind.«

Ich neige meinen Kopf abwechselnd zu jedem Tisch und nenne die Namen der Banden und die von ihnen kontrollierten Gebiete.

»Da drüben sind die Tschetschenen. Sie haben einen neuen Chef, Ismaal Elbrus.«

Sabrina mustert die fleischige Gestalt in der Mitte der Gruppe.

»Hat er den alten Chef aufgefressen?«

Ich stoße ein leises Lachen aus. »Lass ihn das nicht hören. Elbrus ist rachsüchtig wie nur was – wie alle Tschetschenen.

Wenn du dich mit ihnen anlegst, brennen sie das Haus deiner Großmutter nieder und jedes Haus in ihrer Straße.«

»Womit machen sie ihr Geld?«

»Illegale Ölgeschäfte, Bankbetrug, Geldfälschung. Sie haben einen riesigen *Obshchak*, in dem sie ihre Gelder bündeln, und sie sind mit der Regierung verbunden, insbesondere mit der regionalen Abteilung für organisierte Kriminalität.«

Sabrina lacht über diese Ironie.

»Da sind die Slawen auf der anderen Seite des Raums. Sie verachten die Tschetschenen. Sie sind hauptsächlich Waffenhändler und haben genauso viele schwere Geschütze wie die Rote Armee – die Hälfte davon ist sogar von der Roten Armee gestohlen. Sie sind in der lokalen Drogenproduktion tätig und schmuggeln Kokain aus Südamerika.«

Sabrina nickt. Ihr Blick wandert von Tisch zu Tisch, während sie sich jedes Gesicht und jede Information einprägt.

»Du kennst sie wahrscheinlich.« Ich nicke in Richtung des Tisches, an dem die einzige andere Frau im Raum sitzt, die nicht dafür bezahlt wird, hier zu sein. Eine schöne Brünette mit einem aufgeweckten, intelligenten Gesicht unterhält sich angeregt mit einem jungen Mann in einem eleganten Anzug. Sie sehen so stilvoll aus, dass sie problemlos in Soho Rooms hineingekommen wären, wenn sie sich dafür entschieden hätten, dorthin statt hierher zu gehen.

»Neve Markov«, sagt Sabrina leise.

»Siehst du den Ring an ihrem Finger? Sie hat gerade einen Ehevertrag mit Simon Severov, dem jüngsten Sohn von Sanka Severov, unterzeichnet.«

»Sie ist verlobt?«

»Seit dieser Woche.«

Sabrina betrachtet Simon mit wachsamem Interesse und rührt mit ihrem Strohhalm das Eis um.

»Du fragst dich, ob Ilsa ihn mag?«

Sabrina lächelt, ohne dass es ihr peinlich ist, über ihre Ex-Freundin zu sprechen. »Ich glaube nicht, dass sie erwartet hat, dass ihre Schwester so bald heiratet.«

Ich zucke mit den Schultern. »Man sagt, es sei eine Liebesheirat.«

Sabrina ist bereits wieder bei der Sache. »Du hast mit Sturmgewehren und Kokain gedealt«, sagt sie und erinnert sich an das, was Jasper berichtet hat.

»Stimmt. Wir haben eine Vereinbarung mit Eban Franko über den Verkauf in seinen Stripclubs. Aber die Koks-Preise sind stark gestiegen, und das Ecstasy, das wir aus Amsterdam bekommen, ist scheiße. Wir brauchen einen neuen Lieferanten.«

Sabrina runzelt die Stirn und denkt angestrengt nach.

Ihr Blick schweift durch den Raum, und sie erkennt, dass jede Gruppe ein Machtzentrum darstellt, mit dem wir uns auseinandersetzen müssen.

Schließlich sagt sie: »Was wir brauchen, ist eine Ressource. Sie streiten sich um das, was es bereits gibt – wir könnten etwas Neues schaffen.«

»Woran hast du gedacht?«

»An das, was alle wollen.« Sabrina lächelt. »Eine schöne Zeit.«

»Die Slawen stellen bereits ihr eigenes Ecstasy her. Sie können in größeren Mengen einkaufen als wir und unseren Preis unterbieten.«

»Wenn wir nicht über den Preis konkurrieren können, müssen wir über die Qualität konkurrieren. Du sagst, das Zeug, das aus Amsterdam kommt, ist scheiße?«

»Nur eine von drei Sendungen wird als rein getestet.«

»Aber du kannst die Rohstoffe beschaffen?«

»Ich kann alles bekommen, wenn ich weiß, wo ich suchen muss.«

Sabrina beißt auf den Rand ihres Daumennagels. Ich

sehe, wie sich die Rädchen in ihrem Kopf drehen, während sie mir gegenübersitzt und konzentriert dreinschaut.

»Wir brauchen etwas, das niemand sonst verkaufen kann«, sagt sie leise. »Etwas Einzigartiges ... das wir selbst herstellen.«

»Willst du dieses Projekt übernehmen?«

Mit großen Augen schaut sie auf. Ich sehe ihre Aufregung, aber sie bleibt cool wie immer. »Das könnte lustig werden.«

»Du solltest Hakim an Bord holen. Er hat zwei Jahre Biochemie studiert.«

»Tatsächlich?«

»Seine Eltern wollten, dass er wie seine Schwestern Apotheker wird.«

Sabrina grinst. »Dann ist es wohl an der Zeit, seine Eltern stolz zu machen.«

Kapitel 21

SABRINA

Nach einer weiteren Stunde oder zwei, in der wir über Rohstoffe und den besten Ort für ein Labor diskutieren, lehnt sich Adrik in seinem Stuhl zurück, den Arm um meine Schultern gelegt.

»Wie wäre es mit einem weiteren Drink? Nach so viel Arbeit muss jetzt aber mal Zeit zum Spielen sein.«

Er massiert meine Schulter, was total angenehm ist.

Selbst in diesem Raum voller Fremder und Krimineller – der Art von Leuten, die dir für eine beleidigend geringe Summe ein Messer zwischen die Rippen stechen würden – fühle ich mich wohl und sogar sicher.

Mit Adrik scheint alles möglich zu sein. Ich bin voller wilder Energie und verrückter Pläne. Am liebsten würde ich sofort loslegen.

Seine Hand taucht tiefer, seine Finger streifen den oberen Teil meiner Brust. Sein Arm liegt schwer und besitzergreifend um meine Schultern. Wenn es mir nicht gefallen würde, würde ich ihn wegschieben. Doch es fühlt sich nie falsch an, wenn Adrik Anspruch auf mich erhebt. Eigentlich ist es schmeichelhaft. Mit all den teuren Begleitdamen im Raum wäre es nur menschlich, wenn sein Blick abschweifen würde. Aber Adrik hat nur Augen für mich. Seine Aufmerksamkeit macht süchtig – je mehr ich bekomme, desto mehr will ich.

Ich lehne mich an ihn und lasse meine Hand über seine Jeans auf seinen Oberschenkel gleiten. Ich spüre die Masse und Härte seines Oberschenkels, der durch den Jeansstoff Wärme ausstrahlt.

Dann schaue ich ihm ins Gesicht. Er ist wahnsinnig attraktiv – die Art von gutem Aussehen, die aus der Nähe noch besser wird. Seine klare Haut spannt sich straff über die scharfe Kante seines Kiefers. Die Form seiner Lippen lässt mich schwach werden und dahinschmelzen.

»Zwei Stunden nennst du eine Menge Arbeit?«, stichle ich.

»Es ist schwer, meine Hände lange genug von dir zu lassen, um ein Gespräch zu führen.« Er packt mich an den Haaren, zieht meinen Kopf zurück und küsst mich so tief, dass ich den Wodka schmecke, der noch in seiner Kehle brennt.

Meine Hand wandert weiter seinen Oberschenkel hinauf. Ich spüre, wie die Schwellung seines Glieds gegen seine Jeans spannt. Mit meinem kleinen Finger drücke ich gegen den engen Stoff und presse ihn gegen sein Penis. Adrik stöhnt auf, zieht mich an den Haaren nach links und dreht meinen Kopf, damit er meinen Nacken küssen kann.

Ich fahre leicht über seinen Schwanz und übe gerade so viel Druck aus, dass er ihn durch seine Hose spüren kann.

Sein schwerer Atem an meinem Ohr erinnert mich an ein Tier in einer Höhle. Ein Bär, vielleicht sogar ein Drache. Etwas, das man wirklich nicht wecken sollte.

Er legt seine Hand auf die meine und drückt meine Handfläche fest gegen seinen steifen Penis.

»Du bist wirklich ein böses Mädchen.«

»Ich dachte, du wolltest ins Soho?«, wirft eine schroffe Stimme ein.

Jasper und Vlad setzen sich auf die Plätze gegenüber von uns.

Vlad hat sein Affliction-Shirt gegen eines mit dem roten Stern der Red Hot Chili Peppers auf der Vorderseite getauscht. Hoffentlich liegt das daran, dass ich einen Witz über sein Shirt gemacht habe.

In dem Moment, in dem ich zu ihm aufblicke, starrt er mich bereits an. Ich starre sofort zurück, verärgert über die Unterbrechung.

Adrik macht ihnen Platz am Tisch und sagt: »Ich hole noch eine Runde.«

Wir drei sitzen schweigend da und tun so, als ob die Stille angenehm wäre, während wir auf seine Rückkehr warten.

Jasper ist im schummrigen Licht blasser als je zuvor, seine skelettartigen Tätowierungen schimmern unheimlich durch den Nebel des Zigarrenrauchs, der um seine hagere Gestalt wabert. Er zündet sich eine Zigarette ohne Filter an, inhaliert langsam und lässt die Rauchschwaden aus seinen Nasenlöchern entweichen.

»Kann ich eine haben?«

Benjamin Franklin sagte einmal, der beste Weg, einen Freund zu finden, ist, um einen Gefallen zu bitten.

Jasper starrt mich schweigend an und hält mir dann sein silbernes Zigarettenetui hin.

Ich nehme mir eine handgerollte Zigarette und lasse ihn sie anzünden.

Jasper schnippt den Deckel seines Feuerzeugs hoch und entfacht eine Flamme, alles in einer Bewegung wie ein Magier.

»Danke«, sage ich und ziehe leicht daran.

Er hat Gras in den Tabak gemischt. Der Rauch versengt meine Nebenhöhlen und schickt eine berauschende Wärme durch mein Gehirn.

»Hast du dich eingelebt?«, fragt Jasper.

Er ist klüger als Vlad – klug genug, um seine Feindseligkeit nicht offen zu zeigen. Aber wir beide wissen, wie es läuft. Jasper ist Adriks rechte Hand. Wir stehen in direktem Wettbewerb um seine Aufmerksamkeit.

Lächelnd sage ich: »Ich fühle mich schon ganz wie zu Hause.«

»Ach ja?« Jaspers Oberlippe zieht sich nach oben und zeigt ein Schimmern seiner Schneidezähne. »Moskau ist genau wie die Vororte von Chicago?«

»Klar.« Ich zucke mit den Schultern. »Die Menschen sind überall gleich. Der Wodka ist ein bisschen besser.«

Ich hebe mein Glas – halb freundlich, halb spöttisch – und nehme einen Schluck.

Weil ich nicht nur ein Arschloch sein will, erkundige ich mich: »Wo ist dein Zuhause?«

Es ist die falsche Frage. Jaspers Augen verengen sich, seine Lippen verschwinden fast völlig.

»Das hier ist mein Zuhause«, zischt er. »Ich habe kein anderes Leben, das auf mich wartet, wenn ich es leid bin, Gangster zu spielen.«

Ich überlege, ob ich einen Witz machen und sagen soll: *Es gibt also keine Skelettfrau?*, aber ich behalte es für mich und sage stattdessen zu Vlad: »Was ist mit dir, bist du auch ein Waisenkind?«

»Nein«, stöhnt Vlad. »Meine Mutter ist am Leben. Mein Vater wurde getötet, als er versuchte, Ivan Petrov zu befreien.«

Verdammt! Wann lerne ich endlich, auch nur ein bisschen zu recherchieren, bevor ich den Mund aufmache?

»Das tut mir leid«, sage ich.

»Warum? Du kanntest ihn doch gar nicht.«

Von den beiden geht Aggression aus, von Vlad dumpf und feurig, von Jasper schneidend und kühl.

Mit Plaudereien komme ich nicht weiter. Vielleicht ist es Zeit für ein paar altmodische Schmeicheleien.

»Leo hat mir von dem Boxturnier in Kingmakers erzählt«,

sage ich zu Jasper. »Er sagte, du hättest es beinahe gewonnen. Und dass du Dean vielleicht besiegt hättest, wenn du nicht erst gegen Silas hättest kämpfen müssen.«

Jasper hat seine Zigarette im Mundwinkel fixiert und hält die Hände frei, damit er schnell und systematisch mit den Fingerknöcheln knacken kann. Er geht die Finger einen nach dem anderen durch, jeder Knacks ist so deutlich, als ob seine Hände wirklich nur aus Knochen bestünden. Als er fertig ist, klemmt er den Joint zwischen Daumen und Zeigefinger ein und stößt eine riesige Rauchwolke aus, durch die seine Augen blass und grün schimmern – eine Amphibie in trübem Wasser.

»Ich würde gern wieder gegen ihn kämpfen«, sagt er.

So würde ich mich auch fühlen – ich würde eine weitere Chance wollen.

Ich grinse und sage: »Sollen wir ihn suchen gehen? Er wohnt doch hier, oder nicht?«

Jasper schüttelt den Kopf. »Dean ist für ein Jahr zurück nach Kingmakers gegangen, um zu unterrichten.«

»Professor Yenin?« Ich ziehe eine Augenbraue hoch. »Ich frage mich, ob er weiß, dass er Fragen beantworten und vielleicht ab und zu Leute grüßen muss.«

Jasper lächelt nur kurz und zerdrückt seine Zigarette mit dem bloßen Daumen im Aschenbecher. »Ich bezweifle, dass das in seinem Vertrag steht.«

Adrik kommt mit vier Schnäpsen und vier schäumenden Bierkrügen zurück und knallt sie auf den Tisch.

»Zeit, Ernst zu machen.«

Die drei Jungs halten ihre Schnäpse über die Krüge und zählen herunter: *tri, dva, odin!* Ich lasse meinen eigenen Schnaps in den Schaum gleiten, und wir kippen das warme schäumende Zeug hinunter, denn die Russen stellen im Gegensatz zu den Europäern ihr Bier nicht kalt.

Jasper trinkt zuerst aus, dann Adrik und schließlich ich.

Wir drei schlagen mit den Fäusten auf den Tisch und brüllen Vlad an, während er kleckert, einiges verschüttet und versucht, den letzten Rest zu schlucken.

»Mokka, *blyat*«, schimpft er.

Er schmeckt zwar nicht besonders gut, aber der Schnaps schickt eine Welle der Wärme durch meinen Körper, ergänzt von Jaspers Joint.

Adrik bittet den Barkeeper um eine weitere Runde.

Ich weiß, was er vorhat – und es könnte funktionieren. Vlad sitzt bereits gelassen in seinem Stuhl, die dicken Beine vor sich ausgestreckt, das Gesicht gerötet und entspannt.

»Hast du sie jemals live gesehen?«, frage ich und nicke zu seinem T-Shirt.

»Einmal in Berlin.«

»Mein Vater hat sie im Slane Castle spielen sehen.«

»Ach ja?« Er lehnt sich nach vorne und stützt seine kräftigen Ellbogen auf den Tisch. »Manche Leute sagen, das war ihre beste Show.«

»Gehörst du zu diesen Leuten?«

»Nein. Ich denke, es war Montreal 2006.«

»Warum denkst du das?«

»Weil ich jedes Konzert, das sie je gespielt haben, auf YouTube gesehen habe.«

Vlad hat eine langsame und einfache Art zu sprechen, aber ich merke, dass er kein Idiot ist. Oder zumindest nicht die ganze Zeit. Wir streiten uns auf eine meist gutmütige Art darüber, ob man eine Live-Show anhand einer Aufnahme beurteilen kann, während Adrik Jasper über sein neues Motorrad ausfragt.

»Wie läuft die KTM?«, fragt Adrik Jasper.

»Sie rasselt etwas, wenn ich zu stark beschleunige.«

»Hat Chief es sich angesehen?«

»Ja, er weiß auch nicht, woran es liegt.«

»Bringst du es in die Werkstatt?«

»Ich denke schon.«

Adrik blickt mich an.

Ich könnte anbieten, es zu reparieren. Aber ich weiß nicht, ob ich Jasper jetzt schon einen Gefallen tun will. Ich schweige, und Adrik schlägt es mir auch nicht vor.

Der Club füllt sich, alle Tische sind jetzt besetzt, ebenso die Plätze an der Bar. Ich habe ein Auge auf den Tisch von Neve Markov geworfen, für den Fall, dass sich Ilsa zufällig dazugesellt. Dass ich in Moskau bin, habe ich Ilsa nicht gesagt – außer meinen Eltern weiß noch niemand davon.

Eine Gruppe von Mädchen tanzt langsam und träge in dem kleinen Raum ohne Tische, der als Tanzfläche dient. Den hautengen Minikleidern nach zu urteilen, die kaum ihre Pobacken bedecken, würde ich vermuten, dass es sich um Begleitdamen handelt. Sie sind alle so jung und hübsch, dass ich sie für Models oder Schauspielerinnen halten würde, wenn ich sie in einem Club in Los Angeles sehen würde. Aber so ist es hier, soweit ich das beurteilen kann – zu viele umwerfende Frauen, wohin man schaut. Eine gewöhnliche Ware, billig wie Wodka.

Vlad beobachtet die Mädchen heimlich.

Die zweite Runde kommt an. Vlad stöhnt, doch wir zwingen ihn, alles zu schlucken. Als er sich den Schaum von den Lippen wischt, ist er beschwipst genug, um zu behaupten, dass die Red Hot Chili Peppers die größte Rockband aller Zeiten sein könnten.

»Wenn man all die Jahre zusammenzählt ... und all die Hits, die sie hatten ... ganz zu schweigen davon ... wie verdammt toll Anthony Kiedis ist ... ist es unbestreitbar ...«

»Warum hast du ihn darauf gebracht?«, beschwert sich Jasper. »Jetzt wird er nie mehr die Klappe halten.«

Sogar bei Jasper zeigt sich die Wirkung des Alkohols. Seine blassen Wangen haben sich leicht rosa verfärbt, und er klingt eher amüsiert als verärgert, als er Vlad erzählt, dass

Anthony Kiedis Freddie Mercury nicht das Wasser reichen kann, »oder Billie Joe Armstrong, was das betrifft.«

Adrik wittert seine Chance und sagt zu Jasper: »Sabrina hatte eine Idee für ein neues Produkt.«

Jasper zögert. »Ach ja?«

Unter dem Tisch höre ich ein *Zischen*, als er sein Feuerzeug aufschnippt.

»Ja«, erwidert Adrik. »Eine Party-Pille.«

»Ecstasy existiert bereits«, argumentiert Vlad.

»Ein Russe trinkt Wodka aus einer Flasche und nennt das einen Cocktail«, sage ich. »Dies wird eine Mischdroge sein – bereits vorgemischt. Eine Pille mit zeitverzögerter Wirkung.«

Jaspers Blick wandert über mein Gesicht. Unter dem Tisch schnappt das Feuerzeug wieder zu.

»Eine Pille?«, spottet Vlad. »Warum eine verkaufen, wenn man eine ganze Flasche verkaufen kann?«

»Weil«, sage ich und spreche klar und direkt über den Tisch, »jeder das gleiche Koks, das gleiche Ecstasy, das gleiche Gras verkauft. Dies wird eine individuelle Erfahrung sein. Exklusiv von uns.«

Jaspers Kiefer bewegt sich, als ob er sich auf die Innenseite seines Mundes beißt. Es gefällt ihm nicht, dass ich bereits »uns« sage. Er will nicht, dass es ein *uns* gibt.

»Wer wird es herstellen?«

»Ich«, antworte ich. »Und vielleicht Hakim.«

Jasper erkennt mit einem Blick, dass Adrik mit der Idee bereits einverstanden, ja sogar begeistert ist. Also widerspricht er nicht, obwohl er das sicher gern tun würde.

Er zuckt mit den Schultern und sagt: »Wir können es versuchen. Wir können es in den Stripclubs verkaufen.«

»Nein.« Ich schüttle den Kopf. »Es ist ein Premium-Angebot. Wir müssen es in Soho Rooms verkaufen, in allen angesagten Clubs. Wir geben ihm ein Markenzeichen und einen Stempel – wir verkaufen es an die Models und die verwöhnten Kinder reicher Eltern. Wenn die es wollen, dann will es jeder.«

Das ist Jaspers Chance, mich dumm aussehen zu lassen.

In belehrendem Ton sagt er: »Yuri Koslov verkauft im Soho. Wir können nicht einfach hineinspazieren und unser Produkt verkaufen, wo wir wollen. Wir haben Verträge mit den Stripclubs, nicht mit den Nachtclubs.«

»Dann brauchen wir neue Verträge«, kontere ich.

Jasper wirft Adrik einen Blick zu, der so viel bedeutet wie: *Nimm deine Hündin an die Leine.*

Adrik ignoriert den Blick, er denkt an das eigentliche Thema, nicht an unseren Disput.

Schließlich sagt er: »Wir fangen in den Stripclubs an.«

Jasper schmunzelt.

»In den Privaträumen, für die Premium-Kunden«, ergänzt Adrik. »Wenn es gut ankommt, werden wir von dort aus expandieren.«

»Es wird gut ankommen ...«, beginne ich, aber Adrik hält die Hand hoch, um mich zu unterbrechen.

»Stell es her und teste es zuerst. Dann können wir darüber reden, wo wir es verkaufen.«

»Hört sich gut an«, meint Jasper überlegen und zufrieden.

Er glaubt, dass er aus unserem ersten Gefecht als Sieger hervorgegangen ist. Womit er nicht ganz falschliegt.

Ich koche vor Verärgerung und kippe den Rest meines lauwarmen Bieres hinunter. Ich werde immer überstimmt werden, wenn es um mich gegen Adrik und den Rest des Wolfsrudels geht.

Ich schiebe meinen Stuhl vom Tisch weg.

»Wohin gehst du?«, fragt Adrik.

»Tanzen«, erwidere ich und stehle mich durch den dichten Rauchnebel davon.

Ich gehe an dem Tisch vorbei, an dem der ungeheuer fette tschetschenische Boss aus einer meterhohen Wasserpfeife raucht, während zwei wunderschöne Mädchen auf beiden Seiten von ihm drapiert sind und jede aus ihrer eigenen schmalen Pfeife pafft. Die Augen der Mädchen sind glasig, ihre Köpfe lehnen an den kräftigen Armen des Dons. Als Elbrus eine Kette wirbelnder Rauchringe ausstößt, denke ich daran, wie sehr er der Raupe in *Alice im Wunderland* ähnelt, während die beiden benommenen Mädchen in ihren bunt gemusterten Kleidern wie verwirrte Schmetterlinge an ihn geschmiegt sind.

Ich schließe mich der Gruppe von Begleitdamen an, die zur Musik aus einem Turm alter Lautsprecher tanzen.

Die Mädchen machen sofort Platz für mich und schwimmen um mich herum wie ein Fischschwarm um einen Wal. Sie erkennen, dass ich nützlich bin, entweder als Geldquelle oder als Möglichkeit, Geschäfte zu machen, denn ich lenke mehr Blicke in ihre Richtung. Elbrus beobachtet uns, ebenso wie Adriks Freund Krystiyan Kovalenko und mehrere andere Tische mit Gangstern, die ihre weibliche Unterhaltung für den Abend noch nicht ausgewählt haben.

Die Augen, die am heißesten auf meinem Rücken brennen, sind die von Adrik. Ich spüre, wie er mich beobachtet, während ich mich zwischen den Mädchen hinein- und wieder herausschlängle, mit ihnen tanze und gegen ihre Körper gleite.

Ich werfe ihm einen Blick über die Schulter zu, bevor ich mich hinter das hübscheste Mädchen von allen schleiche. Ihr Haar ist zu einem kurzen Pony und einem Bob geschnitten, ihre Lippen sind eine purpurne Sünde.

Ich bin erst einen Tag hier, und schon habe ich genug von Männern – so viel Ego und so viel Unsicherheit in einem haarigen Paket. Ich will mit glatter Haut und sanften Stimmen zusammen sein. Ich möchte mit der Spezies zusammen sein, die weiß, dass man bei einem tollen Song auf keinen Fall sitzen bleiben sollte.

Meine Verärgerung über Jasper verfliegt, während ich mich im Takt wiege, meine Hände auf den Hüften des anderen Mädchens, ihren Hintern an mich gepresst. Ihr Parfüm ist leicht und süß, es gibt mir das Gefühl zu schweben.

Ich habe ein gewisses Temperament. Es flackert schnell und heiß auf, aber ohne Treibstoff brennt es bald aus.

Ich bin schon bereit, Adrik zu verzeihen, dass er sich auf Jaspers Seite gestellt hat – und sogar Jasper, dass er den Konflikt überhaupt erst ausgelöst hat.

Ich werfe Adrik einen weiteren Blick zu, und diesmal lächle ich leicht. Er beobachtet mich immer noch, während Jasper versucht, ihn in ein Gespräch zu verwickeln. Ich könnte ihn hierherlocken, Jasper zeigen, dass er viel interessanter werden muss, wenn er die Aufmerksamkeit von Adrik behalten will. Ich könnte es ihm wirklich unter die Nase reiben.

Aber ich erinnere mich an den Lieblingsspruch meiner Mutter: *Mit Honig fängst du mehr Bienen als mit Essig.*

Ich habe hier eine ganze Menge Honig.

Ich frage die Mädchen: »Kto-nibud' iz vas govorit po-angliyski?« *Spricht jemand von euch Englisch?* Ich habe ein Sprachlernprogramm heruntergeladen, doch bisher habe ich nur ein paar russische Sätze auswendig gelernt und bezweifle, dass ich die Antworten verstehen würde.

»Ich spreche ein bisschen«, sagt das Mädchen mit dem Bob.

»Ich auch«, zwitschert ihre blonde Freundin.

Ein paar Lieder lang unterhalte ich mich mit ihnen, frage sie, wo sie wohnen und was sie gern tun. Die Brünette studiert an der Moskauer Staatsuniversität, die Blondine lebt mit ihrer Mutter in Balaschicha. Ihre Namen sind Polina und Olga.

»Kommt ihr oft hierher?«, frage ich sie.

Polina zuckt mit den Schultern. »An den meisten Wochenenden. Die *Mafiozi* geben gutes Trinkgeld. Die *Kachki* versuche ich allerdings zu meiden – die sind zu grob. Die Slawen wollen für eine Vagina bezahlen und fragen dann nach Analverkehr.«

»Was sind *Kachki*?«

Adrik hat dieses Wort zuvor benutzt. Ich dachte, es sei der Name ihrer Gruppe, aber Polina benutzt es wie eine Beschreibung.

»Es bedeutet so viel wie die Muskeln aufpumpen«, erklärt Olga.

»Oh«, sage ich lachend, »das ergibt Sinn.«

Ich habe noch etwa 800 Dollar in amerikanischen Scheinen. Ich gebe Polina das Geld und sage: »Warum setzt ihr euch nicht zu uns? Meine Freunde haben Manieren. Zumindest mehr als die *Kachki*.« Dann nicke ich in Richtung des Tisches, an dem Adrik, Jasper und Vlad auf ihren Plätzen sitzen und regelmäßig in unsere Richtung blicken, während sie so tun, als ob sie es nicht täten.

»Die sehen nicht schlecht aus«, bemerkt Olga und mustert sie. »Außer dieses Skelett dort.« Sie rümpft die Nase über die Tätowierungen von Jasper.

»Irgendwie mag ich ihn«, meint Polina.

»Und du wirst ihn weiterhin mögen.« Ich grinse. »Solange er nicht redet.«

Ich führe die Mädchen an den Tisch, ziehe weitere Stühle heran und bestelle eine neue Runde Getränke. Bald reichen wir Shots im Kreis herum und noch einen von Jaspers Joints.

Olga wird rot im Gesicht und kichert, klammert sich an Vlads Arm und bittet ihn, ihn zu beugen, damit sie versuchen kann, seinen Bizeps mit beiden Händen zu drücken.

»*Eto kak kamen!*«, kichert sie. *So hart wie ein Stein!*

»Versuch es mal so.«, sagt Polina zu Jasper.

Sie nimmt einen langen Zug vom Joint und atmet dann langsam einen Zentimeter von seinem Mund entfernt aus, damit er den Rauch noch einmal einatmen kann, direkt aus ihrer Lunge.

»Das macht dich doppelt so high«, murmelt sie. Ihre rot geschminkten Lippen streifen seinen Mund, ihre Hand liegt auf seinem Oberschenkel.

Adrik zieht mich auf seinen Schoß und flüstert mir ins Ohr: »Du hast niemanden für dich zurückgebracht.«

Seine Finger umklammern meine Hüften. Sein Schwanz drückt gegen meinen Hintern.

Ich drehe mich auf seinem Schoß, lege meinen Arm um seinen Hals und kitzle mit meinen Fingernägeln seinen Nacken.

»Ich bin großzügig«, sage ich. »Ich teile mit deinen Freunden.«

Ich bin ein Grieche, der Geschenke bringt – die Mädchen sind das Trojanische Pferd.

Selbst Jasper kann nicht widerstehen. Bald lachen wir alle und sind betrunken, Olga sitzt ebenfalls auf Vlads Schoß, Polina hängt an Jaspers Schultern.

Wir lassen die Motorräder vor dem Club stehen und fahren mit zwei Taxis zur Höhle zurück.

Vlad wirft sich Olga über die Schulter und trägt sie in sein Zimmer, weil sie zu beschwipst ist, um die Treppe in ihren High Heels zu bewältigen. Jasper und Polina sind bereits verschwunden.

Adrik reißt mir das Oberteil vom Leib, noch bevor wir im Flur angekommen sind. Ich ziehe erst den einen und dann den anderen Schuh aus, aber die Lederhose überfordert mich. Ich bin heiß und verschwitzt, sie klebt an meiner Haut.

Adrik wirft mich auf das Bett, schält mich wie eine Banane, zieht mir die Hose aus und wirft sie quer durch den Raum. Er macht das Gleiche mit meiner Unterwäsche, springt auf mich und schiebt meine Beine auseinander, vergräbt sein Gesicht zwischen meinen Schenkeln. Er leckt meine Vagina, als wäre er am Verhungern, sein Mund ist warm und feucht vom Trinken.

Ich bin zu ungeduldig für Oralverkehr und versuche mich aufzurichten und ihn wieder zu küssen, aber er drückt mich nach unten, stößt seine Zunge in mich und leckt wie ein Tier an meiner Klitoris.

»Du tust das gern«, sage ich in einem Ton der Verwunderung.

»Das ist meine Lieblingsbeschäftigung.«

»Tatsächlich? Vor all den anderen Dingen, die wir tun?«

Das glaube ich keine Sekunde, doch Adrik besteht darauf: »Ich würde lieber deine Vagina lecken als alles andere. Du schmeckst wie ein Bonbon. Wenn du kurz vorm Kommen bist, schmeckst du sogar noch besser.«

»Wie magst du es am liebsten?«

»Wenn du mein Gesicht reitest.«

»Willst du, dass ich das jetzt tue?«

»Darf ich das filmen?«

Ich habe noch nie zugelassen, dass mich jemand beim Sex filmt. Ich habe noch nie ein Nacktfoto verschickt. Es fühlt sich an, als würde ich ein Stück von mir selbst weggeben – etwas, das ich nicht mehr zurückbekomme.

Adrik würde dieses Video lieben. Wahrscheinlich würde er es sich hundertmal ansehen.

Er hat sein ganzes Leben für mich gegeben – seine Familie, sein Haus, seine engsten Beziehungen. Im Gegenzug möchte ich ihm etwas zurückgeben.

Ich stelle sein Telefon auf das Bücherregal, mit Blick auf das Bett. Dann drücke ich auf Aufnahme.

Adrik lehnt sich gegen sein Kissen.

Ich knie mich auf das Kissen, meine Knie auf beiden Seiten seines Gesichts. Es fühlt sich richtig an, mich auf seinem Mund niederzulassen. Sein Kinn ist glatt rasiert, seine Lippen sind weich. Adrik ist stark, also muss ich keine Angst haben, ihn zu erdrücken.

Ich wiege meine Hüften und lasse meine Vagina über seine Zunge gleiten. Sie fühlt sich glitschig und herrlich warm an. Ich kann mich auf ihm niederlassen und so viel Druck ausüben, wie ich will.

Er saugt sich an meiner Vagina fest und spielt sanft an meiner Klitoris. Ich lehne mich nach vorne und halte mich mit beiden Händen am oberen Ende des Kopfteils fest. Es ist gerade so hoch, dass ich es als Stütze benutzen kann. Ich bin so betrunken, dass ich es brauche.

Ich reite sein Gesicht erst leicht, dann fester.

Er greift nach oben und streichelt mit beiden Händen meine Brüste.

Seine Hände sind groß, warm und kraftvoll. Die Art und Weise, wie sie mich berühren, ist anders als alles, was ich bisher kannte. Er kann seine Hand über meine gesamte Brust legen, sie quetschen und massieren. Wenn er an meinen Brustwarzen zieht, habe ich das Gefühl, in einer Art Maschine gefangen zu sein, in etwas, das größer und stärker ist als ich selbst. Ich bin auf seinem Gesicht fixiert, halte mich am Kopfteil fest, während seine Hände über mich wandern. Überall, wo er mich berührt, pulsieren Wärme und Lust in unwiderstehlichen Wellen durch mich. Ich bin oben, aber er hat die Kontrolle. Er lässt mich alles fühlen, was er will.

Ich fange an zu kommen, und wenn ich einmal angefangen habe, kann ich nicht mehr aufhören. Ich klammere mich an das Kopfteil, als wäre es Treibholz, das mich in einem Sturm über Wasser hält. Ich komme und komme über sein ganzes Gesicht, nicht ordentlich, nicht wie eine Dame. Ich reibe mich an ihm wie eine Wilde und verursache eine Sauerei.

Als ich mich aufs Bett lege, fühlt sich die ganze Matratze

an, als ob sie schwankt, als ob sie ein Floß auf den Wellen wäre. Ich bekomme den Kopf nicht klar.

Adrik setzt sich auf und wischt sich den Mund an seinem Arm ab.

»Siehst du? Es macht Spaß.«

Ich lache. »Ja, wenn du auf Waterboarding stehst.«

»Schick mich nach Guantanamo«, sagt er und küsst sich wieder an meinem Körper hinunter.

»Nein, nein.« Ich stoße ihn weg. »Ich bin dran.«

Adrik legt sich wieder auf den Rücken, ich liege auf dem Bauch zwischen seinen Schenkeln. Sein Schwanz steht dick und aufrecht, die Eichel größtenteils unbedeckt, weil er so verdammt hart ist. Er ist der erste Mann, mit dem ich je zusammen war, der nicht beschnitten ist. Ich mag die zusätzliche Haut – sie ist weich und sauber und bietet ein wenig zusätzliche Reibung, wenn er in mir ist.

Ich lasse meine Hand an seinem Schaft hinuntergleiten und ziehe das letzte Stück Vorhaut zurück. Die Spitze seines Glieds ist glatt und nackt, leicht violett und so warm, dass ich die Hitze spüre, bevor ich meinen Mund um ihn schließe.

Ich liebe es, Schwänze zu lutschen, wenn ich betrunken bin. Mein Mund wird wässrig und feucht, alles schmeckt doppelt so gut. Meine Kehle ist so entspannt, dass ich ihn von Anfang an tief nehmen kann, ohne mich aufzuwärmen. Sein Penis gleitet so weit hinein, dass es fast beängstigend ist. Ich komme mir vor wie ein verdammter Schwertschlucker, als wäre ich der Houdini der Schwänze, der dieses Ding verschwinden lässt und dann wieder zurückbringt.

Ich sehe zu Adrik auf. Seine Augen rollen zurück, er könnte einen Schlaganfall haben.

Ich grinse und mache weiter.

Dann fahre ich mit meiner Zunge an seinem Schaft auf und ab. Ich sauge an seinen Eiern, die glatt, stramm und sauber rasiert sind. Ich nehme sie beide in den Mund und bearbeite seinen Schwanz mit meiner Hand, was ihn stöhnen lässt, als würde er gefoltert werden.

Ich necke ihn eine Minute lang, wirble mit meiner Zunge um den Kopf herum, lecke an der Unterseite, an dieser empfindlichen kleinen Kerbe, wo der Kopf auf den Schaft trifft.

Adrik klammert sich an das Bett und zerreißt einen Teil der Laken. Als er es nicht mehr aushält, packt er meinen Kopf mit beiden Händen und stößt seinen Penis tief in meinen Mund.

Ich gebe ihm, was er will, wippe mit meinem Kopf auf und ab, benutze meinen Mund und meine Hände im Tandem. Ich lutsche diesen Schwanz, als wäre es mein Vollzeitjob, als würde mein Weihnachtsgeld davon abhängen.

Nach einer Minute kann er sich nicht mehr zurückhalten. Er brüllt und stößt ein letztes Mal nach oben, sein Glied steckt tief in meiner Kehle. Ich spüre, wie er zuckt, aber er ist zu tief drin, als dass ich das herausspritzende Sperma schmecken könnte. Damit ich seinen Puls direkt auf meiner Zunge spüren kann, ziehe ich ihn ein wenig zurück. Sein Sperma ist glitschig und glibberig. Es füllt meinen Mund und bedeckt meine Zunge.

Bevor ich zu Ende schlucken kann, zieht er mich hoch und küsst mich tief.

»Du dreckige kleine Schlampe«, knurrt er. »Ich kann mein Sperma in deinem Mund schmecken.«

Ich habe mich noch nie von einem Mann beschimpfen lassen. Bei Adrik ist es ein Kompliment. Er will mich nuttig. Er will, dass ich mich danebenbenehme. Er will das böseste böse Mädchen, deshalb hat er mich überhaupt erst ausgesucht.

Adrik kann sehen, dass ich nachdenke. Als er wieder halbwegs bei Sinnen ist, fragt er: »Gefällt es dir, wenn ich dich Schlampe nenne?«

»Ja.«

»Warum? Weil ich dich dominiere?«

»Nein«, sage ich lachend. »Weil du mich verstehst.«

Ich liebe Sex, das habe ich immer getan. Ich schäme mich nicht. Jeder, der mit mir zusammen sein will, muss diesen Teil von mir mit allem anderen akzeptieren.

»Ich weiß nicht, ob ich monogam sein könnte«, sage ich. »Ich habe kein Mädchen mit nach Hause gebracht, aber vielleicht ein anderes Mal.«

»Bring jeden Abend eine mit nach Hause«, sagt Adrik. »Das ist mir egal.«

»Macht dich das nicht eifersüchtig?«

Adrik hat sich vom Bett gerollt, um Handtücher für uns beide zu holen. Er bleibt im Türrahmen stehen, wirft mir eines zu und benutzt das andere, um sich abzuwischen. Der Schweiß glänzt auf seiner Haut wie bei einer Skulptur, die frisch in Bronze gegossen wurde. Sein Schwanz baumelt schwer an seinem Oberschenkel. Er ist nackt, kraftvoll, ungeniert. Vorerst macht er eine Pause, weiß aber, dass er mich wieder ficken wird.

Er starrt mich mit diesem glühenden Blick an, hell und elektrisch in seinem gebräunten Gesicht.

»Es ist mir egal, mit wem du was hast. Ich will deine Liebe und deine Treue, Sabrina – kannst du mir das geben?«

Es ist das erste Mal, dass einer von uns beiden das Wort »Liebe« laut ausspricht.

Dieses Wort habe ich noch nie zu jemandem gesagt.

Es lässt mich frösteln, wie ich so nackt und entblößt auf dem Bett liege.

Gleichzeitig spüre ich Hitze in meiner Brust. Das Inferno, das dort seit Monaten brennt – unmöglich zu ersticken, unmöglich zu kontrollieren.

Das ist der Grund, warum ich hierhergekommen bin. Auch wenn es gefährlich ist. Auch wenn es verrückt ist. Ich bin hierhergekommen, ohne Freunde oder Familie, ohne die Sprache zu kennen. Wegen Adrik. Weil ich es nicht ertrage, ohne ihn zu sein.

»Ja«, sage ich leise. »Ich liebe dich. Dich und niemanden sonst.«

Das Erstaunen und die Freude, die ihm ins Gesicht geschrieben stehen, bringen mich zum Lachen. Er hat nicht damit gerechnet, dass ich es sagen würde.

Er wirft das Handtuch beiseite, und als er sich auf mich stürzt, ächzt die Matratze unter unserem Gewicht. Dann drückt er mich an seinen Körper und küsst mich heftig. Ich kann spüren, wie sein Herz gegen meine nackte Brust hämmert.

»Du liebst mich?«, fragt er. »Verdammt, ich liebe dich auch, Sabrina.«

»Seit wann?«

»Schon die ganze Zeit. Vorher habe ich es nicht gesagt, weil ich dich nicht verschrecken wollte.«

Die Freude bricht als Lachen aus mir heraus. Adrik ist nicht beleidigt – er versteht, was ich fühle.

»Liebst du mich wirklich?«, frage ich.

Er sieht mir ernst in die Augen. »Ich bin weit über Liebe hinaus. Ich bin besessen.«

Ich sage ihm etwas, das ich nicht zugeben wollte. »Es macht mir Angst. Ich fühle mich verzweifelt und verrückt – weit mehr als normal. Ich fühle mich, als wäre ich schon am Rande des Abgrunds gewesen, und dann habe ich dich getroffen und bin direkt von der Klippe gesprungen.«

»Ich weiß.«

Er hält mich so fest, dass seine Finger in meinen Schultern versinken, und ich will immer noch mehr. Wenn er mich nur festhält, will ich, dass er mich küsst, und wenn er mich küsst, will ich gefickt werden. Es ist nie genug, ich kann mich an ihm nicht sattsehen.

Er sagt: »Ich bin es gewohnt, die Kontrolle zu haben. Mit dir ... würde ich alles für eine weitere Minute tauschen.«

Wir küssen uns wieder, wild und hungrig, verschlingen uns gegenseitig bei lebendigem Leib. Ich bin erfüllt von heißem, aufsteigendem Glück. Wir haben es endlich laut ausgesprochen, und es fühlt sich so gut an.

Das hier ist echt. Das Realste, was ich je erlebt habe.

Wenn wir verrückt sind, dann sind es wir gemeinsam.

Kapitel 22

Adrik

Innerhalb einer Woche nach Sabrinas Idee habe ich bereits den perfekten Ort für ein Labor gefunden. Es handelt sich um eine alte Brauerei in Nekrassowka, die seit acht Jahren geschlossen und von Textilfabriken umgeben ist, welche Fast Fashion und gefälschte Handtaschen herstellen, die die Russen beinahe so sehr lieben wie die echten.

Bei dem ganzen Smog, der aus den Fabriken strömt, und dem Dampf und Lärm der Dim-Sum-Läden und Schawarma-Stände, die die Arbeiter mit Essen versorgen, wird niemand bemerken, wenn ein paar weitere Kessel in einem schäbigen Backsteingebäude, das eigentlich leer stehen sollte, zum Leben erwachen. Jedenfalls niemand, der von Bedeutung ist.

Es ist zwar weiter von der Höhle entfernt, als mir lieb ist, aber ich habe Sabrina ihr eigenes Motorrad gekauft. Ich parke es direkt vor dem Haus, damit sie es sofort sieht, wenn sie aus der Tür kommt.

Es ist das brandneue Superbike von Aprilia, ultraleicht und schnittig, schwarz wie meines. Es gefällt mir, die beiden Motorräder nebeneinander zu sehen. Der Größenunterschied spiegelt den physischen Unterschied zwischen Sabrina und mir wider. Sabrina erinnert mich stark an einen aufgemotzten Motor in einem kompakten Rahmen.

Sie kann sich kaum zügeln, als sie es erblickt, und tanzt

mit vielen Juchzern um das Motorrad herum, während sie die Ausstattung begutachtet. Wir haben oft genug über ihre Vorlieben gesprochen, sodass ich ziemlich sicher war, die richtige Wahl zu treffen. Trotzdem war es ein Risiko, sie zu überraschen. Ihre offensichtliche Freude entschädigt mich für jede Sekunde des Stresses, den ich hatte, um das richtige Motorrad für ihren Geschmack zu finden.

»Wieso bist du so verdammt scharfsinnig?«, sagt sie, küsst mich immer wieder und eilt dann zum Motorrad zurück. »Das ist genau das, was ich wollte.«

»Ich weiß.« Ich grinse. »Ich musste dir die Informationen nicht wirklich entlocken. Es wäre wahrscheinlich schwieriger gewesen, dich dazu zu bringen, nicht über Motorräder zu reden.«

Sabrina schlägt mir so fest auf den Arm, dass es wehtut.

»Ach ja, wolltest du über Philosophie reden? Halt die Klappe, du redest gern über Motorräder.«

Ihr Blick schweift über das Fahrgestell, als wäre es eine nackte Cheerleaderin.

»Ich kann es kaum erwarten, dieses Baby zu öffnen und einen Blick auf den Motor zu werfen.«

»Es ist brandneu! Willst du jetzt schon daran herumpfuschen?«

»Natürlich!« Sie lacht und hüpft vergnügt auf den Fußballen. »Habt ihr Werkzeug und eine Hebebühne? Was habt ihr alles in der Garage?«

Ich führe sie durch das ehemalige Gewächshaus, das nun als Garage, Werkzeugschuppen und allgemeiner Lagerraum dient.

Chief ist bereits drinnen und arbeitet an Jaspers KTM. Er ist der Experte, wenn es um Reparaturen geht, und richtet die meisten Dinge, die im Haus kaputtgehen. Nicht weil er besondere Kenntnisse über Klempnerarbeiten oder Klimaanlagen hat, sondern weil er die Geduld hat, online über

Diagrammen zu tüfteln und dann eine Lösung zu finden, bis Vlad oder Andrei es wieder versauen.

Chief war in meinem Jahrgang in Kingmakers, wenn auch nicht in meinem Wohnheim. Er war ein Buchhalter, ich ein Erbe. In unseren Finanzkursen war er der Einzige, der Prognosen schneller berechnen konnte als ich – und ich war der einzige Erbe, der es schneller konnte als die anderen Buchhalter.

Wir waren sofort voneinander angetan, denn ich konnte sehen, wie klug er war, und er verstand, dass ich es sehen konnte. Ich nahm ihn in meinen Kreis auf. Einige der anderen haben ihn anfangs verarscht, vor allem Vlad. Chief hat diese verletzliche Seite, die die Aufmerksamkeit eines Tyrannen wie Vlad auf sich zieht.

Ihn zu verteidigen, würde es nur noch schlimmer machen. Ich gebe ihm die Chance zu glänzen, zu zeigen, was er am besten kann. Er macht sich im Haus nützlich, um die Tatsache auszugleichen, dass er lieber im Auto bleibt, wenn wir anderen uns draußen um das Geschäftliche kümmern.

Sein eigentlicher Job ist die Buchhaltung. Er ist ein Zahlengenie, was ich im Moment verdammt gut gebrauchen kann, da wir mit einer äußerst knappen Marge operieren. Ich habe nur mein eigenes Geld und weder von meinem Vater noch von Ivan einen Cent genommen.

Sabrina rollt ihr Motorrad herein, um es Chief zu zeigen. Er sieht es sich an, lächelt und macht Komplimente, als wäre er nicht dabei gewesen, als ich es gekauft habe.

Er mochte Sabrina auf Anhieb. Er ist immer bereit, das zu mögen, was ich mag, und sie ist das hübscheste Mädchen, das mehr als fünf Sätze mit ihm gesprochen hat. Eigentlich ist Sabrina mehr als herzlich. Sie ist warmherzig und offen, vor allem für Personen, die sie als Außenseiter ansieht. Ihr Sinn für Gerechtigkeit zwingt sie dazu, die Benachteiligten zu fördern, während sie die aufgeblasenen Egos derer, die ganz oben stehen – wie Jasper oder Vlad oder meine Wenigkeit –, niedermacht.

Vor lauter Aufregung versprüht sie ihren ganzen Charme auf Chief. Er sieht benommen aus, als hätte er ein paar Schnäpse zu viel getrunken. Das wird ihm guttun. Sabrina ist so überwältigend, dass er vergisst, nervös zu sein, und er redet mehr wie er selbst.

Nachdem sie sich sein Werkzeug geliehen hat, um das Gehäuse zu öffnen, und sie beide den Motor inspiziert haben, nickt sie in Richtung Jaspers KTM und fragt: »Arbeitest du an dem Rasseln?«

»Ja, aber ich weiß nicht, woher das Problem kommt. Ich habe den ganzen Motor auseinandergenommen, gereinigt und wieder zusammengebaut, aber ohne Erfolg.«

»Hm«, sagt Sabrina und lässt ihre scharfsinnigen Augen über Jaspers Motorrad huschen.

Ich bin mir sicher, dass sie es in Ordnung bringen könnte, wenn sie wollte, doch das ist die bissige Seite von ihr. Jasper war nicht gerade freundlich, und Sabrina hat zu viel Stolz, um auf sie zuzugehen.

Das macht nichts, denn sie integriert sich schneller im Haus, als ich es mir erhofft habe. Sie hat mit Hakim und Andrei Videospiele gespielt und ihr erstes Abendessen mit nur mäßigem Elend gekocht. Triumphierend stellte sie die Platte mit den Hähnchen- und Gemüsespießen in die Mitte des Tisches. Ihr Haar war zu einem fransigen Durcheinander auf ihrem Kopf aufgetürmt, und auf ihrer Stirn war ein Streifen Holzkohle zu sehen, wo sie sich mit dem Armdrücken den Schweiß weggewischt hatte. Sie sah aus, als hätte sie mehrere Weltkriege hinter sich, aber sie grinste.

»Und? Was denkt ihr?«

Andrei war mutig genug, den ersten Bissen von der angebrannten und seltsam festen Hühnerbrust zu nehmen.

»Hm«, meinte er und kaute vorsichtig. »Es ist ... essbar.«

Vlad warf seinem Huhn einen gequälten Blick zu, aber da er nicht zum ersten Mal in seinem Leben eine Mahlzeit auslassen wollte, übergoss er seine Spieße mit scharfer Soße und schlang sie hinunter.

Nur Jasper weigerte sich zu essen. Er sagte nichts und Sabrina auch nicht, obwohl ich ihre erhitzten Wangen sah, als sie seinen vollen Teller im Müll entleerte. Es machte mich wütend, doch ich hielt mich heraus, weil ich weiß, dass Sabrina das so will.

Ich habe mein ganzes Hähnchen aufgegessen. Danach ist nichts Schlimmes passiert, was ich als Erfolg betrachte.

Nachdem Sabrina ihr Motorrad vorgeführt hat und Hakim – wie immer spät – aus dem Bett gestolpert ist, fahren wir zur alten Brauerei.

Sabrina hat sich bereits an die Widrigkeiten des Moskauer Verkehrs gewöhnt. Sie schlängelt sich geschickt zwischen den Autokolonnen hindurch, führt den Weg nach Nekrassowka an und muss sich erst hinter mich zurückfallen lassen, als wir die Stadtteile verlassen, die sie kennt.

Ihre Fähigkeit, sich die kyrillischen Straßenschilder zu merken, erinnert mich an Sherlock Holmes, als er sich damit brüstete, dass er der einzige Mensch sei, der sich den ungemein verworrenen Zugfahrplan im viktorianischen England merken könne. Sabrinas Gehirn ist genauso: Sie sieht etwas einmal und speichert es in ihrem Kopf ab.

Sie fährt schneller, als sie müsste, weil sie ihren neuen Arbeitsbereich sehen will. Hakim kann fast gar nicht mithalten. Wahrscheinlich ist er noch im Halbschlaf. Als wir die Brauerei erreichen, hält Sabrina kaum an, um den Ständer ihres Motorrads herunterzuklappen, bevor sie hineinrennt.

Im Inneren der Brauerei riecht es stark nach Hopfen und Schimmel. Zentimeterdicker grauer Staub hat sich auf den alten Tischen und Fensterbänken abgesetzt wie der Atomstaub von Tschernobyl.

Alle Fenster befinden sich hoch oben an den Wänden, so winzig und abgeschrägt, dass das Licht nur in vereinzelten Wellen hindurchdringt.

Unkraut wächst durch die Risse in den morschen Dielen. Einige sind mit stacheligen Dornen bedeckt, andere mit zarten, papierartigen Blüten.

Sabrina flitzt durch die Brauerei. Ihre Stiefel platschen durch Pfützen aus schlammigem Wasser, ihr Haar wirbelt herum, während sie sich in dem riesigen, offenen Raum dreht.

»Es ist perfekt!«, schreit sie. »Verdammt perfekt!«

Hakim untersucht den Raum in aller Ruhe, aber nicht weniger interessiert. Er prüft vor allem die Steckdosen, die Wasserversorgung und die Abflussrohre.

»Wir haben vollen Strom?«

»Leg den Schalter um.«

Er betätigt den ungesicherten Schalter an der Wand. Einen Moment lang passiert nichts, dann leuchten mit einem Rumpeln und Brummen ein paar Glühbirnen an der Decke auf. Die anderen bleiben dunkel.

»Liegt das an der Verkabelung oder an den Glühbirnen?« Hakim runzelt die Stirn.

»Ich weiß es nicht. Ich schicke Chief her, damit er sich das ansieht.«

»Oder jemand, der weiß, was er tut.«

»Ich dachte, das wärst du?« Ich grinse.

»Nicht einmal annähernd«, spottet Hakim. »Ich habe einen Kumpel, den ich anrufen kann. Er ist mit mir zur Schule gegangen und baut Hydrokulturanlagen. Ich bin nicht der einzige Schulabbrecher, aus dem etwas geworden ist.«

»Schon klar.« Ich nicke. »Behalte es ansonsten für dich. Schließlich wollen wir keine Nachahmer, ehe wir überhaupt angefangen haben.«

»Natürlich.« Hakim nickt.
Sabrina hat ihre Runde durch den Raum beendet. Sie kommt zurück zu uns, errötet und mit strahlenden Augen.
»Lasst uns endlich anfangen!«, ruft sie.

***

Es dauert einen weiteren Monat, um das Labor auszuräumen und es betriebsbereit zu machen. Alle helfen mit, sogar Jasper und Vlad. Ich bezahle Hakims Freund ein Beratungshonorar für die Beschaffung der notwendigen Ausrüstung. Wir müssen einen Fachmann anheuern, der neue Rohre verlegt und einen neuen Ofen und Gasleitungen installiert, doch es ist Vlads Onkel, daher mache ich mir keine Sorgen um ein loses Mundwerk. Wir sagen ihm nicht explizit, was wir tun, ich bin mir allerdings sicher, er kann es sich denken.

Der schwierigste Teil ist die Suche nach einem Lieferanten für unsere Rohstoffe.

Wir könnten wie die Slawen in Amsterdam einkaufen, aber dann wären unsere Pillen zu teuer, selbst mit dem Aufschlag, den wir laut Sabrina verlangen können. Jasper will, dass ich mich an Krystiyan Kovalenko wende. Er hat Zugang zur ukrainischen Drogenlieferkette, die von Kyjiw nach Lissabon führt.

»Auf gar keinen Fall«, antworte ich ihm unverblümt. »Ich arbeite nicht mit der Malina zusammen.«

Diese Wichser haben mir schon drei Jahre meines Lebens gestohlen. Mir könnte Moskau längst gehören, wenn ich nicht nach ihrer Pfeife hätte tanzen müssen, um Ivan am Leben zu erhalten.

»Krystiyan ist eigentlich nicht Malina«, erklärt Jasper. »Er ist nur mit ihnen verwandt. Außerdem ist Marko Moroz tot.«

»Ich weiß«, sage ich barsch. »Ich habe gesehen, wie Rafe

Hackfleisch aus ihm gemacht hat. Was aber nicht heißt, dass ich bereit bin, mich mit seinem Cousin zweiten Grades oder was auch immer Krystiyan ist, anzufreunden. Außerdem kanntest du ihn aus der Schule – er ist eine verdammte Schlange.«

»Was ist dann deine geniale Idee?«, fragt Jasper ungeduldig.

»Ich habe noch keine ... aber bald, keine Sorge.«

Die Lösung, die sich letzten Endes bietet, ist alles andere als ideal. Ich schließe einen Deal mit Lev Zakharov, einem Händler aus Rostow am Don, dreizehn Stunden entfernt am Rande des Schwarzen Meeres. Obwohl mehrere der traditionellen Schmuggelrouten in den letzten Jahren abgeschnitten wurden, kann er Materialien über Rumänien, Georgien, die Türkei oder Bulgarien einführen und hat Verbindungen zu den billigsten Rohstoffherstellern in Thailand und China. Obwohl er nur ein kleiner Händler ist, gilt er als zuverlässig und hat keine vorherigen Aufträge aus Moskau.

Er erklärt sich gern bereit, mit uns zusammenzuarbeiten. Aber unsere Vereinbarung ist mit einer hohen Steuer verbunden.

»Er will fünf Prozent«, berichte ich Jasper und Sabrina. »Er wird die Rohstoffe so billig beschaffen, dass wir es nicht einmal merken werden.«

Jetzt ist es Sabrina, die sich aufregt und schreit: »Wir brauchen keinen Partner! Nur einen Lieferanten.«

»Er wird nichts anderes akzeptieren.«

»Dann such dir jemand anderen!«

»Es gibt sonst niemanden!«, schnauze ich. »Das ist kein Zucker oder Mehl, das gibt es nicht im Backregal!«

Sabrina sieht mich mit zusammengekniffenen Augen an, schweigend, aber keineswegs zufrieden. Sie ist sauer, dass ich mich über sie hinweggesetzt habe, doch es gibt wirklich keine andere Möglichkeit. Keine, die ich akzeptieren würde.

Um das Schlimmste hinter mich zu bringen, informiere ich Jasper: »Er schickt seinen Sohn nach Moskau. Um seine Interessen zu vertreten.«

Jasper ist so wütend, dass er völlig erstarrt und die Arme fest vor der Brust verschränkt hat.

»Zigor Zakharov ist ein verdammter Dummkopf!«, schimpft er.

»Ich bin mir dessen bewusst. Wenn alles gut läuft, wird er sich zurückhalten. Oder es wird ihm langweilig. Er wird fünf Nächte in der Woche in den Bordellen herumhuren, und du wirst ihn kaum noch zu Gesicht bekommen.«

Jasper und Sabrina antworten mit versteinertem Schweigen. Ich habe es geschafft, sie aus unterschiedlichen Gründen gleichermaßen zu verärgern. Selbst in diesem gemeinsamen Zustand der Wut sehen sie sich nicht an, ihre Körper sind in entgegengesetzte Richtungen geneigt.

»Das ist vorerst der Deal«, erkläre ich ihnen bestimmt. »Sobald das Geschäft läuft, können wir das neu entscheiden.«

KAPITEL 23

SABRINA

Das Kochen von Drogen ist etwas komplizierter, als ich erwartet hatte. Vor allem, weil es sich nicht um eine einfache Verbindung handelt. Es ist eine Mischung aus MDMA, LSD, THC und einer Prise Amphetamine. Das MDMA ist die Basis und sorgt für die Euphorie und die Fähigkeit, die ganze Nacht wach zu bleiben. Die Amphetamine lösen einen kleinen Kick aus, sodass die Stimmung sofort aufgelockert wird. Das LSD lässt die Musik himmlisch klingen, damit unsere Partygäste tanzen wollen. Und das THC wirkt wie Lachgas, das die anderen Drogen antreibt und gleichzeitig die Unruhe des Ecstasy und des Speeds abmildert.

Wir haben nur so viele Informationen, wie wir online finden können. Es handelt sich um reguläre Substanzen, die nicht in systematischen Studien untersucht wurden – jedenfalls nicht in dem Maße, wie es nötig gewesen wäre. In den Sechzigerjahren wurde MDMA in der Ehetherapie eingesetzt, aber die Hysterie der Anti-Drogen-Bewegung in der Reagan-Ära hat das alles zunichtegemacht. Erst seit Kurzem erkennt die medizinische Gemeinschaft endlich die Vorteile von Psychedelika bei der Behandlung von Depressionen und posttraumatischen Belastungsstörungen an.

Hakim und ich lesen alles, was wir finden können, doch letzten Endes sind wir nur zwei verrückte Wissenschaftler, die ihren eigenen Körper als Versuchskaninchen benutzen.

Oder besser gesagt, meinen Körper, denn Hakim hat in seiner Paranoia Angst, dass wir uns das Hirn zerstören. Außerdem ist er nicht in der Lage, bestimmte »Nebenwirkungen« zu beurteilen, die ich untersuchen möchte, da er im Moment keine Freundin hat.

Aber er ist genauso brillant, wie Adrik versprochen hat. Er ist derjenige, der die Zeitverzögerungskapseln entwickelt, damit alles zum richtigen Zeitpunkt wirkt. Er hat auch viel mehr Erfahrung mit Laborgeräten, also findet er genau die richtigen farbigen Glühbirnen, um sicherzustellen, dass unsere Lysergsäure nicht unter UV-Licht zerfällt – und konstruiert unsere Atemschutzmasken und Abzugshauben, damit wir nicht ersticken.

Ich bin diejenige, die die Pille selbst entwirft: ein zitronengelber Blitz, so groß wie ein kleiner Fingernagel.

»Können wir die Pillen nicht einfach stempeln?«, beschwert sich Hakim, als sich die maßgeschneiderte Hülle als teuflisch knifflig erweist.

»Nein«, beharre ich. »Das wird leichter zu erkennen und schwieriger zu fälschen sein.«

»Du prägst das Logo auf eine Marke, die es noch gar nicht gibt.«

»Das wird schon bald der Fall sein.«

Hakim und ich verbringen den ganzen Tag im Labor, manchmal zwölf oder vierzehn Stunden am Stück, wobei wir beide in unseren Schutzanzügen stark schwitzen. Das Labor füllt sich mit einem Hexengebräu aus Dampf und Rauch, schillernd und giftig. Es ist eine Erleichterung, als die Temperatur Ende Oktober sinkt, auch wenn die Fahrt zur und von der Brauerei dadurch viel kühler wird. Adrik kauft mir eine neue Lederkombi, dick und warm, mit einem schwarzen Nerzbesatz an der Kapuze.

»Ein Helm würde dich wärmer halten«, rät er.

»Das ist die einzige frische Luft, die ich bekomme«, sage

ich. »Ich verbringe den ganzen Tag mit einer Schutzbrille und einem Atemschutz.«

Da wir kurz vor der Fertigstellung unseres Produkts stehen, arbeiten Hakim und ich bis spät in die Nacht. Die Textil- und Handtaschenfabriken sind rund um die Uhr in Betrieb. Wenn wir die Brauerei verlassen, sehen wir die ausgemergelten Arbeiter, die ihre Schichten wechseln. Ihre Gespräche sind ein Sprachenwirrwarr, und ihre Schultern sind eingefallen von den langen Stunden, die sie über Maschinen gebeugt sind, um Knöpfe zu befestigen und Riemen zu nähen.

Hakim und ich essen nicht, während wir arbeiten, denn die Gefahr einer Kreuzkontamination ist zu groß. Stattdessen legen wir in dem amerikanischen Diner auf der anderen Seite der Handtaschenfabrik Pausen ein.

Das Diner befindet sich in einem verchromten Trailer in Form einer Patrone. Auf dem Neonschild mit seiner Retro-Schrift steht »Shake Burgers« in gutem altem Englisch. Die Schreibweise ist korrekt, auch wenn die Wortfolge durcheinandergeraten ist.

Ich habe Hakim die ersten paar Male dazu gezwungen, hierherzukommen, weil ich das amerikanische Essen mehr vermisst habe als erwartet. Die dick geschnittenen Pommes und die brutzelnden Burger mit knusprigen, gebräunten Rändern erinnern mich an zu Hause, auch wenn sie von einer finster dreinblickenden Russin zubereitet werden, die alles an ihrem eigenen Lokal zu verabscheuen scheint.

In letzter Zeit schlägt Hakim jedoch von sich aus Shake Burgers vor, was ich der miserablen Köchin zu verdanken habe, die Hakims Fragen nur mit einsilbigen Grunzlauten beantwortet. Andererseits hat sie Piercings im Gesicht und keine Augenbrauen, Edding auf den Fingernägeln und Haare, die zu Hause geschnitten und gefärbt wurden, möglicherweise mit denselben farbigen Getränkepulverpackungen, die sie für ihre Kinder kauft. Kurzum: Sie ist genau Hakims Typ.

Die Köchin heißt Alla, und der Name ihrer kleinen Schwester ist Misha.

Mischa sitzt auf einem Hocker an der langen Arbeitsplatte aus Kunststoff und brütet über ihren Hausaufgaben. Für eine Zwölfjährige ist sie sehr beschäftigt. Ich kann die Einbände ihrer Schulbücher nicht lesen, aber aufgrund ihrer Dicke und der Komplexität der Diagramme vermute ich, dass sie in einer Art Förderprogramm ist. Und sie ist wirklich hochnäsig. Sie stellt mir gern Fragen wie: »Was war der teuerste Krieg, der je geführt wurde?« und »Warum haben sich die Venus und die Erde wohl so unterschiedlich entwickelt?«

»Ich mache deine Hausaufgaben nicht für dich«, sage ich.

»Du kennst die Antworten einfach nicht.«

»Deine Fragen sind subjektiv. Oder nicht zu beantworten.«

»Alles ist beantwortbar.«

»Vielleicht in der Zukunft – nach heutigem Stand aber noch nicht.«

»Nicht für dich, meinst du.«

Ich klopfe auf den Einband ihres Astronomie-Lehrbuchs. »Wenn ich das Ding lesen würde, würde ich mich an alles darin erinnern. Aber weißt du, was? Ich will mir nicht den Kopf mit einem Haufen Mist über irgendwelche Planeten vollschlagen. Ich bin mehr an dem interessiert, was ich hier auf der Erde tue.«

Mischa verengt ihre Augen hinter den dicken Gläsern ihrer Oma-Brille. Da diese Brille ihre Augen auf den doppelten Umfang vergrößert, wirkt sie wie ein niedlicher kleiner Laubfrosch, der mich von einem Ast aus anblinzelt.

»Du meinst ... die Arbeit in der Handtaschenfabrik«, sagt sie.

Sie weiß ganz genau, dass Hakim und ich das nicht tun.

Ich lächle unschuldig. »Ich liebe Handtaschen.«
»Du hast nicht einmal eine Handtasche bei dir.«
»Wenn ich arbeite, darf ich keine tragen. Ich könnte andere Handtaschen stehlen und sie in meine Handtasche stecken.«

Mischa verdreht die Augen und vergräbt ihre Nase wieder in ihrem Lehrbuch.

Wir sitzen immer am Tresen, damit Hakim Alla belästigen kann, während sie arbeitet.

»Also, was machst du so in deiner Freizeit?«

Alla ignoriert ihn.

»Kann ich einen Schokoladenshake bekommen?«, frage ich sie.

»Mischa«, bellt sie, »mach einen Shake!«

Mischa legt ihren Bleistift in der Spalte ihres aufgeschlagenen Lehrbuchs ab und rutscht von ihrem Hocker. Mit akribischer Präzision misst sie die Zutaten für meinen Shake in einen Stahlbecher und beginnt, eine Maschine zu bedienen, die so alt ist, dass sie bald auseinanderzufallen scheint.

»Gibt es in Russland keine Gesetze gegen Kinderarbeit?«, frage ich Alla.

»Sie ist kein Kind«, grunzt Alla. »Sie ist ein Dämon.«

Allas Englisch ist in etwa so gut wie der Name des Diners – verständlich, aber nicht gerade eloquent. Da mein Russisch für jeden außer Adrik ein Kauderwelsch ist, erlaube ich mir kein Urteil.

Mischa schiebt sich die Brille auf die Nase und starrt ihre Schwester mit einem ruhigen Blick an. »Wir leben nicht mehr im Mittelalter. Ich bin kein Dämon, nur weil ich jeden Tag bade.«

»Ich bade auch«, erwidert Alla.

»Mit *Seife*?«, fragt Mischa.

Mit ihrer übergroßen Brille und den mausgrauen Zöpfen sieht sie aus wie eine pingelige kleine Lehrerin. Soweit ich es beurteilen kann, besteht ihre Familie bloß aus ihr und ihrer Schwester. Sie ist die ganze Zeit hier, weil sie sonst allein in der beengten Wohnung wäre, die sie sich teilen.

Nachdem Mischa mir einen postkartenreifen Shake mit einer schneebedeckten Spitze aus Schlagsahne und einer grell leuchtenden Maraschino-Kirsche vorgesetzt hat, rückt sie ihren Hocker etwas näher. »Alla sagt, ich lese zu viel und das macht mich komisch.«

»Irgendetwas hat dich wirklich komisch gemacht«, sage ich. »Allerdings weiß ich nicht, ob es die Bücher waren.«

»Liest du Romane?«, fragt sie mich.

»Ja. Wenn ich lange genug stillsitzen kann.«

»Was ist dein Lieblingsbuch?«

Ich überlege. »Nun, als ich in deinem Alter war, war es *Das große Spiel*.«

»Was ist das?«

»Es geht um einen Jungen, einen echt klugen Jungen. Er wird vom Militär ausgebildet. Wahrscheinlich würde es dir gefallen«, sage ich lachend. »Er ist auch seltsam.«

Mischa nickt entschieden. »Ich werde es in der Bibliothek suchen.«

Die Klingel über der Tür bimmelt, als Adrik sich hereindrängt. Mindestens einmal am Tag kommt er zu mir ins Labor und trifft sich oft mit mir nach der Arbeit, damit wir zusammen nach Hause fahren können.

Heute Abend scheint ein leichter Regenschauer auf die Schultern seiner Lederjacke gefallen zu sein, und ganz kleine Tropfen glitzern in seinem dichten schwarzen Haar.

»Ich wusste nicht, dass es regnet«, sage ich.

Er schüttelt den Kopf wie ein Tier und besprizt meinen Arm, dann fährt er sich mit der Hand durch die Haare in einer rauen Bewegung, die mir schmerzlich vertraut geworden ist. Mein Magen verkrampft sich und lässt mich meine Knie unter dem Tresen zusammenpressen.

»Nicht stark«, versichert er mir.
»*Vy golodniye?*«, fragt Alla. *Hast du Hunger?*
Adrik ist der Einzige, den sie mag.
»Zu deinem Essen würde ich nie Nein sagen.« Er grinst.
Alla ist wirklich eine ausgezeichnete Köchin, auch wenn sie ihren Job abgrundtief hasst. Jedes Mal, wenn sie den Grill anwirft, habe ich das Gefühl, dass sie das Streichholz auf den Boden werfen und den ganzen Trailer in Brand setzen wird.

In weniger als zehn Minuten bringt sie Adrik einen Teller mit kochend heißen Pommes frites und einen Burger mit gegrillten Zwiebeln und extra Senf.

Obwohl ich gerade meinen eigenen Teller leer gegessen habe, packt mich der Drang, den größtmöglichen Bissen von diesem Burger zu nehmen.

»Nur zu.« Adrik schiebt mir den Teller zu. »Du siehst hungriger aus als ich.«

Das bezweifle ich, denn Adrik hat genauso viel zu tun wie Hakim und ich. Er kümmert sich darum, die Rohstofflieferungen zu besorgen, mit Eban Franko Kontakt aufzunehmen, unsere Vertriebskanäle einzurichten und die zuständigen Polizisten zu bestechen.

Aber es ist nicht bloß Arbeit. Nicht, wenn wir die Drogen testen.

»Ich habe eine neue Rezeptur für dich«, raune ich Adrik zu.

»Für heute Abend?«

»Ja.«

Er packt mein Knie kräftig unter der Theke und lässt ein leises Grollen in seiner Kehle hören.

»Gut. Lass uns von hier verschwinden.«

»Du hast noch nichts gegessen.«

»Es gibt nur eine Sache, die ich lecken möchte.«

»Ekelhaft«, sagt Hakim von Adriks anderer Seite.

»Du solltest deine Einstellung ändern«, sagt Adrik und klopft Hakim beim Aufstehen auf die Schulter. »Das ist der Grund, warum du Single bist.«
»Kommst du mit uns?«, frage ich Hakim.
»Geht schon mal vor. Ich komme nach, wenn ich fertig bin.«
Er hat bloß noch sechs Pommes auf dem Teller, aber ich vermute, er wird ihren Verzehr so lange wie möglich in die Länge ziehen, sobald er mit Alla allein ist. Nun, so allein, wie man mit einer sehr aufmerksamen Zwölfjährigen drei Hocker weiter sein kann.
»Kann ich eine Schachtel haben?«, frage ich Alla. »Ich werde das zum Frühstück essen.«
Sie reicht mir einen Styroporbehälter zum Mitnehmen. Ich kippe Adriks Burger hinein und gebe ihr ein Bündel gefalteter Rubel als Trinkgeld.
»Das ist zu viel«, sagt Alla, eher verärgert als erfreut.
»Das ist das Essen wert.«
»Amerikaner geben gern Trinkgeld«, sagt Adrik und entschuldigt meine nicht gewollte Großzügigkeit.
»Sie lieben es, anzugeben«, erwidert Alla ungeschönt.
»Ja.« Ich zucke mit den Schultern. »Das stimmt wohl.«
Alla will meine Almosen nicht, aber Mischa hat Löcher in ihren Schuhen. Manchmal kann man nicht das Richtige tun, sondern nur die naheliegendste Möglichkeit nutzen, um zu helfen.

***

»Wie sollen wir es nennen?«, fragt Adrik.
»Molniya. Deshalb habe ich es so geformt – es ist wie ein Blitz in einer Pille.«
»Welche Version ist das?«
»Ich weiß nicht, vielleicht die sechste.«

Ich halte die kleine gelbe Pille hoch, um sie ihm in den Mund zu stecken.

»Woher weiß ich, dass du die richtige Dosis nimmst?«

Ich blicke ihn böse an. »Ich bin keine Apothekerin. Ich schätze per Augenmaß.«

Adrik lacht. »Na gut. Aber ich habe noch eine Frage: Was ist, wenn es die Kunden ein bisschen zu zufrieden macht? Was ist, wenn sie nicht für Lapdances bezahlen wollen? Die Stripperinnen werden es nicht verkaufen, wenn es ihnen nicht hilft, Geld zu verdienen.«

Ich tue so, als würde ich schmollen. »Du hast kein Vertrauen in mich.«

»Das ist ein Geschäft, keine Religion.«

»Wie wäre es dann mit einer kleinen Wette?«

Adrik setzt sich aufrechter ins Bett, wie ein Wolf, der die Witterung seiner Lieblingsbeute aufnimmt. Er liebt eine gute Wette.

»Was für eine Wette?«

»Wie viel Bargeld hast du dabei?«

Er zieht ein Bündel Scheine aus seiner Tasche, einige Rubel, aber hauptsächlich amerikanische Hundert-Dollar-Scheine – die Währung, die kein Russe ablehnt.

»Eine Menge«, sagt er.

»Ich werde dir tausend Dollar pro Song berechnen«, sage ich. »Du versuchst, so viel Geld wie möglich zu behalten.«

Er lächelt. »Und was bekomme ich, wenn ich dir widerstehen kann?«

»Ich werde meinen Helm immer tragen, wenn ich mit dem Motorrad fahre.«

»Wie ein braves Mädchen.«

»Wie das bravste Mädchen überhaupt«, sage ich und fahre mit dem Finger über seine Brust.

»Und wenn *du* gewinnst?«

»Ich will eine neue Waffe. Eine teure.«

»Eine Waffe wie John Wick?«, neckt er mich.

Andrei, Hakim und ich haben uns die Trilogie angeschaut und sind begeistert von dem endlosen Bestand an Hightech-Ausstattung, die John Wick in jedem geeigneten Keller zu verstecken scheint.

»Ja. Ich will die echte Waffe, die Keanu Reeves in der Hand hält. Stell dir vor, wie eifersüchtig Andrei wäre!«

»Er würde weinen.«

»Gott, ich hoffe es.«

»Du musst zuerst gewinnen.«

Ich lache. »Baby, du hast gerade einen Pakt mit dem Teufel geschlossen. Ich habe bereits gewonnen.«

Ich lege die Pille auf meine Zunge, beuge mich vor und reiche sie Adrik in den Mund. Er spült sie mit ein wenig Wasser hinunter und reicht mir das Glas, damit ich meine eigene Pille schlucken kann.

»Und was jetzt?«, fragt er.

»Jetzt warten wir.«

Adrik lehnt sich gegen die Kissen zurück, die Hände hinter dem Kopf, und blickt auf die dicken grauen Regenwolken, die den Rahmen unseres gotischen Fensters ausfüllen.

Ich stelle eine Playlist auf meinem Handy zusammen – sexy Songs, zu denen ich tanzen kann.

»Halt die Playlist lieber kurz«, sagt Adrik. »Maximal zwei, drei Songs. Diese Wette wirst du nicht gewinnen.«

Ich schüttle den Kopf und füge mein zehntes Lied hinzu.

»Du träumst, Liebling.«

Zwanzig Minuten vergehen.

»Ich spüre gar nichts«, sagt Adrik. »Vielleicht musst du die Dosis erhöhen – ich wiege viel mehr als du.«

»Erinnere dich später daran, dass du das gesagt hast – und sei froh, dass ich nicht auf dich höre.«

Er lacht. »Du meinst, es wird mich hart treffen?«

»Wie ein Vorschlaghammer.«

Seine Stimme ist ein wenig leiser geworden, und er sieht mit einem verträumten, unkonzentrierten Blick zum Fenster hinauf.

»Du hast mich schon so getroffen, Süße … in dem Moment, als ich dich gesehen habe. Ich dachte, ich hätte die Kontrolle. Ich dachte, ich wäre bereit. Was für ein verdammter Narr ich doch war!«

Ich liebe es, wenn er seine Arme so hochhält und die dicken Wölbungen von Unterarm und Bizeps zur Geltung kommen. Ich fahre die Linien seiner Muskeln unter dem Ärmel seines T-Shirts nach. Adrik senkt einen Arm und streckt ihn aus, damit ich ihn weiter berühren kann. Obwohl das Haar auf seinem Kopf so dicht ist, hat Adrik nur sehr wenig davon auf seinem Körper. Das macht seine Haut erstaunlich glatt.

»Ver… dammter … Scheiß …«, haucht er. »Das fühlt sich unglaublich an.«

Ich bin fasziniert von den bläulichen Adern unter der satten braunen Haut, von den maskulinen Proportionen seines Handgelenks und seiner Finger. Seine Finger sind dick und stark, aber schön geformt. Seine Hände sind zum Erotischsten an ihm geworden, aufgrund der Art, wie sie aussehen, wenn sie meinen Körper berühren. Aufgrund der Art und Weise, wie sie mich fühlen lassen.

»Alle meine besten und glücklichsten Erinnerungen haben mit diesen Händen zu tun«, murmle ich.

»Bist du hier glücklich?«, fragt Adrik und mustert mein Gesicht. »Ich möchte, dass du glücklich bist.«

»Ich bin immer glücklich, wenn wir zusammenarbeiten.«

Er lächelt. »Im Moment arbeiten wir so hart.«

Ich lache. »Jemand sollte uns eine Gehaltserhöhung geben.«

»Okay. Ich glaube, ich spüre es jetzt. Denn ich kann nicht mehr aufstehen.«

»Beim ersten Mal wirkt es am stärksten … vermutlich.«

»Wenn du dich bei der Dosierung geirrt hast und ich sterben werde, ist das völlig in Ordnung für mich.«

»Scheiße«, sage ich. »Ich habe vergessen, einen Stuhl zu holen.«

»Wohin gehst du?«

Ich versuche, mich vom Bett zu stoßen, aber der Boden weicht unter meinen Füßen immer weiter zurück.

»Ich muss einen holen.«

»Diese Stühle sind tausend Meilen entfernt. Es gibt keinen Weg dorthin. Du solltest aufgeben und dich hier zu mir legen.«

»Nein, nein, nein. Wir haben eine Wette. Und ich muss ein paar Dinge testen.«

»Du bist die beste Wissenschaftlerin. Sie werden dir den Nobelpreis verleihen.«

»Das sollten sie wirklich. Aber diese Dinge sind so politisch.«

»Das ist wie bei der Niederlage von *Der Soldat James Ryan* gegen *Shakespeare in Love*. So unfair!«

Seine Stimme verhallt hinter mir, als ich aus dem Zimmer und den Flur entlangstolpere. Alles, was ich betrachte, scheint vergrößert. Plötzlich sehe ich erst richtig die Maserung des Holzes in den Dielen und die Farbpalette der schmuddeligen, verputzten Wände – lila, rosa und taubengrau, gemischt mit einem einfachen Cremeton.

Als ich zur Treppe komme, tue ich das Vernünftigste und setze mich auf meinen Hintern – und rutsche eine Stufe nach der anderen hinunter.

Während ich rutsche, kommt Jasper von der anderen Richtung herauf, auf zwei Beinen gehend.

»Was zum Teufel machst du da?«, fragt er.

»Diese Stufen … sind so hoch … und so lang. Ich glaube, sie wurden für Riesen gemacht.«

»Das sind ganz normale Stufen.«

»Woher willst du das wissen, Jasper?«, frage ich. »Wie viele Stufen hast du überhaupt gesehen?«

Er blinzelt mich an. »Bist du high?«

»Ich stelle hier die Fragen, Sportsfreund! Und meine Frage ist ... kannst du mir bitte einen Stuhl holen?«

Er starrt mich wieder scharf an und sagt dann: »Was für einen Stuhl?«

»Einfach einen ganz normalen.«

Mit einem Seufzer dreht er sich um und geht die Treppe wieder hinunter. Ich kann nicht sagen, ob er für lange oder kurze Zeit weg ist oder ob er jemals wiederkommen wird.

Tatsächlich habe ich fast vergessen, worauf ich eigentlich warte, als er mit einem Klappstuhl zurückkommt.

»Danke, Jasper«, sage ich, von Anerkennung erfüllt. »Ehrlich. Ich weiß nicht, wie du das gemacht hast.«

Er stellt den Stuhl an die Wand am oberen Ende der Treppe.

»Schaffst du es zurück in dein Zimmer?«

»Wahrscheinlich.«

Kopfschüttelnd wendet sich Jasper in die andere Richtung des Flurs.

Ich ziehe den Stuhl langsam zu Adrik zurück, was weitere hundert Jahre dauert.

Er setzt sich auf dem Bett auf und erschrickt. »Ach du Scheiße, ich dachte, du wärst gestorben.«

»Das ist deine Form von Trauer? Du hast in die Wolken gestarrt.«

»Es gibt so viele von ihnen.«

»Weißt du, dass sie eine Million Kilo wiegen?«

»Das ist unmöglich.«

»Es ist wahr.«

»Versuche nicht, mich mit deinen erfundenen Wolkenfakten zu täuschen.«

»Hier«, sage ich und klappe den Stuhl auf. »Setz dich darauf.«

»Aber dann müsste ich mich bewegen.«

»Es ist gar nicht so schlimm, wenn man es einmal gemacht hat.«

Adrik rollt sich vom Bett und steht zögernd auf. »Oh. Du hast recht.«

Er lässt sich auf den Stuhl sinken, ergreift mein Handgelenk und zieht mich näher zu sich.

»Warum bist du so weit weg?«

»Moment«, sage ich. »Ich brauche bessere Kleidung.«

Schnell ziehe ich mir hohe Absätze, einen Wickelrock und ein Oberteil an, das sich vorne zusammenbinden lässt. Das sind keine Kleidungsstücke, die ich jemals zusammen als Outfit tragen würde, aber sie werden leicht auszuziehen sein.

Als ich zurückkomme, ist der Raum viel dunkler, obwohl nur ein paar Minuten vergangen sind. Die Sonne geht unter, verdrängt von einer dicken Wolkendecke.

Ich schalte die Musik ein.

»Hast du dein Geld?«, frage ich grinsend.

»Ich habe das Geld von jemandem«, antwortet Adrik und zieht es aus seiner Tasche.

»Denk daran«, sage ich streng, »du musst versuchen, so viel wie möglich zu behalten.«

»Ich möchte dir jetzt schon alles geben.«

Ich lache. »Aber dann verlierst du die Wette.«

Adrik runzelt die Stirn und versucht, sein Wettbewerbsgefühl wiederzufinden. »Okay. Ich werde das Geld nicht ausgeben. Egal, wie verlockend du aussiehst. Egal, wie sexy du bist, wenn du tanzt … o Gott, das ist so unfair!«

Ich wiege mich bereits zur Musik und fahre mit den Händen durch mein Haar. Meine Nägel fühlen sich phänomenal auf meiner Kopfhaut an. Mich selbst zu berühren, hat sich noch nie so gut angefühlt. Ich streiche mit meinen Händen über meine Brust, spüre meine harten Brustwarzen an meinen Handflächen, folge den Kurven meiner Taille und meiner Hüften und streichle meinen Körper.

In dem schummrigen Raum könnte ich fast glauben, ich sei in einem Stripclub. Ich kann Adriks Gesichtszüge bloß undeutlich erkennen. Er könnte jeder sein. Nur ein weiterer Freier, der hier ist, um Geld für mich auszugeben.

Ich kann die einzelnen Teile der Musik auf eine Weise hören, die ich sonst nie wahrnehme – den Beat, der in einem komplizierten Zyklus immer weiterläuft, den flackernden Synthesizer, die leisen kleinen Ausatemgeräusche des Sängers außerhalb des eigentlichen Gesangs.

Ich muss mich bewegen. Ich muss es tun, ich habe keine Wahl. Mit meinen Hüften und meinen Schultern den Takt zu treffen, fühlt sich intensiv sinnlich und befriedigend an. Adriks Augen folgen jeder Bewegung. Überall, wo ich mich berühre, starrt er hin. Seine Lippen sind geöffnet, die Zungenspitze tanzt über seine spitzen weißen Zähne.

Ich drehe meine Hüften in seine Richtung und zeige einen langen Teil meines Oberschenkels durch den Schlitz des Rocks. Adrik zieht einen Hundert-Dollar-Schein aus seinem Geldbeutel und verlockt mich damit, näher zu kommen.

Als ich in seine Reichweite trete, steckt er den Schein in den Bund meines Rocks, wobei seine Fingerspitzen meine Haut streifen.

Ein wilder Nervenkitzel durchfährt mich – als wäre ich total pleite und bräuchte das Geld dringend.

Ich versinke in der Fantasie. Und glaube an sie. Ich habe das Gefühl, dass um uns herum Menschen sein könnten, die uns beobachten, aber in der Dunkelheit kann ich sie nicht sehen – und es ist mir egal. Ich konzentriere mich nur auf den Mann in dem Stuhl. Was ich von ihm will … und was ich vorhabe, mit ihm zu tun.

Ich wiege meinen Hintern direkt vor seinem Gesicht, weil ich weiß, dass er von hinten voll und knackig aussieht. Der enge Stoff des Rocks spannt sich über meine Pobacken. Adrik stöhnt. Ich spüre, wie seine Finger herumfummeln, als er einen weiteren Geldschein in den hinteren Teil des Rocks steckt.

Ich drehe mich wieder zu ihm um und beuge mich vor, damit er einen Blick auf meine runden Brüste werfen kann, die durch den einzigen Push-up-BH, den ich besitze, in die Höhe geschoben werden. Dieser BH ist die Definition von Täuschung, denn er lässt meine Brüste aussehen, als wären sie Doppel-D oder als wären meine Titten unecht.

Adrik stößt einen Laut aus, der zwischen einem Grollen und einem Seufzen liegt, und lässt den Blick über meine Brüste wandern. Ihm gefällt, dass sie wie Implantate aussehen, das ist perfekt für die Stripper-Fantasie. Er steckt einen Hundert-Dollar-Schein dazwischen und lässt seine Finger über den oberen Teil meiner Brüste gleiten. Seine Finger sind warm und schwer. Selbst das Geld fühlt sich sinnlich an, wenn es mit seiner papierartigen Weichheit über meine Haut streicht.

Jeden Schein, den er mir in die Unterwäsche schiebt, löst bei mir einen Lustimpuls aus. Es ist eine Belohnung – und Belohnungen motivieren mich sehr. Ich will mehr Geld. Ich werde alles tun, was nötig ist, um es zu bekommen.

Ich trete zurück und löse langsam den Knoten meines Oberteils, während ich mich zur Musik wiege. Adrik ist wie hypnotisiert, seine Augen glitzern wie blaue Diamanten. Er rutscht auf dem Stuhl hin und her, sein Schwanz ist hart und geschwollen am Bein seiner Jeans.

Ich öffne mein Oberteil, als würde ich ihm ein unbezahlbares Kunstwerk präsentieren.

»Verdammte Scheiße«, haucht er.

Das Top rutscht an meinem rechten Arm herunter und

fällt auf den Boden. Ich gehe auf die Knie und präsentiere ihm meine Brüste, die jetzt nur noch vom BH bedeckt sind, halte meine Hände über den Kopf und posiere. Dann drehe ich mich von einer Seite zur anderen, langsam und sinnlich, und lasse eine Hand leicht an meinem Hals hinunter- und über meine linke Brust gleiten. Ich fahre mit der Spitze meines Mittelfingers an der Stelle auf und ab, an der das Körbchen meines BHs auf meine Brust trifft, und beobachte sein Gesicht, um seine Reaktion zu sehen.

»Gefällt dir, was du siehst, Daddy?«, murmle ich mit meiner sanftesten kleinen Mädchenstimme.

»Ich liebe es, verdammt noch mal«, knurrt Adrik.

»Willst du mehr sehen?«

»Ja.«

Adrik steckt einen weiteren Geldschein in den Träger meines BHs. Überall an mir steckt nun Geld. Anstatt mich billig zu fühlen, bin ich teuer und wertvoll. Dieser Mann zahlt alles für einen Blick auf einen weiteren Streifen Haut.

Ich greife die Schnürung an meiner Hüfte und reiche sie Adrik in die Hand, um ihn aufzufordern, meinen Rock zu öffnen. Daraufhin zieht er an der Schleife, und der knappe Rock fällt von meinen Hüften. Jetzt trage ich bloß noch BH und Tanga und die extrem hohen Absätze, auf denen ich kaum gehen, geschweige denn tanzen kann, aber Adrik bemerkt mein Stolpern nicht.

Damit er einen guten Blick auf meinen Hintern werfen kann, der durch den String des Tangas halbiert ist, drehe ich mich um. Ich lehne mich in einer Yogapose nach vorne, mein Rücken ist gekrümmt, meine nackten Pobacken sind seinem Blick ausgesetzt.

Nun verstehe ich, warum Stripperinnen so tanzen, sich bewegen und so posieren, wie sie es tun – es geht nur darum, dem Mann Körperteile so zu präsentieren, damit sie nach mehr verlangen. Adrik gefällt, was er sieht – er lässt Geld auf mich regnen, eine Handvoll Scheine, die er über meinen Rücken und meinen Hintern verteilt, sodass sie um mich herum schweben wie fallende Blätter.

Ich wackle mit dem Hintern, ich schüttle ihn schamlos für ihn. Er steckt mir eine weitere Handvoll Geld zu. Ich fühle mich reich, ich fühle mich umwerfend, ich fühle mich glorreich.

Adrik beugt sich vor. Seine Hand streift meinen Hintern – heimlich, als wüsste er, dass er es nicht tun sollte – und steckt als Entschuldigung mehr Geld in meinen Tanga. Es ist verdammt abgefahren, dass er mich nicht berühren darf. Jeder Kontakt der Finger auf meinem Fleisch fühlt sich verboten und erregend an. Ich verführe ihn, und er kann nicht widerstehen.

Ich rolle mich auf den Rücken und werfe ihm einen kurzen Blick zu, während sich meine Beine öffnen und wieder schließen. Vor ihm auf dem Boden liegend, winde ich mich im Takt der Musik und lasse meine Hüften kreisen. Ich stemme mich gegen die Stilettos und hebe meine Hüften höher, damit er mehr Geld in meinen Tanga steckt.

Er schiebt mir Geldscheine zwischen meine Pobacken und dann noch mehr in die Vorderseite. Geld ist schmutzig, das weiß ich, aber das Schmutzige daran, das Geld auf meiner nackten Haut, erregt mich. Er hebt mein Höschen höher als nötig, damit er einen Blick darunter werfen kann. Sein Handrücken streift den verbotenen Bereich unter meinem Tanga. Meine Unterwäsche ist durchnässt und klebt an meiner Haut.

Er ist Adrik, aber er ist auch ein Fremder. Sein Gesicht sieht anders aus, angespannt vor Lust. Alles, was ich sehe, ist sein zusammengebissener Kiefer und die straffen Muskeln unter seinem engen schwarzen T-Shirt.

Ich möchte diesem Körper näher sein. Und seine Hitze an meinem Fleisch spüren.

Ich öffne meinen BH und wende mich von ihm ab, damit er zunächst nur meinen nackten Rücken sieht. Dann drehe ich mich um, die Hände bedecken meine Brüste. Ich ziehe meine Finger weg und entblöße meine Brüste, als hätte er sie noch nie zuvor gesehen.

»Verdammt spektakulär«, stöhnt er.

Er hält ein Bündel Geldscheine hoch und winkt mich heran.

Ich setze mich auf seinen Schoß. Meine Absätze sind so hoch, dass ich meine Füße bequem auf dem Boden stellen kann. Ich nehme das Geld, lege sein Gesicht zwischen meine nackten Brüste und streichle ihm über den Hinterkopf. Sein Körper steht in Flammen, sein Kopf glüht gegen meine Handfläche, und die Hitze strahlt von seiner Brust ab. Sein Penis drückt gegen den feuchten Stoff meines Tangas, seine massiven Hände umschließen meinen Hintern auf beiden Seiten.

»Darf ich?«, fragt er und öffnet den Mund.

»Ja, Daddy.«

Er schließt seinen Mund um meine Brust und saugt kräftig daran. Ich presse mich gegen seinen Schoß, reibe meine Vagina gegen sein steifes Glied und murmle ihm ins Ohr: »Wirst du mich jeden Abend besuchen, Daddy?«

»Ja«, stöhnt er.

»Wirst du immer nach mir fragen? Deinem Lieblingsmädchen?«

»Gott, ja.«

Ich schmiege mich an sein Ohr, atme die Fülle seiner Haut und den animalischen Duft seiner Haare ein.

»Es fühlt sich an, als hättest du einen großen Schwanz, Daddy.«

»Er pocht.«

»Er muss so eingeengt sein in dieser Hose … soll ich ihn für dich herausholen?«

»Bitte, Baby.«

Ich gleite von seinem Schoß und gehe auf die Knie. Langsam, Zentimeter für Zentimeter, öffne ich den Reißverschluss seiner Jeans. Dann schiebe ich meine Hand in seine Boxershorts, greife nach dem brennend heißen Penis und lasse ihn frei.

Er steht aufrecht von seinem Schoß ab, düster und monströs in dem schwachen Licht.

Ich kann seinen Penis fast pulsieren sehen, die Haut schmerzhaft straff gespannt.

Leicht wie eine Feder gleite ich mit meinen Fingerspitzen über den Kopf und entlocke Adrik ein Stöhnen aus der Tiefe seiner Brust.

»*Ty menya prosto ubivayesh.*« *Du bringst mich noch um.*

Adrik spricht nie Russisch mit mir. Die Rauheit seiner Stimme und die Tatsache, dass ich ihn verstehen kann, löst bei mir einen intensiven sexuellen Kick aus. Das ist der wahre Adrik, brutal und echt. Der Gangster. Der Bratwa. Der Mann, der mich an die dunkelsten Orte bringen will ...

»Du arbeitest zu viel, Daddy«, sage ich leise. »Du stehst unter zu viel Stress. Brauchst du dein kleines Mädchen, das sich um dich kümmert?«

»*Da, pozhaluysta*«, murmelt er. *Ja, bitte.* Sein Kopf ist nach hinten geneigt, seine Augen sind halb geschlossen. Mit absoluter Hingabe drückt er mir den Rest seines Bargeldes in die Hand.

Es ist mir scheißegal, dass ich gerade die Wette gewonnen habe. Das Geld ist mir egal – ich will seinen Schwanz in meinem Mund haben.

Wenn ich wirklich eine Stripperin wäre, würde ich das Gleiche wollen. Ich könnte mich nicht an diesem Körper reiben, diesen massiven Penis unter mir pochen spüren, ohne mit ihm spielen zu wollen. Ich würde die gleiche Hitze spüren, die mich durchflutet. Das gleiche Wasser würde in meinem Mund zusammenlaufen. Ich würde alles riskieren, um ihn in ein Hinterzimmer zu bringen, wo uns niemand stören könnte.

Behutsam schließe ich meinen Mund um die Spitze seines Schwanzes. Seine Haut ist samtig auf meiner Zunge, eine Textur, die ich sowohl schmecken als auch fühlen kann. Es ist Sahne, Salz und Süße auf einmal. Ich sauge an der Eichel, lasse meine Zunge über die Unterseite gleiten und umfasse mit den Lippen seinen Penis.

Adrik gibt ein Geräusch von sich, das in seiner Brust vibriert.

Ich hebe den Kopf. »Willst du mehr, Daddy?«

»Ahhhh«, stöhnt er.

Ich verstehe das als ein Ja und schließe meinen Mund wieder über seinem Schwanz. Meine Zunge ist glitschig, sie gleitet über die seidige Haut. Ich wippe mit meinem Kopf auf und ab, verschlinge seinen Penis.

Ich tue so, als wäre er mein Lieblingskunde und als würde ich versuchen, ihm zu gefallen, damit er immer wieder zurückkommt. Ich stelle mir vor, ich wäre in ihn verknallt und würde hoffen, dass er mich eines Tages zu einem richtigen Date einlädt.

Fantasie und Realität vermischen sich in meinem Kopf. Ich bin mir nicht sicher, wer ich bin oder wer er ist. Wir können alles füreinander sein. In der Dunkelheit des Raums und der sinnlichen Musik weiß ich nur, dass meine Vagina in Flammen steht und darauf brennt, berührt zu werden.

Ich greife nach unten und streichle mich selbst, während ich seinen Schwanz lutsche. Meine Vagina gleitet gegen die flache Seite meiner Finger. Ich stöhne um sein Glied herum.

»Berührst du dich gerade selbst?«

»Ja, Daddy.«

»Komm her und lass mich deine Finger schmecken.«

Ich setze mich wieder auf seinen Schoß und berühre mit

einem Finger seine Zunge, lasse ihn meine Nässe schmecken. Er schließt seine Lippen um meine Finger und saugt sanft daran.

»Nichts schmeckt so gut wie diese Vagina.«
»Willst du sie fühlen, Daddy?«
»Mmm ... da.«

Ich ziehe meinen Tanga zur Seite und lasse mich auf seinen Penis herab. Er gleitet direkt in mich hinein, feucht von meinem Mund. Ich bin so durchnässt, dass es sich anfühlt, als hätte ich eine Flasche Babyöl über uns beide geschüttet. Es gibt keine Rauheit, keine Reibung, nur sanftes, köstliches Vergnügen.

Es fühlt sich falsch und verboten an, als könnte ich jeden Moment erwischt werden. Als sollte ich ihn wenigstens dazu bringen, ein Kondom zu benutzen. Aber ich werde sterben, wenn ich ihn nicht in mir habe, wenn ich ihn auch nur für eine Sekunde herausziehe.

Er hat immer noch sein Hemd und seine Jeans an. Mein Tanga reibt an mir. Die Barriere unserer Kleidung macht seinen nackten Schwanz in meiner Vagina bloß noch erotischer. Ich konzentriere mich ganz auf unser nacktes Fleisch, auf seine Berührungen an den Stellen, die am wichtigsten sind.

Egal, wie ich Adrik treffen würde, zu jeder Zeit, an jedem Ort, in jedem Universum – es würde genau so enden. Wir sind zwei Elemente, die sich verbinden müssen, man kann uns nicht auseinanderhalten. Sind wir Natriumchlorid oder Deuterium und Tritium? Stabil oder explosiv?

Das spielt keine Rolle – wir können die Finger nicht voneinander lassen, das konnten wir noch nie. Das fühlt sich richtig an, und alles, was zwischen uns kommt, ist falsch.

Ich reite ihn mit mehr als nur Lust, sondern mit dem Gefühl von kosmischer Bestimmung.

Ich bewege mich zur Musik, mein Körper folgt automatisch dem Takt.

Ich tanze auf seinem Penis. Daher weiß ich, dass es genau zwei Zeilen braucht, bis ich komme:

> I'm nothing like a girlfriend …
> I'm not like someone I'm supposed to be.

Meine Vagina pulsiert um seinen Schwanz, meine Fingernägel graben sich in seinen Rücken.

»Adrik … ohhh, Adrik.«

Ich komme und komme, warm und feucht, und schmelze auf seinem Schoß.

Adrik kommt auch, tief in mir, seine Hand auf meinem Rücken. Er stößt ein undeutliches Brüllen aus, von dem ich glaube, die Worte »*Ya tebya lyublyu, ya take sil'no tebya lyublyu*« zu hören. *Ich liebe dich, ich liebe dich so sehr.*

Ich bin von allen guten Chemikalien durchströmt: von denen, die ich mir selbst verabreicht habe, und von denen, die ganz natürlich entstehen, wenn Menschen sich berühren, wenn sie einander ins Ohr flüstern, wenn sie einander verstehen.

»Wir werden so verdammt reich sein«, murmle ich.

***

Danach liegen wir im Bett. Mein Kopf ruht auf Adriks Brust, mein Ohr an seinem Herzen, damit ich es schlagen hören kann – tief und gleichmäßig wie ein Metronom.

Ich denke daran, wie lebendig die Stripper-Fantasie wurde. Das war ein Nebeneffekt, den ich nicht erwartet hatte. Ich frage mich, ob das jedes Mal auf Molniya passiert oder ob es spezifisch für das war, was wir gemacht haben.

»Ich dachte, du sagtest, es sei eine Partydroge«, meint Adrik. »Für mich fühlt es sich eher wie eine Sexdroge an.«

»Nun, es wäre natürlich anders, wenn wir in einem Club

wären. Man will mehr von dem tun, was man gerade tut. Wenn man also tanzt, möchte man weitertanzen. Wenn man redet, will man ewig reden.«

»Bist du dir da sicher? Du könntest aus Versehen eine Orgie auslösen.«

»Meinst du, ich sollte es sparsamer dosieren?«

»Nein«, sagt Adrik. »Du bist die Künstlerin. Ich vertraue deinem Urteil.«

Mein Gesicht ist so heiß vor Vergnügen, dass ich meine Wange an Adriks Hals lege, damit er es nicht bemerkt. Nichts fühlt sich so gut an wie seine Anerkennung.

»Das ist keine schlechte Idee«, murmle ich.

»Was?«

»Eine Sexdroge. Ich könnte andere Zusammensetzungen probieren.«

Adrik gibt einen amüsierten Laut von sich. »Ich melde mich freiwillig als Testperson.«

Ich bin so in Gedanken versunken und stelle mir die Möglichkeiten vor, dass mich sein nächster Satz aufrüttelt.

»Ich möchte, dass du zusammen mit Jasper einige Sendungen abholst.«

»Was?«, sage ich, setze mich auf und stütze mich auf einen Ellbogen. »Warum?«

»Ich weiß, dass du nicht nur in der Produktion tätig sein willst.«

Ich betrachte sein Gesicht in dem fahlen Mondlicht, das durch das Fenster eindringt.

»Du versuchst nur, Jasper dazu zu bringen, mit mir zu reden.«

Adrik gluckst. »Ja, vielleicht.«

»Das wird nicht funktionieren. Er kann stundenlang schweigend dasitzen. Ich habe seine Zeit gestoppt.«

»Es ist nicht für dich«, sagt Adrik, »sondern für ihn.«

»Was meinst du?«

»Er ist einsam. Depressiv.« Adrik fährt mit seinen Fingern leicht an meinem Unterarm auf und ab. »Du bist meine leuchtende Sonne. Jasper braucht ein wenig von diesem Licht.«

»Aber ... er hasst mich, verdammt!«

»Das macht nichts. Du strahlst ihn an, und das wird ihn erwärmen. Ob er es will oder nicht.«

Ich denke darüber nach und sage schließlich: »Okay, in Ordnung. Ich werde es tun. Aber nur dir zuliebe.«

Er küsst mich. »Danke, mein kleines Mädchen.«

Ich lächle. »Ich dachte, das wäre mein Stripper-Name.«

»Du *bist* mein kleines Mädchen. Ich werde immer für dich sorgen.«

Ich wollte nie, dass man sich um mich sorgt. Kleines Mädchen ist kein Spitzname, der mir gefallen hätte. Aber mit Adrik ist alles anders. Schwarz wird weiß, falsch wird richtig. Er ist so mächtig ... es bedeutet etwas, von ihm beschützt zu werden.

Ich lege mich wieder auf seine Brust. Jeder Atemzug in seiner Lunge hebt und senkt mich um einige Zentimeter.

»Jaspers gesamte Familie ist tot«, sagt Adrik.

»Das habe ich nicht gewusst.«

»Sie wurden getötet, als er acht war. Der Anwalt seines Vaters übernahm das Sorgerecht für ihn. Er schickte Jasper in ein Internat.«

»Ach ja. Das ist dieselbe Schule, auf der auch Chay Wagner war, oder? Und Rocco Prince.«

»Ja. Als ich Jasper in Kingmakers kennenlernte, war ich im vierten Jahrgang und er im ersten. Er war ein verdammtes Wrack. Wütend, aggressiv. Hat zu viel getrunken. War jede Woche in Schlägereien verwickelt. Es war, als ob er wollte, dass ihn alle hassen. Aber ich habe etwas in ihm gesehen.«

»So wie du es bei mir getan hast«, füge ich leise hinzu.

»Ganz genau. Ich war sein Freund. Ich habe ihn beschützt. Aber dann habe ich meinen Abschluss gemacht, und er hat sich mit Rocco und den anderen Arschlöchern eingelassen.«

»Die Hälfte von ihnen ist jetzt tot«, sage ich. »Wusstest du das? Wade wurde aus Versehen getötet, aber Rocco mit Absicht.«

»Ja, das habe ich gehört. Ich glaube nicht, dass es gut für Jasper war. Als ich ihn in Moskau wiedersah, sah er so angeschlagen aus, dass ich dachte, er wäre krank oder so. Er war nur noch Haut und Knochen.«

Ich weiß, dass er versucht, mein Mitgefühl für Jasper zu wecken. Leider funktioniert das auch.

»Okay, okay«, sage ich. »Ich werde sogar in Betracht ziehen, nett zu ihm zu sein.«

Adrik zieht mich dicht an sich heran. »Wenn du deinen Charme spielen lässt, kann dir niemand widerstehen.«

Ich lache. »Und wenn ich ein Arsch bin, kann mich keiner leiden.«

Er drückt mich fester an sich. »Ich schon.«

**

Als Adrik einschläft, bin ich im Dunkeln noch wach.

Das liegt nicht daran, dass ich aufgeregt bin, sondern daran, dass ich immer noch von einem Gefühl der Wärme durchdrungen bin. Ich fühle mich so wohl wie noch nie, seit ich in Moskau bin.

Doch mein Gehirn arbeitet wie verrückt und ist überhaupt nicht daran interessiert, einzuschlafen.

So vorsichtig, wie ich kann, schlüpfe ich unter dem Gewicht seines Arms hervor und rolle aus dem Bett, wo ich nackt und barfuß auf den Dielen lande. Ich schnappe mir Adriks T-Shirt vom Boden und ziehe es mir über. Es reicht mir fast bis zu den Knien.

Schnell nehme ich mein Handy vom Nachttisch und schleiche mich aus dem Zimmer, wobei ich versuche, die Stellen zu vermeiden, an denen der Boden knarrt.

Ich gehe nach unten in die Küche und überlege, den Rest des Burgers essen.

Im Haus ist es still, sogar Andrei und Hakim sind zu Bett gegangen.

Nachdem ich das Essen in der klapprigen alten Mikrowelle aufgewärmt habe, schlinge ich es hinunter.

Als ich fertig bin, blättere ich durch meine Textnachrichten.

Seit ich hier bin, habe ich mit meiner Mutter zweimal gesprochen, mit meinem Vater aber nur einmal. Das Gespräch war nicht gerade angenehm. Es lief ungefähr so:

Dad: »Du wirst deinen Hintern sofort nach Hause bewegen.«

Ich: »Das wird nicht passieren.«

Dad: »Ich scherze nicht, Sabrina. Du kannst dich nicht mit der Bratwa anlegen. Du bringst dich da drüben in Schwierigkeiten, und ich kann dich nicht retten.«

Ich: »Du musst mich nicht retten. Ich kann schließlich auf mich selbst aufpassen.«

Dad: »Wir haben uns in Chicago mit der Bratwa angelegt und noch nicht einmal mit dem Hohen Rat. Wir haben uns mit dem Cousin des Cousins eines Cousins angelegt, und mein Vater wurde getötet, und unser Haus brannte bis auf die Grundmauern nieder. Etwas, das ich nicht miterlebt habe, weil ich mit sechs Kugeln im Rücken im Krankenhaus lag. Du bist im Herzen Moskaus und bettelst darum, dass diese Leute dich bei lebendigem Leibe häuten, nur weil es ihnen Spaß macht.«

Da habe ich die Beherrschung verloren.

»Diese Geschichte habe ich schon x-mal gehört. Hör auf, mir deine Fehler in die Schuhe zu schieben! Ich habe mein eigenes Leben zu leben, meine eigenen Entscheidungen zu treffen. Lieber sterbe ich durch meine eigenen Entscheidungen, als durch deine zu leben.«

Auf der anderen Seite der Leitung war es still – so still, dass ich dachte, er hätte aufgelegt. Dann sagte er: »Du weißt nicht, was das bedeutet. Du hast noch nie echten Schmerz gespürt. Du wurdest noch nie gefoltert. Du hast noch nie einen Fehler gemacht, der dich für den Rest deines Lebens verfolgt – wenn du überhaupt lange genug lebst, um diese Hölle zu erleben.«

Meine Eingeweide kribbelten. Er machte mir Angst – nicht so sehr, wie er es vorhatte, aber doch etwas.

Ich hasste, was ich ihm antat, ihm und meiner Mutter. Sie weinte am Telefon und flehte mich an, nach Hause zu kommen.

Alles, was ich meinem Vater sagen konnte, war: »Ich bin hier glücklich. Ich werde nicht zurückkommen, zumindest nicht in nächster Zeit.«

Das Wort »glücklich« war ein bisschen übertrieben. Manchmal bin ich in Moskau sehr glücklich. Andere Male bin ich erschöpft und frustriert.

Mit Hakim bin ich inzwischen ziemlich gut befreundet. Chief ist freundlich, und Andrei ist immer für ein Abenteuer zu haben.

Mit Vlad und Jasper bin ich im Grunde nicht weitergekommen, selbst nachdem ich sie mit hochkarätigen Begleiterinnen bestochen habe.

Als ich durch mein Telefon scrolle, sehe ich eine Nachricht von meiner Tante Aida.

Ich habe heute an dich gedacht. Es hat geregnet, und ich erinnerte mich daran, wie gern du in Pfützen gesprungen bist, als du klein warst. Du schienst die Kälte nie zu spüren.

Ich schreibe ihr zurück.

Ich habe sie gespürt. Es war es einfach wert, denke ich.

Einen Moment später ruft sie mich an. Ich bin überrascht, dass sie wach ist, bis ich mich daran erinnere, dass es in Chicago erst früher Abend ist.

»Hey, Tantchen.«

»Hey, Schatz. Wie geht es dir?«

Die Stimme meiner Tante ist, als würde ich in ein warmes Bad steigen. Ich kann sie mir ganz genau vorstellen: die Lachfalten um ihre Augen, ihr Blick, als würden wir ein Geheimnis teilen, die Art, wie sie ihre Schultern hält, als würde sie nur schwer ein Lachen unterdrücken.

Irgendwie fühlte ich mich gestresst und beschissen, aber im Moment kann ich ehrlich antworten: »Nicht schlecht.«

»Wie geht es mit dem Russisch voran?«

»Es geht so.«

»Und wie läuft es mit deinen Mitbewohnern?«

»Oh, sie hassen mich immer noch. Na ja, die Hälfte von ihnen jedenfalls.«

Sie lacht, ein Lachen, das meinem eigenen sehr ähnlich ist, wenn auch wahrscheinlich ein bisschen freundlicher.

»Abwarten.«

Mir fällt ein, dass Aida ihre eigenen Erfahrungen mit feindseligen Mitbewohnern hat, da sie in eine Familie eingeheiratet hat, die vor der Hochzeit etwa zweihundert Jahre lang mit unserer Familie verfeindet gewesen ist. Sie musste in deren Haus leben. An deren Tisch essen. Meine Tante Riona war wahrscheinlich zehnmal gemeiner, als Jasper es sich je erträumen könnte.

Irgendwie hat Aida es geschafft, dass sie sie lieben.

Die Leute sagen, ich sei wie meine Tante. Doch ich kenne

die Wahrheit. Wir können beide lustig und wild sein, aber Aida ist im Grunde warmherzig. Ich habe Grausamkeit in mir und Boshaftigkeit. Ich bin eher wie mein Vater – und alle hassten Nero.

Aber nur weil ich wie er bin, muss ich mich nicht wie er verhalten.

»Darf ich dich etwas fragen, Aida?«

»Ja, schieß los.«

»Du warst eine Fremde in einem fremden Land. Wie hast du das geschafft? Wie hast du die Griffins dazu gebracht, dich zu akzeptieren?«

Sie stößt einen leisen Seufzer aus. »Nun, bist du zu Besuch? Oder ist das dein Zuhause?«

Darüber muss ich erst einmal nachdenken.

Mir ist klar geworden, dass keiner aus dem Wolfsrudel eine Familie hat, zu der er zurückkehren möchte. Jasper hat überhaupt keine, Hakims Eltern halten ihn für einen Kriminellen, der ihren Namen entehrt hat. Chief ist das Ergebnis einer gescheiterten Ehe. Beide Elternteile sind weitergezogen, haben wieder geheiratet und Kinder mit ihren neuen Familien bekommen. Andrei wurde von seinen Großeltern großgezogen, sein Opa ist mittlerweile tot, und seine Oma lebt in einem Altersheim. Und Vlad ist selbst ein Petrov, wenn auch nur entfernt mit Adrik verwandt.

Als Jasper mir vorwarf, dass ich hier bloß ein Spiel spiele, aber eigentlich vorhabe, nach Chicago zurückzukehren, hatte er nicht ganz unrecht. Ich betrachte Chicago immer noch als meinen Heimatort.

Aber ich will mir hier mit Adrik ein gemeinsames Leben aufbauen. Dazu habe ich mich verpflichtet. Mehr, als ich mich jemals zuvor zu irgendetwas verpflichtet habe.

»Ich weiß es nicht«, erwidere ich schließlich.

Ich höre den sanften Atem meiner Tante am anderen Ende der Leitung, die zuhört, ohne zu urteilen.

»Sie werden dich als Familie akzeptieren, wenn du sie wie eine Familie behandelst«, sagt sie.

»Das tue ich«, antworte ich. »Meistens.«

Sie lacht. »Merk dir das, meine Liebe. Ich bin eine Gallo, aber ich bin auch eine Griffin.«

Das ist für mich schwer vorstellbar.

Als meine Mutter meinen Vater heiratete, wurde sie von den Gallos aufgenommen. Ich bin mein ganzes Leben lang von diesem Namen geprägt worden. Meine Onkel, Tanten und Cousins sind mächtige Personen, die jeder kennt. Ich werde mit ihnen verglichen, von ihnen unterrichtet, von ihnen geprägt.

Es ist schwer vorstellbar, diese Identität gegen eine andere einzutauschen oder sie gar zu teilen.

»Wie lange hast du dafür gebraucht, bis du dich wie ein Teil von beidem gefühlt hast?«, frage ich.

»Es ist die Bindung an den Partner, die das bewirkt. Wenn ihr wirklich Partner seid, werdet ihr zu einer Person. Eure Ziele sind die gleichen. Eure Wünsche sind die gleichen. Alles, was du tust, ist für euch beide – du bist nicht mehr egoistisch.«

Das kann ich mir auch nicht vorstellen.

Ich weiß nicht, ob ich jemals so sein könnte. Ich *bin* egoistisch. Es ging immer darum, was ich will.

»Ich bin nicht so gut wie du«, sage ich zu Aida. »Ich weiß nicht, ob ich das jemals sein werde.«

Sie lacht. »Ich bin nicht *gut*. Aber ich bin glücklich. Und ich hoffe, du wirst es auch sein.«

»Das hoffe ich auch.«

»Sabrina, du hast so viel Feuer in dir. Gib diese Leidenschaft jemandem, gib sie ihm wirklich, halte nichts zurück und sieh, was passiert.«

»So wie du es mit Onkel Cal gemacht hast?«

»Stimmt. Ich habe ihm alles gegeben ... nach ein wenig Widerstand.«

Ich lache leise, damit ich niemanden aufwecke. »Die Gallos machen nichts auf die leichte Tour.«

»Nein«, sagt Aida. »Aber am Ende wird alles gut.«

Deshalb lieben alle Aida. Weil sie nie die Hoffnung aufgibt. Sie könnte mit dem Hals unter einer Guillotine liegen und würde immer noch lachen und *Mir fällt schon was ein!* sagen.

Vielleicht hat sie recht. Wenn die Klinge in deinem Nacken landet, wird es nichts ändern, wenn du darüber weinst. Vielleicht ist es besser, glücklich zu sterben und zu glauben, dass das Leben gut ist und ewig weitergehen wird.

»Danke, Tantchen«, sage ich. »Ich hab dich lieb. Und ich vermisse dich.«

»Ich vermisse dich auch. Aber nicht so sehr wie deine Mutter – ruf sie unbedingt an.«

»Das werde ich«, verspreche ich.

Ich beende das Telefonat und werfe die Reste meines Burgers in den Müll.

Als ich gerade wieder nach oben gehen will, höre ich Musik, die von der anderen Seite des Hauses kommt. Sie ist leicht und leise, so schwach, dass ich zuerst denke, ich bilde sie mir nur ein.

Ich laufe den Flur entlang, vorbei an den geschlossenen Türen von Andrei und Hakim.

Das letzte Zimmer ist das von Vlad. Seine Tür ist leicht angelehnt. Zuerst denke ich, dass er Musik hört, aber dann höre ich einen erklingenden Ton, und ich erkenne, dass er wohl selbst spielt.

Als ich ins Zimmer schaue, sehe ich Vlad im Schneidersitz auf dem Bett sitzen. In seinen riesigen Händen hält er eine winzige Ukulele. Selbst eine normale Gitarre würde im Vergleich zu ihm klein aussehen. Die Ukulele ist komisch unterdimensioniert wie ein Spielzeug. Und doch macht er mit diesen wurstigen Fingern schöne Musik.

Nach einem kurzen Moment erkenne ich den Song. Es ist eines der Lieblingslieder meiner Mutter.

Ich kann nicht anders, als vor der Tür stehen zu bleiben und zu lauschen. Es erinnert mich so lebhaft an die Küche meiner Eltern: mein Opa Axel, der in seinem hässlichen grünen Lieblingsstuhl in der Ecke sitzt und döst, weil er nie im Sonnenschein sitzen kann, ohne einzuschlafen. Meine Mutter, wie sie Empanadillas macht. Sie ist so geschickt mit ihren Händen, dass alles, was sie anfasst, perfekt gelingt. Mein Bruder Damien, wie er eine von der ersten Ladung stiehlt und sich hinsetzt, um sie zu essen, während er liest. Im Gegensatz zu mir kann er stundenlang lesen, ohne sich von anderen Dingen ablenken zu lassen.

Und dann mein Vater. Er kommt in die Küche, nicht wegen des Essens, sondern wegen meiner Mutter. Er streicht ihr die Haare aus dem Nacken, damit er sie dort küssen kann. Weil das nicht reicht, dreht er sie anschließend um, küsst sie noch einmal und achtet nicht darauf, dass ihre mehligen Hände seine Kleidung beschmutzen.

Dann tanzt er mit ihr zu diesem Lied. Wenn er tanzt, humpelt er nicht. Er zeigt diese Anmut, diese Leichtigkeit, die jede Bewegung begleitet haben muss, als er jung war. Wenn er meine Mutter in seinen Armen hält, merkt man nicht, dass er Schmerzen hat.

Es ist keine glamouröse Küche wie aus einem Magazin. Das Haus meiner Eltern ist klein, gemütlich und manchmal unordentlich. Meine Mutter macht sich nichts aus Dekoration, und mein Vater gibt kein Geld für irgendetwas ohne Reifen aus. Die Teppiche stammen aus Puerto Rico, und die Fliesen auf dem Boden haben die gleichen fröhlichen Muster, verlegt von meinem Großvater, als seine Knie noch gesund waren.

Meine Augen brennen, meine Kehle ist eng.

Ich bin absolut allein in dem dunklen Flur, selbst mit Vlad auf der anderen Seite der Tür.

Ohne auf die Dielen zu achten, bewege ich mich auf der Stelle. Vlad hört das Knarren und hört auf zu spielen.
Ich könnte weglaufen, aber das wäre dumm.
Stattdessen stoße ich die Tür auf und sage: »Entschuldigung. Ich mag das Lied wirklich.«
Vlad sieht mich an, schweigend, ohne zu lächeln.
»Das ist das Lieblingslied meiner Mutter.«
»Hm«, grunzt er. »Meines auch.«
»Kennst du den Text?«
»Ja. Aber ich kann nicht singen.«
»Ich auch nicht.«
Er zupft die Saiten mit seinen dicken Fingern und beginnt von vorne.
Ich lehne mich gegen den Türrahmen, schließe die Augen und lasse die Noten um mich herum in der Luft schweben.
Obwohl ich wirklich keine gute Stimme habe, singe ich leise mit:

> Hold me close and hold me fast …
> This magic spell you cast …
> This is la vie en rose …

Ich singe das ganze Lied und stelle mir meine Mutter vor, wie sie es singt, viel gefühlvoller, als ich es je könnte.

Als es vorbei ist, bleiben wir beide einen Moment still und lassen die letzten Schwingungen abklingen.
»Wie kommst du zu der Ukulele?«, frage ich Vlad.
»Ich war einmal auf Hawaii. Das war das einzige Mal, dass ich mit meinen Eltern eine Reise gemacht habe. Es fühlte sich an, als wären wir ins buchstäbliche Paradies geflogen. Nicht so wie hier. Es schien überhaupt nicht derselbe Planet zu sein. Jeder Ort, den wir sahen, war schöner als der andere. Noch friedlicher. Ich hörte die Ukulele, es war wie Engel, die auf Harfen klimpern. Es waren Männer, die sie spielten,

große Männer. Ich war bereits ein großes Kind. Und ich dachte: *Das kann ich auch. Ich könnte dafür sorgen, dass es sich überall wie im Himmel anfühlt, wo ich hingehe.* Es ist nicht dasselbe, wenn ich es hier spiele. Aber es ist ein bisschen so wie früher.«

So viel habe ich Vlad noch nie auf einmal reden hören. Besonders nüchtern.

»Es war wie im Himmel«, sage ich. »Für eine Minute.«

Vlad atmet schwer aus. Er lächelt nicht, aber er starrt mich auch nicht so böse wie sonst an.

»Warum bist du wach?«

Ich zucke mit den Schultern. »Manchmal bin ich aufgedreht und kann nicht schlafen, selbst wenn ich müde bin.«

Er nickt. »Das kenne ich.«

»Nun«, ich hebe eine Hand zum Abschied, vielleicht auch zum Gruß, »danke.«

Als ich gehe, höre ich, wie er ein letztes Mal den Refrain anstimmt.

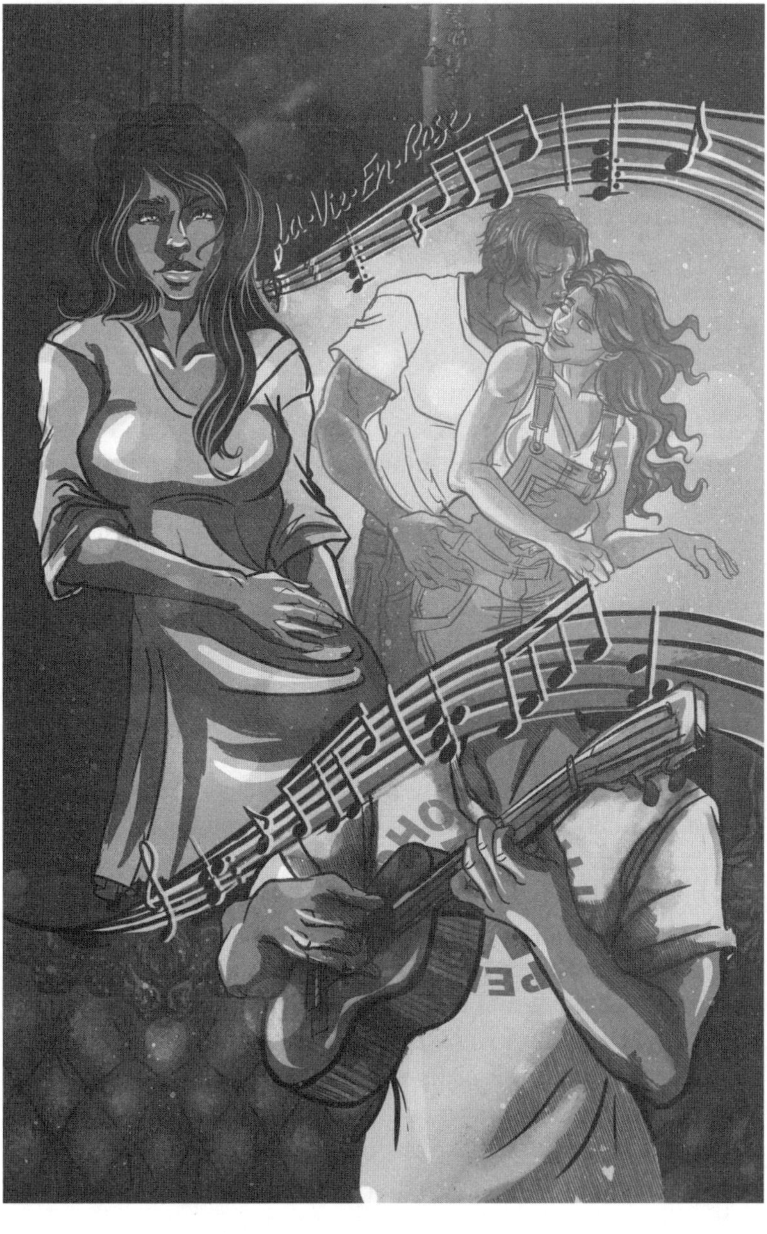
La-Vie-En-Rose

Kapitel 24

Adrik

Wir starten den Verkauf von Sabrinas Droge in Eban Frankos Stripclubs. Es ist ein sofortiger Erfolg. Sabrina rekrutiert die beliebtesten Stripperinnen, die für uns in den Privaträumen verkaufen. Ihre Kunden werfen eine Pille ein, und eine Stunde später haben sie die beste Nacht ihres Lebens. Die Mädchen lieben es, denn Molniya macht ihre Kunden fröhlich und großzügig und schiebt ihnen so viel Geld in die knappen Höschen, dass sie es kaum unterbringen.

Noch bevor wir den Deal für die Nachtclubs abgeschlossen haben, werden Vlad und Jasper mit Bestellungen von Straßenhändlern überschwemmt, die von dem neuen Produkt gehört haben. Ich muss aufpassen, dass ich niemandem auf die Füße trete, doch ich lasse ein paar unabhängige Händler in unbesetzten Gebieten verkaufen.

Der größte Fisch ist Avenir Veniamin und seine exklusiven Nachtclubs. Mit Yuri Koslov hat er bereits eine Vereinbarung getroffen, aber sie haben aktuell ein schlechtes Verhältnis, da Koslov seinen Anteil verspätet abgeliefert hat und Veniamin möglicherweise seinen vereinbarten Prozentsatz nicht erhält. Veniamin hat uns Zugang zur Hälfte der Clubs angeboten – mit der Option, dass wir in allen Clubs verkaufen können, wenn die Droge so gut wirkt, wie ich es verspreche.

Während ich mit Veniamin verhandle, arbeitet Sabrina fleißig an weiteren Zusammensetzungen.

»Molniya ist zum Tanzen und Feiern«, sagt sie. »Ich möchte eine andere Version für Konzerte und eine weitere für Sex herstellen.«
»Es bringt uns jetzt schon dazu, wild zu vögeln.«
Sie grinst. »Warte, bis du das probiert hast.«
Sie hält eine winzige rosa Pille in Form eines Herzens hoch.
»Was ist das?«
»Ich nenne es Eliksir.«
Ich werfe ihr einen misstrauischen Blick zu. »Was ist da drin?«
»LSD am Anfang, Ecstasy am Ende. Und Tadalafil. Aber davon bekam ich eine verstopfte Nase, also musste ich ein abschwellendes Mittel dazunehmen.«
»Was ist Tadalafil?«
»Es erhöht den Blutfluss. Es war ein Herzmedikament, aber dann bemerkten die Männer, die es nahmen, einen nützlichen kleinen Nebeneffekt – man kann stundenlang hart bleiben und gleich nach dem Orgasmus wieder Sex haben.«
»Funktioniert das auch bei Frauen?«
Sie lacht. »Das werden wir gleich herausfinden.«
Wir werfen die Pillen ein und sehen uns eine Weile lang Pornos an, bis die Wirkung einsetzt.
Sabrina sucht die Pornos aus, denn wenn es meine Entscheidung wäre, würde ich immer die Videos von ihr und mir wählen. Mittlerweile hat sie mehrere für mich aufgenommen. Ich schaue mir nicht mal mehr normale Pornos an, denn niemand ist so heiß wie sie. Und nichts ist so heiß, wie mir dabei zuzusehen, wie ich es ihr besorge. Die Szene, in der sie auf meinem Gesicht reitet, habe ich bestimmt vierhundert Mal gesehen. Ich kenne alles auswendig, jedes Schwingen ihrer Haare, jedes Biegen ihres Rückens. Sie sieht aus wie eine Dschungelkatze, geschmeidig und wild.

Im Moment hat sie einen Clip mit einem Mädchen ausgesucht, das von einem Dämon besessen ist. Dieser Dämon ist anscheinend verdammt geil, denn sobald die Mitbewohnerin des Mädchens nach Hause kommt, fangen sie an, in Exorzistenpositionen zu ficken.

»Warum suchst du immer so komische Pornos aus? Warum muss sie besessen sein?«

Sabrina zuckt mit den Schultern. »Jeder schaut sich Pornos an, die einen Schritt über das hinaus gehen, was er erlebt.«

»Das ist heutzutage die Grenze für dich? Buchstäblicher Exorzismus?«

Sie lacht. »Ich weiß nicht. So verrückt kommt es mir gar nicht vor – ich würde es mit einem Dämon treiben, wenn er so aussähe wie du.«

»Oh, danke, Süße.«

Ich fange an, die ersten Wirkungen der Droge zu spüren. Mir ist heiß, und ich bin definitiv erregt, obwohl das vielleicht daran liegt, dass Sabrina nackt auf dem Bett liegt und keine Decke über sich hat. Ihr Körper ist schlank und gebräunt, weich an den richtigen Stellen und straff an anderen.

Gleichzeitig fällt mir auf, wie weiß ihr Lächeln ist, mit schönen geraden Zähnen. Genau das, was ich von einer Amerikanerin erwarten würde.

Alles an ihr ist gesund und stark. Ihre Haut leuchtet, ihre Locken quellen über vor wilder Energie. Selbst ihre Fingernägel sind rosa wie das Innere einer Muschel, sauber und unlackiert.

Ungelogen, sie ist von einem strahlenden Leuchten umgeben. Ist es die Sonne auf ihrem Körper? Die Drogen? Oder sind es nur meine Gefühle für sie?

»Du bist kein Mensch«, sage ich. »Du bist etwas Besseres.«

Sie lacht. »Du bist high.«

»Wie kannst du es wagen?«

Sie kichert und reibt die Wölbungen ihrer Füße an meinen Beinen. Es fühlt sich phänomenal an.

Die Mädchen auf dem Laptop-Bildschirm machen grässliche dämonische Geräusche.

»Das ist ja furchtbar«, sage ich und klicke auf den nächsten Porno in der Reihe.

Ich scrolle weiter bis zum guten Teil, der sich als ein wunderschönes blondes Mädchen entpuppt, das sich in ihrem Garten ein Schaumbad gönnt. Ihre Titten sind mit Seifenlauge bedeckt. Ihre Haut sieht weich und sauber aus und ist rosig von der Hitze.

»Da, siehst du?«, meine ich zu Sabrina. »Ist das nicht viel schöner? Sieh dir diese Blasen an. Schau dir ihre Brüste an.«

»Sie ist wunderschön«, stimmt sie mir zu.

»Ja, nicht wie diese anderen Mädchen. Ich glaube nicht, dass es ein Zufall ist, dass die Dämonentitten nicht gerade die Spitzenklasse sind. Sie haben wahrscheinlich zuerst dieses Mädchen gefragt, und sie sagte: ›Exorzistenporno? Nein, ich bin leider beschäftigt. Aber wenn ihr wollt, könnt ihr kommen und ein Video von mir in meinem Garten machen. Ich hatte das sowieso vor.‹«

Sabrina schüttelt sich vor Lachen. Ich liebe es, sie zum Lachen zu bringen. Es ist das schönste Geräusch: kräftig, voll und total ungezwungen. Sie lacht über alles, wenn sie gut gelaunt ist, was fast immer der Fall ist.

»Du versuchst immer, das Beste im Menschen zu sehen, was?«, sagt Sabrina. »Du siehst sie als eine echte Person, die versucht, Geld zu verdienen und über die Runden zu kommen wie jeder andere auch.«

»Natürlich.« Ich zucke mit den Schultern. »Ich bin nicht der Einzige, der mitfühlend ist.«

Sabrina klappt den Laptop zu und schiebt ihn zur Seite, rollt sich auf mich und sieht mir ins Gesicht.

»Keiner würde erraten, was für ein großes Herz du hast. Da du doch ein großer, böser Gangster sein sollst.«

»Ich bin böse. Wenn ich es sein muss.«

»Gibt es etwas, das du nicht tun würdest?«

Ich denke einen Moment darüber nach. »Das hängt von den Umständen ab.«

»Was wäre, wenn ich etwas Schreckliches tun würde? Würdest du mich hassen?«

»Was zum Beispiel?«

»Was wäre, wenn ich ein Kannibale wäre. Und ich Jasper getötet und gegessen hätte.«

»Jasper ist zu dünn.«

»Dann eben Vlad.«

»Dann würde ich sagen: ›Wow, Babe. Frag das nächste Mal und ich besorge dir einen Burger.‹«

Sie prustet los. Es verwandelt sich in ein ausgelassenes Lachen, ein hilfloses Gekicher, das in Wellen kommt, während sie sich gegen meine Brust presst.

»Ich glaube, du hast die Mixtur durcheinandergebracht«, necke ich sie. »Es sollte eine Sexdroge sein – alles, was du hast, sind Lachanfälle.«

»Ach, halt die Klappe!«, sagt sie und packt meinen Schwanz. »Es funktioniert perfekt.«

Sie hat recht. Ich bin steinhart trotz des schrecklichen Pornos und dem ganzen Gerede über Kannibalismus.

Vielleicht wäre es sowieso passiert. Sabrina riecht himmlisch, und ihre Haut ist wie Seide, wenn sie auf mir liegt.

Sie gleitet meinen Körper hinunter und nimmt meinen Penis in den Mund. Es fühlt sich an, als wäre ich Schokolade, die in der Sonne schmilzt. Ich bin eine Pfütze aus warmem Glibber, und alles, was ich empfinde, ist Vergnügen. Jedes Streicheln ihres Mundes, jedes Schnippen ihrer Zunge ist das Köstlichste, was ich je gefühlt habe.

Im Bett ist Sabrina am freundlichsten. Sie ist eine großzügige Liebhaberin, die genau weiß, was ich mag. Sie liebt es, mir Freude zu bereiten, genauso wie sie es liebt, sie selbst zu empfangen.

Gleichzeitig ist sie versaut und unanständig. Es gibt nichts, was sie nicht versuchen würde, nichts, was über die Stränge schlägt. Ich kann ihr zuflüstern, was ich will, wenn wir ficken. Je dunkler und versauter, desto gieriger macht es sie.

Noch nie habe ich mich bei jemandem so frei gefühlt. Es gibt kein Urteil, keine Ablehnung. Sie weiß, dass alles ein Spiel ist, alles zum Spaß. Im Bett können wir sein, was immer wir wollen, wer immer wir wollen. Wir leben tausend verschiedene Leben beim Sex.

Manchmal tun wir so, als wäre sie ein Sexroboter, der jeden meiner Befehle befolgt. Ich bringe sie dazu, mich schneller, langsamer, in verschiedenen Stellungen zu reiten. Ich befehle ihr zu stöhnen und sage ihr sogar, wann sie kommen soll.

Andere Male stellen wir uns vor, dass ich ein Arzt wäre, der sie untersucht. Ich tue so, als ob ich ihre Brüste untersuchen würde, als ob ich nicht wüsste, dass ich sie auf eine Weise berühre, die sie erregt. Einmal habe ich Latexhandschuhe angezogen und sie gezwungen, ihre Beine zu spreizen, als wären sie in Steigbügeln. Ich konnte spüren, wie ihre Vagina gegen meine Finger pulsierte, sogar durch die Handschuhe hindurch. Als ich einen Finger in sie einführte, war sie bereits kurz vor dem Höhepunkt, zitterte und versuchte mit rotem Gesicht vor Verlegenheit, ihr Stöhnen zu unterdrücken.

Ich lebe ihre Fantasien aus und sie die meinen. Was ihr gefällt, wird für mich sofort geil und übertrifft meine eigenen Vorlieben.

Das ist unsere Erholung. Stunden, die wir in diesem dunklen Raum verbringen, in diesem niedrigen Bett, verbunden in unseren Körpern und unserem Geist, indem wir uns gegenseitig Erfahrungen schenken, die jenseits unserer kühnsten Träume liegen, jenseits dessen, was wir jemals für möglich gehalten haben.

Ich habe nie gewusst, was es bedeutet, mit jemandem zu schlafen, den man liebt. Sex mit einer Fremden ist im Gegensatz dazu wie ein Händeschütteln. Nicht einmal ansatzweise vergleichbar.

Nach zwanzig Minuten von Sabrinas langsamem, sinnlichem Blowjob tauschen wir die Positionen.

Ich befriedige sie mit dem Mund und knete dabei ihren Körper mit meiner freien Hand. Sie ist unglaublich empfänglich für Massagen. Es versetzt sie in einen Trancezustand. Das ist heute, unter dem Einfluss von Eliksir, doppelt so intensiv.

Die Droge macht sie gesprächig. Während ich ihre Vagina lecke und ihre Brüste massiere, starrt sie an die Decke und spricht mit leiser, verträumter Stimme zu mir.

»Weißt du, was ich an dir liebe, Adrik?«

Ich hebe nur kurz den Kopf. »Was?«

»Alles.«

Ich schmunzle und setze meine Liebkosungen fort.

»Ich meine es ernst. Ich liebe es, wie weich und dicht dein Haar ist, wenn ich mit meinen Händen hindurchfahre. Ich liebe es, wie schwer du dich auf mir anfühlst. Ich liebe es, wie dein Körper ein Ofen ist, der Wärme in mich hineinstrahlt. Wenn ich müde bin, wenn ich gestresst bin, lege ich mich auf dich, und deine Wärme lädt mich auf wie eine Batterie. Ich kann nicht traurig sein, wenn du mich berührst. Und du bist klug, du bist so verdammt klug. Ich habe noch nie jemanden getroffen, dessen Gehirn so schnell arbeitet wie deines. Du siehst alles.«

»Du bist klüger als ich«, sage ich. »Das habe ich noch nie von jemandem gedacht, bis ich dich getroffen habe. Es ist einschüchternd.«

»Du bist nicht eingeschüchtert. Du hast vor niemandem Angst.«

»Ich habe keine Angst. Aber ich möchte dich beeindrucken.«

»Das will ich auch«, sagt sie leise. »Ich möchte dich beeindrucken. Ich möchte, dass du stolz auf mich bist.«

»Ich bin stolz auf dich, Süße, verdammt stolz.«

Sie fängt an zu kommen, so schleichend, dass ich zuerst gar nicht merke, dass es passiert. Bis ich spüre, wie ihre Schenkel zittern und ich höre, wie ihre Zähne wie Kastagnetten aufeinanderklappern.

»Dieses Geräusch habe ich noch nie von dir gehört.«

»Mach weiter«, fleht sie.

Ich befriedige sie weiter oral, sanft und langsam, als würde ich Sahne aus einer Untertasse lecken.

»Ich liebe deine Hände«, flüstert sie. »Ich liebe es, wie du mich berührst. Ich liebe es, wie du der Mittelpunkt im Raum bist. Jeder will deine Aufmerksamkeit. Jeder will dir nahe sein. Aber du willst mir nahe sein.«

»Stimmt. Du bist der wichtigste Mensch auf der ganzen Welt für mich.«

»Ach ja?« Ihre Stimme bricht leicht.

»Ja, Baby. Du. Nur du.«

Sie fängt wieder an zu kommen, ihre Zähne klappern bei jedem Ausatmen, ihr Atem kommt in tiefen Stößen aus ihrer Kehle heraus.

Ich bringe sie immer wieder zum Kommen, über eine Stunde lang. Die ganze Zeit über macht sie mir Komplimente, betet mich an, streicht mir durch das Haar.

Wir hatten noch nie so sanften, so zärtlichen Sex. Es ist keine Sexdroge, sondern eine Liebesdroge.

Schließlich steige ich auf Sabrina und schiebe meinen Schwanz in sie hinein, schaue in ihr wunderschönes Gesicht, in ihre leuchtenden Augen, die mich ansehen, dichte schwarze Wimpern rundherum, die einzigen solcher Augen auf der ganzen Welt.

Ich gleite in sie hinein und heraus, langsam und sinnlich, erlebe jeden Zentimeter von ihr, den Duft ihres Haares, ihren weichen Atem auf meinem Gesicht.

Als ich anfange zu kommen, zieht es sich ewig hin, leicht, warm und glückselig. Ich muss mich überhaupt nicht anstrengen.

Es ist ein Orgasmus, wie ich ihn noch nie erlebt habe.

Weil ich noch nie aus tiefer Liebe zu jemandem gekommen bin.

KAPITEL 25

SABRINA

Ich war im GUM einkaufen, dem größten Warenhaus in Moskau. Eigentlich ist es eher ein Einkaufszentrum mit einer schönen Glaskuppel, edlen Boutiquen und schicken Restaurants. Es liegt direkt gegenüber dem Roten Platz, der derzeit nicht rot, sondern weiß ist, bedeckt mit dem ersten Schnee des Jahres.

Das ist der Grund für meinen Einkaufstrip – ich brauche wärmere Kleidung.

Ich führe Adrik mein neues Outfit vor: eine hellorangefarbene Fleece-Jogginghose, einen weißen Kapuzenpulli und ein Paar Stan Smiths, die wahrscheinlich gefälscht sind, aber eine hervorragende Fälschung. Sie haben sogar die kleinen grünen Laschen an der Zunge mit Stans Abbild.

»Orange steht dir ausgezeichnet.« Adrik mustert mich anerkennend von oben bis unten. »Du hast einen guten Stil – das ist verdammt sexy.«

»Danke, danke«, sage ich und posiere für ihn.

»Wofür ist das?«, fragt er und zieht an einer kleinen dehnbaren Schnur am Hintern.

Die Jogginghose hat mehrere Taschen und Reißverschlüsse, deren Zweck nicht ersichtlich ist.

»Keine Ahnung«, sage ich. »Zieh nicht daran.«

»Ich glaube, du hast die Hose verkehrt herum an.«

»Nein, habe ich nicht! Hör auf damit!«

Ohne mich zu beachten, zieht Adrik die Schnüre etwa einen Meter heraus. »Das ist der Kordelzug! Du hast sie definitiv verkehrt herum an.«

Ich drehe mich um und versuche, meinen eigenen Hintern zu betrachten.

»Verdammt noch mal!«

Seine Schultern beben vor Lachen. »Keine Sorge, ich werde niemandem davon erzählen.«

»Und ich werde niemandem sagen, dass du dachtest, ich sähe verdammt stylish aus!«

»Pass auf«, knurrt er, packt mich und zieht mich an sich.

Er versucht, seine Hände gleichzeitig in meine Hose und in mein Shirt zu stecken. Ich schlage sie weg. »Dafür habe ich keine Zeit, ich muss mich mit Zigor treffen.«

Ich beschuldige ihn damit, denn es ist seine Schuld, dass ich diesen blöden Botengang machen muss. Dies ist das dritte Mal, dass ich Jasper bei der Abholung begleite, und jedes Abenteuer war schlimmer als das letzte. Überraschenderweise nicht wegen Jasper, sondern weil Zigor Zakharov wirklich ein verdammter Idiot ist. Sein einziges Genie scheint darin zu bestehen, neue und kreative Wege zu finden, uns zu ärgern.

Er nimmt seine beiden Lieblingsganoven überallhin mit, wo er hingeht. Jasper und ich nennen sie die Buchstützen, weil sie genau gleich aussehen und Zigor flankieren, als wäre er der Präsident und nicht nur ein kleiner Gangster, der so unfähig ist, dass sein Vater ihn bloß zum Babysitten benutzt.

Viel lieber würde ich mit Hakim im Labor sein. Ich bin fast fertig mit der dritten Rezeptur, der für Konzerte.

Als ich in die Küche gehe, sage ich zu Hakim: »Arbeite nicht ohne mich an der neuen Pille.«

»Ich kann an nichts arbeiten«, sagt er. »Wir haben keine Vorräte mehr.«

»Ich weiß – Jasper und ich holen heute eine Doppelbestellung ab.«

Wir haben unsere Bestellungen bei Lev Zakharov stetig erhöht, aber das reicht nicht einmal annähernd aus, um der Nachfrage gerecht zu werden. Jetzt, da wir in Veniamins Nachtclubs verkaufen, müssen wir uns beeilen, um mit der Produktion Schritt zu halten. Andrei presst die Pillen, und Vlad liefert die Bestellungen an unsere Händler. Adrik trifft Vereinbarungen, um meine Sexdroge Eliksir an alle Bordelle zu liefern.

Chief arbeitet wahrscheinlich am härtesten von allen, denn er muss sich um das Finanzielle kümmern und die Bücher führen, was ein zunehmend unmögliches Unterfangen ist. Adrik ist darauf bedacht, so schnell wie möglich zu expandieren. Wir arbeiten mit geringen Gewinnspannen, nehmen das ganze Geld, das wir verdienen, und investieren es in immer größere Rohstoffkäufe.

Gestern Abend habe ich mich mit Adrik gestritten. Ich sagte ihm, wir sollten eine Bargeldreserve von neunzig Tagen haben. Er meinte, wir bräuchten sie nicht.

»Wir sind verwundbar«, argumentiere ich. »Wenn etwas schiefgeht ...«

»Es wird nichts schiefgehen.«

»Wenn wir zwanzig Prozent des Gewinns nehmen würden ...«

»Wir können nicht. Das Geschäft boomt. Wir müssen uns so viele Marktanteile wie möglich sichern, bevor jemand herausfindet, wie er seine eigene Version des Produkts herstellen kann.«

»Das kriegen sie nicht hin«, spotte ich. »Und bis sie Molniya kopiert haben, habe ich schon fünf weitere Rezepturen entwickelt.«

»Es macht nichts, wenn ihre Drogen nicht so gut sind – ich sehe bereits Fälschungen auftauchen. Nicht jeder ist so anspruchsvoll wie du. Sie kaufen das, was am billigsten und einfachsten ist.«

Ich starre ihn mit verschränkten Armen an. »Du hast gesagt, wir würden gemeinsam Entscheidungen treffen.«

»Das tun wir, die ganze Zeit.«

»Es sei denn, du bist anderer Meinung als ich.«

»Wenn zwei Menschen unterschiedlicher Meinung sind, muss man trotzdem eine Entscheidung treffen.«

»Und es ist immer deine Entscheidung.«

»Ich habe dich mit den Drogen machen lassen, was du wolltest«, schnauzt er mich an.

»*Machen lassen?*«

»Die Lieferkette ist mein Geschäft.«

»Das alles ist *unsere* Sache!«

»Es gibt immer noch eine Arbeitsteilung!«

»Ich spreche nicht von Arbeit! Ich spreche von Organisation und Planung!«

»Wenn wir in einer besseren Lage sind, werden wir Rücklagen bilden. Wir werden so viel Geld haben, dass man einen Tresor mit Bargeld füllen und darin herumschwimmen kann wie Mak Dak.«

»Darauf können wir nicht warten!«, beschwere ich mich. Und füge dann hinzu: »Warte, was hast du gerade gesagt?«

»Ich sagte, wir werden Rücklagen einbehalten, sobald wir in einer besseren Position sind.«

»Nein ... der Teil, wo man im Tresorraum herumschwimmt.«

»Ja, wie Mak Dak. Du weißt schon, die kleine Ente mit der Brille.«

Ich lache. »Meinst du etwa Dagobert Duck?«

»Ja! Mak Dak. Er ist hier in Russland sehr beliebt. Es gibt eine ganze Restaurantkette, die nach ihm benannt ist.«

Die Diskussion wurde durch das dringende Bedürfnis von Adrik beendet, Fotos der besagten Restaurantkette aufzurufen. Das lässt mich über die russische Sitte wundern, amerikanische Marken zu kopieren, um jeden Laden in der Stadt damit zu schmücken.

Ich hatte bereits Schawarma-Buden mit dem umgedrehten McDonald's »M« anstelle des »W« in »Schawarma« gesehen. Und als ob das nicht schon genug wäre, kleben sie auch noch ein Nike- oder Adidas-Logo an die Seite ihres Restaurants, und zwar ohne jeden verdammten Grund.

Adrik und ich verbrachten eine Stunde damit und vergaßen dabei unsere Diskussion.

Mein Ärger nimmt wieder zu, als Jasper in die Küche kommt, ebenfalls verärgert über die Botengänge, die Adrik uns zugewiesen hat.

»Bringen wir es hinter uns«, sagt er mürrisch und schmollend.

Wir müssen mit dem Auto fahren, weil zu viel Schnee für die Motorräder auf den Straßen liegt.

Es verbessert Jaspers Laune nicht gerade, wenn er über eine Stunde mit mir im Auto sitzen und zu einem Lkw-Lager im Bezirk Mozhaysky fahren muss. Ich lege meinen Lieblingssong auf, und er schaltet absichtlich zum nächsten um, wenn er an der besten Stelle ist. Während der Fahrt stelle ich mir vor, wie ich Jasper in eine Kiste sperren, diese zunageln und auf dem langsamsten Weg in die Mongolei verschiffen könnte.

Zigor wartet bereits, als wir vor den niedrigen Zementgebäuden vorfahren, in denen es von ein- und ausfahrenden Lastwagen und Gabelstaplern wimmelt, die die Fracht abladen.

»*Privet druzhbani!*«, schreit Zigor und kommt herüber, um uns beiden auf den Rücken zu klopfen. Er schlägt mir so fest darauf, dass ich nach vorne stolpere. Ich muss mich zurückhalten, um ihm nicht einen Schlag auf die Nase zu geben.

»Ist der Lkw unterwegs?«, fragt Jasper.

»Ich freue mich auch, euch zu sehen«, sagt Zigor, für mich auf Englisch.

Jasper ignoriert dies und wartet schweigend darauf, dass Zigor seine Frage beantwortet.

»*Da, da*«, versichert ihm Zigor. »Alles ist gut. Der Fahrer hat mich angerufen – er kommt in zehn Minuten.«

Zigor weigert sich, Namen für seine Kuriere zu nennen oder mehr Details als unbedingt nötig zu verraten. Er weiß, dass wir ihn gar nicht bräuchten, wenn wir unsere eigenen Verbindungen zu den Lieferanten in Thailand hätten.

Auch wenn Zigor ein Idiot ist, sein Vater ist kein Narr. Lev Zakharov hat die Komplexität des Wechselns von Lkws und der Änderung von Frachtpapieren perfekt gemeistert, sodass die Herkunft der Sendungen für die Grenzbeamten weniger verdächtig ist. Er zahlt alle Bestechungsgelder entlang der Route und scheint mehrere ausgeklügelte Systeme entwickelt zu haben, um die Drogen vor allen zu verstecken, die nicht bestochen wurden. Bisher habe ich doppelte Schiebewände in den Transportcontainern und falsche Dächer und Böden in den Lastwagen gesehen.

Diese Maßnahmen sind notwendig, weil die Bestechungsgelder, die wir zahlen, bereits enorm hoch sind. An jedem Kontrollpunkt, auch hier im Lager, zahlen wir Tausende von Dollar.

Für diesen Zweck hat Jasper Bargeld zur Hand. Er lässt mich mit Zigor allein, während er losgeht, um unsere »Spende« an den Lagermeister zu übergeben.

Zigor sieht mich an und grinst.

Er ist jenseits der dreißig, groß und schlaksig. Er hat eine unvorteilhafte Frisur, schütter mit verdächtigen blonden Strähnen, die mich an Filme mit Bruce Willis erinnern, wo sie ihm Haare verpassen.

»Es ist besser, wenn Adrik dich schickt«, sagt er. »Nächstes Mal brauchen wir Jasper vielleicht gar nicht mehr.«

Ich werfe ihm einen finsteren Blick zu. »Mich hat niemand geschickt«, lüge ich. »Ich bin hier, um zu holen, was ich brauche.«

»Warum brauchst du so viele verschiedene Dinge?«, fragt Zigor. »Keep it simple. Ich besorge dir gutes Heroin viel einfacher – und du verdienst auch mehr Geld.«

»Kein Interesse.«

Opioide sind die einzige Droge, die ich nicht anfassen werde, und ich bin auch nicht daran interessiert, sie zu verkaufen. Ich will willige Kunden, keine Sklaven.

Zwiddeldum und Zwiddeldei stehen auf beiden Seiten von Zigor, die Hände vorne verschränkt, und starren mich hinter den Gläsern ihrer Sonnenbrillen im *Matrix*-Stil an.

»Hast du es nicht satt, dass dir diese beiden Wasserspeier im Nacken sitzen?«, sage ich zu Zigor.

»*Njet.*« Zigor zuckt mit den Schultern. »Sie tragen alle meine Sachen für mich. Was kann man daran nicht mögen?«

Ich drehe mich ungeduldig um und überprüfe auf meinem Handy die Zeit. Jasper sollte im Lagerbüro nicht so lange trödeln, damit ich Zigors Witzen entkommen kann.

»Wie lange dauert es noch, bis der Fahrer kommt?«, frage ich.

Ich will zurück ins Labor.

»Zehn Minuten.«

»Das hast du schon vor zwanzig Minuten gesagt.«

Daraufhin holt Zigor einen Zahnstocher hervor und fängt an, in seinen Zähnen zu stochern. Er tut dies mit einem Maximum an schmatzenden und klickenden Geräuschen und grinst mich dabei die ganze Zeit an.

»Woher hast du die Hose?«, fragt er. »Gefällt mir.«

»Ehrlich gesagt, Zigor, sind deine Komplimente eine Beleidigung. Wenn ich weiß, dass du sie magst, mag ich sie noch weniger.«

Er starrt mich eine Minute lang an und bricht dann in schallendes Gelächter aus. Die Buchstützen lachen auch, aber nur, weil sie denken, dass sie das müssen. Ich bin mir ziemlich sicher, dass keiner von ihnen Englisch spricht.

»Lustiges Mädchen«, meint Zigor.

Glücklicherweise taucht Jasper wieder auf, bevor Zigor mich weiterhin anmachen kann. Jedes Mal, wenn ich ihn sehe, versucht er, mich zu einem Drink zu drängen. Ich habe das Adrik erzählt, in der Hoffnung, er würde ihn umbringen, aber Adriks erschreckender Mangel an Eifersucht hält an. Er lachte nur und sagte: »Zigor ist ein Leichtgewicht. Er würde wahrscheinlich schon nach zwei Schnäpsen auf dem Tisch ohnmächtig werden.«

Endlich kommt unser Lkw an. Wir haben für die Benutzung der am weitesten entfernten Laderampe bezahlt – derjenigen, wo die Kameras nicht funktionieren.

Jasper fährt mit dem SUV direkt an die Rückseite des Lastwagens heran.

Die Buchstützen helfen beim Auspacken. Das dauert länger als erwartet, denn dieses Mal ist das Produkt in den Rahmen mehrerer Laufbänder versteckt. Wir müssen die Geräte mit Schrauben- und Inbusschlüsseln auseinandernehmen.

Als wir fertig sind, steigen Jasper und ich wieder in den SUV und wollen mit der Lieferung ins Labor zurückfahren.

Zigor springt auf den Rücksitz. »Ich komme mit euch.«

»Das ist nicht nötig ...«, beginnt Jasper.

»Filipp und Georgiy werden folgen«, sagt Zigor gelassen.

Von einem bösen Impuls gepackt, frage ich Zigor: »Was ist dein Lieblingslied? Ich lege auf.«

»Hast du *Hard Bass School*?«

»Natürlich.« Ich finde das Lied auf Spotify. »Das ist Jaspers Lieblingslied.«

Ich spiele das, was landläufig als »*Gopnik*-Nationalhymne« bekannt ist, auf höchster Lautstärke. Es ist ein hämmernder, sich wiederholender, beschissener Song, das russische Äquivalent zu *Gangnam Style*, wenn er von in der Hocke sitzenden Schlägern in Trainingsanzügen gesungen würde.

Jasper dreht sich um und starrt mich schweigend an.

Ich habe Adrik versprochen, nett zu Jasper zu sein, aber ich habe mir auch geschworen, mir keine Chance entgehen zu lassen. Und das ist die perfekte Gelegenheit, Jasper ein Aneurysma zu verpassen.

»Soll ich es auf Repeat stellen?«, frage ich Zigor.

»*Da!* Dieses Lied ist das beste überhaupt. Man kann es nicht oft genug spielen.«

»Finde ich auch.«

> Narkotik ne klass
> Ya yedu na hard bass!

Zigor und ich singen mit, so laut wir können, während Jasper aus dem Lager fährt und sein rechtes Auge zuckt.

Kapitel 26

Adrik

An Heiligabend schließe ich mit den Markovs ein Geschäft über 25 000 Stück Molniya ab. Den Markovs gehört der größte Teil Moskaus, und sie lassen niemanden sonst in ihrem Gebiet verticken. Früher haben sie von den Tschetschenen gekauft, aber Sabrinas Pille ist der neue Renner. Jeder will sie haben.

Sabrina kommt mit mir zur Übergabe, weil Ilsa dort sein wird. Ihre Freundschaft hat die Trennung überlebt, doch Sabrina war zu beschäftigt, um sich mit Ilsa zu treffen, seit sie hier ist.

Ich finde sie im Wohnzimmer, wo sie versucht, Chief bei seinem Tinder-Profil zu helfen. Andrei liegt auf einem der Sitzsäcke und ruft ihnen entgegengesetzte Ratschläge zu: »Du brauchst ein Foto, auf dem du hart und männlich aussiehst. Wie du etwas Beeindruckendes tust. Vielleicht hältst du ein großes Bündel Geld in der Hand.«

»Er versucht nicht, *dich* anzulocken, Andrei.« Sabrina verdreht die Augen. »Er will eine echte menschliche Frau.«

»Frauen lieben Geld.«

»Er ist nicht auf der Suche nach einer Frau, die bloß sein Geld will. Hier, Chief – das sollte dein Profilbild werden.«

Sie zeigt auf ein Foto, das Chief zeigt, wie er an seinem Motorrad arbeitet: den Overall um die Taille, nur ein Unterhemd über der oberen Hälfte, das Haar zerzaust und Motoröl an den Armen.

»Ich bin schmutzig«, protestiert Chief. »Ich sehe aus wie ein Penner.«

»Du siehst kompetent aus«, betont Sabrina. »Sieh dir deine Hände an, deine Unterarme.«

»Unterarme!«, spottet Andrei.

»Du wirst von Mädchen kontaktiert werden, die angefasst werden wollen«, meint Sabrina und ignoriert Andrei.

»Ich habe meine Brille auf. Brillen sind in Russland nicht beliebt.«

»Du siehst intelligent aus. Auf Dating-Apps musst du du selbst sein. Es bringt nichts, wenn du versuchst, dich anders zu geben, als du bist.«

»Er wird als er selbst keine Matches bekommen«, warnt Andrei.

»Was weißt du denn schon?« Sabrina lacht. »Seit ich hier bin, habe ich dich nicht ein einziges Mal auf einem Date gesehen.«

»Ich bin beschäftigt.«

»Ja, damit beschäftigt, gegen Hakim in *Dr. Mario* zu verlieren.«

»Ich verliere nicht *immer*«, sagt Andrei mit Würde.

»Was hast du über dich selbst geschrieben?«, fragt Sabrina und wendet sich wieder Chief zu.

»Ich habe geschrieben: ›Wenn du mich kennenlernen willst, dann frag mich.‹«

»Das ist schrecklich.«

Chief verzieht das Gesicht. »Ich habe versucht, geheimnisvoll zu sein. Ich weiß nicht, was ich schreiben soll.«

»Du musst einen Text schreiben, der dir bringt, was du willst. Der richtige Köder für den richtigen Fisch. Du willst nicht irgendein Mädchen – du willst das richtige Mädchen. Deshalb ist es am besten, die ganze Zeit über aufrichtig zu sein. Wie wär's mit ›Wische nach rechts und ich mache den ersten Schritt‹?«

»Welche Mädchen wird das anziehen?«

»Neugierige. Ich weiß, wie witzig du beim Schreiben bist. Geh ihr Profil durch, finde etwas Interessantes über sie, sprich diese Mädchen an, als ob du sie kennst, so wie du mir eine SMS schreibst. Du bist die witzigste Person in unseren Gruppenchats.«

»Das ist wahr«, unterstütze ich sie.

Chief ist beim Schreiben viel selbstbewusster als im realen Leben. Es ist klug von Sabrina, seine Stärken hervorzuheben – das würde ich auch tun. Tatsächlich ist es *genau* das, was ich auch tue, wenn ich versuche, ihn aufzubauen.

»Aber nicht von Angesicht zu Angesicht«, seufzt Chief.

Sabrina sagt: »Lass sie zuerst dein bestes Ich kennenlernen. Hier, zeig mir deine Matches.«

Chief zeigt ihr das einzige Mädchen, das nach rechts gewischt hat: eine nervös wirkende Blondine, deren Profilbild hauptsächlich die riesige schwarze Katze auf ihrem Schoß zeigt.

»Okay, schau dir ihre Bilder an«, meint Sabrina. »Was glaubst du, was sie dir auf diesem Bild zeigen will?«

Sie deutet auf ein Bild, auf dem das blonde Mädchen unter einem Baum im Gorki-Park steht und ein rotes Sommerkleid mit Knöpfen an der Vorderseite trägt.

»Sie sieht ... hübsch aus«, bemerkt Chief.

»Das ist gut«, ermutigt Sabrina ihn. »Aber lass uns mehr als nur ihr Aussehen loben – lass uns ihren Geschmack loben. *Ich wette, wenn Mädchen ein hübsches rotes Kleid tragen wollen, stellen sie sich genau das vor.* Du sagst ihr, dass sie eine Stilikone ist. Dass sie einen Moment geschaffen hat. Dass andere Mädchen sie bewundern würden, wenn sie dieses Bild sehen.«

»In Ordnung«, sagt Chief und tippt die Nachricht ein.

Andrei schaut interessiert zu.

Chief drückt auf »Senden«.

»Sag mir Bescheid, wenn sie antwortet«, sagt Sabrina.
»Bist du bereit zu gehen?«, frage ich sie.
»Warte!«, schreit Andrei. »Was ist mit meinem Profil?«
Sabrina lacht. »Ich werde viel mehr Zeit brauchen, um deines zu verbessern. Ich mache es, wenn wir zurück sind.«
»Du solltest deine Dienste in Rechnung stellen«, sage ich zu Sabrina, als wir ins Auto steigen.
»Das ist außerhalb ihres Budgets«, sagt sie salopp.
»Ich sehe, wie sehr du dich bemühst.« Ich lege meine Hand auf ihren Oberschenkel. »Und das weiß ich zu schätzen.«
»Ja, wir kommen ganz gut miteinander aus. Sogar Jasper hat seine guten Seiten. Ich meine nicht seine Persönlichkeit oder sein Verhalten oder seine Laune ... aber irgendwas.«
Ich versuche, ihr nicht zu zeigen, dass ich lächle.
»Er ist pünktlich, das kann man von ihm sagen«, ergänzt Sabrina, als würde es sie schmerzen, das zuzugeben.
»Er ist viel mehr als nur pünktlich.«
»Klar, er macht auch den besten Kaffee.«
Ich tue so, als wäre ich verletzt. »Ich dachte, du hast gesagt, ich mache den besten Kaffee?«
»Nun, du hattest mich gerade dreimal kommen lassen, als ich das sagte.«
»Viermal, um genau zu sein.«
»Ich bin froh, dass wenigstens einer von uns den Überblick behält.«
Wir fahren in den Bezirk Presnensky, wo die Markovs die meisten ihrer Hotels und Restaurants haben. Die Markovs kontrollieren ihr Gebiet mit eiserner Faust, denn der Großteil ihres Einkommens stammt aus *Krysha*. Diejenigen, die für den Schutz bezahlen, erwarten, dass die Geschäfte reibungslos ablaufen. In gewisser Weise sind die Markovs sowohl Vermieter als auch Sicherheitskräfte. Sie achten sehr genau darauf, welche Waren auf ihren Straßen und in ihren Häusern gehandelt werden.

Da dies die erste von hoffentlich vielen Transaktionen dieser Art ist, wickle ich das Geschäft persönlich ab. Neve Markov wird ihre Familie vertreten. Wir treffen uns im Hotel Aurora an der Moskwa, in der Nähe des Krasnaja-Parks.

Ich habe mich etwas schicker als sonst gemacht und trage eine Hose und einen schwarzen Wollmantel.

Sabrina sieht mich an, als ich die Schlüssel dem Bediensteten zuwerfe.

»Du siehst gut aus.«

»Du auch.«

Heute ist sie ganz in Weiß gekleidet. Ihr Outfit besteht aus einer weißen Hose, einem weißen Rollkragenpullover und einem weißen Mantel, der in der Taille gegürtet ist und dessen Kragen gegen die Kälte hochgeschlagen ist. Als sie vor der verschnörkelten Steinfassade des Hotels steht, fallen dicke Schneeflocken um sie herum und setzen sich in ihrem dunklen Haar fest. Ich wundere mich, wie exotisch sie aussieht und doch ganz einheimisch.

»Bist du bereit?«, frage ich und nehme die Aktentasche vom Rücksitz.

»Natürlich.«

Sie legt ihre Hand in meine Armbeuge, und wir steigen gemeinsam die Treppe hinauf.

Wir fahren mit dem Aufzug in den achtzehnten Stock, wo wir Neve Markov in einer Privatsuite mit Blick auf den Fluss treffen.

Ilsa öffnet die Tür. Ich glaube, sie wollte uns mit einem Händedruck begrüßen, aber in dem Moment, in dem Sabrina sie sieht, wirft sie ihre Arme um Ilsas Taille und umarmt sie fest. Ilsa kann sich ein Lächeln nicht verkneifen und umarmt sie zurück.

»Schön, dich zu sehen«, sagt sie. »Du kennst meine Schwester Neve, und das ist Simon Severov.«

»*Rad nashei vstreche*«, sagt Simon zu Sabrina. *Schön, dich kennenzulernen.* Er schüttelt ihre Hand und dann meine, obwohl wir uns schon einmal getroffen haben.

»Bitte setzt euch.« Neve deutet auf ein kleines gestreiftes Sofa. Sie und ihr Verlobter sitzen uns gegenüber. Für Ilsa ist noch Platz auf demselben Sofa, aber sie nimmt stattdessen den Sessel links von uns.

Ich lege die Aktentasche auf den Tisch zwischen uns, öffne sie und drehe sie so, dass Neve und Simon die hübschen Pillenpäckchen in Form von gelben Blitzen sehen können.

»Und was genau ist da drin?«, fragt Simon. Sein Akzent ist stärker als der von Neve, aber sein Englisch ist gut für jemanden, der hier in Moskau zur Schule gegangen ist.

»Das ist urheberrechtlich geschützt«, antwortet Sabrina.

»Wie kann ich es dann testen?«, erwidert Simon, und seine Oberlippe kräuselt sich leicht.

Ilsa wirft ihm einen Blick zu, ihr Kiefer ist angespannt. Ich vermute, dass sie sich mehr über die Tatsache ärgert, dass er für ihre Schwester spricht, als über die Fragen selbst.

»Es wurde bereits in den besten Clubs der Stadt getestet«, erwidere ich ruhig. »Wir sind schneller ausverkauft, als wir nachproduzieren können.«

»Wird es ein Problem mit der kontinuierlichen Lieferung geben?«, erkundigt sich Neve.

Neve Markov hat eine tiefe, klare Stimme, die den Raum zwischen uns zu durchschneiden scheint. Sie strahlt eine ruhige Autorität aus und hat eine Art, stillzusitzen, die Hände ordentlich und unbeweglich im Schoß, nur die Augen bewegen sich. Ich habe gehört, wie sich andere Bratwa abfällig über sie geäußert haben und über die Vorstellung eines weiblichen *Pakhan* mit ihrer Schwester als Lieutenant gelacht haben. Ich bezweifle, dass sie so reden würden, wenn sie im Raum wäre. Es gibt nichts Lächerliches an ihr.

»Wenn wir einen Deal für regelmäßige Verkäufe abschließen, werdet ihr eure Bestellungen pünktlich bekommen«, versichere ich ihr.

»Gut.« Sie nickt. »Einmal im Monat also für den Anfang. Ist das in Ordnung?«

Das ist mehr als erfreulich. Die Markovs verfügen über reichlich Bargeld. Ein regelmäßiger Auftrag wird uns helfen, unseren Betrieb zu finanzieren, während wir wachsen.

»Vierzig pro Pille«, sage ich, »amerikanische Dollar.«

Sie nickt.

Molniya wird für sechzig Dollar pro Stück weiterverkauft, was im Vergleich zu den Niederlanden oder Großbritannien ein astronomischer Preis ist, aber das sind die Kosten für Partydrogen in Russland. Die Materialien sind schwer einzuschmuggeln, die Bestechungsgelder enorm hoch und die Strafen drakonisch, wenn man erwischt wird. Wir könnten alle lebenslänglich in Sibirien bekommen, nur weil wir uns heute hier treffen.

Ilsa hebt den schwarzen Seesack neben ihrem Sessel hoch und legt ihn auf den Couchtisch. Dann öffnet sie den Reißverschluss und zeigt mir die Stapel darin. Ich kann das Geld auf einen Blick zählen – hundert Scheine pro Bündel, zehntausend Dollar pro Stapel, insgesamt hundert Stapel, also eine ganze Million in bar.

Amerikanische Dollar sind praktischer als Rubel. Sie nehmen weniger Platz ein und können bei internationalen Zahlungen verwendet werden. Jeder wird sie gern als Zahlungsmittel annehmen.

Unser Geschäft ist abgeschlossen, Sabrina nimmt das Geld und Ilsa die Pillen. Neve holt das Teeservice vom Beistelltisch und stellt es zwischen uns ab.

Der große silberne Samowar ist mit traditionellem russischem Karawanentee gefüllt. Früher, als die Kamelkarawanen noch sechzehn Monate brauchten, um Tee aus China zu bringen, wurde er mit dem Rauch der Lagerfeuer entlang der

Route aromatisiert. Heutzutage wird das Aroma absichtlich durch Oxidation hinzugefügt.

Neve schüttet das Konzentrat in unsere Tassen, in die wir die gewünschte Menge heißes Wasser geben. Meiner ist dunkel wie Teeröl, der von Sabrina hat die Farbe ihrer schönen braunen Haut. Sie weiß unseren Tee noch nicht so recht zu schätzen, nicht in voller Stärke.

Simon trinkt ihn auf die altmodische Art, mit einem Stück Würfelzucker zwischen den Zähnen.

Wir unterhalten uns, während wir die Sandwiches und die kleinen pastellfarbenen Kuchen essen. Oder besser gesagt, Neve, Simon, Sabrina und ich unterhalten uns, während Ilsa fast schweigend dasitzt. Sie ist in düsterer Stimmung, aber nicht wegen mir und Sabrina, zumindest glaube ich das.

Neve erzählt Sabrina alles über den Ort ihrer Hochzeit, ein altes Anwesen auf dem Lande außerhalb von Moskau. »Ich werde dir und Adrik natürlich eine Einladung schicken.«

»Gibt es in Russland Brautjungfern?«, fragt Sabrina. »Das ist deine Chance, Ilsa Rosa tragen zu lassen.«

Neve lächelt. »Nein, so was haben wir nicht. Ilsa wird meine Trauzeugin sein. Sie bekommt eine Schärpe.«

»Und Neve wird eine Krone tragen«, ergänzt Simon. »Wie es sich für meine Königin gehört.«

Er hebt ihre Hand und drückt ihre Finger an seine Lippen.

Ilsa gefällt diese Formulierung überhaupt nicht. Ihre Augen verengen sich, und sie legt ihren Kuchen zurück auf den Teller, ohne einen Bissen zu nehmen.

Als wir alle unsere Teller abstellen, meint Neve: »Wenn ihr wollt, habe ich für euch heute Abend die Suite reserviert. Es wird ein Feuerwerk über der Moskwa geben – ihr werdet eine perfekte Aussicht haben.«

Ich würde nie nach einem normalen Geschäftstreffen in

einem Zimmer übernachten, schon gar nicht mit so viel Bargeld bei mir. Aber ich kenne die Markovs schon mein ganzes Leben lang. Ich betrachte uns als Freunde und auch als Verbündete.

Außerdem hat Sabrina kein Pokerface – ich kann sehen, dass ihr diese Idee gefällt. Wenn auch nur, damit wir so laut ficken können, wie wir wollen, ohne dass das Wolfsrudel uns belauscht.

»*Spasibo*«, sage ich. »Das ist sehr großzügig.«

»Ich schicke das Personal, um das Geschirr abzuholen«, sagt Neve und schüttelt uns zum Abschied die Hand. Ich sehe Simons Diamanten an ihrem Finger glitzern, größer als eine unserer Pillen.

»Wir sollten zusammen essen gehen«, sagt Sabrina zu Ilsa. »Wenn eine von uns beiden irgendwann mal einen Tag frei hat.«

»Das würde mir gefallen«, erwidert Ilsa.

Ich glaube, das ist der einzige Satz, den sie während des ganzen Treffens gesagt hat. Sabrina wird sich mit Ilsa allein treffen müssen, wenn sie wirklich mit ihr reden will, denn es ist ziemlich klar, dass Ilsa den Verlobten ihrer Schwester verachtet und nichts sagen wird, wenn er dabei ist.

Neve, Ilsa und Simon verlassen das Zimmer, und ich bleibe mit Sabrina in der Suite zurück.

»Was sollen wir tun?«, frage ich Sabrina.

Sie beißt sich auf die Lippen und mustert mich von oben bis unten. »Da fallen mir schon ein paar Dinge ein.«

***

Einige Stunden später liegen wir im Dunkeln auf dem Bett. Das einzige Licht kommt durch die großen Fenster mit Blick auf den Fluss. Die Wolken haben sich so weit verzogen, dass ich die flache Scheibe des Mondes sehen kann, kalt und silbrig, die auf ihr Spiegelbild im dunklen Wasser unter uns herabschaut.

Ich höre ein leises Knallen. Eine kleine Leuchtrakete schießt in die Luft und zerplatzt dann in dicke lila Funken wie eine Chrysantheme, die am Himmel blüht. Es folgt ein Dutzend weiterer Fackeln. Unser Fenster erstrahlt in bunter Farbe.

Das Feuerwerk glitzert auf Sabrinas nacktem Körper und färbt ihre Haut in leuchtenden Blau-, Gold-, Silber- und Grüntönen. Die Funken spiegeln sich in ihren Augen.

»Ich habe etwas für dich«, sage ich.

Sie stützt sich auf einen Ellbogen, ihr dunkles Haar fällt in Strähnen über die zerknitterten Laken.

»Was ist es?«, fragt sie mit kindlicher Neugier.

Ich nehme eine flache Schachtel aus meiner Manteltasche und öffne sie für sie.

Das Diamantenhalsband ist farblos wie Eis, aber es leuchtet wie eine Flamme, als ein weiteres Feuerwerk explodiert.

Sabrina bleibt der Mund offen stehen.

Sie streckt eine Hand aus und hält kurz vor den glitzernden Juwelen inne. Sie traut sich nicht einmal, sie zu berühren.

»Leg es um«, sage ich.

Gehorsam dreht sie sich um und streicht sich die Haare aus dem Nacken.

Ich lege ihr die Diamanten um den Hals und schließe den Verschluss.

Sabrina schlüpft wieder in ihre Schuhe, die sie neben dem Bett hat stehen lassen. Sie steht vor dem Fenster, nackt bis auf ihre Absätze und das Diamantenhalsband. Ein Feuerwerkskörper explodiert über ihrer linken Schulter und taucht sie in einen Schauer aus silbernem Licht.

Sie ist so verdammt schön.

Ich kann nicht atmen. Ich kann nicht sprechen. Alles, was ich tun kann, ist, sie anzustarren.

Ich wünschte, ich könnte diesen Moment festhalten und für immer einfrieren.

Ich nehme mein Handy und mache ein Foto von ihr, obwohl ich weiß, dass es ihrer lebendigen, überwältigenden Schönheit niemals gerecht werden kann. Oder den Gefühlen, die sie in mir auslöst.

Sabrina berührt die Diamanten an ihrem Hals, und ihre Augen glitzern ebenso stark.

»Wir tun es wirklich, nicht wahr?«, sagt sie.

Ihr Gesicht errötet vor Triumph – die Diamanten, die Penthouse-Suite, wir beide hier zusammen ...

»Nichts kann uns aufhalten«, sage ich. »Mit dir bin ich unbesiegbar.«

Sabrina grinst, ihre Zähne blitzen weiß in der Dunkelheit zwischen den Feuerwerken auf. Sie schnappt sich die Tasche mit dem Geld, nimmt einen Stapel heraus und reißt das Band ab. Dann wirft sie das Geld in die Luft und lässt es um sich herum schweben. Die Scheine flattern durch die Luft und leuchten in Gold- und Grüntönen.

Sabrina schnappt sich einen weiteren Stapel und dann noch einen. Sie reißt sie auseinander und wirft sie auf mich. Das Geld bedeckt das Bett, den Boden, die Beistelltische. Sie springt auf das Bett und schleudert das Geld in die Luft, springt auf und ab, lässt das Geld auf der Matratze hüpfen und erzeugt einen Schneesturm von Scheinen.

Sie lacht wie wahnsinnig und macht eine Riesensauerei. Ihre nackten Brüste hüpfen auf und ab, ihr Haar schwingt, die Diamanten funkeln an ihrem Hals, das Geld schwebt wie tausend Schmetterlinge aus Papier.

Ich greife einen Arm voll Bargeld und werfe es hoch. Das Geld ist ein Witz, kaum existent für mich. Es ist das, wofür es steht: Ehrgeiz, Erfolg, Sabrinas Genie und meines im Einklang. Ich küsse sie, während es auf uns herabregnet.

Manchmal arbeitet man auf ein Ziel hin, aber wenn man

es endlich erreicht hat, ist man nicht so glücklich, wie man es sich vorgestellt hat.

Dies ist das Gegenteil davon.

So oft ich mir auch vorgestellt habe, wie es sich anfühlen würde, wenn mir die Welt zu Füßen liegt, ich hätte es mir nie so ausmalen können.

Alles ist besser mit Sabrina an meiner Seite. Sie beflügelt jeden Moment, sie bringt mich zum Explodieren wie ein Feuerwerk. Ich brenne vor Licht, Farbe und purer, elektrischer Glückseligkeit.

Wir hüpfen zusammen auf dem Bett, nackt und außer Rand und Band. Mit jedem Sprung explodiert ein weiteres Feuerwerk, das wie ein Kanonendonner vor dem Fenster dröhnt. Ich halte ihre Hände und sehe ihr ins Gesicht. Sie lacht wild, ihre Augen leuchten heller als Sterne.

Ich war noch nie so glücklich wie jetzt. Vielleicht werde ich das auch nie wieder sein.

Ihr ist es zu verdanken, dass der Erfolg so früh kommt und so süß schmeckt.

Mit Sabrina hört das Träumen nicht auf. Der Glaube nimmt kein Ende. Das ist das Amerikanischste an ihr: Sie glaubt wirklich, dass sie alles schaffen kann. Und das tue ich auch, wenn ich mit ihr zusammen bin.

***

Sabrina trägt das Diamantenhalsband die ganze Nacht lang. Sie behält es an, während wir miteinander schlafen, und trägt es zu ihrem Bademantel, während wir den Zimmerservice rufen und die Burger und Pommes der Markovs probieren.

Sabrina hat mich schnell von ihrer Liebe zu Cheeseburgern überzeugt. Sie isst sie mindestens dreimal pro Woche, und ich muss zugeben, dass sie sehr schmackhaft sind. Vor allem, wenn man sich die ganze Nacht lang verausgabt hat.

Ich schenke jedem von uns ein Glas Riesling ein.
»Nicht so süß wie der Vietti«, necke ich sie. »Aber nicht schlecht.«
Sabrina nimmt einen großen Bissen von ihrem Burger und spült ihn mit Wein hinunter. »Der ist gut genug«, sagt sie. Und dann: »Ich habe auch etwas für dich.«
»Ach, wirklich?«
Ich habe nichts erwartet, schließlich ist es meine Aufgabe, Sabrina zu verwöhnen, nicht umgekehrt.
Sabrina nimmt ihren Mantel und zieht ein kleines, in Papier eingewickeltes Päckchen aus der Tasche. »Gestern habe ich es abgeholt«, sagt sie. »Ich hatte Angst, dass es nicht rechtzeitig kommt.«
Als ich das Papier aufreiße, entdecke ich ein Springmesser wie das von Sabrina, nur teurer. Der Scrimshaw-Griff ist sorgfältig geölt, die Klinge schimmert mit Wellen aus geschichtetem Damaszenerstahl.
»Das ist versteinerter Mammutknochen«, sagt Sabrina. »Im Griff. Ich dachte, das wäre cool.«
Ich halte das Messer gegen das Licht, damit ich die Gravur lesen kann, die so klein ist, dass ich sie fast übersehen hätte:

Du. Nur du.

Das ist es, was ich in der Nacht, in der ich sie stundenlang verwöhnt habe, zwischen ihren Schenkeln zu ihr gesagt habe. Sie erwidert es, weil es ihr etwas bedeutet hat.
Sabrina ist nicht sentimental. Sie zeigt selten Zärtlichkeit auf diese Weise.
Es berührt mich mehr, als ich es ihr zeigen will.
Wahrscheinlich ist ihr eigenes Messer ihr liebster Besitz. Sie trägt es überall mit sich herum und benutzt es sogar für Dinge, für die es nicht vorgesehen ist, wie das Öffnen von Umschlägen und das Abschneiden von Kleidungsetiketten.

Ich stecke das Messer in meine Tasche und weiß, dass ich jedes Mal, wenn ich es berühre, benutze oder sein Gewicht spüre, an sie denken werde. Ein kleines Stück von ihr ist immer bei mir.

»Ich liebe es«, sage ich und ziehe sie an mich.

»Nun, ich wusste nicht, dass du mir damit die Show stehlen würdest.« Sabrina berührt die Diamanten an ihrem Hals.

»So muss es sein. Ich würde mich schämen, wenn du mir ein besseres Geschenk machen würdest.«

»Und wenn ich dir das bessere Geschenk machen will?«

»Dann solltest du mit Andrei ausgehen. Er würde eine Sugar-Mama lieben.«

Sabrina lacht, aber sie schüttelt leicht verärgert den Kopf über mich. »Aber was ist, wenn ich ...«

Ich bringe sie mit meinem Mund zum Schweigen. »Du *bist* das Geschenk, Sabrina. Du bist das, was ich will.«

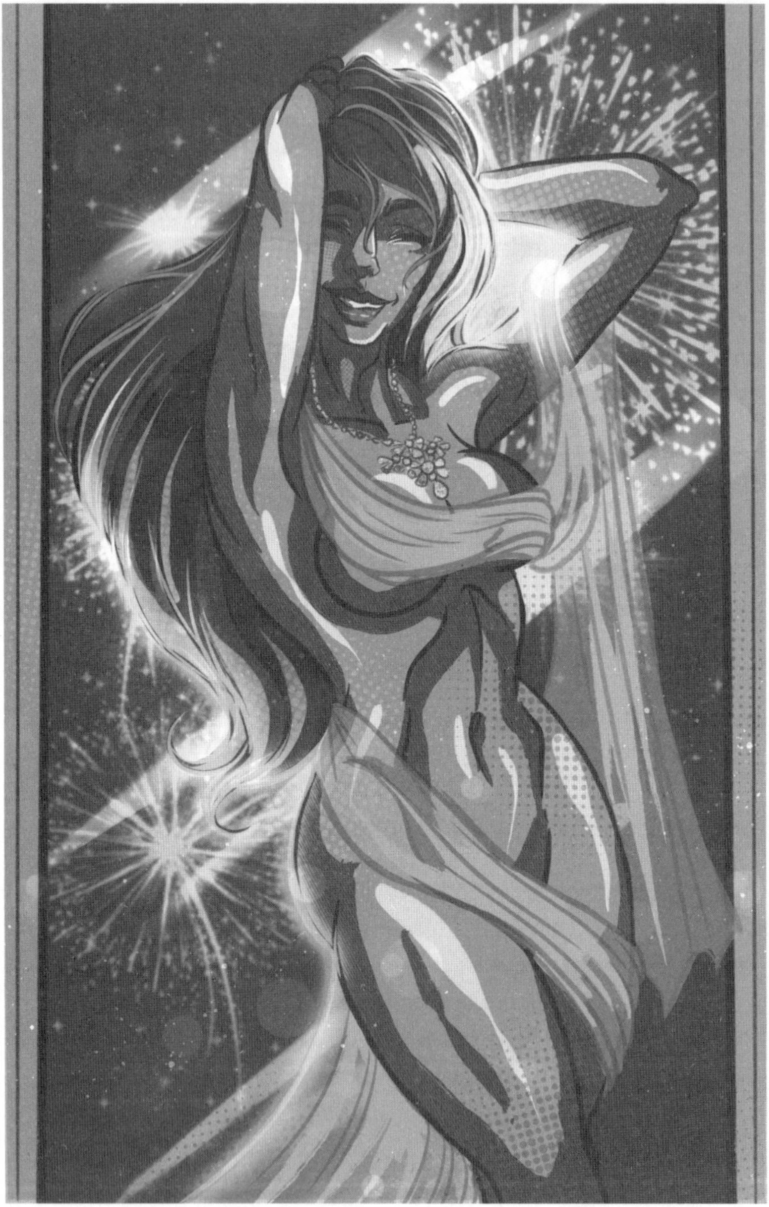

Kapitel 27

Sabrina

Es ist zwei Wochen nach Weihnachten, und ich bin dabei, Opus, der dritten Formel meiner hybriden Partydroge, den letzten Schliff zu geben. Diese ist für Konzerte gedacht. Sie hat die höchste Konzentration an LSD, um Musik phänomenal klingen zu lassen. Bei einer Live-Show der Cannons in einer kleinen Kneipe in Danilovsky haben Adrik und ich es getestet.

Die Nacht begann furchtbar. Als wir auf den Einlass warteten, wurden wir von eiskaltem Regen überrascht. Adrik und ich waren beide bis auf die Haut durchnässt, mein Make-up lief mir übers Gesicht und brannte in den Augen. Innen war die Halle bereits voll, es gab bloß noch Stehplätze vor der Bühne.

Ich habe nicht damit gerechnet, dass es keine Sitzplätze mehr geben würde, daher trug ich Overknee-Stiefel aus Wildleder mit schwindelerregend hohen Absätzen. Ich kannte die Band nicht so gut, sondern wusste nur, dass es die Lieblingsgruppe meiner Cousine Anna war. Beinahe hätte ich gesagt, dass wir wieder nach Hause gehen sollten, aber Adrik und ich hatten das Opus schon genommen, und ich musste es bei einer echten Live-Veranstaltung ausprobieren.

Als Adrik sah, wie sehr ich zitterte, bestach er die Türsteher, uns auf den oberen Balkon zu lassen, der eigentlich ausschließlich für Dauerkarteninhaber gedacht war. Dort waren zwei Plätze frei, direkt an der Brüstung. Wir setzten uns hin und bestellten was zu trinken. Adrik legte seinen Arm um mich und drückte mich an seine Seite, bis Wärme von seinem Körper auf meinen überging.

Der ganze Veranstaltungsort erwärmte sich schnell, sobald er mit Menschen gefüllt war. Ein Meer von Köpfen wippte unter uns. Das Bühnenbild erinnerte eher an ein Theaterstück als an ein Rockkonzert; die Fassade glich einem Pariser Café, hölzerne Fenster mit Fensterläden, Blumen in den Blumenkästen und Ranken, die vom Dach herabhingen.

Die Vorband kam auf die Bühne. Auch von diesem Künstler hatte ich noch nie gehört. Er war Russe, und ich konnte nur etwa die Hälfte von dem verstehen, was er dem Publikum zurief, trotz all des Lernens in meiner Freizeit. Ihre verdammte Sprache ist so schwer zu lernen, vor allem, weil die Leute so schnell sprechen und es verschiedene regionale Akzente gibt. Dem Klang nach schien dieser Typ aus dem Süden zu sein, vielleicht aus Weißrussland wie Jasper.

Als seine Begleitmusik zu spielen begann – ein schöner rhythmischer Remix eines alten Temptations-Songs –, spürte ich, wie das Opus heftig zu wirken begann. Hinter ihm leuchteten Leinwände auf, die wie Lavawellen in den Farben des Sonnenuntergangs – Pink, Orange und Pfirsich – pulsierten. Im Saal war es warm, und Adriks Arm lag noch wärmer um meine Schultern. Die Musik schien in Wellen zu mir heraufzuschweben. Ich konnte sie sehen, umrandet von Farbe und Licht. Die Klangwellen umspülten mich, immer wieder, mit jeder Wiederholung des Refrains.

»*Spasibo shto vi preshli na segodnyashniy vecher. Nadeyus vi poluchite udovol'stiviye ot uslishannovo*«, rief der Sänger der Menge zu.

Danke, dass ihr heute Abend gekommen seid. Wir sind hier, um gemeinsam etwas zu fühlen.

In diesem Moment fühlte ich mich mit jeder Person im Raum tief verbunden. Wir bewegten uns alle zur Musik, die Hände in die Luft gestreckt. Obwohl ich nur die Hälfte des Liedes verstand, fühlte ich jedes Wort, jede Emotion. Ich spürte die Menschlichkeit des Künstlers. Den Funken des Lebens in ihm, der den Funken des Lebens in uns allen anspricht.

Ich drehte mich zu Adrik um. Sein Mund war offen wie meiner, seine Augen ein lebhaftes, flüssiges Blau.

»Was zum Teufel ...«, flüsterte er.

Keiner von uns musste etwas Weiteres sagen. Wir wussten beide, was wir fühlten, gemeinsam und gleichzeitig. Unsere Gedanken wurden von der Musik beflügelt, wir waren miteinander verbunden, als hielten wir uns an den Händen und trieben gemeinsam einen Fluss hinunter.

Mein Körper entspannte sich. Ich war friedlich und so glücklich, dass ich hätte weinen können, wenn ich gewusst hätte, wie ich es anstellen sollte.

Als der Künstler fertig war, warf er Geld in die Menge, und die Scheine flogen herunter wie in der Nacht, als Adrik und ich einen Schneesturm aus dem Geld der Markovs machten. Wahrscheinlich war es nicht viel – vielleicht der Gegenwert von hundert oder zweihundert Dollar –, aber die Botschaft war klar: Er gab seinen Fans etwas zurück und teilte seinen Erfolg mit ihnen. Das weckte in mir den Wunsch, dasselbe zu tun. Ich wollte großzügig und offen sein und das, was ich habe, mit Fremden teilen – einfach aus Freude daran.

Dann kamen die Cannons auf die Bühne, und ich hörte den ersten Refrain des Liedes, das Anna unaufhörlich spielt, *Love Chained*. Bei diesem Song muss ich immer an sie denken.

Ich hatte das Lied schon Dutzende Male gehört, als ich in ihrem Auto fuhr oder sie tanzen sah. Aber so hatte ich es noch nie gehört. Ich fühlte mich, als würde ich durch die

Zeit treiben, durch einen Dunst von Erinnerungen, die klar wurden und dann wieder verblassten wie Gebäude im Nebel.

Ich sah Anna lachend mit Leo auf dem Vordersitz seines Autos, seinen Arm über die Rückenlehne ihres Sitzes gelegt. Ich sah Leo, wie er ihr in der Turnhalle beim Tanzen zusah. Anna hob sich von den anderen Mädchen allein schon äußerlich durch ihre weißblonden Haare und ihre schwarz geschminkten Lippen ab, aber auch durch die unnachahmliche Anmut, die einen den Blick nicht von ihr abwenden lässt. Leo konnte das auch nicht. Ich sah, wie die beiden bei jedem Familienessen zusammensaßen, wie Leos Geschenk bei ihren Geburtstagsfeiern jedes Jahr ihr Lieblingsgeschenk war, wie sie sich immer gegenseitig anzulächeln schienen bei irgendeinem privaten Scherz, den ich nie verstehen konnte – nicht nur, weil ich so viel jünger war, sondern weil niemand die Geheimnisse verstehen konnte, die die beiden teilten.

Ich verstand endlich die hoffnungslose Sehnsucht in diesem Lied. Ich verstand, dass Anna Leo ihr ganzes Leben lang liebte, lange bevor es einer von ihnen wusste. Sie war an ihn gebunden und würde es immer sein.

Dies war ihr Liebeslied für ihn. Sie spielte es immer und immer wieder und rief nach ihm. Flehte ihn an, sie zu sehen, alles von ihr.

Ich sah Adrik an und dachte: *Es gibt so viele andere Menschen, die er liebt. Seine Eltern, seinen Bruder, das Wolfsrudel. Könnte er mich jemals so lieben, wie Anna Leo liebt? Als wären sie die einzigen beiden Menschen auf der Welt?*

Verdiene ich das überhaupt?

Adrik berührte meine Wange. »Du bist ein verdammtes Genie«, sagte er. »So etwas habe ich noch nie gefühlt.«

Es stimmte: Opus war mächtig.

Vielleicht zu mächtig. Meine Brust war so eng, dass ich kaum atmen konnte. Zu viele Gefühle auf einmal.

Ich habe die Dosis ein wenig zurückgeschraubt. Jetzt ist es verträglicher. Jeder kann es nehmen, ohne bei einem Konzert einen Zusammenbruch zu erleiden. Die Leute wollen nicht zu viele Erleuchtungen – nicht, wenn sie versuchen, Spaß zu haben.

Hakim gibt mir ein Handzeichen, dass wir eine Pause machen sollen. Ich folge ihm nach draußen, damit er rauchen kann, während ich mich an die dreckige Backsteinmauer lehne. Ich schiebe meine Brille auf meinen Kopf und atme die Luft ein, die mir sauberer vorkommt, sogar mit einem Hauch von Hakims Zigarette.

Einen Moment später fährt Jasper mit dem SUV vor. Er trägt eine alte Bomberjacke mit einem Schaffellkragen. Seine skelettartigen Hände und sein Hals wirken damit ein wenig befremdlich – als wäre er im Zweiten Weltkrieg in Flammen aufgegangen und nun zurück, um uns heimzusuchen. Er holt mehrere Seesäcke aus dem Kofferraum und bringt sie zu uns.

»Was ist das alles?«, frage ich.

»Nachschub«, sagt Jasper, als wäre das selbstverständlich.

Ich wusste nicht, dass wir eine weitere Ladung bekommen würden. Ich helfe ihm, die Säcke hineinzutragen, und öffne den Reißverschluss, um den Inhalt zu überprüfen.

Das ist eine verdammte Tonne Isosafrol und MDP2P. Viel mehr, als wir jemals zuvor auf einmal bekommen haben.

Ich runzle die Stirn über die ordentlich verpackten Pakete. »Woher hast du das alles?«

»Von Zigor«, sagt Jasper und sieht mich an, als sei ich ein Idiot. »Was denkst du denn?«

Mein Herz klopft mit doppelter Geschwindigkeit in meiner Brust. Ich ziehe meinen Schutzanzug aus und werfe ihn zur Seite.

»Bring mich zurück ins Haus«, schnauze ich. »Jetzt gleich.«

Jasper fährt mich in die Höhle zurück, seine Hand liegt blass auf dem dunklen Lenkrad. Ich spreche nicht mit ihm und spiele auch nicht mit seiner Musik, wie ich es normalerweise tun würde. Ich denke nur an eines: *Wo zum Teufel ist Adrik?*

In dem Moment, in dem wir vor dem Haus halten, springe ich aus dem Auto. Jasper folgt mir, weil er weiß, dass etwas nicht stimmt.

Ich stürme hinein und gehe von Raum zu Raum, bis ich Adrik unten in der Turnhalle finde. Er trainiert mit Vlad.

»Hast du das ganze Geld ausgegeben?«, schreie ich ihn an.

Adrik setzt sich von der Bank auf. Sein schwarzes Unterhemd klebt schweißnass an seiner Haut. Er schnappt sich ein Handtuch und reibt es über seine Brust, seine Muskeln sind geschwollen und gerötet.

»Kannst du uns einen Moment allein lassen?«, bittet er Vlad.

Vlad hebt neugierig die Augenbrauen, verlässt aber den Raum, ohne etwas zu sagen. Jasper bleibt genau dort, wo er ist.

Adrik legt das Handtuch beiseite und erhebt sich von der Bank. Ich vergesse immer, um wie viel größer er ist, bis er auf mich herabschaut. Seine Brust ist nur wenige Zentimeter von meiner Nase entfernt. Er zwingt mich, mein Kinn anzuheben, um ihn anzusehen. Sein Kiefer ist steif, die schmalen blauen Augen brennen vor Wut. Adrik hat ebenfalls ein gewisses Temperament. Auch wenn er es im Zaum hält, ist es immer da und brodelt unter der Oberfläche.

»Willst du das noch einmal versuchen?«, sagt er ruhig.

»Hast du das ganze Geld der Markovs ausgegeben?«, frage ich.

»Es ist nicht das Geld der Markovs. Es ist *unser* Geld. Ich habe es für den Kauf von Rohstoffen verwendet.«

»Alles?«

»Ja, alles davon.«

Er schämt sich nicht und zeigt keine Reue.

Ich bin so verdammt wütend, dass ich ihn am liebsten ohrfeigen würde.

»Du hast mir ein Versprechen gegeben! Du sagtest, wenn wir in einer besseren Lage sind, würden wir Rücklagen einbehalten.«

»Es ist noch nicht an der Zeit.«

»Wer bestimmt das, verdammt noch mal?«, rufe ich.

»Ich bestimme das.« Adrik zeigt mit dem Finger in mein Gesicht. »Ich entscheide.«

Er versucht, mich dazu zu bringen, einen Schritt zurückzutreten, aber ich werde es verdammt noch mal nicht tun. Ich habe es satt, dass er ohne mich Entscheidungen trifft, die in direktem Gegensatz zu dem stehen, was wir vereinbart haben.

Mein Gesicht brennt, meine Augen auch, obwohl ich auf keinen Fall eine Träne vergießen werde. Das würde mich schwach aussehen lassen, zu weiblich. Genau das, was er über mich denkt, wenn er diese Art von Entscheidungen über meinen Kopf hinweg trifft.

»Wie kommst du darauf, dass du es besser weißt als ich?«, zische ich.

»Dies ist mein Land. Mein Volk. Ich weiß, was wir tun müssen, um das Gebiet zu erobern.«

»Nun, und ich weiß, wie das Geschäft läuft! Du hast keinen dreimonatigen Cashflow, du hast keinen Spielraum für unvorhergesehene Ereignisse.«

»Ich habe, was ich brauche«, erwidert er. Kalt, arrogant, selbstherrlich. Er ist ein verdammter Diktator in einem Land der Diktatoren.

»Du bist verletzlich«, sage ich.

»*Ich* bin verletzlich?«

Jetzt ist seine Stimme zu einem leisen und gefährlichen Grollen tief in seiner Brust geworden. Adrik tritt vor, schließt seine Hand um meine Kehle und dreht mich herum, sodass ich Jasper gegenüberstehe, mein Rücken gegen seine Brust gedrückt.

Jasper beobachtet uns. Sein dunkelrotes Haar fällt über ein Auge, sein Mund ist schmal und blass.

»Ich möchte dir etwas über Sabrina erzählen«, sagt Adrik, wobei er zu Jasper spricht, nicht zu mir. »Sie setzt Sex gern als Waffe ein. Sie benutzt ihn, um Männer zu kontrollieren, und auch Frauen, aber sie ist eine Dealerin, die sich an ihrem eigenen Stoff berauscht.«

Ich versuche, mich von ihm loszureißen. Sein Arm liegt eisern auf meiner Brust, seine Finger sind um meine Kehle gekrallt. Ich brenne vor purer, flammender Wut.

Adrik nimmt seine andere Hand und lässt sie über meine Taille gleiten.

»Sie ist die Süchtigste von allen«, sagt er. »Sie wird völlig davon kontrolliert.«

Er betatscht meine Brust, direkt vor Jaspers Augen. Er hebt sie an. Er drückt meine Brustwarze durch mein Oberteil.

Jasper sieht zu, blass und unbeweglich. Sein Blick fällt auf meine Brust, dann richtet er ihn wieder nach oben, und seine Wangen werden ganz rosig.

Ich bin so verdammt wütend, dass ich schreien könnte. Aber gleichzeitig strömt Hitze durch meinen Körper. Meine Oberschenkel pressen sich zusammen. Es pocht tief in meinen Eingeweiden.

Adrik zieht die Vorderseite meines Oberteils herunter und entblößt meine Brüste vor Jasper. Meine Brustwarzen versteifen sich in der kalten Luft der Turnhalle. Adrik streicht mit seiner Handfläche leicht über meine Brüste, seine Fingerspitzen fahren über die harten Brustwarzen und jagen mir einen Schauer über den Rücken.

Ich beiße die Zähne zusammen, und mein Atem kommt hektisch heraus.

Adrik schiebt seine Hand vorne an meiner Hose herunter, in meine Unterwäsche. Er gleitet mit seinem Mittelfinger in der Spalte meiner Vulvalippen hin und her, über meinen Kitzler.

Jaspers Arme verkrampfen sich. Er senkt den Kopf Richtung Boden, nur um dann wieder aufzublicken und seine Augen auf mich zu richten – unfähig, den Blick abzuwenden.

Adrik taucht seinen Finger in mich und hebt seine Hand, die Fingerspitzen glänzen im schwachen Licht.

»Siehst du?«, murmelt er. »Siehst du, wie feucht sie ist? Im Moment ist sie verdammt wütend, aber sie kann nicht aufhören, es zu wollen.«

Er streicht mir die Haare zurück und beugt sich vor, um mir direkt ins Ohr zu flüstern.

»Deshalb habe ich das Sagen, Sabrina. Weil du *dich* nicht einmal *selbst* kontrollieren kannst.«

Er lässt mich los. Ich wirble herum und schlage ihm ins Gesicht, so fest ich kann. Das ist keine Ohrfeige wie beim Sex, sondern ein Schlag mit der geschlossenen Faust. Ich spalte ihm die Lippe, das Blut läuft über sein Kinn und tropft langsam zu Boden.

Adrik weicht nicht zurück. Er hat nicht einmal versucht, den Schlag abzuwehren. Wahrscheinlich würde er zulassen, dass ich ihn wieder schlage.

Sein Blick wandert zu Jasper hinüber. »Raus hier.«

Jasper geht ohne ein Wort.

Jetzt sind es nur noch Adrik und ich, die sich in der feuchten Turnhalle tief im Keller gegenüberstehen.

»Sprich *nie wieder* so mit mir in Gegenwart meiner Männer.«

»Ich dachte, das wären *unsere* Männer«, zische ich.

»*Unsere* Freunde. Und *unser* Geld.«

»Nenn es, wie du willst. Aber untergrabe mich nicht. Wenn du etwas zu sagen hast, dann sag es mir. Unter vier Augen.«

»Dich untergraben?« Ich lache vor Empörung auf. »Was glaubst du, was du gerade vor Jasper getan hast? Du hast mich verdammt noch mal gedemütigt!«

Seine Lippen verziehen sich zu einem Knurren. »Du provozierst mich, Sabrina. Du provozierst mich und provozierst mich wieder.«

»Ach ja? Und was passiert, wenn du ausrastest?«

Er packt mich wieder an der Kehle. Eine Sekunde lang denke ich, er wird mich erwürgen – bis unsere Münder aufeinanderprallen und er mich mit all der Wut küsst, die sich in ihm aufgestaut hat. Er lässt mich das Blut von seiner Lippe schmecken und schiebt seine Zunge ganz in meinen Mund.

Dann fährt seine Hand wieder in meine Hose, seine Finger stoßen in mich hinein, und er besorgt es mir auf diese Weise. Ich bin immer noch wütend, aber diese glühende Hitze konzentriert sich auf einen Ort, und mein Körper nimmt keine Befehle von meinem Gehirn entgegen – er ist gefangen in dem Bedürfnis, seine Finger zu reiten.

Das Verlangen ist unwiderstehlich. Ich bin schon fast am Höhepunkt, meine Arme um seinen Hals, ein Bein um seine Hüfte geschlungen, und ficke seine Hand.

Ich bin ein Tier. Adrik hat recht, ich habe keine Kontrolle über mich.

In diesem Moment hasse ich ihn, doch ich kann nicht aufhören, ihn zu brauchen, nicht einmal für eine Sekunde.

Ich ficke seine Hand, presse meinen ganzen Körper gegen ihn, klammere mich an seinen Hals, wimmere und stöhne. Es ist verdammt erbärmlich. Und trotzdem ist es nicht genug. Ich küsse ihn wild, damit ich seinen Mund schmecken kann, damit ich seinen Duft einatmen kann.

Er dreht mich um, beugt mich über die Bank und reißt mir die Jeans bis zu den Knien herunter. Er legt seine Handfläche in die Mitte meines Rückens, drückt mich nach unten und stößt von hinten in mich hinein. Sein Schwanz rammt in mich, steif wie ein Rohr. Er nimmt mich hart und brutal, seine Hüften schlagen gegen meinen Hintern.

Ich brauche es hart. Ich will es härter. Ich halte mich mit beiden Händen an der Kante der Bank fest, meine Knöchel sind weiß.

Er fickt und fickt mich, meine Brüste schwingen, unsere Körper klatschen aneinander. Jetzt packt er meine Hüften mit beiden Händen, stößt in mich, bestraft mich mit seinem Penis.

Ich will die Wut. Ich will die Gewalt. Ich will alles in diesem Raum zerreißen, durch die Gegend werfen und zertrümmern. Ich will den Keller mit Benzin übergießen und das Haus in Brand setzen.

Ich bin wütend, und ich bin verdammt frustriert. Ich möchte respektiert werden, und ich möchte des Respekts würdig sein, aber ich werde von meinem Temperament und meinen Emotionen beherrscht – und ich weiß nicht, wie ich damit aufhören soll.

Ich fange bereits an zu kommen und schreie so laut, dass Jasper es oben hören wird, jeder wird es hören. Sie werden wissen, dass ich nur eine Schlampe bin, die gern gefickt wird, auf allen vieren wie ein Tier.

Adrik brüllt auf und stößt ein letztes Mal tief in mich hinein. Seine Hände zittern, seine Finger graben sich in meine Hüften.

Dann lässt er mich los und geht einen Schritt zurück. Sein Penis zieht sich aus mir heraus, sein Sperma läuft an der Innenseite meines Oberschenkels herunter.

Ich ziehe meine Jeans hoch, meine Finger zittern zu sehr, um den Reißverschluss zu schließen.

Ich kann ihn nicht ansehen. Ich kann ihm nicht in die Augen schauen.

Vielleicht ist es Adrik auch peinlich. Er ist still, zieht sich schnell an, findet mein Oberteil und bringt es zu mir herüber. Er zieht es mir über den Kopf, zieht mich an wie ein Kind.

Ohne ein Wort zu sagen, hebt er mich in seine Arme und trägt mich die Treppe hinauf.

Ich lehne meinen Kopf an seine Brust, damit ich weder Jasper noch sonst jemanden sehen muss.

Adrik trägt mich in unser Zimmer hoch und legt mich auf das Bett. Ich höre die Rohre rasseln, als er Wasser in die Wanne laufen lässt.

Es dauert einige Minuten, bis sich die Wanne füllt. Ich liege auf der Seite im Bett, starre die Wand an und versuche, an nichts zu denken. Ich wünschte, ich könnte mein Gehirn abschalten wie einen Computer. Ich wünschte, ich könnte mein Gedächtnis auslöschen.

Als Adrik zurückkommt, zieht er mich noch einmal aus. Er trägt mich zu der riesigen alten Kupferwanne, die viel größer ist als eine normale Badewanne. Er setzt mich in das heiße Wasser, sodass sich meine Haut sofort rötlich verfärbt.

Manchmal habe ich das Gefühl, als wären zwei Personen in mir: eine, die relativ vernünftig ist, und eine, die völlig verrückt ist. Wenn der Wahnsinn vorbei ist, kann ich bloß noch auf die Trümmer schauen und mich fragen, wer diese andere Sabrina war. Woher kommt sie und wohin geht sie? Und wer von uns beiden ist die echte Sabrina?

Ich fürchte, die verrückte ist es. Diese Person, die in der Badewanne sitzt, ruhig und gelassen, ist nur eine Illusion. Eine Maske, die ich trage, bis die echte Sabrina zurückkehrt.

Meine Arme schwimmen im Wasser, als würden sie nicht zu mir gehören. Ich beobachte distanziert, wie Adrik einen Schwamm schäumt und beginnt, mich zu waschen, angefangen bei meinen Füßen, meinen Körper hinauf. Er wäscht mich überall, sanft und sorgfältig.

Als er fertig ist, drückt er mein Kinn hoch und gießt ein wenig Wasser über meinen Scheitel und lässt es um meine Ohren herum nach hinten laufen.

Er nimmt das Shampoo aus der Dusche und spritzt ein wenig davon in seine Handfläche. Er beginnt, es mit langsamen, tiefen Kreisen in meine Kopfhaut einzumassieren. Seine Hände sind kräftig. Der Druck ist ungeheuer entspannend. Ich lehne meinen Kopf zurück an den Kupferrand der Wanne, schließe die Augen und höre das beruhigende Geräusch seiner Handflächen, die über meine Ohren gleiten.

Adrik spült das Shampoo ab, gießt das Wasser aus dem Glas, das er beim Zähneputzen benutzt, über mein Haar. Er schöpft das Wasser aus der Wanne und lässt es sanft über meinen Kopf laufen, wobei er seine Hand gegen meinen Haaransatz drückt, damit mir kein Wasser in die Augen läuft.

Als er mit dem Shampoo fertig ist, holt er – ohne dass ich frage – die Spülung und fährt damit durch die unteren zwei Drittel meines Haares. Selbst in meinem seltsam distanzierten Zustand fällt mir auf, wie aufmerksam er ist. Er weiß, dass er die Spülung nicht am Ansatz verwenden soll. Nicht weil ich es ihm jemals gesagt habe, sondern weil er mich beim Duschen beobachtet. Er beobachtet, wie ich mein Haar behandle. Er kennt meine Gewohnheiten und meine Vorlieben.

Das macht es so schmerzhaft, wenn er gegen meine Wünsche verstößt. Es ist absichtlich. Adrik macht nichts aus Versehen.

Mit den Fingern entwirrt er die Verfilzungen, was bei so langem Haar wie dem meinem keine leichte Aufgabe ist. Danach lässt er die Spülung drei Minuten lang einwirken und streichelt meinen Kopf sanft mit seiner Handfläche, während wir warten.

Bevor er mich aus der Wanne hebt und mich in das größte, flauschigste Handtuch wickelt, wäscht er mir noch einmal die Haare. Dann setzt er mich auf seinen Schoß, mein Kopf liegt auf seiner Schulter.

»Es tut mir leid«, sagt er. »Kannst du mir verzeihen?«

Ich bin einen Moment lang still und überlege, ob ich ehrlich antworten soll.

Schließlich gebe ich zu: »Ich würde viel Schlimmeres verzeihen.«

Es ist nicht gut, jemandem einen Freibrief auszustellen, dich so zu behandeln, wie es ihm gefällt.

Doch ich sage ihm nur, was wir beide bereits wissen. Wir haben die Grenzen des jeweils anderen getestet und festgestellt, dass sie weit außerhalb der Norm liegen. An manchen Orten sind sie kaum vorhanden.

Was Adrik und ich schätzen, was wir akzeptieren, ist nicht das wie bei normalen Menschen. Das ist es, was uns verbindet. Aber auch, was uns so explosiv macht.

Wir sind eine Kombination von Elementen, die bisher noch nicht getestet wurde. Werden wir gemeinsam etwas Revolutionäres schaffen? Oder wird uns das alles um die Ohren fliegen?

Ich weiß es nicht. Und ich habe nicht das Gefühl, dass ich eine Wahl habe. Ich kann mich nicht von Adrik lösen, selbst wenn ich es wollte. Jeden Tag werde ich noch tiefer hineingezogen.

Das ist der Grund, warum ich mich noch nie verliebt habe, denn es öffnet die Tür zu allen möglichen Verrücktheiten.

KAPITEL 28

ADRIK

Ich habe es mit Sabrina wirklich versaut.

Vielleicht macht mir der Druck zu schaffen. Durch die Komplexität der Moskauer Unterwelt zu navigieren, ist, als würde ich ein Dutzend Schachpartien im Kopf spielen – mit Hunderten von Spielern, die ein- und aussteigen und von denen dir jeder in den Rücken schießen würde, wenn er die Chance dazu hätte.

In der Zwischenzeit soll ich die sechs anderen Personen in diesem Haus leiten. Ich muss dafür sorgen, dass sie alle in Sicherheit und motiviert sind, ich muss ihre Stärken ausspielen und auch noch ihre Schwächen ausgleichen. Ich bin ein verdammter Babysitter, Therapeut und Anführer in einem.

Vlad muss ich davon abhalten, Chief zu schikanieren, und Andrei davon, alle anderen zu ärgern. Ich muss einen anderen Assistenten für Hakim suchen und herausfinden, wie ich den Kalten Krieg zwischen Sabrina und Jasper auftauen kann.

Ich muss die Bullen aus unseren Geschäften heraushalten und ständig ein wachsames Auge auf die Gegenreaktionen unserer zahlreichen Konkurrenten haben, da der Erfolg von Molniya viel zu viel Aufmerksamkeit auf sich zieht.

Ich weiß, dass Yuri Koslov stinksauer auf uns ist. Veniamin hat ihn übergangen und uns vollen Zugang zum Verkauf in seinen Clubs gewährt. Koslov ist ein Mitglied des Hohen Rats und niemand, den ich als Feind haben wollte. Leider – obwohl es nie zu viel des Guten sein kann, wenn es um Geld geht – ist Macht ein Nullsummenspiel. Wenn einer gewinnt, muss ein anderer verlieren.

Das Wolfsrudel ist auf dem Vormarsch, zulasten von mehreren der ehemaligen Anführer, die im Niedergang begriffen sind.

Moskau ist in Aufruhr. Zwei der *Kachki* sind in einen Konflikt geraten, den niemand so recht zu verstehen scheint. Manche sagen, es ging um eine Frau, andere, dass es sich um die Nichtbegleichung einer Spielschuld handelt. Was auch immer der wahre Grund ist, Boris Kominsky stieß seinem alten Freund Nikolai Breznik einen Dolch ins Auge. Sogar der Hohe Rat ist davon nicht verschont. Bei einer Razzia in der Villa von Savely Nika wurden Bargeld und Juwelen im Wert von 48 Millionen Dollar von der Polizei sichergestellt. Nika selbst sitzt hinter Gittern, eine unerhörte Demütigung für einen Bratwa-Boss. Offenbar hat er sich mit dem Energieminister wegen eines schlechten Ölgeschäfts angelegt.

Das Chaos schafft Chancen, aber auch Risiken. Alle sind nervös, in Solntsevo und Kapotnya kommt es zu Gewaltausbrüchen wegen eigentlich unbedeutender Streitigkeiten. Die Tschetschenen und die Slawen sind dem Krieg näher als je zuvor.

Die Abkommen mit den Markovs ist von entscheidender Bedeutung. Sie sind ein mächtiger Verbündeter. Ich bin sicher, dass die Tschetschenen und Yuri Koslow das Wolfsrudel gern zerschlagen würden, bevor unsere Drogen noch populärer werden. Aber jetzt riskieren sie, sich auch mit Nikolai Markov und Simon Severovs Familie anzulegen.

Ich musste das Geld wieder in mehr Rohstoffe investieren und bin überzeugt, dass es die richtige Entscheidung war. Dennoch respektiere ich Sabrinas Intelligenz. Sie hat nicht unrecht – ich gehe ein Risiko ein, wenn ich eine so geringe Gewinnspanne habe. Ein kalkuliertes Risiko.

Ich habe ihr versprochen, dass wir gemeinsam Entscheidungen treffen werden. Aber am Ende des Tages kann es nur einen Anführer geben.

Trotzdem habe ich bei alldem kein gutes Gefühl. Ich habe nicht den Eindruck, alles unter Kontrolle zu haben.

Anfangs hatte ich so viel Vertrauen in meine Fähigkeit, alles auf einmal erledigen zu können. Doch die Realität ist chaotischer.

Jasper lädt die letzte fertige Ware für Andrei ein, damit er sie zu den Händlern in die Clubs bringen kann.

Ich bringe Chief die Zahlen, damit er die Schulden und die Gutschriften aufzeichnen kann, um den sich ständig weiterentwickelnden Tausendfüßler unserer Finanzen unter Kontrolle zu halten, der auf der einen Seite verschlungen und auf der anderen Seite aufgefressen wird.

Chief arbeitet in einem kleinen Büro im hinteren Teil des Hauses, wo es am ruhigsten ist, falls Andrei und Hakim bei höchster Lautstärke Videospiele spielen oder wenn Vlad seine Musik aufdreht.

Die Buchführung wird dadurch erschwert, dass alles, was in das Hauptbuch eingetragen wird, in verschlüsselter Form festgehalten werden muss – für den Fall, dass unsere Aufzeichnungen jemals vor Gericht gegen uns verwendet werden.

Falls man sich tatsächlich auf der Anklagebank wiederfindet, ist natürlich schon etwas furchtbar schiefgelaufen – wie das Beispiel Nika beweist. Ganze dreißig Prozent unserer Einnahmen gehen an die Polizei und verschiedene Regierungsbeamte, damit sie sich pflichtbewusst nicht für das interessieren, was wir tun.

Als ich mit Chief zum Abschluss komme, lauert Jasper draußen auf dem Flur. Seit dem Vorfall in der Turnhalle haben wir nicht mehr miteinander gesprochen.

Jasper missfällt Sabrinas Anwesenheit am meisten von allen im Haus. Er glaubt, dass sie meine Entscheidungen manipuliert. Ich musste ihm zeigen, dass sie kein verführerischer Dämon ist, der meine Gedanken verzaubert. Ich musste beweisen, dass ich die Kontrolle über alles habe.

Vielleicht braucht Jasper ja selbst eine Lektion.

Sobald er mich sieht, sagt er: »Ich denke, Sabrina sollte im Labor bleiben.«

Sowohl Jasper als auch Sabrina hassen es, die Rohstoffe gemeinsam abzuholen. Es ist nicht das erste Mal, dass einer von ihnen versucht, sich da herauszuwinden.

»Das wird nicht passieren«, erkläre ich rundheraus.

»Sie ist sprunghaft«, sagt Jasper, »unberechenbar.«

»Sie ist auch nützlich«, erinnere ich ihn. »Ich werde sie nicht einsperren.«

»Du hast gesehen, wie sie wegen nichts die Fassung verloren hat. Was ist, wenn sie wirklich wütend wird? Sie könnte uns ernsthaft in die Scheiße reiten.«

Ich drehe mich um und wende mich Jasper zu, wobei ich den Gang mit meinen Schultern ausfülle und ihm den Weg versperre. Ich lasse ihn wissen, dass ich es verdammt ernst meine.

»Sabrina ist ein Tiger. Einzigartig, nichts ist wie sie. Und nein, ein Tiger kann nicht gezähmt werden – wer will das auch schon? Seine ganze Kraft kommt von der Tatsache, dass er wild ist. Man kann einen Tiger nicht einsperren. Man kann nur versuchen, sein Meister zu sein. Niemand will einen Tiger, der nur noch ein Schatten seiner selbst ist. Man will den stärksten Tiger, den man bekommen kann. Und das bringt Gefahren mit sich. Wenn du einen Deutschen Schäferhund hast, wird dieser Hund sein Leben für dich geben. Wenn du einen Tiger nicht fütterst und nicht respektierst, wird er dich fressen.«

Jasper denkt darüber nach, die Augen zusammengekniffen, die Hände in die Hosentaschen gesteckt. Schließlich sagt er: »Bin ich der Hund in dieser Metapher?«

»Ich weiß es nicht«, antworte ich. »Aber ich kann dir sagen, dass der Tiger nicht fragt, was er in der Metapher ist. Er weiß bereits, was er ist.«

Jasper lächelt schwach und akzeptiert den Tadel.

Es mag ihm nicht gefallen, dass ich ihm eine verbale Ohrfeige verpasse, doch er kann nicht leugnen, dass Sabrina wertvoll ist. Sie hat ihren Wert schon bewiesen. Die Hybriddrogen waren ihre Idee. Hakim half bei der Ausführung, aber die Formeln waren ihre Kreation. Sie war diejenige, die mutig und waghalsig genug war, um an sich selbst zu experimentieren. Sie ist diejenige, die weiß, wie man ein Erlebnis schafft.

Die Pillen verkaufen sich besser als in unseren kühnsten Träumen, und das Branding von Sabrina macht sie auf dem freien Markt erkennbar und äußerst begehrenswert. Täglich tauchen Nachahmer auf, doch die Aufmachung ist so unverwechselbar, dass die Anhänger nur das Original kaufen werden. Molniya, Eliksir und Opus werden so legendär wie Orange Sunshine in den Sechzigerjahren.

Ich muss mich auf die Meute der Konkurrenten konzentrieren, die auf unseren Erfolg neidisch sind.

Jasper und Sabrina werden weiter zusammenarbeiten. Das ist gut für beide – sie werden es noch früh genug merken.

Kapitel 29

Sabrina

Jasper und ich machen uns bereit für eine weitere Lieferung, die diesmal die Moskwa heraufkommt. Wir warten in einer Hütte zwei Stunden östlich der Stadt, wo wir die Ware umleiten können, bevor sie in den Zuständigkeitsbereich der Hafenbehörde fällt.

Das wäre nicht so schlimm, wenn es in unserem kleinen Versteck nicht höllisch kalt wäre – ohne Heizung und mit fingerbreiten Rissen in den Wänden. Der Wind weht in pfeifenden Böen und wirbelt die alte Zeitung auf, die auf den Dielen verstreut liegt.

Noch unerbittlicher als der Wind ist Zigors endloses Geplapper. Er hält es keine Minute aus, in der niemand spricht. Da seine Gefährten die ewig schweigenden Buchstützen, das mürrische Skelett Jasper und ich sind – ich frage mich gerade, ob ich mir die Ohren mit Zeitungsschnipseln vollstopfen kann, ohne dass Zigor es merkt –, hat er es schwer, die Konversation am Laufen zu halten.

Er verschwindet immer wieder, um dem »Ruf der Natur« zu folgen, und kehrt ein paar Minuten später zurück, schniefend und sich die Nase reibend, doppelt so gesprächig wie zuvor. Ich gehe davon aus, dass er sich nicht wegen Jasper und mir wegschleicht, sondern um den Buchstützen aus dem Weg zu gehen, deren Aufgabe es sicherlich ist, seinem Vater über ihn zu berichten und ihn zu schützen.

Es muss Lev Zakharov wütend machen, einen so dummen Sohn zu haben. Adrik erzählte mir, dass Lev sich aus bitterer Armut hochgearbeitet hat, indem er in Rostow am Don gestohlene Waren aus einer Aktentasche verkaufte, schließlich sein eigenes Pfandhaus eröffnete, dann eine ganze Kette davon und schließlich in die Welt der Schwarzmarktwaren expandierte.

Lev ist notorisch geizig, ein gnadenloser Feilscher, alt und faltig wie eine Kröte. Als er zweiundsechzig war, traf er die einzige leichtsinnige Entscheidung seines Lebens und heiratete eine neunzehnjährige Kellnerin. Zigor war das Ergebnis. Adrik zufolge merkte die Kellnerin bald, dass sie sich nicht das erhoffte Luxusleben gesichert hatte. Lev war so geizig, dass er die Abschnitte des Toilettenpapiers zählte, das sie benutzte, und sie zwang, dreimal hintereinander heißes Wasser durch denselben Kaffeesatz laufen zu lassen, ehe sie neuen mahlen durfte. Die Kellnerin floh nach Asow und ließ Zakharov mit einem pummeligen Kleinkind zurück.

Natürlich sind das alles Legenden und Gerüchte, wer weiß also, wie viel davon wahr ist. Ich könnte Zigor fragen, aber dann müsste ich mit ihm reden.

Jasper hat einen der beiden Stühle in der Hütte in Beschlag genommen. Zigor hat den anderen, doch er springt immer wieder auf, um im Zimmer herumzulaufen oder einen weiteren Spaziergang zum leeren Steg zu machen, um »nach dem Bootsmann zu suchen«.

Die beiden Buchstützen haben sich auf umgedrehten Eimern niedergelassen. Die Eimer sind so niedrig, dass ihre Knie um ihre Brust herum aufragen. Sie sehen aus wie zwei kauernde Spinnen, vor allem mit diesen lächerlichen Sonnenbrillen, die sie nicht einmal in geschlossenen Räumen abnehmen.

Ich sitze auf einem wackeligen Tisch mit drei Beinen. Solange ich mit gekreuzten Füßen genau in der Mitte sitze, falle ich nicht herunter.

»Wir hätten im Auto warten sollen«, beschwert sich Jasper und bläst warme Atemluft in seine Hände. »Da wäre es wärmer.«

»Du musst mehr essen!«, sagt Zigor und klopft sich selbst auf den Bauch. »Mir ist nie kalt.«

»Ja, aber dann würde ich wie du aussehen«, erwidert Jasper.

»Es ist gut für Männer, groß zu sein. Je größer, desto besser, habe ich recht?« Zigor wackelt andeutungsweise mit den Augenbrauen und blickt zu mir.

»Ja«, sage ich in einem gelangweilten Ton. »Immer wenn ich einen Raum betrete, schaue ich, wer der Größte ist, und dann ficke ich diese Person sofort.«

Ich tue so, als würde ich den Raum inspizieren und schiele nacheinander zu jedem der Männer.

»Sieht so aus, als hätte Zwiddeldei gewonnen«, sage ich und nicke der linken Buchstütze zu. »Viel Glück beim nächsten Mal, Zigor!«

»Ho! Zeit, sich an die Arbeit zu machen, Georgiy!«, gluckst Zigor.

Die linke Buchstütze, die offenbar Georgiy heißt, dreht den Kopf zu mir und blickt finster hinter seiner Sonnenbrille hervor. »Wer ist dieser Zwiddeldei?«, fragt er.

»Er ist ein berühmter Rockstar«, antworte ich. »Ich bin überrascht, dass du noch nichts von ihm gehört hast.«

Ich könnte schwören, dass Jasper fast lächelt, bevor er sich daran erinnert, dass er unglücklich ist.

Er ist in schlechterer Stimmung als sonst. Adrik hat mich zur Seite genommen, ehe wir gegangen sind, und mich gebeten, Jasper zu schonen.

»Wieso sollte ich?«

»Es ist eine schlechte Zeit für ihn«, meinte Adrik.

Ich nehme an, er meint damit den Todestag von Jaspers

Familie – die Art von Jahrestag, den niemand feiern will, den man aber nie vergessen kann. Das würde Sinn ergeben, denn in der letzten Woche hat Jasper kaum sein Zimmer verlassen. Er sieht so beschissen aus, dass er sogar mir leidtut – die Haare nicht gekämmt, das Gesicht unrasiert, die Schatten unter seinen Augen so dunkel wie blaue Flecken. So dünn und blass, dass er wirklich entschlossen zu sein scheint, sich bis auf die Knochen herunterzuhungern.

Offensichtlich hat er nicht geschlafen. Er ist angespannt und zappelig. Jedes Mal, wenn Zigor ein lautes oder abruptes Geräusch macht – etwa alle zwei Minuten –, zuckt Jasper in seinem Stuhl zusammen. Wenn Blicke töten könnten, wäre Zigor schon bei seiner achtundzwanzigsten Wiederauferstehung. Ich wäre bei meiner sechsten oder siebten.

»Wie lange noch?«, drängt Jasper Zigor.

»Woher soll ich das wissen?« Zigor zuckt mit den Schultern. »Ich habe keinen Handyempfang.«

»Er sollte schon vor einer Stunde hier sein«, sagt Jasper und schaut auf seinem Handy nach der Uhrzeit.

»Du kennst doch Boote ...«, sagt Zigor und macht eine vage Geste in die Luft.

Um Jasper zu ärgern, sage ich: »Ich kenne keine Boote. Kannst du sie mir erklären?«

Jasper wirft mir meinen achten tödlichen Blick zu.

»Boote ...«, sagt Zigor weise. »Manchmal schnell, manchmal langsam.«

»Wow!« Ich nicke. »Du hast ja so recht.«

Weitere zehn oder zwanzig Minuten vergehen in Stille. Und mit Stille meine ich, dass zwar niemand spricht, aber dass Zigor mit seiner Zunge gegen seinen Gaumen schnalzt. In einem unregelmäßigen Intervall, an das man sich nicht gewöhnen kann. Jedes Mal, wenn er schnalzt, zuckt Jaspers Auge. Jasper lehnt sich auf den Knien nach vorne, die Haare fallen ihm ins Gesicht, und er umklammert seinen Kopf.

»Hast du Kopfschmerzen?«, brummt Zigor in höchster Lautstärke.

Ich nehme zurück, was ich vorhin gesagt habe – Zigor wächst mir ans Herz. Der Feind meines Feindes ist, wenn auch nicht gerade mein Freund, so doch zumindest ein nützliches Übel.

Die Buchstützen holen ein Kartenspiel hervor.

»*Vy khotite igrat'?*«, fragt Zwiddeldei Zigor.

»*Njet*«, sagt Zigor mit mürrischem Blick.

Die Buchstützen wetten viel, und ich schätze, Zigor hat sein Taschengeld bereits aufgebraucht. Er hat die Stripperinnen in Moskau reich und glücklich gemacht.

»*Vy?*«, sagt die rechte Buchstütze zu Jasper.

Er schüttelt den Kopf.

Sie fragen mich nicht, ob ich spielen will. Das ärgert mich – nicht weil ich spielen möchte, sondern weil sie gefragt hätten, wenn ich ein Mann wäre. Die Buchstützen behandeln mich wie ein Möbelstück, oder genauer gesagt, eher wie einen kläffenden kleinen Pekinesen, den Jasper ohne erkennbaren Grund mitgebracht hat.

Zigor sieht zu, wie die Buchstützen methodisch die Karten auf der umgedrehten Milchkiste zwischen ihnen verteilen. Mit einem dramatischen Seufzer stapft er wieder nach draußen und kehrt ein paar Minuten später errötet und mit glasigen Augen zurück.

»Wir spielen ein echtes Männerspiel«, verkündet er und zieht seinen Revolver aus der Tasche. Er hält die Waffe hoch, sodass die stählerne Mündung im grünlichen Licht der Hütte schimmert.

»Steck das weg«, schnauzt Jasper.

Wir sind alle bewaffnet, aber es gehört sich nicht, seine Waffe zu ziehen und damit herumzuspielen. Es gehört sich nicht einmal, zuzugeben, dass du sie bei dir trägst.

Das ist schade, denn Adrik hat unsere Wette eingelöst. Er

hat mir eine Pistole mit einem speziell angefertigten Kompensator gekauft, bei der es sich tatsächlich um die Waffe aus dem ersten *John Wick*-Film handelt. Ich würde Zigor gern in den Wahnsinn treiben, indem ich ihm sage, dass Keanu Reeves sie mir geschenkt hat.

Zigor ignoriert Jasper und reißt die Trommel seines Revolvers auf, sodass die Kugeln eine nach der anderen auf die Dielen fallen, bis nur noch eine einzige 38er übrig ist. Er dreht die Trommel und schnippt sie wieder an ihren Platz.

»Kennst du dieses Spiel?«, fragt Zigor. »Sehr berühmt.«

»O ja«, sage ich unbeeindruckt. »Mongolisches Roulette.«

»Du weißt, dass das ein russisches Spiel ist!«, schreit Zigor. »Du machst mich wütend mit diesen Witzen – mongolisches Roulette! *Pah!*« Er spuckt auf die Dielen.

»Steck die Waffe *weg*«, zischt Jasper. Er sitzt immer noch, aber sein Körper ist steif. Jetzt ist er Zigor zugewandt, seine Lippen sind so weiß wie seine Haut.

Die Buchstützen schenken ihm kaum Beachtung, denn sie sind nach wie vor in ihr Spiel vertieft. Ich bezweifle, dass es das erste Mal ist, dass Zigor high ist und seinen Revolver zieht.

Zigor richtet die Waffe auf mich. »Einfache Regeln. Jeder von uns drückt einmal ab. Gott wird entscheiden, wer gut ist und wer unartig war.«

Jasper krallt die Finger in seine Oberschenkel. Er ist so angespannt, dass er fast zittert. »Hör auf mit dem Scheiß«, bellt er.

Zigor schwenkt die Waffe so, dass sie stattdessen auf Jasper gerichtet ist. Er macht ein paar Schritte nach vorne und schließt die Lücke zwischen ihnen. »Willst du als Erster, Jasper? Bessere Chancen.«

»Denk nicht einmal daran, verdammt!«

Jasper wird durch das deutliche Klicken des Abzugs von

Zigor unterbrochen. Es passiert nichts – die Kammer ist leer. Aber Jasper springt mit einem Wutgeheul auf, reißt Zigor die Waffe aus der Hand und richtet sie direkt auf sein Gesicht.

»Findest du das witzig?«, kreischt er. »Was hättest du getan, wenn sie losgegangen wäre?«

Ohne nachzudenken, vielleicht sogar ohne es zu wollen, drückt Jaspers Finger ruckartig ab.

Anstelle des gleichen leeren Klicks feuert die Waffe.

Ein kleines, dunkles Loch erscheint in der Mitte von Zigors Stirn. Zigors Miene verrät reines Erstaunen, das sich in Jaspers schockiertem Gesicht widerspiegelt. Er fällt rückwärts und schlägt mit einem dumpfen Aufprall auf die Dielen, der die Hütte erschüttert.

Die beiden Buchstützen blicken mit vor Überraschung offenen Mündern auf.

Ich ziehe meine Pistole aus dem Hosenbund und schieße jedem von ihnen in den Kopf, einem nach dem anderen.

Zigors Leibwächter kippen von ihren Eimern. Ihre Spielkarten verteilen sich in einem Wirbel aus Herz und Pik, Kreuz und Karo über den Boden.

Jasper dreht sich zu mir um, blasser als Papier, den Mund vor Schreck offen. »Sag mal, spinnst du?«

»Du bist doch derjenige, der spinnt!«, schreie ich zurück.

Wir sind beide wie erstarrt und schauen auf das Gemetzel um uns herum. In weniger als zwanzig Sekunden sind wir von absoluter Langeweile zu drei toten Männern auf dem Boden übergegangen, deren Blut sich langsam aus den Löchern in ihren Köpfen ausbreitet.

»Das ist so verdammt schlecht«, sagt Jasper. »Warum hast du die anderen beiden erschossen?«

»Weil sie dir zehn Kugeln in die Brust gejagt und deinen Kopf zurück zu Lev gebracht hätten. Und falls ich das nicht zugelassen hätte, hätten sie dich sicher verpfiffen.«

Jasper starrt auf die toten Leibwächter, und langsam dämmert ihm die Wahrheit.

»Du hast recht«, sagt er schließlich. Und dann, einen Moment später, ganz leise … »Danke.«

»Schon in Ordnung«, sage ich schroff. »Aber was zum Teufel machen wir jetzt?«

Jasper wirft einen schnellen Blick auf den Steg und überprüft die Uhrzeit auf seinem Handy.

»Wir müssen hier weg, bevor der Bootsmann auftaucht.«

»Was ist mit den Rohstoffen?«

»Wir könnten warten, bis er hier ist«, sagt Jasper. »Aber dann müssen wir ihn auch umbringen.«

Keinem von uns gefällt diese Idee besonders. Es ist eine Sache, jemanden zu erschießen, der einen erschießen will, aber eine ganz andere, einen harmlosen Drogenkurier zu ermorden.

»Wir müssen ohne sie gehen«, sage ich. »Wir müssen hier weg. Je länger wir bleiben, desto weniger plausibel können wir es abstreiten.«

»Sag bloß, du willst sie einfach hierlassen?«, fragt Jasper und blickt auf die Leichen hinunter.

»Ich werde sie nicht zerhacken und vergraben. Das ist ein Sechs-Stunden-Job für Zigor allein.«

Jasper scheint eine Entscheidung getroffen zu haben. »Wisch alles ab, was du angefasst hast«, sagt er. »Lass keine Beweise zurück.«

Wir mustern noch einmal die Hütte, um zu prüfen, ob wir etwas übersehen haben. Der Wind klingt unheimlich und bedrohlich in der Totenstille, ohne das Geplapper von Zigor. Nicht einmal das leise Schnipsen von umgedrehten Spielkarten.

»Gehen wir«, sagt Jasper.

Wir sprinten praktisch zum SUV zurück, verlassen die unbefestigte Straße und rasen in die Zivilisation zurück.

Während wir fahren, sage ich zu Jasper: »Schnell, schreib Zigor eine SMS.«

Jasper starrt mich ausdruckslos an. »Er wird nicht antworten.«

»Ich bin mir dessen bewusst. Schick ihm eine SMS wie: *Wo bist du?* Dann mach das in einer Stunde noch einmal.«

»Oh«, sagt Jasper. Er holt sein Handy heraus und tippt die Nachricht mit einer Hand ein, während er mit der anderen das Lenkrad hält. Er drückt auf »Senden« und sagt dann: »Ich glaube nicht, dass Lev uns das abkaufen wird.«

»Was sollen wir denn sonst tun? Er hat keine Beweise für das, was passiert ist.«

»Er wird keine Beweise brauchen«, meint Jasper düster.

Das ist zu wahr, um es zu leugnen. Wir sind nicht vor Gericht, und es ist ziemlich offensichtlich, dass da etwas faul ist.

»Fahr schneller«, sage ich. »Wir müssen es Adrik sagen.«

Jasper drückt aufs Gas, obwohl wir uns beide vor diesem Gespräch fürchten.

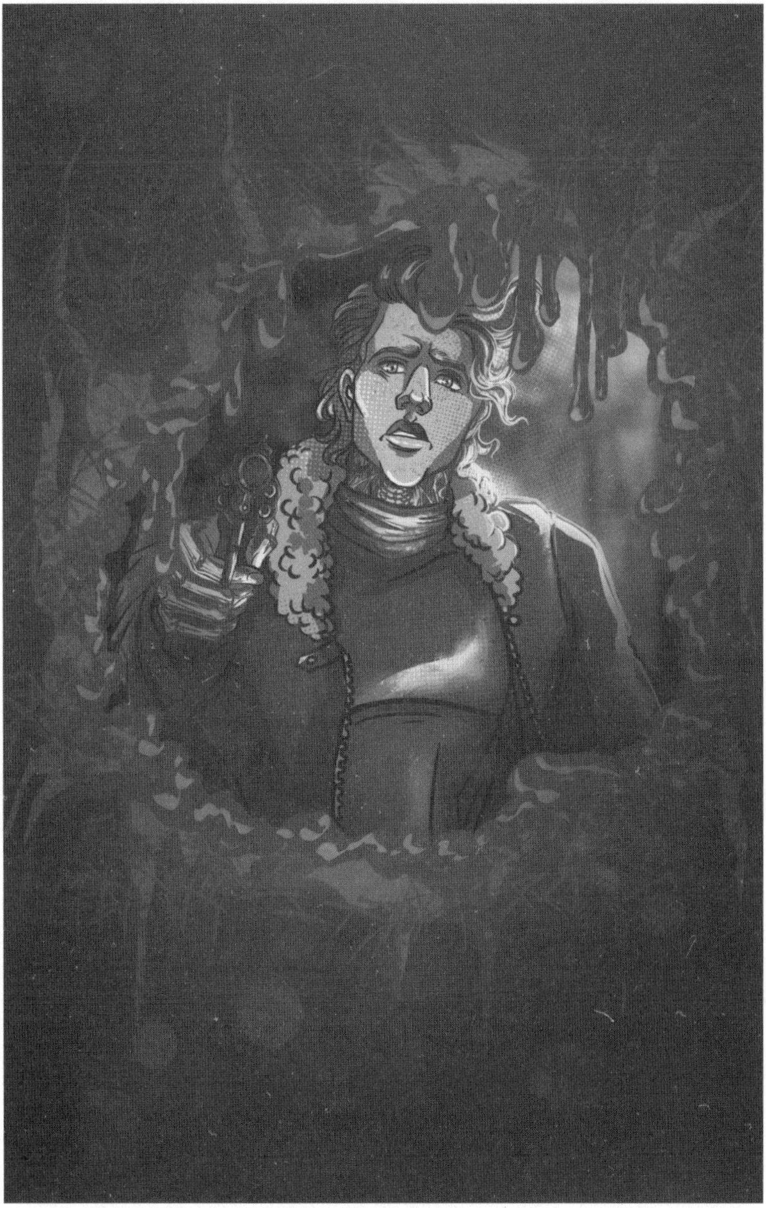

Kapitel 30

ADRIK

Der Anruf, auf den ich gewartet habe, kommt, zwei Tage nachdem Jasper Zigor erschossen hat.

Ich nehme den Hörer ab und versuche, meinen Tonfall locker zu halten.

»*Privet*«, sage ich.

»Adrik Petrov.« Levs Stimme ist tief und rasselnd. Jedes Mal, wenn er am anderen Ende der Leitung Luft holt, höre ich ein Röcheln tief in seiner Brust. Es sollte den Eindruck von Alter und Krankheit erwecken, aber stattdessen ist das Geräusch bedrohlich.

Ich komme ihm zuvor und sage: »Ich bin froh, dass du anrufst. Ich habe es nicht geschafft, Zigor zu erreichen. Wir haben eine Lieferung verpasst.«

Am anderen Ende der Leitung herrscht lange Stille.

Dann zischt Lev leise und wütend: »*Lüg mich nicht an, verdammt!*«

Ich warte darauf zu erfahren, was er weiß.

Seine Wut ist deutlich spürbar. Es brodelt in der Leitung – eine Hitze, die ich an der Seite meines Gesichts spüren kann.

»Eine Chance hast du«, sagt Lev. »Aber nur eine. Gib mir den Mann, der meinen Sohn erschossen hat. Übergib ihn mir, und er wird seine Strafe durch meine Hand erhalten. Das wird das Ende sein, ich werde keine weitere Rache suchen. Ich weiß, dass es einer von deinem Wolfsrudel war.«

Ich mache eine Pause, die hoffentlich angemessen ist, um Schock und Verwirrung zu zeigen.

»Ich habe keine Ahnung, wovon du redest. Zigor ist tot.«

Ich höre ein knarrendes Geräusch – vermutlich zittert das Telefon in seiner Hand vor Wut.

»Ich hatte mehr von dir erwartet, Adrik. Ich dachte, du hättest Ehre.«

Jetzt schlägt mein Temperament zu. »Was ist das für eine Ehre? Einen meiner Männer deinen Zangen und Schneidbrennern auszuliefern? Niemals. Es tut mir leid, was mit deinem Sohn passiert ist, das tut es wirklich. Aber das sind meine Brüder. Selbst wenn einer von ihnen verantwortlich wäre, würde ich ihn nicht für dich opfern.«

»Ist das deine endgültige Antwort?«

»Alle meine Antworten sind endgültig.«

»Dann mache ich *dich* verantwortlich, Adrik. Es wird *dein* Kopf sein.«

»Komm und hol ihn dir.«

Ich beende das Telefonat.

Sabrina sitzt im Schneidersitz auf dem Bett. Das Buch, das sie gelesen hat, liegt flach auf ihrem Schoß. Sie kneift die Haut zwischen Daumen und Zeigefinger zusammen, so fest, dass sich ihre Nägel einkerben.

Zweifellos hat sie meine Worte gehört und möglicherweise auch die von Lev.

»Woher weiß er es?«, fragt sie.

»Er weiß es nicht hundertprozentig, aber er ist sich sicher genug.«

»Was wird er tun?«

»Ich weiß es nicht. Vielleicht einen Anschlag auf mich verüben.«

»Wir sollten sofort nach Rostow am Don fahren, heute noch«, verkündet Sabrina ohne Umschweife. »Ihn töten, bevor er dich töten kann.«

»Ich kann nicht. Ich habe hier viel zu viel Mist zu tun. Wir brauchen eine neue Rohstoffquelle, denn wir schulden Franko und den Markovs Bestellungen, ganz zu schweigen von unseren eigenen Händlern.«

»Wenn du tot bist, brauchst du keine neue Quelle.«

»Sabrina, bitte.« Ich umfasse ihr Kinn und hebe ihr Gesicht an, damit sie mich ansieht. »Glaub mir einfach, dass ich nicht so leicht zu töten bin.«

Sie lächelt nicht, ihre Augen sind groß in ihrem angespannten Gesicht.

»Du bist auch nicht unbesiegbar.«

Ich küsse sie sanft auf den Mund. »Doch, das bin ich. Solange ich dich habe.«

Sie sieht nicht überzeugt aus, also fahre ich fort: »Hör zu, ich werde die Augen offen halten. Drohungen sind keine Taten. Lev ist im Moment stinksauer, aber das bedeutet nicht, dass er wirklich glaubt, dass Zigor es wert ist, einen Krieg zu beginnen. Wir werden abwarten und sehen, was er tut.«

Sabrina kaut auf dem Rand ihrer Lippe, ein bisschen zu stark.

»Hör auf«, sage ich und berühre ihre Lippe mit meinem Daumen. »Du tust dir sonst weh.«

»Warum hältst du für Jasper den Kopf hin?«, fragt sie. »Er hat Scheiße gebaut.«

»Das ist es, was es bedeutet, der Boss zu sein – ich bin dafür verantwortlich, was Jasper tut. Außerdem liegt die Macht im Rudel. Lieber würde ich mit sieben von uns gegen Zakharov kämpfen, als einen Bruder aufzugeben.«

Sie runzelt die Stirn, ihre dunklen Augenbrauen verleihen ihrem Gesicht einen herzzerreißenden Ausdruck. Ich möchte die kleinen Sorgenfalten glätten. Ich möchte ihr alle Ängste nehmen.

»Du würdest Jasper auch nicht ausliefern, damit er gefoltert und getötet wird. Egal, wie sehr du ihn hasst.«

»Ich hasse ihn nicht«, seufzt Sabrina. »Und nein, ich glaube, ich würde ihn nicht an Lev übergeben, nicht wirklich.«

»Gut.« Ich lächle. »Dann sind wir uns ja mal ausnahmsweise einig.«

***

Eine Woche lang passiert nichts. Vielleicht lässt Zakharov es gut sein. Zigor war sein einziger Sohn, aber ich bin sicher, dass er Levs Geschäfte eher behindert als gefördert hat. Zakharov hat ein Leben lang damit verbracht, seine geringe Menge an Geld und Einfluss aufzubauen. Er ist immer noch nur ein kleiner Spieler. Rache könnte ihn alles kosten.

Dann ruft mich Mykah an. Obwohl das Apothecary neutraler Boden ist, sind Mykah und ich schon lange befreundet. Wir waren in St. Petersburg zusammen in der Schule und auch später Kommilitonen in Kingmakers. Er gibt mir oft Informationen weiter, und ich tue das Gleiche für ihn.

»Schlechte Nachrichten, mein Freund«, sagt er ohne Umschweife.

»Oh?«

»Lev Zakharov ist in der Stadt. Und er hat Cujo angeheuert.«

»Wozu?«

»Niemand spricht es offen aus. Aber ich vermute, du kannst es dir denken.«

Das kann ich ganz sicher. Cujo bricht schon seit langem Beine und schlitzt Kehlen auf. Er ist einer der Besten – und er ist nicht billig. Ich wünschte, Zakharov hätte einen anderen Anlass gewählt, um verschwenderisch zu sein.

»Danke, dass du mir Bescheid gesagt hast.«

»Pass auf dich auf, mein Freund.«

Ich lege auf und überlege, ob ich Sabrina etwas sagen soll. Das wird ihrem Stresspegel nicht guttun. Andererseits ist es gefährlich für sie, wenn sie nicht weiß, dass Lev hier in Moskau ist und mich mithilfe des besten Vollstreckers der Stadt jagt.

Am Ende versammle ich das ganze Wolfsrudel und sage ihnen, dass sie auf der Hut sein sollen.

»Niemand geht irgendwo allein hin. Haltet euren Mund und passt auf euch auf. Besonders du, Andrei.«

»Ich habe niemandem erzählt, was Jasper getan hat!«, schreit Andrei beleidigt.

»*Niemandem?*«, fragt Vlad misstrauisch. »Nicht in irgendeinem Kommentar auf Reddit? Kein Getuschel zu deiner Lieblingsstripperin?«

»Auf keinen Fall! Ich bin beleidigt, dass du überhaupt fragst.«

»Du hast Vlads Geburtstagsüberraschung verdorben«, bemerkt Sabrina.

»Und du hast Adrik gesagt, wer sein Motorrad verbeult hat«, sagt Hakim.

»Und du hast die Frau von Eban Franko mit dem Namen seiner Geliebten angesprochen«, fügt Vlad hinzu.

»Das war etwas anderes!«, protestiert Andrei. »Das hier ist viel ernster.«

»Frankos Frau hat versucht, ihm die Eier abzuschneiden. Das war ziemlich ernst für ihn«, sagt Chief.

Jasper hat die ganze Zeit still dagesessen, seine Haut ist grünlich gefärbt und sieht kränklich aus. Er hat einen Verband entlang seines Kiefers von der jüngsten Ergänzung seiner Tätowierungen.

»Das ist jetzt egal«, sage ich, um sie zum Schweigen zu bringen. »Denkt einfach daran, was ich gesagt habe. Bleibt zusammen. Geht nicht in die Nähe der *Kachki*.«

»Alles klar, Boss«, sagt Andrei ergeben.

Ich blicke zu Sabrina hinüber. Sie sieht ungefähr so fröhlich aus wie Jasper.

»Du auch«, sage ich sanft zu ihr. »Geh nicht allein hinaus.«

»Das tue ich sowieso nie.« Sie zuckt mit den Schultern. »Hakim und ich waren gerade auf dem Weg ins Labor.«

»Warum nehmt ihr nicht Jasper mit? Nur für den Fall.«

»Okay«, sagt Sabrina, ohne das Gesicht zu verziehen oder ein Wort des Widerspruchs zu sagen. »Er kann ein wachsames Auge auf uns haben, während wir arbeiten.«

KAPITEL 31

SABRINA

Hakim und ich arbeiten mehrere Stunden lang und verbrauchen dabei alle unsere Vorräte. Wir brauchen dringend mehr Rohstoffe. Wir konnten nicht einmal genug Pillen herstellen, um die Aufträge zu erfüllen, die wir den Markovs versprochen haben, geschweige denn allen anderen.

Als wir unsere Schutzkleidung ablegen, frage ich Hakim: »Gehst du zu Neve Markovs Hochzeit?«

»Ja«, sagt er. »Sie hat das ganze Wolfsrudel eingeladen. Das ist nett, denn ich kenne sie nicht persönlich.«

»Wie sieht es mit dir aus, Jasper?«, rufe ich und werfe meine Schutzbrille auf den unordentlichen Haufen von Schutzanzug und Handschuhen im Kofferraum des SUVs.

Jasper sitzt missmutig und rauchend auf dem schmutzigen Bordstein hinter der Brauerei. Es scheint ihm nichts auszumachen, dass der Zement nass und eisig ist oder dass er wahrscheinlich nicht so früh nach einer neuen Tätowierung rauchen sollte. Er zuckt zusammen, als ich ihn anspreche, und sieht mich mit seinen blassgrünen, schwarz umrandeten Augen an.

»Ich weiß nicht«, sagt er. »Ich mag keine Hochzeiten.«

»Alle werden dort sein«, sage ich. »Es ist wie die Mafia-Oscarverleihung.«

»Das klingt schrecklich.« Jasper drückt seine Zigarette auf dem Bordstein aus und wirft die Kippe in den Gully.

»Winterhochzeiten sind scheiße«, meint Hakim. »Sie sollten auf den Sommer warten.«

»Vielleicht wollen sie nicht warten.« Ich zucke mit den Schultern. »Alle sagen, sie sind verrückt nacheinander.«

»Ja, ich gebe ihnen maximal ein halbes Jahr«, sagt Jasper.

»Du solltest Grußkarten schreiben, Jasper«, erwidere ich. »Für Leute, die ihren Liebsten den Tag verderben wollen.«

»Herzlichen Glückwunsch zum Geburtstag!«, philosophiert Hakim. »Das endlose Nichts des Todes ist ein Jahr näher.«

»Alles Gute zum Jahrestag!«, schließe ich mich an. »Ich habe dich in zwanzig Jahren nur zweimal betrogen, das finde ich ziemlich gut.«

»Alles Gute zum Vatertag!«, sagt Hakim. »Alle meine schlechtesten Eigenschaften stammen von dir, Papa, und doch sehe ich aus wie Mama, und das stört dich seit der Scheidung.«

»Haltet die Klappe«, knurrt Jasper.

Ich habe mindestens sechs weitere Ideen für Jasper-Grußkarten, aber ich beschließe, sie aufzusparen, um sie Adrik später zu erzählen. Jasper sieht wirklich beschissen aus, und es macht nicht so viel Spaß, ihn zu ärgern, wenn er total fertig ist.

»Komm schon«, sage ich. »Du musst den Shake-Burger probieren.«

Wir fahren um die Handtaschenfabrik herum, obwohl es nur ein paar Minuten zu Fuß dauern würde.

Jasper sieht sich die türkisfarbenen Vinylkabinen, die karierten Kacheln, die Kunststofftische und die alte Musikbox in der Ecke an.

»Sieht aus wie in *Pulp Fiction*«, bemerkt er.

»Du magst Tarantino?«, frage ich. »Das wusste ich gar nicht.«

»Ich mag alle Filme«, antwortet Jasper. »Aber seine gehören zu den besten.«

»Willst du, dass ich *You Can Never Tell* spiele?« Ich grinse. »Wir können tanzen.«

»Jasper kann nicht tanzen«, sagt Hakim und setzt sich auf den Hocker, der am nächsten an der Stelle steht, an der sein Schwarm eifrig Tomaten schneidet. »*Dobryy den*, Alla.«

Alla blickt zu uns auf, doch sie grüßt nur mit einem gequälten Seufzer.

»*Gde Mischa?*«, frage ich. *Wo ist Mischa?*

»*V shkole*«, grunzt Alla. *In der Schule.*

»Ach, richtig.« Ich schaue auf die Uhr an der Wand. »Wir sind heute früh dran.«

»Isst denn sonst niemand hier?«, fragt Hakim und schaut sich in dem leeren Restaurant um.

»*Njet*«, sagt Alla. »American Diner ist eine dumme Idee. Mein Vater war ein Idiot.«

»Aber dein Essen ist so gut«, sage ich.

»Ich hasse Kochen.«

»Was machst du gern?«, fragt Hakim sie.

»Nicht kochen.«

Jasper schlurft zu einem der Tische hinüber. Normalerweise setze ich mich an den Tresen neben Hakim, aber ein Impuls des Mitgefühls – oder vielleicht auch nur der Wunsch, über Tarantino zu reden – veranlasst mich, mich stattdessen Jasper gegenüberzusetzen.

»Was ist dein Lieblingsfilm?«, frage ich ihn.

Er schweigt so lange, dass ich denke, er würde nicht antworten. Dann merke ich, dass er die Frage mit mehr Bedacht überdenkt, als ich erwartet hätte.

Schließlich sagt er: »*Predator, Der Spiegel, Inglourious Basterds, The Big Short, Ironie des Schicksals.*«

»Nicht schlecht«, sage ich. »Ich liebe *The Big Short*, aber ich habe das Gefühl, dass ihn sonst niemand gesehen hat.«

»Ich schaue ihn mir jedes Jahr an«, sagt Jasper. »Um

mich daran zu erinnern, was passiert, wenn Menschen gierig werden.«

»Verstehe. Und warum schaust du *Predator*?«, frage ich grinsend. »Damit du weißt, was zu tun ist, wenn Aliens anfangen, uns zu jagen?«

Zu meiner Überraschung lächelt Jasper leicht. »Das war der Lieblingsfilm meines Bruders.«

Ich habe Jasper noch nie von seiner Familie sprechen hören.

Ich will ihn nach seinem Bruder fragen, aber ich will keine Grenzen überschreiten, da wir uns doch endlich ein bisschen verstehen.

Alla bringt uns ein paar Burger, ohne auf unsere Bestellung zu warten. Sie weiß bereits, was ich will, und ich vermute, sie dachte, Jasper würde das Gleiche wollen.

Jasper hebt seinen Burger an und nimmt einen Bissen, wobei er wegen der Folie an seinem Kiefer nur zögerlich kaut. Gerade hat er seine Skelett-Tätowierungen erweitert, die die linke Seite seines Gesichts mit einer perfekten Nachbildung des Unterkiefers und der darunterliegenden Zähne bedecken.

»Verdammt, das ist wirklich lecker«, sagt er.

Einen Moment später setzt er seinen Burger ab und blickt lustlos aus dem Fenster.

Seit der Sache mit Zigor ist er ein Wrack.

»Ich habe auch einen Bruder«, sage ich. »Sein Name ist Damien.«

»Ich weiß. Ich habe gehört, wie du mit ihm am Telefon gesprochen hast.«

»Er ist jünger als ich. Nächstes Jahr geht er nach Kingmakers.«

»Isaak war älter«, sagt Jasper leise. »Ich habe ihn vergöttert.«

»Wie war er denn so?«

»Klug. Selbstbewusst. Aggressiv. Aber er war kein Arschloch – obwohl ich fünf Jahre jünger war. Er hat mich beschützt.«

Das klingt sehr nach Adrik. In diesem Moment werden mir viele Dinge klar.

Ich sollte jetzt wahrscheinlich den Mund halten. Doch ich kann mich nicht davon abhalten, zu sagen: »Adrik hat mir erzählt, was mit deiner Familie passiert ist. Es tut mir leid.«

»Ich brauche kein Mitleid«, sagt Jasper und schaut auf seine Hände im Schoß. »Ich verdiene es nicht.«

»Jeder verdient Mitgefühl.«

Jasper lacht bitter auf. »Adrik hat dir nicht alles erzählt.«

»Er sagte … er sagte, es gab eine Autobombe. Dass deine Mutter, dein Vater und dein Bruder alle im Auto waren.«

»Hat er dir gesagt, warum?«

Ich schüttle den Kopf.

»Mein Vater arbeitete für einen Don namens Kazimir Anisim. Hast du von ihm gehört?«

»Nein.«

»Er war der wichtigste Mann in Weißrussland zu dieser Zeit. Mein Vater war sein Buchhalter.«

Jasper knackt gedankenlos und zwanghaft mit den Gelenken seiner Finger. *Knack, knack, knack,* jedes Knacken scharf und deutlich in der Stille.

»Mein Bruder war brillant und in allem erfolgreich, ich nicht. Es war ein Kampf, die Aufmerksamkeit meiner Eltern zu bekommen. In der Schule war ich nicht beliebt. Meine Noten waren beschissen. In den Sommerferien war ich ständig auf Achse und machte meine Mutter verrückt. Also nahm mich mein Vater mit auf Botengänge. Manchmal nahm er mich zu Anisim mit. Er ging ins Büro des Chefs, und ich saß draußen auf der Terrasse und spielte mit Anisims Hunden. Er hatte zwei Cockerspaniels.«

Er hält wieder inne und macht ein Gesicht, als ob er Schmerzen hätte, als ob sein Magen schmerzen würde.

»Anisim kam nach draußen, um mich mit den Hunden zu beobachten. Er sagte, die Hunde mochten mich lieber als jeden anderen. Ich wusste, dass er bedeutend war und der Chef meines Vaters, deshalb hatte ich anfangs Angst vor ihm. Aber er sah freundlich aus, wie ein Großvater mit weißem Haar, blauen Augen und einer runden goldumrandeten Brille. Er trug einen Tweed-Anzug und roch nach Pfefferminz. Er schenkte mir Pfefferminzbonbons und sagte mir, er könne sehen, dass ich klug und aufmerksam sei. Er fragte mich Dinge wie: ›Ist dir das neue Gemälde im Flur aufgefallen?‹ Wenn ich es bejahte und es ihm beschrieb, lobte er mich dafür.«

Das hört sich alles so harmlos an, und doch beschleicht mich ein Gefühl des Grauens. Jasper blickt immer noch auf seine Hände. Ich bemerke, dass er weder seine Finger noch irgendetwas anderes in dem Restaurant um uns herum sieht. Seine Augen sind glasig, seine Haut noch fahler als sonst.

»Er begann, mir andere Fragen zu stellen. Was die Lieblingsblume meiner Mutter ist. Oder was mein Bruder gern zum Spaß macht. Ich dachte, er sei neugierig oder wolle mich testen. Vielleicht wollte er meiner Mutter Blumen schicken oder mit meinem Bruder ins Kino gehen. Ich war acht und ein Idiot.«

»Alle Achtjährigen sind Idioten«, sage ich leise.

Jasper scheint mich kaum zu hören.

»Mein Vater fragte mich hinterher: ›Worüber sprichst du mit Anisim?‹ Und ich sagte: ›Über nichts. Meistens über die Hunde.‹ Ich wollte nicht, dass mein Vater aufhörte, mich mitzunehmen, oder dass sein Chef nicht mehr mit mir sprach. Ich liebte die Aufmerksamkeit. Bald wurden die Fragen konkreter. Seltsame Fragen, die ich nicht immer verstand – ist dein Vater am Donnerstagabend irgendwo hingegangen? Hat er ein anderes Handy? Ich wusste, dass irgendetwas daran nicht stimmte. Vielleicht wusste ich sogar, dass er meinen Vater ausspionieren wollte. Aber es schien harmlos.«

Mein Magen dreht sich um, aber sicher nicht stärker als der von Jasper. Ich möchte, dass die Geschichte aufhört, obwohl ich jedes Wort hören muss.

»Mit einer Sache hatte Anisim recht: Ich war aufmerksam. Ich habe ihm viele Dinge berichtet. Dinge, von denen mein Vater nicht einmal wusste, dass ich sie wissen würde. Dass mein Vater zu viel trank, dass er sich nachts aus dem Haus schlich, wenn meine Mutter schlief.«

Jasper seufzt.

»Was ich nicht wusste, war, was ein halbes Jahr zuvor passiert war. Mein Vater war eines Abends im Regen nach Hause gefahren. Er überfuhr eine Frau, die die Straße überquerte. Sie war Krankenschwester und auf dem Weg vom Krankenhaus zur Bushaltestelle. Mein Vater wusste, dass er angeklagt werden würde, also floh er vom Tatort. Er wusste nicht, dass er von der *Militsiya* überwacht wurde. Sie haben alles gesehen. Sie suchten nach einer Kontaktperson zu Anisim. Die Fahrerflucht war ein Geschenk des Himmels. Sie haben meinen Vater in die Enge getrieben. Sie drohten ihm. Sie schworen, dass Anisim nie herausfinden würde, woher sie die Informationen hatten. Und vielleicht hätte er das auch nicht.«

Jaspers Gesicht verzieht sich. Seine Finger ballen sich zu Fäusten und liegen dann still auf seinem Schoß.

»Aber er hat einen Maulwurf vermutet. Ich gab ihm alle Informationen, die er brauchte, um zu bestätigen, dass es mein Vater war. Sein Lieutenant legte die Bombe in das Auto. Es war Sonntagmorgen. Wir waren alle auf dem Weg zum Frühstück. Ich saß mit meinem Bruder auf dem Rücksitz. Meine Mutter drehte sich um und sagte: ›Es ist eine lange Fahrt, willst du noch mal auf die Toilette gehen?‹ Ich rannte ins Haus zurück. Wir hatten ein großes Haus mit einer freistehenden Garage. Mein Vater startete den Motor, damit er das Auto bis vor die Tür fahren und mich draußen abholen konnte. Genau in diesem Moment trat ich nach draußen. Ich hörte, wie sich der Schlüssel in der Zündung drehte, und sah, wie der Wagen vor mir explodierte. Die Explosion schleuderte mich rückwärts ins Haus.«

Meine Hand liegt über meinem Mund. Ich kann nicht sprechen.

»Eine Minute lang war ich ohnmächtig. Als ich wieder zu mir kam, stolperte ich nach draußen. Das Auto war eine Kugel aus Feuer und Rauch. Die Scheiben waren zersplittert. Ich konnte sie alle drei sehen, schwarz und zerschmolzen, ihre Gesichter brennend. Meine Mutter und mein Vater auf dem Vordersitz, Isaak auf dem Rücksitz.«

»Das ist furchtbar, Jasper, es tut mir leid.«

Ich fühle mich zutiefst schuldig für jeden Moment, in dem ich ihn geärgert habe, für jede dumme Bemerkung, die ich ihm vorgeworfen habe.

Jasper sieht mich mit zusammengekniffenen Augen an. »Bemitleide mich nicht. *Es war meine Schuld.*« Er streicht sich mit einer skelettartigen Hand über das Gesicht, als wolle er seine eigenen Gefühle wegwischen.

In diesem Moment verstehe ich endlich seine Tätowierungen. Sie sind die Buße für das, was er getan hat – das Zeichen des Todes auf seinem ganzen Körper. Die Erinnerung an seine Familie, die bis auf die Knochen verbrannt ist. Vielleicht ein Wunsch, sich ihnen anzuschließen.

Und die Tätowierung in seinem Gesicht – das ist die Strafe für Zigor. Dafür, dass er seine neue Familie wieder einmal in Gefahr gebracht hat.

Ich möchte etwas zu Jasper sagen – was, weiß ich nicht genau.

Mischa stürmt durch die Tür, wirft ihren Rucksack neben Jasper und setzt sich neben mich an den Tisch.

»Du bist heute früh dran!«, zwitschert sie.

Jasper ist sichtlich verwundert. »Wer ist das?«

»Mischa«, sage ich. »Sie ist die Managerin.«

»Eher die Hausmeisterin«, murmelt Mischa und wirft ihrer Schwester einen vorwurfsvollen Blick zu.

»Hast du das Buch *Das große Spiel* beendet?«, frage ich sie.

»Ja, gestern Abend!«

»Perfekt.« Ich ziehe ein abgenutztes Taschenbuch aus meiner Manteltasche. »Ich habe dir das nächste mitgebracht.«

»Es gibt eine Fortsetzung?«

»Irgendwie schon. Es ist die gleiche Geschichte, aber aus der Sicht von Bean. Vielleicht gefällt sie dir sogar noch besser.«

»Cool!«, ruft Mischa, schlägt sofort das Buch auf und beginnt zu lesen.

»Bist du fertig?«, fragt mich Jasper und kehrt zu seiner üblichen Kälte zurück.

»Ja«, sage ich. Und dann zu Alla: »Kann ich noch eine Box bekommen?«

Es wäre ja schade drum, Jaspers Burger verkommen zu lassen.

Kapitel 32

Adrik

In einer Stunde sollen wir bei Neve Markovs Hochzeit sein, aber niemand ist bereit.

Sabrina kommt aus der Werkstatt und hat Motorenöl unter den Fingernägeln und in jeder kleinen Ritze und Linie ihrer Hände. Schlieren von Fett sind auf ihrem Gesicht und in ihrem Haar, das zu einem Knoten auf ihrem Kopf hochgesteckt ist und von dem Strähnen herabhängen. Sie trägt einen Schutzanzug von Chief. Als sie mich angrinst, sind ihre Zähne das einzig Saubere in ihrem schmutzigen Gesicht.

»Ich habe es geschafft!«, ruft sie triumphierend aus. »Ich habe das *verdammte* Motorrad repariert!«

Das Gefühl, das mich überkommt, wenn ich sie so sehe, ist wie ein harter, ruckartiger Schlag in meinen Eingeweiden. So gefällt sie mir am allerbesten. Als ich das erste Bild von Sabrina in der Garage sah, wusste ich, dass dies ihr wahres Ich ist – schlau und fleißig. Sie liebt es, sich die Hände schmutzig zu machen.

»Jaspers Motorrad?«, frage ich.

Jasper hat die Maschine bereits dreimal zum Händler gebracht, ohne Erfolg. Sie sagen ihm, das Rasseln sei in Ordnung, und das scheint es auch zu sein, bis er fünfzig Stundenkilometer überschreitet.

»Diesmal ist es repariert«, sagt Sabrina. »Da bin ich mir sicher.«

Bestimmt hat sie recht.

»Ich habe es geschafft, Jasper!«, schreit Sabrina, als er aus der Küche in den Flur kommt.

Jasper blickt erschrocken, bis sich langsam Verständnis auf seinem Gesicht ausbreitet. »Du hast an meinem Motorrad gearbeitet?«

»Ja! Ich habe es verdammt noch mal repariert! Diese faulen Säcke wollten das Ding nicht auseinandernehmen, aber Chief hat mir geholfen. Die Kette war zu lang, sie schlug gegen den Boden der Führung.«

Jasper verharrt auf seinem Platz, die Hände in den Hosentaschen. Sein Mund bewegt sich, als wüsste er nicht genau, was er sagen soll. »Nun, danke.«

Sabrina grinst. »Ich wusste, dass ich es schaffen kann.«

»Du solltest besser duschen«, sage ich.

»Was?« Sie schaut an sich herunter. »Du willst nicht, dass dein Date nach Motorenöl riecht?«

»Eigentlich liebe ich es, wenn du so riechst«, sage ich so leise, dass nur sie es hören kann.

Sabrina schenkt mir ein verruchtes Lächeln. »Weiß ich doch.«

»Nimmst du die Folie von deinem Gesicht?«, blafft Andrei zu Jasper, als er aus seinem Zimmer kommt.

Andrei ist auch nicht fertig. Ich bin der Einzige, der einen Anzug anhat. Der Rest dieser Idioten wird in eiskaltem Wasser frieren, wenn sie versuchen, alle auf einmal zu duschen.

»Ich denke schon«, sagt Jasper. »Es ist lange genug her.«

Behutsam zieht er die Plastikfolie von seinem Kiefer ab. Wir stehen um ihn herum und bewundern das neue Tattoo.

»Warst du bei Gasley's?«, erkundigt sich Andrei.

»Ja.«

»Sie sind die Besten.« Andrei nickt. Dann stößt er Sabrina mit dem Ellbogen an und fragt: »Wann bekommst du dein Zeichen?«

»Niemals.« Sabrina wirft den Kopf verneinend hin und her. »Mein Körper ist perfekt, genau so wie er ist.«

Sie hat keine Tattoos. Und es stimmt: Ihre Haut ist so makellos, dass es schwer ist, sich eine Verbesserung vorzustellen. Das wäre so, als würde man Marmor übermalen – was würde das bringen?

»Wir haben alle einen Wolf«, meint Jasper.

Sogar Jasper hat ihn sich über seinen rechten Oberarmknochen tätowieren lassen.

Ich habe nie einen meiner Männer darum gebeten. Aber sie taten es alle, einer nach dem anderen, nachdem sie sich mir angeschlossen hatten.

»Du musst«, sagt Andrei.

»Nein, muss sie nicht«, werfe ich ein, ehe Sabrina widersprechen kann.

Sabrina wirft mir einen Blick zu, der alles andere als dankbar ist. Sie will nicht, dass ich ihre Kämpfe für sie austrage. Schon gar nicht im Haus.

»Beeil dich lieber, bevor uns das heiße Wasser ausgeht«, dränge ich sie.

»Ja, Daddy.« Sie verdreht die Augen. »Ich gehe ja schon.«

Ich weiß, dass sie sarkastisch ist, aber trotzdem schießt mir ein heißer Funke durch die Brust. Ich möchte mich viel mehr um Sabrina kümmern, als sie es will.

Ich folge ihr die Treppe hinauf und sage: »Du wirst die schönste Frau auf dieser Hochzeit sein.«

Sabrina hält auf halbem Weg inne und wendet sich mir zu. »Hast du Bedenken, zur Hochzeit zu gehen, wenn Zakharov immer noch nach dir sucht? Er weiß, dass du dort sein wirst.«

»Er ist nicht eingeladen, und selbst wenn er es wäre, würde er heute auf keinen Fall etwas unternehmen. Nikolai Markov würde ihn bei lebendigem Leib häuten, wenn er den großen Tag seiner Tochter ruinieren würde.«

»Wann kümmern wir uns um ihn?«

»Bald«, verspreche ich.

Unser größter Konfliktpunkt ist die Priorisierung dessen, was getan werden muss. Wir befinden uns in einem ständigen Zustand der Triage und bluten an tausend Stellen aus. Alles, was wir tun können, ist, die kritischsten Löcher zuerst zu stopfen. Bei der Reihenfolge dieser Maßnahmen sind Sabrina und ich uns nicht einig.

Die Lage zwischen uns war angespannt.

Sie glaubt, dass ich sie belogen habe, indem ich sie mit dem Versprechen einer Partnerschaft hierhergelockt habe, während ich mich in eine Führungsrolle gebracht habe.

Da hat sie nicht ganz unrecht. Ich muss einen Weg finden, ihr zu zeigen, wie sehr ich ihre Intelligenz und ihre Tatkraft schätze, auch wenn ich nicht immer einer Meinung mit ihr bin.

Sie integriert sich in die Gruppe, aber sie ist nicht einfach nur ein weiterer Soldat.

Ich muss ihr zeigen, wie viel sie mir bedeutet.

In den letzten Tagen hatten wir nicht einmal Zeit, uns zu treffen.

Ich habe Sehnsucht nach ihr. Wir brauchen diesen körperlichen Kontakt, um uns verbunden zu halten, denn für unsere Beziehung ist er entscheidend.

Während Sabrina duscht, gehe ich die Liste der potenziellen Lieferanten durch, die Jasper mir gegeben hat.

Er hat ein Dutzend verschiedene Anbieter gefunden, aber keiner von ihnen ist gut. Keiner kann alle Zutaten liefern, die wir brauchen, und die Hälfte muss ich wegen des Preises, der Verfügbarkeit oder widersprüchlicher Vereinbarungen mit Konkurrenten verwerfen.

Endlich taucht Sabrina auf, die Lippen geschminkt, die Augen rauchig und katzenhaft, das Haar in kaskadenartigen Locken aufgetürmt wie Aphrodite. Sie trägt ein pflaumenfarbenes Seidenkleid, das sich mit ein paar dünnen Trägern an ihre üppigen Kurven schmiegt.

Seit Wochen habe ich sie nicht mehr so aufgetakelt gesehen. Sie ist hinreißend. In mir kommt Verlangen auf, und das Blut schießt in meinen Schwanz.

Im Nu bin ich vom Bett aufgestanden, packe sie an den Schultern und reiße ihr das Kleid vom Leib.

Ich habe Sabrinas Kleidung schon oft zerrissen. Sie liebt es, wenn ich gierig nach ihr bin, sie liebt es, wenn ich grob bin.

Diesmal schreit sie vor Empörung auf und stößt mich weg.

»Was zum Teufel machst du da?«

Sie hat mich noch nie weggestoßen. Sie hat mich noch nie davon abgehalten, sie zu ficken, nicht einmal in den unpassendsten oder eiligsten Momenten.

Ich bin verwirrt.

Sie hebt den baumelnden Schulterriemen an, der vom Kleid abgerissen ist. »Du hast es ruiniert!«

»Ich kaufe dir ein neues Kleid.«

»Ich will kein anderes Kleid! Ich habe dieses geliebt. Es gibt nicht von jeder schönen Sache hundert Stück, nicht alles ist austauschbar!« Ihre Wangen glühen, ihre Schultern zittern. »Ich will in diesem Kleid gesehen werden. Ich will nicht, dass es mir vom Leib gerissen wird.«

Ich erkenne, dass ich einen Fehler gemacht habe – und das lässt mich mich dumm und wütend fühlen.

»Du hast es immer gemocht, wenn ich deine Kleider zerrissen habe. Du willst, dass ich aggressiv bin. Ich kann deine Gedanken nicht lesen, ich kann nur raten.«

Sabrinas Lippen zittern. Sie sieht auf eine Weise jung und verletzlich aus, wie ich es noch nie gesehen habe.

»Bisher hast du jedes Mal richtiggelegen. Das tust du immer, wenn dir etwas wichtig ist.«

Das trifft mich härter als jede Ohrfeige.

Sabrina starrt mich an. »Ich will dein Partner sein, kein Sexobjekt.«

Ich habe Mühe, die negativen Gefühle, die in mir aufsteigen, zu kontrollieren. Das ist unfair, da doch Sex stets ein Grundpfeiler unserer Beziehung war. Obwohl ich immer viel mehr in ihr gesehen habe als ihr Äußeres.

Ich kämpfe darum, meine Stimme ruhig zu halten, und sage: »Ich würde dich nicht begehren, wenn ich dich nicht respektieren würde. Von dem Tag an, an dem wir uns kennengelernt haben, habe ich nur Augen für dich gehabt, weil ich dich *am meisten* respektiere.«

Sabrina blinzelt heftig, und auf ihrem Gesicht kämpfen verschiedene Gefühle miteinander.

Schließlich sagt sie: »Ich hoffe, das ist wahr.«

Sie kehrt zum Kleiderschrank zurück, um ein anderes Kleid auszusuchen.

Diesmal warte ich unten auf sie. Zwanzig Minuten später erscheint sie in einem langen schwarzen Kleid mit Goldketten an Brust und Schultern. Für mich sieht sie genauso umwerfend aus wie zuvor. Aber ihre Miene ist bedrückt, und sie schaut mich kaum an.

Bei der Hochzeit entspannt sich die Lage etwas.

Neve Markov und Simon Severov haben auf dem Bykovo Estate geheiratet. Ich nehme an, dass sie diesen Ort anstelle eines klassischen Luxushotels wie dem Four Seasons gewählt haben, weil die Abgeschiedenheit es den Markovs ermöglicht, intensive Sicherheitsvorkehrungen für ihre berüchtigten Gäste zu treffen.

Das Anwesen war lange Zeit verlassen. Trotz der kürzlichen Renovierung wirken die überwucherten Wälder auf dem Gelände und im Park immer noch verwahrlost. Die dunklen Bäume mit ihrer Schneedecke vermitteln ein märchenhaftes Gefühl, bezaubernd und bedrohlich zugleich.

Die Zeremonie findet in einer weißen Steinkirche mit

hohen schwarzen Türmen und verzierten Glockentürmen statt. Neve ist eine Zarin in ihrem Pelzmantel und ihrer Robe, deren zwei Meter lange Schleppe von mehreren kichernden Blumenmädchen getragen wird. Simon kann seinen überheblichen Gesichtsausdruck nur so lange beibehalten, bis er seine Braut zum Altar schreiten sieht. Dann verfällt er in ein Lächeln, das mir einen unerwarteten Stich von Eifersucht versetzt.

Ich sehe Sabrina an, die aufrecht und betrübt auf dem Stuhl neben mir sitzt. Ich sehe die nackte Hand in ihrem Schoß liegen und frage mich, was passieren würde, wenn ich ihr einen Ring schenken würde. Würde sie ihn annehmen? Oder würde sie ihn als Fessel an ihrem Finger sehen? Als weitere Möglichkeit, wie ich sie kontrollieren und beherrschen kann?

Sie hat nicht ganz unrecht. Je mehr ich mich in sie verliebe, desto weniger will ich sie in Gefahr bringen. Wenn ich an ihre Begegnung mit Zigors Leibwächtern denke, wird mir schlecht. Falls diese besser auf der Hut gewesen wären, hätte sie leicht eine Kugel abbekommen können, Jasper ebenso.

Liebe und Geschäft sollten sich nicht vermischen.

Ich schaue zu meinen Eltern, die uns gegenübersitzen.

Mein Vater beschützt meine Mutter. Er würde sie nie die Risiken eingehen lassen, die Sabrina eingeht.

Dann sind da noch Ivan und Sloane, die selbst bei ihren dunkelsten und blutigsten Unternehmungen Partner sind.

Ich dachte, ich wollte eine Beziehung wie ihre haben. Aber im Grunde genommen weiß ich nicht, wie sie das machen. Ivan ist schließlich der Boss, nicht wahr? Als die Malina ihr Haus angegriffen haben, hat er Sloane in Sicherheit gebracht, während er zurückblieb.

Streiten sie sich wie Sabrina und ich? Haben sie das jemals getan?

Wie kann ich bekommen, was ich will, wenn es sich jeden Tag ändert?

Manchmal möchte ich, dass Sabrina jeden Moment bei mir ist. Manchmal möchte ich sie in einen Turm sperren, wo nur ich sie besuchen kann. Wo sie immer sicher sein wird.

Das würde sie mehr als alles andere hassen.

Ich weiß bloß, dass ich sie will, mehr als alles andere auf der Welt.

Ich stelle mir vor, wie sie zum Altar schreitet, schöner als Neve Markov oder irgendeine andere Braut.

Ich will sie für immer an mich binden.

Ich ergreife Sabrinas Hand, die linke, und drücke sie fest, während ich ihr ins Ohr flüstere: »Das sollten wir vor dem Altar sein.«

Sie dreht sich um und sieht mich mit seltsam getrübten Augen an.

»Ich bin gerade erst zwanzig geworden. Ich habe nicht vor, in nächster Zeit zu heiraten – wenn überhaupt.«

Es fühlt sich an, als hätte sie ihr Lieblingsmesser herausgeholt und es mir in die Seite gestochen.

Sie ist jung, das weiß ich. Ich vergesse immer, wie jung.

Aber verdammt, meint sie das wirklich ernst? Sie weiß nicht, ob sie mich jemals heiraten würde?

Je mehr ich versuche, Sabrina an mich zu ziehen, desto mehr stoße ich sie weg.

Sie ist mein kleiner Tiger – wild und unzähmbar.

Was wollen Tiger?

Menschen bei lebendigem Leib auffressen.

Wie kann ich sie dazu bringen, das zu wollen, was ich will? Wie kann ich uns in Einklang bringen?

Ich verfolge die Zeremonie kaum, mein Kopf ist voller widersprüchlicher Gedanken. Was soll ich mit Sabrina machen, was mit Zakharov? Wie kann ich mein Geschäft retten, wie kann ich uns alle am Leben erhalten?

Der Priester krönt das strahlende Paar, und sie teilen sich den Becher mit Wein.

Ilsa Markov steht neben ihrer Schwester und trägt die seidene Schärpe einer Trauzeugin über ihrem blassblauen Kleid. Simons Bruder steht auf der gegenüberliegenden Seite.

Nikolai und Nadia Markov und die beiden Severovs überreichen ihren Kindern Kristallgläser, die diese mit aller Kraft auf den Fliesen des Kapellenbodens zerschmettern. Alle jubeln über die Hunderte von glitzernden Scherben, von denen jede einzelne für ein Jahr glücklicher Ehe steht.

Nach der Zeremonie gehen wir alle zum Empfang in der großen Halle.

Ich stelle Sabrina jedem vor, der sie noch nicht kennengelernt hat. Ihr Russisch hat sich so verbessert, dass ich kaum noch für sie übersetzen muss. Sie lernt bis spät in die Nacht und arbeitet fieberhaft an jeder Aufgabe. Manchmal bleibt sie ununterbrochen vierzehn Stunden im Labor, wenn sie an einer neuen Formel arbeitet. Ich hätte nie gedacht, dass ich einmal jemanden treffen würde, der so ehrgeizig ist wie ich.

Wir unterhalten uns mit meinen Eltern. Es waren nur ein paar Stunden Fahrt von St. Petersburg nach Moskau – viel weiter ist es für Ivan und Sloane, die erst heute Morgen nach einem Nachtflug angekommen sind. Man würde es nie vermuten. Sloane sieht in ihrem schwarzen Kleid schlank und elegant aus, Ivan ist der dunkle Schatten, der immer neben ihr steht. Den Bart und die längeren Haare, die er sich in der kasachischen Gefängniszelle wachsen ließ, hat er behalten, jetzt sorgfältig gestutzt und frisiert. Es passt zu ihm.

Meine Mutter sieht aus wie Nofretete in ihrem goldenen Gewand, ihr Haar ist zu einem kurzen Bob geschnitten.

Sie hakt sich an meinem Arm ein, erfreut darüber, mich nach mehreren Monaten wiederzusehen.

»Fühlst du dich schon wie zu Hause?«, fragt sie Sabrina.
»*Bol'shuyu chast' vremeni*«, antwortet Sabrina. *Die meiste Zeit.*
»*Ochen' khoroshiy!*«, ruft meine Mutter und klatscht erfreut in die Hände. *Sehr gut!* »Du hast geübt!«
»Ein bisschen«, sagt Sabrina.
»Sehr viel«, korrigiere ich sie.
»Habe ich dir schon erzählt, dass einige meiner Vorfahren aus Italien kommen?«, meint meine Mutter.
»Nein.« Sabrina sieht mich überrascht an. »Das habe ich nicht gewusst.«
»Meine Mutter war eine Fratto aus Sizilien. Mein Vater war Armenier.«
»Das erklärt, warum Adrik so dunkel ist.«
Meine Mutter lacht. »Sein Haar, als er geboren wurde – so etwas hatte ich noch nie gesehen. Ein ganzer Schopf tiefschwarzer Haare, drei Zentimeter lang, die ihm gerade vom Kopf abstanden.«
Sabrina lächelt. »Also im Grunde das Gleiche wie jetzt.«
»Ja, genau.« Meine Mutter greift nach oben, um mein Haar zu zerzausen. Ich seufze und lasse sie machen. Es würde sowieso nicht glatt liegen.
»Gehst du jemals zurück nach Sizilien?«, fragt Sabrina sie.
Sie schüttelt den Kopf, das Lächeln schwindet aus ihrem Gesicht. »Meine Mutter starb, als ich noch klein war, mein Vater kurz nach Adriks Geburt. Genauso wie mein Bruder. Dom ist alles, was ich habe. Und die Jungs natürlich.«
»Es tut mir leid«, sagt Sabrina.
»Dynastien können im Handumdrehen fallen, egal wie mächtig sie scheinen.«
»Dein Vater hat es verdient«, sagt mein Vater, immer noch wütend nach all der Zeit. Wenn mein Großvater hier in diesem Raum wäre, würde mein Vater ihn noch einmal umbringen, da er meine Mutter so schlecht behandelt hat.

»Sabrinas Vater ist Italiener, und ihre Mutter ist Puertoricanerin«, sage ich, um das Thema zu wechseln.

»Es ist gut, Menschen von anderen Nationen zu heiraten«, sagt mein Vater. »So bleibt die Blutlinie stark.«

»Natürlich musst du das sagen.« Meine Mutter lacht und küsst ihn leicht auf seine vernarbte Wange. »Du bist total voreingenommen.«

»Schade, dass Kade nicht kommen konnte«, sagt Sabrina.

»Kingmakers ist so streng.« Meine Mutter runzelt die Stirn. »Sie sollten die Studierenden wenigstens über Weihnachten nach Hause kommen lassen. Oder du hättest kommen sollen«, sagt sie und zeigt mit dem Finger auf mich.

»Wir haben gearbeitet.«

»Ich habe von deiner Arbeit gehört.« Mein Vater zieht die Augenbrauen hoch. »Nicht gerade das, was wir besprochen haben.«

»Ich denke, du weißt, dass ich die Vorgaben immer etwas ausweite.«

»So nennst du das, was mit Zakharov passiert ist? Eine Ausweitung der Vorgaben?«

»Wir sind nicht hier, um über das Geschäftliche zu reden«, sagt meine Mutter und legt ihre Hand auf seinen Arm.

»Du brauchst mich nicht zu kontrollieren«, sage ich zu meinem Vater, während mein Ärger zunimmt.

Wenn ich unter seiner Fuchtel stehen wollte, wäre ich in St. Petersburg geblieben.

Sabrina, die dicht neben mir steht, legt ihre Hand in die meine. »Adrik vollbringt hier unglaubliche Dinge«, sagt sie. »Niemand hat je einen Markt so schnell wachsen lassen wie er. Jeder einzelne seiner Männer ist brillant und loyal bis ins Mark. Er wird die Sache mit Zakharov so regeln, wie er mit allem anderen umgeht – wie der Mann, den du ihm beigebracht hast, zu sein.«

Ich sehe Sabrina an. Meine Kehle ist zu eng, um zu sprechen. Sie begegnet meinem Vater kühn, ihr Ton ist respektvoll, doch ihre Worte sind nicht misszuverstehen. Sie will nicht, dass mich jemand kritisiert.

Mein Vater ist überrascht, aber nicht gänzlich unerfreut.

»In der Tat«, sagt er. »Adrik war immer ein Sohn, auf den ich stolz sein konnte.«

Während meine Eltern aufbrechen, um den Markovs zu gratulieren, ziehe ich Sabrina fest an meine Seite.

»Erinnere mich daran, dich nicht zu verärgern.«

»Wenn du dir diese Lektion nur zu Herzen nehmen würdest!«, sagt sie und nippt an ihrem Champagner.

»Und was ist mit dir?«, sage ich. »Königin des Chaos.«

Sie lächelt. »Wie spaßig wäre es, wenn ich mich immer benehmen würde?«

»Das kann ich mir gar nicht vorstellen.«

»Du wirst es sicher nie erleben.«

Kurz darauf trennen sich unsere Wege, und wir werden in verschiedene Gespräche verwickelt. Ich gebe Simon und seiner neuen Braut die Hand und überbringe Ilsa Markov einen Glückwunsch, den sie mit knappem Dank annimmt.

Die Markovs sind nicht nur beliebt, sondern auch einflussreich. Fast alle namhaften Verbrecher sind hier, um ihnen die Ehre zu erweisen.

Ich sehe mehrere der *Kachki*, darunter Cujo selbst, der mich von der anderen Seite des Raums aus teilnahmslos beobachtet. Wenn er wirklich von Zakharov angeheuert wurde, um in seinem Namen Rache zu nehmen, muss es ihn ärgern, so nah zu sein, ohne etwas tun zu können.

Während ich Cujo im Auge behalte, schleicht sich Yuri Koslov an mich heran.

»Adrik«, zischt er.

»Yuri.«

Er ist groß und hat die Form eines Rechtecks. Sein dichtes dunkles Haar ist zu einem Caesar Cut gestylt. Seine Augen haben einen bläulichen Schimmer unter den schweren Lidern und sind dicht an den Rücken seiner Hakennase gepresst. Er trägt eine teure goldene Uhr und einen Ring an seiner rechten Hand.

»Gratuliere«, sagt er.

»Ich bin nicht derjenige, der geheiratet hat.«

Er lächelt knapp. »Ja, du bist eher der Typ, der Bündnisse kaputt macht.«

»Ich wusste nicht, dass du und Veniamin offiziell den Bund der Ehe geschlossen habt.«

»Wir führten sechs Jahre lang eine erfolgreiche Partnerschaft, bis du aufgetaucht bist.«

»Das ist komisch. Veniamin schien nur zu begierig, eine neue Vereinbarung zu treffen. Aber ist das nicht immer so? Der Mann ist überrascht, wenn die Frau die Scheidung einreicht.«

»Vor allem, wenn jemand sie nebenher fickt.«

»Das passiert, wenn der Ehemann die Arbeit nicht erledigt.«

Sein Mund verzieht sich zu einem Grinsen, die Oberlippe berührt fast die Nasenspitze.

»Arrogant wie immer.«

»Arroganz ist eine übertriebene Selbsteinschätzung der eigenen Fähigkeiten. Ich bin nur zutreffend.«

»Vielleicht solltest du deine Ansichten überdenken. Du unterschätzt, welchen Einfluss ich immer noch habe. Ich bin nicht der Einzige, der mit deinen Versuchen, in Moskau aufzusteigen, unzufrieden ist. Denken die Petrovs, sie können dem Hohen Rat ins Gesicht spucken? Wir haben die Ereignisse des letzten Jahres nicht vergessen.«

»Die Petrovs auch nicht«, sage ich leise.

Ich habe nicht vergessen, wer sich gegen uns verschworen hat. Danyl Kuznetsov mag tot sein, aber Foma Kushnir ist immer noch ein Mitglied. Und ich bezweifle, dass die beiden allein gehandelt haben. Zumindest hatten sie die stillschweigende Zustimmung der anderen *Pakhans* einschließlich Koslov.

»Ich dachte, du wärst nach Moskau gekommen, um die Bande der Freundschaft zu erneuern«, sagt Koslov. »Stattdessen bestiehlst du mich.«

»Ich kann nicht stehlen, was du nie besessen hast. Das sind Veniamins Clubs. Er war bereit, ein neues Geschäft einzugehen.«

Koslovs schwere Augenlider sinken tiefer denn je. »Ein Geschäft, das mich hätte einschließen sollen. Du machst dir Feinde, Adrik. Es ist noch nicht zu spät, einen Freund zu finden.«

Ich erkenne eine Erpressung, wenn sie gemacht wird. »Freunde bringen etwas mit. Komm mit einem Angebot statt einer Drohung zu mir und vielleicht werde ich es in Betracht ziehen.«

Koslovs fahles Gesicht errötet vor Wut. Er würde mich gern für meine Unverschämtheit bestrafen, doch er weiß genauso gut wie ich, dass ich eine Ressource besitze, die jeder haben will. Das gibt mir Macht. Ich schaffe mir täglich neue Verbündete, aber auch neue Feinde.

Wenn er wüsste, wie heikel meine Lage tatsächlich ist, würden wir ein ganz anderes Gespräch führen. Zum Glück bin ich nicht so dumm, auch nur die geringste Schwäche zu zeigen.

»Du sprichst mit mir, als wären wir ebenbürtig«, schimpft er.

Ich würde ihm gern sagen, dass ich ihn überhaupt nicht als ebenbürtig betrachte.

Aber mein Vater ist in der Nähe, und das erinnert mich daran, zumindest ein gewisses Maß an Diplomatie walten zu lassen.

»Das wird sich noch herausstellen«, sage ich leise.

Kaum hat sich Koslov umgedreht und ist weggegangen, schlendert Avenir Veniamin vorbei.

»Ist er weg?«, fragt er grinsend.

»Vorerst schon.«

»Immer noch sauer, nehme ich an.«

»Stocksauer sogar.«

Veniamin lacht. »Du hast den Umsatz bereits verdoppelt, und du bezahlst mich tatsächlich pünktlich. Die Ergebnisse sprechen für sich. Ich höre unglaubliche Dinge über dieses Opus – ich will die ganze Palette.«

»Es wird sich genauso gut verkaufen.«

Ich sage ihm nicht, dass ich im Moment buchstäblich keine Pillen habe und auch keine Möglichkeit, sie herzustellen.

Am anderen Ende des Raums sehe ich Sabrina, die mit Krystiyan Kovalenko spricht. Sie gestikuliert mit ihren Händen, ihr Gesicht ist aufgeweckt. Er lehnt sich nahe heran, sein Daumen gleitet langsam am Stiel seiner Champagnerflöte auf und ab.

Hitze steigt in meinem Nacken auf.

»Entschuldige mich«, sage ich zu Veniamin und unterbreche ihn mitten in seinen weiteren Schilderungen über unsere Zukunftsaussichten.

Ich schreite durch den Raum und bahne mir einen Weg durch die Menge. Als ich Sabrina erreiche, packe ich sie am Arm.

»Adrik!«, sagt sie. »Hast du …?«

»Wir gehen«, belle ich.

»Adrik«, sagt Krystiyan und grinst mich an, »es ist schon zu lange her. Gerade habe ich mit deiner reizenden Partnerin hier gesprochen. Es scheint, wir können uns gegenseitig helfen.«

Ich drehe mich zu ihm um und spucke ihm beinahe ins Gesicht. »Einander helfen? So wie du Mykah geholfen hast?

Nein danke, verdammt! Ich würde nicht mal einen halben Liter Blut von dir nehmen, wenn ich auf der Straße sterben würde. Lieber würde ich verbluten, als dass ein Teil von dir einen Teil von mir berührt.«

»Mykah?« Krystiyan lacht so überzeugend, dass ich ihm fast glauben könnte – wenn ich ein verdammter Idiot wäre. »Das hast du ganz falsch verstanden. Ich hatte nichts damit zu tun.«

»Spar dir das. Als deine Loyalität getestet wurde, hast du allen gezeigt, wer du bist.«

Das gefällt ihm nicht. Sein Lächeln ist angespannt und schmallippig. »Wie damals, als Ivan entführt wurde«, meint Krystiyan leise. »Das hat allen gezeigt, wie schwach die Petrovs wirklich sind.«

Ich trete ganz nah heran, so nah, dass ich ihm mit meinen Zähnen die Kehle aufreißen könnte. »Und doch ist Ivan heute hier, auf dieser Hochzeit, weil wir bereit waren, alles zu tun, um ihn nach Hause zu holen. Eines Tages wirst du den Unterschied zwischen einem Bruder und einem Auftragskiller kennenlernen.«

Ich packe Sabrina wieder am Arm und bringe sie von dieser schmierigen Schlange weg, bevor ich etwas tue, was ich später bereue.

Sabrina erlaubt mir etwa vier Schritte, ehe sie ihr Handgelenk aus meinem Griff reißt.

»Wie bitte?«, zischt sie mich an.

»Wir arbeiten nicht mit Krystiyan zusammen.«

»Hervorragend!«, schnauzt sie und wirft die Hände hoch. »Denn wir haben so viele andere Möglichkeiten und so viel Zeit, um das zu bekommen, was wir brauchen. O nein, warte – wir schulden sechs verschiedenen Personen riesige Mengen an Drogen und haben keine Möglichkeit, auch nur eine davon zu liefern.«

»Sprich leise.«

»Willst du mich gerade verarschen?«

»Du hast keine Ahnung, wer er ist und wie er sich verhält.«

»Nein, warum sollte ich auch? Du hast mir diese Information nicht mitgeteilt. Es ist so viel einfacher, mein Gespräch zu unterbrechen und mich am Arm wegzuziehen wie ein verdammtes Kind.«

»Hör auf, dich wie ein Kind zu benehmen, und ich höre auf, dich wie eines zu behandeln.«

»Du bist derjenige, der einen alten Groll aus der Schulzeit hegt!«

»Es ist nicht mein Groll. Krystiyan war der Miles Griffin unserer Zeit – er war die Verbindung für Schmuggelware. Und er hatte einen Partner – Mykah Leonty, du erinnerst dich an ihn aus dem Apothecary?«

Sie nickt.

»Sie haben sich mit dem Verkauf von verunreinigten Produkten in Schwierigkeiten gebracht. Ein Mädchen aus unserem Jahrgang nahm eine Überdosis Fentanyl. Irgendwie kam Krystiyan mit einem blauen Auge davon, während Mykah zwei Finger verlor und von der Schule verwiesen wurde.«

»Du sagst, Krystiyan hat ihn verraten.«

»Er ist ein Verräter. Und ich sage dir noch etwas: Er hat Verbindungen zur Malina. Ob er nun an dem, was mit Ivan passiert ist, beteiligt war oder nicht, er wusste verdammt noch mal davon. Wir arbeiten *niemals* mit ihm zusammen, unter keinen Umständen.«

»Verstanden, *Boss*«, sagt Sabrina und kippt den letzten Schluck ihres Champagners hinunter.

»Sei nicht so.«

»Wie willst du mich denn haben, Adrik? Du tust so, als wäre ich unabhängig, bis zu dem Moment, in dem ich nicht genau das tue, was du willst. Wir treffen gemeinsam Entscheidungen, bis ich anderer Meinung bin. Hör endlich auf mit dieser Scharade.«

Bevor ich etwas erwidern kann, hat sie sich umgedreht, ihre leere Champagnerflöte auf das Tablett eines vorbeigehenden Kellners gestellt und ist gegangen.

Perfekt. Ich habe es geschafft, den Hohen Rat zu verstimmen, einen potenziellen Lieferanten abzuweisen und die Frau, die ich liebe, ernsthaft zu verärgern.

Gut gemacht, Adrik. Das muss eine Art Rekord sein.

Kapitel 33

SABRINA

Ich bin so frustriert, dass ich schreien könnte.

Um mich zu beruhigen, begebe ich mich zu den Toiletten, aber nachdem ich minutenlang im Badezimmer auf und ab gehe, fühle ich mich nur noch gereizter. Der bonbonfarbene Raum fühlt sich an wie eine Gummizelle, in der Marie-Antoinette für die Dekoration zuständig war. Die vergoldeten Spiegel, die gepolsterten Wände und die verschnörkelten Möbel drängen sich von allen Seiten an mich heran, die Luft ist stark parfümiert mit dem Duft von verblühenden Lilien.

Ich fühle mich kraftlos und gelähmt. Ich soll unmögliche Aufgaben bewältigen, und jedes Mal, wenn ich Halt finde, werden mir die Beine weggerissen.

Adrik tut so, als sei er ganz rational, aber er trifft emotionale Entscheidungen wie jeder andere auch. Wir arbeiten ständig mit Leuten zusammen, die wir nicht mögen oder denen wir nicht vertrauen. Warum sollte es mit Krystiyan anders sein? Adrik zwang uns, mit Zigor zu kooperieren, und man sieht ja, was daraus geworden ist.

Während ich schweigend in Rage bin und mir am Waschbecken immer wieder die Hände wasche, kommt Sloane und stellt sich vor den Spiegel neben meinem.

Ich betrachte unser Spiegelbild: beide dunkelhaarig, olivenfarben, in schwarzen Kleidern mit einem Schlitz am

Oberschenkel. Als könnte ich mich selbst dreißig Jahre in der Zukunft sehen.

Sloanes Augen treffen die meinen im Spiegel.

»Ärger im Paradies?«, fragt sie.

Ganz die Spionin. Wahrscheinlich hat sie Adriks und mein komplettes Gespräch beobachtet.

Adrik respektiert Sloane mehr als fast jede andere Person. Wahrscheinlich auch mehr, als er mich respektiert. Wenn ich auf irgendetwas eifersüchtig sein sollte, dann auf das.

»Vielleicht war es ein Fehler, hierherzukommen.«

»Vielleicht«, sagt Sloane schlicht.

Ich drehe mich zu ihr um, und meine Wut steigt wieder an. »Du glaubst, ich könnte nicht tun, was du tust?«

Sloane nimmt ein gefaltetes Handtuch und trocknet sich elegant die Hände. »Du hast nicht die Zeit und die Arbeit investiert, die es braucht. Du willst eine Königin sein und sprichst nicht einmal die Sprache.«

»Ich lerne, so schnell ich kann«, zische ich.

»Wir sind nicht mehr in der Schule. Hier darf man sich keine Fehler erlauben.«

»Du hast doch selbst welche gemacht«, schnauze ich sie an.

Sloane geht nicht auf den Köder ein. Ihre Ruhe ist eine gleichmäßige Schwingung, die den Raum füllt und gegen mein Trommelfell drückt. Sie sieht mich hypnotisierend an.

»Glaubst du, ich bin nach Russland gekommen, um Ivan mit gezogener Waffe zu töten, als wäre ich ein verdammter Gangster?«, kontert sie. »Als ich in sein Kloster einbrach, wusste ich, dass ich mich dadurch in Gefahr brachte. Ich machte einen winzigen Fehler, und das Blatt wendete sich im Nu gegen mich. Hätte Ivan nicht zufällig einen Funken Menschlichkeit in sich gehabt, hätte ich ein grausames Ende gefunden. Wenn du denkst, dass einer dieser anderen Männer wie Ivan ist, dann liegst du falsch. Sie werden dich lynchen. Es ist ihnen egal, dass du schön bist, es ist ihnen egal, dass du etwas Besonderes bist – du bist nichts für sie.«

Ich hebe das Kinn. »Ich habe noch nie jemanden gebraucht, der mich rettet.«

Sloane mustert mich von oben bis unten. Es ist schwer, vor diesem Blick nicht zurückzuschrecken, vor allem, da ich weiß, dass sie jedes einzelne Detail sieht: die dunklen Ringe unter meinen Augen, das Motoröl unter meinen Nägeln, die kleinen roten Flecken auf meinen Armen, wo ich mich kneife, wenn ich gestresst bin.

»Ich war auch einmal ein einsamer Wolf. Man fühlt sich stark, wenn man denkt, dass man niemanden braucht, aber in Wahrheit hat man einfach niemanden«, sagt Sloane.

Ich stehe nackt vor ihr. Entblößt.

Meine Familie ist nicht hier. Ich habe nicht einmal die Unterstützung von Adrik.

Feinde auf allen Seiten, Freunde, die mich kaum tolerieren …

Ich *bin* allein, und ich weiß nicht, wie ich anders sein soll.

»Ivan behandelt dich wie jemand Ebenbürtigen«, sage ich. »Du würdest dich nie mit weniger zufriedengeben.«

»Eigentlich«, erwidert Sloane, ihre Stimme ist sanfter, als ich sie bisher gehört habe, »bin ich bei der ersten Gelegenheit vor Ivan geflohen. Dann kam ich nackt und in Regenstiefeln zu ihm zurück und bat ihn um Hilfe. Unsere Beziehung veränderte sich, als ich mir erlaubte, verletzlich zu sein.«

Das ist für mich schwer zu verstehen. Ich kann es mir nicht einmal vorstellen.

»Ich weiß nicht, wie man das macht«, sage ich.

»Dann übe es«, sagt Sloane. »Während du an deinem Russisch arbeitest.«

Sie lässt mich in der Damentoilette zurück, die Luft ist dumpf und leer ohne sie.

Ich lasse mich auf eine gepolsterte Bank fallen und denke lange nach, bevor ich mich wieder zur Party begebe.

***

Während der Autofahrt nach Hause ist die Lage angespannt. Adrik fährt langsam durch den Schnee. Die Flocken treiben unerbittlich auf die Windschutzscheibe zu, die Scheibenwischer teilen den Schnee wie einen Vorhang und fegen ihn zu beiden Seiten.

Jasper und Hakim sitzen auf dem Rücksitz. Hakim kurbelt das Fenster einen Zentimeter herunter und streckt seine Nase hinaus, um frische Luft zu schnappen, weil er zu viel getrunken hat und ihm jetzt schlecht wird.

»Kannst du das schließen?«, sagt Jasper mürrisch. »Der Schnee bläst mir alles um die Ohren.«

»Wenn du willst, dass ich mich übergebe«, stöhnt Hakim.

»Wenn du auch nur daran denkst, dich in diesem Auto zu übergeben, läufst du nach Hause«, warnt Adrik ihn.

Dunkle Bäume ziehen an meinem Fenster vorbei. Die Äste sind mit zentimeterdickem Schnee bedeckt, einige sind so tief gebogen, dass sie fast den Boden berühren.

»Jasper stimmt mir zu«, sage ich.

Ich schaue immer noch aus dem Fenster, aber ich spüre Adriks Augen seitlich an meinem Gesicht.

»Jasper weiß, dass Krystiyan ein Stück Scheiße ist.«

»Er möchte trotzdem lieber die Rohstoffe.«

Jasper schweigt auf dem Rücksitz. Sein Schweigen ist Zustimmung – sonst würde er mir widersprechen.

Adrik ist es egal, ob Jasper zustimmt oder nicht. Sein ganzer Zorn richtet sich gegen mich.

»Du kennst die Spieler nicht, und du kennst die Geschichte nicht«, knurrt er. »Und du hast nicht die Durchsetzungskraft, um jemanden wie Krystiyan in Schach zu halten.«

»Du denkst, er würde versuchen, mich auszunutzen.«

»Ich weiß, dass er es tun würde.«

»Das ist die eigentliche Wahrheit.« Ich wende mich ihm zu und blicke ihn an. »Du traust mir nicht zu, dass ich mit ihm umzugehen weiß.«

»Du schienst bei der Hochzeit ziemlich von seinem Blödsinn eingenommen zu sein.«

»Ich kann Menschen lesen, genau wie du es kannst! Ich kann tun, was getan werden muss.«

»In Chicago vielleicht«, erwidert Adrik säuerlich.

Er ist schlecht gelaunt, wahrscheinlich, weil ich die ganze zweite Hälfte des Empfangs verschwunden bin und allein, in meinen Gedanken versunken, im Badezimmer saß. Jetzt ist sein Gesicht dunkler, als ich es je gesehen habe, und er umklammert das Lenkrad mit unnötiger Härte.

»Was soll das heißen?«

»Es bedeutet, dass dies nicht das verdammte Chicago ist.«

»Dann klär mich auf.«

Die Scheibenwischer geben ein sich wiederholendes Zischen und Klirren von sich, das in dem kleinen Raum des Wagens wie das Ticken einer Uhr wirkt.

»Du würdest einen Mann töten, wenn du es müsstest?«, fragt Adrik leise und herausfordernd.

»Ja.«

»Was ist mit seiner Frau und seinen Kindern?«

Ich werfe ihm einen Blick zu und versuche abzuschätzen, ob er diese dumme Frage ernst meint.

»Das ist Russland – wenn deine Feinde auch nur vermuten, dass du nicht auf die Familie losgehst, kannst du dir genauso gut eine Zielscheibe auf den Rücken malen. Man rottet alle aus; das ist die Regel, das ist die Grundlage. Man löscht die Dynastie aus, damit sie in der nächsten Generation nicht wieder aufersteht. Die Griffins und die Gallos gäbe es zweihundert Jahre später in Russland nicht mehr, denn eine dieser Familien hätte dem Baby, das deine Großmutter wurde, den Garaus gemacht.«

Ich habe ihn noch nie so reden hören. Er starrt geradeaus, die Knöchel weiß auf dem Lenkrad, das Gesicht dunkel und verbittert.

»Man muss nicht die Kinder anderer Leute ermorden, um furchterregend zu sein. So ein Schwachsinn! So macht man keine Geschäfte.«

»Du hast keine Ahnung, was ich tun würde.«

Er ist ein Arschloch, weil er nicht zugeben will, dass wir die Rohstoffe von Krystiyan brauchen und keine andere Wahl haben.

»Du hast die Malina nicht ausgerottet …«, sage ich leise.

»Das ist es, worüber du wirklich sauer bist. Du bist sauer, weil sie dir ein blaues Auge verpasst haben.«

»*Pass auf*«, knurrt Adrik.

Ich verstumme und lausche dem irritierenden *Zisch, Tack, Zisch, Tack*.

Es ist nicht nötig, noch etwas zu sagen.

Ich habe meine Entscheidung bereits getroffen.

Kapitel 34

Adrik

Sobald wir nach Hause kommen, geht Sabrina sofort zu Bett, und morgens, als ich aufwache, ist sie bereits weg.

Es ist ungewöhnlich, dass sie vor mir aufsteht. Offensichtlich geht sie mir aus dem Weg.

Ich gehe die Treppe hinunter ins Erdgeschoss und stelle fest, dass es still im Haus ist. Andrei und Hakim schlafen noch wie immer, und sonst ist niemand da.

Ich beginne, das Frühstück auf dem alten Herd zuzubereiten, nehme eine Ladung Bacon und eine Packung braun gesprenkelte Eier aus dem Kühlschrank. Noch bevor ich den Herd anschalte, gehe ich zur Vordertür hinaus und schaue auf dem Stellplatz nach, wo – wie ich vermutet habe – der schwarze SUV nicht zu sehen ist.

Chief stolpert in die Küche, als ich zurückkomme. Sein Haar steht in alle Richtungen ab, und er schiebt seine Brille hoch, um sich mit dem Handrücken die Augen zu reiben.

»Wo ist Sabrina?«, frage ich.

»Ich weiß nicht, ich bin gerade erst aufgestanden.«

Vlad kommt einen Moment später aus dem Keller, verschwitzt und mit rotem Gesicht.

»Wo sind Sabrina und Jasper?«

Er zuckt mit den Schultern. »Ich habe niemanden gesehen.«

Ich ziehe mein Handy heraus und starte die App, mit der

ich Sabrinas Handy orten kann. Ich finde ihren kleinen blauen Punkt in Izmaylovo. Sofort weiß ich, was sie gerade macht.

»Wohin gehst du?«, fragt Chief.

»Ich bin in einer Stunde zurück.«

»Willst du keinen Bacon anbraten?«

»Mach ihn dir selbst.«

Ich stecke meine Pistole in die Jacke, schnappe mir meinen Helm und fahre mit dem Motorrad los, obwohl die Straßen nass und matschig sind.

Ich fahre direkt nach Izmaylovo, zu dem schmuddeligen kleinen Restaurant, das ich absichtlich nie besucht habe. Über den Glasfenstern steht in verblasster Schrift das Versprechen: *Svizhi Pyrohy!*, Frische Piroggen!

Das Restaurant hat noch nicht geöffnet, aber die Tür ist nicht verschlossen. Drinnen lauert ein Schlägertyp im Mantel, der an einem der nicht eingedeckten Tische sitzt und mit seinem Handy herumspielt.

»Wo sind sie?«, frage ich.

Unbewusst wirft er einen Blick in Richtung Küche. Ich schreite in diese Richtung, während er seinen Stuhl zurückschiebt und bei dem Versuch, mir hinterherzulaufen, fast über seine eigenen Füße stolpert.

Ich stoße die Schwingtüren auf. Vier Gesichter drehen sich in meine Richtung, jedes mit einem völlig anderen Ausdruck: Sabrina blickt überrascht und dann verärgert drein, Jasper fühlt sich sichtlich ertappt, Krystiyans Handlanger schreit dem anderen Schlägertyp etwas auf Ukrainisch zu – wahrscheinlich *Du solltest auf die Tür aufpassen, du blödes Arschloch!* –, und Krystiyan selbst schenkt mir ein so hämisches Grinsen, dass ich ihn am liebsten auf der Stelle erschießen würde.

»Adrik, schön, dass du dich uns anschließt.«

»Raus hier«, sage ich und zeige auf Sabrina. »Jetzt sofort.«

Sabrina bewegt sich keinen Zentimeter. Sie verschränkt die Arme vor der Brust und antwortet kühl: »Ich gehe nirgendwohin.«

Jasper würde gern gehen, wenn er nicht gerade dabei wäre, Krystiyan eine große Tasche mit unserem Geld zu überreichen. Er ist wie erstarrt, unfähig, den Deal vor meinen Augen abzuschließen – aber ebenso unfähig, das, was bereits in Gang gesetzt wurde, zurückzunehmen.

Es ist Krystiyans Schläger, der sich zuerst bewegt und in seine Jacke greift.

Er ist etwa zehnmal langsamer, als er sein müsste, damit dieses Manöver klappt. Bevor er seine Hand herausziehen kann, halte ich ihm meine Waffe ins Gesicht und zische: »Denk nicht mal dran, verdammt!«

»Das Geschäft ist bereits abgeschlossen«, sagt Krystiyan selbstgefällig und zufrieden.

»Dann wird es rückgängig gemacht.«

Ich hebe den schwarzen Seesack auf, der zu Sabrinas Füßen liegt, und werfe ihn Krystiyan so heftig ins Gesicht, dass dieser rückwärtsstolpert. Sein Haar ist zerzaust, seine Wangen sind vor Wut gerötet.

»Nimm das Geld«, sage ich zu Jasper.

»Was zum Teufel machst du da?«, schreit Sabrina, die sich zwischen Krystiyan und mich stellt und mir direkt ins Gesicht brüllt. »Wir brauchen die Rohstoffe!«

»Nicht von ihm.«

»Du bist ja verrückt! Ich ...«

Ehe sie ein weiteres Wort sagen kann, bücke ich mich, packe sie an den Oberschenkeln, werfe sie mir über die Schulter und trage sie aus der Küche. Sie kreischt wie eine Furie, schlägt mir mit aller Kraft auf den Rücken und schreit: »Sag mal, spinnst du? Lass mich runter, Adrik, oder ich werde ...«

»Wir gehen«, belle ich Jasper an.

Ich warte nicht darauf, ob er mir folgt. Ich trage Sabrina aus dem Restaurant, zurück zum Auto, wo ich sie auf den Beifahrersitz schleudere und die Tür schließe.

Jasper ist direkt hinter mir und lädt das Geld zurück in den Kofferraum.

»Bring mein Motorrad nach Hause«, befehle ich und gebe ihm die Schlüssel.

Sabrina schreit immer noch in voller Lautstärke, als ich auf den Vordersitz steige. »Wie kannst du es wagen?«

»Wie kannst *du* es wagen?«, brülle ich zurück und drehe den Schlüssel so fest, dass er fast vom Schlüsselbund abbricht. Der Motor heult auf, und ich verlasse das Restaurant mit zitternden Händen am Lenkrad. Ich weiß nicht, ob ich jemals so wütend gewesen bin. »Du nimmst meinen Lieutenant und machst hinter meinem Rücken einen Deal, obwohl ich es dir verboten habe?«

»Mir verboten!«, spottet Sabrina. »Du bist nicht mein Vater, und du bist nicht mein verdammter Boss! Das hier ist genauso meine Sache wie deine, mein verdammtes Produkt! Ich brauche diese Rohstoffe, und du hast es umsonst vermasselt, weil du paranoid bist, weil du die Kontrolle haben willst!«

Ich schlängle mich durch den Verkehr, fahre viel zu schnell. Ich bin so wütend, dass ich das Steuer herumreißen und uns beide in einen Sattelschlepper schleudern könnte, nur um sie zu ärgern.

»Woher wusstest du überhaupt, wo wir sind?«, fragt Sabrina.

»Ich habe einen Peilsender an deinem Handy angebracht.«

Sie starrt mich mit offenem Mund an, ihr Gesicht ist blass vor Wut. Dann holt sie ihr Handy aus der Tasche, kurbelt das Fenster herunter und schleudert das Telefon auf die Straße. Ihr Handy zerschellt auf dem Bürgersteig, die Scherben werden sofort von einem Lieferwagen überfahren.

»Wirklich verdammt clever!«, knurre ich.

Sie atmet flach, ihr Brustkorb zuckt, sie hat keine Farbe im Gesicht. Ihre Lippen sind aschfahl und ihre Augen weit und blinzeln nicht, sie brennen wie kaltes Feuer.

»Ich kann es nicht glauben«, zischt sie. »Du hast mir einen Chip verpasst wie einem verdammten Hund?«

»Und ich werde es wieder tun«, sage ich kalt.

Wir sind schon beinahe wieder in der Höhle.

Ich habe Sabrina noch nie so wütend gesehen. Ein Teil von mir weiß, dass ich den Konflikt entschärfen sollte, aber der andere Teil von mir nährt sich von ihrer Wut, die sich immer weiter aufbaut wie ein Feuersturm bei starkem Wind.

Vielleicht ist es an der Zeit, das ein für alle Mal zu klären.

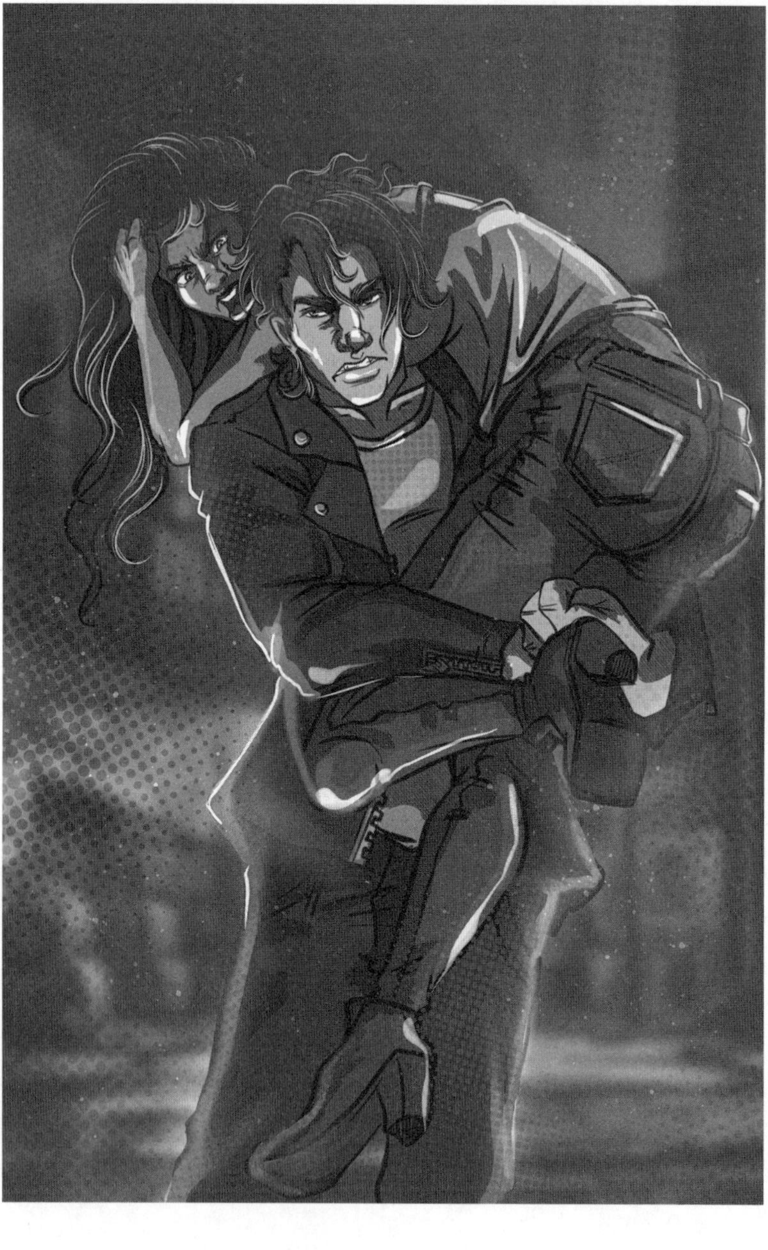

Kapitel 35

Sabrina

Als Adrik in die Einfahrt fährt, springe ich aus dem Auto und stürme auf das Haus zu.

Einen Moment später höre ich, wie Jasper hinter uns einfährt und die Reifen von Adriks Motorrad über den losen Schotter knirschen.

Ich drehe mich um, marschiere gleich wieder zurück und schreie: »Gib mir Rückendeckung, Jasper! Sag Adrik, dass wir die Rohstoffe brauchen, du weißt, dass ich recht habe!«

Jasper hält an, immer noch auf dem Motorrad sitzend.

Er wirft mir einen Blick zu – halb schuldbewusst, halb entschuldigend –, bevor er erwidert: »Was Adrik sagt, gilt.«

Ich könnte ihn verdammt noch mal umbringen. Nachdem er mir heute Morgen zugestimmt hat, dass wir das Geschäft abschließen sollten!

»Das ist es, was du willst?«, verhöhne ich Adrik. »Ein Schoßhündchen, das dir in allem zustimmt, was du sagst? Selbst wenn er weiß, dass es die falsche Entscheidung ist! Aber niemand wird dich zur Rede stellen, weil sie auch wissen, dass du ein sturer, verdammter Diktator bist, der auf niemanden außer sich selbst hören will!«

»Ich sollte dich an den Knöcheln aufhängen für das, was du getan hast«, knurrt Adrik mit tiefer, böser Stimme.

»Du hast mich gedemütigt!«, schreie ich ihn an. »Ich habe einen Deal abgeschlossen, ich habe mein Wort gegeben, und du hast mich wie ein Kleinkind hinausgetragen! Denkst du, Kovalenko wird das für sich behalten? Er wird es der ganzen verdammten Stadt erzählen! Keiner wird mich respektieren, weil mein eigener Partner es nicht tut!«

Die Erinnerung an Adrik, der mich über seine Schulter geworfen hat, lässt meinen ganzen Körper mit einer Hitze brennen, die schmerzhaft ist und sich anfühlt, als würde sie mich ganz verschlingen. Ich wünschte, es würde so sein. Ich habe mich noch nie so geschämt oder so verletzt gefühlt.

Ich sehe das kleinste Aufflackern von Scham auf Adriks Gesicht – das Eingeständnis, dass das, was er getan hat, falsch war. Aber er will es verdammt noch mal nicht sagen, er wird es nicht zugeben oder sich entschuldigen.

Ich bin die Lügen so leid. Ich bin den Schwachsinn leid.

Jetzt will ich endlich ein für alle Mal die Wahrheit wissen.

Ich zeige mit meinem Finger auf Adrik und sage: »Wirst du mich nun als gleichgestellte Person behandeln oder nicht?«

Adrik sieht mich an, sein Kiefer versteift sich. »Ich werde immer das tun, was ich für richtig halte. Für uns alle.«

»Das ist also ein Nein?«

»Ich werde das tun, von dem ich weiß, dass es das Beste für mich und meine Männer ist.«

»Dann hättest du mir das in Dubrovnik sagen sollen!«, schreie ich ihn an. »Ich war von Anfang an ehrlich zu dir! Ich habe dir genau gesagt, wer ich bin und was ich will! Und du hast mich hintergangen! Du hast mich in dem Glauben gelassen, dass die Dinge so sein würden, aber als ich hierherkam, war das nicht der Fall, sie waren es nie!«

Adrik hält inne. Sein Kiefer arbeitet, seine schmalen blauen Augen sind kaum mehr als Schlitze in der kalten Wintersonne. Mit ruhigerer Stimme sagt er: »Ich musste dich haben – kannst du mir das verübeln?«

Ich wollte, dass er es zugibt, aber jetzt, da er es zugegeben hat, macht es mich nur noch wütender.

»Ich wusste es! Du hast mich verdammt noch mal angelogen! Du hattest niemals vor, mich zu deiner Partnerin zu machen! Du hast nur gesagt, was du sagen musstest, um mich nach Russland zu kriegen!«

»Du wärst nicht anders gekommen. Und das ist gut so – sieh dir unseren Erfolg an!«

Adrik breitet die Arme aus, als wolle er zeigen, was wir alles erreicht haben. Es ist bedeutungslos für mich, wenn ich nichts davon besitze, wenn alles ihm gehört.

»Es ist gut *für dich*! Dir ist es doch egal, was ich will! Es ist dir egal, was ich fühle! Du denkst, du bist schlauer als ich, stärker als ich? Das bist du verdammt noch mal nicht! Wenn wir gegeneinander antreten würden, würdest du sehen, was ich alles kann.«

Adrik wirft verächtlich den Kopf hin und her. »Ohne mich würdest du keinen einzigen Tag da draußen überleben …«

»Stell mich ja nicht auf die Probe!«

»… und schneller wieder angekrochen kommen, als dir lieb ist.«

Ich glaube, in diesem Moment verabscheue ich ihn. Ich schaue in sein hübsches Gesicht, und alles, was ich sehe, ist ein Lügner und Manipulator, der mit meinen Gefühlen gespielt hat, der meine Schwächen gefunden und sie ausgenutzt hat.

»Ich würde nicht zu dir zurückkommen, wenn du über Glasscherben klettern und mich anbetteln würdest. Das verspreche ich dir, Adrik, und im Gegensatz zu dir breche ich nie mein Wort.«

»Beruhige dich«, sagt er. »Du machst dich lächerlich.«

Ich bin eine menschliche Fackel aus brennender Wut. Jedes Wort, das Adrik spricht, ist reines Benzin, das in die Flammen gegossen wird.

»Ich werde mich verdammt noch mal nicht beruhigen! Es ist verdammt noch mal aus zwischen uns! Hast du mich verstanden? Aus und vorbei! Wir sind kein Liebespaar mehr, wir sind nicht einmal mehr Freunde!«

»Überlege dir gut, was du da sagst.«

»Ich sage genau das, was ich fühle – nicht wie du, du verdammter Lügner! Ich sage immer die Wahrheit. Und ich sage dir, dass es mit uns vorbei ist.«

Adrik macht ein spöttisches Geräusch. Er glaubt nicht wirklich, dass ich es ernst meine.

Er steht da, die Arme über seiner breiten Brust verschränkt, während ich ins Haus marschiere. Eine Minute später steht er immer noch da, als ich mit meinem Rucksack über der Schulter wieder nach draußen gehe.

Erst als ich auf mein Motorrad steige, schaut er leicht besorgt.

»Jetzt raste doch nicht gleich so aus!«

Er denkt, ich lasse nur Dampf ab. Er erwartet von mir, dass ich höchstens eine Stunde fahre und dann wieder zurückkomme.

Nun, da wird er verdammt lange warten müssen.

»Sabrina«, ruft Adrik, während ich den Motor hochdrehe, »warte!«

Doch ich verlasse schon den Stellplatz und überschütte Jasper im Vorbeifahren mit Kies.

Adrik versucht, mir zu folgen, aber Jasper sitzt nach wie vor auf seinem Motorrad. Als ich den Motor der Ducati aufheulen höre, fliege ich bereits die Straße hinunter.

Kapitel 36

Adrik

»Runter vom Motorrad, verdammt!« Ich schreie Jasper an, als ob das seine Schuld wäre.

Er steigt ab. Zu spät, viel zu spät, denn als ich das Ende der Einfahrt erreiche, ist Sabrina schon weg.

Ich versuche zwei Mal, sie anzurufen, bevor ich mich daran erinnere, dass sie ihr Handy auf die Straße geworfen hat.

»Verdammt!«, brülle ich und kämpfe gegen den Drang an, mein eigenes Telefon gegen den Asphalt zu schleudern.

Wie konnte das nur so aus dem Ruder laufen?

Es fühlt sich bereits wie ein Albtraum an, surreal und übertrieben, nichts, was wirklich hätte passieren können.

Verdammt, verdammt, verdammt, VERDAMMT!

Ich kann nicht glauben, zugelassen zu haben, dass mein Temperament mit mir durchgeht. Das alles liegt bloß an Sabrina. Sie verstärkt jede Emotion. Wenn es uns gut geht, bin ich auf Wolke sieben, glücklicher als je zuvor. Aber wenn sie diese Aggression gegen mich richtet, entfesselt sie das Tier in mir, und ich werde zu diesem verdammten Monster, das völlig außer Kontrolle ist.

Ich rase die Einfahrt zum Haus hinauf. Jasper steht immer noch im Hof und sieht total schuldbewusst aus.

»Hast du sie gefunden?«

»Sieht es etwa so aus?«

Jasper zuckt zusammen.

»Es tut mir leid«, sage ich. »Es ist nicht deine Schuld.«
»Doch, das ist es. Ich bin dir in den Rücken gefallen.«
Meine Zähne knirschen so stark aufeinander, dass sie ein knarrendes Geräusch machen. »Nun, wir waren in einer beschissenen Lage, nicht wahr? Und jetzt ist es noch schlimmer.«

Ich stürme ins Haus, Jasper auf meinen Fersen, der unter dem Gewicht der Tasche mit dem Bargeld, das er und Sabrina gegen Rohstoffe eintauschen wollten, strauchelt.

Chief, Vlad, Hakim und Andrei lauern im Wohnzimmer und tun so, als ob sie nicht aus dem Fenster gesehen hätten, wie Sabrina und ich uns im Hof angeschrien haben.

»Was sollen wir tun?«, fragt Hakim.
»Wir müssen sie finden. Überprüft den Flughafen, den Bahnhof, das Busterminal, jeden Ort, wo sie hingehen könnte. Ruft Ilsa Markov an, geht zu ihrem Haus – sie und Sabrina sind befreundet. Sie ist diejenige, die sie hier in Moskau anrufen würde.«

Wenn sie ein funktionierendes Telefon hätte ...

»Schon dabei«, sagt Jasper und geht sofort zur Tür.
»Warte«, sage ich. »Bleibt zu zweit. Zakharov ist immer noch in Moskau und hat Cujo nach wie vor auf der Gehaltsliste, soweit ich weiß.«

Ein kalter Schauer durchfährt meine Eingeweide, als hätte ich gerade eine Gallone eiskaltes Wasser getrunken. Hoffentlich ist Sabrina schlau genug, sich von den beiden fernzuhalten.

Wir teilen uns auf, Vlad mit Jasper, Andrei mit Hakim, und Chief bleibt im Haus, falls Sabrina zurückkommt.

»Ruf mich sofort an, wenn du sie siehst«, sage ich zu Chief. »Das gilt für euch alle.«

Ich rechne damit, dass ich sie in ein paar Stunden finden werde.

Doch bei Einbruch der Dunkelheit ist von ihr nichts zu sehen.

Ich verliere die Fassung und lasse meinen Frust an ihnen aus.

»Wie sollen wir unter zwölf Millionen Menschen ein Mädchen finden?«, beschwert sich Andrei.

»Sie ist eine wunderschöne Amerikanerin, wie schwer kann das sein? Findet sie, verdammt!«, schreie ich.

Wir finden sie nicht.

Mein Telefon bleibt dunkel und still – keine Nachrichten und keine verpassten Anrufe.

Kapitel 37

SABRINA

Ich fühle mich wie eine Versagerin. Alle sagten mir, ich solle nicht nach Moskau kommen. Meine Familie hat mich regelrecht angefleht, nicht zu gehen. Der Gedanke, beschämt nach Chicago zurückzukehren, ist mehr, als ich ertragen kann.

Was zum Teufel soll ich jetzt tun?

Ich bezweifle, dass Kingmakers mich wieder aufnehmen wird, selbst wenn ich bis zum nächsten Jahr warte.

Und ehrlich gesagt würde ich sowieso nicht wieder dorthin wollen.

Ich hatte einen Vorgeschmack auf die Freiheit, das Erwachsensein, das Aufbauen eines Imperiums. Die meiste Zeit habe ich es wirklich geliebt.

Unser Geschäft wurde von Tag zu Tag erfolgreicher. Das ist es, was mich echt wütend macht – Adrik und ich haben etwas Unglaubliches aufgebaut. Nun ist es wohl *sein* Geschäft. Er darf alles behalten, während ich mit nichts dastehe.

Alles, was ich in meiner Tasche habe, sind ein paar Tausend in bar. Mein Handy habe ich nicht mehr, weil ich es aus dem Auto geworfen habe. Das hätte ich nicht getan, wenn ich gewusst hätte, dass ich zwanzig Minuten später abhauen würde.

Zu wissen, dass Adrik mich überwacht und ausspioniert

hat, gibt mir das Gefühl, übergangen zu werden und entblößt zu sein. Es hätte mir nichts ausgemacht, meinen Standort zu teilen, wenn er mich vorher gefragt hätte oder wenn es auf Gegenseitigkeit beruhen würde – die Möglichkeit, sich gegenseitig zu finden, ergibt aus Sicherheitsgründen Sinn. Aber wie üblich hat er gemacht, was er wollte, ohne Rücksicht darauf zu nehmen, wie ich dazu stehe.

Meine Gedanken drehen sich in einem Wirbelsturm negativer Emotionen. Ich bin abwechselnd wütend, reumütig, nachtragend und ängstlich. Ich habe keine Ahnung, was ich tun soll, ich hasse alle meine Optionen.

Ich gehe nicht zu Adrik zurück. Lieber würde ich sterben, als in diesen sauren Apfel zu beißen.

Und ich werde auch nicht nach Chicago zurückgehen. Das wäre ein Eingeständnis meiner Niederlage.

Es muss eine andere Möglichkeit geben.

Ich parke mein Motorrad im Brateyevskiy-Park und laufe fast zwei Stunden lang um den zugefrorenen Teich, bis meine Zehen in den Stiefeln vereist sind und ich nicht einmal mehr meinen Atem in der Luft vor mir schweben sehen kann, weil mir so verdammt kalt ist.

Heute Morgen habe ich das Frühstück ausfallen lassen, damit ich mich mit Krystiyan Kovalenko treffen konnte, bevor Adrik aufwachte – nicht, dass es mir etwas gebracht hätte. Ich hätte das Treffen für vier Uhr morgens ansetzen sollen. Dann hätte ich den Deal abgeschlossen, bevor die Sonne aufgegangen wäre, und das alles wäre nicht passiert.

Vermutlich hätte es keine Rolle gespielt.

Früher oder später wäre mir das alles um die Ohren geflogen. Adrik hatte nie die Absicht, die Macht mit mir zu teilen. Unser Konflikt war unausweichlich.

Langsam bekomme ich Hunger, ich muss mir etwas zu essen suchen.

Zum Glück entdecke ich ein kleines Restaurant in Maryino, das ruhig und fast leer ist. Ich bestelle einen Teller *Kotlety*, aber als das Essen kommt, kriege ich es kaum hinunter. Ich fühle mich elend, mir ist übel, meine Hände zittern vor Angst.

Aus Adriks Haus habe ich kaum was mitgenommen – keine der neuen Kleidungsstücke, die ich gekauft habe, und auch keine Toilettenartikel. Alles, was ich habe, ist ein zusätzliches Outfit, etwas Bargeld, meine Lieblingswaffe und ein paar Päckchen mit Pillen, die ich zu Testzwecken benutzt habe.

Ich bitte den Kellner, mir einen Drink zu bringen. Obwohl es erst kurz nach Mittag ist, bringt er mir einen doppelten Wodka mit Soda, ohne auch nur eine Augenbraue zu heben. Gott segne die Russen und ihre Akzeptanz des Tagestrinkens!

Ich kippe den Schnaps zu schnell hinunter und vergesse dabei, wie leer mein Magen ist. Es trifft mich hart, die Wärme in meiner Brust ist angenehm und wohltuend, das Schwindelgefühl in meinem Kopf hingegen weniger.

Vor allem aber betäubt es mich ein wenig. Dieser quälende, zerrende Schmerz in mir ist unerträglich. Es fühlt sich an, als würde ich langsam unter einem Steinhaufen zermalmt werden, so wie man es früher mit Hexen gemacht hat. Jedes Mal, wenn ich an Adriks verächtlichen und abschätzigen Gesichtsausdruck denke ... jedes Mal, wenn ich daran denke, wie beschämend es sich angefühlt hat, wie ein verdammter Sack Kartoffeln über seine Schulter geworfen zu werden, mit dem Hintern in der Luft, meine ganzen Pläne zunichtegemacht.

Dafür könnte ich ihn umbringen.

Und doch vermisse ich ihn, ich vermisse ihn jetzt schon. Ich vermisse, wie ich mich mit ihm fühlte – beschwingt, euphorisch, unbesiegbar. Die ganze Welt erstrahlte in Schönheit und unendlichen Möglichkeiten.

Aber es war eine Lüge, alles eine verdammte Lüge.

Und das macht mich noch wütender als alles andere. Ich hasse es, dass er mich betrogen hat. Ich hasse es, dass er diese Bindung zwischen uns geschaffen hat. Er hat uns an allen Ecken und Enden zusammengenäht, und jetzt, da ich versuche, mich davon zu lösen, zerreißt es mich. Ich habe das Gefühl, dass ich das nicht überleben werde.

Ich bestelle noch einen Drink und dann noch einen weiteren. Der Kellner bringt sie mir, ohne sich darum zu kümmern, wie betrunken ich in der Ecke seines Restaurants werde – solange ich leise bin und die Rechnung hinterher bezahle. Wenn er mich nicht bedient, sitzt er an der Bar und arbeitet sich langsam durch ein Kreuzworträtsel.

Je betrunkener ich werde, desto mehr komme ich zu einem Entschluss, der vielleicht absolut verrückt ist, vielleicht aber auch nicht: Ich werde verdammt noch mal nicht gehen.

Ich bin nach Moskau gekommen, um mir einen Namen zu machen. Ich will verdammt sein, wenn ich nach all der Arbeit, die ich investiert habe, einfach so verschwinde.

Ich weiß nicht, wie ich es anstellen werde, aber ich habe Molniya geschaffen und werde es weiterverkaufen.

Adrik meinte, er will mich immer in seinem Team haben? Er wird schon noch merken, wie es ohne mich aussieht.

***

Fünf Stunden später gebe ich dem Kellner ein viel höheres Trinkgeld, als ich mir eigentlich leisten kann, und taumle aus dem Restaurant.

Viel zu betrunken, um Motorrad zu fahren, lasse ich meine Maschine in der Gasse stehen und nehme mir stattdessen ein Taxi.

Ich brauche einen neuen Verbündeten.

Es gibt nur einen Ort, an dem dieser zu finden sein wird.

Das Taxi hält vor dem Apothecary, der Fahrer blinzelt auf das verblasste Holzschild.

»*Vy uvereny, chto eto pravil'noye mesto?*« *Sind Sie sicher, dass dies der richtige Ort ist?*

»Nein«, brumme ich und stolpere vom Rücksitz.

Ich versuche, mich so weit zusammenzureißen, dass ich nicht total fertig aussehe, und betrachte mein Spiegelbild in den dunkel getönten, mit Eisenstäben überzogenen Fenstern. Der Effekt ist beunruhigend, als würde ich mich in einer russischen Gefängniszelle betrachten. Die Augen ausdruckslos, das Haar zerzaust.

»Verdammt noch mal«, murmle ich. »War ich nicht mal heiß?«

Ich versuche, nicht wie auf hoher See zu schwanken, als ich in den schummrigen, verrauchten Club hinabsteige.

Mykah steht wie immer hinter der Bar und mixt Cocktails für die Mädchen, die sich um die Bar scharen und ihre Beine auf den hohen Hockern zur Schau stellen. Ich winke Polina zu. Sie zwinkert mir zu und nippt an ihrem Mai Tai.

»*Adrik pridet?*«, ruft Mykah mir zu. *Kommt Adrik auch?*

»Wir treffen uns hier in einer Stunde«, lüge ich.

Mykah hat Adrik auf Kurzwahl. Er würde mich ganz sicher verraten, wenn er denkt, dass Adrik nach mir sucht.

Aber soweit ich weiß, ist Adrik zu Hause glücklich und zufrieden und stößt bestimmt zusammen mit Jasper und Vlad am Küchentisch an, weil sie froh sind, mich los zu sein. Vermutlich denken sie darüber nach, wie sie ihr Geld ausgeben werden, jetzt, da sie es nur noch durch sechs teilen müssen. Undankbare Scheißkerle!

Ich lasse mich auf den Hocker neben Polina gleiten. Heute Abend trägt sie ein silbernes Kleid mit Fransen am Saum. Ihr schwarzer Bob wirkt wie eine glänzende Mütze, ihre Lippen sind passend zu ihren Schuhen pink geschminkt.

»*Kaz biznes?*«, frage ich sie. *Wie läuft das Geschäft?*
»Schleppend.«
»Nun, lass mich dich wenigstens auf einen Drink einladen.«
Sie lacht. »Jemand hat dir wohl zu viele Drinks spendiert.«
»Dieser Jemand war ich selbst. Ich versuche, mich selbst auszunutzen«, lalle ich.
Mykah bringt mir einen Moscow Mule, bevor ich überhaupt fragen muss.
»Ihr macht hier wirklich die besten Mules«, sage ich.
»Der Name ist verdient. Und noch einen für Polina.«
Ich werfe einen zerknitterten Geldschein auf den Tresen.
»Hattest du das in deiner Unterwäsche?« Mykah lacht und versucht, den Schein zu glätten.
»Ich trage keine Unterwäsche. Würdest du deine Waffe in einem Ziploc aufbewahren? Nein. Man muss die wichtigen Dinge zugänglich halten.«
»Wenn du an der Bar sitzt, denken die Männer, du würdest etwas verkaufen«, warnt mich Polina.
»Vielleicht tue ich das ... erstklassige Drogenköchin zu erwerben. Ich gehe an den Meistbietenden.«
Ich lehne mich mit dem Rücken gegen den Tresen und scanne den Raum durch den dichten Rauchschleier. Ismaal Elbrus pafft wie wild, umgeben von seiner üblichen Schar von Schönheiten. Ein paar der *Kachki* sind hier, aber zum Glück nicht der, den sie Cujo nennen. Wenn er nach Adrik sucht, will ich auf keinen Fall, dass er mich sieht. Ich weiß nicht, ob Zakharov weiß, dass ich dabei war, als sein Sohn erschossen wurde, oder ob er mich überhaupt wiedererkennen würde – aber ich möchte es lieber nicht herausfinden, indem ich in den Kofferraum eines sowjetischen Bodybuilders gesteckt werde.
Im Lokal ist es relativ ruhig, denn es ist unter der Woche.

Die meiste Aufregung kommt von einem Tisch im hinteren Bereich, wo eine bunte Mischung von Kriminellen Texas Hold'em spielt.

Ich werde hellhörig, als ich eine vertraute Stimme vernehme, die bellt: »*Ya skazal tebe, Klim, nikakikh grebanykh zastol'nykh razgovorov!*« *Klim, ich habe dir gesagt: keine verdammten Tischgespräche!*

Als ich den Hals verrenke, sehe ich das dunkle Haar, die breiten Schultern und die unverkennbare Empörung meiner Lieblings-Ex-Freundin.

Ihr Gegenspieler, der geschwätzige Klim, ist ein dürrer Slawe mit Ringen in beiden Ohren und einer nicht angezündeten Zigarette, die aus seinem Mundwinkel hängt. Er wirft seinem Landsmann am anderen Ende des Tisches einen amüsierten Blick zu und bemerkt: »Es ist mir erlaubt, ein Gespräch zu führen.«

»Nicht über deine Karten«, schnauzt Ilsa.

»Immer mit der Ruhe.«

»Ich lasse es ruhig angehen, wenn du mir bezahlst, was du mir von letzter Woche schuldest.«

»Letzte Woche! Du hattest absolutes Glück mit den Karten in der letzten Runde. Das war ein Bad Beat, und das weißt du auch.«

»Das ist kein Glück, das beruht auf Wahrscheinlichkeitsrechnung, du Dummkopf! Und du wirst mich trotzdem bezahlen.«

Ilsas Gesicht ist rosig, ihre Stimme tief und kehlig. Wenn ich mich nicht irre, ist sie zum ersten Mal in ihrem Leben betrunkener als ich.

Da sie quer durch den Raum auf Russisch sprechen, verliere ich den Faden, sobald sie leiser werden. Soweit ich es beobachten kann, versuchen die beiden Slawen, Ilsas betrunkenen Zustand auszunutzen, um einen Teil des Geldes zurückzugewinnen, das sie ihnen abgenommen hat. Sie verständigen sich über den Tisch hinweg in Andeutungen und Zeichen, während Ilsa immer empörter wird.

Fairness ist alles für sie. Wenn man sie wirklich verärgern will, ist es der schnellste Weg, dass man sie betrügt.

Ich weiß nicht, was das Fass zum Überlaufen bringt, aber Ilsa springt auf und wirft den Tisch um, sodass Karten, Chips und Bargeld überall verstreut werden. Die Slawen brüllen vor Empörung auf, ebenso wie die anderen vier Spieler am Tisch. Sie schnappen sich alles, was sie greifen können, und stopfen es in ihre Taschen. Klim schreit Ilsa ins Gesicht. Stahl blitzt auf, als sein Kumpel ein Messer zieht.

Ich renne hinüber. Mykah ist schneller, stützt sich auf den Tresen und springt darüber, bevor ich zwei Schritte gemacht habe.

»Ich habe dir gesagt, Ilsa, wenn du noch einen verdammten Tisch umwirfst ...«

»Ich kümmere mich um sie!«, werfe ich ein und packe Ilsa am Arm. »Ich bringe sie nach Hause.«

»Was ist mit meinem Geld?«, keift Ilsa.

»Lass es gut sein«, zische ich ihr ins Ohr. »Sie wollen dich abstechen.«

»Versuch es ruhig!«, brüllt Ilsa und lehnt sich über meinen Arm, um Klim zu schlagen. »Du dürrer, kleiner Bastard!«

»Okay, er hat es verstanden«, sage ich und ziehe sie weg, während Mykah die Slawen davon abhält, uns auf dem Weg nach draußen ein Messer in den Rücken zu rammen.

Ilsa ist sowohl größer als auch schwerer als ich, und keiner von uns beiden ist nüchtern. Mein Versuch, ihr die Treppe hinaufzuhelfen, sieht aus, als würde ein Stück Spaghetti versuchen, einen Fleischklops zu heben – wir sind nicht dafür bestimmt.

Während ich sie zur Eile antreibe, tue ich mein Bestes, um mich nicht zu übergeben. Vor lauter Anstrengung dreht sich mein Kopf. Die Straße kippt hin und her wie eine Wippe.

Ich winke das nächstgelegene Taxi heran. Es hält am Bordstein und ist mit so vielen Kratzern und Beulen übersät, dass ich mich frage, wie der Fahrer noch seinen Führerschein besitzt. Nicht die beste Werbung für seine Dienste. Aus Sorge, die Slawen könnten die Treppe heraufkommen und nach uns suchen, schiebe ich Ilsa auf den Rücksitz und steige nach ihr ein.

Wir sind ein Gewirr von Armen und Beinen, die nach Sicherheitsgurten suchen, welche es offenbar nicht gibt.

»Wie lautet deine Adresse?«, frage ich Ilsa.

Sie murmelt es dem Fahrer zu. Offensichtlich versteht er sie besser als ich, denn er beginnt zu fahren.

Ilsa und ich lassen uns auf dem Rücksitz zusammensacken, sie am Fenster, ich mit dem Kopf auf ihrer Schulter.

Ich atme langsam und tief ein und tue so, als ob es hier drinnen gut riecht und nicht nach alten Zigarettenstummeln und Schawarma zum Mitnehmen.

»Sie versuchen immer, mich zu betrügen«, murmelt Ilsa. »Er schuldet mir schon zehn Riesen.«

»Warum spielst du ständig mit ihm?«

»Mit wem soll ich denn sonst spielen?«

»Mit mir jedenfalls nicht mehr. Ich habe schon genug Geld beim Poker an dich verloren.«

»Das liegt daran, dass du dich langweilst und nicht mehr aufpasst.«

»Ich könnte ADS haben.«

»Du hast etwas.« Sie sieht mich an, als würde sie mich zum ersten Mal wirklich sehen. »Was machst du überhaupt hier?«

»In Moskau?«

Sie lacht. »Im Apothecary.«

Ich atme noch einmal langsam ein und aus und überlege, wie viel ich ihr sagen soll.

»Ich habe mich von Adrik getrennt«, erzähle ich ihr schließlich.

Es fühlt sich nicht gut an, das auszusprechen. Eigentlich fühlt es sich verdammt furchtbar an. Es ist so real, wie es vorher nicht war.

»Ich dachte mir, dass das passieren würde.«

Ich hebe den Kopf und starre sie an. »Könntest du wenigstens einmal versuchen, nicht ehrlich zu sein?«

Ilsa zuckt mit den Schultern. »Du bist eine schreckliche Freundin, und ihr seid beide verdammt unberechenbar.«

Ich schätze, das war für alle außer mir offensichtlich.

Eine dunkle Welle überspült mich, so schwer und kalt, dass ich ganz auf den ramponierten Rücksitz sinke. Ich schließe die Augen und wünschte, ich könnte einfach ertrinken.

»Hey«, sagt Ilsa und legt ihre Hand auf meinen Oberschenkel, »das hätte ich nicht sagen sollen. Ich habe zu viel getrunken.«

»Schon okay.« Ich blinzle heftig. »Ich mochte ihn einfach ... sehr. Ich dachte, dieses Mal wäre es anders.«

Adrik zu *mögen*, reicht nicht einmal ansatzweise aus, um meine Gefühle für ihn zu beschreiben. Aber das kann ich Ilsa nicht erklären, weil ich es nicht einmal ertragen kann, daran zu denken. Und was nützt es jetzt? Es ist vorbei.

Es hätte nie funktioniert. Zu glauben, dass ich das haben könnte, was meine Eltern haben ... Ich war verblendet. Ich bin nicht mein Vater, und ich bin ganz sicher nicht meine Mutter.

Ich bin nur ein Mensch, der das zerstört, was er liebt.

Es war klar, dass ich am Ende allein sein würde.

Nach einer Weile meint Ilsa: »Ich glaube, ich habe mich auch von meiner Schwester getrennt.«

»Was meinst du?«

»Es ist der verdammte Simon. Seitdem sie ihn kennt, ist sie ein anderer Mensch. *Simon sagt dies* und *Simon denkt das* ... als wäre er der verdammte Boss und nicht sie. Sie lässt ihn für sich sprechen, ihn unsere Angelegenheiten regeln. Früher war sie das Genie, diejenige mit dem Ehrgeiz. Nun denkt sie, er wäre der Größte.«

»Er verdrängt dich?«

»Er tut so, als täte er es nicht, aber er drängt sich zwischen Neve und mich. Er flüstert ihr immer ins Ohr. Wir sind uns in einer Sache einig, und am nächsten Tag kommt sie, nachdem sie mit ihm gesprochen hat. *Simon meint, wir sollten vielleicht …*« Ilsa ahmt ihre Schwester gekonnt nach und gibt Neve eine weiche und zickige Stimme, die ganz anders klingt als sie selbst. »Die Severovs haben doch gar nichts vorzuweisen. Sie können es kaum erwarten, das in die Finger zu bekommen, was mein Vater aufgebaut hat.«

»Du denkst, sie ist ihm egal?«

»Sicher ist sie ihm *wichtig*.« Ilsa verdreht die Augen. »Neve ist umwerfend, er weiß, dass er einen guten Fang gemacht hat. Und sie ist schwanzgesteuert, nur am Kichern und Schwärmen. Garantiert unterzieht er sie einer Gehirnwäsche.«

»Mit Sex?« Ich lache.

»Ja!«, schreit Ilsa. »Und sie fällt darauf herein! Ich kann nicht glauben, dass ich sie einmal respektiert habe. Sie war meine Xena. Jetzt erfahre ich, dass sie nur eine weitere Ariel ist.«

Die Abscheu in ihrer Stimme bringt mich zum Schmunzeln. Auch die Tatsache, dass Ilsa offenbar sowohl *Xena, die Kriegerprinzessin* als auch *Ariel, die Meerjungfrau* gesehen hat.

Ihre Abneigung gegen alles, was mit Liebe und Romantik zu tun hat, ist vielleicht das Einzige, was mich in diesem Moment aufheitern könnte.

»Also, was wirst du tun?«

»Ich werde nicht für ihn arbeiten, das kann ich dir sagen«, meint Ilsa düster. »Ich sollte Neves Lieutenant sein.

Simon will mich nicht, und ich würde es sowieso nicht für ihn tun.«

»Wohnst du noch bei ihr?«

»Gott sei Dank habe ich meine eigene Wohnung. Es ist gleich hier«, sagt sie, vor allem für den Taxifahrer, der die Zahlen auf der schwach beleuchteten Straße bloß schwer erkennen kann.

»Danke fürs Fahren«, sage ich und gebe ihm etwas mehr von meinem wenigen Geld.

Ilsa steigt aus dem Auto, vergisst, dass sie betrunken ist, und knallt fast auf den Bordstein.

»Wer hat das da hingestellt?«, murmelt sie.

»Stalin.«

Sie gibt ihr lautes, bellendes Lachen von sich. »Ich habe dich vermisst.«

»Ja?«, sage ich und spüre den ersten Hauch von Wärme in meiner Brust, der nicht auf zu viele Schnäpse zurückzuführen ist. »Ich dich auch.«

Wir steigen die Metalltreppe zu ihrer Wohnung im vierten Stock hinauf. Sie lebt nicht gerade in den besten Wohnverhältnissen in diesem alten Backsteinbau. Als sie die Tür aufschließt, strömen mir der vertraute Duft ihrer Lieblingsseife und der schwache Hauch von Schießpulver entgegen.

Ihre Wohnung ist sauber und perfekt organisiert. Die Wände sind aus nackten Ziegelsteinen, der Boden ist gefliest, und unter der Couch und dem Tisch befinden sich ein paar Teppiche. Einen Fernseher hat sie nicht. Eine graue Katze sitzt auf der Fensterbank, neben einigen blühenden Pflanzen. Ihr Blick ist auf das ebenso deprimierende Gebäude auf der anderen Straßenseite gerichtet.

»Mensch, das müssen harte Zeiten sein!«, necke ich sie.

»Du weißt, dass ich mich einen Dreck um Dekoration schere.«

»Was hältst du von Wärme und Licht? Ich bin mir nämlich nicht sicher, ob du so etwas hast.«

Ilsa legt den Schalter um. Eine Lampe leuchtet auf und wirft einen goldenen Schein über die Hälfte des Raums.

»Glücklich?«, fragt sie.

»Das werde ich sein, sobald du mir einen Drink einschenkst.«

»Ich glaube, du hast genug intus.«

Während sie das sagt, geht sie bereits in die Küche und holt den Wodka aus dem Gefrierschrank.

Am liebsten mag ich an Ilsa, dass es so einfach ist, sie in Versuchung zu führen. Sie ist die disziplinierteste Person, die ich kenne ... bis ich sie vom Gegenteil überzeuge.

Sie bringt die Flasche zurück, ohne Gläser.

Ich nehme einen Schluck, der Schnaps ist kälter als Eis und brennt die ganze Kehle hinunter, als würde er mich von innen heraus erfrieren lassen. Ich schlucke mehr, in der Hoffnung, dass es alles betäubt, was ich nicht fühlen will.

»Gib sie mir.« Ilsa greift die Flasche – zum einen, damit ich nicht noch mehr trinke, zum anderen, damit sie ein paar Schlucke nehmen kann.

Wir sitzen auf ihrer Couch, jeder von uns mit dem Rücken an die gegenüberliegenden Armlehnen gelehnt, unsere Beine treffen sich in der Mitte. Ich habe meine Schuhe ausgezogen – meine Fußsohle stützt sich auf die Wölbung ihrer Wade.

»Ich kann nicht glauben, dass du vom College gegangen bist«, sagt Ilsa.

»Reib es mir nicht unter die Nase.«

»Bereust du es?«

»Ich glaube nicht an Reue.«

»Also bist du immer noch die Alte.«

Ich lehne mich nach vorne und greife nach der Flasche, drehe sie um und lasse den Wodka in drei langen Schlucken meine Kehle hinunterlaufen, wobei ich mir den Mund an der Rückseite meines Arms abwische. »Das würde ich nicht sagen.«

»Oh? Was hat sich verändert?«

»Nun«, ich nehme noch einen Schluck, »ich spreche jetzt Russisch. Es wird also viel schwieriger für dich sein, Scheiße zu reden, ohne dass ich es merke.«

Ilsa lächelt, ohne Zähne zu zeigen, bloß mit einem seitlichen Zucken des Mundes. Sie ist das, was man früher eine »hübsche Frau« genannt hätte. Sie hat klare Züge, elegant geschwungene Augenbrauen und den Knochenbau einer Königin. Wenn sie wütend ist, ist sie verdammt furchterregend. Wenn sie einen anlächelt, hat man das Gefühl, dass sie dir einen Gefallen erweist. Es ist schwer, sie wirklich zum Lachen zu bringen. Aber wenn sie es tut, ist es laut und überzeugend.

»Alles, was ich zu sagen habe, würde ich dir ins Gesicht sagen.«

»Ich weiß.«

Es gibt eine lange Pause. Ich lehne meinen Kopf zurück gegen die Armlehne der Couch und höre dem Rauschen der Autos auf der Straße unter dem Fenster zu. Der Wodka zeigt seine Wirkung. Ich bin nicht glücklich – eigentlich bin ich immer noch verdammt unglücklich. Aber dieses Elend scheint abgegrenzt und eingedämmt wie eine dunkle Wolke in der Mitte des Raums. Ich kann um ihre Ränder herumgehen, anstatt mitten darin zu stehen.

Mein Körper scheint kaum zu mir zu gehören. Ich schaue auf meine Hände auf dem Schoß und fühle mich, als wären es die Hände von jemand anderem. Was sie getan haben, was sie tun werden, hat nichts mit mir zu tun.

Ich muss mich nicht so sehr um alles sorgen. Ich muss nichts fühlen. Niemand sonst scheint das zu tun. Ich kann gefühllos, kalt und grausam sein wie der Rest der Welt.

»Hast du dich gefreut, mich hier zu sehen?«, frage ich Ilsa, die weiterhin an die Decke starrt.

Sie schweigt einen Moment lang. Dann gibt sie zu: »Ja, ich habe dich vermisst. Mehr, als ich dachte.«

»Was hast du vermisst?«

Sie gibt einen leisen, amüsierten Laut von sich. »Soll ich dir ein Kompliment machen?«

»Ich kann es gebrauchen.«

Sie hebt meinen Fuß an und hält ihn in ihrem Schoß, wobei sie ihn mit angenehmem Druck massiert. »Ich habe vermisst, dass ich immer weiß, was du denkst und was du fühlst. Du bist leicht zu verstehen.«

»Du meinst, ich bin einfältig und durchschaubar?« Ich lache.

Sie drückt mit dem Handballen gegen mein Fußgewölbe, dreht ihn wie einen Mörser und Stößel und schickt eine Welle der Entspannung mein ganzes Bein hinauf.

»Du bist aufrichtig.«

»Man braucht das Lasso der Wahrheit nicht.«

Sie reibt mit beiden Daumen über meinen Fußballen und lächelt schief. »Bei dir habe ich mich immer wie Wonder Woman gefühlt. Als ob ich alles tun könnte.«

»Ich bin froh, dass ich nicht immer ein Arschloch war.«

»Nicht immer.«

Ilsa hakt einen Finger in den Gummizug meiner Socke ein und zieht ihn langsam an meinem Fuß herunter, um die zarte Haut darunter freizulegen. Mein Fuß sieht in dem schwachen Licht verletzlich und nackt aus, die Zehennägel sind nicht lackiert und perlmuttartig.

»Noch etwas, das ich immer mochte«, ergänzt Ilsa. Ihre Stimme ist tief und kehlig. »Wie empfänglich du bist.«

Sie streicht mit ihren Fingerspitzen sanft über meine Fußsohle, von der Ferse bis zu den Zehen. Die Welle der Empfindung lässt mir einen Schauer über den Rücken laufen.

»Nun, du wusstest schon immer, wie du mich berühren musst.«

Ihre Hände umschließen meinen nackten Fuß, eng und intim. Der Rest meines Körpers ist schwer und entspannt, durchtränkt von Wärme. Sie knetet und massiert mich und übernimmt durch den Druck auf diese empfindlichste Stelle die Kontrolle über mich.

Sie sieht mich mit diesen blauen Augen an, nicht hell und schmal und elektrisch wie die von Adrik, sondern groß und weich und dunkel wie das Meer bei Nacht. Langsam hebt sie meinen Fuß zu ihrem Mund und fährt mit ihrer Zunge leicht über die Unterseite meiner Zehen, ihre Zunge ist weich und feucht und samtig.

»Ja. Ich weiß, was du magst.«

Sie zieht mir die andere Socke aus, dann zieht sie mir die Jeans aus und wirft sie zur Seite.

Der Tanga, den ich trage, ist in einem zarten Pfirsichrosa. Der dünne Stoff zeigt deutlich die Konturen meiner Vulvalippen, die Spalte dazwischen und die Nässe, die durch den Stoff dringt.

Ilsa berührt die nasse Stelle mit ihrem Daumen.

»Ja, ganz die alte Sabrina.«

Ich stöhne, bewege meine Hüften leicht und drücke gegen ihren Daumenballen.

Ilsa zieht meine Unterwäsche zur Seite und blickt auf meine Vagina. Die Spitze ihrer Zunge gleitet heraus, um ihre Unterlippe zu befeuchten.

»Du hast die schönste Vagina, die ich je gesehen habe.«

Sie reibt ihren Daumen leicht zwischen meinen Vulvalippen, verteilt die Nässe bis zu meiner Klitoris und reibt langsame Kreise um den Hügel.

Ihre Hände sind weich. Sie geben mir ein schwebendes, schmelzendes Gefühl. Sie erinnern mich daran, wie weich auch ich bin … wie entspannt ich sein kann.

Meine Schenkel spreizen sich. Meine Vagina öffnet sich wie eine Blume.

Ilsa führt die Finger an ihre Lippen, schmeckt mich, leckt meine Nässe von ihrem Daumenballen. Ihre Unterlippe glänzt, voll und rot und reif und lecker.

Sie steckt sich den Mittelfinger in den Mund und macht ihn feucht. Dann schiebt sie ihn in mich hinein, nur einmal, schiebt ihn hinein und zieht ihn mit berechnender Langsamkeit wieder heraus.

Ich stoße ein langes Stöhnen aus.

»Gefällt dir das?«, murmelt sie.

»Ja …«

»Bitte mich, es noch einmal zu tun.«

»Bitte … ich brauche das.«

Sie zieht mir den Tanga von den Beinen, ihre Fingerspitzen gleiten in einer langen Linie von meinen Hüften bis zu den Knöcheln.

»Mach die Augen zu«, sagt sie.

Ich lehne meinen Kopf zurück auf die Armlehne der Couch, schließe die Augen, öffne die Lippen und atme langsam und tief ein.

Ich spüre, wie die Kissen sinken, als Ilsa sich über mich beugt und ihr langes dunkles Haar einen Vorhang um mein Gesicht bildet. Sanft, ganz sanft, streicht sie mit ihren Fingerspitzen über meine Vagina, fast wie ein Kitzeln, nur viel leichter.

»Entspann dich«, flüstert sie.

Meine Schenkel sind weit geöffnet, alles liegt frei. Ich verkrampfe mich nicht, presse mich nicht zusammen. Ich muss mich nicht schützen. Ich gebe mich dem zarten Gefühl ihrer seidigen Fingerspitzen hin, die immer wieder wie sanfte Regentropfen über mich gleiten. Es ist warm und sinnlich, nie aufdringlich, nie zu viel. Ich kann mich ganz und gar hingeben, ich kann mich von ihr forttragen lassen …

»Deine Wangen sind gerötet«, murmelt sie.

Ihr warmer Atem ist nur wenige Zentimeter von meinem Mund entfernt. Ich spüre ihn auf meinen geöffneten Lippen. Obwohl meine Augen geschlossen sind, weiß ich, dass Ilsa mein Gesicht beobachtet, jeden Atemzug und jedes Flattern meiner Wimpern. Sie liebt es, mir beim Kommen zuzusehen.

Der Orgasmus breitet sich in mir aus wie eine warme Flüssigkeit, die sich über meinen Körper ergießt. Er verteilt sich in meinen Gliedern, während ich einen langen, bebenden Seufzer ausstoße.

Ilsa streichelt meine Vagina wie ihr eigenes kleines Haustier.

Sie drückt ihre Lippen auf meine, einmal. »Braves Mädchen.«

Ich schaue ihr ins Gesicht. »Du hast es nicht verlernt.«

»Das will ich nicht hoffen.«

Sie steht von der Couch auf, zieht sich das Shirt über den Kopf, schlüpft aus der Hose und enthüllt ihren kräftigen Körper, um den ich sie immer beneidet habe. Ihre Brüste sind klein und hoch, sie hat Schultern wie eine Schwimmerin und ein Olivenzweig-Tattoo auf den Rippen. Außerdem Schenkel, die dich zerquetschen könnten, die mich zerquetscht haben, viele Male …

Sie kommt um die Armlehne der Couch herum, beugt sich über mich und zieht mir auch das Oberteil aus. Ich hatte keinen BH an. Meine Brustwarzen sind bereits hart und haben sich aufgerichtet.

Ilsa beugt sich vor und nimmt meine Brust in ihren Mund. Ihr Mund ist warm, ihre Zunge streicht über meine Brustwarze und schickt Funken der Hitze durch mich.

Ihre Brüste befinden sich direkt über meinem Gesicht. Ich neige mein Kinn nach oben, lecke ihre Brustwarze mit der flachen Zunge und massiere ihre andere Brust mit meiner Hand. Ich sauge an ihren Titten mit tiefen, langsamen Zügen und versuche, so viel wie möglich in meinen Mund zu bekommen.

Ihr Fleisch legt sich blütenblattartig an meine Wange. Als ich mich an ihre Brust schmiege und ihr Parfüm einatme, muss ich daran denken, wie bemerkenswert es ist, dass Ilsa eine so weiche Haut hat, die sich unter ihrer Kleidung verbirgt.

Ilsa stöhnt gegen meine Brust, wechselt auf die andere Seite und saugt genauso stark.

Ich beuge meinen Rücken, packe sie unter den Rippen und ziehe sie auf mich herunter. Ihr Gewicht ist schwer und befriedigend. Dann schiebe ich ihre Unterwäsche zur Seite. Meine Hände liegen auf der Rückseite ihrer Oberschenkel, als ich ihre Beine auseinanderziehe. Ich schließe meinen Mund um ihre Vagina, lecke ihren Kitzler mit langen Strichen, sauge sanft daran, schmecke sie, atme sie ein. Oralverkehr bei einer Frau ist so viel intimer als bei einem Mann, so viel mehr wie Küssen.

Ilsas Kopf ist zwischen meinen Schenkeln und leckt mich auf dieselbe Weise. Wir passen so gut zusammen, jeder Teil von uns ist weich und glatt und zum Gleiten bestimmt. Es gibt keine Stoppeln in ihrem Gesicht, keine Rauheit. Ich kann mich an ihr reiben, während sie sich an mir reibt, ihr Duft in meinem Mund ist so üppig und weiblich wie mein eigener.

Sie zu berühren, ist, wie mich selbst zu berühren, ich weiß, was sich gut anfühlt. Ich lecke ihre Klitoris und streichle sie mit meinen Fingerspitzen. Was sie mit mir macht, mache ich mit ihr – wenn sie ihr Tempo und ihren Druck erhöht, folge ich ihr. Wir reiben uns aneinander und bauen gleichzeitig unseren Orgasmus auf.

Ich halte ihren Po mit beiden Händen fest und lecke unaufhörlich an ihrer Klitoris. Mit der flachen Zunge übe ich immer mehr Druck auf sie aus, während ich meine Schenkel spreize und auf ihrer Zunge reite.

Sie schiebt zwei Finger in mich hinein. Die Art und Weise, wie sie mich berührt, ist zart und forschend – sie tastet mit ihren Fingerspitzen, taucht sie hinein und zieht sie wieder heraus.

Ich tue das Gleiche bei ihr, spüre die intensive Hitze, das rhythmische Pressen, die Intimität, in jemandem zu sein.

Sie keucht stärker, *oh, oh, oh,* und ich weiß, dass sie gleich kommt.

Ihre Vagina umklammert meine Finger, fester, als man es je glauben könnte. Ihre Schenkel zittern auf beiden Seiten meines Kopfes. Ich bin in einem Schraubstock gefangen, das Zittern läuft durch meinen Körper. Das bringt mich auch zum Höhepunkt, ich krampfe und pulsiere, schreie auf, während sich ihre Vagina gegen meine Zunge presst.

Ich rolle von Ilsa weg, falle vom Sofa und fühle mich wie aus der Tube gepresste Zahnpasta. Meine Ohren dröhnen, mein ganzer Körper ist gerötet und pocht noch immer.

Ich öffne den Mund, um etwas zu sagen.

Mein Magen zieht sich zusammen. Ohne Vorwarnung, ohne die Möglichkeit, es aufzuhalten, übergebe ich mich auf Ilsas Teppich.

»Willst du mich verarschen?«, sagt sie.

Ich falle nach vorne in das Erbrochene und schlage mit dem Kopf auf den Boden.

***

Als ich aufwache, liege ich in Ilsas Bett. Die Sonne strahlt durch das Fenster, grausam und grell. Jemand hupt auf der Straße unter mir, und das Hupen dringt wie ein absichtlicher Angriff auf mein Ohr.

Ich setze mich auf und bereue es sofort. Mein Kopf fühlt

sich geschwollen und wackelig auf meinen Schultern an und schmerzt mit jedem Pochen meines Herzens. Das schlimmste Pochen spüre ich an der Beule auf meiner Stirn. Als ich sie mit den Fingerspitzen berühre, schießt ein weiterer Schmerz durch meinen Kopf, schlimmer als die Autohupe.

Es dauert eine Minute, bis ich tatsächlich aus dem Bett aufstehe. Schwarzer Nebel verschleiert meine Sicht, und ich muss mich zusammengekrümmt am Fußende des Bettes festhalten, bis er vorbei ist.

Als ich ins Wohnzimmer stolpere, muss ich aussehen wie der wandelnde Tod, denn Ilsa hebt den Kopf und bellt: »Wenn du dich noch einmal auf meinem Boden übergibst, bringe ich dich um!«

Ich möchte ihr sagen, dass das nicht noch mal vorkommen wird, aber ich traue mich nicht, den Mund aufzumachen. Stattdessen humple ich zum Küchentisch, setze mich gegenüber von Ilsa und ziehe den Saum ihres übergroßen T-Shirts über meine Knie. Sie hat mir ihr *Pussy Riot*-Shirt angezogen, also weiß ich, dass sie nicht völlig sauer auf mich sein kann.

»Könntest du mich bitte anschreien, *nachdem* ich ein paar Aspirin genommen habe?«, krächze ich.

Ilsa nimmt einen langsamen Bissen von ihrem Toast und sieht mich stirnrunzelnd an, während sie kaut.

Sie steht auf und verschwindet in der Küche, wo sie absichtlich laut in den Schränken wühlt. Sie nimmt eine Eisschale aus dem Gefrierschrank und knallt sie auf den Tresen, als würde sie eine Wasserbombe zünden.

»Es tut mir leid.« Ich stöhne und halte mir die Hände über die Augen.

Ilsa gibt dem Eis noch einen letzten entscheidenden Stoß, dann wird es still, und sie bringt mir ein Glas Tomatensaft und eine Flasche Selters mit vier Aspirin auf einem Teller.

»Danke«, sage ich demütig, nehme die Pillen und schlucke sie mit dem Selters hinunter.

Ich nehme mir fünf Sekunden Zeit zum Atmen und stelle mir vor, wie das Selters in meine dehydrierten Venen diffundiert. Dann schiebe ich den Tomatensaft einen Zentimeter in Richtung Ilsa und sage hoffnungsvoll: »Wie wäre es mit einem Schuss Alkohol gegen den Kater?«

»Du bist so ...«

»Unwiderstehlich?«

»Unerträglich.«

»Das habe ich schon mal gehört.«

Ilsa gibt einen Schuss Wodka in meinen Tomatensaft, wahrscheinlich, weil sie weiß, dass ich sonst sterbe.

Sie sieht zu, wie ich es hinunterschlucke, und reißt mir die Flasche weg, als ich nach mehr greife.

»Du bist in einem schlimmeren Zustand, als ich dachte.«

»Mir geht es gut. Ich komme wieder völlig in Ordnung.«

»Du bist eine verdammte Chaotin.«

Ich werfe einen kurzen Blick über den Tisch auf die Wodkaflasche und frage mich, ob ich in diesem Moment in einem Kampf gegen Ilsa eine Chance habe. Vielleicht, wenn ich sie wirklich überrasche und sie in den Schwitzkasten nehme und würge ...

»Denk nicht einmal daran, du kommst nicht an mir vorbei«, sagt Ilsa.

Mein Blick wandert von der Flasche zu ihrem Gesicht, und Hitze wallt über meine Schlüsselbeine.

»Ich werde *nie wieder* zu Adrik zurückkehren«, sage ich. »Eher schneide ich ihm das Herz aus der Brust, bevor ich ihm meines wiedergebe.«

Ilsa schnaubt ungläubig. »Er besitzt es immer noch. Sieh dich verdammt noch mal an – so habe ich dich noch nie gesehen.«

Ich wette, ich sehe aus wie eine Verrückte. Mein Haar

war in solchen Momenten noch nie mein Freund. Es ist der schlimmste Verräter meines Geisteszustands, wahrscheinlich kraus, verfilzt und wild. Wenn ich dumm genug wäre, in einen Spiegel zu schauen, würde ich den blutunterlaufenen Blick eines zugekoksten Sektenführers sehen.

Aber all das ist im Moment nicht wichtig.

Ich muss Ilsa dazu bringen, mir einen wirklich großen Gefallen zu tun. Also muss ich vernünftig und überzeugend klingen.

»Ilsa, hast du eine Menge Waffen und einen Flammenwerfer?«

»O mein Gott«, stöhnt sie und greift sich mit beiden Händen in die Haare, als wolle sie sie ausreißen.

»Hör mich an! Adrik hat etwas, das mir gehört. Ich muss es zurückbekommen.«

»Was hast du vor?«

»Nicht ich ... wir. Als Partnerinnen. Gleichberechtigt. Zwei Menschen, die sich nicht gegenseitig bescheißen oder anlügen oder ein Arschloch namens Simon heiraten.«

»Wir haben keine Muskeln und kein Geld ... keine Verträge, keine Bündnisse.«

»Das spielt keine Rolle. Wir haben das Rezept für die Leckereien, die alle wollen.«

Ilsa stopft sich den Rest ihres Toasts in den Mund, sie scheint nicht überzeugt.

»Ich kann nicht noch einmal in dein schwarzes Loch fallen«, sagt sie.

»Was soll das heißen?«

»Es bedeutet, dass du verrückt und unvernünftig bist. Nichts ist jemals genug für dich, du willst mehr, immer mehr.«

»Okay. Aber haben wir nicht mehr verdient? Ist *mehr* nicht der größte Spaß?«

Ilsa zieht die Spannung in die Länge.

Schließlich sagt sie: »Okay, ich werde dir helfen. Aber ich werde dich nicht mehr ficken.«

»Ekelhaft! Das würde ich nie tun.«

Sie lacht. »Ich meine es ernst.«

»Ich auch. Ich habe meine Lektion gelernt, indem ich Geschäft und Sex vermischt habe.«

Ilsa schüttelt den Kopf, als könne sie nicht so recht glauben, dass sie dem zustimmt.

»Was brauchst du von Adrik?«

»Er hat das ganze Geld behalten«, sage ich. »Ich will meine Ausrüstung.«

***

Eine Stunde später treffen wir uns an der Haustür, wir sind beide geduscht und angezogen. Zum Glück sind meine Kopfschmerzen zu einem dumpfen Pochen in den Schläfen verklungen.

Ilsa trägt einen schwarzen Anzug und Stiefel, ihre Bluse ist am Hals aufgeknöpft, und sie trägt die Haare offen. Ich habe meine orangefarbene Lieblingsjogginghose an.

»Auf gar keinen Fall«, sagt sie.

»Was?«

»So gehe ich nicht mit dir aus.«

»Warum nicht?«

»Wenn uns jemand erschießt, möchte ich nicht neben dir, auf einer Bahre liegend, identifiziert werden, während du dieses verdammte Outfit trägst. Nein, das ist zu peinlich. Mein Vater wird sagen: *Ich glaube, das hätte sie vorhersehen müssen.*«

Ich verdrehe die Augen. »Tut mir leid, ich werde nach einem Businessoutfit in meinem Rucksack suchen.«

»Du kannst dir etwas von mir ausleihen.«

»Das könnte ich, wenn du bessere Kleidung hättest.«

»Du besitzt Paillettenhosen und zwei Jacken mit Fransen daran. Zwei. Ich habe sie gesehen.«

»Diese Information war vertraulich.«

»Wir waren nie verheiratet – ich habe allen deine Geheimnisse verraten.«

»Das erklärt einige Blicke, die ich bekommen habe.«

Wir grinsen uns gegenseitig an, ganz aufgeregt über das, was wir gleich tun werden.

»Vielleicht werde ich mir doch ein Outfit von dir leihen«, gebe ich zu. »Gib mir eine Minute.«

Fünf Minuten später trete ich aus Ilsas Zimmer und trage ihren grauen Anzug. Sie ist hinten breiter, aber ich habe eine größere Oberweite, also passt er besser, als ich erwartet hatte.

»Diskret genug für dich?«, frage ich.

»Ja.« Ilsa sieht mich langsam von oben bis unten an, ihre Lippen schürzen sich auf der rechten Seite. »Du weißt, was ich von einer Frau im Anzug halte.«

»Und damit hast du verdammt recht.«

***

Wir fahren zum Labor. Weil es keine Rohstoffe gibt, mit denen wir arbeiten können, ist Hakim nicht da. Ich gebe den Code ein und schüttle den Kopf, als ich merke, dass Adrik ihn nicht geändert hat. Er kennt mich wirklich überhaupt nicht.

Ilsa und ich sammeln alles ein, was ich will, und verstauen es im Kofferraum ihres Autos. Der wertvollste Gegenstand ist die maßgefertigte Tablettenpresse. Wir nehmen alles mit, was mobil ist, und bedauern, dass einige der besten Geräte zu groß und zu fest angebracht sind, um sie zu transportieren.

Als ich nach der Zentrifuge greife, stoße ich ein Regal mit Glasfläschchen auf den Boden. Sie zerbrechen beim Aufprall auf die Bretter und verteilen glitzernde Glassplitter überall.

»Ups«, sage ich. Und dann, weil sich das eigentlich ganz gut angefühlt hat, nehme ich einen weiteren Behälter und werfe ihn absichtlich auf den Boden.

Ilsa lacht. »Ist das deine Rache? Willst du Adrik zum Putzen bringen?«

»Ja«, sage ich, greife den Rand des massiven Sterilisators und ziehe mit aller Kraft daran, »er wird verdammt viel fegen.«

Das Gerät kippt um und fällt auf den Boden.

Der Lärm ist gewaltig und belebend. Ich schwitze von der Anstrengung, diesen ganzen Scheiß zu schleppen. Mein Gesicht ist gerötet, eine dunkle, wütende Energie steigt in mir auf.

Es ist schmerzhaft, wieder im Labor zu stehen. Ich erinnere mich an die endlosen Stunden, die ich hier mit Hakim gearbeitet habe, wie aufgeregt ich war, als wir endlich herausgefunden hatten, wie wir unser eigenes LSD synthetisieren können, und wie Adrik mich hochhob und herumwirbelte, als wir ihm die guten Neuigkeiten erzählten.

Er war nur aufgeregt, weil er wusste, wie viel Geld ich für ihn verdienen würde.

Ich war bloß seine verdammte Angestellte.

Ich reiße einen der Bunsenbrenner aus seiner Fassung und schleudere ihn gegen den Ofen, sodass dessen Metallflanke verbeult wird.

Ilsa lacht. »Du wirfst wie ein Mädchen.«

Sie hat sich bereits ihren eigenen Brenner geschnappt und wirft ihn durch eines der hohen Fenster, wobei Glas in tausend teuflischen Splittern herabregnet und auf den verrottenden Holzboden schlägt.

»Angeber.«

Sie grinst.

Ich lächle nicht. Die Zerstörung mildert meine Wut nicht. Ich denke nur daran, wie jämmerlich, wie erbärmlich das ist. Wie wenig es Adrik kümmern wird, wenn er all das Geld, all die Verträge, sein ganzes Wolfsrudel um sich hat.

Der hässliche kleine Dämon auf meiner Schulter flüstert mir ins Ohr:

Er hat dich nie gebraucht. Er hat sich nie um dich gesorgt.
Er ist froh, dass du weg bist.
Alle sind froh, wenn du weg bist.

Ich reiße eines der Abflussrohre unter der Spüle heraus und schlage damit, so fest ich kann, auf die Seite des Ofens. Der Aufprall vibriert bis in meine Arme, das Geräusch hallt in meinen Ohren, dumpf und tot. Ich schlage auf den Ofen, immer und immer wieder, bis meine Hände schmerzen, bis der ganze Raum wie ein Glockenschlag dröhnt.

Ilsa steht still und beobachtet mich. Sie lacht nicht mehr.

Nach einer Minute ergreift sie selbst ein Rohr und beginnt, alles zu zertrümmern, was sich ihr in den Weg stellt – die Waschbecken, die Tische, die Schränke, den Kühlschrank.

Ihre Augen sind leer und dunkel, ihr Haar in Strähnen um ihr Gesicht geschlungen, die Zähne gefletscht. Ich glaube nicht, dass sie das Labor sieht, sondern die Gesichter all derer, die sie enttäuscht haben. Vielleicht sogar mein Gesicht.

Die Geräusche der Zerstörung hämmern in meinem Kopf. Meine Welt bricht um mich herum zusammen.

Ich bin gefangen im Rausch, in dem bitteren Bedürfnis, die Sache bis zum Ende zu bringen.

Ich schnappe mir eine Flasche Acetylen, öffne den Deckel und schütte sie in einer Spur auf dem Boden aus. Die Dämpfe sind ätherähnlich, mir wird schwindlig.

»Gib mir ein Feuerzeug.«

Ilsa hält inne, das Rohr noch immer in der Hand.

»Bist du sicher, dass du das tun willst?«
»Gib es mir!«

Ilsa wirft mir das piezoelektrische Feuerzeug zu, das ich immer für die Bunsenbrenner benutzt habe. Ich erwecke es zum Leben und halte es in der Hand.

Das Feuerzeug scheint in Zeitlupe zu fallen. Als es den Boden berührt, passiert einen Moment lang nichts. Dann schießt ein orangefarbener Feuerstrahl in beide Richtungen und lässt dichten schwarzen Rauch aufsteigen.

Die Hitze trifft mich. Meine Haut spannt sich. Meine Augen brennen.

Ich verbrenne all meine Hoffnungen, all meine Pläne, all meine harte Arbeit. Und auch alle meine Illusionen.

Ilsa stößt einen erschrockenen Schrei aus, aufgeregt von der Geschwindigkeit, mit der die Flammen durch das verfallene Labor schlagen.

Ich bin nicht aufgeregt. Nicht einmal zufrieden.

Ich fühle nichts als Schmerz.

KAPITEL 38

ADRIK

Gegen Mitternacht erhielt ich eine SMS von Mykah, dass Sabrina Ilsa Markov aus dem Apothecary trug. Beide waren sturzbetrunken und verschwanden torkelnd in einem Taxi.

Ich bin sofort hingerast, doch natürlich waren sie längst weg. Sabrinas Motorrad war nirgends zu sehen.

Meine erste Reaktion war Erleichterung darüber, dass Sabrina immer noch in Moskau ist, und zwar bei jemandem, der zwar nicht gerade harmlos ist, sie aber zumindest wahrscheinlich beschützen wird.

Die nächste Nachricht, die ich erhalte, ist ein verzweifelter Anruf von Hakim, dass unser Labor in Flammen steht.

Ich fahre mit Jasper, Vlad und Andrei hinüber. Wir sind vorsichtig, falls Zakharov und Cujo dahinterstecken.

Als wir ankommen, hat die Feuerwehr den größten Teil des Brandes gelöscht. Die rot-weißen Lastwagen, die vor dem Haus stehen, beseitigen die letzten Glutnester auf dem Dach. Ich muss den Feuerwehrleuten ein saftiges Bestechungsgeld zahlen, damit sie keinen Einsatzbericht schreiben.

Sobald sie weg sind, trete ich durch das Loch, das einmal die Tür war, und betrachte die Trümmer der Brauerei.

Der Innenbereich ist ein hohles, geschwärztes Loch: Verkohlte Balken baumeln von der Decke, die Fenster sind nach außen zerborsten, der Boden ist mit rauchenden Trümmern übersät.

Ich bin umgeben von dem langsamen *tropf, tropf, tropf* des tintenschwarzen Wassers auf dem Dach. Der Gestank ist überwältigend, Rauch und mit Chemikalien durchtränktes Holz brennen in meiner Lunge.

Ein Teil der Schäden ist auf das Feuer selbst zurückzuführen, der Rest der Ausrüstung wurde absichtlich beschädigt. Aus den Heizkesseln gerissene Rohre, zertrümmerte Tische, eingeschlagene und verbeulte Waschbecken. Ich sehe die schwarzen Schlieren, wo Brandbeschleuniger hingeschüttet und dann angezündet wurde.

Jasper wühlt in den Trümmern auf der anderen Seite des Raums. Er hat sein Shirt übers Gesicht gezogen, denn er hasst den Geruch von Rauch.

Hakim lehnt sich mit vor der Brust verschränkten Armen an den Türrahmen und macht sich nicht die Mühe, das Durcheinander zu durchsuchen. Er weiß, dass es hier nichts mehr zu retten gibt.

Das Feuer verschlang alles, zermalmte es und spuckte es in versengten Splittern wieder aus. Ein Sturm aus Hitze, Zorn und Wahnsinn.

Jasper stellt sich neben mich und zieht wutentbrannt sein Shirt herunter. Die Zähne und Knochen, die entlang seines Kiefers tätowiert sind, lassen ihn besonders grimmig aussehen.

»Sabrina hat das getan«, sagt er.

»Ich weiß.«

Vlad wirbelt seinen Kopf herum, die Lippen zu einem Knurren verzogen. »Diese dreckige, verdammte Schl…«

Ich werfe ihm einen Blick zu, der ihn mitten im Fluch verstummen lässt. Die Worte ersticken in seiner Kehle.

»Lass es!«, zische ich. »Wenn sie zurückkommt, willst du nichts gesagt haben, was du später bereuen wirst.«

»Wenn sie zurückkommt?« Vlad starrt mich an und blinzelt langsam. »Sie hat unser verdammtes Labor zerstört! Wir sollten sie dafür töten – wir würden jeden anderen töten.«

»Sie ist nicht jeder andere«, sagt Hakim von der Tür aus. »Sie hat dieses Labor überhaupt erst gebaut.«

»Und dann hat sie es verdammt noch mal niedergebrannt!«, höhnt Vlad.

»Sie ist wütend«, sage ich.

»Meinst du?« Andrei lacht.

Ich werfe ihm einen finsteren Blick zu, woraufhin er den Kopf einzieht und von mir zurückweicht.

»Sie hat einen Teil der Ausrüstung mitgenommen«, sagt Hakim.

Jasper wirft mir einen Blick von der Seite zu. Wir wissen alle, was das bedeutet.

»Sie eröffnet ihren eigenen Laden?«, fragt Jasper.

»Möglicherweise.«

»Mit wem?«

»Vielleicht mit Ilsa.«

»Du glaubst, die Markovs wollen uns ausschließen? Und unsere Chefköchin abwerben?«

»Keine Ahnung.«

Ich weiß nicht, ob Neve Markov daran beteiligt ist oder ob es nur Ilsa ist. Es ist kein Geheimnis, dass es seit der Hochzeit Reibereien zwischen den Schwestern gibt. Ilsa könnte so verärgert sein, dass sie auf eigene Faust loszieht.

Sabrina und Ilsa werden allein nicht weit kommen. Sie werden Geld und Unterstützung brauchen.

»Wir sind geliefert«, meint Andrei und schaut sich mit an Belustigung grenzender Ehrfurcht in den Trümmern um. Sabrina hat uns in eine ziemliche Klemme gebracht.

Wir schulden Avenir Veniamin Drogen für seine Nachtclubs und Eban Franko für seine Stripclubs. Dann sind da noch das halbe Dutzend Bordelle, denen wir Eliksir versprochen haben, und unsere Straßenhändler. Und auch die Markovs, obwohl sie auf meiner Prioritätenliste ganz nach unten gerutscht sind.

»Was sollen wir tun?«, murmelt Jasper.
»Kannst du es selbst herstellen?«, frage ich Hakim.
»Wenn wir dir ein anderes Labor besorgen.«
»Ich kann Molniya machen. Wir hatten die Rezepte für Eliksir und Opus noch nicht fertiggestellt.«
Er meint, dass Sabrina sie noch nicht fertiggestellt hat. Ich weiß nicht, ob Hakim das allein schaffen kann.
Molniya ist unser Lebensunterhalt und damit das Wichtigste. Aber wir brauchen noch einen Ort, an dem wir es herstellen können, sowie einen neuen Lieferanten für die Rohstoffe. Es wird mich teuer zu stehen kommen, diese ganze Ausrüstung noch einmal zu kaufen. Sabrina macht das mit Absicht – sie übt Druck auf mich aus. Sie dreht an den Schrauben, um zu beweisen, dass ich eine größere Bargeldreserve hätte anlegen sollen. Sie weiß genau, wann ich knapp bei Kasse bin. Sie weiß alles über unser Geschäft.
Ich kann nicht aufhören, auf den Schaden zu starren. Das ist Sabrinas Wut, die sich gegen mich richtet. Alles zu zerstören, was wir aufgebaut haben.
Das Innere der Brauerei sieht aus wie das Innere eines verbrannten, geschwärzten, zerstörten Herzens.
So sehr habe ich sie verletzt.
Jetzt tut sie mir im Gegenzug weh.

***

Zurück im Haus streiten sich Chief, Andrei, Hakim, Vlad und Jasper in der Küche, ein Gewirr von widersprüchlichen Ideen und Warnungen.
»Wir brauchen einen Lieferanten.«
»Wir könnten zu Kovalenko zurückgehen.«
»Nein, verdammt!«
»Die Tschetschenen könnten an uns verkaufen, zumindest vorübergehend.«

»Es dauert mindestens einen Monat, bis wir wieder einsatzbereit sind.«
»Nicht, wenn wir ...«
»Das ist nicht möglich.«
»Aber was ist, wenn ...«
Ich dränge mich an allen vorbei und gehe nach oben.
»Wo willst du hin?«, ruft Jasper.
»Ich werde mich kurz hinlegen.«
Ich höre die Stille, als sie auf meinen Rücken starren, dann das Flüstern, als sie sich alle gegenseitig ansehen, verwirrt. Sie fragen sich, was mit mir los ist.
Ich gehe allein die Treppe hinauf.
Es ist sinnlos, mit ihnen darüber zu reden, denn ich weiß bereits, was getan werden muss. Wir müssen uns einen neuen Partner suchen. Es gibt nur wenige Optionen, und ich hasse sie alle, doch wir haben keine andere Wahl. Wir werden alles verlieren, was wir aufgebaut haben, wenn wir unser Produkt nicht rechtzeitig auf den Markt bringen können.
Ich lege mich auf mein Bett, verschränke die Hände hinter dem Kopf und schaue zur Decke.
Ich frage mich, was Sabrina in diesem Moment macht.
Ich glaube nicht eine Sekunde, dass sie sich damit zufriedengibt, das Labor niederzubrennen. Sie hat die Ausrüstung mitgenommen, weil sie wieder mit dem Kochen von Drogen beginnen will.
»Wenn wir gegeneinander antreten würden, würdest du sehen, was ich alles kann.«
Das hat sie mir zugerufen, kurz bevor sie ging.
Wir haben beide geschrien, waren beide wütend. Für einen Moment habe ich den Verstand verloren, es allerdings nicht so gemeint.
Aber Sabrina schon.
Sie war schon immer ehrlicher als ich.
Ich dachte, sie würde sich beruhigen und wieder zurück-

kommen. Jetzt ist mir klar, dass das nur der Anfang ist. Sie sieht mich als ihren Feind, ihren Rivalen, ihren Verräter.

Ich bat sie zu springen und versprach, sie aufzufangen. Dann ließ ich sie durch meine Arme gleiten und fallen ...

Seit vierundzwanzig Stunden ist sie weg. Jede Minute, die vergeht, ist wie ein Messer, das in meine Eingeweide sticht und ein weiteres Stück von mir nimmt. Da ist ein Loch in meiner Brust, eine tiefe Höhle ... wenn ich noch mehr verliere, könnte ich zusammenbrechen.

Ich vermisse sie. Ich vermisse sie, verdammt noch mal!

Ich kann ihr Shampoo in der Dusche riechen, die Handseife, die sie auf dem Danilovsky-Markt gekauft hat, den letzten Spritzer ihres Parfüms, den sie vom Handgelenk an ihren Hals drückt, ehe sie die Flasche wieder ins Regal stellt.

Ich rolle mich aus dem Bett und hole die Flasche aus dem Bad. Sie passt in meine Handfläche wie eine lila Glasgranate, der Deckel fehlt oder ist verloren gegangen. Ich sprühe das Parfüm in die Luft. Der Nebel setzt sich auf meiner ausgestreckten Handfläche ab. Ich bedecke mein Gesicht mit meiner Hand und atme tief ein.

Sabrina.

Sabrina ...

Der Schmerz in meiner Brust ist zu groß.

Ich lege mich wieder aufs Bett und hole mein Handy heraus. Ich beginne am Anfang und scrolle durch alle Fotos, die ich von ihr habe.

Das allererste ist das, das sie mir nach Dubrovnik geschickt hat, wie sie am Reifen ihres Motorrads kniet und mit dem Schraubenschlüssel dreht. Sie blickt über die Schulter zurück, die Augenbrauen leicht überrascht hochgezogen, und lächelt, als sie denjenigen erblickt, der die Kamera hält – wahrscheinlich ihre Mutter oder vielleicht ihr Vater oder Bruder oder Großvater. Sie hat Schmierfett unter den Augen, ihr Haar ist mit einem schmutzigen Kopftuch zurückgebunden, kleine Locken hängen herunter. Ihre erhobene Handfläche umfasst den Schraubenschlüssel, ihr Bizeps ist angespannt, ihr Blick frech und wild.

Das nächste Foto ist von uns in Cannon Beach, ihre Arme um die Taille des lächerlich übergroßen Teddybären geschlungen, den ich für sie gewonnen habe, den Kopf zurückgeworfen, den Mund offen vor Lachen. Ich kann dieses Lachen hören, ich kann die Farbe ihrer Wangen sehen, heiß von all unseren Kämpfen. Sie hat mich immer noch angestachelt und versucht, mich dazu zu bringen, wieder gegen sie *Halo* zu spielen. Ich war fest entschlossen, ihr diesen Bären zu schießen. Ich zielte auf diese Ziele mit einer Klarheit, wie ich sie nie zuvor oder danach gekannt habe, als wäre es die wichtigste Aufgabe der Welt. Verflucht sei ich, wenn ich nicht jedes einzelne getroffen hätte, selbst mit diesem beschissenen Gewehr.

Als Nächstes folgt ein Video, in dem sie mit Nix am Strand um die Wette läuft. Nix sieht aus wie Artemis, ihre Schenkel blitzen in der Sonne, sie ist barfuß und flink, die roten Haare wehen hinter ihr her. Sabrina sprintet mit aller Kraft, wirft sich dann kopfüber in ein Rad, bevor sie in einen Gezeitentümpel stürzt, wobei das Salzwasser überall hinspritzt und sie bis zur Hüfte durchnässt. Sie lacht und reibt sich den Sand aus den Augen.

»Wer hat das da hingestellt?«, ruft sie.

Ihre Stimme ist so klar und deutlich, dass es so klingt, als wäre sie mit mir im Raum.

Ich klicke das Video weg und drücke den Handballen gegen mein Auge. Ich drücke so fest zu, bis ich Funken sehe.

Ich klicke immer schneller durch die Bilder – ein Selfie von uns beiden auf der Arbat-Straße, Sabrina in ihrem Schutzanzug, ein Bild von ihr im Halbschlaf am Küchentisch, das Kinn auf die Handfläche gestützt, wie sie nach einer zu langen Nacht im Labor beim Abendessen einnickt.

Dann Sabrina mit Diamantenhalsband und High Heels, am Fenster stehend, ein Feuerwerk hinter der Schulter, ihr nackter Körper in farbige Funken getaucht. So schön, dass ich meiner eigenen Erinnerung nie geglaubt hätte, wenn ich nicht ein Foto gemacht hätte, wenn ich das Bild nicht gerade jetzt betrachten würde.

In diesem Moment hatte ich alles – alles, wovon ich je geträumt hatte, und noch mehr.

Wie habe ich es so schnell verloren?

Ich klicke mich noch einmal durch meine Galerie und finde eines unserer letzten gemeinsamen Fotos von Neve Markovs Hochzeit: Sabrina schaut in die Kamera, sie lächelt nicht und trägt das schwarze Kleid, das nur ihre zweite Wahl war. Ihre Augen sind dunkel und unglücklich.

Ich stehe neben ihr, grinse und drücke sie fest an meine Seite. Völlig ahnungslos über ihren Gesichtsausdruck.

»*Es ist gut für dich! Dir ist es doch egal, was ich will!*«

Sabrinas Stimme hallt in meinem Kopf wider – wütend, entrüstet, gequält.

Ich wechsle die Ordner und blättere durch unsere Sexvideos.

Ziemlich schnell finde ich meine Lieblingsszene, die allererste, die sie für mich gemacht hat.

Die Kamera ruckelt, als sie mein Telefon auf dem Bücherregal ausrichtet und es in Richtung Bett schiebt. Dann durchquert Sabrina nackt das Bild, die Haare als wilde Mähne auf dem Rücken.

Ich lasse meine Hand vorne an meiner Jeans heruntergleiten und lege sie auf meinen Schwanz.

Sabrina klettert auf meine liegende Gestalt und spreizt sich über meinem Gesicht. Ihre Oberschenkel sind kräftig und wohlgeformt, ihre Hände greifen das Kopfteil.

Sie presst ihre Vagina auf meinen Mund, wölbt den Rücken und lässt ihre Klitoris über meine Zunge gleiten.

Ich erinnere mich an ihren Duft und ihren Geschmack.

Ich hebe meine Hand zum Mund und atme ihr Parfüm ein.

Die Sabrina auf meinem Telefon stöhnt leise. Sie drückt ihre nackten Brüste gegen das Kopfteil, die Hände flach, die Finger auf dem Holz gespreizt, als würde ich hinter ihr stehen und sie gegen die Wand drücken.

Ihr Kopf wendet sich der Kamera zu, die Wange gegen die Wand gedrückt, die Augen geschlossen. Ihre Lippen öffnen sich. Sie stößt einen langen Atemzug aus, den ich in meiner eigenen Lunge spüre, meine Seele kommt in diesem Seufzer heraus.

Meine Hand umklammert meinen Penis schmerzhaft fest.

Sie reitet auf meinem Gesicht, erst langsam, dann immer schneller. Ihr Körper rollt wie eine Welle, die Brüste schieben sich nach vorne, der Hintern wölbt sich nach hinten. Sie lässt das Kopfteil los, um ihr Haar mit beiden Händen zurückzuschieben, ihre Handflächen gleiten über ihre Wangen, ihren Hals, ihre Brust hinunter, heben ihre Brüste an, greifen sie, halten sie fest.

Ich streichle mich selbst im Rhythmus ihrer Bewegungen, immer und immer mehr.

Ich betrachte ihre Proportionen, schlank und katzenhaft ... die Kurve ihrer Taille, die vollen Kugeln ihres Hinterns.

Sabrina ist jetzt mein Maßstab für Perfektion, das Einzige, zu dem ich mich hingezogen fühle. Wer größer ist als sie, ist zu groß, wer dünner ist als sie, ist zu dünn, wer blasser ist als sie, ist zu blass. Ich will alles, was sie ist, und nichts anderes. Sie ist Schönheit und Sinnlichkeit. Sie ist für mich gemacht.

Ich höre Sabrina schreien – mein Lieblingsgeräusch, leise und verzweifelt, fast flehend.

Sie kommt auf meiner Zunge, keucht mit jeder Bewegung ihrer Hüften, stöhnt jedes Mal, wenn sie sich gegen mich presst.

Ich pumpe meinen Penis härter, will mit ihr zum Orgasmus kommen, sehne mich nach Erleichterung.

Aber die Sabrina auf dem Bildschirm kann die Leere im Raum nicht ausfüllen. Ich muss mein Gesicht an ihren Hals legen und ihren Duft dort riechen, wo er am stärksten ist, direkt an ihrem Haaransatz. Das ist es, was ich brauche, um zu kommen.

Die Sabrina auf meinem Handy bricht zusammen und zittert vor Lust.

Was ich nicht schaffe. Ich kann das Loch in mir nicht füllen, ich kann die Übelkeit in meinen Eingeweiden nicht wegspülen.

Ich stehe vom Bett auf, bin aufgeregt und zittere, umklammere mein Handy. Mein Schwanz pocht, aber ich verliere bereits meine Erektion, und das bisschen Vergnügen, das ich mir besorgen konnte, entgleitet mir im Nu.

Ich beende das Video und starre auf den Startbildschirm.

Keine Nachrichten. Keine verpassten Anrufe.

In meiner Verzweiflung schleudere ich mein Telefon gegen die Wand und zertrümmere es.

KAPITEL 39

SABRINA

Ich liege in dem riesigen Innenpool von Krystiyan Kovalenko in den Tiefen seiner Villa in Rublyovka. Der Raum ist feucht und höhlenartig, und das gewölbte Dach ist mit handgemalten weißen und blauen Fliesen bedeckt, auf denen Disteln, Kathedralen, Hirsche und Vögel abgebildet sind. Bilder der Außenwelt in diesem tiefen Loch im Boden.

Das Becken ist mit Salzwasser gefüllt, das so brackig ist, dass man nur ein paar Zentimeter unter die Oberfläche sehen kann. In dem dunklen Wasser könnte sich alles Mögliche verstecken.

Ilsa ist eine Stunde lang Runden geschwommen. Jetzt liegt sie auf dem Rücken, ein Handtuch über den Augen, vielleicht schläft sie.

Ich glaube nicht, dass sie nachts zur Ruhe kommt. Sie versucht, rund um die Uhr an meiner Seite zu sein, weil sie Krystiyan und seinen Männern nicht traut. Eigentlich sollte sie meine Partnerin sein, aber sie ist zum Bodyguard geworden, wie sie es früher für Neve war. Es liegt in ihrer Natur, dass sie die Menschen, die sie liebt, beschützen will.

Seit fast einem Monat leben wir nun schon in dieser Villa.

Unsere Zimmer liegen direkt nebeneinander. Ein oder zwei Mal habe ich sogar in Ilsas Bett geschlafen, wenn wir lange wach geblieben sind und uns unterhalten haben oder ich einfach bloß die Wärme ihres Rückens an meinem spüren wollte. Wir ficken nicht, obwohl Krystiyan das denkt. Er beobachtet uns über die Überwachungskameras. In den Nächten, in denen ich in Ilsas Zimmer schlafe, ist er morgens stinksauer.

Ich lasse ihn denken, was er will, denn das hilft, ihn auf Abstand zu halten. Er bestückt mein Zimmer ständig mit Badesalz und rosafarbenen Rosen sowie mit Stapeln von Pralinen und Taschen aus Moskauer Boutiquen. Beinahe jeden Abend bittet er mich, mit ihm zu essen. Ich bleibe lange im neuen Labor, um ihm aus dem Weg zu gehen.

In einem Punkt hatte Adrik recht: Krystiyan verursacht mir eine Gänsehaut.

Auch mit zunehmender Bekanntschaft hat er sich nicht verbessert.

Wenn ich das Echo davon höre, wie er über die Fliesen stolziert, überlege ich sogar, ob ich mich in den Pool flüchten und unter Wasser den Atem anhalten soll, bis er wieder weg ist.

Stattdessen bleibe ich genau dort, wo ich bin, den Kopf auf ein Handtuch gebettet, die Augen geschlossen, und tue so, als würde ich wie Ilsa schlafen.

Ich hoffe, dass er aufgibt und verschwindet.

Seine Schritte werden langsamer, als er sich nähert. Ich spüre, wie sich sein Schatten über mich legt.

»Noch mehr Schönheitsschlaf und ich kann dich nicht mehr ansehen.«

Ich öffne langsam die Augen und blicke zu Krystiyan Kovalenko auf.

Die Hände stecken in den Hosentaschen, das Gesicht ist frisch rasiert, das dunkle Haar zu einem sorgfältigen Pompadour gekämmt. Für einen Gangster ist Krystiyan zu gepflegt. Seine Anzüge sind zu eng geschnitten, er trägt Einstecktücher und Manschettenknöpfe, Diamantstecker in beiden Ohren.

Er sieht auf seine eigene Art gut aus – ein Grübchen am Kinn, weiße Zähne und eine römische Nase –, aber für meinen Geschmack ist er zu glatt. Er zupft definitiv seine Augenbrauen.

Und dann ist da noch seine Persönlichkeit – schmierig, manipulativ und eifersüchtig. Seine Unsicherheit macht mich fertig.

Wenn Krystiyan darauf besteht, mich in ein Gespräch zu verwickeln, habe ich es mir zur Gewohnheit gemacht, ihn anzustarren und darauf zu warten, dass er auf den Punkt kommt.

»Dein Freund ist wieder im Geschäft.« Krystiyan wirft mir ein kleines Plastiksäckchen zu.

Ich halte es gegen das Licht und betrachte die Pille darin.

Sie ist klein und oval, narzissengelb und mit einem Blitz gestempelt. Das ist alles, was sie machen konnten, da ich die Spezialpresse genommen habe.

Hitze breitet sich in meiner Brust aus. Adrik verkauft mein Produkt – *meine* verdammte Erfindung.

Ich sehe Krystiyan an. Er ist gezwungen, seinen Blick wieder auf mein Gesicht zu lenken. Er hat ihn über mein feuchtes Bikinihöschen gleiten lassen, über die kleinen Wassertropfen, die sich in meinem Bauchnabel gesammelt haben, und über die Spitzen meiner Brustwarzen, die sich gegen das Triangel-Oberteil drücken. Ich möchte mir einen Bademantel überziehen, aber ich will Krystiyan nicht die Genugtuung geben.

Ich werde ihn auch nicht korrigieren, wenn er Adrik meinen Freund oder Ilsa meine Freundin nennt. Er will, dass man ihm widerspricht.

Allmählich glaube ich, dass Krystiyan nicht auf mich fixiert ist, sondern dass es Adrik ist, von dem er besessen ist. Er spricht unaufhörlich davon, wie sie in der Schule Rivalen waren. Jeder Konflikt, jede Interaktion wird ausgegraben und nacherzählt. Oder zumindest Krystiyans Version der Ereignisse. Zu seinem Leidwesen habe ich viel Zeit mit Adrik verbracht. Der Adrik, den Krystiyan wiedergibt – übermütig, arrogant, leicht zu besiegen durch Krystiyans Machenschaften und Verleumdungen –, hat wenig Ähnlichkeit mit dem Mann, den ich kenne.

Mich von Adrik zu stehlen, ist Krystiyans größte Errungenschaft.

Das Einzige, was das noch toppen könnte, ist, Adriks Geschäft zu ruinieren.

»Wie können wir ihn aufhalten?«, fordert Krystiyan.

Ich rolle das Tütchen zwischen Daumen und Zeigefinger, sodass sich die gelbe Pille hin und her dreht.

»Wir verkaufen unser Molniya billiger.«

»Billiger?« Krystiyan runzelt die Stirn. »Wir verdienen so schon kaum Geld.«

»Das tut er auch nicht. Adrik muss den Tschetschenen das Material zum Höchstpreis abkaufen, und er hat keine Bargeldreserven. Wir können seinen Preis unterbieten. Und ihn aus dem Geschäft drängen.«

Krystiyan tut so, als würde er über die Idee nachdenken, als wäre er derjenige, der das Sagen hat. An seinem Grinsen erkenne ich, dass er bereits an Bord ist.

Er hat die Möglichkeit dazu, denn er hat von seinem Vater geerbt und schwimmt in Geld. Davyah Kovalenko war Makler und vermittelte den Verkauf von Bauaufträgen an Oligarchen. Als er auf einer Jacht in Sotschi mit seiner Geliebten vögelte, erlitt er einen Herzinfarkt. Vielleicht hätte er es überlebt, wenn die Geliebte um Hilfe gerufen hätte, anstatt ihm Uhr, Ringe, Kreditkarten und Bargeld zu rauben. Krystiyan erzählte mir, dass er dem Mädchen zur Strafe für den Diebstahl den Mund auf beiden Seiten aufschlitzte.

Er hätte sich bei ihr bedanken sollen. Krystiyan liebt es, den Boss zu spielen und seine bunt zusammengewürfelte

Söldnertruppe herumzukommandieren. Ein paar sind *Kachki*, ein paar Ukrainer, ein paar Bratwa, wenn auch aus niederen Familien. Er bezahlt sie großzügig, aber sie haben keinen Respekt vor ihm. Ich höre ihre gemurmelten Witze. Ich sehe die Blicke, die sie sich hinter seinem Rücken zuwerfen.

»Wie lange wird es wohl dauern, ihn zu verdrängen?«, fragt Krystiyan.

Ich zucke mit den Schultern. »Ein oder zwei Monate vielleicht.«

Das wird Krystiyan einen Haufen Geld kosten, auch wenn er es nicht merken wird. Er erinnert mich an ein Kind mit Treuhandvermögen, das einen Nachtclub oder eine Bekleidungslinie kauft und dabei Geld verliert, weil es nichts vom Geschäft versteht.

Ich werde die Blutung stoppen, wenn es mir passt.

Nachdem ich Adrik seine Geschäftsgrundlage entzogen habe.

Krystiyan geht neben mir in die Hocke. Russen haben die bemerkenswerte Fähigkeit, diese Position zu halten, selbst wenn sie Anzughosen und Slipper tragen.

»Was ist mit der neuen Droge?«, fragt er und schaut mich unter seinen dicken, dunklen Brauen an.

Er hat eine unangenehme Art zu sprechen, als ob alles eine Anspielung oder eine Doppeldeutigkeit wäre. Vor allem mit mir spricht er in einem sanften, vertraulichen Ton, der mich dazu bringt, ihm eine Ohrfeige geben zu wollen.

»Sie ist fertig«, sage ich. »Gestern Abend habe ich sie getestet.«

Krystiyan macht einen Schmollmund. »Warum hast du mich nicht eingeladen?«

»Vielleicht beim nächsten Mal«, sage ich ohne jegliche Überzeugung.

Krystiyan stützt seine Handfläche auf meinen Oberschenkel und sieht mir in die Augen.

»Du wärst überrascht, wie hilfreich ich sein kann.«
»Krystiyan ...«
»Ja?«
»Nimm deine Hand von meinem Bein.«
Er lächelt mich an, als würde ich einen Scherz machen, ohne seine Hand zu bewegen.
»Bist du taub?«, bellt Ilsa.
Sie hat das Handtuch nicht von ihren Augen genommen. Sie hat sich nicht aufgesetzt, aber ihre Stimme knallt wie eine Peitsche und hallt in dem riesigen Raum wider.
Krystiyan zuckt mit der Hand zurück und streicht sich das Haar glatt, als wäre das der wahre Grund, warum er aufgehört hat, mich zu betatschen.
»Das funktioniert hoffentlich«, sagt er, und seine Stimme wird um einiges kälter. »Es ist ein teures Unterfangen, deinen Betrieb zu finanzieren.«
»Du verkaufst bereits das Fünffache von dem, was du je verkauft hast«, erwidere ich und schüttle den Kopf. »Erspare mir die Beschwerden.«

***

Adrik unter Druck zu setzen, ist ein langsamer Prozess, bei dem ich den Preis für Molniya kontinuierlich senke und gleichzeitig so viel Ware wie möglich verkaufe, um den Markt zu überschwemmen. Adrik muss die Materialien zu den überhöhten Preisen der Tschetschenen kaufen und verliert bei jedem Verkauf Geld. Er kann nicht ewig so weitermachen.

Krystiyan beklagt sich wöchentlich über das Geld, das wir doppelt so schnell ausgeben wie Adrik, doch ich weiß, dass unsere Reserven das verkraften können. Es ist wie eine Belagerung. Ich hungere Adrik in seiner Burg aus, während ich noch ein Lager voller Lebensmittel habe.

Adrik ist unter Beschuss, aber trotzdem bin ich eine Gefangene in Krystiyans Haus. Nicht nur, weil ich auf den Straßen Moskaus nicht auf das Wolfsrudel treffen will, sondern weil Krystiyan von Tag zu Tag ängstlicher und widerspenstiger wird. Ich habe ihn unter Druck gesetzt, sein Vermögen in diese Sache zu stecken. Alles ruht auf meinen Schultern. Ich bin sein Glücksspiel – er muss mich dazu bringen, dass es sich auszahlt, oder er verliert alles.

Ich habe das deutliche Gefühl, dass seine Männer mich beobachten, mir folgen, ununterbrochen in der Nähe sind. Ilsa hasst es. Sie hasst all das. Sie hat immer mit ihrer eigenen Familie gearbeitet, auf die sie sich völlig verlassen konnte. Wir sind ständig auf der Hut, trauen Krystiyan nicht und können nicht einmal darauf vertrauen, dass seine Männer *ihm* gegenüber loyal sind.

Da ich nicht im Haus unter Krystiyans Beobachtung sein möchte, verbringe ich viel Zeit in meinem neuen Labor. Es ist sauber und modern mit guter Belüftung, aber auch kalt und kahl und ohne Hakims ständige Bemerkungen, was ich alles falsch mache, viel weniger fröhlich. Ilsa ist nicht bei mir. Sie streift immer umher, um sicherzugehen, dass Krystiyans Handlanger nichts Zwielichtiges im Schilde führen.

Ein weiterer Nachteil des Labors ist, dass es sich eine Wand mit einem Restaurant teilt, das Yakim Dimka gehört, einem anderen Bratwa-Boss. Ich höre das Knallen der Schwingtüren, wenn die Kellner in die Küche hinein- und hinausgehen, den Souschef, der seine Mitarbeiter anbrüllt, und sogar den Geschirrspüler, der vor sich hin summt, während er die Teller wäscht.

Ich bin sicher, Krystiyan hat diesen Raum gemietet, um sich bei Dimka einzuschleimen. Allerdings bezweifle ich, dass es ihm viel nützt, denn das Restaurant ist zu klein und schäbig, als dass ein *Pakhan* dort selbst essen würde. Wir werden uns nicht einmal über den Weg laufen.

Die Geräusche der Menschen, die in der Nähe arbeiten, sind weniger eintönig als völlige Stille, wenn auch gelegentlich störend.

Ich habe meine bisher raffinierteste Formel entwickelt. Ich habe keinen Hakim, der mir bei der verzögerten Freisetzung der einzelnen Drogenbestandteile hilft, also habe ich es so konzipiert, dass alles auf einmal wirkt, eine alles auslöschende Decke von Empfindungen, überwältigend und intensiv. Ich habe Ketamin für die totale Entspannung hinzugefügt. Man kann außerhalb des eigenen Körpers schweben und sich selbst dabei beobachten, wie man spricht und sich bewegt. Als wäre man sowohl ein Roboter als auch der Gott geworden, der ihn aus der Ferne steuert.

Ich teste es an mir selbst, während Ilsa Wache hält. Ich verbringe Stunden damit, mein Gehirn von dem Schmerz in meiner Brust zu trennen, der den ganzen Tag und die ganze Nacht ohne Pause pulsiert. Das ist die einzige Zeit, in der ich ihn nicht spüre – wenn ich völlig zugedröhnt bin.

Ich nehme die Droge öfter, als ich es für die Tests brauche. Ich nehme sie fast jeden Tag, weil es die einzige Möglichkeit ist, die Schmerzen zu lindern.

Wenn ich high bin, habe ich keinen Appetit. Ilsa holt uns Essen, und ich sitze vor meinem und beobachte, wie meine Hände es berühren und aufheben. Als ich einen Bissen in den Mund nehme, fühlt es sich wie ein Fremdkörper an. Ich bewege es mit der Zunge hin und her, unfähig, zu kauen oder zu schlucken.

Meine Kleidung wird immer lockerer. Meine Haut ist fahl und gelblich. Ich bin kaum noch draußen gewesen. Ich bin ein Schatten meiner selbst.

Mit jedem Tag, der vergeht, werden die Schrauben bei Adrik fester angezogen, aber auch ich werde bestraft. Ich hasse die Arbeit mit Krystiyan. Ich hasse es, wie gestresst Ilsa aussieht. So hat sie sich das nicht vorgestellt. Wenn es nur um sie allein ginge, würde sie Krystiyans Blödsinn nicht ertragen. Sie bleibt, weil sie sich Sorgen um mich macht.

Alles, was ich tun kann, ist, erfolgreich zu sein, denn das habe ich Ilsa versprochen, und das habe ich mir geschworen.

Ich arbeite von Mal zu Mal härter und versinke dabei immer tiefer im Elend. Ich frage mich, wie sich jemand so beschissen fühlen und überleben kann.

Ich nenne die neue Droge Mechtat, was *Traum* bedeutet. Das ist eine Lüge. Ich träume nicht mehr. Ich hoffe es nicht einmal.

***

In der sechsten Woche unserer Belagerung kommt Krystiyan in mein Zimmer, während ich mich bettfertig mache. Er weiß, dass er keinen Zutritt hat. Ohne auf seinen steifen Gang und seine weißen Knöchel achten zu müssen oder zu riechen, dass er zu viel Wodka getrunken hat, weiß ich bereits, dass er wütend ist. Das Eindringen in mein Zimmer ist die Botschaft.

Ich stehe in einem Seidenslip vor dem Spiegel und wische mir langsam mit einem Reinigungstuch das Gesicht ab. Vorhin habe ich eine doppelte Dosis Mechtat geschluckt und bin gerade an dem Punkt, an dem alles weit weg und gestellt aussieht wie eine Filmkulisse.

Ich sehe die angenehme Hell-Dunkel-Qualität des Lichts, das überall dunkel ist, außer dem sanften goldenen Ringlicht, das mein Gesicht beleuchtet. Wenn ich high bin, verbringe ich gern eine ganze Stunde damit, mein Gesicht zu waschen, mit Feuchtigkeit zu versorgen und zu massieren. Ich sage mir, dass ich immer noch schön bin, egal wie hässlich ich mich fühle.

Krystiyan taucht hinter mir auf – ein blasses Gesicht, das im Spiegel über meiner Schulter schwebt. Mit seinen schwarzen Haaren und dem dunklen Anzug sieht er wirklich aus wie der Teufel höchstpersönlich.

Wenn er wütend ist, werden die Ränder seiner Lippen weiß, und der Bereich um seinen Mund wird steif wie die Schnauze eines Hundes.

»Du *sagtest*, wenn wir die Droge billiger verkaufen, kann sich Adrik keine Rohstoffe mehr leisten. Du *sagtest*, er könne seine Verträge mit den Clubs und den Dealern nicht mehr erfüllen und wir würden sie stattdessen bekommen.«

»Das stimmt.« Ich beobachte, wie sich meine Lippen im Spiegel bewegen – dunkelrot, die Farbe einer Rose, die ein Gangster auf einen Sarg legen würde, wenn das alles wirklich Teil eines Films wäre, den ich drehe. »Das ist einfache Mathematik. Ihm wird zuerst das Geld ausgehen. Deshalb ist Amerika der Wirtschaftsriese der Welt und nicht Russland – weil ihr die verdammten Zahlen nicht respektiert.«

»Weißt du, was, du Klugscheißer? Er hat sich gerade mit Yuri Koslov zusammengetan. Und er *erfüllt* seine Aufträge und wir *verlieren* immer noch eine verdammte Tonne Geld!«

Am Ende seiner Tirade schreit Krystiyan direkt neben meinem Ohr, so laut, dass meine Haare in mein Gesicht fliegen.

Ich bleibe völlig ruhig. Das ist das Schöne am losgelösten Zustand. Krystiyan kann mich weder ärgern noch aufregen. Ich spüre nicht einmal mehr den Stress, den ich vor der Einnahme der Droge hatte. Ob gut oder schlecht, nichts berührt mich.

Glücklicherweise liest sich das für Krystiyan wie Zuversicht. Als ob ich sicher bin, dass das, was ich versprochen habe, auch eintreffen wird.

»Noch besser«, versichere ich ihm. »Jetzt muss Adrik seinen Gewinn durch zwei teilen. Und er muss mit jemandem außerhalb des Wolfsrudels arbeiten. Er hat keine Kontrolle mehr über sein Umfeld. Das macht ihn verwundbar.«

Und wahrscheinlich auch wütend. Jetzt arbeiten wir beide mit einem Partner, den wir nicht ausstehen können.

Du wirst die Zusammenarbeit mit jemandem vermissen, den du ficken kannst, nicht wahr, Adrik?

»Was soll das denn heißen?«, knurrt Krystiyan.

»Finde die Schwachstelle in seiner neuen Lieferkette heraus. Yuri Koslov ist nicht annähernd so akribisch wie Adrik – es muss eine geben.«

Krystiyan denkt darüber nach, sein Kiefer malmt.

Nach einer Minute lehnt er sich nahe heran und zischt: »Ich hoffe, du bist so schlau, wie du glaubst.«

Es stellt sich heraus, dass ich es bin.

Zwei Tage später teilt mir Krystiyan mit, dass er die Zeit und den Ort von Adriks nächsten drei Sendungen herausgefunden hat.

Das Bestechungsgeld, das er für die Informationen zahlte, war mehr als die Hälfte des Wertes der Drogen selbst. Ilsa und ich sowie vier von Krystiyans Männern fangen den Lastwagen dreißig Kilometer vor dem Übergabepunkt erfolgreich ab. Als ich ihn durchsuche, sind Yuris versteckte Fächer weit weniger raffiniert als die von Zakharov. Es dauert nur zehn Minuten, bis das Fahrzeug bis auf das letzte Gramm an illegalem Material ausgeräumt ist.

Krystiyan lacht über unseren Diebstahl. All seine Zweifel sind vergessen, er hält sich wieder für den König der Welt, der wie ein echter Gangster auf Adrik losgeht.

Ich fühle mich weder gut noch schlecht dabei.

Im Moment spüre ich überhaupt nichts.

Kapitel 40

Adrik

Es ist ein verdammt großes Problem, dass Sabrina unsere Rohstoffe klaut.

Erstens bestiehlt sie nicht mehr nur mich. Yuri Koslov will ihr eine Kugel in den Kopf jagen. Zweitens ist dies ein direkter Angriff auf mein Geschäft. Nicht Preismanipulation und Marktüberflutung – sie hat uns bestohlen. Was bedeutet, dass wir in den Krieg ziehen werden.

Meine Gefühle für Sabrina schwankten in den letzten sechs Wochen zwischen Bedauern und alles verzehrender Wut. Noch nie zuvor war ich so wütend auf jemanden. Sich als meine Feindin und Rivalin zu positionieren, nach allem, was wir gemeinsam durchgemacht hatten …

Ich verbringe Stunden damit, über die dunklen und verdorbenen Dinge zu fantasieren, die ich tun werde, falls ich sie jemals in die Finger bekomme.

Doch selbst in meinen mörderischsten Momenten kann ich den Gedanken nicht ertragen, dass sie eine Kugel von einem von Yuris Männern abbekommt.

Als Koslov also verlangt, dass wir uns an Krystiyan Kovalenko rächen, sage ich, dass ich mich selbst darum kümmern werde.

Ich befehle dem Wolfsrudel, sich vorzubereiten, und wir fahren zu Krystiyans Anwesen in Rublyovka.

Wir sind alle sechs im SUV. Hakim und Chief warten im

Auto. Jasper und Vlad kommen bis zum Eingangsbereich, aber Krystiyans Männer lassen sie nicht weiter.

Jasper will bei mir bleiben. Tatsächlich lässt er bloß widerwillig zu, dass ich ohne ihn weitergehe.

»Es ist okay«, sage ich. »Ich habe es im Griff.«

Allein folge ich Krystiyans Lieutenant in etwas, das ich nur als das Versteck eines Schurken beschreiben kann. Es ist ein dramatischer, anthrazitfarben gestrichener Raum mit hohen Vorhängen, einem lodernden Kamin und einem echten sibirischen Bärenteppich, der in einem vergeblichen Brüllen unter den Beinen eines thronartigen Stuhls erstarrt ist. Der Rest der Sitzgelegenheiten ist eher gewöhnlich. Sabrina sitzt auf einer ganz normalen Couch, Ilsa auf einem Sessel. Sie sehen beide angespannt und blass aus.

Krystiyan ist der Einzige, der sich wohlfühlt – denn er ist der Einzige, der dumm genug ist, um nicht zu verstehen, was in diesem Augenblick passiert.

Er glaubt, er sei in einer triumphalen Position. Vier seiner Männer um ihn herum, meine draußen in der Eingangshalle. Sabrina zu seiner Rechten, wie eine Königin, die erobert wurde. Ilsa, ihr Ritter, sitzt neben ihr, die Ellbogen auf den Knien, die Faust unter dem Kinn, schweigend und wachsam.

Krystiyan grinst tatsächlich und räkelt sich in seinem lächerlichen Stuhl. Seine Zähne sind fast so weiß und gerade wie die eines Amerikaners, an einem Handgelenk baumelt ein schweres Goldarmband, seine Nägel sind maniküert, er trägt einen 6000-Dollar-Anzug. Ganz und gar der König.

Ich trage Jeans und Stiefel. Dieselbe Jacke wie immer. Dieselbe Frisur. Ich bezweifle, dass ich mich in Sabrinas Augen verändert habe. Die Veränderung ist zu tief vergraben – ein Gift, das sich unter der Oberfläche ausbreitet, wo es niemand sehen kann.

Sabrina sieht völlig anders aus. Wenn ich es für möglich

halten würde, würde ich denken, dass Krystiyan sie gefoltert hat. Ich habe sie noch nie so ausgelaugt gesehen. Sie ist ein verblasstes Abbild dessen, was sie einmal war.

Und doch gibt es eine verzweifelte, zerbrechliche Schönheit, die ich unbedingt retten muss, wie ein Gemälde, das restauriert werden könnte, oder einen Ring, den man ausgraben und reinigen könnte, um ihn wieder zum Glänzen zu bringen.

Krystiyan grinst. »Adrik, ich habe mich schon gefragt, wann du mich besuchen kommst.«

Ohne einen Blick in seine Richtung zu werfen, sage ich: »Ich bin nicht hier, um dich zu sehen.«

Seit ich den Raum betreten habe, habe ich Sabrina nicht eine Sekunde aus den Augen gelassen. Mein Blick brennt sich in sie ein und setzt sie in Brand. Ich sehe, wie die Farbe von ihrem Hals in ihre Wangen steigt wie ein Thermometer. Je länger ich sie anstarre, desto heißer wird sie.

Ich mache drei lange Schritte auf sie zu. Krystiyan springt von seinem Stuhl auf und stellt sich vor mich, um mich zu stoppen.

Mit einer Hand greife ich seine Schulter und schneide mit der rasiermesserfeinen Klinge des Messers, das Sabrina mir geschenkt hat, eine fingerdicke Wunde in seine Kehle.

Was auch immer Krystiyan sagen wollte, wird kurzerhand unterbrochen, seine Stimmbänder werden zusammen mit allem anderen durchtrennt. Es folgen nur pfeifende Geräusche, als er seine Finger an den Hals legt und sein Gesicht nichts als Überraschung zeigt.

Er sinkt nach vorne und landet unsanft auf seinen Knien.

Der Raum ist völlig still. Krystiyans Männer haben sich nicht einen Zentimeter bewegt. Sie starren mich teilnahmslos an. Sie sehen zu, wie ihr Chef kämpft und an seinem eigenen Blut ertrinkt, ohne einen Finger zu rühren, um ihm zu helfen.

Alles ist still, bis auf das Tropfen des Blutes von der Spitze meines Messers auf den Boden.

Ich schaue Sabrina direkt in die Augen.

»Baby, du fängst wirklich an, mich zu nerven.«

Krystiyan kippt hinter mir um. Sabrinas große und erschrockene Augen huschen von seinem Körper zu seinen Männern, die immer noch streng dreinblicken und sich nicht bewegen. Sie scheinen ihren Chef am Boden kaum zu bemerken.

»Du fragst dich, warum sie nichts tun? Lass es mich dir erklären. Siehst du denjenigen hinter dir? Den mit den Ohrringen? Das ist Denis Radmir, wir sind zusammen in St. Petersburg zur Schule gegangen. Der neben ihm ist Yev Tamila. Sie wissen, wer ich bin. Sie wissen, wenn sie auch nur daran *denken*, eine Kugel auf mich abzufeuern, wird Jasper kommen und sie jagen und ihnen einen Monat, sechs Monate oder ein Jahr später die Kehle durchschneiden. Und wenn Jasper sie nicht findet, wird es Vlad tun. Oder Andrei. Oder Hakim. Oder sogar der verdammte Chief. All diese Männer wissen das. *Das* ist der Unterschied zwischen einem Bruder und einem Auftragskiller.«

Ich sehe die kranke Blässe, die sie überkommt, als sie merkt, dass sie das wirklich nicht hat kommen sehen. Sie merkt, wie viel sie nicht weiß.

Ilsa betrachtet die Leiche von Krystiyan auf dem Boden ohne jegliche Verwunderung. Ich hätte Sabrina niemals dasselbe antun können, ohne dass Ilsa eingegriffen hätte, denn sie hätte sie nicht von vornherein so schutzlos gelassen. Sie bleibt direkt an Sabrinas Seite.

Ilsa versteht, wie schnell sich das Machtgleichgewicht verschoben hat.

Krystiyan hat keine Familie, keinen Einfluss jenseits seines Geldes. Die Loyalität, die er sich mit seinem Geld erkauft hat, starb in dem Moment, als ich ihm die Kehle durchschnitt.

Ilsas Schultern senken sich wie ein Seufzer.

Ich halte das Messer immer noch in der Hand. Mein Daumen streicht über die Inschrift, die Sabrina in einer anderen Zeit, einer anderen Welt für mich hat eingravieren lassen.

Du. Nur du ...

Es sind bloß drei Meter zwischen uns. So nah waren wir uns seit sechs Wochen nicht mehr. Eine quälende, ewige Zeitspanne.

Ich kann ihren Herzschlag in diesem Raum spüren. Ich rieche ihren Duft, intensiv und voll von Adrenalin. Ihre Pupillen sind stecknadelkopfgroß, ihre Lippen feucht.

Ich könnte noch zwei Schritte machen, um sie zu erreichen, aber sie ist angespannt und zittert – wenn ich einen Schritt auf sie zumache, könnte sie abhauen.

»Du bist erledigt«, sage ich. »Es ist Zeit, nach Hause zu kommen.«

Sie starrt mich an. Sie ist kreidebleich im Gesicht, und ihr Blick ist ausdruckslos. »Niemals«, flüstert sie.

Die Luft ist erfüllt vom eisernen Geruch des Blutes.

Es ist das von Kovalenko, aber es fühlt sich an, als wären Sabrina und ich es, die geschnitten wurden. Wir haben uns immer wieder gegenseitig angegriffen. Wir befinden uns in einer Art Wettkampf, um zu beweisen, wer den stärkeren Willen hat. Damit wir zusammen sein können, muss vielleicht einer von uns siegen.

Wir werden uns so lange gegenseitig verletzen, bis jemand um Gnade bettelt.

Ich zeige auf Sabrina und verspreche ihr: »Wenn du dich noch einmal in mein Geschäft einmischst, werde ich nicht gnädig sein.«

Ich schließe das blutige Messer und stecke es in meine Tasche zurück.

Die Männer von Krystiyan sprechen kein Wort mit mir. Denis Radmir nickt nur, als ich vorbeigehe.

Ich verlasse das Haus, das Wolfsrudel hinter mir.

Die Rückfahrt im Auto verläuft schweigend.

Jasper fährt, eine Hand am Lenkrad. Ich sehe, wie er mir aus dem Augenwinkel heimliche Blicke zuwirft.

»Geht es dir gut?«, fragt er schließlich.

Die Last dessen, was ich gerade getan habe, bricht bereits über mich herein. Ich lasse jedes Wort, jeden Blick zwischen Sabrina und mir Revue passieren. Ich fühle schon, dass alles falsch war, dass ich alles versaut habe.

Ich weiß nicht, was ich hätte tun sollen … aber nicht das.

Ich kann Jasper nicht antworten. Ich kann bloß einmal den Kopf schütteln.

Wieder langes Schweigen.

Dann zieht Jasper eine Grimasse und sagt: »Wenn du mich fragst … ich vermisse sie auch.«

Das tun wir alle. Die Stimmung im Haus war in den letzten sechs Wochen düster und das nicht nur wegen mir. Wie hell Sabrina leuchtet, merkt man erst, wenn das Licht ausgeht.

An dem Tag, an dem sie ging, stimmte Jasper ihr zu. Er hatte Angst, mir die Wahrheit zu sagen.

Eine weitere Sache, wegen der er sich schuldig fühlt. Und eine weitere Sache, die mir zeigt, wie blind ich sein kann.

Kapitel 41

SABRINA

Noch bevor Adrik den Raum ganz verlassen hat, zieht Ilsa ihre Waffe und legt ihre Hand auf meine Schulter. Sie stößt mich in die entgegengesetzte Richtung zurück und drängt mich in unsere Zimmer, um zu packen, was wir brauchen.

Es ist nicht Adrik, um den sie sich Sorgen macht, sondern der Rest von Krystiyans Männern. Jetzt, da Krystiyan tot ist, sind sie ungebunden und unabhängig. Eine umherziehende Bande von Auftragskillern, bis sie ihre nächste Gelegenheit finden.

Sie wirft meine Sachen in eine Tüte und nimmt zu viel von dem Zeug mit, das Krystiyan mir gekauft hat und das ich nie im Leben tragen würde.

»Was machst du da?«, zische ich sie an. »Wir müssen wieder hinaus, wir könnten ein paar Männer gebrauchen.«

»Und womit bezahlen wir sie? Wir haben keinen Gewinn gemacht. Du hast nur die Hälfte von Kovalenkos Geld abgezweigt, auf das wir keinen Zugriff mehr haben. Wir müssen hier weg, bevor diese Typen merken, dass sie ihren letzten Gehaltsscheck nicht bekommen.«

Sie greift meinen Rucksack und drückt ihn mir in den Arm.

»Warum hast du es so eilig? Wir brauchen zumindest unsere Ausrüstung.«

»Sabrina, es ist vorbei!«, fährt mich Ilsa an.

Sie hält mit dem Packen inne und starrt mich bloß noch an, als hätten wir dieses Gespräch schon geführt und ich hätte es nicht gehört.

»Wovon redest du? Wir können einen anderen Partner finden.«

»Es wird keinen anderen Partner geben. Adrik ist mit Yuri Koslov befreundet. Er ist ein hohes Tier, niemand sonst wird sich unserem Rachefeldzug gegen zwei der gefährlichsten Leute der Stadt anschließen. Und selbst wenn sie es täten ...« Sie hebt die Hand, um mir zuvorzukommen. »Ich habe genug. Es hat Spaß gemacht, es war verrückt, es war eine dringend benötigte Pause, aber jetzt wird es Zeit, ins echte Leben zurückzukehren.«

Ich kann nicht glauben, dass sie das sagt.

»Das *ist* mein Leben«, zische ich sie an. »Ich gehe nicht nach Chicago zurück.«

»Nun, ich gehe nach Hause«, sagt sie. »Und das solltest du auch tun.«

Sie versucht, motivierend und sachlich zu sein, doch als sie meinen Gesichtsausdruck sieht, kann sie es nicht mehr ertragen. Sie bleibt stehen und legt ihre Arme für eine Minute um mich, ohne etwas zu sagen. Sie hält mich einfach nur fest.

Es fühlt sich an, als würde jedes schreckliche Gefühl versuchen, aus mir herauszusprudeln. Ilsas Arme sind das Einzige, was mich zusammenhält. Ich bin ein kaputtes Gefäß, das auseinanderbricht, wenn man es nicht richtig stützt.

Irgendwann muss sie loslassen.

»Komm mit mir«, sagt sie.

Ich schüttle den Kopf. »Nein, danke. Ich habe Simon auch nie wirklich gemocht.«

Sie sieht mich an und versucht, in meinem Gesicht zu lesen.

Ich zwinge mich zu einem Lächeln. Als ob ich keine

Angst hätte, allein zu sein. Als ob ich nicht kurz vor dem Zusammenbruch stünde.

»Ich komm schon klar«, lüge ich. »Du kannst gehen.«

Ich glaube, ich habe sie erfolgreich getäuscht. Sie ist so überzeugt, dass sie sagt: »Ganz die alte Sabrina.«

»Ganz die alte Wonder Woman.«

Sie lächelt und schüttelt den Kopf. »Bis dann, Liebes.«

Als sie weg ist, kann ich nicht einmal mehr Mechtat nehmen, denn es gibt niemanden mehr, der auf mich aufpasst.

***

Ich verbringe die Nacht in einem billigen Hotel in Odintsovo.

Zum ersten Mal, seit ich in Moskau bin, bin ich ganz allein.

Ich habe etwa 6000 Dollar in bar, eine Mischung aus amerikanischen Dollars und Rubeln. Außerdem ein paar Tütchen mit Produkten, insgesamt etwa zweihundert Pillen.

Ich sitze auf der bedruckten Baumwolldecke und denke nach, während ich mit dem alten Messer meines Vaters spiele. Ich drehe mein Handgelenk, um die Klinge aus- und wieder einzuschwingen, und gehe die Tricks, die ich kenne, gedankenlos durch. Die Klinge schneidet mit einem Geräusch wie eine Schere durch die Luft, schiebt sich in den Griff hinein und wieder heraus und blinkt silbern in der Dunkelheit wie eine Münze, die sich unter Wasser dreht.

Das Messer fühlt sich an wie ein Teil meiner Hand. Ich habe es schon mein ganzes Leben lang. Seit Jahren ich mich nicht mehr geschnitten, selbst wenn ich betrunken damit spiele.

In diesem Moment bin ich stocknüchtern.

Ich habe zu viel konsumiert. Ich habe versucht, der Welle

zu entkommen, die mich in dem Augenblick überschwemmt hat, als ich Adrik verloren habe.

Ich bin in dieser tiefen, dunklen Kälte gefangen. Die Drogen hielten mich am Schlafen. Jedes Mal, wenn ich aufwache und Luft hole, strömt das Wasser herein und ich ertrinke wieder von Neuem.

Allein in diesem Hotelzimmer ertrinke ich und ertrinke und ertrinke.

Adrik zu sehen, hat mich wieder einmal zerrissen.

Er kam herein wie ein Krieger, strahlte Kraft und Zuversicht aus. Krystiyan war ein Narr, sich ihm in den Weg zu stellen – jeder konnte sehen, dass niemand vor ihm bestehen konnte.

Er schnitt Krystiyan mit dem Messer, das ich ihm geschenkt hatte, die Kehle durch. Dann bedrohte er mich mit demselben Messer, meinem verdammten Geschenk an ihn, mit meinen Worten auf dem Griff.

Sein Gesicht war eine Maske aus Zorn und Verachtung.

Er bellte mich an, ich solle mit ihm kommen – keine Bitte, sondern ein Befehl.

Er hat sich überhaupt nicht verändert.

Nur dass er mich jetzt hasst.

Ich weiß, wie schwach ich in diesem Moment war. Er sah so selbstbewusst aus, so wild. Alles in mir sehnte sich nach seiner Berührung. Wenn er ein Wort der Freundlichkeit oder Entschuldigung gesagt hätte, wenn er auch nur gesagt hätte, dass er mich vermisst ... ich wäre im Nu dahingeschmolzen.

Er hat es nicht gesagt, weil er es nicht fühlt.

Er will mich nur aus Stolz zurück.

Ich schnippe das Messer wieder heraus. Diesmal sticht es in die Kante meines Zeigefingers.

Ich betrachte die Blutperle, hell wie ein Juwel.

Ich kann den Schnitt nicht spüren, nicht einmal, als ich

meinen Finger zum Mund führe und daran sauge. Er schmeckt nach Kupfer.

»*Nun, ich gehe nach Hause. Und das solltest du auch tun.*«
Zurück nach Chicago zu gehen, bedeutet aufzugeben.
Ich bin vieles, aber ich bin kein verdammter Verlierer.
Adrik denkt, er hat gewonnen? Ich bin noch nicht mal annähernd fertig.

Im Labor gibt es fast vollständige Chargen von Molniya und Mechtat. Das Wolfsrudel könnte es ausgeräumt haben, aber wenn nicht ... diese Drogen sind eine Menge Geld wert.

Ich klappe mein Messer zu und lege es auf den Nachttisch.

Morgen früh werde ich sehen, was ich noch retten kann.

Kapitel 42

ADRIK

Ich liege in meinem Zimmer, allein in der Dunkelheit. Seit fast drei Stunden starre ich an die Decke und kann nicht schlafen. Ich habe mir immer wieder vor Augen geführt, was ich getan habe und wie Sabrina aussah: verzweifelt, gequält, unglücklich.

Wenn es um sie geht, höre ich nie auf, Scheiße zu bauen.

Vielleicht ist das der wahre Fluch unserer Beziehung. Bei jedem anderen kann ich ruhig, kalkuliert und entschlossen sein. In dem Moment, in dem ich sie sehe, überkommt mich eine Sturmflut von Gefühlen, die jeden bewussten Gedanken auslöscht.

Kovalenko die Kehle durchzuschneiden, war extrem leichtsinnig. Ich vermutete, dass seine Männer nichts unternehmen würden, doch ich wusste es nicht genau.

In diesem Augenblick sah ich nur Sabrina. Krystiyan war die Barriere zwischen uns. Ich schnitt ihn durch wie einen Grashalm.

Aber als er tot auf dem Boden lag, wollte sie sich immer noch nicht fügen.

»*Es ist Zeit, nach Hause zu kommen.*«
»*Niemals.*«

Was muss ich tun, um sie zu brechen?

Die Antwort ist: Ich kann es nicht.

Ich kann sie auch nicht überzeugen.

»Ich würde nicht zu dir zurückkommen, wenn du über Glasscherben klettern und mich anbetteln würdest.«

Alles in mir verhärtet sich wie Eisen bei diesem Gedanken.

Ich habe noch nie in meinem Leben gebettelt. Und sie auch nicht. Wir können es nicht, wir wollen es nicht. Das ist nicht in uns.

Dies waren die schlimmsten sechs Wochen meines Lebens. Schlimmer noch als damals, als Ivan entführt wurde. Die Dunkelheit hat mich völlig verschluckt, und ich kann nicht die geringste Spur von Licht sehen.

Sabrina hat Druck wie ein Schraubstock auf meinen Kopf ausgeübt. Ständig hat sie an den Schrauben gedreht. Sie ist bereit, ihren Rachefeldzug gegen mich weit über alles Vernünftige hinaus zu führen.

Sie hat uns in eine absurd gefährliche Lage gebracht. Je länger ich zulasse, dass sie meine Geschäfte stört, desto schwächer sehe ich aus. Sie lockt die Schakale um mich herum an und lädt sie ein, mich zu erledigen.

Der Mord an Krystiyan wird sie daran erinnern, wozu ich fähig bin. Aber ich kann nicht zulassen, dass sie sich mir öffentlich und unverhohlen widersetzt. Mich angreift, ohne Konsequenzen. Das zerstört, was mir gehört.

Yuri war nicht glücklich, als er hörte, dass ich sie gehen ließ. Ich sagte ihm, es sei wegen Ilsa Markov – wir wollen ihren Vater nicht zum Feind haben. Er weiß, dass das nicht der wahre Grund ist.

Ich habe keine Kontrolle über Yuri. Er ist kleinlich und rachsüchtig. Er hat Männer für weit weniger getötet als das, was Sabrina getan hat.

Die Zusammenarbeit mit ihm ist schlimmer als mit Zakharov. Er ist kein stiller Partner, der aus der Ferne agiert. Er ist direkt hier, mischt sich ständig in meine Angelegenheiten ein und glaubt, er sei der Überlegene in unserem Arrangement, weil er das hohe Tier ist. Der Erfolg hat ihn zwar nachlässig gemacht, aber er ist kein Idiot wie Krystiyan. Seine Männer sind bewaffnet und bösartig, gut bezahlt und erfahren.

Trotzdem bin ich mir sicher, dass einer seiner Untergebenen die Quelle der undichten Stelle war, als Ilsa und Sabrina unsere Lieferung abgefangen haben. Es ist die einzige Möglichkeit, wie sie die Route des Lastwagens kennen konnten.

Yuri glaubt es nicht.

Ich sagte ihm, dass wir die Route der nächsten Lieferung ändern müssen. Er sagte, das sei unmöglich, denn die Ware sei bereits unterwegs.

Unzählige Probleme, unzählige Gefahren. Das war schon so, als Sabrina und ich noch Partner waren, doch damals habe ich das nicht so stark gespürt. Es war eine Herausforderung, die ich genoss.

Jetzt fühlt sich alles schwarz und erdrückend an, wie eine Faust um mein Herz, die immer fester zudrückt.

Ich muss mich auch mit Zakharov befassen. Er ist untergetaucht, aber ich weiß, dass er noch hier in Moskau ist. Er wartet darauf, herauszuspringen und mich in den Knöchel zu beißen, die alte Viper, die er ist.

In der Nacht, in der ich Sabrina das Diamantenhalsband schenkte, glaubte ich wirklich, ich könnte alles haben. Auf dem Höhepunkt meiner Liebe zu ihr dachte ich sogar, ich könnte ein guter Mann sein.

Jetzt weiß ich, dass das unmöglich ist.

Ich bin kein guter Mann. Ich bin kein guter Partner.

Ich kann nicht einmal ein Chef wie Ivan sein. Er hat getan, was getan werden musste, auch wenn es ihm keinen Spaß machte.

Ich bin so voller Frustration und Dunkelheit, dass ich jemanden verletzen möchte. Ich will alles und jeden, der mir in die Quere kommt, zerreißen und zerstören.

Ich habe es genossen, Krystiyan zu ermorden.

Und ich werde es genießen, Zakharov zu töten. Cujo auch, falls er dumm genug ist, sich mir in den Weg zu stellen.

KAPITEL 43

SABRINA

Das Labor von Krystiyan befindet sich in Nemchinovka, das Restaurant von Yakim Dimka auf der einen Seite und ein Waschsalon auf der anderen.

Von vorne sieht es aus wie ein Büroraum – schlicht und unscheinbar. Die Öffnungszeiten sind an der Tür vermerkt, die aber stets verriegelt ist. Ich lasse mein Motorrad in der Gasse stehen und gehe durch den Hintereingang.

Das Labor wirkt so makellos und organisiert wie immer, das Licht ist aus, die Schubladen sind fest verschlossen. Ich glaube nicht, dass jemand hier war.

Obwohl dieser Ort professionell mit ordentlichen Dunstabzugshauben, Doppelspülen und einem Industrieherd sowie einem Kühlschrank für alle verderblichen Zutaten ausgestattet ist, hat er mir nie wirklich gefallen. Das Licht hat einen hässlichen Grünstich, und der ganze Edelstahl reflektiert Teile meines Gesichts auf mich zurück.

Ich vermisse den rohen Backstein der Brauerei, die hohen Fenster, die Lichtstrahlen wie in einer Kirche nach unten schickten, und den Geruch von Hopfen. Den Pfiff, der ertönte, wenn die Schicht in der Handtaschenfabrik nebenan wechselte, und die Art, wie Hakim aufstand und mit gedämpfter Stimme hinter seiner Atemschutzmaske »Fast Zeit für Shake-Burger …« sagte.

Ich wünschte, ich hätte nicht alles verbrannt.

Ich werfe meinen Rucksack auf den Tresen und öffne den Reißverschluss, um ihn mit so vielen Produkten zu füllen, wie ich tragen kann.

Dann nehme ich die flachen Packungen Molniya aus dem Schrank, die bereits zu Blitzpillen gepresst und in Hunderterchargen vakuumverpackt sind. Die sollten eigentlich an Krystiyans Dealer gehen, aber jetzt gehören sie mir.

Ich habe das Produkt in Chargen hergestellt. Im Moment gibt es weder Eliksir noch Opus. Was ich hier habe, ist immer noch ein kleines Vermögen wert.

Ich öffne den Kühlschrank und überlege, ob ich einige der Rohstoffe mitnehmen soll – zumindest die, die am schwersten zu beschaffen sind. Der Kühlschrank ist doppelt so groß wie normal und hat einen dieser schweren Metallgriffe, die sich mit einem Klicken öffnen lassen wie ein altes Gerät aus den Fünfzigerjahren. Das fahle Neonlicht beleuchtet mein Gesicht, während ich in den verschiedenen Behältern und Gläsern stöbere, die alle mit Edding in meiner eigenen Schrift beschriftet sind, unordentlich, aber für mich leicht zu lesen.

Mein Kopf steckt tief im Kühlschrank, die Behälter klirren und klappern, während ich das, was ich nicht brauche, beiseiteschiebe. Keine Ilsa hält für mich Wache. Also merke ich nichts von meinen unerwünschten Besuchern, bis ich mich aufrichte und sehe, dass ich nicht mehr allein bin.

Auf der gegenüberliegenden Seite des Raums stehen zwei Männer, die sich genau zwischen mir und dem Ausgang befinden. Der eine ist groß, breitschultrig, trägt einen königsblauen Trainingsanzug mit einem goldenen Medaillon um seinen kräftigen Hals. Seine Nackenmuskeln sind so dick, dass es seinen Kopf nach vorne neigt und seine kleinen Augen unter einer schweren Stirnplatte hervorschauen. Seine geschwollenen Fäuste hängen an den Enden der gorillaähnlichen Arme, aus der rechten Hand ragt die Mündung einer

Beretta. Das ist der ehemalige Boxer, der Olympionike, der zum Vollstrecker wurde – der, den sie Cujo nennen.

Das heißt, der ältere Mann neben ihm ist Zakharov.

Zakharov sieht seinem Sohn nicht ähnlich. Er ist kleiner, hagerer, so braun und schrumpelig wie ein in der Sonne getrockneter Apfelkern. Hinter den runden Gläsern seiner randlosen Brille sind seine Augen fast farblos. Er trägt einen schlichten braunen Anzug, der dreißig Jahre alt zu sein scheint, obwohl er gut erhalten ist. Seine Schuhe sind ebenfalls alt, sorgfältig gebürstet und poliert.

Wenn er spricht, rasselt seine Stimme aus der Tiefe seiner Brust.

»Wo ist Krystiyan?«

Langsam trete ich vom Kühlschrank zurück und lasse die Tür offen.

Ich schaue von Zakharov zu Cujo und zur Tür hinter ihnen.

Das Labor ist lang und schmal wie eine Bowlingbahn. Cujo füllt fast die gesamte Breite des Raums aus. Ich bin gefangen wie ein Schiff in einer Flasche – es gibt keinen Weg vorbei.

Die Entfernung zwischen uns scheint sich zu dehnen und zu verformen, das Licht verblasst, als ob es nur am Ende eines sehr langen Tunnels existiert. Ich bin kurz davor, in Ohnmacht zu fallen, weil ich merke, wie sehr ich in diesem Moment in der Klemme sitze.

»Wer bist du?«, frage ich und bemühe mich um den leichtesten, unschuldigsten Ton, während mein Blut in meinen Adern zu Blei wird und meine Knie unter mir wackeln.

»Adrik hat versucht, meine Intelligenz zu beleidigen«, sagt Zakharov leise. »Ich hatte gehofft, du wärst klüger, Sabrina.«

Verdammt!

Ich versuche, einen Weg an ihnen vorbei zu finden. Mein

Gehirn arbeitet wie verrückt, während ich auf die unüberwindbare Barriere von Cujo und die Waffe in seiner Hand starre.

Cujo weiß, was ich denke. Er verfolgt meine Bewegungen, während ein Lächeln um die Ränder seiner dicken Lippen spielt.

»Krystiyan ist tot«, sage ich und weiche von den Männern zurück, zu meinem Rucksack, den Schränken und dem Gasherd.

»Das scheint deinen Partnern überraschend häufig zu passieren.«

»Ich schätze, ich hatte Pech. Es wäre mir lieber, wenn sie am Leben blieben.«

Ich befinde mich wieder am Herd, wo es keinen Platz mehr für einen Rückzug gibt. Durch den massiven Putz hinter mir höre ich das Klirren von Tellern, die Rufe des Kellners und das Brutzeln von Steaks. Ich könnte schreien und gegen die Wand hämmern, aber ich bezweifle, dass jemand angerannt kommen würde.

Zakharov neigt den Kopf, das Licht blitzt auf den Gläsern seiner Brille, sodass sie erst trübe und dann wieder klar werden. Sein Atem rasselt in seiner Lunge.

»Du wirst mir alles sagen, was ich wissen will.«

Ich stehe mit dem Rücken an der Wand. Meine Waffe ist in meinem Rucksack, mein Messer in meiner Tasche. Wenn ich nach einem von beiden greife, wird Cujo mich erschießen.

»Ich weiß gar nichts.« Ich lege meine Hand leicht auf die Herdplatte. »Ich bin nur die Köchin.«

»Ich denke, wir wissen beide, dass das nicht stimmt.«

Zakharov nickt Cujo zu.

Cujo stürmt wie ein Stier mit gesenktem Kopf auf mich zu.

Anstatt mir meinen Rucksack zu schnappen, greife ich

hinter den Herd und reiße das Metallrohr aus der Wand. Das leichte Zischen des entweichenden Gases wird von meinem Schrei übertönt, als Cujo mich am Pferdeschwanz packt und nach hinten reißt. Mein Steißbein knallt auf den Boden und schickt einen scharfen Ruck meine Wirbelsäule hinauf, der sofort von reißenden Schmerzen überlagert wird, als er mich an den Haaren über die Fliesen schleift.

Er wirft mich vor Zakharov zu Boden.

Zakharov blickt teilnahmslos auf mich herab, sein Gesicht ist so leer wie die flachen Gläser seiner Brille.

»Wo ist Krystiyan?«, wiederholt er.

»Ich sagte doch, er ist tot.«

Cujo verpasst mir einen Schlag ins Gesicht. Die Wucht dieses Schlags ist wie eine Bombe, die in meinem Gehirn explodiert. Mein Körper fliegt zur Seite, mein Schädel knallt gegen die Schränke.

Ich komme zu mir, als Cujo mich an den Haaren packt und mich wieder aufrichtet. Meine ganze Gesichtshälfte brennt und pulsiert, als wäre ich von einem Bienenschwarm gestochen worden.

»Wo ist er?«, wiederholt Zakharov.

»In seinem Haus, tot auf dem Boden, sagte ich doch!«

»Seit wann?«

»Gestern Abend.«

Zakharov wirft einen Blick zu Cujo. Eine stille Bestätigung geht zwischen ihnen hin und her. Möglicherweise haben sie Krystiyans Haus besucht, und niemand hat geöffnet, oder sie haben ihn angerufen.

»Wo ist Adrik Petrov?«, fragt Zakharov.

»Woher soll ich das wissen?«, lüge ich. »Ich habe ihn seit Wochen nicht mehr gesehen.«

Cujo schlägt mich wieder, diesmal mit der geschlossenen Faust. Wenn ich dachte, die Ohrfeige hätte wehgetan, war es ein verdammter Kuss auf die Wange im Vergleich zu seinem Schlag. Eine Faust mit der Größe und Masse eines Zementklotzes kracht in meinen Mund, sodass meine Lippen augenblicklich aufplatzen und mein Mund sich mit Blut füllt.

Kleine schwarze Punkte fallen wie Schnee auf mein Sichtfeld. Mein Kopf kippt nach vorne.

Cujo ohrfeigt mich erneut, schnell und scharf, auf die geschwollene Seite meines Gesichts.

»Wach auf«, grunzt er.

Der Raum wird wieder klar und schmerzhaft scharf. Mein Blut ist in hellen Spritzern auf den Fliesen zu sehen. Ich spucke noch ein bisschen mehr aus und bin überrascht, wie viel aus meinem Mund kommt. Mit der Zunge taste ich die linke Seite meiner Zähne ab. Einer der unteren Backenzähne ist locker.

»Du bist jeden Penny wert, nicht wahr, großer Junge?«, murmle ich.

Ich schwöre, Cujo lächelt ein wenig. Er hat Spaß an seiner Arbeit.

Zakharov nimmt sein Telefon aus der Tasche und hält es mir hin.

»Ruf Adrik an«, befiehlt er. »Sag ihm, er soll dich hier treffen.«

Ich stoße ein leises Lachen aus, woraufhin noch mehr Blut auf meinen Schoß spritzt. »Adrik würde meinen Anruf nicht annehmen, geschweige denn hierherkommen, um mich zu retten. Ich habe sein Labor niedergebrannt, sein Produkt gestohlen und mein Möglichstes getan, um sein Geschäft zu ruinieren. Du tust ihm einen Gefallen, wenn du mich fertigmachst.«

Ein weiterer Blick geht zwischen Zakharov und Cujo hin und her, während Zakharov überlegt, ob das, was ich sage, stimmt.

Seit Monaten ist er in Moskau, um herauszufinden, was

mit seinem Sohn passiert ist. Ich kann die Anspannung in seinem Gesicht sehen, die aufgestaute Frustration über eine Sackgasse nach der anderen. Er kann nicht erraten, warum Zigor getötet wurde – die Wahrheit ist zu bizarr. Seine ganze Wut richtet sich gegen Adrik, aber Adrik ist ständig vom Wolfsrudel umgeben und jetzt auch noch von Yuri Koslov und seinen Männern.

Zakharov geht vor mir in die Hocke und schaut mir durchdringend ins Gesicht. Sein Atem ist unangenehm warm und intim.

»Ich hatte eine Abmachung mit Krystiyan Kovalenko«, erklärt er. »Er kannte die Übergabeorte von Adriks nächsten drei Transporten. Sag mir, wo Adrik sein wird, und ich lasse dich am Leben.«

Ich weiß, wohin die Sendungen gehen. Die nächste Lieferung kommt morgen Abend an.

Ich könnte Zakharov sagen, wo er Adrik finden kann. Ich könnte ihm sogar eine Karte zeichnen.

»Ich mache dir ein besseres Angebot«, antworte ich und blinzle Zakharov an, während mein linkes Auge zuzuschwellen beginnt. »Du sagst mir, wie alt dein Anzug ist, und ich sage dir, wo du einen neuen kaufen kannst.«

Zakharovs Oberlippe zieht sich nach oben und zeigt lange graue Zähne.

»Sehr amüsant«, sagt er. »Mal sehen, wie lange du noch lachen kannst.«

Dann steht er auf.

Cujo zerrt mich an den Haaren auf die Beine und schlägt mir seine Faust in den Magen. Ich kippe um und muss mich übergeben. Als ich versuche, Luft zu holen, ist es unmöglich, denn er hat mir die Luft herausgeprügelt, und meine Muskeln sind zu strapaziert, um einzuatmen. Mein Mund ist offen, meine Augen sind geweitet, und ich bekomme eine quälend lange Zeit keine Luft. Bis sich schließlich, mit einem entsetzlichen Keuchen und einem Schmerz wie ein Messer in den Rippen, meine Lunge langsam aufbläht.

»Wo ist die nächste Übergabe?«, fragt Zakharov.

Ich zeige ihm den Mittelfinger und versuche weiterzuatmen.

Cujo verpasst mir eine weitere Ohrfeige, die mich wieder auf den Boden wirft.

Ich huste und schüttle den Kopf über Cujo. »Nicht gut genug, großer Junge. Ich habe schon härtere Ohrfeigen von Cheerleadern bekommen.«

Cujo packt mich vorne am Shirt, hebt mich hoch und schleudert mich in den offenen Kühlschrank. Die Regale brechen um mich herum zusammen, Behälter mit Produkten stürzen auf meinen Kopf, Gläser zerspringen auf den Fliesen.

Blut rinnt von einem Schnitt an meiner Kopfhaut in mein Auge. Ich blinzle es weg, lasse meine Hand in meine Tasche gleiten und greife den Griff meines Messers.

Als Cujo sich wieder bückt, um mich zu packen, und seine massigen Hände an beiden Seiten meines Oberteils zerren, hole ich die Klinge heraus und stoße sie ihm seitlich in den Nacken.

Es gibt keinen besseren Boxer als einen alten Boxer. In seiner Glanzzeit ist Cujo Tausenden von Schlägen ausgewichen. Er sieht das Aufblitzen von Metall in seiner Peripherie und dreht sich. Die Klinge bohrt sich in das dicke Muskelband, das vom Hals zur Schulter verläuft anstatt in die Halsschlagader.

Er brüllt und stolpert zurück.

Ich trete gegen sein Knie, sodass es einknickt, dann versuche ich, ihm so fest wie möglich in die Eier zu schlagen. Er dreht sich, und meine Faust trifft stattdessen auf den Hüftknochen. Ich heule auf und halte meine Hand. Er verpasst mir einen Faustschlag ins Gesicht und stößt mich in den Kühlschrank zurück.

Seine rechte Hand zittert, als er mit knallrotem Kopf über seinen breiten Körper greift, um das Messer herauszuziehen.

In seiner Hand sieht es erbärmlich klein aus. Cujo wirft es beiseite, das Messer rutscht über die Fliesen davon.

Seine Augen sind blutunterlaufen unter dem schweren Balken seiner Stirn. Er knurrt und stürzt sich noch einmal auf mich.

»Warte, warte, warte!«, rufe ich und halte die Hände hoch. »Ich werde dir sagen, was du wissen willst!«

Zakharov gibt ein zischendes Geräusch von sich, das Cujo aus seiner Wut holt und ihn kurz stoppt.

»Wo wird Adrik sein?«, fragt er.

»Ich sage es dir. Ich will nur vorher eine rauchen.«

Zakharovs Augen verengen sich, er studiert mein Gesicht.

Wir wissen beide, dass er mich hier nicht lebendig herauskommen lässt – vor allem nicht, wenn er einen Hinterhalt auf Adrik plant.

Selbst Häftlinge bekommen eine letzte Zigarette, bevor sie erschossen werden.

Zakharov nickt Cujo zu. Cujo greift in die Tasche seiner Trainingshose und holt eine zerknitterte Zigarettenschachtel hervor. Er schüttelt eine heraus und reicht sie mir.

»Feuerzeug?«, krächze ich.

Cujo, der weniger ein Gentleman ist als Jasper, wirft mir sein Feuerzeug zu.

Ich stecke die Zigarette zwischen meine Lippen, auf die Seite, die nicht gespalten ist und blutet.

Ich lehne mich mit dem Rücken gegen die zerbrochenen Regale und schaue Zakharov an. Verschüttete Rohstoffe durchtränken meine Jeans, Glassplitter graben sich in meine Oberschenkel. Der chemische Gestank vermischt sich mit dem Geruch von Propan.

Meine rechte Hand ist von dem Schlag gegen Cujos Hüftknochen total im Arsch. Ich halte das Feuerzeug in der linken Hand und schnippe mit dem Daumen ein paar Mal versuchsweise am Rädchen.

Zakharov schaut ungeduldig zu. Seine Zunge fährt heraus, um seine Lippen zu befeuchten.

Cujo starrt mich an, das Blut läuft an seinem Trainingsanzug herunter und tropft von seinen Fingerspitzen.

Wenn dies mein letzter Ausblick ist, wünschte ich, er wäre schöner.

»Das mit Zigor tut mir leid«, sage ich zu Zakharov. »Aber du musst zugeben, er war verdammt unausstehlich.«

Ich drehe das Rad, entfache die Flamme und werfe das Feuerzeug in Richtung Gasherd.

Noch bevor ich die Beine anziehen und die Kühlschranktür zuziehen kann und noch bevor das Zippo auf dem Boden aufkommt, entzündet sich das Propangas in einem gewaltigen Sturm aus flüssigem Feuer. Es braust mit ohrenbetäubendem Lärm und Hitze auf uns zu, verschluckt die gesamte Luft im Raum und verbrennt alles, was sich ihm in den Weg stellt.

Die Wucht der Explosion lässt die Kühlschranktür zuschlagen. Ich bin in dem kalten, dunklen Sarg eingeschlossen, und der Kühlschrank prallt gegen die Wand, als er nach hinten geschleudert wird. Ich spüre die Hitze, die durch die Spalten eindringt. Mein rechter Arm brennt an der Stelle, an der ich versucht habe, die Tür zuzuziehen.

Das Feuer rauscht vorbei wie ein Güterzug.

In seinem Kielwasser höre ich Schreie und das ferne Geräusch von Alarmen und Sprinklern, die im Restaurant nebenan losgehen. Es herrscht Chaos und Geklapper, Geschirr zerbricht, Menschen rennen.

Ich trete gegen die Innenseite der Kühlschranktür, breche die Verriegelung auf und öffne sie.

Jetzt verstehe ich, warum der Lärm aus dem Restaurant so

laut war – die Explosion hat ein Loch in unsere gemeinsame Wand gesprengt. Der junge Tellerwäscher späht durch den Spalt. Sein Gesicht ist rußverschmiert, seine Schürze angesengt.

Als er sieht, wie ich aus dem Kühlschrank in die noch brennenden Überreste des Labors stolpere, weiten sich seine Augen. Die Schränke stehen in Flammen, und der Herd ist eine rauchende Ruine. Cujos Körper wurde nach hinten gegen das Waschbecken geschleudert. Zakharov liegt mit dem Gesicht nach unten neben der Tür – er hat versucht zu fliehen.

»*Syuda!*«, ruft mir der Tellerwäscher zu und streckt seinen Arm durch den Spalt. *Hier entlang!*

Ich humple zu ihm hinüber. Beißender schwarzer Rauch füllt meine Lunge und verdunkelt meine Sicht, sodass ich nur seine blasse Hand sehen kann, die durch das Loch greift.

Er zerrt mich durch. Ich schreie auf, meine Rippen schmerzen, mein rechter Arm schreit wegen der Hitze des brennenden Putzes.

Ich taumle, kann kaum noch stehen. Er muss mich halb durch die Gischt der Sprinkleranlage tragen, hinaus in die Hintergasse des Restaurants zwischen den überquellenden Müllcontainern.

»*Pozhaluysta, bol'nitsu*«, krächze ich. *Ins Krankenhaus bitte.*

Er wirft einen Blick zurück in Richtung Restaurant. Sein ängstlicher Gesichtsausdruck verrät mir, dass er genau weiß, für wen er arbeitet und dass es gefährlich ist, sich in das einzumischen, was auch immer nebenan vor sich geht.

»*Pozhaluysta ...*«, wiederhole ich. *Bitte ...*

Mit zusammengepressten Lippen nickt er mir kurz zu. Ich lege meinen Arm um seine Schultern, und er bringt mich zu seinem Auto, einem kleinen, verbeulten Lada Niva, der mehr Rost als Farbe hat.

»*Ne samuyu blizkuyu*«, flehe ich ihn an, zusammengerollt gegen die Autotür, mit pochendem Gesicht und einem Arm, der sich anfühlt, als hätte man ihn in Benzin getaucht und angezündet. *Nicht das nächstgelegene.*

Er nickt verständnisvoll.

Er ist jung, vielleicht erst sechzehn oder siebzehn. Dünn, mit dunklen Locken und faltigen Fingern von langen Schichten in heißem, seifigem Wasser.

Er fährt mich zu einem kleinen Krankenhaus im Stadtteil Mitino und setzt mich am Seiteneingang ab.

»*Skazhite im, chto eto blya avtomobil'naya avariya*«, sagt er. *Sag ihnen, es war ein Autounfall.*

»*Spasibo.*« Ich drücke ihm ein Bündel Scheine in die Hand, fast alles, was ich noch in meiner Tasche hatte.

Er versucht, sich zu weigern, aber ich schließe seine Finger um das Geld und halte sie fest.

»*Pozhaluysta, nikomu ne govorite*«, sage ich. *Bitte sag es niemandem.*

Der Krankenhausflur scheint hundert Meilen lang zu sein. Es fällt mir schwer, einen vollen Atemzug zu nehmen.

Ich denke: *So ist Houdini gestorben, von einem Boxer in den Magen geschlagen. Wahrscheinlich von einem Boxer, der weniger gefährlich war als dieser Scheißkerl Cujo.*

Ich lehne mich an die Wand, die Arme an die Seite gepresst, und entleere meinen Mageninhalt auf den frisch gewischten Boden. Das Erbrochene ist leuchtend rot.

Er hat mich ganz schön erwischt.

Aber ich habe das sogar noch getoppt.

Ich höre eine Krankenschwester etwas auf Russisch schreien, doch ich verstehe es nicht. Alles, was ich sehe, ist der Boden, der blitzschnell auf mich zurast.

KAPITEL 44

ADRIK

Die Nachricht von der Explosion in Krystiyans Labor lässt mich vor Angst erstarren. Ich rase dorthin, obwohl Jasper sicher ist, dass es eine Falle ist.

Das Feuer war definitiv echt. Es zerstörte das Labor, den Waschsalon und die Hälfte des Restaurants von Yakim Dimka, bevor die Feuerwehr eintraf. Ich höre nicht auf, die Sanitäter zu belästigen, bis sie mir sagen, dass die beiden einzigen Leichen, die herausgetragen wurden, männlich waren.

Die Erleichterung, die mich überkommt, ist eher lähmend als beruhigend. Es raubt mir die Kraft in den Beinen, ich muss mich hinsetzen.

»War das auch Sabrina?«, murmelt Jasper und begutachtet die Trümmer der Gebäude.

»Warum sollte sie das Labor niederbrennen? Krystiyan war doch schon tot. Und wer waren die Männer, die mit ihr darin waren?«

Jasper zuckt mit den Schultern. »Assistenten?«, vermutet er.

Die Aufklärung kommt am nächsten Tag, als wir ins Bolschoi-Theater gerufen werden.

Hier trifft sich der Hohe Rat regelmäßig beziehungsweise sie trafen sich dort, als sie auf dem Höhepunkt ihrer Macht waren. Nun ist Ivan ausgestiegen, Abram Balakin hat sich zur Ruhe gesetzt, Danyl Kuznetsov ist tot, und Savely Kika sitzt im Gefängnis.

Ich bin nicht so dumm zu glauben, dass das bedeutet, dass sie jetzt unfähig sind.

Tiere sind am bösartigsten, wenn sie verwundet sind.

Jasper begleitet mich durch die langen Tunnel unter dem Theater, in denen die vielen Ballerinen hin und her wuseln, entsetzlich abgemagert in ihren Strumpfhosen und abgewetzten Schuhen, die Haare zu einem schmerzhaften Dutt auf dem Kopf fixiert. Die Luft riecht nach Wachs, Schweiß und frischer Farbe von den Bühnenbildern.

Jasper ist nervös, auch wenn Yuri uns hier trifft. Er greift immer wieder in seine Jacke, um den Griff seiner Waffe zu ertasten.

»Mach das nicht, sobald wir oben sind«, warne ich ihn.

Wir fahren mit dem Aufzug in die oberste Etage.

Die Privatsuiten haben einen Blick auf die Bühne – nicht, dass es so früh am Nachmittag schon Aufführungen gäbe. Vielleicht eine Probe. Ich bezweifle, dass die *Pakhans* das überhaupt zur Kenntnis nehmen. Keiner von ihnen ist ein Kunstliebhaber, es sei denn, man zählt das Ficken der Ballerinas dazu.

Yuri Koslov ist bereits in der Suite und spießt mit Foma Kushnir Garnelen aus einem Meeresfrüchteturm auf. Foma nickt mir kalt zu, was ich mit noch weniger Begeisterung erwidere. Im schlimmsten und tiefsten Moment der Petrovs hat Foma unser Kloster gestürmt und versucht, meinen Vater zu töten. Am liebsten würde ich ihm diese Krabbenzange ins Auge rammen.

Yuris Lieutenant Rafail Wasyl sitzt am Fenster und beobachtet die Tür. Ich würdige ihn keines Blickes.

Yakim Dimka ist hier, Serafim Isidor auch. Und natürlich Nikolai Markov.

Markov ist groß und dunkelhaarig wie seine Töchter. Wir

beäugen uns gegenseitig misstrauisch. Mein Geschäft mit Neve ist geplatzt, nachdem Ilsa und Sabrina abtrünnig wurden. Zweifelsohne weiß Nikolai, dass seine jüngste Tochter mir ein hohes Lösegeld in Form von Rohstoffen gestohlen hat. Ich bin gespannt, was er dazu sagen wird.

Serafim Isidor eröffnet die Sitzung. Obwohl es kein Oberhaupt der Bratwa gibt, ist Serafim das dienstälteste Mitglied des Hohen Rats, sowohl vom Alter als auch von der Amtszeit her. Er hat eine Glatze und eine breite Brust, eine schnabelartige Nase, markante Wangenknochen und einen Mund, der an den Winkeln nach unten gezogen ist. Da ich einmal mit ihm in einer Sauna saß, weiß ich, dass er unter seinem gestärkten weißen Hemd vom Handgelenk bis zum Hals tätowiert ist.

Ohne Vorwarnung fixiert er mich mit seinen dunklen, glänzenden Augen und fragt: »Beherbergst du Sabrina Gallo?«

Das ist nicht das, was ich erwartet habe. Ich schaue in all die versteinerten Gesichter, die mich anstarren, bevor ich antworte: »Nein.«

»Wusstest du, dass sie das Restaurant von Dimka zerstört hat?«

»Ich habe gehört, es hat gebrannt. Woher weißt du, dass es Sabrina war?«

»Mitarbeiter sahen sie nach der Explosion durch das Restaurant humpeln«, sagt Dimka.

»Wo ist sie jetzt?«, verlange ich ungeduldig zu wissen.

»Das ist es, was wir dich fragen«, entgegnet Isidor finster.

»Soweit ich weiß, war sie mit Ilsa Markov zusammen.« Ich werfe Nikolai einen Blick zu, der still und teilnahmslos geblieben ist.

»Ilsa ist nach Hause zurückgekehrt«, sagt Nikolai. »Sie weiß nicht, wo Sabrina Gallo geblieben ist.«

Das gefällt mir ganz und gar nicht.

Obwohl ich eine gewisse Eifersucht empfand, weil ich wusste, dass Sabrina und Ilsa zusammen waren, dachte ich zumindest, dass Ilsa Sabrina beschützen würde. Ich bin irrational wütend, wenn ich höre, dass sie sie stattdessen im Stich gelassen hat.

Obwohl ich es war, der Sabrina zuerst verloren hat.

Jasper lauert am Buffet und hört alles mit, was wir sagen. Er wirft mir einen fragenden Blick zu. Wir fragen uns beide das Gleiche:

Wenn Sabrina nicht bei Ilsa ist, wo ist sie dann?

»Wusstest du von der Geschichte zwischen den Gallos und den Bratwa, als du Sabrina hierhergebracht hast?«, spottet Foma Kushnir.

»Wenn Dean Yenin keinen Groll gegen sie hegt, verstehe ich nicht, warum du es tun solltest«, sage ich kalt zu Foma.

»Weil sie uns unseren größten Preis genommen haben«, zischt er.

»Alexei Yenin hat sie bezahlen lassen.«

»Nicht genug.«

Serafim Isidor nickt langsam mit schmerzlichem Gesicht. »Der Verlust des Winterdiamanten ist nicht zu verzeihen.«

»Dass dieses Mädchen es überhaupt wagt, sich in unserer Stadt blicken zu lassen, ist ein Skandal!«, schreit Foma. »Sie hat unsere besten Familien in Aufruhr gebracht.« Er nickt Nikolai Markov unterwürfig zu. »Sie hat den Hohen Rat bestohlen und unser Eigentum zerstört!«

Die Tatsache, dass Foma selbst kein Unrecht zugefügt wurde, mindert seine Wut nicht. Er ist hier, um mich anzugreifen, stellvertretend über Sabrina.

»Du hast sie hierhergebracht«, wirft er mir vor. »Du bist für sie verantwortlich.«

»Ja, das bin ich. Und ich werde mich um sie kümmern.«

»Das liegt bereits hinter uns«, sagt Isidor. »Der Hohe Rat hat ein Kopfgeld auf sie ausgesetzt. Sie hat das Restaurant verletzt verlassen. Die *Kachki* durchsuchen die Kliniken und Krankenhäuser. Sie werden sie früh genug finden.«

Jasper zuckt zusammen, zum Teil wegen mir, zum Teil wegen Sabrina.

Meine Hände sind kalt und schwitzen. Ich balle sie zu Fäusten.

»Cujo wurde bei der Explosion getötet«, sagt Dimka und sieht mich an. »Lev Zakharov auch. Behauptest du immer noch, dass du nichts damit zu tun hattest?«

»Das wusste ich alles nicht!« Ich knurre, fast noch wütender über diese Tatsache als über alles andere.

Mir dreht sich der Magen um. Wenn Cujo Sabrina in die Finger bekommen hat, kann ich mir nur vorstellen, in welchem Zustand sie ist.

Isidor starrt mich mit seinem dunklen Blick an. »Stell unsere Geduld nicht weiter auf die Probe, Adrik. Unsere Entscheidung ist endgültig: Sabrina Gallo soll auf der Stelle getötet werden. Wir werden ihren Kopf in einer Kiste zu ihrem Vater zurückschicken, um ihn daran zu erinnern, dass die Bratwa niemals vergessen.«

Ich kann Jaspers Augen auf meinem Rücken spüren, die mich anflehen, nicht zu reagieren, nicht zu antworten. Es kostet mich alles, was ich habe, um meine Hände nicht um die Kehle des alten Mannes zu legen.

Foma schmunzelt. »Nächstes Mal solltest du deine Partnerin sorgfältiger auswählen.«

Die Scham, die mich bei dem Wort *Partnerin* durchströmt, hat nichts mit Fomas Spott zu tun.

Das Gegenteil ist der Fall – ich verdiene das Wort nicht. Ich habe Sabrina nie wie eine Partnerin behandelt, nicht wirklich.

Das Treffen wird aufgelöst. Ich setze mich zu Jasper an das Buffet. Er mustert mein Gesicht mit seinem blassen Blick.

Leise und unauffällig, um nicht belauscht zu werden, fragt er: »Was wirst du tun?«

»Was kann ich schon groß tun? Wenn ich versuche, sie zu beschützen, bringe ich uns alle um. Sie will meine Hilfe sowieso nicht. Ich habe sie gebeten, nach Hause zu kommen, aber sie hat sich geweigert.«

Jasper weiß, dass ich die Tatsachen ausspreche, während sich alles in mir dagegen auflehnt.

Auf der einen Seite gibt es Logik und Notwendigkeit sowie die Pflicht, die ich meinen Männern schulde, auf der anderen Seite mein verzweifeltes Bedürfnis nach Sabrina.

Jasper lehnt sich dicht an mich heran, sein skelettartiger Kiefer ist zusammengebissen. »Wenn die Dinge düster aussehen, sei der Sensenmann.«

Mir läuft es kalt den Rücken herunter, weil ich mich frage, ob er das meint, was ich denke, dass er meint.

Wir werden von meinem neuen Partner unterbrochen.

»Beeil dich lieber«, sagt Yuri und lächelt. »Es ist Zeit für die Übergabe.«

Ich starre ihn ausdruckslos an. In dem ganzen Wahnsinn habe ich vergessen, dass wir eine Lieferung erhalten werden. Eine, die wir dringend brauchen, nachdem Sabrina die letzte gestohlen hat.

»Ich kümmere mich darum.«

»Wir können zusammen fahren«, antwortet Yuri. »Ich komme auch mit.«

Kapitel 45

Sabrina

Als ich im Krankenhaus aufwache, sitzt ein Mann neben meinem Bett. Ich erschrecke so sehr, dass ich fast meinen Infusionsschlauch herausreiße, bevor ich merke, dass es mein Vater ist.

Er sitzt vornübergebeugt, mit hängenden Schultern, das Gesicht erschöpft. Ich habe noch nie so dunkle Schatten unter seinen Augen oder so tiefe Falten in seinem Gesicht gesehen.

»Mein Gott, Papa«, krächze ich. »Du siehst schlimmer aus als ich.«

»Das bezweifle ich ernsthaft.«

Wahrscheinlich hat er recht. Mein rechter Arm ist von der Schulter bis zum Ellbogen bandagiert, drei der Finger sind geschient und mit Tape verbunden. Die linke Seite meines Gesichts pocht mit jedem Herzschlag. Meine Worte kommen breiig über rissige und geschwollene Lippen. Ich stinke nach Blut, Rauch und Propangas.

Ich muss nur in die Augen meines Vaters schauen, um zu sehen, dass ich ein verdammtes Wrack bin. So zerstört, dass es ihm wehtut.

Ich war einmal sein kleines Mädchen. Ich saß auf seinem Schoß, streichelte ihm über die Wangen und brachte ihn zum Lachen. Damals war es so einfach, ihn glücklich zu machen. Es war so einfach, so zu sein, wie er mich haben wollte.

Jetzt tue ich ihm nur noch weh.

Mein Vater, der nie ein Blatt vor den Mund nimmt, kommt gleich zur Sache: »Der Hohe Rat hat ein Kopfgeld auf dich ausgesetzt.«

»Wie viel?«, frage ich. »Mir gefällt der Gedanke nicht, dass ich zu billig sein könnte.«

Sein Kiefer verzieht sich, Wut blitzt in seinen Augen auf. Mein komödiantisches Timing hat er noch nie zu schätzen gewusst.

»Wenn ich dich finden kann, können sie das auch«, zischt er. »Wir müssen weg. Jetzt sofort.«

»Ich werde nirgendwo hingehen. Und ich glaube nicht, dass du in der Lage sein wirst, mich hier hinauszutragen.«

»Warum nicht?«, schreit er mit gequälter Stimme.

»Ich habe es noch nicht bis zum Ende erlebt. Ich werde erst nach Hause kommen, wenn ich das getan habe.«

»Das Ende ist dein Tod. Du kommst nie wieder nach Hause.«

Ich zucke mit den Schultern, und selbst diese kleine Bewegung schmerzt an meiner Seite. Ich glaube, meine Rippen sind gebrochen.

»Es tut mir leid, Papa. Das tut es mir wirklich. Aber du bist der Einzige, der verstehen kann, dass es erst vorbei ist, wenn ich zufrieden bin.«

Er sieht mich an, seine Augen brennen in seinem Gesicht.

Es sind meine eigenen Augen, die mich anstarren – voller Wut, Frustration und Sehnsucht nach all den Dingen, die man nie ganz begreifen kann.

Trotz der Zeit, der Veränderungen und der Umstände ist er tief im Inneren immer noch derselbe Nero.

Und ich bin dieselbe Sabrina.

Er weiß, dass es keine Möglichkeit gibt, mich zum Gehen zu bewegen. Keine Möglichkeit, mich zu überzeugen.

Ich bin stur und rücksichtslos, genau wie mein Vater. Ich

wurde von seinem Blut geboren, zum Guten und zum Schlechten.

»Ich habe dir etwas mitgebracht«, sagt er.

Er greift in seine Tasche und holt etwas Hartes heraus, um das ein Tuch gewickelt ist.

Er drückt es in meine Handfläche.

Als ich meine Hand öffne, fällt das Seidentuch wie die Blütenblätter einer Blume weg und gibt den Stein frei.

Er glitzert selbst unter dem trüben Krankenhauslicht, seine Facetten reflektieren unendlich wie ein Spiegelkabinett, so tiefblau wie arktisches Eis.

Der Winterdiamant.

»Die Bratwa glauben, dass er Macht verleiht«, sagt mein Vater. »Sie schätzen ihn mehr als alles andere. Wenn du vor den Hohen Rat gehst und um Vergebung bittest, kann er dir das Leben retten.«

Mein Vater hat diesen Diamanten vor fünfundzwanzig Jahren verkauft. Ich kann mir nur vorstellen, was es ihn gekostet hat, ihn zurückzukaufen.

Ich habe einen Kloß im Hals, so groß wie ein Stein. Er hindert mich am Sprechen.

Alles, was ich tun kann, ist, meine Arme um meinen Vater zu werfen, obwohl es eine Qual ist, meine geschwollene Wange an seine Schulter zu drücken.

Ich atme seinen Duft ein: Bergamotte, Lavaseife und Benzin. Alles meine Lieblingsdinge.

»Ich liebe dich, Papa. Und ich weiß, wie sehr du mich liebst.«

»Mehr als alles andere«, sagt er und streichelt meinen Kopf. »Mehr als die ganze Welt.«

Weil er mich liebt, weil er mich versteht, lässt er mich hier zurück.

Er weiß, dass ich mir mehr als alles andere die Freiheit wünsche, meine eigenen Entscheidungen zu treffen.

Als er weg ist, überwältigt mich der Schmerz. Mein Gesicht brennt, mein Arm noch mehr. Jeder Atemzug sticht mir in die Seite.

Die Krankenschwestern bieten mir Morphium an, aber ich will keine weiteren Drogen nehmen. Ich kann mich nicht volldröhnen, ich brauche einen klaren Kopf.

Ich beobachte den Sonnenuntergang durch das winzige Fenster in meinem mit Vorhängen abgeschirmten Zimmer. Als Gewitterwolken aufziehen, verblasst er allerdings schnell.

Es gibt keine Wände, keine Privatsphäre in dieser unterfinanzierten Klinik. Ich kann die Patienten auf der anderen Seite des Vorhangs hören, wie sie stöhnen oder die Krankenschwestern um Wasser bitten. Die Pieptöne der Maschinen, die den Blutdruck und die Herzfrequenz überwachen, sind tickende Uhren, die unaufhörlich herunterzählen.

Ich wollte mich so lange wie möglich ausruhen, aber ich höre Aufruhr am Ende des Flurs – zwei Männer, stämmig und breitschultrig, mit dem Aussehen von Sportlern, die in die Jahre gekommen sind. Ich erspähe sie durch die Ritzen im Vorhang.

Der vordere ist Boris Kominsky, ich erkenne ihn aus dem Apothecary. Er bellt der Krankenschwester etwas zu, dann gestikuliert er zu seinem Landsmann, der beginnt, die Vorhänge zurückzureißen und die Krankenhausbetten zu durchsuchen.

Ich weiß nicht, ob Boris wegen des Kopfgeldes hier ist oder um Cujo zu rächen. Ich habe nicht die Absicht, zu warten, um es herauszufinden.

Ich löse das Klebeband von meiner Armbeuge, beiße die Zähne zusammen und ziehe die Infusion heraus. Dann klebe ich das Band wieder über die Einstichstelle, ehe sie meinen Arm hinunterbluten kann, und schlüpfe schließlich aus dem Krankenhausbett.

Meine Kleidung liegt gefaltet auf einem Stuhl, immer noch schmutzig und nach Rauch stinkend. Ich klemme mir das Bündel unter den Arm, nehme meine Stiefel und schleiche durch den hinteren Teil der Station.

Die Ausgangstür hat keinen Alarm. Barfuß renne ich die Treppe hinunter, mein Krankenhauskittel flattert hinter mir her.

Mir ist schwindlig, und ich taumle, ich bin im Delirium vor Schmerz.

Meinem Vater konnte ich nicht sagen, warum ich wirklich geblieben bin: Ich muss Adrik ein letztes Mal sehen.

Er wird noch nicht von der Übergabe zurück sein. Ich könnte in die Höhle gehen und auf ihn warten.

In der Gasse ziehe ich meine Kleidung und meine Stiefel an, denn jetzt, da die Sonne untergegangen ist, zittere ich vor Kälte. Der Schnee ist zwar geschmolzen, aber in Moskau ist es noch lange nicht warm.

Selbst diese kleine Anstrengung macht mich völlig fertig. Ich lehne mich an die Backsteinmauer und warte darauf, dass die schwarzen Flecken aus meinem Blickfeld verschwinden.

Meinen Krankenhauskittel lasse ich zerknittert in der Gasse liegen und gehe auf die Straße, um ein Taxi zu rufen.

Ein Auto hält am Bordstein, herrlich heruntergekommen, wie alle Moskauer Taxis es zu sein scheinen.

Ich habe gerade erst die Hintertür geöffnet, als ich einen Schrei höre. Boris Kominsky hat seinen Kopf aus der Hintertür gesteckt und mich gesehen. Mit schwingenden Armen sprintet er die Straße entlang, ungeheuer schnell. Sein *Kachki*-Kollege ist direkt hinter ihm.

»*Idti, idti!*«, rufe ich dem Taxifahrer zu.

Russen wissen es besser, als zu zögern, wenn sie verfolgt werden. Der Taxifahrer tritt das Gaspedal durch und schießt vom Bordstein weg.

Zu meinem Entsetzen hat Boris seinen Wagen nur einen Block weiter geparkt. Er dreht sich um und rennt zurück. Er wartet kaum darauf, dass sein Freund auf den Beifahrersitz steigt, bevor er mir hinterherfährt.

Kapitel 46

ADRIK

Die Übergabe erfolgt in Nekrassowka, nicht weit von dem Ort entfernt, an dem Sabrina und ich unser Labor gebaut haben. Wir fahren an der Handtaschenfabrik vorbei. Es ist zu dunkel, um die geschwärzten Ziegel der alten Brauerei zu sehen, aber ich erkenne den silbernen Schimmer des patronenförmigen Restaurants, in dem Sabrina gern gegessen hat. Mein Magen zieht sich zusammen, als ob ich hungrig wäre, obwohl ich weiß, dass ich es nicht bin.

Jasper ist am Steuer. Ich sitze auf dem Beifahrersitz, Yuri und sein Lieutenant hinter uns.

Rafail Wasyl war früher bei den Kadyrowzy, der militärischen Einheit, die das Oberhaupt der Tschetschenischen Republik schützen. Den Kurzhaarschnitt und die Cargohose behielt er bei, als er den Dienst beendete, ebenso wie seine umfassende Ausbildung in Entführung, Folter und Mord.

Ich bin überrascht, dass er nicht für seinen Landsmann Ismaal Elbrus arbeitet. Vielleicht hassen ihn die übrigen Tschetschenen ebenso sehr wie die Zivilisten, die er in seiner Heimat terrorisiert hat.

Er ist nichts weiter als ein Söldner, wenn auch ein äußerst effektiver. Es gefällt mir nicht besonders, dass er direkt hinter mir sitzt. Über den Rückspiegel behalte ich ihn im Auge.

Rafail macht es sich auf dem Rücksitz bequem. Trotz der heranziehenden Wolken ist das Fenster heruntergelassen, sodass er seinen Arm aus dem Fenster lehnen kann. An seinem Handgelenk funkelt eine roségoldene AP. Sie scheint echt zu sein. Selbst wenn man bedenkt, wie großzügig Yuri zahlt, ist das ein teures Spielzeug.

Rafail sieht, dass ich ihn beobachte, und schenkt mir ein süffisantes Lächeln.

»Ich bin froh, dass der Hohe Rat dir nur einen Klaps auf die Hand gegeben hat, Adrik«, sagt er. »Ich würde es nicht gern sehen, wenn du ernsthafte Probleme bekommst … besonders wegen einer Frau.«

Rafails Stimme ist höher und weicher, als man es von jemandem erwarten würde, der so aggressiv männlich ist.

»Ich frage mich, wer *dir* diese neue Uhr ums Handgelenk gelegt hat«, erkundige ich mich.

Diesen Kommentar mache ich wegen Yuri. Es soll ihm die Augen öffnen.

Rafail zuckt nicht einmal mit der Wimper. »Ich werde gut umsorgt. Wenn du dein Geschäft nicht mit deinem Schwanz betreiben würdest, könntest du dir selbst eine kaufen.«

Unschuldig frage ich: »Ist das die, die Serena Williams trägt?«

Yuri mag seinen Lieutenant nicht genug, um sein Grinsen zurückzuhalten.

»Ausgezeichnete Wahl«, sagt Jasper und fährt auf den hinteren Parkplatz des Lagerhauses. »Man sagt, sie sei die großartigste lebende Athletin.«

Das hat funktioniert. Rafail kocht vor Wut auf dem Rücksitz und kann nicht leugnen, dass Serena Williams tatsächlich die gleiche Uhr trägt.

Das männliche Ego ist unsere größte Schwäche.

Jasper fährt den SUV die Rampe hinauf, bis ins Innere der Lagerhalle. Wir werden das Produkt in den Kofferraum packen, damit Jasper es in das neue Labor bringen kann.

Die Atmosphäre im Lagerhaus ist angespannt. Es sind insgesamt zehn Männer hier, viel mehr, als man normalerweise für eine Übergabe braucht.

Bald werden wir dreizehn sein, wenn Vlad und Andrei mit dem Fahrer eintreffen. Sie sind mit ihren Motorrädern eine Stunde lang die Strecke abgefahren, um den Transporter zu sichern, falls noch mehr ungebetene Besucher auftauchen sollten.

Das Wolfsrudel ist bis an die Zähne bewaffnet und trägt kugelsichere Westen, obwohl sie sich darüber beschweren, wie unbequem diese sind. Yuris Männer sind ebenfalls bewaffnet. Wenn einer von Krystiyans Schlägern auf die Idee kommt, uns noch einmal auszurauben, werden sie auf viel mehr Feuerkraft treffen als beim letzten Mal.

Meine und Yuris Männer haben sich in entgegengesetzte Positionen aufgeteilt – nahe genug, um sich zu unterhalten, aber sie sprechen meist mit ihren eigenen Brüdern in leisen Tönen. Ein paar misstrauische Blicke gehen hin und her, und die Hände sind nahe am Abzug.

Jeder von uns verdächtigt den anderen, die Informationen über die erste Lieferung weitergegeben zu haben. Yuris Männer misstrauen mir, weil die Lieferungen von meiner Ex-Freundin gestohlen wurden. Ich weiß, dass es einer von ihnen war, denn mein Vertrauen in das Wolfsrudel ist grenzenlos.

Ich glaube wirklich, dass es Rafail war. Er scheint der Typ Arschloch zu sein, der Krystiyan Kovalenko zum Freund hat. Obwohl er schon lange für Yuri arbeitet, vermute ich, dass sein wichtigster Kunde immer er selbst ist.

Nicht, dass ich zurzeit so unschuldig wäre. Jeder weiß, dass mein letzter Lieferant tot ist, und ich habe gerade Krystiyan ermordet. Mir kann man auch nicht trauen.

Das Lagerhaus ist baufällig und eiskalt. Der Donner dröhnt durch die Löcher im Dach.

»Ich hoffe, der Fahrer ist pünktlich«, murmle ich zu Chief.

»Das ist er«, versichert er mir. »Andrei hat gerade eine SMS geschickt. Sie werden in zehn Minuten hier sein.«

Diese zehn Minuten fühlen sich wie eine Stunde an. Rafail streift im Lager herum, was bedeutet, dass ich ihn ständig beobachten muss. Ich hasse es, mit Leuten zu arbeiten, denen ich nicht vertrauen kann.

Ich kam nach Moskau, um Freiheit und Unabhängigkeit zu erlangen. Stattdessen bin ich mit einem der letzten Menschen, den ich mir ausgesucht hätte, verpartnert und von seinen noch schlimmeren Soldaten umgeben. Und das alles, ohne einen Cent Gewinn zu machen, denn Sabrina hat es geschafft, mich immer wieder aufs Neue zu überrumpeln.

Sie hatte recht – gegen sie anzutreten, ist verdammt beschissen.

»Ich glaube, ich will dich immer in meinem Team haben.«

Jedes Wort, das wir miteinander gesprochen haben, verfolgt mich. Ihre Stimme hallt den ganzen Tag in meinem Kopf nach.

Innerlich bin ich hohl und leer. Selbst wenn ich Geld wie Heu verdiene, weiß ich schon jetzt, dass ich es nicht genießen werde. Seit sie weg ist, habe ich nichts mehr genossen. Ich war nicht eine einzige Minute glücklich.

Das wird sich nicht ändern. Sabrina wird nach Hause nach Chicago gehen oder sie wird hier in Moskau sterben. Egal wie klug und einfallsreich sie ist, sie kann nicht lange überleben, wenn ein Preis auf ihren Kopf ausgesetzt ist.

Ich hoffe, sie geht nach Hause. Egal, wie sehr es mich schmerzen würde, die Alternative ist so viel schrecklicher.

Ein Blitz erhellt das Innere der Lagerhalle in grellem Licht und zeigt das Durcheinander von alten Kisten und kaputten Maschinen, das sich in dem Raum stapelt. Der Geruch von Treibgas erfüllt die Luft.

An diesem Ort wurden einst Fenster und Türen angeliefert. Verstaubte Glasplatten sind noch immer an einer Wand gestapelt und werfen gespenstische Reflexionen zurück, wenn jemand vorbeigeht.

»Sie sind fast da«, berichtet Chief, der eine weitere SMS erhalten hat.

Rafail drückt auf den großen roten Knopf an der Wand, wodurch sich die Tore der Halle wieder öffnen.

Der Wind pfeift in die Lagerhalle.

Die Scheinwerfer durchleuchten das Gebiet vor dem Transporter. Er rumpelt die Rampe hinauf und schaukelt hin und her.

Vlad und Andrei lassen ihre Motorräder draußen und folgen dem Lkw zu Fuß.

»Wohlbehalten«, sagt Andrei, nimmt seinen Helm ab und fährt sich mit der Hand durch die blonden Haare.

»Ich bin mit deinem Motorrad hergefahren«, sagt Vlad.

Ich habe ihn darum gebeten, weil ich danach eine Fahrt unternehmen wollte – bevor ich wusste, wie miserabel das Wetter werden würde.

Pech für mich, schätze ich. Ich werde Vlad nicht im Regen nach Hause schicken.

»Das Ding ist ein Biest«, sagt er. »Ich konnte es kaum kontrollieren.«

Der Schmerz sticht mir in die Brust wie schon hundertmal am Tag. »Ja, ich weiß.«

Kaum haben wir mit dem Entladen des Lastwagens begonnen, schlägt ein Blitz ein, der offenbar einen Riss in das Dach reißt. Eiskalter Regen dringt herein und prasselt auf uns nieder.

»Hättest du nicht ein besseres Lagerhaus finden können?«, schimpft Vlad.

Yuri hört ihn.

»Wie viele Lagerhäuser besitzt *du*?«, spottet er.

Seine Organisation ist hierarchisch – er mag es gar nicht, wenn das Wolfsrudel in seiner Gegenwart spricht.

Ich klopfe Vlad auf die Schulter. »Wir werden bald fertig sein, Bruder, du arbeitest schnell.«

Das gilt sowohl für Yuri als auch für Vlad – ein subtiles »Schluss damit!«.

Yuri verdreht die Augen und geht weg. Alles in allem hat er weder etwas abgeladen noch sonst etwas Nützliches getan. Er ist die schlimmste Art von Chef, kaum anwesend. Er erlaubt einem Schleimbeutel wie Rafail, in seinem Namen zu sprechen und zu handeln.

Vlad verdoppelt sein Tempo.

Wir haben fast die gesamte Ware ausgeladen, als ich das Geräusch von Reifen auf dem hinteren Parkplatz höre. Ich richte mich auf und gebe Vlad und Andrei ein Zeichen, die Tür zur Halle zu flankieren. Sie gehorchen sofort, schnappen sich ihre Gewehre und gehen auf beiden Seiten der Öffnung in Stellung.

Dann rast ein zweites Fahrzeug auf den Parkplatz. Eine Autotür knallt zu, gefolgt von einer Gischt aus Schotter. Schnelle Schritte knirschen auf dem Boden, als jemand in Richtung des Lagerhauses sprintet.

Ich ziehe meine Waffe, den Lauf auf die Rampe gerichtet.

Ich erwarte Krystiyans Männer oder vielleicht die Bullen.

Stattdessen stürmt ein Mädchen in das Lagerhaus.

Sie sieht sich mit großen Augen um, schwitzend und keuchend.

Einen Moment lang erkenne ich Sabrina beinahe nicht wieder. Die gesamte Gesichtshälfte ist so geschwollen und dunkel, dass ich kaum den Schlitz ihres Auges erkennen kann. Ihre Unterlippe ist doppelt so groß wie normal, mit einer hässlichen Wunde, die kaum verschorft ist. Ihr rechter Arm ist in Verbände gewickelt, die Finger sind geschient. Ein Teil ihres Haares ist versengt, der Rest liegt als verfilzte Mähne um ihren Kopf. Ihre Kleidung ist schmutzig und verbrannt – ich kann den Rauch von hier aus riechen.

Der Anblick ihrer Verletzungen erfüllt mich mit einer so allumfassenden Wut, dass die Mündung meiner Waffe zittert.

Wenn Cujo noch leben würde, würde ich ihm mit einer Zange das Fleisch von den Knochen reißen, Stück für Stück.

Als Sabrina mich erblickt, bleibt sie stehen. Sie steht da, unbeweglich, die Hände schlaff an den Seiten.

Niemand versteht so recht, was vor sich geht, bis Boris Kominsky und Ippolit Moisey hinter ihr die Rampe hochlaufen.

Dann zischt Yuri: »Das ist Sabrina Gallo ...«

Boris und Ippolit sind ebenso überrascht, als sie in einer verlassenen Lagerhalle, die sie wohl für eine solche gehalten haben, ein Dutzend Gewehre auf sich gerichtet sehen. Sie bleiben auf der Rampe stehen, nur wenige Meter von ihrer Beute entfernt, aber unfähig, einen Schritt weiterzugehen.

Rafail Wasyl wedelt mit dem Lauf seines Gewehrs wie ein mahnender Finger zu den *Kachki* und sagt mit seiner hohen, dünnen Stimme: »Ah, ah, ah ... das ist unser Fang, Jungs.«

Er will das Kopfgeld.

Boris und Ippolit sind am Keuchen, das Gesicht rot und sichtlich wütend. Sie sind auch bewaffnet, aber sie sind mehr als unterlegen.

»Wir haben sie zuerst gefunden!«, knurrt Boris.

Rafail entsichert seine Glock mit dem Daumen. »Du kannst jetzt gehen oder Cujo in die Hölle folgen«, sagt er leise.

Ippolit geht bereits die Rampe hinunter. Die Erkenntnis, dass sein Freund nicht mehr hinter ihm steht, und die vielen Waffen überzeugen Boris, das Gleiche zu tun.

Wir warten schweigend, bis der Motor aufheult und ihr Auto wieder wegfährt.

Bevor jemand reagieren kann, brülle ich: »Niemand bewegt sich, verdammt!«

Mit ausgebreiteten Armen trete ich zwischen Sabrina und allen Männern hinter mir und versuche, so viel wie möglich von ihr zu verdecken.

Yuris Männer sind zu meiner Linken, das Wolfsrudel zu meiner Rechten. Ich spüre, wie sie sich auf beiden Seiten bewegen und umherschleichen – Yuris Männer, um hinter Sabrina zu gelangen und sie in der Lagerhalle zu fangen, und meine, um mich aus möglichst vielen Winkeln zu decken.

Die Spannung ist so groß, dass ich Angst habe, ein einziger Blitz könnte uns alle in die Luft jagen. Der Regen prasselt gegen das Dach und tropft an Dutzenden Stellen herunter. Meine Finger erstarren um den Griff meiner Waffe.

»Was machst du da?«, zischt Yuri mich an. »Erschieß sie.«

Sabrinas gesundes Auge weitet sich ebenso wie das schrecklich geschwollene. Ihre Lippen bewegen sich, doch es kommt kein Ton heraus.

»Niemand bewegt sich!«, wiederhole ich und werfe rasch einen wütenden Blick auf Rafail, der versucht, sich an meiner linken Seite anzuschleichen.

Vlad hat sein Gewehr auf Rafails Brust gerichtet.

Trotzdem grinst Rafail mich an. »Das kann doch nicht dein Ernst sein!«

Ich gehe noch einen Schritt weiter, bis Sabrina und ich nur noch eine Armlänge voneinander entfernt sind. Angsterfüllt und zitternd schaut sie mir ins Gesicht.

»Was machst du hier?«, flüstere ich.

Ihr Blick schweift durch den Raum, zu allen Waffen, die direkt auf sie gerichtet sind.

So leise, dass ich sie kaum verstehen kann, sagt sie: »Ich wollte dir nur sagen, dass es mir leidtut.«

Ihre Augen sind groß und feucht in ihrem zerschlagenen Gesicht. Sie blinzelt. Tränen laufen ihr über die Wangen, kalt und silbrig wie der Regen. Es ist das erste Mal, dass ich sie weinen sehe.

Ich starre sie mit offenem Mund an, unfähig zu glauben, was ich sehe, was ich höre. Jeder Sinn ist auf die höchste Stufe hochgefahren, meine Nerven sind so angespannt, dass sie zu zerreißen drohen. Jeden Moment erwarte ich, dass ich von beiden Seiten einen Kugelhagel abbekomme.

»Ich habe Mist gebaut«, schluchzt sie. »Und du liebst mich nicht mehr.«

Ich habe Sabrina angelogen, sie in die Irre geführt. Aber das ist der einzige Punkt, in dem ich sie niemals täuschen könnte: »Du kannst nichts tun, damit ich aufhöre, dich zu lieben.«

Sie schließt die Augen, und die Tränen fließen in Strömen über ihre Wangen.

Ich würde alles dafür geben, sie in meine Arme zu ziehen, doch ich kann mich nicht bewegen. Wenn ich auch nur blinzle, könnte jemand schießen.

Sie sieht wieder zu mir auf, die Lippen so fest aufeinandergepresst, dass sich die Wunde wieder öffnet, rot und fleischig. Es spielt keine Rolle, wie kaputt ihr Gesicht ist – nichts auf dieser Welt kann ihr die Schönheit nehmen. Sie strahlt von innen heraus, ein Feuer, das nicht ausgelöscht werden kann. Nicht einmal jetzt.

»Aber das ist nicht genug«, sagt Sabrina mit brüchiger Stimme. »Wenn Liebe genug wäre, hätten wir es geschafft.«

Rafail steht direkt links von mir, aufgehalten von Vlads Gewehr. Wie eine Spinne in seinem dunklen Anzug schleicht Yuri stattdessen hinter Sabrina herum. Alle seine Männer haben ihre Waffen auf meine engsten Freunde gerichtet.

Ich richte meine Beretta auf Sabrinas Stirn, der Lauf ist bloß wenige Zentimeter von ihrer Haut entfernt. Ihre Lippen zittern, doch sie bettelt nicht, sie zuckt nicht einmal zurück.

»Es tut mir leid, dass es so weit kommen musste«, sage ich.

»Mir tut es auch leid«, sagt sie. »Wegen allem.«
Yuri steht jetzt hinter ihr und hebt seine Waffe.
Ich werfe einen Blick auf Jasper zu meiner Rechten.
Mit angespanntem Kiefer nickt er mir nur kurz zu.
Ich atme tief ein und drücke ab.

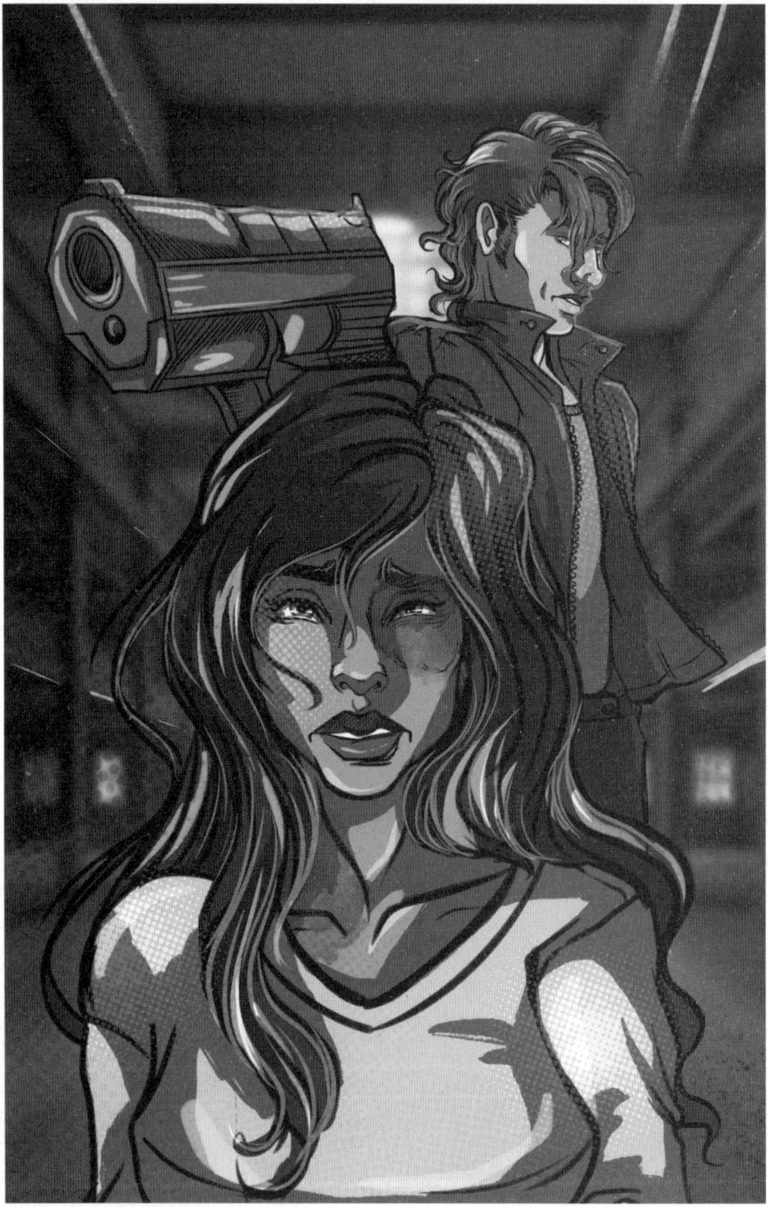

KAPITEL 47

SABRINA

Ich versuche, meine Augen bis zum Ende offen zu halten, damit ich Adriks Gesicht als Letztes sehen kann. Als sein Finger den Abzug betätigt, fallen meine Augenlider ohne meinen Willen zu.

Die Explosion der Waffe ist lauter als ein Kanonenschuss. Ich erwarte einen heftigen Schmerz und schlagartige Dunkelheit. Stattdessen stürzt etwas Riesiges auf mich zu und wirft mich nach hinten. Mein ganzer Körper wird von Hitze und Masse und einem Geruch umhüllt, den ich besser kenne als jeden anderen.

Adrik.

Er hat die Arme um mich geschlungen und mich zu Boden gerissen, rollt mich hin und her, während um uns herum ein Schuss nach dem anderen fällt. Etwas reißt an meinem Arm, ein Stoß aus Hitze und Schmerz, und etwas anderes beißt in meine Wade.

Adrik zerrt mich hinter einen Stapel Kisten und drückt mir seine Waffe in die Hand.

Ohne ein Wort zu sagen, stelle ich mich an den Rand der Kisten und beginne zu schießen.

In der Lagerhalle herrscht das reinste Chaos. Kugeln rasen aus allen Richtungen durch den Raum, reißen Holzstücke aus den Kisten, prallen am Transporter, am SUV und an den verrosteten alten Gabelstaplern ab.

Die staubigen Glasscheiben, die an der Wand gestapelt sind, zerspringen und lassen Glasscherben überallhin regnen. Donner mischt sich in den Klang der Schüsse, und Blitze blenden uns alle.

Vlad ist am nächsten bei uns. Er reißt eine Pistole aus seinem Gürtel und wirft sie Adrik zu, ehe er sein Gewehr auf Yuris Männer richtet und einen Schuss nach dem anderen abgibt. Eine Kugel bohrt sich in seinen Oberschenkel. Er sinkt auf ein Knie und schießt mit zusammengebissenen Zähnen weiter. Der Schweiß rinnt ihm über das Gesicht und vermischt sich mit dem Regen.

Es ist schwer zu sagen, wo sich jemand in dem Gewirr von Geräten und Kisten versteckt. Schwer zu sagen, wer überhaupt zu uns gehört.

Der Fahrer des Transporters hebt den Kopf, und ich schieße fast auf ihn, bevor ich seinen erschrockenen Gesichtsausdruck sehe, als er sich mit hinter dem Kopf verschränkten Händen wieder auf die Dielen fallen lässt.

Ich sehe Yuris Körper wie eine Stoffpuppe auf der Rampe ausgestreckt. In diesem Moment wird mir klar, dass Adrik über meine Schulter geschossen und seinen Partner im Gesicht getroffen hat.

Das Wolfsrudel trägt Schutzwesten. Die meisten von Yuris Männern haben keine, mit Ausnahme des einen, der in Militäruniform gekleidet ist. Er wechselt die Position wie ein trainierter Soldat, seine Treffsicherheit ist erschreckend gut. Für den Bruchteil einer Sekunde schaut Hakim hinter dem Kofferraum des SUVs hervor, und der Soldat trifft ihn an der Schulter. Hakim fällt zu Boden.

Andrei brüllt vor Wut und entlädt sein Magazin auf den Soldaten, nur um von einer Kugel in der Mitte seiner Weste getroffen zu werden, die ihn nach hinten wirft. Zu seinem Glück pfeift der nächste Schuss aus der Waffe des Soldaten genau dort durch die Luft, wo sein Gesicht gewesen wäre.

Ich folge der Bewegung des Soldaten mit dem Lauf von Adriks Gewehr, wobei ich die hektischen Blitze und den eiskalten Regen, der vom Dach herabprasselt, ignoriere. Adrik schießt auch auf ihn, verfehlt ihn aber, als der Mann sich in Deckung duckt.

Der Soldat springt auf, gibt drei Schüsse ab und lässt sich dann wieder fallen.

Seine Technik ist makellos. Ich komme nicht an ihn heran, er ist strategisch und unberechenbar.

Der Rest von Yuris Männern fällt, schlechter koordiniert als das Wolfsrudel und ohne Schutzwesten.

Es sind bloß noch zwei übrig: einer, der sich hinter dem alten Gabelstapler verbarrikadiert hat, und der Soldat, der jetzt hinter dem Lenkrad des Transporters sitzt. Der Fahrer ist klug genug, sich auf die Bodenbretter zu kauern. In den kurzen Pausen zwischen Donner und Schüssen höre ich ihn wimmern.

Jasper klettert auf den Vordersitz des SUVs. Er tritt das Pedal durch, prallt gegen den Gabelstapler und schiebt ihn mit so viel Kraft zurück, dass Yuris Schläger gegen die Wand gequetscht wird. Als er mit quietschenden Reifen und knirschendem Metall rückwärtsfährt und die vordere Stoßstange abreißt, lehnt sich Jasper aus dem Fenster und ruft Andrei »Steig ein!« zu.

Andrei zerrt Hakim auf den Rücksitz. Hakim ist blass und taumelt, Blut fließt seinen Arm hinunter. Chief hilft Vlad auf die andere Seite. Vlad humpelt und stützt sich stark ab, seinen stämmigen Arm um die Schultern von Chief geschlungen.

Als Vlad auf den Rücksitz rutscht, feuert der Soldat einen Schuss auf seinen Kopf ab, der nur wenige Zentimeter von seinem Ohr entfernt an der Autotür abprallt.

Adrik feuert wütend auf ihn. Der Soldat duckt sich in den Radkasten zurück.

Er steht zwischen uns und dem SUV. Wir können nicht an ihm vorbeikommen. Anscheinend können wir ihn auch nicht erschießen, den glitschigen Wichser.

»Geh durch die Rampe hinaus!«, bellt mich Adrik an. »Ich halte dir den Rücken frei!«

»Aber ...«

»Los!«, brüllt er.

Ich bleibe so niedrig wie möglich und sprinte zur Hallentür. Adrik gibt mir Deckung, während ich zum Ausgang renne. Trotzdem höre ich eine Kugel über mir zischen, als ich über die Rampe stürze.

Ich bin draußen, aber Adrik ist immer noch gefangen.

»Chief!«, schreie ich.

Chief kurbelt das hintere Fenster des SUVs herunter und stützt Vlads AR auf die Kante. Er feuert einen stetigen Strom von Kugeln auf die Hinterreifen des Transporters, der so durchlöchert wird, dass das Heck herunterhängt.

Adrik rennt zur Tür und rutscht die Rampe hinunter, als ob er auf das Schlagmal beim Baseball rutschen würde.

Er packt mich am Arm und zerrt mich zu seinem Motorrad.

Ich zögere nur für den Bruchteil einer Sekunde.

»Willst du mich verarschen?«, brüllt Adrik.

»Ich habe eine Idee!«, rufe ich, schwinge mein Bein über das Motorrad und lehne mich mit dem Rücken an den Lenker.

Adrik versteht es. Er steigt auf die Maschine und lässt den Motor aufheulen, seine Arme liegen auf beiden Seiten meiner Taille. Ich richte meine Waffe wieder über seine Schulter.

Yuris letzter, unermüdlichster Soldat erscheint in der Tür, eine schwarze Silhouette im Blitzlichtgewitter.

Ich warte auf ihn.

Er duckt sich am Kopf der Rampe, geschützt durch seine Weste. Das Gewehr an seiner Schulter zielt auf Adriks Rücken.

Nur Kopfschüsse ...

Ich atme leise aus und drücke den Abzug.

Der Schuss trifft ihn genau zwischen die Augen. Er stürzt nach hinten, sein Gewehr gleitet durch die kraftlosen Finger und klappert die Rampe hinunter.

Adrik verlässt rasend den Parkplatz.

Ich klammere mich an seinen Hals, sein Herz pocht gegen meines.

Rückwärtszufahren ist der absolute Wahnsinn. Das Fahrverhalten ist das genaue Gegenteil, die Straße rast hinter mir weg und verwirrt mich. Alles, was ich tun kann, ist, meine Arme um Adriks Taille und meinen Kopf an seine Brust zu legen und mich festzuhalten.

Der Regen prasselt auf uns nieder, heftiger als je zuvor. Ich weiß nicht, wohin Adrik fährt – bloß, dass wir bei diesem Wetter nicht weit kommen. Ich kann nicht nach vorne sehen, ich weiß nicht einmal, ob er dem SUV folgt.

Nach nur ein oder zwei Minuten macht er eine scharfe Kurve und hält dann in dem engen Bereich zwischen einem mir sehr vertrautem silbernen Anhänger und einer schmutzigen Backsteinmauer an.

Ich setze mich auf und sehe ihm zum ersten Mal ins Gesicht.

Wir starren uns an, das Wasser läuft uns über das Gesicht, wir zittern und frieren.

Dann nimmt Adrik mein Gesicht in seine Hände und küsst mich.

Der Schmerz ist unerträglich. Meine Lippen bluten überall. Mein Kiefer schmerzt.

Dennoch küsse ich ihn und küsse ihn, nehme so viel von ihm auf, wie ich kann. Ich will seinen Geschmack und seinen Geruch, ich bin verzweifelt danach in dem ertrinkenden Regen.

Ich küsse ihn, als ob ich nie genug davon bekommen könnte. Ich weiß, das werde ich nie.

Seine Hände sind überall auf meinem Körper, so warm und stark wie eh und je. Wenn er eine Stelle erreicht, die zu schmerzhaft ist, heule ich auf und er versucht, mich sanft zu berühren, aber es ist unmöglich. Wir sind schon zu lange voneinander getrennt.

Wir hören erst auf, als ich merke, dass er an der ganzen Seite blutet.

»Du wurdest getroffen!«, rufe ich.

»Du auch.«

Er zeigt auf die tiefe Rille auf meinem linken Arm.

»Es hat mich gestreift.« Ich versuche, durch das Blut und den Regen hindurch auf die Wunde zu blicken. »Oder es ging direkt durch.«

Ich erinnere mich an den Schmerz an meiner Wade und begutachte auch diese, aber es ist nur ein bleistiftdicker Holzsplitter, der vom Boden aufgewirbelt wurde. Adrik zieht ihn heraus.

»Wir gehen besser hinein, bevor wir erfrieren«, sagt er.

Wir humpeln in den Anhänger, die Stufen knarren unter unserem gemeinsamen Gewicht.

Jasper, Vlad, Andrei, Hakim und Chief sind bereits drinnen.

Sobald wir die Treppe hinaufgegangen sind, wirft Mischa die Tür hinter uns zu und schließt sie ab. Sie schaltet die Leuchtreklame und die meisten Innenlichter aus und taucht uns in eine gemütliche Dunkelheit, die lediglich von der Lampe über Allas Arbeitsfläche und dem sanften goldenen Schein der Jukebox in der Ecke erhellt wird.

Vlad hat den Ärmel seines Hemdes abgerissen, um einen Druckverband um seinen Oberschenkel anzulegen. Er hat in einer Sitzecke Platz genommen, isst einen Teller von Allas Pommes und ignoriert die kleine Blutlache um seinen Stiefel.

Andrei und Alla kümmern sich um Hakim. Hakim sitzt am Tresen, damit Alla seine Schulter untersuchen kann. Sie schnalzt entsetzt mit der Zunge und versucht, den Ärmel seines Hemdes über die Schulter zu rollen, ohne ihm noch mehr wehzutun. Sie hat ihr Haar hellgrün gefärbt, seit ich sie das letzte Mal gesehen habe. Es steht ihr.

Als sie sich auf die Suche nach einem Erste-Hilfe-Kasten macht, grinst mich Hakim an. Sobald Alla wieder auftaucht, nimmt er seinen schmerzverzerrten Gesichtsausdruck wieder an.

Chief setzt sich neben Mischa und fängt an, in ihren Naturwissenschaftsbüchern zu blättern, und stellt ihr Fragen, die so kompliziert sind, dass ich keine davon verstehe.

Adrik und ich setzen uns zu Jasper. Jasper sieht mich schief an, die Knochen seiner Finger liegen an den tätowierten Backenzähnen am Unterkiefer.

»Du bist also zurück«, sagt er.

»Ja. Ist das okay?«

»Gott, ich hoffe es«, sagt er und wirft Adrik einen Blick zu. »Ohne dich war alles verdammt chaotisch.«

»Warst du das?«, frage ich und wende mich an Adrik. »Du sahst so heiß aus, als du bei Krystiyan aufgetaucht bist. Da habe ich mich beschissen gefühlt.«

»Ich bin innerlich gestorben, glaub mir.«

»Das bin ich auch.« Ich nehme seine Hand und drücke seine Knöchel auf meine geschwollenen Lippen. »Jeden verdammten Tag.«

Adrik schaut auf mein zerschrammtes Gesicht. Sein Blick ist so mörderisch, dass mir ein Schauer über den Rücken läuft.

»Cujo hat Glück, dass er tot ist«, knurrt er. Dann schüttelt er den Kopf: »Wie zum Teufel hast du das überhaupt geschafft?«

»Oh, es war total abgefahren«, sage ich und versuche zu grinsen, ohne mir wieder die Lippen aufzureißen. »Ich wünschte, du hättest es sehen können. Ich habe ihnen einen *dasvidanya* genannt und ihn dann in die Luft gejagt, diesen *Hurensohn*!«

»Das hast du nicht wirklich gesagt, oder?«, fragt Jasper und sieht mich sehr enttäuscht an.

»Nein«, gebe ich zu und bin enttäuscht von mir selbst. »Aber ich wünschte, ich hätte es.«

Adrik rutscht von der Sitzbank und humpelt mit der Hand an der Seite zur Jukebox. Er wirft ein paar Münzen ein und blättert dann mit dem Finger durch die Liste, bevor er seine Auswahl trifft.

Die Musik erfüllt den kleinen Trailer, leicht und schwebend und wehmütig.

Adrik hält mir seine Hand hin.

Ich gehe zu ihm auf die karierten Fliesen, meine Arme um seinen Hals, seine Hände um meine Hüften. Wir sind beide so angeschlagen, dass wir nicht wirklich tanzen können – wir können nur schwanken.

Ich lege meinen Kopf an seine Brust und lausche seinem Herz, das leise und gleichmäßig mit der Musik schlägt.

Chief und Mischa gesellen sich zu Vlad, damit sie etwas von seinen Pommes essen können.

Zuerst zieht er den Teller weg, dann gibt er nach und schiebt ihn näher heran.

Jasper lehnt mit geschlossenen Augen seinen Kopf gegen das Fenster und blickt friedlich drein.

Hakim sagt etwas, das Alla zum Lachen bringt. Sie lehnt sich über den Tresen und streicht ihm mit der Handfläche die Locken aus der Stirn.

Adrik und ich wiegen uns, seine Hitze strahlt in mich hinein und wärmt mich so stark wie nichts anderes. Er küsst mich auf die Stirn und legt dann seine Wange an meine, seine Arme fest um mich geschlungen.

»Hast du daran gedacht, mich zu erschießen?«, frage ich ihn.

»Nicht eine Sekunde lang.«

»Nicht einmal eine halbe Sekunde? Nach allem, was ich getan habe?«

Er schaut auf mich herab und schüttelt langsam den Kopf. »Es ist vollkommen egal, was du getan hast. Ich kann dich nicht verlieren.«

Der Regen prasselt auf das Metalldach des Anhängers und verwandelt die Welt vor den Fenstern in einen wässrigen Schleier.

Nichts existiert außerhalb von uns.

> Die Welt
> Mag denken, ich sei dumm
> Sie sehen dich nicht
> Wie ich es kann
> Oh, aber jeder, der weiß, was Liebe ist
> Wird es verstehen

Ich lege meinen Kopf wieder an seine Brust und höre den gleichmäßigen Schlag seines Herzens.

Leise, so leise, dass ich nicht weiß, ob er mich hören kann, sage ich: »Danke, dass du mir verziehen hast.«

»Ich werde dir immer verzeihen, Süße. Verlass mich nur nicht wieder.«

»Das werde ich nicht und kann es auch gar nicht.«

Der Regen tropft von unseren Klamotten herunter – und auch das Blut. Bald bildet sich eine Pfütze um unsere Füße, scharlachrote Fäden verteilen sich auf den weißen und schwarzen Fliesen. Unsere Stiefel platschen in die Pfützen.

Uns tut alles weh, und uns ist schwindlig. Ich hatte noch nie stärkere Schmerzen.

Und doch bin ich glücklich.

Ich bin so glücklich, dass ich sterben könnte.

Epilog

Sabrina

Zwei Monate später

In dem Monat nach der Schießerei hatte man das Gefühl, dass jeder in Moskau uns töten wollte. Der Hohe Rat war wütend, die *Kachki* wollten sich für Cujo rächen, und selbst Krystiyan Kovalenko hatte ein oder zwei Cousins, die ihn genug mochten, um sich daran zu stören, dass Adrik ihm die Kehle durchgeschnitten hatte.

Selbst mit dem Wolfsrudel, das uns zur Seite stand, und Adriks Familie, die uns den Rücken freihielt, hätten wir in der Scheiße gesteckt. Es war der Winterdiamant, der uns gerettet hat.

Mein Vater hatte recht – die Besessenheit des Hohen Rats von Russlands schönstem Edelstein grenzt an Aberglauben. Serafim Isidor schien zu glauben, dass die Bratwa nichts als Pech hatten, seit er ihnen entrissen wurde. Er war bereit, sich auf fast alles einzulassen, um ihn zurückzubekommen.

Mein Vater kam nach Moskau, um den Deal zu verhandeln und sich persönlich bei den Bratwa zu entschuldigen. Wenn er will, kann er sehr charmant sein. Nach dreistündigen Verhandlungen war Isidor beschwichtigt genug, um sich im Gegenzug für Alexei Yenins Verrat am Blutschwur zu entschuldigen.

Mein Vater blieb danach noch, um Adrik und mich zum Abendessen auszuführen. Ich glaube, Adrik war nervös – er hatte meinen Vater seit ihrer gemeinsamen Autofahrt nicht mehr gesehen, und als mein Vater mich das letzte Mal gesehen hatte, war ich nicht gerade in Bestform gewesen.

Mit strahlender Miene kam ich im Restaurant an, in einem funkelnagelneuen Kleid, mit glänzendem Haar, einem makellosen Gesicht, ohne einen einzigen blauen Fleck. Ich hing an Adriks Arm und war überglücklich, zwei meiner Lieblingsmenschen zusammen an einem Tisch zu haben.

Mein Vater sah mehr als erleichtert aus, als er mich erblickte. Wir unterhielten uns während des gesamten Abendessens. Ich konnte sehen, dass er von Adriks Beschreibungen unserer Lieferkette und Vertriebsmodelle beeindruckt war. Als er erfuhr, dass Adrik Schach spielt, brachte ihn das beinahe zum Lächeln. Mit der Zeit wird er vielleicht akzeptieren, dass ich Moskau wirklich liebe – vielleicht sogar mehr als Chicago.

Der Diamant war nicht der einzige Preis, um unsere Weste reinzuwaschen – Adrik und ich müssen der Familie Koslov für die nächsten zwei Jahre einen unverschämten Prozentsatz unserer Einnahmen zahlen. Aber da Molniya und der Rest der Drogen weiterhin schneller Geld bringen, als wir es jemals ausgeben könnten, ist das nicht der schlechteste Deal der Welt.

Es hat geholfen, dass Nikolai Markov uns unterstützt hat. Isidor ist seine Meinung viel wichtiger als die von Foma Kushnir, der sich strikt weigerte, für uns zu stimmen. Wahrscheinlich hat Ilsa ein gutes Wort bei ihrem Vater eingelegt, oder Nikolai hat einfach erkannt, wie profitabel es wäre, seinen Vertrag für unsere Pillen zu verlängern.

Ilsa kommt jede Woche zu mir, um neue Produkte abzuholen. Sie hat sich noch nicht ganz mit Simon abgefunden, aber sie und Neve stehen sich so nahe wie immer.

Die *Kachki* hassen uns immer noch, auch wenn sie nicht die Macht haben, viel dagegen zu tun. Solange wir uns von ihrer bevorzugten Sporthalle fernhalten, sollte es kein Problem sein.

Krystiyans Verwandte hegen ebenfalls einen Groll. Die Petrovs und die Malina haben sich schon vorher gehasst, also ist das im Grunde der Status quo.

In unserer Welt wird man immer Feinde haben. Das Einzige, was du tun kannst, ist, es für die Leute attraktiv zu machen, dich am Leben zu erhalten – und gefährlich, dich zu töten.

Hakim und ich haben das Labor von Yuri Koslov verlassen und sind in die alte Brauerei zurückgekehrt. Es war verdammt mühsam, sie wieder betriebsbereit zu machen, doch bei den vielen Stunden, die wir arbeiten, ist das die einzige Möglichkeit für ihn, Alla so oft zu sehen, wie er möchte. Er bringt ihr das Mittagessen von ihren Lieblingsläden mit, damit sie nicht mehr als nötig kochen muss.

Er machte mir nicht allzu viele Vorwürfe, weil ich das Labor abgebrannt hatte. Alle vom Wolfsrudel waren nachsichtiger, als ich angenommen hatte, sogar Vlad – sie stellten nur eine Bedingung.

»Es wird Zeit, dass du dein Abzeichen bekommst«, sagt Jasper.

Ich stöhne auf, obwohl ich wusste, dass dies kommen würde.

Ich habe Tattoos schon immer gemocht, war mir aber nie sicher, ob ich mir selbst eines stechen lassen wollte. Auch wenn die Vorstellung, den Petrov-Wolf auf meinen Arm zu stempeln, nicht mehr so abscheulich ist wie früher, kann ich nicht sagen, dass ich von der Idee begeistert bin.

»Ihr bringt mich besser an einen guten Ort«, sage ich. »Ich will keine Hepatitis von einer rostigen russischen Nadel.«

»Keine Sorge«, versichert mir Andrei. »Gasley's haben

die höchsten Standards. Sie lecken die Nadel zwischen jedem Kunden sauber.«

Trotz Andreis Bemühungen, mich zu verunsichern, ist das Tattoo-Studio, das sich in einem hübschen Backsteingebäude an einer Hauptstraße befindet, sehr einladend. Ein großes Oberlicht durchflutet den Raum mit Sonnenschein, und der Boden ist von fröhlichen orangefarbenen Fliesen bedeckt.

Ich entspanne mich etwas mehr, als ich die Künstlerin Jaromira treffe, die glänzendes schwarzes Haar bis zur Taille und Tattoos mit wunderschönen schwarzen Rosen an beiden Armen hat. Sie zeigt mir Beispiele ihrer Arbeit, alles feine Linien und zarte Schattierungen.

»In Ordnung«, seufze ich und setze mich auf ihren Stuhl. »Ich bin bereit.«

Das Wolfsrudel hat sich eingefunden, um mir zuzusehen. Sie nehmen mich auf den Arm und bieten mir einen Schluck Wodka aus Vlads Flachmann an.

»Versuch, nicht zu flennen«, sagt Hakim.

»Ich weine nie«, erwidere ich verächtlich.

»Niemals«, stimmt mir Adrik zu und schenkt mir ein schiefes Lächeln.

Meine Wangen werden heiß, aber ich lächle ihn an. Es macht mir nichts aus, dass er mich in meinem tiefsten und verzweifeltsten Moment gesehen hat. Es war auch sein Moment. Wir waren beide am Ertrinken und haben uns gegenseitig gerettet.

Ich kann nicht hinsehen, als Jaromira ihre surrende Nadel gegen meinen Arm setzt. Ich dachte, es würde sich wie ein Messerstich anfühlen, immer und immer wieder, doch in Wirklichkeit ist es eher so, als würde jemand mit einem spitzen Stift auf dir herummalen.

Nach einer Weile setzen die Endorphine ein. Es ist fast angenehm. Die Sonne ist warm, das Brummen beruhigend.

Ich lehne meinen Kopf an die Stuhllehne und lausche Jaromiras ausgezeichneter Auswahl an russischen Chansons. Ähnlich wie die mexikanischen Balladen, die von den Machenschaften der Drogenkartelle berichten, sind Chansons Lieder über die Unterwelt.

Je mehr Wodka Vlad trinkt, desto lauter will er mitsingen. Seine Stimme ist tief und rau, aber nicht unangenehm.

»Nur zu«, ermutigt ihn Jaromira. »Das hält mich bei Laune.«

Chief löchert Jaromira mit Fragen über die internen Mechanismen der Tätowierpistole.

»Ich habe sie nicht gebaut«, sagt sie und lacht. »Ich benutze sie einfach.«

»Wie kommst du klar?«, fragt mich Adrik. Er sitzt mir direkt gegenüber, rückwärts auf seinem Stuhl, die Arme über der Lehne verschränkt. Sein Haar ist dunkel und zottelig im Gesicht, seine blauen Augen leuchten. Jetzt, da der Sommer kommt, wird seine Bräune wieder intensiver.

»Ich spüre es kaum«, antworte ich, obwohl es in Wahrheit zu stechen beginnt, nachdem Jaromira mit den Linien fertig ist und zu den Schattierungen übergeht. Jeder Stich der Nadel geht ein bisschen tiefer.

Ich habe mir ihre Arbeit nicht angesehen. Ich weiß bereits, wie das Tattoo aussehen wird. Es starrt mich aus sechs muskulösen Armen um mich herum an – ein schwarzer Wolf, dessen Maul halb geöffnet ist und knurrt. Wahrscheinlich könnte ich ihn im Schlaf zeichnen, so oft habe ich Adriks Tätowierung mit meinem Finger nachgezeichnet.

Als Jaromira endlich fertig ist, drängt sich das Wolfsrudel um sie herum.

Jasper grinst. »Es ist offiziell.«

Ich versuche, Aufregung zu spüren, als Jaromira mich vor den Spiegel stellt und mit einem weichen Tuch die Seife von meinem Arm abwischt.

Als der Lappen nach unten streicht, zeigt er keinen schwarzen Wolf, sondern einen orangefarbenen Tiger. Der Tiger schleicht sich an meinem Arm hoch, lang und schlank und anmutig. Wie der Wolf fletscht er seine Zähne in einem wütenden Knurren.

Das Wolfsrudel lacht über meinen Gesichtsausdruck, vor allem Adrik.

»Gefällt es dir?«, fragt er.

»Ich ... ich liebe es.«

Das tue ich wirklich.

Adrik greift mein Kinn und küsst mich.

»Du bist einer von uns«, sagt er. »Aber du bist immer noch du selbst. Du musst deine Identität nicht aufgeben – sei einfach mit mir zusammen.«

»Immer.« Ich küsse ihn zurück.

»Genug davon«, unterbricht Andrei. »Lasst uns feiern gehen.«

***

ADRIK

Zwei Jahre später

Eines der ersten Dinge, die ich tat, nachdem ich Sabrina zurückhatte, war, Ivan anzurufen und ihn zu fragen, wie ich sicherstellen kann, dass ich es nicht wieder versaue.

Ich fragte ihn, wer letztendlich für sein Geschäft verantwortlich sei – er oder Sloane.

Ivan hat keine Sekunde gezögert. »Wir beide.«

»Aber wer trifft die Entscheidungen?«

»Manchmal ich, manchmal sie. Sie tut es wahrscheinlich

zu sechzig Prozent, vielleicht sogar siebzig. Sie ist schlauer als ich, weißt du?«

Ich lachte. »Ich fürchte, das könnte auch auf Sabrina zutreffen. Aber es ist nicht so einfach. Ich weiß nicht, wie ich das Urteil eines anderen über mein eigenes stellen soll. Das habe ich noch nie getan.«

Ivan grunzte am anderen Ende der Leitung – ein sympathisches Geräusch. »Am besten ist es, wenn ihr eure Entscheidungen gemeinsam trefft.«

»Aber was ist, wenn sie sich irrt?«

»Es gibt kein Richtig und Falsch. Es gibt das Zusammensein auf einer Seite oder das Getrenntsein. Ich entscheide mich dafür, mit Sloane zusammen zu sein – und umgekehrt tut sie das auch. Für immer.«

Das ließ mir einen Schauer über den Rücken laufen. Das war es, was ich ebenfalls verzweifelt wollte.

»Wann bekomme ich eine Hochzeitseinladung?«, fragte mich Ivan.

Ich stöhnte. »Das weiß ich doch nicht. Das ist einer unserer Konfliktpunkte.«

»Nun«, sagte Ivan, »es ist am besten, wenn man sich einig ist, aber manchmal ist eine kleine Trickserei erlaubt.«

Ich kannte die Wette nur zu gut, die Ivan mit Sloane abgeschlossen hatte, um sie dazu zu bringen, ihn zu heiraten.

Ich zog es vor, nicht zu einer List zu greifen, um Sabrina zur Meinen zu machen, doch ich schloss es nicht aus, wenn sie sich weiterhin widersetzte.

Es hat zwei lange Jahre gedauert, sie davon zu überzeugen, mich zu heiraten. Es ist nicht so, dass sie nicht wollte – oder zumindest glaube ich nicht, dass es daran lag.

Wenn ich raten müsste, ist der wahre Grund, dass die Dinge, die ihr sehr wichtig sind, auch die einzigen Dinge sind, die ihr Angst machen. Sie hat Angst zu versagen, wenn es am wichtigsten ist.

Außerdem hat sie ein instinktives Misstrauen gegenüber allem Konventionellen.

Ich habe ihr versprochen, dass die Zeremonie so ablaufen kann, was sie möchte.

»Du musst kein bauschiges weißes Kleid tragen oder in einer Kirche stehen. Versprich mir einfach, bei mir zu sein und es legal zu machen, damit es für dich schwieriger ist, zu entkommen.«

Sie lachte. Dann fragte sie mit mehr Ernsthaftigkeit: »Wird es dich glücklich machen?«

»Mehr als alles andere.«

»Dann werde ich es tun.«

***

SABRINA

Am Morgen meines Hochzeitstages wache ich erschrocken auf.

Es ist nicht so, dass ich nicht mit Adrik zusammen sein möchte – ich bin mehr als je zuvor von ihm besessen. Und wir leben und arbeiten jetzt schon seit über zwei Jahren zusammen, es gibt also keine großen Überraschungen, was ihn angeht.

Ich glaube, es ist der Gedanke an mich als Ehefrau, der mir Angst macht. Ich habe mich nie so gesehen, ich weiß nicht genau, was es bedeutet oder wie ich sein soll.

Adrik und ich hatten nicht vor, uns zu sehen, bis wir uns zur Vermählung treffen.

Ich schreibe ihm um 6:20 Uhr morgens eine SMS und frage:

Bist du wach?

Er antwortet einen Moment später:

Jetzt schon ...

Sorry.

Das muss dir nicht leidtun.
Was brauchst du, Süße?

Ich muss dich sehen.

Eine halbe Stunde später holt er mich mit einem Mietwagen vom Haus meiner Eltern ab. Allein sein Anblick beruhigt mich ungemein. Wir fahren zum Morton Arboretum, damit wir auf den Waldwegen spazieren gehen können.

Ich trage immer noch die Shorts und das T-Shirt, in denen ich geschlafen habe, die Haare zu einem unordentlichen Pferdeschwanz gebunden. Adrik hat ein frisches weißes T-Shirt an, das zeigt, wie braun er geworden ist – nun, da es Sommer ist. Sein Haar ist so lang wie bereits ewig nicht mehr, schwarz und zottelig. Wenn er sich mit den Händen durch die Haare fährt, bilden sie dramatische Formen: eine Welle, die über ein Auge fällt, oder zwei Vorhänge auf beiden Seiten seines Gesichts.

Er überquert die lehmigen Wege mit langen, kräftigen Schritten. Ich muss schnell gehen, um mit ihm Schritt zu halten, und das ist das Tempo, das ich bevorzuge. Die Kiefern umgeben uns wie Hunderte von Säulen, die das blassblaue Himmelsgewölbe stützen. Die Luft riecht feucht und frisch, noch kühl vor der Hitze des Tages.

Wir sind allein, abgesehen von den Vögeln in den Bäumen. Die Stille an diesem Ort macht mich friedlich.

Adrik fühlt sich wie zu Hause – er wirkte schon immer mehr wie ein Tier als ein Mensch. Es ist die Art, wie er sich bewegt – anmutig, natürlich, offenbar ohne Anstrengung. Die Art und Weise, wie diese schmalen blauen Augen einen Zaunkönig auf einem Ast oder eine Strumpfbandnatter, die im Gebüsch verschwindet, anvisieren. Und vor allem die Art und Weise, wie er mich ergreift und sein Gesicht an meinen Nacken presst und meinen Duft tief einatmet.

Er schämt sich nie für das, was sein Körper will.

Mein Körper will ihn, die ganze Zeit – seinen Atem, seine Berührung, seine Nähe. Die Woche, die er mit seiner Familie im Hotel verbracht hat, während ich zu Hause bei meiner Familie war, hat mir zu schaffen gemacht. Es war schön, ein letztes Mal in meinem alten Bett zu schlafen, aber ich vermisse sein Gewicht und seine Wärme, wenn er sich nachts um mich legt. Ich vermisse es, mit seinem Mund zwischen meinen Schenkeln aufzuwachen. Das ist der Grund, warum ich so unruhig bin – ich hatte nicht diese ständigen täglichen Berührungen, die mich entspannen.

Er hält jetzt meine Hand, seine Finger sind mit meinen verschränkt.

»Hast du Zweifel?«, fragt er mich.

»Nein.«

»Was ist es dann?«

»Es ist nur ... ich will nicht, dass du dich jemals gefangen fühlst. Ich möchte, dass wir zusammen sind, weil wir zusammen sein wollen, nicht weil wir etwas unterschrieben haben. Und ... ich möchte dich nicht enttäuschen.« Ich zögere, bleibe auf dem Weg stehen und kann ihn nicht richtig ansehen. »Falls ich nicht die Ehefrau bin, die du dir vorgestellt hast.«

Er lacht leise. »Sabrina ... ich möchte mit dir verheiratet sein, weil es meinen Gefühlen für dich entspricht. Dich meine Freundin zu nennen, ist verdammt lächerlich. Du bist meine andere Hälfte. Ich könnte dich ebenso wenig verlassen, wie ich mich in zwei Hälften teilen könnte.«

»Und was ist mit dem anderen Teil?«

»Du denkst, ich will eine traditionelle Frau? Wann warst du jemals konventionell? Ich will dich genau so, wie du bist und wie du in Zukunft sein wirst. Ich habe keine Erwartungen an dich – das sind die Überraschungen, die ich liebe. Du übertriffst immer das, was ich mir vorstellen kann.«

Ich stoße den angehaltenen Atem aus. »Okay. Ich weiß nicht, warum ich so gestresst bin – vielleicht, weil ich dich diese Woche nicht genug gesehen habe. Ich bin nie unglücklich, wenn wir zusammen sind. Wenn wir getrennt sind, breche ich zusammen.«

»Ich weiß«, sagt er und nimmt mein Gesicht in seine Hand. »Ich fühle dasselbe.«

Er beugt seinen Kopf, um mich zu küssen.

Die hoch aufragenden Kiefern sind die Säulen einer Kathedrale. Das Licht fällt in grünen Schächten herab, als ob es durch farbiges Glas scheint. Dies ist unsere Kapelle. Das ist unsere echte Hochzeit, genau hier, genau jetzt. Nur wir beide.

Adrik legt mich auf das feuchte Moos, das nach allem riecht, was um uns herum lebt und wächst.

Er zieht mich langsam aus, küsst jeden Teil meines Körpers, während er ihn entblößt. Meine Lippen, meine Kehle, meine Brüste, meinen Bauch. Er dreht meine Hand um und presst seinen Mund auf meine Handfläche.

Er streift meine Shorts und Unterwäsche ab, bis ich ganz nackt bin. Die Sonnenstrahlen, die durch das Blätterdach dringen, gleiten wie goldene Flecken über meine Haut. Er fährt mit seiner Zunge über die sonnenerwärmten Stellen an meinen Oberschenkeln.

Behutsam schiebt er einen Finger in mich hinein, dann hebt er ihn zum Mund, um mich zu schmecken.

Er stößt einen Seufzer aus. »Meine Lieblingssache auf der ganzen Welt.«

Ich küsse ihn, um mich selbst auf seinen Lippen zu schmecken. Es ist warm und moschusartig-süß wie die Rinde auf dem Boden.

Er legt sich auf den Bauch, nimmt meinen Hintern in seine Hände und hebt meine Vagina zu seinem Mund. Er fährt mit seiner Zunge langsam zwischen meinen Vulvalippen hinauf, weich und feucht und warm. Oben hält er inne und saugt sanft, ganz sanft, an meiner Klitoris.

Er hört auf mein Stöhnen, er beobachtet mein Gesicht. Dann verwöhnt er meine Vagina mit seinem Mund, behandelt sie wie das Zarteste, das Empfindlichste, das Wertvollste auf der Welt.

Er entspannt mich, beruhigt mich. Ich weiß, dass es das ist, was ich brauche, diese Verbindung, diese Erleichterung.

Die Freude überrollt mich in Wellen, so warm wie der Sonnenschein, so süß wie die Farne, das Moos und das Gras um uns herum.

Ich schaue durch das Geflecht der Äste in den Himmel und komme langsam mit einem Geräusch wie einem Seufzer zum Höhepunkt.

Adrik lässt meine Hüften sinken, danach legt er seine Hände auf beide Seiten von mir und schaut mir ins Gesicht, während er seinen Penis in mich hineinschiebt. Ich bin feucht, geschwollen und extrem empfindlich. Ich winde mich unter ihm, kann es kaum aushalten.

Er stützt meinen Kopf auf seinen Arm, wiegt mich und stößt langsam und tief in mich hinein.

»Sag mir, dass du mich liebst«, sagt er.

»Ich liebe dich so sehr, dass es wehtut.«

»Sag mir, dass du mich *immer* lieben wirst.«

»Ich könnte nicht aufhören, selbst wenn ich es wollte.«
»Ich werde dich glücklich machen«, sagt er. »Du brauchst keine Angst zu haben.«
»Wenn ich mit dir zusammen bin, habe ich nie Angst.«
Sein Arm strafft sich und zieht meinen Kopf gegen seine Schulter. Sein Körper ist eng und ungeheuer stark auf mir. Jeder Muskel zieht sich zusammen, als er tiefer und härter stößt und seinen Schwanz ganz in mich hineintreibt.
»Du bist mein Ein und Alles«, stöhnt er. »Meine ganze Welt.«
»*Ya tebya lyublyu, Adrichek*«, flüstere ich. *Ich liebe dich, Adrik.*
Er kommt so tief in mir, wie er kann, dann entspannt er sich und drückt mich in den Boden. Sein Körper ist schwer, warm und erschöpft.
Wir liegen da, atmen im gleichen Takt, unsere Herzen schlagen zur gleichen Zeit.

***

Die Hochzeit findet direkt am Seeufer bei Sonnenuntergang statt.

Wir haben die Gästeliste so kurz wie möglich gehalten und nur die Menschen eingeladen, die uns am meisten lieben.

Ich ziehe mich in der kleinen Hochzeitssuite an, in deren Nähe wir nach der Zeremonie essen werden. Die Tische sind mit Kränzen aus frischen Ranunkeln und Olivenblättern geschmückt, Baldachinen aus hauchdünnem weißem Musselin schweben in der Brise des Sees.

Meine Mutter findet eine winzige Falte am Rock meines Kleides und bringt es zum Dämpfen ins Hinterzimmer.

Sloane steckt den Kopf zur Tür herein, während ich in Reifrock und BH am Waschbecken sitze.

»Komm ruhig rein!«, rufe ich ihr zu.

»Ich möchte dich nicht stören.«

»Tust du auch nicht!«

Sie kommt zu mir an den Waschtisch und lässt sich auf einen rosa Rüschensessel fallen, der nicht schlechter zu Sloanes Stil passen könnte.

Ihr Kleid ist elegant und einfach, ihr dunkles Haar ist seitlich gescheitelt und mit einer bronzenen Spange festgesteckt. Das Grün ihres Kleides passt zu ihren dunklen Augen.

Sie nimmt meine Hand, drückt sie und lächelt mich an. Ihre Finger sind stark wie die meiner Mutter – beides tüchtige Frauen, die mit ihren Händen arbeiten.

»Ich habe dir etwas mitgebracht«, sagt sie. »Nicht für heute, nur für deinen Besitz.«

Sie hält mir eine kleine Schachtel hin, der Samt ist fleckig und abgenutzt.

Ich öffne sie.

Darin eingebettet ist ein Paar Granatohrringe, so reichhaltig und dunkel wie die Frucht, nach denen die Steine benannt sein.

Ich hebe einen der Ohrringe auf. Er baumelt an meinen Fingern wie eine Träne, schwer und schimmernd.

»Sie sind so schön …«, hauche ich.

»Sie gehörten der Urgroßmutter von Dom und Ivan. Ivan hat sie mir vor langer Zeit geschenkt. Ich dachte, du solltest sie jetzt haben.«

In den letzten zwei Jahren sind Sloane und ich uns nähergekommen. Sie hat uns mehrere Male in Moskau besucht. Wenn Adrik und ich nach Cannon Beach fahren, spielen wir *Halo* in Teams – ich und Sloane gegen Adrik und Zima.

Dennoch übersteigt dies bei Weitem alles, was ich erwartet hätte.

Ich traue mich nicht ganz, sie zu umarmen. Alles, was ich sagen kann, ist: »Danke. Ich werde sie in Ehren halten.«

Sloane blickt mich so an, als ob sie direkt in mich hineinsehen könnte. »Du beeindruckst mich.«

Ich lache nervös auf. »Ich hätte nie gedacht, dass ich das mal von dir höre.«

Sloane lächelt auch. »Du hast die Dinge schneller verstanden als ich. Ich war in meinen Dreißigern, als ich Ivan kennenlernte. Du bist so jung, du hast dein ganzes Leben noch vor dir. Vergiss nicht, du brauchst Adrik und er braucht dich. Wann immer ich den Drang verspüre, allein zu sein, ermahne ich mich, zu Ivan zurückzukehren. Ich bin immer glücklicher, wenn wir im Einklang sind. Bleibt verbunden – zusammen seid ihr beide stärker.«

»Ich werde es versuchen«, sage ich. »Ich werde es wirklich versuchen.«

Sie drückt meine Hand.

»Danke, Sloane«, sage ich erneut.

Ihr Lächeln ist nun ein bisschen verschmitzter. »Wenn du aus deinen Flitterwochen zurück bist, sollten wir *Halo* gegeneinander spielen. Ich habe gerade den Diamant-Rang erreicht.«

»O mein Gott«, rufe ich lachend aus. »Ich habe Angst … aber bin aufgeregt.«

»Das ist mein Lieblingsgefühl.«

»Meines auch.«

Sie lässt mich allein, damit ich mich fertig machen kann. Ich habe mich selbst frisiert und geschminkt, denn ich wollte ganz wie ich selbst aussehen. Mein Haar fällt mir in großen Locken über den Rücken. Ich nehme die Ohrringe ab, die ich eigentlich tragen wollte, und nehme stattdessen die, die Sloane mir geschenkt hat. Sie passen perfekt zu meinem Kleid, aber ich hätte mich so oder so für sie entschieden.

Meine Mutter kommt ein paar Minuten später zurück, das Brautkleid sorgfältig über ihren Arm gelegt.

»Ich habe es in Ordnung gebracht«, sagt sie.

Sie lächelt mit der gleichen Freude, die ich empfinde, wenn ich etwas zum Laufen bringe.

Sie trägt überhaupt kein Make-up, ihr Haar ist mittig gescheitelt und im Nacken zu einem tiefen Dutt zusammengebunden. Ihr Kleid ist aus Baumwolle, ein blasses Lila. Sie sieht aus wie jemand, den Frida Kahlo gemalt hätte oder mit dem sie ausgegangen wäre. Ihr Lächeln erfüllt mich mit Wärme.

»Danke, Mom.«

Sie setzt sich dorthin, wo Sloane noch vor einer Minute war, und drückt ihre Knie gegen meine.

»Glückwunsch, mein Schatz. Eine schönere Braut hat es nie gegeben.«

Ich drehe den Reifrock in meinen Händen.

»Danke, Mom. Ich weiß, das ist nicht wirklich das, was du für mich wolltest.«

Meine Mutter hat das kriminelle Leben nie geliebt. Sie hat sich in meinen Vater verliebt und akzeptiert ihn so, wie er ist, aber das ist nicht die Zukunft, die sie für mich gewählt hätte.

Sie sieht mir in die Augen und streicht mir eine Locke hinters Ohr.

»Ach, Baby, du liegst so falsch. Das ist alles, was ich mir je für dich erträumt habe.«

Ihre dunklen Augen sind auf meine gerichtet, klar und ehrlich, und doch kann ich ihr nicht ganz glauben.

»Wie kann das sein?«

»Meine größte Angst für dich war, dass du niemals Liebe finden würdest. Ich bemerke, wie du Adrik ansiehst. Es ist genauso, wie ich deinen Vater ansehe – und das sagt mir, wie glücklich du sein wirst.«

»Wirklich?«

Meine Mutter nickt. »Ich kannte deinen Vater schon, lange bevor er überhaupt wusste, dass es mich gibt. Ich weiß noch, wie er war, bevor wir uns kennengelernt haben – und *das* habe ich mir nie für dich gewünscht. Du bist deinem Vater so ähnlich … Ich habe mir Sorgen gemacht, dass du nie einen ebenbürtigen Mann finden würdest. Ich bin so froh, dass du es getan hast. Und so froh, dass ich hier bin, um es zu sehen.«

Erleichterung macht sich in mir breit. Als ich nach Moskau ging, hielt es außer Adrik und mir wohl niemand für eine gute Idee. Es fühlt sich so viel besser an, die Unterstützung der Menschen zu haben, die ich am meisten respektiere.

»Es tut mir leid, dass wir das Motorrad nie fertiggestellt haben.«

Schon seit Ewigkeiten hatten wir an dem alten indischen Motorrad gearbeitet. Wie beim Schiff des Theseus gab es, glaube ich, kein einziges Originalteil mehr daran.

»Eigentlich«, sagt meine Mutter und lächelt, »habe ich eine Überraschung für dich.«

»Was?« Ich bin nicht bereit zu glauben, was sie wohl gleich sagen wird.

»Als du das gegangen bist, habe ich mir Sorgen um dich gemacht. Ich hatte viele schlaflose Nächte. Ich habe sie in der Garage verbracht und gearbeitet.«

Ich zucke zusammen, voller Schuldgefühle wegen allem, was ich ihr zugemutet habe. Angefangen vor etwa drei Jahren und bis heute.

»Tut mir leid, Mom.«

Sie berührt meine Wange, ihre Hand ist weich und kühl.

»Du musstest immer deinen eigenen Weg gehen.«

Unfähig, lange deprimiert zu bleiben, grinse ich und sage: »Du hast es wirklich beendet?«

»Es läuft perfekt. Du solltest es mitnehmen.«

Es ist erst das zweite Mal in meinem Leben, dass ich weine. Ich verdiene es nicht, so geliebt zu werden. Aber ich werde geliebt. Ich werde wirklich bedingungslos geliebt.

Es bedrückt mich nicht, es gibt mir nicht das Gefühl, dass ich etwas schulde, was ich unmöglich zurückzahlen kann. Ich fühle mich einfach so verdammt dankbar.

Meine Mutter hilft mir, mein Kleid zu schließen.

Ich schminke mich ein letztes Mal, und wir stehen an der Tür, ihr Arm um meine Taille, mein Kopf auf ihrem.

»Bist du bereit?«, fragt sie.

»Ja. Ich bin bereit.«

**

ADRIK

Ich warte im Sand auf Sabrina.

Die Sonne beginnt gerade, auf den See herabzusinken, der Himmel leuchtet in allen Schattierungen von Scharlach und Orange über dem dunkelblauen Wasser.

Jasper, Kade und Sabrinas Bruder Damien stehen mit mir auf. Damien hat große Ähnlichkeit mit Sabrina, und das hat ihn mir sofort sympathisch gemacht. Er ist so klug wie sie, und ich vermute, dass er ihre böse Ader teilt, auch wenn er sie besser versteckt.

Nix, Cara und Ilsa sind die Brautjungfern, barfuß und in hauchdünnen Kleidern. Sie sehen aus wie Wassernymphen, als wären sie gerade aus dem Wasser aufgestiegen und hätten auf dem Sand menschliche Gestalt angenommen.

Die Wellen rollen sanft heran, die Brise streicht sanft über meine Haut.

Alles ist perfekt. Oder wird es sein, wenn meine Braut erscheint.

Ich schaue mich um und suche ängstlich nach ihr.

Ich sehe sie in dem Moment, in dem sie aus der Hochzeitssuite tritt. Sie schreitet über den Rasen, ihre Mutter hilft ihr, die Schleppe ihres Kleides zu tragen.

Je näher sie kommt, desto schwieriger ist es, sie zu betrachten. Das Abendlicht umspielt ihre Haut und beleuchtet ihren ganzen Körper, bis sie wie polierte Bronze glänzt. Ihr Kleid ist tief purpurrot, leuchtend und lebendig.

Sie ist so umwerfend, dass ich nicht glauben kann, dass sie zu mir gehört. Ich kann nicht einmal glauben, dass sie echt ist.

Sie kommt auf mich zu. Zum ersten Mal in meinem Leben bin ich nervös. Meine Hände zittern, und ich habe ganz wacklige Knie.

Dann lächelt sie mich an, und alles ist wieder in Ordnung.

Ich halte ihr die Hand hin.

Sie lässt ihre Finger in meine gleiten, steht dicht neben mir und hält sich an mir fest.

Mein Vater führt die Zeremonie durch. Sie ist kurz und ehrlich – keine Religion, keine Tradition, keine Floskeln.

Sabrina und ich geben uns gegenseitig unser Eheversprechen:

»Ich werde dich immer beschützen«, sage ich feierlich, »ich werde dir immer vertrauen. Ich werde dich immer unterstützen. Ich werde an dich glauben, und alles, was du dir wünschst, werde ich dir ermöglichen. Du hast mein Herz für immer. Du hast alles von mir, alles, was ich bin.«

»Ich werde dich immer lieben«, erklärt Sabrina, »dich und niemanden sonst. Ich werde zu dir stehen, egal, was passiert. Ich werde deine Partnerin und deine beste Freundin sein.«

Die Sonne steht kurz vor der Wasserlinie und sendet einen letzten hellen Lichtstrahl aus, der auf den Wellen glitzert.

Ich nehme Sabrinas Gesicht in meine Hände und küsse sie, ihre Haut ist warm und golden und hell.

Sie schmeckt nach Salz, Rauch und Süße. Sie ist alles, was ich will, und alles, was ich liebe.

Als wir uns trennen, hält sie sich immer noch an mir fest und sieht mir in die Augen.

»Du hattest recht«, flüstert sie. »Das ist besser. Das ist das Beste.«

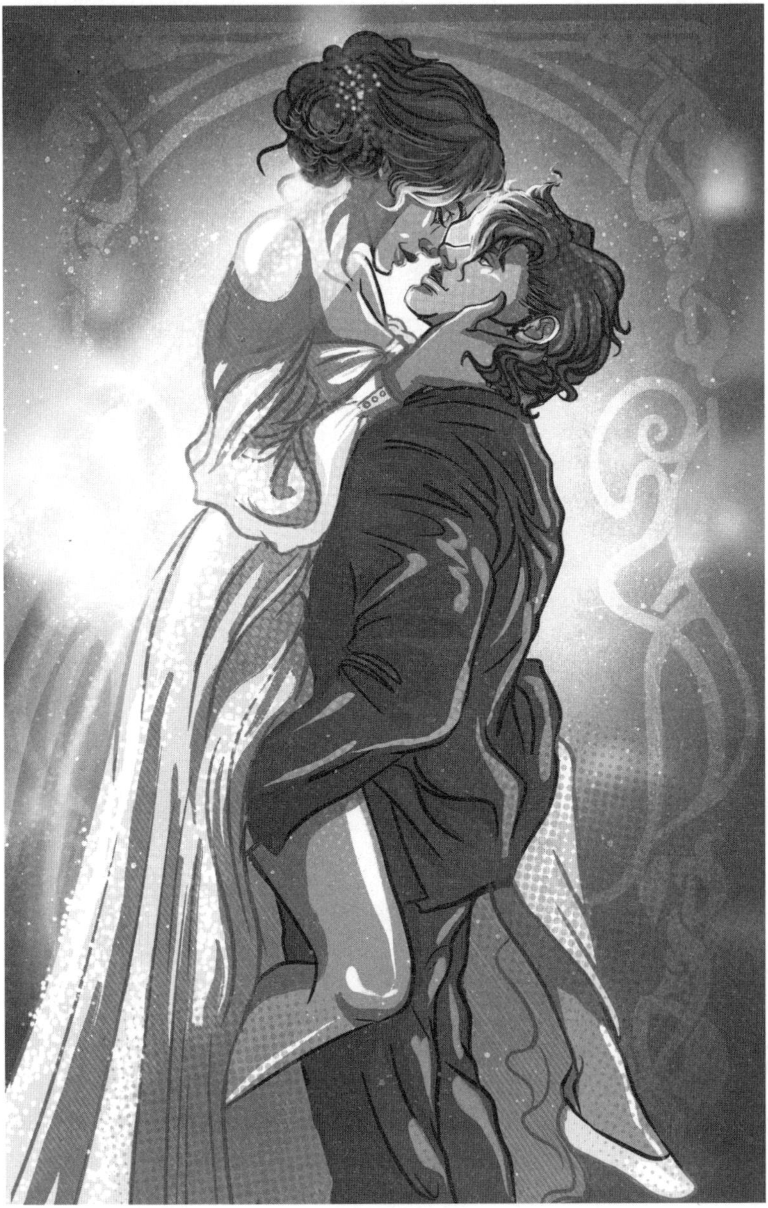

Triggerwarnung

Dieses Buch enthält potenziell triggernde Inhalte:

- Gewalt, einschließlich brutaler Kämpfe
- Mord
- Drogenherstellung
- Drogenkonsum

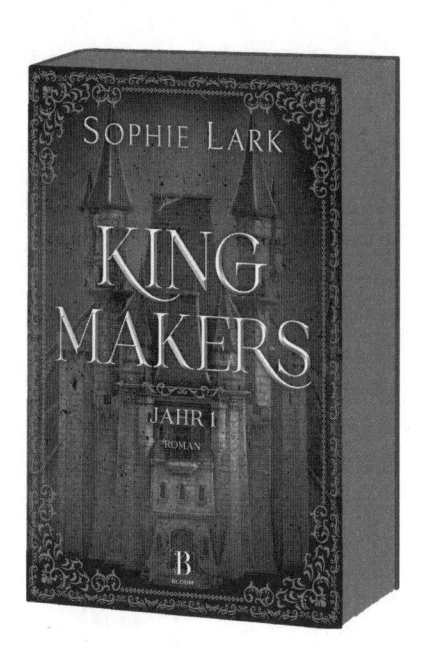

Durch Blut verbunden, durch Liebe zerrissen ...

In den schattigen Hallen von Kingmakers, dem gefährlichsten College der Welt, treffen die Nachkommen der gefürchtetsten Familien der Welt aufeinander, um die dunklen Künste des Einflusses und der Einschüchterung zu erlernen.

Leo, unerschütterlich loyal zu seiner Kindheitsfreundin Anna, folgt ihr an einen Ort, an dem Liebe eine Waffe ist und Überleben der einzige Sieg, der zählt.

Doch die größte Gefahr geht von Dean Yenin aus, dessen Rachegelüste so kalt sind wie sein Herz. Dean plant, Leo zu zerstören und alles, was ihm lieb ist, zu nehmen, angefangen bei seiner Seelenverwandten Anna.

Können Anna und Leo auf Kingmakers bestehen? Oder werden sich hier ihre Wege für immer trennen?

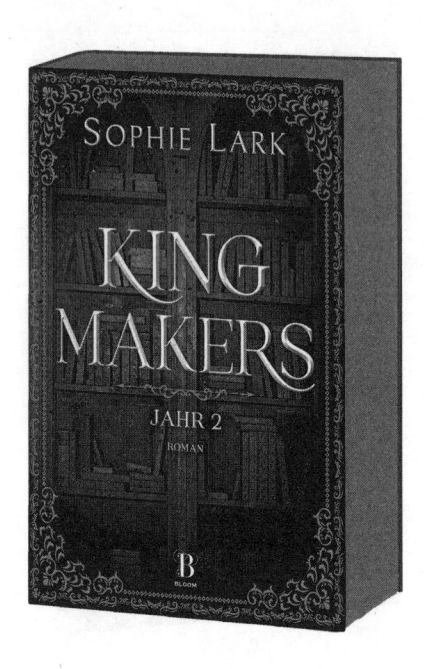

Er will die eine Frau, die er nicht haben kann ...

Zoe Romero könnte unerreichbarer nicht sein. Ein Ehevertrag bindet sie an den skrupellosesten Mann von ganz Kingmakers. Sich ihr zu nähern würde die eisernen Regeln der Mafia-Welt brechen.
 Aber Regeln haben Miles Gallo noch nie aufgehalten. Er will Zoe für sich gewinnen – egal um welchen Preis.
 Zoes und Miles' verbotene Gefühle entfachen einen Machtkampf mit katastrophalen Folgen. In einer Welt, in der ein einziger Verstoß gegen die Gesetze den Tod bedeuten kann, geht es bei Miles' Leidenschaft für Zoe nicht nur um Liebe ... es geht ums Überleben.Ihre verbotene Liebe entfacht einen Machtkampf mit katastrophalen Folgen. In einer Welt, in der das Brechen von Regeln den Tod bedeuten kann, ist Miles Besessenheit von Zoe nicht nur eine Frage der Liebe ... es ist ein Kampf ums Überleben.

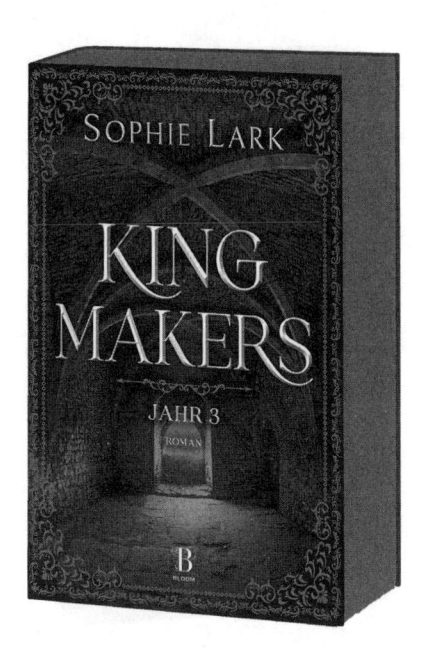

Nur er kennt die Wahrheit. Jetzt hat er die Macht ...

Eine unbarmherzige Mafia-Universität ist kein Ort für die zierliche und sanfte Cat. Ihr erstes Studienjahr ist überstanden, allerdings um den Preis ihrer Unschuld. Cat hat etwas Schreckliches getan, und Dean Yenin hat es gesehen. Er bietet ihr einen teuflischen Handel an: sein Schweigen und seinen Schutz ... wenn Cat ihm gehört.
  Deans perfide Machtspiele verlangen von Cat das Unmögliche, und nie hätte sie gedacht, dass sie die Dunkelheit in sich willkommen heißt. Doch selbst die sadistischsten Spiele haben Regeln, und Deans Faszination für Cat könnte ihm zum Verhängnis werden.
  In Kingmakers wird Liebe von den tödlichsten Spielern eingesetzt. Aber manchmal sind die Verletzlichsten unerwartet stark und gerade die Mächtigsten anfällig für den Bann der Liebe ...

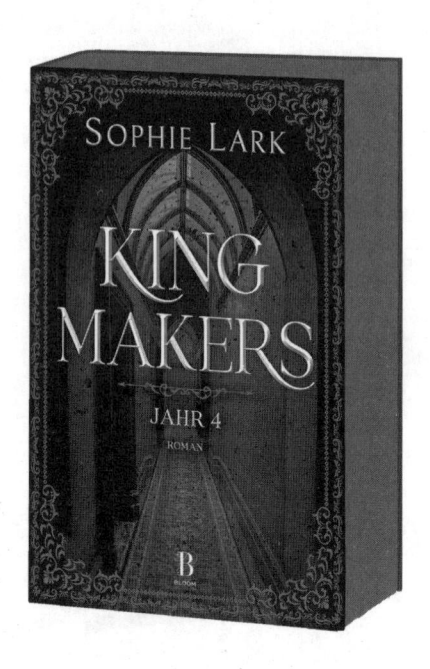

Jemand ist nicht, wer er zu sein scheint ...

Drei qualvolle Jahre hat er gewartet und getrieben von Verlust und Hass einen Plan geschmiedet. Sein Ziel: die ahnungslose Tochter des Mannes, der sein Leben zerstört hat.

Nix weiß nichts von der dunklen Vergangenheit, die sie verbindet. Sie fühlt sich zu diesem geheimnisvollen Mann hingezogen, der sie zu verstehen scheint wie kein anderer. Während ihre Beziehung immer intensiver wird, verschwimmen die Grenzen zwischen Täuschung und Begehren.

Als der Moment der Abrechnung naht, steht der Spion vor einer unmöglichen Wahl: seine lang ersehnte Rache auszuüben oder die Frau zu beschützen, die sein Herz erobert hat.